IMMORTEL

LE PREMIER ÊTRE HUMAIN IMMORTEL EST DÉJÀ NÉ

Du même auteur

La Formule de Dieu, Éditions Hervé Chopin, Paris, 2012
A Formula de Deus, Gradiva, Lisbonne, 2006

L'Ultime Secret du Christ, Éditions Hervé Chopin, Paris, 2013
O Último Segredo, Gradiva, Lisbonne, 2011

La Clé de Salomon, Éditions Hervé Chopin, Paris, 2014
A Chave de Salomão, Gradiva, Lisbonne, 2014

Codex 632, Le Secret de Christophe Colomb, Éditions Hervé Chopin, Paris, 2015
O Codex 632, Gradiva, Lisbonne, 2005

Furie divine, Éditions Hervé Chopin, Paris, 2016
Fúria Divina, Gradiva, Lisbonne, 2009

Vaticanum, Éditions Hervé Chopin, Paris, 2017
Vaticanum, Gradiva, Lisbonne, 2016

Signe de vie, Éditions Hervé Chopin, Paris, 2018
Sinal de Vida, Gradiva, Lisbonne, 2017

L'Homme de Constantinople, Éditions Hervé Chopin, Paris, 2019
O Homem de Constantinopla, Gradiva, Lisbonne, 2013

Un millionnaire à Lisbonne, Éditions Hervé Chopin, Paris, 2020
Um Milionário em Lisboa, Gradiva, Lisbonne, 2013

L'ordre de parution des romans de la série des Tomás Noronha en français ne suit pas l'ordre de parution au Portugal. D'un commun accord avec l'auteur, nous avons en effet décidé de privilégier le thème abordé par les romans de la saga et sa résonance dans notre société et notre actualité, plutôt que l'ordre chronologique. La vie de Tomás Noronha en France et dans les pays francophones n'est donc pas linéaire, mais chaque roman peut se lire de manière totalement autonome.

Imortal est le dernier titre paru au Portugal, en octobre 2019.

J.R. DOS SANTOS

IMMORTEL

LE PREMIER ÊTRE HUMAIN IMMORTEL EST DÉJÀ NÉ

TRADUIT DU PORTUGAIS PAR ADELINO PEREIRA

HC | ÉDITIONS HERVÉ CHOPIN

À ma mère

ISBN 9782357205192

AVERTISSEMENT

Toutes les informations scientifiques présentées dans ce roman sont vraies.

« L'homme est une corde tendue
entre l'animal et le surhomme – une corde
au-dessus de l'abîme. »

Friedrich NIETZSCHE,
Ainsi parlait Zarathoustra

PROLOGUE

Sentant tous les yeux rivés sur lui, le professeur Yao Bai passa la main sur son front pour en ôter la sueur. Il faisait une chaleur humide et étouffante à Hong Kong, mais ce n'était pas pour cela qu'il transpirait et que son cœur battait la chamade. L'amphithéâtre de l'université était bondé. Si la plupart des personnes de l'assistance étaient des étudiants, il y avait aussi plusieurs hommes en costume cravate mais aucun d'eux n'avait l'air d'un scientifique ; des espions probablement, pensa le professeur Yao Bai. Les uns de Taïwan, d'autres des États-Unis, et certains de Russie et d'Inde. Et plusieurs agents chinois, stratégiquement placés afin d'assurer sa sécurité – ou pour s'assurer qu'il ne commettrait aucune erreur, ce qui revenait au même.

Il prit une profonde respiration, essayant de se détendre. Ce qui devait arriver arriverait. Ce n'était pas parce que son gouvernement avait dépêché quelques gros bras qu'il empêcherait quoi que ce soit. Sachant ce qui était en jeu, Pékin avait beaucoup hésité à le laisser aller à Hong Kong.

Le professeur Yao Bai suspectait qu'on ne lui avait accordé l'autorisation que pour tenter de l'arracher à la dépression dans laquelle il s'était enfoncé à cause de son fils. Rien de tout cela n'avait d'importance. Ce qui importait vraiment, c'était qu'il fût là. La grande roue du destin avait commencé à tourner et aucun gros bras ne pourrait l'arrêter.

Un homme en costume, un Asiatique mais de culture visiblement occidentale, s'approcha du micro qui se trouvait au milieu de l'estrade. C'était Robert Ho, le doyen de l'université de Hong Kong.

— Bonjour à tous, dit Ho dans un mandarin hésitant, car il était plus à l'aise en cantonais ou en anglais. Aujourd'hui, notre invité est une célébrité méconnue. Père d'un grand héros chinois, le célèbre astronaute Yao Jingming, le professeur Yao Bai est le plus éminent scientifique de Chine. Son nom est bien connu dans les milieux universitaires, en particulier dans les domaines de la biotechnologie, des sciences cognitives et de l'intelligence artificielle, mais rares sont ceux qui ont eu le plaisir de le rencontrer personnellement. En fait, c'est un personnage tellement insaisissable que d'aucuns ont pu penser qu'il n'était qu'une légende, inventée par les autorités de Pékin. – Rires dans la salle. – Quand nous avons commencé à planifier cette Conférence internationale sur le génome humain, nous avons aussitôt envisagé d'en faire notre invité d'honneur, tout en étant conscients qu'il serait pratiquement impossible de le faire venir. Nul n'imagine les heures que nous avons passées, les efforts que nous avons déployés, les promesses que nous avons faites, les personnes qu'il a fallu contacter, mais… nous y sommes arrivés. Mesdames et messieurs, le professeur Yao Bai.

Son corps rondouillard, son expression débonnaire et sa barbe effilée donnaient au professeur Yao Bai un air de Kong Fuzi, le sage Kong, plus connu en Occident sous le nom de Confucius. Outre sa réputation de génie et le fait qu'il était le père de l'astronaute le plus célèbre de Chine, son allure suscitait la sympathie dans l'amphithéâtre. Cachant sa nervosité, le scientifique chinois se leva sous un tonnerre d'applaudissements, se dirigea vers le centre de l'estrade, salua le recteur d'une révérence et se planta devant le micro. Le moment était venu de faire ce qu'il s'était promis.

Il jeta sur l'assistance un regard inquiet, fixant les visages souriants des jeunes et ceux réservés des hommes en costume cravate. Il fut tenté de sécher la sueur qui lui couvrait à nouveau le front, mais il se retint. Il devait se concentrer sur l'objet de sa présence ici. C'était tout ce qui comptait.

— Pendant des millénaires, l'humanité a été obsédée par les limites de sa condition animale, commença-t-il dans un mandarin parfait. La faim fut le plus grand de ses maux. Les hommes ont vécu la quasi-totalité de leur existence au bord de la pénurie, passant des jours et des jours sans manger et sans savoir quand ils trouveraient quelque chose à se mettre sous la dent. Il suffisait d'une mauvaise récolte et la moitié de la famille périssait. Une sécheresse, et la famine décimait d'un seul coup 10 % de la population. Quant aux épidémies, n'en parlons pas. Les gens étaient toujours malades et tombaient comme des mouches. À elle seule, la peste noire a tué entre soixante-dix et deux cents millions de personnes en Eurasie. Dans certaines villes, la moitié de la population a disparu. Pouvez-vous imaginer l'ampleur de la catastrophe ?

Il fit une pause pour permettre au public d'assimiler ce qu'il venait de dire.

— Nous n'avons de cesse de nous plaindre de tout, affirmant que la situation s'aggrave constamment, mais nous oublions facilement à quel point la vie était plus difficile pour nos ancêtres, reprit-il. À notre époque, celui qui perd son emploi ne risque pas de mourir de faim. Au contraire, dans une économie développée, un chômeur peut très bien aller au restaurant pour se plaindre de son sort, tout en se délectant de deux ou trois *siu mai* qu'il paiera avec son allocation chômage. À bien y regarder, il y a actuellement sur notre planète bien plus de gens qui souffrent du surpoids que de la faim. L'obésité est même devenue l'un des plus grands maux de l'humanité. Il suffit de me regarder pour s'en rendre compte. – Des éclats de rire se firent entendre dans l'amphithéâtre. – Aujourd'hui, le sucre tue plus que les balles. Compte tenu de ces progrès, je vous demande : que nous reste-t-il à résoudre ?

Il dévisagea l'auditoire avec une expression interrogative. La question pouvait paraître purement rhétorique, mais son regard obstiné et son silence prolongé, comme s'il espérait une réponse, indiquaient clairement qu'il attendait une réaction du public. Une jeune fille au premier rang, sûrement une de ces bonnes élèves comme il en existe dans toutes les classes, de l'école primaire à l'université, leva la main.

— Les… les maladies ?

Malgré sa nervosité, le professeur Yao Bai réprima un sourire ; l'étudiante avait posé exactement la question à laquelle il s'attendait. Ah, comme l'esprit humain était prévisible…

— C'est en effet le prochain défi à relever, convint l'érudit chinois. Nous avons surmonté la faim. Il nous reste à éliminer les maladies. La médecine est dominée par deux écoles, la chinoise et l'occidentale. L'école occidentale est particulièrement efficace en ce qui concerne les maladies déjà déclarées. Lorsqu'une personne a un problème cardiaque, les médecins occidentaux lui font une greffe. Un cœur nouveau, et le problème est résolu. L'école chinoise est surtout efficace en matière de prévention. Nous aimons traiter les maladies avant qu'elles ne surviennent. D'où nos infusions, nos herbes, la recherche de l'équilibre entre le yin et le yang, et ainsi de suite. Comme vous pouvez le deviner, étant Chinois, je m'inscris davantage dans cette tradition. Il me semble préférable d'empêcher l'apparition d'une maladie que de la soigner après coup. C'est aussi votre opinion, du moins je l'espère…

Un chœur d'assentiment parcourut la salle. Le professeur Yao Bai jeta un coup d'œil aux hommes en costume cravate, craignant presque de les voir s'élancer sur l'estrade pour lui tomber dessus, mais de toute évidence ils restaient tranquilles, n'ayant aucune idée de ce qui allait arriver.

— Grâce à la cartographie du génome humain et à la meilleure compréhension du code génétique, nous nous sommes rendu compte que la plupart des maladies dont nous souffrons sont inscrites dans nos gènes, même si le fait qu'elles se déclarent ou non dépend également de facteurs environnementaux. Ma propension aux maladies cardiaques, par exemple, est génétique. Si je ne prends pas certaines précautions dans mon alimentation et mon style de vie, tôt ou tard j'aurai des problèmes au cœur. L'idéal, bien sûr, aurait été que mes parents, lorsqu'ils m'ont conçu, aient pris soin de corriger mes gènes pour faire en sorte que ces maladies ne se déclarent pas. Cela aurait été de la médecine préventive du plus haut niveau. Et puis, pendant qu'ils y étaient, ils auraient pu en profiter pour améliorer les gènes de mon intelligence, pour me rendre plus ingénieux, ainsi que ceux de mon obésité, afin que je puisse manger tous les *siu mai* dont j'ai envie sans me retrouver dans cet état pitoyable.

D'un geste, il désigna son corps aux rondeurs confucéennes et le public sourit à nouveau ; les plaisanteries d'autodérision atteignaient toujours leur objectif, et sans jamais offenser personne.

— Cependant, pour que mes parents puissent le faire à cette époque, il aurait fallu connaître le rôle des gènes et la technique pour les manipuler, reprit-il. Nous avons cette connaissance aujourd'hui. Et la technique aussi. Elle s'appelle Crispr-Cas9 ; il s'agit d'une technique qui permet de supprimer, d'ajouter et de modifier des sections dans les séquences d'ADN. Grâce à Crispr-Cas9, je peux, par exemple, retirer d'un embryon les gènes des maladies cardiaques et de l'obésité. Avec cette même technique, je peux également introduire dans l'embryon les gènes de l'intelligence, ceux d'une musculature d'athlète et des yeux bleus.

En d'autres termes, je peux créer un être humain entièrement nouveau, sans maladies génétiquement déterminées, et l'améliorer à bien des égards. Plus beau, plus fort, plus intelligent. En un mot, je peux créer un surhomme.

Il se tut un instant, fixant le public. Rien de tout cela n'était vraiment nouveau, il le savait tout comme l'ensemble des étudiants. La communauté scientifique connaissait depuis longtemps les questions génétiques, et des techniques telles que Crispr-Cas9, bien que relativement inédites, n'étaient pas vraiment une nouveauté. En outre, nombre de ces étudiants travaillaient dans les laboratoires de l'université avec Crispr-Cas9. Le professeur Yao Bai respira profondément, se préparant à porter l'estocade finale. N'était-ce pas Lao Tseu qui avait dit que même un voyage de mille lieues commence par le premier pas ? L'heure était venue.

— Mesdames et messieurs, je tiens à vous annoncer que cette année, grâce au travail de mon équipe, sont nés en Chine deux enfants auxquels nous avons retiré le gène CCR5, qui joue un rôle crucial dans le sida, déclara-t-il sur un ton solennel. En recourant à Crispr-Cas9, nous avons génétiquement manipulé les embryons de jumelles qui sont nées en bonne santé. Et bientôt naîtra un autre enfant qui a bénéficié du même traitement. Mesdames et messieurs, l'avenir est déjà là.

Il s'inclina, fit demi-tour et retourna à sa place. Certaines personnes applaudirent, mais la plupart demeurèrent silencieuses, digérant ce qu'elles venaient d'entendre et se demandant même si elles avaient bien entendu, tant la déclaration était soudaine et inopinée. Après une courte pause, le professeur Robert Ho, en sa qualité d'hôte, reprit le micro et, manifestement perturbé, clôtura la séance. Encore perplexes, les premières personnes commencèrent à se lever et à quitter la salle.

Le professeur Yao Bai s'éloigna de l'estrade, mais, alors qu'il descendait les marches, quatre hommes portant costume noir et cravate l'entourèrent.

— Vous devez vous trouver très drôle, professeur, grogna celui qui était à la tête du groupe, visiblement agacé. Venez avec nous.

Les hommes l'attrapèrent et commencèrent à le traîner le long du couloir.

— Lâchez-moi ! protesta le scientifique en essayant de se libérer. Aïe ! Laissez-moi !

— Arrêtez votre cinéma, professeur, conseilla le même homme sur un ton froid. Venez avec nous.

— Qui êtes-vous ? Que me voulez-vous ?

— Vous le savez très bien, professeur. Allez, venez.

Le professeur Yao Bai hésita. Il savait pertinemment qui ils étaient. Il avait toujours su qu'ils viendraient et l'emmèneraient, mais il n'avait pas imaginé que ce serait aussi rapide, ni qu'ils agiraient ouvertement devant tant de monde. Il aurait tellement aimé pouvoir se promener à Kowloon, visiter le fameux hôtel Peninsula et admirer la flotte de Rolls-Royce à l'entrée, monter au Peak et faire du shopping à l'Ocean Terminal, car c'était la première fois qu'il avait été autorisé à traverser les frontières traditionnelles de la Chine, mais il était clair qu'il ne pourrait rien faire de tout cela. Ni maintenant, ni jamais.

Résigné, il se laissa entraîner par les quatre hommes en costume jusqu'à la camionnette noire qui les attendait discrètement à l'arrière de l'université. C'est ainsi qu'ils l'enlevèrent.

I

Le paquebot blanc, immense et luxueux, glissait sur les eaux calmes du Tage sous le grand pont de fer, suivi par une nuée de mouettes, l'étrave pointée vers la tour de Belém. La vision arracha un soupir mélancolique à Tomás Noronha. Il avait toujours rêvé d'embarquer sur un paquebot comme celui-là, sans avoir la moindre idée de l'endroit où il irait, et de se laisser surprendre à chaque escale. Accosterait-il à Casablanca pour y retrouver Humphrey Bogart et Sam le pianiste ? Mouillerait-il à Villefranche-sur-Mer face à la villa de Somerset Maugham ? Ferait-il escale à Funchal, sous les balcons du Reid's Palace, où Winston Churchill s'était réfugié après la guerre ?

La porte de la salle s'ouvrit. Le regard rêveur de Tomás quitta la fenêtre et se posa sur l'homme en blouse blanche qui venait d'entrer, une enveloppe à la main.

— Désolé de vous avoir fait attendre, professeur Noronha, dit le médecin avec un air grave, en s'asseyant derrière son bureau. Les résultats des analyses ne sont pas très bons, j'en ai peur.

Tomás eut l'impression de manquer d'air. La dernière chose dont il avait besoin était ce genre de problèmes.

— Que… Qu'y a-t-il, docteur Godinho ? demanda-t-il, la peur au ventre. Quels sont les résultats des analyses ?

Le médecin alluma l'ordinateur et cliqua sur une succession d'icônes jusqu'à ce qu'apparaisse à l'écran une série d'images. Il agrandit l'une d'elles et tourna l'écran vers son interlocuteur ; on voyait une partie de l'intérieur d'un corps humain. Il indiqua une tache, en bas à gauche.

— Vous voyez ça ? Ce sont des adénocarcinomes.

— Car… carcinomes ?

Le médecin acquiesça.

— Cancer colorectal.

On ne pouvait pas dire que c'était une surprise totale, mais ça n'atténuait en rien le choc de l'annonce. Tomás gardait les yeux fixés sur la tache comme s'il espérait que, sous l'intensité de son regard, elle finirait par disparaître.

— Combien de temps, docteur ?

— Eh bien… cela a pu évoluer pendant des années sans être détecté, de sorte que…

— De vie, docteur. Combien de temps de vie ?

Le docteur Godinho le regarda avec surprise, presque choqué par la question.

— Holà, comme vous y allez ! s'exclama-t-il. Du calme. De nos jours, un cancer n'est pas nécessairement une condamnation à mort. Il y a des traitements, il y a…

— Combien de temps, docteur ?

Le médecin plissa les yeux, réévaluant l'homme qui se tenait devant lui ; il ne s'attendait pas à un tel pessimisme chez quelqu'un d'érudit comme lui.

— Le Centre Champalimaud pour l'inconnu est l'une des meilleures institutions mondiales de recherche en biomédecine, se rengorgea-t-il. Je sais de quoi je parle quand je vous dis qu'un cancer n'est pas forcément synonyme de condamnation à mort.

— Je connais la réputation du Centre Champalimaud et c'est

exactement pour ça que je suis ici, dit Tomás. Mais je sais aussi ce qu'est un cancer colorectal et la dernière chose que je veux, ce sont des faux espoirs. Êtes-vous en mesure de garantir une guérison pour cette maladie ?

Le docteur Godinho sortit une feuille de l'enveloppe qu'il tenait à la main et la consulta.

— Je crois comprendre que la personne dont proviennent ces échantillons est votre mère…

— C'est exact, docteur. Comme vous pouvez le comprendre, j'ai besoin de savoir combien de temps il lui reste à vivre.

Posant la feuille sur son bureau, le médecin s'adossa à son fauteuil et dévisagea le visiteur.

— Que savez-vous des larves de poissons-zèbres ?

La singularité de la question déconcerta Tomás. Où le médecin voulait-il en venir ?

— Eh bien, pour être honnête, je ne sais même pas ce que sont les poissons-zèbres…

— L'un des problèmes fondamentaux de la médecine traditionnelle est qu'elle présente des solutions standard pour chaque maladie. Vous avez mal à la tête ? Avalez une aspirine. Un taux de cholestérol élevé ? Prenez un Crestor. Un cancer colorectal ? On vous prescrit une chimiothérapie à l'irinotécan. Le problème, c'est que bien qu'elles puissent appartenir à la même famille, les maladies ne sont pas toutes identiques, et que les gens n'ont pas exactement la même constitution. Il existe d'innombrables différences génétiques entre chacun de nous. Les cellules cancéreuses elles-mêmes subissent des mutations. C'est pourquoi les médicaments sont extrêmement efficaces dans certains cas et absolument pas dans d'autres, voire nuisibles parfois. Par exemple, le clopidogrel est administré aux patients qui ont eu une crise cardiaque afin d'empêcher la formation de caillots. Le médicament fonctionne très bien. Cependant, un quart des personnes ont une variante génétique qui, lorsqu'on leur administre le clopidogrel, multiplie par deux la probabilité qu'elles subissent une nouvelle attaque ou qu'elles meurent dans l'année qui suit. En d'autres termes, le clopidogrel est bénéfique pour les trois quarts des patients et néfaste pour le quart restant. Et un tel cas de figure n'est pas une exception, c'est la règle. Prenez le Covid-19. Quelques personnes ont été contaminées par le nouveau coronavirus alors même qu'elles ne présentaient aucun symptôme, ou elles avaient juste un simple rhume. En revanche, d'autres ont été infectées par le même virus et sont mortes en quelques jours parce qu'elles ne pouvaient pas respirer. Chaque personne réagit de façon différente, les effets de chaque médicament diffèrent selon les individus. Le problème concerne la médecine dans son ensemble et illustre les limites, et surtout l'échec, de notre modèle fondé sur des solutions standard.

— Vous voulez dire qu'on va devoir jouer à la roulette russe avec ma mère ? Vous allez lui prescrire des traitements successifs pour déterminer celui auquel elle réagit le mieux ?

— Plusieurs molécules peuvent être utilisées pour la soigner, répondit le docteur Godinho. L'irinotécan, l'oxaliplatine, la trifluridine, le tipiracil… que sais-je encore, les options ne manquent pas. La question est de savoir laquelle sera la plus bénéfique et la plus efficace pour votre mère, compte tenu de son patrimoine génétique. Un type de chimiothérapie qui fonctionne très bien chez certaines personnes peut être extrêmement préjudiciable à d'autres, pour les raisons que je vous ai expliquées. Jusqu'à présent, c'était effectivement la roulette russe, comme vous dites. Mais plus maintenant. C'est ici qu'interviennent les larves de poissons-zèbres. Nous allons prélever des cellules cancéreuses de votre mère et les injecter dans ces larves. Dès que le cancer apparaîtra chez elles, nous testerons les différentes chimiothérapies. Sur certaines larves, nous appliquerons l'irinotécan, sur d'autres l'oxaliplatine, et ainsi de suite. Puis nous comparerons les résultats. Si l'on observe une rémission sur les larves traitées à la trifluridine, par exemple, on pourra en conclure que c'est la bonne chimiothérapie pour votre mère.

— Vous allez utiliser des larves comme cobayes ?

— Exactement. Sur des cobayes, ce processus est coûteux et prend des mois, ce qui signifie qu'on découvrirait trop tard le bon traitement pour votre mère, tandis qu'avec ces larves le processus n'est pas cher et ne prend que quelques jours. Au lieu d'injecter à votre mère des médicaments inefficaces, voire nuisibles, nous appliquerons d'emblée le plus efficace. C'est la fin de la roulette russe dans le traitement du cancer.

Tomás plissa les yeux, étonné.

— Mais… c'est extraordinaire.

Le médecin prit à nouveau la feuille dans l'enveloppe qu'il avait apportée et la consulta.

— En fait, nous sommes même allés un peu plus loin, dit-il. J'ai envoyé des cellules cancéreuses de votre mère à I-PREDICT, un projet d'une université américaine qui utilise des algorithmes spéciaux pour analyser des milliers de variantes génétiques, des centaines de thérapies anticancéreuses et des millions de combinaisons de substances, et ce afin de mettre au point un traitement spécifique pour votre mère et le cancer dont elle souffre. D'un seul coup de feu, nous atteindrons la cible en plein dans le mille.

— C'est déjà possible ?

— Ça commence à l'être, confirma le docteur Godinho. Toutes les quarante secondes en moyenne, un nouvel essai clinique est publié. Aucun médecin au monde, aussi bon soit-il, n'est en mesure de connaître en détail les nouveaux traitements qui apparaissent tous les jours. Il faudrait un surhomme pour ça. Or, un tel surhomme existe déjà. Ça s'appelle un ordinateur. Le Watson, d'IBM, assimile toutes les nouvelles informations et analyse des millions et des millions de pages en quelques secondes. Aucun médecin ne peut égaler ne serait-ce qu'un centième d'une telle prouesse pendant toute sa vie. Le système KnIT, également d'IBM, est en mesure d'analyser toute la littérature médicale et, à partir de là, d'élaborer de nouvelles hypothèses répondant à des problèmes spécifiques. Ainsi, par exemple, un médecin aurait besoin d'une vie entière pour lire les soixante-dix mille articles scientifiques publiés sur la protéine p53 qui supprime les tumeurs, alors que le KnIT l'a fait en quelques secondes et a ainsi découvert six nouvelles liaisons chimiques susceptibles d'activer cette protéine.

— Eh bien, si ça continue comme ça les ordinateurs vous voleront votre emploi, plaisanta-t-il pour tenter de détendre l'atmosphère. Si j'étais vous, docteur, je surveillerais mes arrières…

— Cette éventualité est moins chimérique que vous ne le pensez ! On a découvert, par exemple, que Google analyse mieux une lésion cutanée, en particulier les cancers de la peau, que les meilleurs dermatologues du monde, et que les analyses informatisées sont plus rigoureuses que celles faites par les meilleurs radiologues. L'utilisation d'algorithmes pour examiner les mammographies a réduit de près de 40 % les faux négatifs pour le cancer du sein. Le génome de chacun d'entre nous comporte, en moyenne, deux millions de modifications par rapport au génome de référence et, comme vous pouvez vous en douter, aucun médecin n'est à même de mémoriser les milliers de mutations génétiques qui apparaissent sur chaque génome séquencé. Mais un ordinateur peut le faire sans la moindre difficulté. Il n'est pas rare qu'un radiologue analyse un cliché et trouve que tout est normal, alors qu'un ordinateur, face à la même image, décèle qu'un certain type de cancer est en formation. Ainsi, on a découvert que pour le diagnostic du cancer du poumon, le taux de réussite du programme Watson est de 90 %, alors qu'il est d'environ 50 % chez les médecins. Une étude de l'université de Stanford a montré que pour diagnostiquer le cancer du poumon, l'intelligence artificielle analyse mieux les images des microscopes que les pathologistes humains. Or, le diagnostic précoce est crucial car il nous permet d'attaquer immédiatement la tumeur et de l'éradiquer pendant la phase initiale, ou même avant qu'elle n'apparaisse.

— C'est évident.

— Mais ce n'est pas seulement en matière de diagnostic que les ordinateurs sont bien plus performants que les médecins. En thérapie aussi. Les ordinateurs reçoivent en ligne les informations complètes relatives à tous les nouveaux traitements existants et à tous les résultats des applications correspondant aux patients, comme cela se produit avec KnIT et Watson. De plus, ils testent virtuellement des millions de combinaisons de traitements en quelques minutes à peine, ce qu'aucun médecin ne pourrait faire en une seule vie, et ils font ces tests en tenant compte de l'ADN de chaque patient et des caractéristiques spécifiques de chaque cellule malade.

— L'intelligence artificielle est déjà utilisée à cette fin ?

— Absolument. Toutes les grandes multinationales pharmaceutiques utilisent des programmes d'intelligence artificielle pour identifier des modèles et obtenir des informations permettant d'élaborer de nouvelles thérapies. SRI International, par exemple, utilise des bases de données qui incluent tout ce que nous savons sur un certain nombre d'agents pathogènes, notamment la bactérie qui cause les ulcères et le cancer de l'estomac et la tuberculose, pour découvrir de nouvelles manières de les éliminer. Prenez le cancer de la prostate. Les hommes pour lesquels les analyses révèlent des taux élevés de PSA doivent subir une biopsie, même si les trois quarts d'entre eux n'ont pas de cancer de la prostate. Or, on a mis au point un nouveau test recourant à des programmes informatiques pour identifier des modèles de protéines dans le sang, ce qui a permis de réduire les faux positifs à moins de 30 %. La détection du cancer de l'ovaire est un autre exemple. Le meilleur test existant actuellement, le CA 125, détecte rarement les tumeurs au stade initial. Mais avec un programme d'intelligence artificielle qui identifie des modèles de protéines, la détection du cancer de l'ovaire, même en phase initiale, est de 100 %. Le programme Watson lui-même aide à formuler, en quelques minutes, des traitements personnalisés pour des patients atteints d'un cancer en se fondant sur la comparaison des antécédents de la maladie et du traitement, ainsi que sur les scanners et les informations génétiques du patient en question. Je pourrais passer toute la matinée à vous donner des exemples qui montrent l'efficacité des ordinateurs. Le processus est si avancé que Microsoft a présenté un plan destiné à vaincre le cancer d'ici une dizaine d'années. L'éradication du cancer et de bien d'autres maladies passe par la fin des solutions standardisées dans les traitements médicaux. Sous peu, et grâce à l'intelligence artificielle, la médecine pourra mettre au point des traitements nouveaux et adaptés à chaque patient. Des médicaments spécifiques seront même créés pour un seul patient.

— C'est ce que vous envisagez pour ma mère ? Un traitement personnalisé ?

Le médecin du Centre Champalimaud pour l'inconnu ouvrit les bras et lui sourit.

— Bienvenue dans le futur.

II

Le futur. La vie du professeur Yao Bai avait entièrement été tournée vers le futur. Il avait consacré toute sa carrière à l'étudier et à le préparer. Finalement, il en avait été l'auteur. Il l'avait créé. Si le futur était devenu ce qu'il était, c'était en partie grâce à lui. Le monde ne le saurait peut-être jamais, mais il avait contribué à bâtir le futur.

Il avait commencé quelques décennies plus tôt, dans une entreprise publique de réfrigérateurs à Changde, une usine sans fenêtres qui produisait des appareils qui ne fonctionnaient même pas. Travailleur acharné et esprit entreprenant, il avait profité de la coopération avec une société privée allemande, Siemens, pour faire en sorte que son usine fabrique les réfrigérateurs les plus fiables de Chine.

La coopération avec Siemens avait été l'occasion pour lui de manipuler pour la première fois un ordinateur : un Commodore PET 2001. Il avait été fasciné. À cette époque, l'économie de marché avait été introduite en Chine, son entreprise avait été privatisée et il était devenu un *xia hai*, c'est-à-dire quelqu'un qui « se jette à l'eau », comme on appelait les cadres d'État qui abandonnaient la sécurité d'un emploi public pour se lancer dans l'aventure du privé. Il avait ainsi contribué à faire de son entreprise le meilleur et le plus grand fabricant de réfrigérateurs en Chine, cotée des centaines de millions de dollars à la Bourse de Shanghai. Parallèlement, il avait développé sa passion pour l'informatique. Il avait acheté un ZX81 puis un Commodore 64. Spécialiste de cybernétique, c'était un jeune homme au Q.I. élevé, un rêveur qui débordait d'idées. Il était ensuite passé chez Lenovo et avait contribué à faire de cette société le premier vendeur de PC du monde.

Ses talents attirèrent l'attention des dirigeants du pays, qui le persuadèrent de travailler dans un laboratoire d'État, spécialisé dans les technologies de pointe. Il gravit rapidement les échelons, et plus il montait, plus il grossissait. Chef d'équipe, chef de département, directeur de service, directeur scientifique, directeur général. Ses responsabilités s'accroissaient à mesure que de multiples inventions secrètes plaçaient le pays à l'avant-garde de la technologie. Conjointement avec les entreprises technologiques privées d'autres *xia hai* ou de nombreux *self-made men*, il contribua à faire de la Chine une superpuissance économique et technologique. Le pays, qui s'enorgueillissait du rôle qu'il avait eu dans le commerce mondial à l'époque de la route de la soie, avait retrouvé sa gloire d'antan et était redevenu un leader mondial également grâce à ses inventions. Il avait fait tant de choses !

Et c'était ainsi qu'on le remerciait ?

Dans la cellule où il avait été jeté, la seule source de lumière était une petite fenêtre près du plafond. Ses contacts avec le monde extérieur se résumaient au gardien qui lui apportait un plateau avec son repas. Du thé et des biscuits le matin, une soupe de nouilles au déjeuner et un morceau de viande accompagné de riz au dîner. On jouait avec son esprit, il le savait parfaitement. On faisait pression sur lui pour ensuite lui tendre une carotte. Ou pour le punir. Il haussa les épaules en pensant à cette probabilité. *Mei ban fa ?* se demanda-t-il, résigné. Que puis-je faire ?

Si la décision était de le punir, c'était comme s'il avait déjà disparu. On appellerait la Commission centrale d'inspection disciplinaire, l'organisme le plus secret et le plus puissant du Parti, et on l'interrogerait pendant des mois. Il n'ignorait pas ce qui l'attendait. Décharges électriques, brûlures, coups sur les parties génitales et privation de sommeil. Ensuite, on le ferait « avouer » devant une caméra de télévision et on diffuserait sa confession à une heure de grande écoute pour l'édification du pays. Combien de fois avait-il vu de tels spectacles sur CCTV, la chaîne de télévision publique ? Des entretiens suivis d'interviews montrant des personnes qui avaient disparu et qui, en prison, avouaient leurs crimes et imploraient le pardon en pleurant. La plupart de ces « criminels » étaient des avocats qui défendaient les droits civiques et avouaient malgré eux qu'ils avaient été contraints à de tels actes par des « forces étrangères antichinoises ». Comme il connaissait le système de l'intérieur, il savait que nombre des « repentis » faisaient ces aveux après avoir été drogués ou parce qu'on avait exercé des contraintes, notamment sur leurs familles, et bien souvent ils débitaient des textes qu'on les avait obligés à apprendre par cœur. Il avait même entendu dire que les enquêteurs leur faisaient signe quand ils devaient pleurer. Serait-ce son destin ?

En dernière instance, on considérerait qu'il avait trahi la Chine, la grande famille, le pire de tous les crimes. On l'obligerait à s'agenouiller pour lui mettre une balle dans la tête, et ensuite on ferait payer à sa famille le prix de la balle. *Mei ban fa ?* se dit-il à nouveau avec fatalisme. Quelle importance après tout ce qui lui était arrivé ? Ou, pour être plus exact, après tout ce qui était arrivé à Jingming, son cher Jingming ? À quoi bon vivre s'il était déjà mort à l'intérieur ?

Il se frotta les tempes pour essayer de se détendre. Il ne pouvait pas continuer à penser ainsi. Il devait sortir de cet abattement, se débarrasser de la dépression, déchirer l'obscurité qui l'enveloppait et qui menaçait de l'avaler. Peut-être s'était-il précipité à Hong Kong. Pourquoi s'était-il mêlé de tout cela ? Ça ne lui rendrait pas son fils. Il aurait sans doute mieux fait de se taire. Il n'aurait pas fait de vagues, les autorités lui auraient donné des tapes dans le dos et tout aurait continué comme avant ; même si ce qui se passait avant n'était pas très réjouissant.

Il ne pouvait même pas dire qu'il était surpris par la réaction du Parti, car il savait pertinemment qu'il y aurait des conséquences. Avait-il bien fait ? Il était difficile de répondre à cette question. S'agissant de sa situation personnelle, ce qui s'était passé pouvait difficilement être considéré comme une étape formidable dans sa carrière. Mais, là n'était pas la question. Ce qui était en cause, c'était quelque chose d'autre, quelque chose de plus grand que lui, quelque chose de vraiment immense.

Comment pouvaient-ils s'attendre à ce qu'il ne dise rien ? Il le devait à lui-même, il le devait à l'humanité, il le devait à son fils, à son fils bien-aimé qui s'était sacrifié pour l'humanité. Si Jingming avait eu le courage de faire ce qu'il avait fait, ne devait-il pas suivre son exemple ? En Chine, c'étaient toujours les enfants qui suivaient l'exemple de leurs parents, mais là c'était l'inverse. Il était normal qu'il eût des doutes au sujet de ce qu'il avait fait à Hong Kong, mais chaque fois qu'il douterait, il lui suffirait de penser à son fils pour réaliser qu'il n'avait fait que son devoir. Il avait des responsabilités, et si ce n'était pas lui la…

Un bruit métallique dans la serrure le surprit. La clé tourna et la porte s'ouvrit sur un personnage en uniforme qu'il reconnut tout de suite.

Le colonel Li.

— Le moment est venu de prendre le thé.

III

Le regard de dona Graça demeurait fixe, ou plutôt vide, comme si elle regardait sans rien voir. Assis dans le bureau du docteur Godinho, fixant l'écran, Tomás voulait dire à sa mère de ne pas s'inquiéter, qu'elle était entre de bonnes mains, qu'on lui avait diagnostiqué un cancer, mais que les progrès de la médecine permettaient d'espérer qu'on en viendrait à bout. Mais il ne dit rien. Ce serait inutile. Elle était perdue dans le labyrinthe de sa démence.

L'image à l'écran se déplaça soudainement et un visage souriant apparut à côté de dona Graça. Maria Flor.

— Tu m'entends mon chéri ?

— Parfaitement, confirma Tomás. Je suis à Lisbonne, avec le docteur Godinho ; il veut s'assurer que ma mère comprend le traitement qui va lui être administré et qu'elle l'accepte.

La jeune femme sembla stupéfaite.

— Si elle comprend ? demanda-t-elle. Le docteur sait dans quel état est ta mère ?

— Oui, mais il veut quand même la voir et l'entendre pour s'en assurer. Passe-lui l'appareil, s'il te plaît.

À l'écran, l'image se déplaça à nouveau pour se fixer sur dona Graça. Elle conservait son expression absente.

— Bonjour, maman.

Son regard s'anima, donnant pour la première fois l'impression qu'elle voyait le visage qui s'affichait à l'écran.

— Qui êtes-vous ?

— C'est moi, maman. Tomás.

— Tomás ? s'étonna dona Graça. Tu es Tomás ?

— C'est moi.

Elle ébaucha un sourire confus.

— Mais non. Mon Tomás est à l'école.

— C'est moi, maman.

— Les enfants sont là ?

— Quels enfants ?

— Mes chaussures sont sales, dit-elle. De cette façon, tu disposes déjà de je ne sais combien de valets de pied. Ils m'ont enlevé le tritotecine de la teroglizite parce que je ne sais plus comment la faire marcher. Je le sais uniquement quand elle est clipelique.

Son fils prit une grande respiration et se tourna vers le docteur Godinho, assis à côté de lui.

— Comme vous pouvez le voir, docteur, le cancer n'est pas le seul problème. La maladie d'Alzheimer s'est développée et la plupart du temps, elle ne me reconnaît même pas. Elle dit des choses insensées et invente même des mots.

— Je vois, en effet, dit le médecin. Une attestation d'un collègue de Coimbra confirmant la maladie d'Alzheimer suffira et vous devrez également déclarer que vous assumez la responsabilité de la chimiothérapie. Puis nous passerons aux tests avec les larves de poisson-zèbre pour déterminer rapidement quel médicament est le mieux adapté à son organisme.

Tomás salua Maria Flor, qui était restée à Coimbra avec sa mère, et la liaison vidéo fut interrompue. Le docteur Godinho prenait des notes à son bureau.

— Ces ordinateurs ultrasophistiqués dont vous m'avez parlé, docteur, dit Tomás, ils ne peuvent encore rien faire pour Alzheimer ?

— Ma spécialité est l'oncologie, rappela le médecin, tout en écrivant. Mais il apparaît constamment de nouveaux traitements pour toutes les maladies. Ici, on utilise même des robots pour la chirurgie. Ils sont plus précis que la main de l'homme. Et il y a toujours d'autres nouveautés, comme l'impression 3D en orthodontie. Des entreprises californiennes fabriquent des aligneurs dentaires transparents à partir de clichés de la bouche numérisés et envoyés de n'importe où dans le monde. Et l'Institut de médecine régénérative de Wake Forest a réalisé de notables progrès dans la construction d'une machine capable d'imprimer des cellules humaines sur des grands brûlés. La prochaine étape devrait consister à imprimer des organes entiers, ce qui réglera le problème de la recherche de donneurs compatibles. Il faut également mentionner la biologie synthétique, qui permet de rendre compatibles des organes en manipulant l'ADN, et la xénotransplantation, qui consiste à manipuler l'ADN des porcs de manière à ce qu'ils développent des organes compatibles avec l'être humain. Comme vous le voyez, les progrès sont énormes. Mais malheureusement, aucune percée décisive n'a encore été faite en ce qui concerne Alzheimer, notamment parce qu'il s'agit d'une maladie du cerveau, de loin l'organe humain que la science connaît le moins. Mais, vous pouvez être sûr que tôt ou tard on découvrira quelque chose. Pour ce qui est de votre mère, je suggère de l'inscrire à un programme que nous testons actuellement et qui comporte des examens tels qu'ils se feront au XXIe siècle.

— Tels qu'ils se feront au XXIe siècle ? Que voulez-vous dire ?

Ayant achevé d'écrire ses notes, le docteur Godinho leva la tête et le dévisagea.

— Vous faites des examens régulièrement, professeur ?

— Bien sûr. Tous les six mois, je fais une prise de sang pour mesurer mes taux de cholestérol, triglycérides, PSA, hémoglobine… la routine quoi. Je fais aussi des analyses d'urine.

— Ça, ce sont des examens du XXe siècle. Pauvres, incomplets, un billet pour la mort. Un médecin qui se bat pour la santé d'un patient avec ce genre d'examens ressemble à un général qui mènerait une guerre dont il ne pourrait voir le champ de bataille que pendant une seule seconde par heure. Un tel général est condamné à perdre la guerre. Pour la gagner, il faut pouvoir tout voir, tout le temps, vous comprenez ?

— Que voulez-vous dire ? s'étonna Tomás. Que désormais il faut faire des analyses tous les jours ?

— Toutes les secondes.

L'historien éclata de rire, incrédule.

— Si je faisais des analyses à chaque seconde de la journée, je passerais ma vie une seringue plantée dans le bras ! Je ne ferais que ça…

Le docteur Godinho garda les yeux fixés sur lui.

— Bientôt, les médecins disposeront d'un million de fois plus d'informations sur chaque patient. Alors qu'ils n'ont aujourd'hui que quelques feuilles de papier, sous peu ils devront traiter les milliards de données recueillies en permanence sur un même patient.

— Des milliards ? s'étonna Tomás. Où trouveront-ils le temps de lire tout ça ?

— Ils ne le feront pas. Ce n'est pas nous, les médecins, qui accéderons à cette information. Ce seront les ordinateurs. Grâce à des algorithmes spéciaux, l'intelligence artificielle passera en revue toute l'information relative à un patient, de l'ADN et des antécédents cliniques au comportement de chaque organe, et détectera toute anomalie plusieurs années avant qu'elle ne dégénère. Ce sera le *nec plus ultra* de la médecine préventive. D'ailleurs, la clinique Mayo a déjà mis au point un ensemble d'algorithmes, appelés *sniffers*, ou « renifleurs », qui analysent toutes les données d'un patient pour détecter et prédire des problèmes de santé potentiels. Les médecins se contenteront de prescrire des ordonnances fondées sur des diagnostics qu'ils n'auront pas établis et qu'ils ne comprendront peut-être même pas.

— Tout cela à partir d'une simple prise de sang ?

— Les analyses seront permanentes. Les données ne viendront pas d'un échantillon de sang ou d'urine prélevé tous les six mois, comme c'est le cas actuellement, mais d'informations recueillies en tout lieu, à tout moment. Notre état de santé sera analysé par des capteurs installés partout. Y compris dans notre propre corps. La médecine va bénéficier de l'explosion des capacités de calcul informatique, et en particulier des biotechnologies et des nanotechnologies, qui agissent à l'échelle atomique ou moléculaire. Des robots de la taille de petites molécules, voire d'atomes, les nanorobots, seront introduits dans nos vaisseaux sanguins et parcourront tout notre corps afin de nous informer en temps réel de notre état physique et biologique. Toutes ces données seront alors traitées par des algorithmes conçus pour identifier les problèmes de santé, comme les *sniffers* de la clinique Mayo.

— Est-ce ainsi que l'on décidera de pratiquer une opération ?

— Non seulement les nanorobots décideront de l'opportunité de la pratiquer, mais ils pourront les exécuter eux-mêmes. En circulant dans les vaisseaux, les nanorobots nettoieront les artères et expulseront les déchets cellulaires. Ils agiront comme des globules blancs en s'attaquant aux virus et aux cellules cancérigènes qu'ils trouveront. En plus de fournir en permanence des données sur notre corps, ils seront des minichirurgiens capables de changer des atomes, des molécules ou des cellules. Ils attaqueront des cibles précises, et pourront même s'agencer entre eux pour former des prothèses internes. Par exemple, si les os sont usés, les nanorobots pourront créer une structure osseuse de substitution, ou bien, si les cellules du cœur commencent à vieillir, ils seront à même de les remplacer. Même les neurones usés pourront être remplacés par les nanorobots. Le scientifique Robert Freitas a déjà conçu, sans les réaliser, des nanorobots capables de remplacer les cellules sanguines humaines dont les performances devraient être des milliers de fois supérieures à celles de leurs homologues biologiques. Grâce aux globules rouges robotiques de Freitas, un quidam pourra courir un sprint olympique pendant quinze minutes sans respirer. Quant aux globules blancs robotiques qu'il a conçus, ils pourraient lutter plus efficacement que les cellules biologiques contre les agents pathogènes. Freitas prévoit même des nanorobots capables de corriger des erreurs d'ADN, voire de modifier le code génétique, vous vous rendez compte ! Les possibilités des nanotechnologies sont illimitées.

Tomás ne semblait pas très convaincu.

— Oui, tout ça arrivera peut-être… à la Saint-Glinglin. Nous devons vivre dans le présent et non dans des fictions qui…

— Vous vous trompez, le coupa le docteur Godinho. Les premiers pas ont déjà été faits. Google X, un centre de recherche secret de Google, a conçu des nanorobots qui sont introduits dans l'organisme pour s'y déplacer et envoyer des images, introduire des substances dans des objectifs spécifiques et attaquer les cellules malignes avec davantage de précision que les scalpels des chirurgiens.

L'historien se gratta la tête, réfléchissant à ce qu'il venait d'entendre.

— C'est ça votre plan, docteur ? demanda-t-il. Vous voulez introduire des robots miniatures dans les vaisseaux sanguins de ma mère ?

Le médecin sourit.

— Les nanotechnologies sont encore en cours de développement, précisa-t-il. Un nanomètre est une unité minuscule l'équivalent, pour un mètre, du diamètre d'une noix comparé au diamètre de la Terre. Cette technologie est encore balbutiante et l'intelligence artificielle doit se développer davantage pour qu'on puisse produire en toute sécurité de tels nanorobots.

— Mais alors, comment allez-vous recueillir des données de façon permanente sur ma mère ?

— Tant que les nanorobots ne feront pas partie de la médecine conventionnelle, ce qui prendra encore quelques années, on peut implanter des capteurs dans le corps. Sous la peau, par exemple. Ces capteurs mesurent notre état à tout moment et envoient les données à un ordinateur.

— Ce n'est pas douloureux ? Elle est un peu douillette…

— Pas plus que de planter une aiguille dans le bras pour recueillir un échantillon de sang. En revanche, nous aurons des informations extrêmement précises sur la santé de votre mère, et notre ordinateur utilisera des algorithmes spéciaux pour analyser les montagnes de données qui seront ainsi recueillies et déceler tout problème chez elle. Je pense que ça vaut la peine de la faire participer à ce programme, mais c'est à vous de voir, bien sûr.

L'historien hésita. La maladie d'Alzheimer était dégénérative et sa femme, qui dirigeait une maison de retraite et était très au fait de la question, lui avait déjà dit qu'un jour sa mère passerait tout son temps alitée, dans un état végétatif. Dans ces conditions, la vie avait-elle encore un sens ? D'un autre côté, c'était sa mère et il voulait qu'elle vive aussi longtemps que possible, même réduite à l'état de légume. Et puis, le médecin n'avait-il pas dit que, grâce à l'intelligence artificielle, de multiples traitements étaient actuellement mis au point et testés pour toutes les maladies ? Tôt ou tard, on trouverait quelque chose pour soigner Alzheimer. C'était inévitable. Si sa vie pouvait être prolongée de quelques années, elle serait peut-être encore vivante quand le premier traitement vraiment efficace serait découvert. Qu'avait-il à perdre ?

— Très bien, docteur, finit-il par acquiescer. Vous pouvez l'inclure dans ce programme.

Le docteur Godinho le regarda avec une satisfaction évidente et lui tendit une feuille.

— Vous n'avez plus qu'à remplir ce formulaire. Croyez-moi, vous avez pris la bonne décision. Votre mère va être soumise à un nouveau type de médecine. Grâce aux ordinateurs, qui sont également capables d'adapter les thérapies au profil génétique de chaque patient, on pourra prolonger sa vie au-delà de la normale. On assiste à une révolution inouïe en médecine, infiniment plus importante que celle entraînée par l'apparition des vaccins et des antibiotiques. Et à partir d'aujourd'hui, votre mère va profiter de cette révolution.

— Allons, allons, docteur, dit Tomás en riant, le stylo à la main pour remplir le formulaire. Bientôt, vous allez m'annoncer la fin de toutes les maladies.

Le médecin accueillit l'ironie contenue dans les mots de Tomás sans le moindre embarras, comme s'il s'agissait d'une affirmation normale, une simple constatation.

— Pour votre mère, tout cela arrive un peu tard, c'est vrai, reconnut le médecin. Mais pour vous ou pour moi, c'est un monde nouveau. Notre espérance de vie moyenne va exploser. Nous deux, par exemple, savez-vous l'âge que, d'après les estimations, nous pourrions atteindre ?

— Une centaine d'années ?

Le docteur Godinho le regarda avec une expression confiante et assurée.

— Deux cents ans.

IV

Les yeux du colonel Li étaient froids et ses lunettes rondes semblaient les rétrécir encore un peu plus, les rendant anormalement petits. C'étaient les yeux petits et froids d'un homme calculateur. Le professeur Yao Bai, dont les travaux avaient impliqué des recherches en matière de haute sécurité, avait déjà eu affaire à cet officier, avec lequel il ne s'était jamais senti à l'aise. Ni avec lui, ni avec ses camarades. À vrai dire, qui, en Chine, pouvait se sentir à l'aise avec un officier du ministère de la Sécurité d'État ? Le seul avantage était qu'il échappait à la redoutable Commission centrale d'inspection disciplinaire, ce qui signifiait qu'il ne serait pas soumis à une purge idéologique. Mais il ne se faisait pas d'illusions sur ce qui l'attendait. Le MSE était l'agence de sécurité et de renseignement de la République populaire de Chine, un organisme qui remplissait des fonctions équivalentes, aux États-Unis, à celles qui résulteraient de la fusion du FBI avec la CIA. Impossible de se sentir à l'aise avec un tel homme à vos côtés.

Le colonel ferma la porte de la cellule et scruta le prisonnier. Il le dévisagea pendant un long moment, en silence, comme s'il le jaugeait. Ou, plus probablement, comme s'il attendait le moment le plus propice pour commencer la cérémonie du thé – euphémisme de la police chinoise pour désigner les interrogatoires. À supposer qu'il fût là pour procéder à un interrogatoire. Cela ressemblait surtout à un jeu dans lequel le chat cherchait à intimider la souris. À ceci près que la souris était beaucoup plus intelligente que le chat, qui de son côté était plus rusé. Ou peut-être pas. Le jeu allait commencer.

— *Ayah !* s'exclama soudain le colonel Li. Qu'est-ce qui vous a traversé l'esprit à Hong Kong ? Vous vous rendez compte de ce que vous avez fait ?

— Rien de mal, répondit le scientifique sur un ton serein et sage, tel Confucius. Je me suis contenté d'assister à une conférence sur le génome humain, du reste dûment autorisée par le ministère de la Sécurité d'État, et j'ai communiqué à mes distingués confrères les résultats d'une expérience scientifique menée par nos laboratoires. Tout me semble normal.

Le colonel plissa les paupières, durcissant son expression. Le chat n'était pas disposé à laisser la souris jouer avec lui.

— Ne faites pas l'innocent et ne vous moquez pas de moi, menaça-t-il. Nous vous avons autorisé à aller à Hong Kong, pas à exposer l'expérience.

— Mais c'était une conférence sur le génome humain, insista le professeur Yao Bai comme s'il formulait une évidence. Il ne m'est jamais venu à l'esprit que, puisque j'avais été autorisé à participer à une conférence sur le génome, je ne pouvais pas parler de la plus importante expérience scientifique menée par la Chine dans ce domaine. Si je ne pouvais pas évoquer l'expérience, de quoi allais-je parler ? Des soldats en terre cuite de Qin Shi Huang ?

— Je vous préviens, professeur, ne jouez pas avec moi, murmura le colonel Li, en bougeant à peine ses lèvres fines. Vous étiez parfaitement conscient que cette question était confidentielle.

— Bien sûr, mais j'ai supposé que si on me permettait de participer à une conférence sur le génome, c'était parce que le secret qui entourait l'expérience avait été levé.

— Est-ce que par hasard quelqu'un vous aurait indiqué que le secret avait été levé ? Qui a fait ça ? Je veux des noms !

Le professeur Yao Bai esquissa une moue d'étonnement, signifiant que la réponse était si évidente que les questions n'avaient aucun sens.

— Pour moi, c'était ce que signifiait implicitement l'autorisation de participer à une conférence sur ce sujet, affirma-t-il. Je n'ai pas songé un instant que l'on m'envoyait parler du génome humain sans que je puisse évoquer ce que l'on faisait de novateur en Chine dans ce domaine. C'est comme si les États-Unis envoyaient Neil Armstrong à une conférence sur la Lune sans l'autoriser à évoquer le voyage qu'il a fait en 1969. Ça n'a pas de sens. Et puis, quel mal y a-t-il à révéler que nous avons procédé à des manipulations génétiques pour lutter contre le sida ? Cela donne même une image positive de la Chine, car cela montre que nous sommes préoccupés par la santé de l'humanité. Vu la façon catastrophique dont nous avons géré la pandémie de Covid-19 en la laissant se répandre dans le monde entier, éradiquer le sida serait une excellente façon de sauver la face.

— Nous avons sauvé la face en apportant notre aide au monde entier, rétorqua l'officier. Inutile d'essayer de noyer le poisson. Vous savez très bien que le gène que vous avez manipulé ne concerne pas uniquement l'immunité contre le sida…

— Je le sais, vous le savez, et une poignée de personnes liées au projet le savent aussi, mais je vous ferais remarquer qu'à Hong Kong, je n'ai rien dit sur la dimension secrète de la manipulation du gène. J'ai juste dit que nous avions trouvé un moyen d'empêcher le VIH de contaminer deux nouveau-nés. Cela n'est-il pas parfaitement louable ?

Le grand sage jouait à l'idiot, conclut le colonel Li. La fable selon laquelle la manipulation du CCR5 ne visait qu'à immuniser les nouveau-nés contre le sida pouvait bien berner les journalistes et le grand public, comme d'ailleurs il ressortait des médias mondiaux au sujet de l'annonce faite à Hong Kong, mais ça ne tromperait pas l'ennemi. L'officier envisagea un instant de contre-argumenter, mais à quoi bon ? Continuer cette conversation ne servirait qu'à prolonger un débat qu'il ne pourrait pas gagner. Quel double jeu le professeur Yao Bai jouait-il ?

Les yeux perçants du colonel Li dévisagèrent le prisonnier, pour tenter de deviner ce que celui-ci avait en tête. Il fit un pas en avant et, sans prévenir, lui saisit la tête et se mit à l'examiner.

— Où est-ce ?

Le scientifique posa l'index quelque part sur sa nuque.

— Ici.

Li inspecta sa nuque attentivement, s'assurant que tout était conforme. Puis, il relâcha la tête.

— Grâce à ça, vous êtes devenu le plus grand cerveau de Chine et, à moins que les Américains ne soient plus audacieux que nous dans ce domaine, certainement le plus grand cerveau du monde. Étant donné votre intelligence supérieure, vous ne croyez pas que je vais avaler de telles conneries, n'est-ce pas ?

Le scientifique haussa les épaules.

— Je me fiche de ce que vous croyez ou non. Je me contente de vous expliquer pour quelle raison j'ai dit ce que j'ai dit à Hong Kong.

— Eh bien, vous avez tort, car ce qui va vous arriver dépend du rapport que je m'apprête à faire sur vous, grogna l'officier du MSE. Et j'hésite entre vous renvoyer dans votre laboratoire ou faire payer tout de suite la balle à votre famille. Vos élèves peuvent bien vous appeler *Xian Lao*, je vous assure qu'il n'y a rien d'immortel en vous.

La menace était on ne peut plus claire. Le professeur Yao Bai était conscient que son destin se jouait maintenant. Toute erreur pouvait être fatale.

— Ma vie appartient à la Chine, affirma-t-il avec intensité. Si le don de ma personne peut aider ma patrie, je l'offrirai sans hésitation. Je ne serai pas le premier de ma famille à le faire.

Le colonel Li plissa des yeux. Le scientifique faisait allusion aux sacrifices que la famille Yao avait déjà consentis pour la Chine. Le pays pouvait-il les oublier ? Non que le colonel fût sentimental. Loin de là. Fondamentalement, ce qui était en jeu était une question politique. Or, il y était extrêmement sensible. Il ne pouvait pas ne pas en tenir compte. Dans les affaires d'État, il n'y avait pas de place pour le sentimentalisme ; seuls comptaient l'utilité et l'intérêt.

— Vous êtes conscient des dommages que vous avez causés à la patrie avec votre annonce à Hong Kong ? demanda-t-il. Avez-vous la moindre idée de la tempête que vous avez déclenchée ?

— C'était une simple information technique, lors d'une conférence scientifique.

— C'était la violation d'un secret d'État ! s'écria l'officier exaspéré. Vous avez trahi la grande famille chinoise ! Vous avez mis la communauté scientifique internationale sur le pied de guerre, et des journalistes du monde entier nous posent des questions indiscrètes sur un sujet qui devrait être entouré du plus grand secret et qui a trait à la sécurité nationale. À présent, tout le monde nous interroge et nos ennemis ont déjà compris que nous sommes bien plus avancés qu'ils ne le pensaient. L'information a été diffusée partout. C'est un désastre !

— Et… qu'avez-vous répondu aux médias ?

— Que pensez-vous que nous allions répondre ? Nous avons dit ce qu'il fallait dire, bien sûr. Que vous êtes fou et irresponsable, que l'expérience n'avait pas été autorisée et que personne n'était au courant. Nous avons annoncé votre renvoi et laissé entendre que vous seriez poursuivi en justice pour répondre de violations graves des principes éthiques. Nous avons même fait courir le bruit que vous êtes assigné à résidence et sous-entendu que cela ne s'était produit que parce que la surveillance éthique en Chine est négligée. Comme vous le savez, cette image est très mauvaise pour notre réputation et pour l'harmonie du pays, qui plus est à la lumière de tout ce qui s'est passé lors de la phase initiale de l'épidémie de Covid-19. Cependant, vu les circonstances, c'est un moindre mal. La seule manière de remédier à la situation embarrassante dans laquelle vous nous avez mis est de nous désolidariser de vous.

Ce n'était pas l'évolution que le professeur Yao Bai avait souhaitée, mais tout cela était hors de son contrôle à présent. Il avait joué sa carte et mis en marche la roue du destin. Il n'avait aucun moyen de savoir jusqu'où elle irait. Rien désormais ne dépendait de lui.

— Je comprends.

Le colonel Li continuait à dévisager le prisonnier, les bras croisés, se demandant le sort qu'il allait lui réserver. La liberté ou la balle ? Il ne faisait pour lui aucun doute que l'homme n'était pas aussi innocent qu'il le prétendait. Personne n'allait à Hong Kong pour faire une telle annonce devant un parterre de scientifiques et d'espions du monde entier, sans avoir conscience des conséquences, et encore moins une personne avec l'intelligence du professeur Yao Bai. Les dommages étaient incalculables. Pour cela, il méritait la balle. D'un autre côté, avec ce qui était arrivé à son fils, une solution aussi drastique serait difficilement défendable sur le plan des relations publiques. Et ce d'autant plus que les projecteurs de la presse internationale étaient braqués sur eux. Enfin, détail non négligeable, le prisonnier était la plus grande autorité scientifique du pays dans son domaine, une sommité devenue indispensable. On avait beaucoup investi en lui. Vraiment beaucoup. L'éliminer reviendrait à détruire ce qui avait été fait et constituerait un grave revers pour la Chine, qui aspirait à remporter la course dans laquelle elle s'était engagée.

Il devait courir le risque.

— Je vais vous donner une dernière chance, annonça-t-il enfin, comme s'il lui rendait un grand service. Mais ce sera la dernière, compris ?

Le scientifique baissa la tête.

— Je vous remercie, colonel.

L'officier du MSE tourna les talons et ouvrit la porte de la cellule, invitant le prisonnier à sortir. Avant de le laisser passer, cependant, il pointa l'index entre ses yeux, comme si son doigt était le canon d'un pistolet et ses mots la balle qu'il pourrait faire payer à sa famille.

— Ne me décevez pas.

V

— Je vais vivre jusqu'à deux cents ans ?

Le chiffre était si élevé que Tomás pensa que Godinho plaisantait. Mais le médecin soutint son regard, sûr de lui.

— Ou cent cinquante. Ou trois cents. En réalité, rien n'est sûr, à part que que nous allons vivre bien plus longtemps.

— Plus longtemps, je veux bien le croire, dit l'historien. Mais… tant que ça ? L'espérance de vie moyenne a augmenté, tout le monde le sait. Celle de l'homme de Cro-Magnon était de dix-huit ans. Dans l'ancienne Égypte, elle montait à vingt-cinq ans, trente ans au Moyen Âge en Europe. Au début du XXe siècle, on approchait les cinquante ans aux États-Unis et maintenant elle est aux environs de quatre-vingts ans dans les pays les plus développés. Donc, si je calcule bien, en cinquante ans, nous avons gagné trois mois d'espérance de vie par an. Mais comme vous le savez, le corps humain a des limites. L'évolution de la médecine a permis d'éliminer les maladies qui empêchaient d'atteindre cette limite. Par exemple, autrefois, les gens mouraient jeunes de la tuberculose. En éradiquant cette maladie et d'autres, grâce aux vaccins, aux antibiotiques et à d'autres thérapies innovantes, l'homme a commencé à vivre jusqu'aux limites des capacités de ses cellules. C'est pour ça que nous vivons de plus en plus longtemps, jusqu'à quatre-vingts voire quatre-vingt-dix ans. On a calculé que notre limite naturelle est d'environ cent vingt ans. En d'autres termes, nous n'avons pas augmenté l'espérance de vie des cellules, nous avons simplement éliminé les causes de mort prématurée. Le problème, comme vous le savez bien mieux que moi, c'est que les cellules ne peuvent se reproduire que jusqu'à un certain point, puisqu'elles perdent leurs télomères à mesure qu'elles se reproduisent. Elles atteignent la limite de leur validité et, même sans aucune maladie, le corps humain dépérit globalement.

— Les cellules se reproduisent parce qu'elles meurent peu à peu.

— Elles meurent parce qu'elles sont programmées pour ça, poursuivit Tomás. Ce processus s'appelle l'apoptose, c'est cela ? La mort programmée des cellules. L'apoptose semble indiquer qu'il existe donc une limite à la vie.

— Le vieillissement est un phénomène extrêmement complexe, dit le médecin. Il est exact qu'il ne résulte pas seulement d'une suite d'erreurs de reproduction cellulaire, mais aussi de l'apoptose. Cependant, la mort programmée des cellules est, paradoxalement, ce qui nous permet de vivre, car si les cellules ne programmaient pas leur mort, elles finiraient par proliférer de façon incontrôlable. En fin de compte, le cancer c'est ça. Après qu'elles se sont divisées, certaines cellules perdent la capacité de se suicider et finissent par s'accumuler. Sans l'apoptose, on mourrait tous très tôt du cancer. Nous pouvons donc dire que la mort est essentielle pour qu'il y ait la vie. Mais il importe aussi de comprendre que la mort programmée des cellules n'est pas une loi physique, c'est un programme qui existe dans les cellules. Or, comme vous le savez, on peut parfaitement modifier un programme. Par exemple, mon portable peut être programmé pour déclencher une alarme à midi, mais je peux très bien changer cette programmation pour que l'alarme retentisse à minuit. Ou qu'elle ne se déclenche pas du tout. Il suffit de changer le programme.

— Êtes-vous en train de me dire que l'on peut modifier la programmation de la mort des cellules ? Comment ?

— En manipulant l'ADN avec des techniques d'édition génétique comme le Crispr-Cas9, par exemple. Ou en utilisant des nanorobots qui remplacent les cellules mortes. Ou n'importe quoi d'autre. C'est un problème de bio-ingénierie et, comme tout problème d'ingénierie, il a une solution. Nous ne la connaissons pas encore, mais nous savons qu'elle existe, parce que tout ce que la physique n'interdit pas est viable. Bien qu'il n'existe pas un gène de la mort, on a déjà commencé à identifier ceux responsables de l'apoptose, comme le gène Daf-2. La manipulation de ces gènes sur des vers a permis de doubler leur espérance de vie, une prolongation équivalant chez l'être humain à deux siècles de vie. La même chose s'est produite avec les cobayes. Si l'on peut le faire sur des vers et des cobayes, vous pouvez être sûr qu'un jour on le fera aussi sur l'homme. D'ailleurs, des expériences ont déjà été faites sur des primates.

— Mais... et le cancer ?

— En effet, avant de résoudre le problème de l'apoptose, il nous faudra résoudre celui de la prolifération cellulaire incontrôlée. Nous ne voulons pas que le remède nous tue, n'est-ce pas ? En 2010, des expériences menées sur le gène responsable de la fabrication des télomères dans les cellules de cobayes ont montré qu'il était possible d'accélérer le vieillissement ou de l'inverser. Cela a été fait sur des mammifères. Le problème a effectivement été l'apparition de cancers. Tout cela, cependant, démontre que notre limite biologique n'est pas forcément de cent vingt ans. De nombreux scientifiques le pensent, c'est vrai, mais d'autres ne sont pas de cet avis, surtout à la lumière de ces expériences sur des vers et des cobayes. Certains pensent que si on élimine la moitié des maladies d'une liste spécifique, l'espérance moyenne de vie dépassera les cent cinquante ans. Si l'on arrive à régler 90 % des problèmes de santé, on pourra atteindre cinq cents ans, et si on en règle 99 % on pourra vivre mille ans.

Tomás esquissa une moue sceptique.

— Vous m'en direz tant…

— Je sais que ça peut paraître délirant, mais des scientifiques en parlent. Compte tenu de la complexité du problème, je dirais que la solution viendra de l'intelligence artificielle.

— Je crains que vous ne comptiez un peu trop sur les capacités de l'intelligence artificielle, avança Tomás. Il est indéniable que les ordinateurs sont très performants pour le traitement de l'information. Ils font des millions de calculs en une seconde, ils sont capables de calculer le nombre pi jusqu'à une infinité de chiffres après la virgule, et ils traitent en un rien de temps des tonnes et des tonnes d'informations. Le problème, c'est que les ordinateurs se limitent à appliquer un programme. Ils ne prennent pas d'initiative, ils ne pensent pas de façon autonome, ils ne peuvent rien créer de vraiment nouveau. Ils manquent de créativité. Les êtres humains font des choses que les ordinateurs ne peuvent pas faire.

— Pas encore, corrigea le médecin. Les êtres humains font des choses que les ordinateurs ne peuvent pas encore faire. Mais le jour viendra où ils y parviendront.

L'historien lui jeta un regard ironique.

— Les machines parviendront-elles un jour à être créatives ?

Le docteur Godinho ouvrit un tiroir de son bureau d'où il sortit une feuille de papier qu'il présenta à son interlocuteur.

— Vous connaissez ce poème de Fernando Pessoa ?

Tomás lut les vers.

Un foyer transformé par les éclairs
Les alcôves empilées suffoquent
Cette insatiable terre

Ils l'attaquent avec des cornes mécaniques
Parce qu'ils t'aiment, ils t'aiment, dans le feu et le vent.

Tu demandes, qu'attend le temps ce printemps ?
Et je te dis qu'il attend la branche qui coule,
Parce que tu es un diamant parfumé
Qui ne sait pas pourquoi il grandit.

— C'est très beau. Et alors ?

— Ce poème a été publié dans le magazine littéraire *Archive*, de l'université Duke, expliqua le médecin. Mais, contrairement à ce que j'ai dit, son auteur n'est pas Pessoa. Les responsables de la revue l'ignoraient lorsqu'ils ont décidé de le publier, mais ce poème a été créé par un ordinateur.

Tomás fronça les sourcils.

— C'est un ordinateur qui a écrit ça ?

Le médecin lui montra une autre feuille.

— Ceci est un commentaire au sujet d'une bière. Lisez.

— « Une tonalité rouge foncé, avec une pointe agréable qui laisse un contour de dentelle sur le verre. Un arôme de framboise et de chocolat. Sans trop de profondeur, malgré les framboises. L'alcool est étonnamment subtil. Le goût de cette bière est indéfini. Il serait préférable que la carbonation transparaisse davantage. Elle se boit bien et je ne serais pas mécontent si elle était plus disponible. »

L'historien fixa le docteur Godinho.

— C'est aussi un ordinateur qui a écrit ça ?

— Je vois que vous comprenez vite. Le programmeur a simplement demandé d'écrire un commentaire au sujet d'une bière avec un goût de fruits. Il ne l'a même pas programmé avec les règles de grammaire. En se fondant sur des milliers de commentaires de bières et sur les modèles qu'il y a détectés, l'ordinateur a créé ce texte. Incroyable, non ?

— Je ne le nie pas, mais…

— L'ordinateur Watson d'IBM, après avoir consulté un certain nombre de recettes de cuisine, a produit un livre de recettes avec des plats inventés, comme la paella indienne, la quiche aux asperges helvético-thaïlandaise et la bruschetta turque à l'aubergine et au parmesan. Le livre a quatre étoiles dans les classements d'Amazon.

— Oui, mais…

— Lors d'un festival de musique à Santa Cruz, on a présenté des compositions de Bach récemment découvertes, poursuivit le médecin. Les gens les ont écoutées avec émotion, disant qu'ils étaient touchés par cette musique. Ce n'est qu'à la fin du concert qu'on leur a dit qu'en réalité ils n'avaient pas entendu de nouvelles compositions de Bach, mais les créations d'un programme informatique appelé EMI, Expériences en musique intelligente, qui avait été conçu pour « composer à la manière de Bach ». Apparemment, le programme informatique avait produit cinq mille compositions de Bach en une seule journée. Vous imaginez la stupéfaction des auditeurs lorsqu'ils ont appris que cette musique avait été créée par une machine. Outre du Bach, l'EMI a été programmé pour composer du Beethoven, du Stravinsky, du Chopin et du Rachmaninov. Des mélomanes comme le professeur Larson ont été tellement indignés qu'ils ont décidé de prouver que tout cela n'était qu'un canular. Larson a organisé un concours avec des pianistes professionnels pour jouer un morceau composé l'un par Bach, un autre par l'EMI, et un troisième par Larson lui-même. On a procédé à un vote : le public pensait que la composition de l'EMI était de Bach, que le morceau de Bach avait été composé par Larson et que celui de Larson n'était rien d'autre que le produit mécanique et sans âme d'un ordinateur. En d'autres termes, l'ordinateur a battu Bach !

— Oui, la…

— Pareil pour la peinture. En 2016, Microsoft et quelques partenaires hollandais ont élaboré un programme qui a analysé en détail les techniques et le style des peintures de Rembrandt au point de pouvoir créer un tableau dans le style de Rembrandt, bien meilleur que celui de n'importe quel imitateur humain. Le programme est capable de peindre dans le pur style de Rembrandt. Et il y a aussi le…

— Écoutez, je ne dis pas que ces créations ne sont pas de qualité, mais je ne pense pas qu'elles soient le fruit de la créativité, l'interrompit Tomás, élevant la voix pour se faire entendre. Tout bien considéré, ces ordinateurs ont simplement créé des produits apparemment nouveaux en se basant sur des œuvres inventées par des êtres humains.

— Exactement ce que fait chacun de nous lorsqu'il crée quelque chose, souligna le docteur Godinho. Vous pensez que les Beatles ne pensaient pas à Elvis Presley quand ils ont composé leurs chansons ? Ou que Camões ne s'est pas inspiré de l'*Iliade* d'Homère quand il a écrit *Les Lusiades* ? Ou qu'Eça de Queiróz n'a pas pioché quelques idées dans *La Faute de l'abbé Mouret* d'Émile Zola lorsqu'il a conçu *Le Crime du père Amaro* ? Et Elvis, Homère et Zola n'ont-ils pas eu leurs propres sources d'inspiration ? Les idées ne surgissent pas du néant. Même Einstein s'est basé sur des expériences de la vie quotidienne quand il a conçu la théorie de la relativité et Newton a été inspiré par la chute d'une pomme. On dira ce qu'on voudra mais, dans l'acte de création, chaque artiste, chaque scientifique, chaque créateur va puiser des idées quelque part ou chez quelqu'un, ne serait-ce qu'inconsciemment. Littérature, peinture, musique, architecture, science… la création est pleine de reproduction, l'originalité regorge d'imitation.

C'était vrai, et Tomás le savait. Comme il savait que toutes ses idées originales n'étaient pas entièrement originales, mais qu'elles provenaient toujours d'une source d'inspiration, une chose qu'il avait vue, entendue, ressentie. La création n'était rien de plus qu'une façon nouvelle d'établir des relations entre ce qui existe déjà.

— Certes, mais la capacité d'abstraction des ordinateurs n'est pas la même.

— Pas encore, insista le médecin en levant le doigt. Mais ça viendra. Comme vous le savez, il n'est pas de domaine où l'abstraction est plus pure qu'en mathématiques. Il se trouve qu'on a inventé un programme informatique appelé HR, en l'honneur des grands mathématiciens Hardy et Ramanujan, fondé sur l'identification de modèles dans les nombres et d'autres domaines de l'algèbre. Eh bien, HR a inventé de nouveaux types de nombres dont les propriétés sont actuellement étudiées et analysées par les mathématiciens. Avant HR, personne ne savait que ces nombres étaient possibles. Pouvez-vous imaginer une abstraction plus créative que celle-là ?

Tomás se gratta la tête, déconcerté.

— C'est… c'est surprenant.

— Dans les années 1950, les scientifiques disaient qu'un ordinateur n'aurait atteint le niveau de l'intelligence humaine que le jour où il battrait l'homme aux échecs. On pensait que ça prendrait des siècles, voire des millénaires, et très probablement que cela n'arriverait jamais. Or, en 1997, l'ordinateur Deep Blue d'IBM a battu Garry Kasparov, alors le meilleur joueur d'échecs du monde. Kasparov a déclaré que les coups de Deep Blue dénotaient une profonde intelligence et une grande créativité. Neuf ans plus tard, un simple programme d'échecs d'un banal PC a battu le nouveau maître mondial, Vladimir Kramnik. Aujourd'hui, n'importe quel logiciel sur un smartphone est plus puissant que Deep Blue, ou même que tous les ordinateurs utilisés par la NASA pour envoyer l'homme sur la Lune.

— Mais cela ne veut pas dire que les ordinateurs ont atteint le niveau de l'intelligence humaine…

— C'est ce qu'on dit chaque fois qu'un ordinateur atteint un objectif que l'on pensait autrefois impossible à atteindre. La vérité, c'est que les ordinateurs vont de plus en plus loin, et plus vite qu'on ne l'aurait pensé. Beaucoup plus vite. En 2015, un programme de Google a appris tout seul quarante-neuf jeux Atari, et ainsi battu les humains en utilisant parfois des stratégies qu'aucun joueur n'avait envisagées.

— L'ordinateur a inventé de nouvelles stratégies ?

— Les ordinateurs sont devenus créatifs. En 2011, l'ordinateur Watson s'est mesuré aux deux meilleurs joueurs mondiaux de Jeopardy !, un jeu qui repose sur des calembours, des blagues, de l'ironie et toute la gamme de conversations complexes que nous considérons comme inaccessibles à la compréhension d'un ordinateur et qui exigent d'interpréter des questions très difficiles, formulées en langage naturel. Eh bien, Watson a gagné. Mais l'intelligence artificielle est allée encore plus loin. Vous connaissez le jeu de go, un vieux jeu chinois beaucoup plus complexe que les échecs, qui permet une quantité de combinaisons supérieure au nombre d'atomes existant dans tout l'univers observable. Il est impossible d'apprendre par cœur toutes ces combinaisons, de sorte que la maîtrise de ce jeu ne dépend pas de la mémoire ni des mathématiques pures, mais de l'intuition, de la stratégie. Or, un programme de Google a appris le jeu de go tout seul et, en 2015, il a battu le champion européen, puis il a écrasé le champion du monde. Le programme a élaboré des stratégies subtiles et complexes, si innovantes que les spécialistes n'ont pas encore fini de les étudier. L'un des coups, porté à partir de la cinquième ligne, est considéré comme l'un des plus créatifs de l'histoire de ce jeu.

Tomás ne savait plus quoi penser.

— Même si, en tant qu'historien, je sais que le jeu de go est considéré comme l'une des formes d'art de la Chine ancienne, je dois avouer que j'en ignore les règles.

— Mais vous connaissez certainement le poker. Comme vous le savez, ce jeu ne repose pas sur les mathématiques, mais sur la stratégie et surtout le bluff. Le bluff n'est pas un processus mécanique, c'est une attitude psychologique. Un joueur doit feindre afin de tromper ses adversaires. Cela exige une grande créativité. Donc, impossible pour un ordinateur de battre un être humain au poker, d'accord ? Faux. En 2017, les ordinateurs Libratus et DeepStack ont battu quelques-uns des meilleurs joueurs de poker au monde. Et, chose extraordinaire, tous les deux ont appris ce jeu tous seuls. En d'autres termes, les ordinateurs parviennent déjà à battre les êtres humains dans des jeux psychologiques impliquant le bluff… et un comportement retors !

L'historien plissa les yeux.

— C'est impressionnant, je dois l'admettre. Mais qu'est-ce que cela signifie exactement ? Que nous ne sommes rien de plus que des ordinateurs ?

— Bien sûr que nous ne sommes que des ordinateurs, n'importe quel scientifique le sait ! Les êtres vivants sont comme des cartes perforées avec des instructions. Des algorithmes. Chercher de la nourriture, fuir le danger. Ces instructions élémentaires sont des algorithmes. Un algorithme est un ensemble méthodique d'étapes pour faire des calculs, résoudre des problèmes et prendre des décisions. Une recette de cuisine, par exemple, est un algorithme complexe composé d'une succession d'étapes. Mettez un kilo de pommes de terre dans une casserole, première étape, ajoutez une pincée de sel, deuxième étape, ajoutez deux oignons pelés, troisième étape, et ainsi de suite. Le comportement des organismes vivants est géré par des algorithmes. Même les émotions ne sont rien d'autre que des algorithmes biochimiques, par ailleurs fondamentaux pour assurer la survie et la reproduction des espèces. Les êtres vivants sont des algorithmes qui produisent des copies d'eux-mêmes et passent leur temps à faire des calculs pour survivre. J'ai faim et je veux manger, mais entre moi et la nourriture, il y a un tigre. Les algorithmes calculent dans notre cerveau. Si je cours vite, le risque de me faire attraper par le tigre est de 40 %. Dois-je prendre ce risque ou non ? Un autre algorithme entre en jeu et calcule que si je jette une pierre à gauche, je vais distraire le tigre pendant assez longtemps pour arriver jusqu'à la nourriture. Ou peut-être pas. C'est ce type de calculs qui me mènera à la décision. La décision est la résolution du calcul algorithmique. J'ai de l'argent et je peux le dépenser maintenant pour faire des voyages, ou économiser pendant des années pour acheter une maison. Que dois-je faire ? Les algorithmes font des calculs jusqu'à ce que l'une des possibilités l'emporte. La vie n'est rien d'autre que des algorithmes informatiques. Je trouve cette femme plus belle que l'autre ? Cette évaluation esthétique est en fait un algorithme qui calcule les différents paramètres des deux femmes pour déterminer laquelle peut me donner la meilleure progéniture. Et une femme fait le même calcul pour évaluer un homme. Tous ces algorithmes entrent inconsciemment en jeu lorsque des hommes et des femmes s'évaluent à des fins de reproduction.

— Mais, et si… ?

La question de Tomás fut interrompue par la sonnerie du téléphone portable de Godinho. Tout en s'excusant, le docteur sortit son smartphone de sa poche et décrocha.

— *Oh, hi Kurt*, dit-il en anglais. Oui, il est là. Nous sommes justement en train de conclure. Tu peux venir. – Il fit une pause. – *Okay, see ya.*

Il raccrocha et fixa Tomás.

— Vous avez une minute ?

— Oui, bien sûr. Que se passe-t-il ?

Le médecin du Centre Champalimaud pour l'inconnu remit son téléphone dans sa poche et se leva, mettant ainsi un terme à la consultation.

— Un de nos scientifiques veut s'entretenir avec vous d'une question confidentielle.

VI

La porte s'ouvrit et le professeur Yao Bai entra dans l'endroit du monde qui lui était le plus familier. Son laboratoire. Il y avait des écrans partout et des compartiments réfrigérés avec de grandes machines, mais les bureaux, généralement occupés par des techniciens, étaient vides ; le lieu paraissait mort. La salle était bien là, mais l'animation habituelle s'était évaporée. C'était le même endroit, mais, sans l'équipe, il semblait différent. Le fantôme de ce qu'il avait été. Le professeur avait travaillé là durant ces dix dernières années et le laboratoire était devenu son deuxième foyer. Ou plutôt : son premier. Peut-être même le seul. Combien de victoires et combien d'échecs y avait-il vécu ? Le récit n'en serait sûrement jamais conté, mais c'était là, exactement à cet endroit, que la Chine avait fait son véritable grand bond en avant. Et elle avait entraîné avec elle le reste de l'humanité. Restait à savoir vers quoi.

— Comme vous pouvez le voir, tout est comme vous l'avez laissé avant de partir à Hong Kong.

La voix surprit Yo Bai qui se retourna. Derrière la porte, en embuscade, se tenait le colonel Li. Pas de doute, les idiots du

MSE avaient le sens de la mise en scène. Ils regardaient trop de films américains.

— Et mes collaborateurs ?

— Congédiés. Personne ne doit savoir que vous être revenu.

— Mais je ne peux pas travailler tout seul, ce n'est pas possible, protesta le scientifique. Le Projet Pa-hsien est très complexe et, comme vous le savez, il comporte de nombreux aspects qui doivent être coordonnés et menés simultanément. J'ai besoin de mon équipe pour travailler.

L'officier de l'unité de Sécurité d'État leva un doigt.

— Une personne. Pour des raisons de sécurité, nous ne pouvons autoriser qu'une seule personne. Choisissez-la.

— Mais...

— Une seule personne, insista le colonel sur un ton qui ne laissait aucune place à la discussion. Avec l'attention internationale que vous avez attirée sur vous, il est risqué à présent d'agir comme s'il ne s'était rien passé. Nous devons être prudents et discrets. Pour l'instant, vous ne travaillerez qu'avec un seul collaborateur. Si les choses se passent bien et que l'on observe des progrès tangibles, lorsque la tempête se sera calmée, on pourra vous donner plus de monde. Qui sait, peut-être même toute votre équipe à nouveau. Mais pour l'instant, vous ne pouvez prendre qu'un seul collaborateur. Choisissez-le.

Le professeur Yao Bai soupira. Son retour au laboratoire pouvait déjà être considéré comme un exploit. Était-il réaliste d'espérer plus ? Que tout redevienne normal ? Après ce qui s'était passé, ce n'était pas possible. Ni, à vrai dire, nécessaire. Il ne pouvait pas abuser de sa chance. Ne serait-ce que parce qu'il en aurait encore besoin ; à Hong Kong, il avait joué sa carte et, visiblement, on lui avait donné l'occasion d'en jouer une seconde. Celle-là devrait être la bonne car il n'y en aurait pas d'autre.

— Le choix de la personne dépendra de la priorité qui a été fixée en haut lieu, fit-il observer. Je suppose que ce n'est pas la manipulation génétique d'embryons...

— Cet aspect a été retiré du projet pour des raisons évidentes, rétorqua sèchement l'officier. Il va sans dire que vous ne travaillerez plus là-dessus. Le dossier a été confié à une autre équipe qui pourra poursuivre les expériences en toute discrétion dans un laboratoire que personne ne connaît.

— Mais alors, à quoi dois-je accorder la priorité ?

— À l'IAG.

En d'autres termes, il conservait l'élément le plus important du Projet Pa-hsien. Il devrait se sentir flatté, mais ce n'était pas une surprise. Non seulement personne n'en savait autant que lui au sujet de l'IAG, mais en plus il maîtrisait parfaitement la technologie indispensable pour que le projet puisse fonctionner. Qu'on le veuille ou non, on ne pouvait pas se passer de lui. Peut-être était-ce même pour ça qu'on lui avait épargné la balle fatidique.

— Si l'IAG est la priorité, j'ai besoin d'un accès illimité à Internet.

— Négatif, répondit le colonel Li. Vous n'aurez aucune communication avec le monde extérieur.

— *Ayah !* Comment voulez-vous que je développe l'IAG sans accès à Internet ?

— Vous travaillerez avec notre supercalculateur, qui dispose de toute l'information nécessaire et où a été sauvegardé tout le travail réalisé jusqu'à présent. Il est absolument hors de question, après ce qui s'est passé à Hong Kong, que vous puissiez contacter quiconque ou que qui que ce soit puisse vous contacter.

Le scientifique pencha la tête sur le côté et caressa sa longue barbe en pointe, ce qui renforçait son air à la fois confucéen et patriarcal.

— J'ai donc été « harmonisé », considéra-t-il, employant l'euphémisme que les Chinois utilisaient habituellement pour parler de la censure et de l'isolement à l'égard d'Internet. Et mon équipe ?

Le fonctionnaire du ministère de la Sécurité d'État soutint son regard, lui laissant ainsi clairement entendre qu'il ne lui faisait pas confiance.

— Choisissez quelqu'un.

Le professeur Yao Bai considéra un moment la question, évaluant ses besoins. Il y avait plusieurs possibilités, chaque technicien ayant une compétence spécifique qui le rendait irremplaçable, mais il finit par arrêter son choix sur l'un des hommes de son équipe en qui il avait une totale confiance et, facteur fondamental, qui avait une caractéristique physique essentielle à la réalisation du plan qu'il avait en tête.

— Hong.

Li le scruta du regard, pour essayer de deviner les intentions que cachait ce choix.

— Vous répondez de lui ?

— Comme de moi-même.

Le colonel griffonna le nom dans un petit carnet, qu'il rangea ensuite dans la poche intérieure de son uniforme.

— Je vais le convoquer pour qu'il se présente immédiatement à son poste, déclara-t-il. Vous pouvez vous déplacer librement dans tout l'étage et votre chambre sera dans la salle de repos. Mais vous ne pourrez pas quitter cet étage. Dans un mois, nous organiserons une réunion pour évaluer l'avancement de vos travaux.

Il lui tourna le dos et, sans le saluer, quitta la pièce.

VII

L'homme était grand, avec une calvitie précoce et des cheveux grisonnants en bataille. Son blazer bleu foncé trahissait son effort pour avoir l'air présentable, mais son jeans froissé lui donnait un style aussi décontracté que sa façon de parler. Le docteur Godinho le présenta comme étant Kurt Weilmann, un scientifique américain qui collaborait avec le Centre Champalimaud pour l'inconnu. Sa poignée de main était énergique. Prétextant un autre rendez-vous, le médecin les salua puis quitta le hall du bâtiment.

— Je suis désolé de m'imposer comme ça, s'excusa Weilmann. Qui plus est pour parler avec le grand héros du signe de vie. *Hey man*, vous n'imaginez pas à quel point ma famille et moi avons souffert avec vous et tout ce qui s'est passé dans l'espace. *Gee*, c'était *awesome* !

Craignant presque que l'Américain ne lui demande un autographe, Tomás regarda sa montre.

— Écoutez, je suis consultant pour la Fondation Gulbenkian et j'ai un rendez-vous dans quelques instants, déclara-t-il en se dirigeant vers la sortie. Sans vouloir être impoli, je vous avoue que je suis un peu pressé.

— Ça ne prendra qu'une minute.

— On peut discuter en marchant ?

Weilmann comprit qu'il ne devait pas perdre de temps en mondanités, mais plutôt aller droit au but.

— C'est à propos du professeur Yao Bai.

Le nom du grand scientifique chinois interpella Tomás.

— J'ai vu dans les médias ce qui s'est passé à Hong Kong. On dit qu'il a été arrêté et… je ne sais quoi d'autre. Que s'est-il passé exactement ?

L'Américain ne répondit pas et sortit de sa poche une carte sur laquelle figuraient sa photo avec son nom, Kurt Weilmann, un numéro en dessous et, du côté opposé, un symbole bleu : un globe terrestre ovale marqué en son milieu du sigle DARPA.

— Je vis actuellement à Lisbonne et je collabore avec le Centre Champalimaud pour l'inconnu, mais je suis un scientifique de la DARPA. Je ne sais pas si vous en avez déjà entendu parler. C'est une agence fédérale américaine liée à la science et à la technologie.

Tomás fut à nouveau alerté.

— Quel type d'agence ? Du genre de la CIA ?

— Pas du tout, sourit Weilmann. Nous sommes des scientifiques, pas des espions. En fait, la DARPA a été créée en 1958, après le lancement du *Spoutnik* par les Russes. À l'époque, elle s'appelait ARPA, Advanced Research Projects Agency. Le président Eisenhower voulait une agence chargée de l'innovation dans les domaines de la science et de la technologie qui soit à même de placer le pays à la pointe de la conquête spatiale. C'est pour ça qu'il l'a créée.

— La conquête spatiale n'a-t-elle pas été confiée à la NASA ?

— La NASA est arrivée plus tard, *man*. Le premier projet spatial des États-Unis a été du ressort de la DARPA et c'est nous qui avons commencé à concevoir la fusée *Saturn*, qui a envoyé Neil Armstrong sur la Lune. Mais nous avons fait beaucoup plus que ça. Nous avons développé le premier satellite de reconnaissance au monde et nous avons convaincu le président de lancer le premier satellite de télécommunications. C'est aussi nous qui avons inventé le Transit, le système de navigation par satellites qu'on appelle GPS aujourd'hui, ainsi que la souris d'ordinateur. C'est encore nous qui avons relié les ordinateurs en réseau, créant ainsi Arpanet, ou Advanced Research Projects Agency Network, plus connu comme le Net, désignation aujourd'hui popularisée sous le nom de…

Il laissa délibérément sa phrase en suspens, attendant que Tomás la finisse.

— Internet ?

— Bingo !

Le Portugais n'en croyait pas ses oreilles.

— C'est vous qui avez inventé Internet ?

— C'est l'une de nos nombreuses créations, confirma Weilmann, non sans une pointe de fierté. Dans les années 1960, on travaillait avec des ordinateurs isolés à l'UCLA, l'université de Californie, à l'institut de recherche de Stanford, et au MIT, l'Institut de technologie du Massachusetts. Nous avons eu l'idée de mettre sur pied un système appelé oN-Line System, ou NLS, que l'un de nos chefs a appelé « réseau intergalactique d'ordinateurs ». Le 29 octobre 1969, une date historique, l'ordinateur de l'UCLA a envoyé un message inaugural à l'ordinateur de Stanford. Le premier email. Internet était né.

Vraiment impressionné, Tomás commença à regarder différemment son interlocuteur.

— Quel est le nom de votre agence déjà ?

— La DARPA. Une petite agence qui fait de grandes choses. Ou plutôt, la DARPA n'a pas vocation à développer directement ces innovations, mais à penser hors des sentiers battus, à passer des contrats avec des entreprises et à leur confier des projets scientifiques et technologiques de pointe. Je suis moi-même un scientifique sous contrat. Nous sommes actuellement l'organisme le plus important au monde dans le domaine des technologies intelligentes. Entre un tiers et la moitié des principales innovations de l'histoire touchant à la science et la technologie de l'informatique sont financées par la DARPA. L'un de nos derniers paris est SpaceX, le projet d'Elon Musk d'envoyer un vaisseau habité sur Mars. Je suppose que vous en avez entendu parler.

Weilmann avait définitivement capté l'attention de Tomás.

— Vous m'avez dit que vous vouliez me parler du professeur Yao Bai. Que se passe-t-il ?

— Nous savons que vous l'avez connu personnellement.

— Oui, c'est vrai, confirma le Portugais. Vous avez de ses nouvelles ?

— Certaines informations sont publiques, indiqua l'homme de la DARPA. La première fois qu'il a quitté le territoire de la Chine, le professeur Yao Bai s'est rendu à Hong Kong pour participer à une conférence sur le génome humain. Dans sa communication, il a annoncé que les premiers êtres humains génétiquement modifiés étaient nés en Chine. Il n'a pas donné beaucoup de détails, mais il a précisé qu'on avait eu recours à la technique Crispr-Cas9 pour modifier chez deux embryons le gène CCR5 qui permet au virus du VIH d'entrer dans l'organisme. En modifiant ce gène, on a immunisé les deux nouveau-nés contre le sida. À peine avait-il achevé sa présentation que le professeur Yao Bai a été emmené par des agents chinois, et on n'a plus jamais entendu parler de lui. Il a disparu.

Tomás secoua la tête.

— J'avoue que je ne sais pas quoi en penser. D'un côté, tout ce qui vise à garantir la santé est évidemment positif. D'un autre côté, il s'agit d'une expérience sur des êtres humains. Et si les choses tournent mal et que ces bébés développent des mutations dangereuses qui les font souffrir ou entraînent leur mort ? Qui en assumera la responsabilité ? Cette technique ne devrait-elle pas être testée plus avant pour s'assurer que les personnes qui y sont soumises ne subiront pas d'effets secondaires néfastes ? Et puis, que se passera-t-il si tout le monde se met à modifier les gènes humains à volonté ? Où cela s'arrêtera-t-il ? Il s'agit quand même de manipulations génétiques sur des personnes !

— D'où, précisément, les objections de la communauté scientifique.

— Comment le professeur Yao Bai a-t-il pu faire une telle chose sans une vaste consultation préalable entre scientifiques ? s'interrogea l'historien. Manipuler génétiquement des êtres humains, c'est jouer avec le feu.

— Ce qu'il a révélé à Hong Kong n'est que la partie émergée de l'iceberg, dit Weilmann. Nous devons découvrir rapidement où se trouve le professeur Yao Bai. C'est pour ça que Washington m'a demandé de vous contacter.

— Moi ? Mais que puis-je faire ?

L'homme de la DARPA regarda Tomás, incrédule.

— Allons, *man*, ne faites pas semblant de ne pas comprendre, murmura-t-il sur un ton condescendant. Vous en savez plus que vous ne le dites. Vous êtes le seul Occidental à avoir côtoyé le professeur Yao Bai ces dix dernières années. Ce n'est pas un mince exploit...

— Notre rencontre n'a duré qu'une demi-heure.

Ils quittèrent le bâtiment. Le ciel était dégagé et une brise fraîche descendait du Tage vers la mer. Weilmann consulta sa montre. Il était midi.

— Que diriez-vous de déjeuner avec moi ?

— Je ne peux pas. Comme je vous l'ai dit, j'ai une réunion à la Fondation Gulbenkian et...

— Annulez-la.

— Désolé, mais je ne peux pas modifier mes engagements comme ça.

L'Américain le dévisagea avec une froideur soudaine.

— Nous avons des raisons de croire que l'annonce faite à Hong Kong n'est qu'une infime partie de quelque chose de très grave qui se passe en Chine, dit-il, tendu. Le professeur Yao Bai a disparu ; c'est un personnage si insaisissable que pendant un certain temps nous avons pensé que ce n'était pas quelqu'un de réel, mais un mythe urbain, et le seul Occidental qui l'a rencontré au cours de ces dix dernières années, c'est vous. Nous devons le localiser, car il y a des questions importantes auxquelles il est très urgent de répondre. – Il pointa l'historien du doigt. – Il faut qu'on en parle, *man*.

— Oui, mais il y a cette réunion et…

— L'avenir de l'humanité est en jeu et vous, vous pensez à votre petite réunion ?

Tomás fronça les sourcils.

— L'avenir de l'humanité ?

— La pandémie passera pour une promenade de santé, comparée à ce qui se prépare actuellement en Chine, dit Weilmann lugubre. Vous disposez peut-être de renseignements qui nous permettraient de localiser le professeur. Il nous manque beaucoup d'informations sur les projets secrets de la Chine. Il est urgent que nous ayons une discussion confidentielle sur ce sujet. Alors, on déjeune ensemble ou pas ?

Le Portugais n'aimait pas manquer à ses engagements, mais le sujet semblait suffisamment important. Ce n'était pas tous les jours qu'on évoquait des menaces pires que la pandémie qui avait paralysé la planète, provoqué le confinement de la moitié de l'humanité et mis à mal l'économie mondiale. Il prit son téléphone et chercha le contact de la Fondation Gulbenkian.

— D'accord, je vais annuler la réunion. Mais je ne veux pas manger de hamburgers, vous m'entendez ? Je n'aime pas ça.

— Ne vous en faites pas. Vous avez une voiture ?

— Je suis venu en taxi.

L'homme de la DARPA sortit aussi son smartphone de sa poche et fit glisser son doigt sur l'écran.

— Je vais appeler un Uber.

Weilmann commanda une voiture puis leva les yeux et vit Thomas qui l'observait intensément, le regard plein d'intérêt.

— Vous avez dit que l'annonce du professeur Yao Bai à Hong Kong n'était que la partie émergée de l'iceberg et que l'avenir de l'humanité était en cause, observa l'historien. Que se passe-t-il vraiment ?

L'Américain sourit sans humour, conscient d'avoir piqué la curiosité de son interlocuteur.

— Le professeur Yao Bai a manipulé le gène CCR5 sur des embryons humains, indiqua-t-il. Connaissez-vous le rôle de ce gène ?

— Eh bien… il crée une immunité contre le sida, enfin, c'est ce que j'ai compris.

— Ce n'est qu'un des aspects, *man*. Si les Chinois ont manipulé ce gène, croyez-moi, ce n'est pas à cause du sida. Ça c'est juste pour faire illusion et légitimer la manipulation d'embryons. La vraie raison pour laquelle ils ont bidouillé le CCR5, c'est qu'il a une autre fonction, plus importante. Beaucoup plus importante.

— Quelle fonction ?

Le scientifique de la DARPA vérifia l'écran de son smartphone et constata que le Uber était sur le point d'arriver. Il scruta attentivement la rue et ce n'est que lorsqu'il vit la voiture approcher qu'il répondit à Tomás.

— Le CCR5 concerne l'intelligence.

VIII

Lorsqu'il entra dans le laboratoire et aperçut le professeur Yao Bai, Hong fut pris d'émotion, et seule la réserve naturelle inhérente à la relation maître-élève, *a fortiori* dans une culture aussi hiérarchisée que la culture chinoise, l'empêcha de se jeter sur lui et de le serrer dans ses bras. Au lieu de ça, il fit une profonde révérence, conformément aux anciennes traditions.

— Xian Lao ! s'exclama-t-il presque au bord des larmes, utilisant l'expression affectueuse qu'employaient les membres de l'équipe pour s'adresser à leur patron. Je suis infiniment heureux de vous voir en bonne santé. *Ayah*, vous n'imaginez pas à quel point j'étais inquiet depuis ce qui est arrivé. Je craignais que… que…

Il ne parvint pas à finir sa phrase, tant la conclusion était insupportable. Le savant s'approcha de son élève, le prit par les épaules avec affection et le regarda dans les yeux.

— Hong, mon dévoué collaborateur, dit-il avec émotion. Je suis profondément désolé de vous avoir causé tant de soucis. Quelque chose de bon finira peut-être par sortir de tout ce gâchis. Ou peut-être pas, allez savoir. Comme dit le dicton, nous trouvons parfois notre destin à l'endroit que nous voulons éviter à tout prix.

— C'est vrai, Xian Lao. Mais… comment allez-vous ?

— Celui qui revient de voyage n'est jamais le même que celui qui est parti, répondit le maître, énigmatique. Et notre voyage n'est pas encore terminé, mon bon Hong. Nous avons beaucoup à faire.

Le jeune homme regarda le laboratoire vide.

— Et le reste de l'équipe, Xian Lao ?

— Pour l'instant, nous ne pouvons compter sur personne d'autre. – Il regarda son assistant avec inquiétude. – Comment vont-ils, tu le sais ?

Le visage de Hong s'assombrit.

— Toute l'équipe a été punie, Xian Lao. Nous avons tous perdu cent points pour ne pas avoir alerté la hiérarchie sur la possibilité que vous fassiez ce que vous avez fait à Hong Kong. Celui qui en a le plus pâti c'est Ah Kuok, le pauvre. Je l'ai appelé hier, et au lieu de la sonnerie, il y avait un enregistrement qui disait qu'il avait été relégué à D. – Il baissa la tête, embarrassé. – Il est sur la liste noire du système à points. J'imagine la honte qu'il doit ressentir…

— Nous devons garder la tête froide, déclara le professeur Yao Bai d'un ton serein. Toi et moi avons été chargés de poursuivre la principale composante du Projet Pa-hsien et, pour le moment, nous ne serons que tous les deux. Nous devons progresser avec l'IAG. C'est la priorité fixée en haut lieu. Tu te sens prêt à relever le défi ?

— Pour un esprit fort, toute chose difficile semblera facile, dit Hong avec conviction, connaissant le goût du maître pour les proverbes. Pour un esprit faible, toute chose facile semblera difficile.

D'un geste, le professeur Yao Bai l'invita à le suivre.

— Voilà qui est parlé. Allez, viens. Beaucoup de travail nous attend. Renforçons notre esprit et surmontons cette difficulté, pour la patrie.

Hong était au moins aussi bedonnant que le professeur Yao Bai. Son corps était la véritable raison pour laquelle le chef d'équipe l'avait choisi. Non que l'intellect, et plus encore la loyauté, ne fussent important, Hong étant d'ailleurs un génie en matière de programmation d'algorithmes évolutionnaires. Le jeune homme était dévoué au maître, comme l'avait d'ailleurs prouvé sa réaction lorsqu'il l'avait vu en entrant dans le laboratoire, mais on pouvait en dire autant de la plupart des membres de l'équipe. Les scientifiques du Projet Pa-hsien formaient une véritable famille dont le professeur Yao Bai, qui les avait choisis un par un, était le patriarche. En Chine, le patriarche régnait au-dessus de tous tel un dieu, comme le voulait la coutume qui faisait de la piété filiale, le *ming chao*, la vraie religion du pays ; et c'était pour ça qu'entre eux ils ne l'appelaient pas par son nom mais par son surnom affectueux de Xian Lao.

Lao, l'aîné. *Xian*, l'immortel.

Le maître et l'élève s'assirent à un bureau ; on aurait dit le père et le fils tant l'un et l'autre étaient corpulents. Le professeur Yao Bai avait connu Hong au cours d'une visite dans les installations du géant technologique chinois Tencent. L'élève appartenait à la génération dite des « petits empereurs », celle des enfants nés après l'adoption de la politique de l'enfant unique. Il n'avait donc ni frère ni sœur et n'avait pas connu les difficultés de l'époque de Mao Zedong. Un enfant gâté, en somme. Mais il était très qualifié et motivé par l'innovation.

Hong avait travaillé dans un département de WeChat, une application créée par Tencent qui avait commencé comme une espèce de WhatsApp chinois et qui, grâce à Hong, était devenue quelque chose d'absolument novateur. WeChat permettait à présent non seulement d'envoyer des messages, mais aussi de payer les courses à l'épicerie, de prendre des rendez-vous chez le médecin, d'acheter des titres de transport, de remplir les feuilles d'impôts, de payer les factures d'électricité ou de louer des vélos… entre autres choses. Alors qu'en Occident il y avait une application pour chacune de ces fonctions, WeChat les regroupait toutes en une seule. C'était tout à la fois Uber,

Instagram, Paypal, Facebook, eVite, iMessage, Skype, Amazon, WebMD, Expedia, LimeBike, etc. Une application universelle, une idée chinoise qui commençait à être copiée, cette fois, par l'Occident. Le maître avait été tellement impressionné par le travail novateur de Hong que celui-ci fut l'une de ses premières recrues lorsqu'on lui confia le Projet Pa-hsien. Depuis qu'ils avaient commencé à travailler ensemble, l'homme de WeChat était devenu l'un de ses préférés.

Ils mirent de la musique et plongèrent tous deux dans l'analyse de l'un des problèmes liés au projet dont ils avaient la charge, la question des limites de la nano-informatique, prenant de nombreuses notes et échangeant des opinions techniques.

— Nous savons qu'il existe une relation proportionnelle directe entre l'énergie d'un objet et son potentiel pour effectuer un calcul, commença par observer le professeur Yao Bai à voix basse, comme s'il pensait tout haut. La vitesse de la lumière au carré est de 10^{17} mètres au carré par seconde au carré. Or, le potentiel de matière à calculer étant régi par la constante de Planck, ce qui donne 6,6 fois 10^{-34} joules par seconde, cela nous renvoie à l'échelle la plus petite à laquelle on peut appliquer de l'énergie pour l'informatique. Mais si l'on part du principe que la capacité potentielle de calcul d'un kilo de matière est égale à pi multiplié par l'énergie divisé par la…

La réflexion se poursuivit ainsi pendant une demi-heure, le chef d'équipe parlant à voix basse et portant souvent la main à la bouche, absorbé par son travail, réfléchissant et passant en revue les détails, multiples et complexes, des mathématiques et de la physique en rapport avec les nanotechnologies. Au cours du raisonnement, sans changer d'expression ni de ton et comme s'il parlait toujours de la même chose, il changea brusquement de sujet au milieu d'une phrase.

— … pour ce problème, nous devrons utiliser la technologie des systèmes de micro-électromécanique et, s'il te plaît, n'aie pas l'air surpris et garde la même expression parce qu'ils nous surveillent avec les caméras, il faut que je trouve un moyen de sortir d'ici pendant une heure, murmura-t-il d'un seul souffle. Pourrais-tu m'aider ?

Il avait chuchoté, la main devant la bouche, comme s'il était en train de réfléchir, mais c'était pour empêcher que les mouvements de ses lèvres ne soient visibles pour les caméras. La musique forte et sa voix basse lui permettaient de déjouer les micros. Hong comprit tout de suite ; conscient de la situation délicate dans laquelle se trouvait son patron, il se comporta comme si tout était normal. Il porta également la main à la bouche, feignant d'être absorbé par un problème technique.

— Que voulez-vous que je fasse, Xian Lao ?

— J'ai besoin de ton passe et d'échanger mes vêtements avec les tiens. Nous avons la même corpulence, si on fait très attention, ils ne remarqueront pas l'échange.

— Mais... et le visage, Xian Lao ? Vous savez bien comment fonctionne Skynet. Même si vous arrivez à tromper les gardes, le système automatique de reconnaissance faciale vous identifiera.

— Pas si je mets des lunettes de soleil et que je me coupe la barbe, répondit-il. Je connais bien le système, tu sais que j'ai participé au développement de Skynet. Malgré sa qualité et sa sophistication, je sais qu'on peut le tromper et comment. Dans deux ou trois ans, ce ne sera plus possible, mais pour l'instant ça l'est encore.

C'était vrai et Hong le savait.

— Et comment allons-nous échanger nos vêtements, Xian Lao ? Les caméras de surveillance nous suivent partout...

— Certes, mais je crois qu'on peut encore chier tranquillement, non ?

En effet, il n'y avait pas de caméras dans la salle de bains. Skynet ne surveillait pas les toilettes. Pas encore.

— Cela suppose que nous y allions tous les deux en même temps. Ça paraîtra suspect...

— Pas si nous avons une bonne excuse !

Apparemment, le maître avait pensé à tout.

— Qu'avez-vous en tête ?

— Tu vas renverser une tasse de thé sur ma chemise, suggéra le professeur Yao Bai. Comme ça je devrai aller à la salle de bains pour me laver. Comme tu auras provoqué l'incident, tu te sentiras coupable et tu viendras avec moi pour m'aider. Cela nous donnera un alibi pour être dans la même pièce au même moment.

Hong dut réprimer un sourire. Cet homme n'était pas un homme, mais un ordinateur vivant.

— Et… si on vous attrape ?

— Je connais bien le système automatique de reconnaissance faciale, rappela-t-il. Avec des lunettes de soleil et la barbe rasée, on ne me reconnaîtra pas. Et puis, je ne m'absenterai qu'une heure. Mais je ne te cache pas que c'est risqué, bien sûr. La réalité est complexe et il y a toujours des imprévus. Tu dois en être conscient. Tu veux toujours m'aider ?

L'assistant hésita. Aider le maître était son devoir. Mais, connaissant les capacités de Skynet et la punition qu'encouraient ceux qui mettaient en cause, d'une manière ou d'une autre, l'autorité de l'État, il avait peur.

— C'est vraiment important ?

— Je ne te le demanderais pas si ça ne l'était pas. C'est plus qu'important, c'est fondamental.

Hong était partagé. Il ne voulait pas s'attirer des ennuis, il n'était qu'un *whiz kid* en mathématiques et en programmation d'algorithmes, un *nerd* qui passait ses journées devant son ordinateur ou à étudier des livres techniques et à analyser des systèmes. Non seulement ce qui lui était demandé pouvait lui faire perdre des points dans le système de crédit social, ce qui le priverait de beaucoup de droits, mais, et c'était bien plus important, cela pouvait constituer un crime. Il n'ignorait pas qu'en Chine, l'État était impitoyable avec ceux qui le défiaient.

Mais le maître était le maître, il était Chinois et le *ming chao* sa religion. Comment ignorer les devoirs filiaux ?

Le jeune homme respira profondément pour se donner du courage et dire ce qu'il devait, maintenant que sa décision était prise.

— Comptez sur moi, Xian Lao.

La sueur coulait déjà dans son cou ; ce qu'il venait d'accepter était pure folie. S'il était découvert, dans le meilleur des cas, il deviendrait un paria de la société, son nom figurerait sur la liste noire du système de crédit social – un grave stigmate dans un pays qui avait hérité de la morale confucéenne l'idée que tous devaient se comporter de manière appropriée et jouer le rôle que la société leur avait assigné – et il couvrirait de honte toute sa famille.

Dans le pire des cas, ce serait une balle. Comment ne pas avoir peur ?

IX

Le chauffeur, un jeune homme bien élevé en costume cravate, se retourna et accueillit ses deux clients en leur proposant du café et de l'eau minérale. Depuis l'arrivée de Uber sur le marché, et grâce à une simple application, des citoyens ordinaires engageaient d'autres citoyens ordinaires pour les conduire d'un endroit à un autre. Tomás déclina l'offre du chauffeur, mais l'Américain, après avoir donné une adresse dans le Chiado, accepta la bouteille d'eau tout en complimentant les services de Uber à Lisbonne, parmi les meilleurs qu'il eut jamais utilisés.

La voiture démarra et s'engagea sur la route côtière, mais la circulation était infernale et ils se retrouvèrent bientôt bloqués devant le monument aux Découvertes.

— Il y a une manifestation un peu plus loin, dit le chauffeur, prévenant. Des taxis.

— Contre Uber, je parie, plaisanta Weilmann en buvant. Ils ne doivent pas trop vous porter dans leur cœur, *man*…

Le chauffeur ne réagit pas, peut-être par gêne. En temps normal, le trajet jusqu'au Chiado aurait été relativement rapide, mais pas avec ce trafic.

— Tout à l'heure, vous avez dit que le gène CCR5, que le professeur Yao Bai a manipulé, est lié à l'intelligence, rappela Tomás. Est-ce que vous insinuez par là que les Chinois font des expériences génétiques pour accroître l'intelligence de nouveau-nés ?

— Le professeur Yao Bai est la plus haute autorité chinoise en matière de nouvelles technologies, dit l'homme de la DARPA sans répondre directement. Ses étudiants l'appellent même *Xian Lao.* Les autorités chinoises ont officieusement baptisé l'opération qu'il dirige Projet Pa-hsien. Est-ce que ces expressions vous disent quelque chose ?

Le Portugais comprit que son interlocuteur testait ses compétences d'historien.

— *Xian Lao* signifie, si je ne me trompe pas, « grand-père immortel ». Et *Pa-hsien* est l'expression couramment utilisée pour désigner les Huit Immortels. « Projet Huit Immortels ». C'est bien sûr une référence au mythe des Huit Immortels, les légendaires *xian* qui, selon la mythologie chinoise, connaissent tous les secrets de la nature, y compris l'élixir de vie.

— Vos compétences en histoire sont impressionnantes, professeur, constata Weilmann. En fait, nous avons découvert que Projet Pa-hsien est juste le nom que, pour des raisons de sécurité, les Chinois utilisent dans les conversations informelles, car ainsi personne ne fait le lien avec le nom de code qui figure dans les documents officiels secrets. Le véritable nom est Projet Vitruve.

— Ah, l'homme parfait ! s'exclama Tomás, se référant au dessin du corps humain que Léonard de Vinci avait réalisé au XVe siècle. Je suppose que cette appellation fait référence aux projets du professeur Yao Bai de modifier génétiquement les êtres humains afin de les améliorer.

L'Américain le dévisagea.

— C'est plus que ça, professeur Noronha.

— Plus que ça, s'étonna Tomás. Vous trouvez que modifier l'ADN de l'humanité est une broutille ?

— La génétique n'est qu'une facette du travail du professeur Yao Bai. Et peut-être la moins importante. Nous avons des raisons de croire que ce grand savant est impliqué dans quelque chose de plus vaste. Beaucoup plus.

— Comme quoi ?

— Puisque vous êtes un historien réputé, je suppose que vous êtes familier de la mystique qui entoure la conception de l'homme de Vitruve…

Tomás se demandait où pourrait bien mener cette conversation.

— Eh bien… l'homme de Vitruve a été décrit d'après la conception de l'architecte romain Vitruve sur les proportions géométriquement parfaites. Le dessin reflète la conviction de Léonard de Vinci que tout est relié à tout et que le corps humain est un diagramme de l'univers. Si vous regardez attentivement le dessin de Léonard, vous constaterez que l'homme de Vitruve est situé dans un carré, lequel s'inscrit dans un cercle. Le cercle symbolise le cosmos et le divin, et le carré la terre et le profane. En d'autres termes, dans sa dimension la plus mystique, l'homme de Vitruve représente l'effort de l'homme pour se fondre dans le cosmos et, surtout, devenir divin.

Du pouce, Weilmann indiqua la vitre arrière de la voiture.

— Êtes-vous au courant, professeur, des activités novatrices dans le domaine de la santé qui sont menées au Centre Champalimaud pour l'inconnu et d'autres centres similaires, disséminés un peu partout dans le monde ? Avez-vous connaissance des immenses progrès qui ont été accomplis ?

L'historien nota qu'une fois de plus la question portait sur un autre thème, mais il supposa que les sujets étaient liés et que ce lien ne tarderait pas à apparaître.

— Oui, le docteur Godinho m'a parlé des tests de chimiothérapie sur les larves de poissons-zèbres, de l'utilisation de robots en chirurgie, du recours à l'intelligence artificielle pour prescrire des traitements individualisés et adaptés à l'ADN de chaque patient... Il a évoqué toutes ces avancées. Y a-t-il autre chose dont il ne m'aurait pas parlé ?

— Ça c'est l'essentiel, confirma Weilmann. Mais derrière tout cela se cache quelque chose d'encore plus essentiel. Dans le domaine médical, la révolution est immense et porte sur des techniques qui permettent de modifier l'ADN humain. Le professeur Yao Bai, par exemple, a annoncé qu'il avait modifié des embryons humains, notamment en désactivant le gène CCR5 qui permet l'entrée du VIH dans l'organisme. Si on altère le CCR5, on immunise les gens contre le sida. Or le sida n'est que l'une des maladies contre lesquelles on peut être génétiquement immunisé. Le diabète, par exemple, en est une autre ainsi que les cancers, les maladies cardiaques, les malformations congénitales... La liste est immense, car pratiquement toutes les maladies ont une dimension génétique. En manipulant l'ADN, on peut éliminer le risque de voir ces maladies apparaître. C'est purement et simplement de la médecine préventive extrêmement efficace. Nous n'aurons pas à traiter des maladies qui n'existent plus.

— Mais, éclairez-moi, manipuler l'ADN est-il dangereux ou non pour les embryons ?

— Les techniques existantes les plus pointues pour procéder à des manipulations génétiques sont le Crispr-Cas9, qu'il a utilisé dans son expérience, et le Crispr-CasX, qui a l'avantage d'être 40 % plus petit que le Cas9 et, partant, encore plus précis. Ce sont des techniques très prometteuses qui permettent de retirer un gène d'un endroit pour le mettre ailleurs, un peu comme un copier-coller sur un ordinateur, mais il est évident que de nombreux tests sont nécessaires pour nous assurer que la manipulation est entièrement sûre. Comment pouvons-nous être certains que modifier le gène CCR5 ne créera qu'une immunité contre le sida ? Le CCR5 pourrait-il avoir une autre fonction, essentielle pour l'organisme ? En réalité, nous savons déjà que ce gène permet au système immunitaire de combattre certaines infections virales ; en d'autres termes, les enfants dont les embryons ont été manipulés par le professeur Yao Bai ont été immunisés contre le sida, ce qui est excellent, mais en même temps, ils sont devenus vulnérables à d'autres virus, ce qui est néfaste. Lorsque nous manipulons des gènes, nous devons être absolument certains de ce que nous faisons et, en l'état actuel de nos connaissances, nous avons encore beaucoup de lacunes en ce qui concerne la fonction de chaque gène et surtout des combinaisons de gènes. C'est pourquoi les critiques que la communauté scientifique a adressées au professeur Yao Bai ont essentiellement porté sur la sécurité des manipulations génétiques et les effets secondaires que celles-ci sont susceptibles de provoquer. – Il leva la main, en signe une mise en garde. – Mais attention, là n'est pas la préoccupation principale. Le véritable problème est beaucoup plus vaste et profond.

— Que peut-il y avoir de plus grave que ces effets secondaires ?

— Imaginez qu'en cherchant à remédier à la faiblesse physique d'un patient, on découvre un gène qui régit la force musculaire. On manipule ce gène et le patient devient plus fort. La question est donc : qu'est-ce qui nous empêche de manipuler ce gène chez une personne en bonne santé afin de la rendre extraordinairement forte, d'en faire un superathlète ?

— Rien, je suppose.

L'Américain se pencha vers lui, avec l'expression de quelqu'un qui va faire une révélation très importante.

— Et si je vous disais que le gène CCR5, manipulé par le professeur Yao Bai, soi-disant pour protéger les embryons contre le sida, est également lié à l'intelligence, que peut-on en conclure sur les véritables intentions de la Chine ?

Depuis qu'il était entré dans le Uber, Tomás songeait à la révélation concernant les pouvoirs moins connus du gène manipulé par les Chinois, et ce que cela impliquait.

— Vous pensez que l'expérience révélée par le professeur Yao Bai vise à créer des êtres humains plus intelligents ?

Weilmann acquiesça lentement de la tête.

— Ce n'est pas par hasard que les documents officiels chinois l'appellent secrètement le Projet Vitruve, rappela-t-il. Si Homo sapiens domine la terre, c'est grâce à son intelligence supérieure, non à sa force physique. L'ambition des Chinois est de créer un homme vitruvien, un homme parfait. L'homme supérieur.

L'historien se frotta doucement le front, songeur. Les pièces du puzzle commençaient à s'emboîter.

— Les Chinois essaient vraiment de créer un homme superintelligent ?

— Ils n'ignorent pas qu'il existe un lien direct entre le Q.I., le quotient intellectuel, et le statut social, déclara l'Américain. L'intelligence est la dernière et la plus grande des inégalités, celle qui génère le plus d'inégalités. Il est vrai que le concept de Q.I. a ses limites, notamment parce qu'il existe différents types d'intelligence, et que même des gens très intelligents ne sont pas encore parvenus à se mettre d'accord sur ce qu'est l'intelligence ; il n'en demeure pas moins que le concept de Q.I. présente des avantages pour évaluer le potentiel d'intelligence de chacun. On a calculé, par exemple, qu'un gain de cinq points de Q.I. se traduit en général par la multiplication du salaire par 1,45. Autrement dit, en moyenne, une personne avec un Q.I. dix points supérieur à celui d'une autre a tendance à gagner le double de son salaire. Cependant, comme il n'y a aucun moyen de bricoler l'intelligence, on a décidé d'en faire un sujet tabou.

Tomás souleva un sourcil.

— Vous oubliez les facteurs sociaux, observa-t-il. Maintes personnes restent pauvres non parce qu'elles ne sont pas assez intelligentes, mais parce qu'elles ne fréquentent pas les bonnes écoles et n'ont pas de familles structurées. Leur milieu social ne les aide pas. À chances égales, elles réussiraient.

— Tout à fait correct, *man*. Mais cette vérité en cache une autre, à savoir que d'importants facteurs génétiques jouent un rôle dans l'intelligence. Et on a également fait de cette seconde vérité un tabou. Il est politiquement correct de dire que quelqu'un échoue dans la vie parce qu'il a moins de possibilités qu'une personne socialement favorisée, ce qui est vrai dans de nombreux cas. Mais il est absolument inacceptable d'affirmer qu'il en est ainsi car l'intéressé est moins intelligent, ce qui est également vrai dans beaucoup d'autres cas. Ainsi est né le mythe, auquel beaucoup de monde croit, que les différences sociales sont dues exclusivement à des différences en matière d'éducation et d'égalité des chances. Et il ne fait aucun doute que ces différences jouent effectivement un rôle conséquent, je le répète. Une bonne école, un bon enseignant et une bonne famille font vraiment la différence, comme vous venez de l'observer. Cependant, ces facteurs servent principalement à améliorer l'intelligence qui existe déjà. Ils ne contribuent guère à l'augmenter.

— Allons, allons, déclara Tomás. Comment peut-on déterminer si l'intelligence dépend des conditions sociales plutôt que des attributs génétiques ?

— Il ne fait aucun doute que les conditions sociales jouent un rôle important dans l'optimisation des qualités génétiques, insista Weilmann. Mais des études montrent qu'une grande partie de l'intelligence d'une personne dépend de ses gènes. Les travaux les plus concluants sont ceux qui ont été réalisés sur de vrais jumeaux car, comme vous le savez, ils sont des clones l'un de l'autre ayant en commun la quasi-totalité de leur matériel génétique. L'analyse des cas de vrais jumeaux vivant dans des familles différentes, et de frères adoptés vivant dans la même famille a permis de conclure que les gènes déterminaient au moins 50 % de l'intelligence tandis que la famille et l'éducation comptaient pour un tiers à peine de leurs résultats scolaires. En outre, on a aussi constaté qu'entre l'enfance et la fin de l'adolescence, la part des gènes dans l'intelligence représente près de 80 %.

— Autant que ça ?

— Bien que l'on n'aime pas parler de ces faits, en particulier parce que ce qu'ils impliquent dérange, le lien entre gènes et Q.I. est établi depuis un certain temps déjà. C'est comme pour la taille. Une meilleure alimentation contribue effectivement à ce que les gens grandissent mais, comme chacun sait, tous les gens qui mangent bien ne sont pas grands pour autant. Qu'on le veuille ou non, les facteurs génétiques jouent un rôle déterminant dans la taille. La bonne nouvelle, c'est que l'inégalité génétique dans l'intelligence, à l'origine de profondes inégalités sociales, peut être résolue. Si l'on détecte le gène ou l'association de gènes qui est derrière l'intelligence, on pourra le manipuler. On bricole ces gènes et… le patient intellectuellement limité devient intelligent.

Tomás se renfrogna.

— Certes, mais sur le plan politique et social, il est compliqué de faire des recherches sur les gènes de l'intelligence…

— Le problème c'est vraiment le tabou qui, pour des raisons historiques, politiques, idéologiques et sociales pèse sur cette question très sensible. Cependant, ce tabou peut être contourné grâce à un cheval de Troie. Par exemple, la recherche sur la maladie d'Alzheimer. Au lieu de déclarer qu'on étudie les gènes de l'intelligence, ce qui peut paraître inacceptable, il suffit de prétendre étudier le traitement de la maladie d'Alzheimer, ce qui est non seulement acceptable mais même louable. Une fois achevée la recherche sur Alzheimer et les gènes de l'intelligence identifiés, qu'est-ce qui nous empêche de les manipuler chez un patient normal et faire de lui un génie ? Ce que je veux dire, *man*, c'est que la même technique utilisée à des fins thérapeutiques peut l'être pour améliorer l'espèce humaine.

— Mais ça s'appelle l'eugénisme ! protesta l'historien. Le vieux rêve nazi de créer le surhomme !

— Et c'est justement l'implication profonde du travail du professeur Yao Bai avec le gène CCR5, qui touche à l'immunisation contre le virus du sida, mais aussi à l'intelligence.

La technologie est à double tranchant. La chirurgie esthétique a été créée à des fins thérapeutiques, notamment pour traiter des personnes défigurées par des accidents, mais par la suite elle a aussi été utilisée par des personnes en bonne santé qui voulaient être plus belles. Ce que je veux dire, c'est que la médecine employée à des fins thérapeutiques peut également l'être à des fins eugéniques. Toujours le couteau à double tranchant. Il en va de même pour les manipulations génétiques. Aujourd'hui, la Chine manipule l'ADN de deux embryons humains pour résoudre le problème du sida, ce qui semble très noble et louable, mais demain elle manipulera l'ADN d'un million d'embryons pour créer des surhommes, superforts, supersains et, surtout, superintelligents. Quand on s'en apercevra, les Chinois auront déjà développé une super-race !

L'historien avait écouté avec stupéfaction, revoyant les images en noir et blanc de l'Allemagne durant la Seconde Guerre mondiale.

— La Chine a-t-elle fait sien le rêve du nazisme ?

X

Le thé servi par la machine était très chaud, brûlant même, et Hong se rendit compte qu'il ne pouvait le renverser sur le maître sans le brûler. Il revint donc vers le professeur Yao Bai avec la tasse et la posa sur la table tout en feignant de poursuivre l'analyse des problèmes techniques du Projet Pa-hsien qui les occupait.

— La capacité de stockage potentielle d'un atome d'hydrogène tourne autour de quatre millions de bits, observa le jeune homme. Comment pouvons-nous en tirer parti, Xian Lao ?

Voyant la vapeur s'élever de la tasse, le maître comprit que son assistant retardait le moment de l'incident pour laisser refroidir le thé, et continua la comédie.

— Il est possible de faire 10^{42} calculs par seconde sans produire de chaleur excessive, précisa-t-il. Si l'on utilise des techniques de calcul réversible et que l'on permet des dissipations raisonnables d'énergie, on peut obtenir quelque chose se situant entre cette valeur et 10^{50} calculs par seconde. Cela permet de stocker 10^{27} bits de mémoire dans un kilo de matière, qui contient 10^{25} atomes. N'oublie pas qu'un ordinateur a une capacité de mémoire théorique de 10^{31} bits, ce qui…

La conversation se poursuivit ainsi pendant encore dix minutes. Puis, constatant que la vapeur avait pratiquement disparu, Hong saisit la tasse, s'assurant ainsi qu'elle était tiède, et but un peu de thé. En la posant, il la déséquilibra et renversa le thé sur la chemise du professeur.

Tous deux sautèrent de leurs chaises.

— Oups ! s'exclama Hong, faisant semblant d'être très inquiet. Toutes mes excuses, Xian Lao ! Comme je suis maladroit !

— Ce n'est rien, ce n'est rien…

— *Ayah !* Vous allez être obligé de vous changer !

— Oui, mais… que vais-je mettre ?

L'assistant se dirigea vers la salle de bains, invitant son chef à le suivre.

— Je… Je sortirai vous en acheter, n'ayez crainte.

— Ne te dérange pas, déclara le professeur Yao Bai. Je vais demander que quelqu'un m'apporte de quoi me changer.

— J'insiste, Xian Lao ! Tout est ma faute, c'est à moi d'y remédier. C'est une question d'honneur ! Nettoyons cela et pendant que vous prendrez une douche, j'irai chercher des vêtements.

Ils entrèrent dans la salle de bains et se déshabillèrent rapidement. Le professeur Yao Bai coupa sa barbe avec un rasoir, revêtit les habits de son assistant et mit des lunettes de soleil. Le tout en moins de cinq minutes. Lorsqu'il fut prêt, il se regarda dans le miroir.

— Pas mal, hein ?

— Waouh, Xian Lao ! s'exclama Hong, stupéfait par la métamorphose. On dirait quelqu'un d'autre !

Le maître rit.

— Oui, toi.

Sans perdre de temps, il prit le passe du jeune homme et quitta la pièce. L'heure de vérité avait sonné. Les caméras de surveillance fixées au plafond du laboratoire le suivaient, mais il était persuadé que le système automatique de reconnaissance faciale ne l'avait pas identifié. C'était une simple conviction, bien sûr, mais une conviction éclairée, et qui allait être mise à l'épreuve immédiatement. Il fallait qu'il ait raison et qu'il puisse passer à travers les mailles de Skynet. C'était impératif. Trop de choses en dépendaient. Bien sûr, il y avait encore les gardes, mais il savait que les lunettes de soleil, les vêtements de son jeune protégé et surtout son visage rasé le rendaient méconnaissable.

L'accès au hall où se trouvaient les ascenseurs et la porte menant à l'escalier d'urgence était gardé par un policier. Il s'approcha de lui l'air absorbé, comme s'il était plongé dans les mille problèmes techniques que soulève la nanotechnologie, et lorsque l'homme lui jeta un regard inquisiteur, il lui tendit distraitement le passe de Hong. Le garde demeura silencieux, signe qu'il n'avait rien noté d'inhabituel, et le professeur Yao Bai appuya sur le bouton de l'ascenseur. Quelle chance qu'ils ne soient pas encore équipés des derniers gadgets technologiques chinois ! S'il s'était trouvé au siège de SenseTime, l'entreprise voisine, dans le district de Haidian, il n'aurait eu aucune chance. Il n'y avait pas de passe. Les portes ne s'ouvraient que lorsque les caméras, une fois qu'elles avaient reconnu le visage de l'intéressé, projetaient sur un écran les informations sur son identité. Certes, l'État chinois s'équipait rapidement, mais heureusement cette technologie ne devait être installée dans le bâtiment du laboratoire que dans quelques mois.

Il dut attendre vingt secondes qui lui semblèrent une éternité, surtout quand il sentit le regard du policier se poser à nouveau sur lui. Il se maîtrisa. Aurait-il soupçonné quelque chose ? Enfin, la porte de l'ascenseur s'ouvrit, il y entra et inséra le passe dans la fente avec le petit voyant rouge, priant pour que Skynet ne détecte aucune anomalie. Le voyant devint vert. L'autorisation lui avait été accordée. Il appuya avec anxiété sur le bouton du rez-de-chaussée, regardant nerveusement vers l'extérieur. Le policier ne bougeait pas. La porte se referma avec un ronflement, l'ascenseur tressaillit et commença à descendre lentement. Il prit une longue inspiration, infiniment soulagé.

Il était passé.

XI

La circulation progressait, mais toujours lentement. Les automobiles formaient une file, pare-chocs contre pare-chocs, sur l'avenue 24 de Julho, avançant en accordéon entre coups de klaxon irrités et jurons, mais les deux passagers étaient tellement plongés dans leur conversation qu'ils ne remarquaient même pas ce qui se passait autour d'eux.

— Pour éviter les associations gênantes avec le projet nazi, on a cessé d'utiliser le terme « eugénisme », expliqua Weilmann. À présent, on appelle ça le « transhumanisme ». Ça a l'air plus inoffensif, et même positif.

— En effet, reconnut Tomás, toujours attentif aux leçons de l'histoire. La vieille technique politique du *spin-off* : donner de nouveaux noms pour déguiser les choses qui dérangent. Orwell a beaucoup écrit à ce sujet. Il a appelé ça la « novlangue ».

— Selon vous, que feront les autres pays si la Chine s'est secrètement lancée dans un projet comme ça ? Vous pensez qu'ils vont la laisser créer seule des surhommes et qu'ils vont regarder les bras croisés ? On imagine difficilement le reste du monde rester passif. Si les Chinois tentent de mettre au point des surhommes, les autres peuples devront en faire autant, sinon dans vingt ans ils seront totalement asservis. Telle est la véritable signification de l'annonce du professeur Yao Bai. La Chine s'est engagée dans un processus eugénique et le reste du monde n'a d'autre choix que de lui emboîter le pas.

Les implications éthiques et géopolitiques des expériences génétiques chinoises étaient devenues claires pour le Portugais.

— Nous sommes en train d'ouvrir la boîte de Pandore. – Il considéra les conséquences. – S'il en est ainsi, comment les surhommes vont-ils traiter les gens normaux ?

— C'est-à-dire, nous.

— Oui, nous. Nous serons beaucoup plus faibles, malades et bêtes qu'eux. Vont-ils nous traiter d'égal à égal ? Seront-ils condescendants ? Ou... vont-ils nous asservir ?

— Qu'en pensez-vous ?

Tomás examina la question. Pour un historien, la réponse n'était pas bien difficile à trouver.

— L'histoire et la vie quotidienne nous enseignent que les êtres humains sont rarement tendres avec les espèces auxquelles ils ne trouvent aucune utilité. En 1915, quand ils étaient utilisés comme force de travail, on dénombrait vingt millions de chevaux domestiqués aux États-Unis. En 1960, il n'en restait plus que trois millions, une diminution de près de 90 %. Bien qu'ils soient des animaux sympathiques et intelligents, les chevaux ont été décimés par l'évolution technologique, qui les a rendus pratiquement inutiles pour l'homme. Et si l'on considère les espèces sauvages, on constate un recul généralisé sur toute la planète. Les animaux inutiles pour l'homme sont purement et simplement anéantis. Ils perdent leur habitat naturel et sont pourchassés. Quand on les trouve utiles, c'est pour les transformer en aliments ou en cobayes de tests médicaux. Les poules et les porcs sont entassés dans des cages et engraissés jusqu'à ce qu'ils soient abattus. Même la population des primates diminue à un rythme alarmant et une grande partie de ceux qui ont survécu ont été enfermés dans des cages pour être exposés dans les zoos ou faire l'objet d'expériences médicales. Si nous, les humains, traitons ainsi les espèces moins intelligentes, comment les surhommes de demain vont-ils traiter les humains d'aujourd'hui ? Même pour les spécimens actuels d'Homo sapiens, les choses ne sont pas faciles. Il suffit de voir ce qui s'est passé lorsque Christophe Colomb est arrivé en Amérique : les Amérindiens ont été presque exterminés par les Européens. Ou bien songez à l'histoire de l'esclavage. Les plus forts ont tendance à soumettre ou à exterminer les plus faibles. Pas besoin d'être particulièrement perspicace pour se rendre compte que si Homo sapiens est confronté à un surhomme génétiquement modifié, les choses ne vont pas bien se passer.

— Alors, imaginez ce qui se passera lorsque la Chine développera ses surhommes, suggéra l'homme de la DARPA. Que feront les autres pays ?

— Ils devront en faire autant, c'est une question de survie, reconnut Tomás. Mais, si je peux me permettre, le problème ne tient pas seulement au fait qu'il y aura des pays avec des surhommes et d'autres avec des populations normales, inégalité qui, en soi, est déjà très dangereuse. Même au sein de chaque pays, il y aura des divisions très graves. L'ensemble de la population d'un pays ne pourra pas bénéficier des améliorations génétiques, car les manipulations sont coûteuses et la plupart des gens n'auront pas les moyens de les faire. Il se créera un fossé entre une élite de gens fortunés, qui misera tout sur les améliorations génétiques pour avoir des enfants superintelligents, superforts et en super bonne santé, et le reste de la population.

— Ça ne se passera pas nécessairement comme ça, expliqua Weilmann. Au début, sans doute. Mais, n'oubliez pas que le coût des manipulations génétiques va inévitablement baisser, comme à chaque fois qu'une innovation apparaît sur le marché, sans compter l'énorme pression sociale et politique pour que ces améliorations soient étendues au reste de la population. Dès que l'élite commencera à avoir recours aux techniques pour accroître l'intelligence, creusant ainsi les différences de Q.I. et les inégalités que celles-ci induisent vis-à-vis du reste de la population, la pression politique deviendra très forte. Tout le monde voudra y avoir accès. Les améliorations génétiques deviendront même un droit acquis, un peu comme les campagnes nationales de vaccination. Vous avez raison de dire qu'une élite en bénéficiera d'abord, mais l'histoire a montré que les élites ont aujourd'hui ce que le reste de la population aura demain. Ce fut le cas avec l'alimentation, l'éducation, l'automobile, les congés, la télévision, les téléphones portables, les ordinateurs, bref, toutes les avancées de nos sociétés. D'abord, seule une élite a accès au progrès, mais au bout d'un certain temps, ces privilèges deviennent accessibles à tous.

— Certes, concéda l'historien. Mais, même lorsque les améliorations génétiques seront accessibles à tous, il se trouvera toujours quelqu'un qui, pour des raisons idéologiques ou religieuses, n'en voudra pas. À l'instar des témoins de Jéhovah, qui refusent les transfusions sanguines pour des raisons d'ordre religieux, alors même que celles-ci sauvent des vies et sont une procédure banale et accessible à tout le monde, il y aura toujours des gens pour refuser les améliorations génétiques. Ce qui signifie que dans chaque pays, il y aura deux castes biologiques : Homo sapiens et les surhommes. C'est-à-dire deux humanités différentes. Comment les surhommes, beaucoup plus forts, sains et intelligents, traiteront-ils les spécimens d'Homo sapiens, qui ne seront pour eux que des idiots obscurantistes, laids et primitifs, un peu comme les singes pour nous aujourd'hui ? Et même parmi les surhommes, comment pourrons-nous être sûrs que tout le monde aura le même niveau d'intelligence ? Certaines manipulations de l'ADN permettront de tripler l'intelligence d'un enfant, tandis que celles qui seront faites sur un autre enfant, dans un laboratoire différent, la multiplieront par cent. Puis certaines augmenteront l'intelligence mille fois et d'autres un million de fois, et ainsi de suite. Il n'y aura pas de limite et chaque cas sera unique. Autrement dit, même parmi les surhommes, il y aura plusieurs castes. Ce sera un véritable chaos.

— Vous voyez un moyen d'y remédier ?

— Les gouvernements devront intervenir en fixant des règles et des limites. L'ensemble du processus de manipulation génétique doit être réglementé.

— Réglementé comment ? demanda l'Américain. Vous savez, le premier séquençage du génome humain a pris treize ans, a nécessité d'importants moyens internationaux et lorsqu'il fut achevé, en 2000, il avait coûté trois milliards de dollars. Seize ans plus tard, on faisait la même chose en moins d'une journée, dans n'importe quel laboratoire et pour à peine mille dollars. Des entreprises comme 23andMe, Navigenics et deCODE Genetics réalisent déjà des tests génétiques pour moins de cent dollars. Même au Portugal, Ophiomics et HeartGenetics les font. Si un gouvernement européen interdit les améliorations génétiques, qui garantira que la Chine les interdira aussi ? Et même si elle les interdit, comment être sûrs qu'une dictature du tiers-monde ne créera pas secrètement des « hyper-surhommes » ? Et à supposer que l'on puisse, par miracle, contrôler tout cela, il y a fort à parier qu'une personne malintentionnée parviendra, secrètement, dans un obscur laboratoire, à enfreindre les règles. Ou qu'un multimillionnaire sera prêt à verser des dessous-de-table pour s'assurer une descendance beaucoup plus intelligente et plus forte que le reste de la population. La prolifération des manipulations génétiques sera, qu'on le veuille ou non, incontrôlable.

Tomás passa sa main dans ses cheveux, considérant l'ampleur et la complexité du problème.

— Effectivement, on a ouvert la boîte de Pandore. Heureusement, les effets de ces modifications génétiques ne se feront pas sentir du jour au lendemain. Un embryon génétiquement amélioré aujourd'hui ne deviendra un adulte que dans une vingtaine d'années. Nous avons un sursis d'une génération. Cela nous laisse assez de temps pour réfléchir au problème et élaborer des solutions qui…

— Vous vous trompez complètement, coupa Weilmann. Le problème ne se posera pas dans une génération. Il se pose déjà aujourd'hui.

— D'accord, c'est aujourd'hui que des embryons ont été génétiquement manipulés, mais il n'en demeure pas moins que ces êtres humains ne seront adultes que dans deux décennies et…

— Vous ne comprenez pas, insista l'homme de la DARPA. Il faut effectivement une génération pour que des manipulations génétiques produisent des effets. Mais elles ne constituent que l'un des moyens d'améliorer les humains et de créer des surhommes, vous comprenez ? Il existe une autre méthode plus rapide. Beaucoup plus rapide. Et cette méthode est déjà appliquée.

L'historien leva un sourcil.

— Une autre méthode plus rapide ? Laquelle ?

Le scientifique regarda les voitures devant eux qui avançaient lentement, prises dans cet embouteillage monstrueux, avant de se tourner à nouveau vers Tomás et de lui répondre enfin.

— L'union de l'homme et de la machine.

XII

Dehors il faisait frais, mais c'était une fraîcheur agréable pour Yao Bai car elle signifiait qu'il avait réussi à fausser compagnie à ses surveillants. Les yeux cachés par les lunettes de soleil, le professeur regarda les poteaux et compta les caméras de surveillance installées dans la rue. Deux de ce côté-ci du trottoir, deux de l'autre, encore une là-bas, et une autre… À vue de nez, il en dénombrait au moins sept. Sept caméras dans son champ de vision, mais des milliers disséminées à travers la ville ; trois cents millions dans toute la Chine. Son pays occupait la première place mondiale en matière de contrôle électronique, et son système automatique de reconnaissance faciale, Skynet, était le plus performant de la planète.

Il se dirigea vers un kiosque et acheta un bonnet blanc arborant un coq noir ; le symbole du Tottenham Hotspur, un club de football anglais. Il l'enfonça sur la tête et reprit sa marche, espérant ainsi être encore mieux déguisé. La rue, située dans le parc scientifique de Zhongguancun, grouillait de boutiques, en particulier des magasins de produits technologiques, et l'espace était découpé par des bâtiments à l'architecture sophistiquée. Il était loin le temps où l'économie chinoise était à la traîne, les entreprises entre les mains de l'État et où les gens n'avaient aucune incitation à produire.

Alors que le pays était plongé dans la stagnation et la misère, Deng Xiaoping avait fini par réintroduire l'économie de marché à la fin des années 1970 et tout avait changé. Les obstacles à la concurrence furent abolis et les entreprises étatiques improductives fermées, ce qui entraîna le licenciement de dizaines de millions de travailleurs. La croissance économique explosa et avec elle apparurent des millions de nouvelles entreprises qui créèrent des emplois productifs en masse. Une économie faible, à planification centralisée, était devenue en moins de trois décennies la deuxième puissance économique de la planète. En 2009, la Chine était le premier exportateur mondial. Plus de 80 % de son économie était déjà entre les mains du secteur privé et le pays était entré dans l'ère de l'innovation et de la richesse. Partout, l'activité était débordante, et c'est ce qui se reflétait dans l'effervescence de cette rue où fleurissaient les enseignes lumineuses et l'abondante publicité incitant le public à la consommation.

L'intelligence artificielle, le professeur Yao Bai le savait, était le fer de lance de cette révolution chinoise. Les entrepreneurs du pays s'étaient surtout distingués par leurs copies des inventions américaines. Leur premier moteur de recherche avait été Sohoo, une imitation éhontée de Yahoo ! Le réseau social Xiaonei avait lui aussi rencontré un énorme succès en imitant Facebook – imiter était le bon terme. La page d'accueil, les profils, les couleurs, les barres, et jusqu'à l'expression « A Zuckerberg Production » à la fin de chaque page, tout avait été littéralement copié sur Facebook. Et tout ça sans vergogne. Alors que les jeunes Américains de la Silicon Valley croyaient qu'ils allaient changer le monde et vilipendaient le plagiat, tout ce que voulaient les Chinois c'était gagner de l'argent coûte que coûte, dussent-ils copier tout et n'importe quoi. Ils parièrent sur le capitalisme sauvage – officiellement appelé « socialisme de marché ». Ce fut dans une véritable jungle, dure et implacable, que se développa l'intelligence artificielle chinoise. Les gens adhérèrent en masse. Un pays dans lequel, en 1998, seulement 0,2 % de la population était connectée à Internet était devenu le plus important utilisateur du réseau au monde – on y dénombrait plus d'utilisateurs qu'aux États-Unis et en Europe confondus. Les Chinois utilisaient Internet non seulement pour communiquer, mais aussi pour commander leur déjeuner, acheter des chaussures, engager quelqu'un pour faire la queue à leur place dans les hôpitaux, ou promener leur chien, bref, pour tout et n'importe quoi.

À cela vint s'ajouter l'appareil militaire. En 2009, après avoir été la cible de pirates qui lui avaient volé une kyrielle de fichiers entiers de propriété intellectuelle – comme vingt autres entreprises américaines, y compris les géants de la défense Lockheed et Northrop –, Google identifia l'origine de l'attaque informatique sur des serveurs de l'armée chinoise. Rien de tout cela ne surprit le professeur Yao Bai, fin connaisseur de toute la stratégie visant à pirater le savoir occidental. Enfin, en 2017, Pékin annonça le Plan pour le développement de la nouvelle génération d'intelligence artificielle, un programme gigantesque, version chinoise pour l'intelligence artificielle du plan que le président Kennedy avait mis en œuvre dans les années 1960 pour envoyer un homme sur la Lune. Nul ne devait sous-estimer la Chine lorsqu'elle décidait de se lancer dans un projet, comme en témoignait le plan colossal mis en œuvre dans le domaine des trains à grande vitesse. En 2007, le pays ne disposait d'aucune ligne à grande vitesse, mais en 2017 il en comptait déjà plus que le reste du monde. Et maintenant, il avait décidé de faire la même chose avec l'intelligence artificielle. Le Plan pour le développement de la nouvelle génération d'intelligence artificielle avait fait de la Chine le plus grand investisseur mondial dans le secteur, la priorité étant accordée à la défense, et son objectif explicite était de placer le pays à l'avant-garde mondiale d'ici 2030. Le Projet Pa-hsien était la composante secrète de ce plan.

Le professeur Yao Bai entra dans un magasin de vêtements et commença à regarder les tee-shirts exposés sur des cintres. Une musique assourdissante sortait des haut-parleurs placés dans le plafond de la boutique. Il reconnut la mélodie ; c'était le célèbre rappeur Sun Bayi qui chantait *Chine splendide*.

« Nous connaissons tous
la vision originale,
la mission du Parti,
travaille sans repos,
pour le bonheur du peuple,
et le progrès national… »

Ignorant la chanson de propagande que le rappeur braillait à la radio tel un Eminem chinois, il choisit un polo de taille XL ; ce serait son alibi. En arrivant à la caisse, l'employé s'étonna de voir qu'il lui tendait un billet.

— Vous n'avez pas de QR code ? lui demanda-t-il, presque agacé. Je préférerais.

Pratiquement tous les magasins dans les grandes villes chinoises acceptaient et encourageaient les paiements par smartphone avec WeChat ou Alipay ; tout comme d'ailleurs les vendeurs de rue. Au point que deux voleurs originaires de la province qui cambriolèrent trois magasins dans la ville de Hangzhou ne récoltèrent que quelques pièces de monnaie. Quand ils furent arrêtés, les deux malfrats demandèrent à la police si l'argent existait encore à Hangzhou. De fait, en Chine, l'utilisation de QR codes pour effectuer des paiements était cinquante fois plus importante qu'aux États-Unis.

Le client fit une grimace embarrassée.

— Je suis vraiment désolé, j'ai oublié mon smartphone à la maison…

En quittant le magasin, le professeur Yao Bai consulta sa montre ; il devait se dépêcher, le temps jouait contre lui. Cette escapade était cruciale, il y pensait depuis que le colonel Li l'avait fait sortir de sa cellule. Cette équipée représentait l'étape la plus importante de son plan, puisqu'elle impliquait le seul acte qu'il ne pouvait accomplir dans le laboratoire. Il voulait envoyer un message hors de Chine. Un cynique appellerait ça « une bouteille à la mer ». Le professeur Yao Bai avait vécu toute sa vie dans son pays, il n'avait aucun ami, aucun contact à l'étranger. Il était comme un naufragé, isolé du monde et perdu. Qui recevrait la bouteille et qui lirait son message ?

En réalité, il avait un contact. Un seul, mais important. Il s'agissait d'un homme qui lui avait rendu visite quelque temps auparavant et dont il avait gardé le numéro de téléphone. L'homme lui avait donné des nouvelles de Jingming, il était en fait la dernière personne qui lui avait parlé, et cela suffisait pour qu'il ait une place spéciale dans son cœur. Mais cet homme avait une autre caractéristique qui le rendait sympathique. Quand il était adolescent, l'endroit de Pékin où le professeur Yao Bai aimait le plus se rendre n'était pas la place Tian'anmen, ni la Cité interdite, ni les cafés de l'université, ni aucun autre lieu traditionnel pour les jeunes ou recherché par les touristes, mais l'ancien observatoire astronomique, qui datait du temps des Ming. L'un des responsables de cet observatoire avait été un prêtre jésuite portugais qui, plusieurs siècles auparavant, avait été conseiller de l'empereur. Il s'appelait Tomás Pereira. Le professeur Yao Bai n'en avait pas parlé à l'époque, mais il avait repensé au jésuite lorsqu'il avait rencontré cet homme qui s'appelait aussi Tomás et était originaire du même pays. C'est à lui qu'il adresserait le message. Son numéro de téléphone était gravé dans sa tête, l'implant qu'il avait dans la nuque lui donnait une mémoire photographique infinie et dès qu'il arriverait à la poste, il l'appellerait. Il y était presque.

Il atteignit l'avenue des Entrepreneurs et tenta de la traverser, mais le trafic était infernal. Non pas à cause des voitures, mais parce que les scooters et les vélos étaient si nombreux qu'ils semblaient former des courants autonomes. Les conducteurs de scooters livraient les commandes faites sur Internet, une véritable mode en Chine, et les vélos témoignaient d'une autre mode, celle des mobilités partagées ; ceux orange et gris appartenaient à Mobike, les jaunes à Ofo et le reste à une multitude d'autres entreprises. Disposant de cadenas intelligents connectés à Internet, qui ne pouvaient être ouverts qu'avec un QR code, ces vélos équipés de GPS, d'accélérateurs, du Bluetooth et de moyens de communication activés par smartphone étaient utilisés par n'importe qui et abandonnés n'importe où. À lui seul, Mobike enregistrait en Chine quatre fois plus de déplacements que Uber dans le monde entier, ce qui expliquait que les vélos colorés étaient devenus un véritable fléau urbain. Et un bonus pour le système de surveillance, il fallait le reconnaître. Chaque vélo envoyait en permanence des informations sur ses déplacements, ce qui permettait à l'entreprise de savoir à tout moment qui le conduisait et où il allait. Ces données étaient promptement transmises à l'État, qui les utilisait pour assurer l'harmonie sociale.

Yao Bai était pressé et il traversa l'avenue dès qu'il entrevit une ouverture, loin du passage piéton. Il sentit aussitôt un choc et ses lunettes de soleil tombèrent par terre.

— Oh non !

— Je suis désolé, dit le cycliste qui l'avait heurté. Vous avez surgi tout à coup devant moi. Ça va ?

Le scientifique ramassa immédiatement ses lunettes et les remit devant ses yeux.

— Oui, oui, ça va, dit-il sans prêter attention au cycliste. Désolé, je suis pressé.

Son esprit scientifique se remit en marche. Il jeta un coup d'œil aux poteaux. Il y avait trois caméras alentour. L'avaient-elles identifié ? Il savait que le taux de réussite de l'identification faciale réalisée par Skynet était de près de 100 % lorsque le visage était de face, mais il avait veillé à garder le sien baissé, même pendant l'incident. Avec le visage de profil, l'identification était plus difficile, mais le taux de réussite dépassait encore les 80 %. Ce qui jouait en sa défaveur. D'un autre côté, il avait été sans lunettes pendant seulement cinq secondes, il portait toujours son bonnet et il s'était coupé la barbe, modifiant complètement son apparence par rapport à la photo de lui qui devait être stockée dans la base de données de la police… Ce qui était à son avantage.

En revanche, il n'ignorait pas que les algorithmes de l'ordinateur central de surveillance étaient capables de reconnaître les personnes simplement à partir de leur silhouette et de leur façon de marcher. Même si elles feignaient de boiter et cachaient leur visage, Skynet pouvait les identifier à cinquante mètres de distance. Mais cette identification, mise au point par la société chinoise d'intelligence artificielle Watrik, ne pouvait pas encore être effectuée en temps réel. Pas encore. Les algorithmes analyseraient les enregistrements des millions de caméras de surveillance installées dans le pays, mais seulement quelques dizaines de minutes plus tard, quand, espérait-il, il serait déjà revenu au laboratoire où il pourrait achever son plan. Il fallait également tenir compte du système des oiseaux robotiques – des drones ressemblant à des oiseaux – qui étaient lancés en masse dans les cieux du pays pour surveiller la population ; cependant, ce système de surveillance étant moins fréquent dans les villes, il représentait un risque négligeable. La vraie menace venait des caméras installées dans la rue.

Il hâta davantage le pas. Il préférait partir du principe qu'il avait été identifié par le système automatique de reconnaissance faciale et qu'il avait donc beaucoup moins de temps pour faire ce qu'il avait prévu. Ayant longtemps travaillé sur la mise au point de Skynet et participé à la conception du protocole correspondant, il connaissait bien ses potentialités. Fondé sur le principe, bien réel, que tous les visages sont uniques, à l'instar des empreintes digitales, celui-ci mesurait les différents points de chaque visage enregistré par les caméras, comme la largeur du nez ou la distance entre les yeux, les fameux « points nodaux ». Les mesures portaient sur quatre-vingts de ces points, presque instantanément comparés aux images de la base de données, où étaient stockés les photos de tous les habitants du pays. Le taux d'erreur était de 0,8 %. Autant dire nul.

Lorsque l'ordinateur central de Skynet l'aurait identifié, il émettrait une alerte qui serait aussitôt transmise à la police du secteur, en même temps que sa position et sa photo. L'arrestation ne prendrait que deux ou trois minutes. Aucun pays au monde n'était plus contrôlé que la Chine. Non seulement les villes chinoises étaient remplies de caméras de surveillance, mais c'étaient aussi des firmes technologiques chinoises, telles que Sense Time et Megvii, qui avaient inventé les systèmes automatiques de reconnaissance faciale les plus sophistiqués au monde. Les algorithmes de ces systèmes étaient même capables de prédire, d'après le comportement des personnes captées par les caméras, lesquelles allaient très probablement commettre un crime. Comme lui.

La police chinoise elle-même stockait numériquement des tonnes d'informations sur chaque citoyen du pays. Dossiers médicaux, ADN, empreintes digitales, données biométriques, origine ethnique, visage, voix, achats, livraisons de courrier, religion professée, comportements en ligne, voyages en train et en avion, intégralité des déplacements enregistrés par le GPS du smartphone, jusqu'aux numéros des cartes de fidélité des supermarchés, tout, absolument tout était compilé sur chaque personne. Et les étrangers n'y échappaient pas. Les photos ainsi que les informations de tous ceux qui entraient dans le pays, que ce soit pour affaires ou tourisme, atterrissaient également dans la base de données. De plus, la firme iFlytek avait mis au point des systèmes de reconnaissance vocale qui captaient tous les sons dans un appartement ou un bureau. IFlytek, qui travaillait avec le ministère de la Sécurité publique à la création d'une base de données nationale des voix, s'était vantée ouvertement de pouvoir identifier la voix de tout suspect et d'en informer immédiatement la police.

À cet égard, les autorités n'attendaient pas passivement que les informations leur parviennent. Les algorithmes de la police analysaient sans relâche toutes les informations recueillies par les multiples systèmes de surveillance et donnaient l'alerte chaque fois qu'ils percevaient des écarts par rapport à l'objectif suprême d'« unification des esprits », selon la terminologie officielle. Cela n'avait rien de fantastique, c'était l'incroyable réalité de l'intelligence artificielle en Chine. Et, plus que tout autre, le professeur Yao Bai le savait. Une population entière était espionnée à chaque instant ! Twitter avait déclenché une révolution en Tunisie, Facebook en Égypte et YouTube en Ukraine. Mais en Chine… oh, en Chine, le Parti adorait les nouvelles technologies !

Ça n'avait pas toujours été comme ça, bien sûr. Le professeur Yao Bai n'avait pas oublié ce qui s'était passé lorsque plus de trois cents millions d'utilisateurs de Sina Weibo avaient commencé à remettre en question le régime. Ce réseau social chinois, qui imitait Twitter – lui-même interdit –, était né en 2009 et était rapidement devenu un forum d'où fusaient les critiques contre le système de santé chinois, la qualité de l'air, la pollution, l'alimentation et les innombrables maux qui affligeaient la Chine. Jusqu'à ce qu'en 2012, les allégations de corruption dans le Parti commencent à se multiplier sur Sina Weibo. Ce fut la goutte d'eau qui fit déborder le vase. Tout ce que faisait le Parti était, pour utiliser le slogan officiel, *wei guang zheng*, c'est-à-dire « grand, glorieux, correct ». Si tout en Chine était harmonieux, alors les critiques ne pouvaient émaner que de menteurs qui diffamaient la grande œuvre du Parti. Pire que des menteurs, c'étaient des criminels qui menaçaient l'harmonie !

Pour la rétablir, les blogueurs trop critiques furent arrêtés et leurs comptes fermés parce qu'ils avaient remis en cause l'*hexie shehui*, la « société de l'harmonie », synonyme de conformisme.

Certains d'entre eux firent des aveux à la télévision lors desquels, exprimant en larmes de sincères et profonds regrets, ils admirent avoir exprimé des opinions sans la sage direction du Parti. Puis fut adoptée une loi sanctionnant de trois ans de prison quiconque publierait une « rumeur » sapant l'harmonie, qui aurait été partagée plus de cinq cents fois ou comptabiliserait plus de cinq mille clics. Cela suffit à faire taire tout le monde et permit au grand silence de s'installer, mettant fin aux influences criminelles qui menaçaient l'harmonie du pays. Une fois de plus, la Chine avait réussi à « unifier les esprits ».

L'« harmonisation » avait atteint un tel degré que lorsqu'un site était fermé ou un blogueur bâillonné, on disait généralement qu'il avait été « harmonisé ». Les recherches ou les échanges de messages comportant des mots jugés sensibles étaient bloqués, et la liste noire comprenait le mot « désaccord » ; il en allait de même s'agissant de l'accès à des sites jugés dangereux, tels que la BBC, Google, Facebook et Twitter. Quotidiennement, le gouvernement décidait quels mots bloquer automatiquement ce jour-là et quels sujets interdire. En Chine, durant l'épidémie de Covid-19, le terme même de « coronavirus » a été interdit sur Internet. D'ailleurs, la censure sur cette question a commencé le jour même où la Chine a annoncé à l'Organisation mondiale de la santé qu'il y avait une épidémie dans le pays. Lorsque quelqu'un a inventé une application pour contourner cette censure, Apple l'a supprimée au motif qu'elle « comportait des contenus illégaux en Chine ». Dans ce contexte, les plateformes chinoises en furent réduites à s'autocensurer massivement. À elle seule, la plus importante application d'actualités du pays, Toutiao, disposait d'une équipe de dix mille censeurs. Dix mille !

Et les actions punitives contre les menaces à l'harmonie se sont poursuivies. Une simple conversation sur WeChat au cours de laquelle les internautes avaient organisé une session de lecture de poèmes en faveur des manifestants pro-démocratie de Hong Kong, par exemple, a conduit à l'emprisonnement de tous ces internautes. Dans le même temps, les autorités ont inondé les réseaux sociaux de posts d'internautes payés pour encenser les politiques du régime ou, lorsqu'un débat abordait des sujets sensibles, pour créer des diversions conduisant à changer de sujet. Le tout au nom de l'harmonie. L'important était « d'unifier les esprits ».

Qu'on ne pense pas que ce système n'était pas efficace. Il l'était, prodigieusement, le professeur le savait bien. À tel point qu'une expérience sournoise menée par une journaliste étrangère, qui avait montré à une centaine d'étudiants chinois la photographie emblématique de l'homme se tenant devant un char lors du massacre de Tian'anmen, révéla que quinze étudiants seulement savaient que le cliché avait été pris en Chine. Nombre d'entre eux ignoraient complètement ce qui s'était passé à Tian'anmen en 1989. Et c'étaient des étudiants d'université. Les autorités avaient réussi à effacer l'événement de l'histoire. Dès lors, comment le Parti pourrait-il ne pas aimer les nouvelles technologies ? Bien sûr, une telle obsession pour l'harmonie, et le recours à la censure, conduisaient à de grandes catastrophes, le professeur Yao Bai le savait pertinemment. Il suffisait de voir comment les premières alertes visant à attirer l'attention sur le Covid-19 en Chine avaient été étouffées par les autorités au nom de l'harmonie – ce dans un pays où le régime n'avait guère toléré les informations initialement diffusées lors de l'épidémie de SRAS en 2002 et 2003. Au lieu de lutter contre l'épidémie de Covid-19, le pouvoir a réprimé ceux qui tentaient d'en révéler l'existence. Ainsi, le médecin chinois qui avait essayé d'alerter l'opinion sur WeChat a été accusé de répandre de « fausses informations » et sanctionné, et a fini par mourir contaminé par le virus. Huit autres médecins de l'hôpital central de Wuhan ont aussi été punis et le chef du service des urgences, qui avait également donné l'alerte, a disparu. Les journalistes chinois ont été réduits au silence, les activistes qui avaient critiqué le comportement des autorités ont disparu et des ordonnances d'expulsion ont été prises à l'encontre des correspondants du *New York Times*, du *Washington Post* et du *Wall Street Journal* à Pékin. L'indignation populaire exprimée par les internautes chinois a été immédiatement réprimée par la police de l'Internet, une unité officiellement rattachée à l'Agence chargée de la cybersécurité, qui a éliminé les mots-clés en rapport avec le sujet, supprimé tous les commentaires critiques sur les réseaux sociaux, et bloqué l'accès à Internet des utilisateurs accusés de « diffuser des rumeurs malveillantes », auxquels elle rendait visite pour les inviter à « prendre le thé ». En outre, deux semaines après avoir officiellement informé l'Organisation mondiale de la santé de l'existence d'une épidémie, les autorités continuaient à affirmer publiquement que la situation était « maîtrisée ». Par la suite, la censure a essentiellement visé tous les journalistes qui essayaient d'enquêter sur la façon dont l'épidémie avait démarré, et sur le chaos sanitaire et la catastrophe humanitaire qui régnaient à Wuhan durant les premières semaines. Le Parti avait décidé qu'en Chine, il n'y avait que des informations « positives », et les nombreux appels des internautes chinois en faveur de la liberté d'expression, appels qui s'étaient multipliés suite au décès du médecin, ont également été bannis par la censure. Le Parti s'opposait à la diffusion de toute nouvelle « négative », susceptible de saper l'harmonie – et surtout, bien entendu, son propre pouvoir. Tout cela a abouti à une pandémie catastrophique et à l'effondrement de l'économie mondiale. En tant qu'homme de science, le professeur Yao Bai ne pouvait tolérer que de telles choses se produisent à nouveau dans son pays. Il devait réagir.

Il s'arrêta au bord du trottoir pour contempler enfin son but. Le bureau de poste se trouvait de l'autre côté de la rue. Et, par miracle, personne ne l'avait encore arrêté. Peut-être n'avait-il pas été reconnu par Skynet ? Il l'espérait. Mais il devait se dépêcher. Au bureau de poste, il pourrait passer un appel international et ainsi remettre sur la bonne voie tout le processus qu'il avait déclenché avec sa déclaration à Hong Kong. Ce Portugais était influent, il le savait. L'épisode du signe de vie l'avait rendu mondialement célèbre. Il devrait le convaincre car, au besoin, il interviendrait auprès des autorités compétentes. S'il y parvenait, il serait tranquillisé.

Il regarda autour de lui. L'animation habituelle régnait dans la rue. Zhongguancun était connue comme la Silicon Valley chinoise et l'effervescence alentour, jeunes hommes en costume et étudiants de l'université voisine Tsinghua accrochés à leurs smartphones, le confirmait. Cette université avait déjà dépassé celle de Stanford pour le nombre d'articles de recherche sur l'intelligence artificielle cités. Un mendiant assis par terre portait un papier suspendu autour du cou indiquant son QR code WeChat ; il espérait ainsi recevoir une aumône par le biais du smartphone.

En somme, Yao Bai ne vit rien de suspect. Cette fois, il décida de ne pas prendre de risques et marcha jusqu'à un passage piéton où il attendit une accalmie dans l'incessant défilé des scooters et des vélos. Le feu passa au vert et il traversa la rue.

XIII

La lumière du soleil caressait le visage de Tomás. Il était toujours assis sur le siège arrière de la voiture, insensible au fleuve et aux embouteillages tant la conversation avec Weilmann le captivait. L'idée que venait d'avancer son interlocuteur, et en particulier les mots qu'il avait choisis, le fit sourire.

— Qu'entendez-vous par « l'union de l'homme et de la machine » ? plaisanta-t-il. Le cybersexe ?

Le scientifique de la DARPA n'avait peut-être pas le sens de l'humour, ou le sujet était trop grave, mais il ne manifesta aucun désir de plaisanter.

— Je suppose que vous savez ce que sont les cyborgs.

— Des organismes mi-biologiques, mi-robots, déclara Tomás. C'est de la science-fiction.

L'Américain le dévisagea.

— Je suis un cyborg.

L'historien pensa que Weilmann plaisantait, mais il avait l'air grave. Cet homme pouvait-il vraiment être un cyborg, comme dans *Blade Runner* ou *Robocop* ? Le doute ne dura qu'un instant, le temps d'un battement de paupière ; c'était évidemment impossible.

— Et moi, je suis un chimpanzé.

— Un cyborg, comme vous l'avez très justement dit, est un organisme qui associe une part biologique et une part technologique, poursuivit l'Américain, ignorant la boutade. Je suis un être d'origine biologique, mais je porte un *pacemaker*, lequel n'a pas une origine biologique, c'est un produit de la technologie.

Tomás montra ses dents.

— Ah, si c'est ça, alors moi aussi je suis un cyborg. Vous voyez cette dent ? C'est un implant. Elle ne fait pas partie de ma dentition biologique.

— Précisément. L'union de l'homme et de la machine a déjà commencé. Les implants dentaires, les *pacemakers*, les lentilles intraoculaires, les implants cochléaires, les implants osseux en métal, en céramique ou en polymère, les prothèses et orthèses en général… Tout ça, ce sont des objets technologiques qui sont progressivement introduits dans l'organisme biologique pour remédier à ses insuffisances, créant ainsi des cyborgs. Une partie importante de l'humanité, en particulier celle qui vit dans les pays développés, est déjà composée de cyborgs, bien que nous n'en ayons pas conscience. Vous et moi sommes techniquement des cyborgs, tout comme bon nombre de gens autour de nous.

— Bon, très bien. Et après ?

— Cette union entre l'homme et la machine va s'accentuer à mesure que la science progressera. Autrefois, la machine qui nous aidait était extérieure à notre corps. Qui ne voyait pas bien portait des lunettes, qui avait perdu une jambe utilisait une béquille. Mais à présent, ces machines sont en train d'entrer dans notre corps. Implants, prothèses, orthèses… Et demain, on remplacera des parties de plus en plus complexes par des technologies de plus en plus avancées. Je perds un bras dans un accident de travail ? On me greffe un bras artificiel. À la DARPA, on a même déjà inventé un bras robotique relié à des électrodes implantées dans le cortex qui permet aux personnes dont les membres ont été amputés de recouvrer à nouveau la sensation du toucher. Mon rein cesse de fonctionner ? On me pose un rein artificiel. Mon cœur s'arrête ? On peut le remplacer par un cœur artificiel. Et ainsi de suite. À l'université de l'Illinois, par exemple, on a déjà réussi à guérir le diabète de type 1 chez des rats en recourant à des nano-implants qui intègrent des cellules du pancréas. Le nano-implant comporte sept pores qui laissent passer l'insuline, mais ne laissent pas entrer d'anticorps susceptibles de détruire ces cellules. Il y aura de plus en plus de machines et de technologie dans notre corps, ce qui entraînera une « cyborgisation » croissante des êtres humains. De même qu'un avion vole plus vite qu'un oiseau et que l'on voit plus loin avec des jumelles qu'avec un œil biologique, les organes artificiels se révéleront plus puissants que les organes naturels. Des jambes artificielles, par exemple, auront plus de force, sauteront plus haut, courront plus vite et seront plus résistantes que des jambes biologiques. Le processus de cyborgisation a déjà commencé, avec mon *pacemaker* et votre implant dentaire, mais ce n'est que le début. L'union de l'homme et de la machine va s'intensifier jusqu'au point où nous serons davantage constitués de technologie que de biologie.

L'historien considéra cette perspective. Il n'avait jamais envisagé son implant dentaire comme le début d'un processus de cyborgisation.

— D'accord, nos corps ont de plus en plus tendance à devenir des machines, concéda-t-il. – Il posa son index sur son front. – Je ne connais rien aux nouvelles technologies, il m'a même fallu beaucoup de temps pour apprendre à envoyer un simple SMS, mais je sais que c'est dans le cerveau que se trouve la conscience, c'est le cerveau qui me fait sentir que je suis moi, c'est dans le cerveau que réside véritablement ce qui me définit en tant qu'être humain. Et de toute évidence, notre cerveau demeurera toujours biologique. Ça c'est immuable, quelle que soit l'évolution technologique.

— Qui vous a dit ça ?

La question embarrassa Tomás.

— Eh bien… c'est évident, non ? Ce sont mes neurones et mon cortex cérébral qui font de moi ce que je suis. Que je sache, on ne peut pas mettre de technologie dans ma tête…

— Détrompez-vous, répondit Weilmann en tapant quelque chose sur son smartphone. D'ailleurs, la technologie est déjà entrée dans la tête des êtres humains. C'est ce qu'on appelle la stimulation cérébrale profonde, une technique neurochirurgicale qui consiste à implanter des microélectrodes dans le cerveau afin de stimuler des zones précises. Chez des patients atteints de la maladie de Parkinson, par exemple, on fait déjà de tels implants crâniens. – Sur l'écran du smartphone apparut une image de YouTube que l'Américain activa. – C'est une vidéo de démonstration médicale. Regardez.

On voyait un homme d'âge moyen assis sur une chaise, agitant les bras de façon incontrôlée ; de toute évidence, il souffrait de la maladie de Parkinson à un stade très avancé. « O.K., nous sommes là pour la première session programmée, dit une voix en anglais, vraisemblablement celle du médecin qui filmait. Vous avez deux stimulateurs dans le cerveau, en position bilatérale, mais ça c'est votre état sans le stimulateur. (À l'écran, on voyait un boîtier bleu relié au patient par un fil.) Maintenant, nous allons l'activer. (Un doigt toucha l'écran de contrôle.) Et voilà. » On vit alors à nouveau le patient, dont les mouvements frénétiques et incontrôlés avaient complètement cessé. Ses bras se posèrent le long de son corps et demeurèrent immobiles. « Comment vous sentez-vous ? » demanda la voix. « Bien mieux », déclara le patient, s'exprimant pour la première fois. « Vous pouvez bouger les doigts s'il vous plaît ? » demanda le médecin. Le patient leva les deux bras et commença à bouger normalement les doigts, presque comme s'il jouait du piano dans l'air.

Tomás était ébahi par la vidéo qui s'achevait.

— C'est incroyable.

— On commence à utiliser les implants dans le cerveau à des fins thérapeutiques, expliqua Weilmann. Il existe même des systèmes pour les personnes atteintes de paralysies sévères, qui par exemple ne peuvent bouger que les yeux, pour leur permettre d'écrire uniquement grâce à la pensée. Certes, elles ne parviennent à rédiger que huit mots par minute, mais avec le développement technologique, ça va s'accélérer. À l'université de Duke, des chercheurs ont implanté dans le cortex de quelques singes une grille d'électrodes qui leur permet de jouer à un jeu vidéo sans recourir à un *joystick*. Il leur suffit d'imaginer les gestes qu'ils veulent faire et ils les font vraiment.

Le Portugais esquissa une moue dubitative.

— Vous plaisantez...

— Cette expérience a déjà été faite, *man*. Maintenant, on est même passé aux essais cliniques avec des humains, et ça leur a permis de contrôler des bras mécaniques uniquement par la pensée. Le projet BrainGate s'intéresse à cette question. La DARPA elle-même participe à des projets très avancés. En Amérique, nous avons déjà mis des puces informatiques dans le cerveau d'anciens combattants pour traiter les symptômes de stress post-traumatique. Notre projet s'appelle RAM, pour Restoring Active Memory, mais une autre version, RAM Replay, vise à améliorer les capacités d'êtres humains en bonne santé. Nous travaillons d'ailleurs sur un modem cortical qui permet de recevoir des informations directement dans le cortex visuel. Nous avons même réussi à ce qu'une tétraplégique, Jan Scheuermann, pilote un avion de chasse uniquement par la pensée, grâce à des électrodes implantées dans le cortex moteur. Elle prend directement le contrôle de l'avion, comme s'il était une extension de son propre corps. Et nous ne sommes pas les seuls à travailler là-dessus. À l'hôpital Hadassah, à Jérusalem, des implants sont également utilisés pour traiter la dépression en activant des électrodes cérébrales connectées à un ordinateur minuscule implanté dans la poitrine des patients. Ces électrodes produisent de petites décharges électriques qui paralysent la région du cerveau responsable de l'état dépressif.

— Et ça marche ?

— Plusieurs patients ont déclaré que le sentiment de vide qui les a tourmentés toute leur vie a disparu comme par magie. Cependant, un patient a remis en cause l'expérience. Après s'être senti très bien pendant quelques mois, il est soudainement retombé dans une profonde dépression.

— Ah ! C'est l'implant qui a lâché…

— Le cas a été étudié très attentivement jusqu'à ce qu'on découvre le problème. La batterie de l'ordinateur était épuisée !

Tous deux éclatèrent de rire.

— D'accord, on commence à placer des implants dans le cerveau, reconnut Tomás. Et ça mène à quoi exactement ?

— *The sky's the limit.* Il devient de plus en plus évident qu'à un moment donné on va commencer à mettre des ordinateurs dans le cerveau des êtres humains.

— Des ordinateurs ?! s'étonna le Portugais. Rien que ça…

— Vous riez, mais c'est ce qui commence à arriver. Lorsque Neil Armstrong a posé le pied sur la Lune, les ordinateurs étaient extrêmement chers et si grands qu'ils remplissaient des pièces entières. Seuls les techniciens spécialisés pouvaient les approcher et ils le faisaient en blouse blanche et avec des gants. Puis, avec le PC, les ordinateurs prirent une taille de téléviseur et devinrent accessibles à toutes les bourses ; désacralisés, ils ont envahi les bureaux et même nos maisons. Ensuite sont apparus les smartphones, et les ordinateurs sont entrés dans nos poches. Compte tenu de cette miniaturisation progressive, vous devinez quelle sera la prochaine étape ?

Cette fois, Tomás répondit sans faire de l'esprit.

— Nos corps.

— Les ordinateurs vont entrer en nous, ils arriveront dans nos cerveaux et finiront par se mélanger avec nous, multipliant ainsi la capacité cognitive de nos neurones. L'armée de l'air des

États-Unis a commencé à tester sur la base de Wright-Patterson un casque comportant cinq électrodes reliées au cuir chevelu. Elles envoient de légères décharges électriques à travers le crâne vers des parties spécifiques du cortex. On s'est rendu compte qu'on peut ainsi améliorer les capacités cognitives des soldats, des pilotes de drones, des équipages d'aéronefs et des tireurs d'élite.

— Améliorer comment ?

— Je suis moi-même allé à Wright-Patterson pour essayer ce casque. D'abord, on m'a mis dans un simulateur de champ de bataille, avec un fusil et sans le casque. Tout à coup, des ennemis se sont mis à courir vers moi et je devais les abattre. Ce fut une catastrophe, j'en ai même eu honte. J'en visais un, je le ratais, puis je pouvais à peine tirer, il en venait de partout… Bref, j'ai été mis hors de combat en un rien de temps. Un vrai crétin. Après ça, on m'a mis le casque, avec les électrodes collées sur le cuir chevelu. Eh bien…

— Est-ce que ça a marché ?

— Et comment, *man* ! On aurait dit Rambo !

Ils rirent à nouveau.

— Bon sang, j'aurais aimé voir ça !

— J'ai un de ces casques à la maison. La DARPA travaille dessus et m'a demandé de faire des suggestions.

— Ils vous ont laissé apporter le casque ici ?

— Je vous le montrerai, promit Weilmann. Imaginez à présent tout ce qu'il serait possible de faire grâce à des implants dans le cerveau. Nous étudions la possibilité d'utiliser des interfaces cerveau-ordinateur afin de donner aux êtres humains la capacité d'exploiter les points forts de l'informatique, tels que la mémoire illimitée et rigoureuse, les calculs arithmétiques ultra rapides et sans erreurs, et même la transmission d'informations, y compris d'images.

Tomás secoua la tête, troublé.

— De quelles interfaces cerveau-ordinateur parlez-vous ? Des casques ?

— Non, *man*, répondit l'Américain. On implante des puces dans le cerveau, comme ça on a directement l'ordinateur dans le crâne, ce qui augmente de manière exponentielle les capacités intellectuelles de l'individu. On peut télécharger les informations depuis l'ordinateur vers le cerveau, ou d'un cerveau vers un autre cerveau, ou encore les transférer du cerveau vers l'ordinateur, le tout *via* Bluetooth.

— Waouh ! Comme la télépathie…

— Exactement. Un chercheur à Seattle a réussi à utiliser des ondes électromagnétiques pour faire bouger le bras d'un collègue, vous imaginez ! Et en 2019, une équipe de l'université de Californie a annoncé avoir mis au point un implant cérébral qui transforme la pensée en paroles synthétisées sur un ordinateur. Ce sera très utile pour les personnes qui ne peuvent pas parler. Les potentialités de ce type de technologie sont immenses, comme vous pouvez le deviner. Supposez qu'aujourd'hui je doive tout apprendre sur l'islam, par exemple. En principe, il me faudrait des semaines ou des mois pour lire le Coran, les hadiths et toute une série de livres sur l'histoire de l'islam, n'est-cc pas ? Mais grâce à une puce implantée dans le cerveau pour stocker l'information, il suffirait de télécharger ces livres en… je ne sais pas, moi, deux secondes. Et voilà. Les textes ont tous été lus ! En quelques secondes, on peut même télécharger des millions de livres et d'articles, voire des bibliothèques entières. En quelques secondes ! Voici encore un exemple. Il faut des mois, voire des années pour apprendre une langue, n'est-ce pas ? Mais en un clic, je peux télécharger toutes les connaissances sur le chinois et voilà… le tour est joué, je parle mieux le mandarin que Mao Zedong.

Le Portugais regarda son interlocuteur avec incrédulité.

— Est-ce vraiment possible ?

— On en est encore au stade de la recherche et développement, précisa Weilmann. Mais vous pouvez être sûr que ça va arriver et, quand ça arrivera, la révolution sera immédiate.

Les implants suivants pourront améliorer les capacités de réflexion, notamment des puces capables de faire des calculs extrêmement compliqués et ayant un raisonnement logique avancé, ce qui décuplera l'intelligence. En manipulant l'ADN, on n'améliore l'intelligence que de génération en génération, et les progrès n'ont donc lieu que tous les vingt ans, le temps que les embryons génétiquement modifiés deviennent des adultes ; en revanche, grâce à l'union de l'homme et de l'ordinateur, ces progrès seront réalisés du jour au lendemain. Ou mieux, en quelques instants. – Il claqua des doigts. – Et toc... voilà le surhomme ! Le moyen le plus rapide est la cyborgisation. Que vous le croyiez ou non, le destin de la technologie est de fusionner avec la biologie pour créer les supercyborgs.

Abasourdi par ce qu'il venait d'entendre, Tomás secoua la tête, ne sachant pas quoi penser.

— Eh bien, eh bien..., lâcha-t-il. C'est incroyable !

Le scientifique sourit.

— Et ce n'est que le début.

À force d'avancer en accordéon, le Uber avait fini par arriver au Cais do Sodré. Il y avait des taxis partout, des coups de klaxon fusaient et des manifestants criaient des slogans hostiles à Uber, en exhibant des pancartes demandant au gouvernement de prendre des mesures pour protéger leurs emplois. Certains scandaient « Taxi oui, Uber non ! », d'autres martelaient « Protégez les travailleurs ! » Tomás, Weilmann et le chauffeur n'avaient pas encore réalisé qu'eux-mêmes, étant dans un Uber, avaient déjà été repérés par les manifestants.

Qui allaient les prendre pour cible.

XIV

L'employée au guichet avait un air absorbé, bien que légèrement impertinent. Elle regarda le gros homme, étonnée de le voir porter une casquette et des lunettes de soleil à l'intérieur du bâtiment ; sûrement un aveugle, sinon pourquoi porter des lunettes de soleil et une casquette dans un endroit où il n'y avait pas de soleil ? Ou alors, il était peut-être un peu dérangé. Ce n'était pas très fréquent car les mailles de Skynet étaient serrées et avaient tendance à repérer ce genre de spécimens avant qu'ils ne fassent quelque chose de bizarre, mais il arrivait parfois que des oiseaux rares échappent au système de surveillance et parviennent jusqu'au guichet. Elle vérifia le numéro que l'usager lui avait dicté et qu'elle-même venait de saisir sur l'ordinateur mais, réalisant tout à coup la signification de l'indicatif, elle hésita.

— C'est au Portugal…

Les appels vers ce pays étaient rares.

— C'est ma fille, expliqua le professeur Yao Bai, se faisant passer pour un humble vieillard. Elle est partie là-bas pour essayer de faire sa vie, elle a ouvert un restaurant avec son mari et m'a laissé ma petite-fille. Il faut qu'elle m'envoie de l'argent pour la petite.

L'histoire était banale. Nombreux étaient les Chinois qui avaient émigré et laissé leurs enfants à leurs grands-parents pour qu'ils soient élevés en Chine. Même les enfants nés à l'étranger étaient souvent envoyés dans la famille.

La fille vérifia la liste des cabines.

— Cabine 13.

Toujours attentif aux caméras installées à l'intérieur du bureau de poste, le professeur Yao Bai ajusta sa casquette et se dirigea vers les cabines. La plupart étaient occupées par des gens parlant fort, certainement des appels internationaux entre familles séparées par l'émigration. Seuls les plus humbles et les plus âgés n'avaient pas encore de smartphones.

Il entra dans la cabine 13, tourna le dos à la porte et aux caméras de surveillance, puis attendit que l'opératrice compose le numéro et transfère l'appel.

Un coup de sifflet retentit.

Inquiet, il scruta le couloir et vit plusieurs hommes en uniforme qui longeaient les cabines et les inspectaient une par une, contrôlant le visage des personnes qui s'y trouvaient. La police. Était-ce pour lui ? Sans aucun doute, pensa-t-il. L'incident dans la rue avait compromis tout son plan. Il avait suffi de cinq secondes sans lunettes pour que le système l'identifie. Skynet était vraiment impitoyable.

Le temps pressait. Il ne lui restait que quelques secondes avant que les policiers n'arrivent à sa hauteur. Inutile de se plaindre, c'était la situation dans laquelle il se trouvait et il devait faire ce qu'il pouvait. Il tourna à nouveau le dos à la porte de la cabine et fixa le téléphone, souhaitant ardemment qu'il sonne. Qu'est-ce qui pouvait bien retarder l'opératrice ? Les autorités lui avaient-elles ordonné de ne pas établir la communication ? Ou était-ce simplement un…

Le téléphone sonna.

D'un geste rapide et inquiet, il saisit immédiatement le combiné et le colla à son oreille.

— *Wei ?* dit-il. Allô ?

Il entendit la voix de la jeune fille.

— Votre appel au Portugal, monsieur.

Il y eut un clic, suivi de la sonnerie. Vite, vite, vite, s'impatienta-t-il. Mais il sentit alors la porte qui s'ouvrait derrière lui et, le cœur serré, il entendit une voix masculine qui l'interpellait.

— Excusez-moi monsieur, veuillez vous retourner.

La troisième sonnerie fut interrompue et une voix distante se fit entendre, parlant une langue étrangère, sûrement du portugais.

— Allô, oui ?

C'était lui.

— Professeur Tomás Noronha ? Vous m'entendez ? demanda-t-il en anglais.

— Monsieur ! insista la voix derrière lui, en mandarin. Retournez-vous !

À l'autre bout du fil, la voix était passée à l'anglais.

— Qui est à l'appareil ?

Avant que le professeur Yao Bai ne puisse répondre, il sentit plusieurs mains le saisir, le forçant à se retourner. Il fit face à trois policiers, l'un d'eux muni d'un smartphone.

— Pouvez-vous enlever vos lunettes ? ordonna ce dernier. Et la casquette aussi, s'il vous plaît.

— Qui est à l'appareil ? disait la voix lointaine au téléphone, toujours en anglais. Vous m'entendez ? Qui est-ce ?

Voyant l'homme dans la cabine hésiter, l'un des policiers lui arracha ses lunettes et sa casquette. Celui qui tenait le smartphone le dévisagea et regarda l'écran de son téléphone, le comparant évidemment avec la photo que Skynet lui avait envoyée. Il répéta l'opération deux fois avant de faire un signe à ses équipiers, confirmant l'identification.

— Arrêtez-le.

XV

Cet étrange appel de l'étranger avait momentanément suspendu la conversation, mais comme personne ne lui avait répondu, Tomás, qui ignorait même qui l'avait appelé, chassa rapidement la question de son esprit et accorda de nouveau son attention à Weilmann.

— Notre destin est donc de devenir des machines, observa-t-il d'un air légèrement amusé. Je suppose que vous ne plaisantez pas ?

Le scientifique de la DARPA était sur le point de lui répondre lorsqu'il fut arrêté par une soudaine agitation à l'extérieur. Les protestations dans la rue s'étaient intensifiées et des cris très proches se firent entendre.

— C'est un Uber ! cria une voix. C'est un Uber !

— Enfoiré ! rugit un autre. On va te régler ton compte, espèce de connard !

Soudain une foule entoura la voiture, des visages furieux collés aux vitres, des yeux pleins de rage, des poings levés. Le conducteur verrouilla immédiatement les portières, mais il était bien incapable de contrôler ce qui se passait dehors. Un homme commença à cogner sur la carrosserie, puis un autre, puis d'autres encore et de plus en plus, comme si l'averse s'était transformée en tempête.

— Attention ! dit Tomás en s'éloignant de la fenêtre à côté de lui et se serrant contre Weilmann. Ils vont…

Un grondement brutal se fit entendre.

— *Holy shit !*

Les trois passagers se replièrent sur eux-mêmes. Après un court instant, l'historien se retourna et regarda d'où était venu le bruit. Le pare-brise arrière avait volé en éclats et dehors, parmi les visages déchaînés, on pouvait voir un gourdin improvisé tournoyer dans les airs.

— On va leur casser la gueule ! cria quelqu'un. Enfoirés de Uber, qui nous pourrissent la vie !

— On va tous les niquer !

Les manifestants avaient encerclé la voiture et commençaient à la secouer comme s'ils voulaient la retourner, ce qui était probablement leur intention. Tomás gardait les yeux fixés sur le gourdin. L'homme qui avait brisé la vitre arrière faisait demi-tour et cherchait de toute évidence une nouvelle cible.

— Nous devons sortir d'ici ! lança Tomás au conducteur, alarmé. Démarrez immédiatement !

— Je ne peux pas ! cria l'homme, désespéré. Nous sommes encerclés et personne n'avance ! On est coincés !

Il n'y avait pas d'issue. L'homme au gourdin était le plus menaçant et Tomás ne le quitta pas un instant des yeux. À quoi allait-il s'en prendre à présent ? Il le vit s'approcher de sa fenêtre et, à son regard soudainement déterminé, il comprit qu'il ne tarderait pas à l'éclater.

De l'arrière, désormais sans vitre, les insultes et les crachats fusaient. La situation était devenue incontrôlable. Dans la voiture, la panique était totale. Weilmann semblait avoir perdu la tête et le chauffeur avait l'air totalement désorienté. Tomás savait qu'il devait garder son sang-froid et agir vite. Il se tourna vers l'Américain et le secoua par les épaules pour attirer son attention.

— Nous allons sortir, lui dit-il, comme si c'était la chose la plus naturelle du monde. Suivez-moi.

— Sortir ? s'étonna l'Américain. Sortir comment ? *Are you out of your fucking mind ?* Vous ne voyez pas que…

Sans autre explication, Tomás déverrouilla sa portière. Alors qu'à l'extérieur l'homme levait son gourdin et s'apprêtait à le lancer contre la fenêtre latérale, il donna brusquement un coup de pied dans la porte et, le prenant par surprise, l'atteignit en plein visage.

— Maintenant !

— Non !

Il sauta dehors, traînant Weilmann d'une main ferme. Tirant et poussant, il parvint à se faufiler entre les hommes qui entouraient la voiture. Maintenant que les occupants du véhicule n'étaient plus vulnérables et qu'ils leur faisaient face, les manifestants perdaient leur courage et s'écartaient pour les laisser passer. C'est alors qu'ils entendirent des sirènes et virent des silhouettes en uniforme qui couraient vers le Cais do Sodré.

— Les flics ! Voilà les flics !

Les manifestants se dispersèrent.

— Police ! s'exclama l'Américain avec soulagement. *Oh my God !* Voilà la police !

Le Portugais haussa les épaules, agacé de les voir arriver comme les carabiniers.

— Oh, c'est juste les gros lards de la PSP…

Ils regardèrent les policiers disperser les manifestants à coups de matraque, mais sans cogner trop fort car, au Portugal, on avait coutume de dire que les mœurs étaient douces.

En quelques secondes, l'espace s'éclaircit autour du Uber et les manifestants refluèrent pour se concentrer autour de la statue du duc de Terceira, où ils se mirent à brailler des slogans.

Tomás et Weilmann s'approchèrent de la voiture qu'ils avaient abandonnée et qui était en bien mauvais état. L'un des policiers parlait avec le conducteur en prenant des notes, lequel n'avait pas l'air trop mal en point, même s'il était évidemment secoué. Non seulement il avait eu la frayeur de sa vie, mais sa voiture, qui était également son gagne-pain, avait été vandalisée. L'historien échangea quelques mots avec lui pour s'assurer qu'il n'était pas blessé.

— Allons-y à pied, suggéra Weilmann, qui semblait remis de ses émotions. Je n'habite plus très loin.

— D'accord, mais nous ferions mieux d'éviter les manifestants.

Ils traversèrent le Cais do Sodré en empruntant les trottoirs, contournant ainsi la statue du duc de Terceira où les chauffeurs de taxi étaient rassemblés, et commencèrent à monter la rue d'Alecrim en direction de la place Camões. Les manifestants étaient toujours agités. Quand ils eurent pris de la distance, l'Américain les désigna du pouce.

— Ce n'est que le début, *man*.

— Le début de quoi ?

Weilmann jeta un coup d'œil vers la foule avec ses pancartes et ses poings levés, les slogans dénigrant Uber et Cabify ou exigeant que les pouvoirs publics prennent des mesures pour protéger les taxis.

— Le début du chômage de masse.

XVI

Le rapport de l'incident venait d'arriver et le colonel Li l'examinait avec une attention toute particulière. Le document comprenait plusieurs annexes, notamment des enregistrements de caméras de surveillance reconstituant le trajet du professeur Yao Bai depuis qu'il était sorti déguisé de la salle de bains jusqu'à ce qu'il entre dans le bureau de poste, y compris lorsqu'il était passé devant le garde dans le hall, était sorti dans la rue, avait acheté la casquette au kiosque puis la chemise dans la boutique, et enfin l'incident fatidique au cours duquel ses lunettes étaient tombées, ce qui avait permis au système automatique de reconnaissance faciale de l'identifier et de donner l'alerte. Skynet avait reconstitué tout l'épisode.

S'il l'avait pu, l'officier du ministère de la Sécurité d'État aurait décoré les nouvelles technologies. Si l'État le plus surveillé de l'histoire avait été un temps l'Allemagne communiste, il était sans commune mesure avec la Chine d'aujourd'hui. Que n'aurait pas donné la Stasi pour avoir accès à ces technologies ! Ou la Gestapo et le KGB. Heureusement que le système de surveillance était en mesure de récupérer les enregistrements de chaque caméra des dernières vingt-quatre heures, pensa-t-il. C'était cette mémoire automatique de toutes les caméras, associée aux algorithmes Skynet, qui permettait d'identifier le trajet de tout suspect jusqu'au moment du crime, ainsi que tout ce qu'il avait fait et les personnes qu'il avait contactées. Le rêve de tout policier. Sans cet instrument, l'enquête serait beaucoup plus difficile.

— Comment as-tu fait pour ne pas voir que le type qui est sorti de la salle de bains était le professeur ? demanda-t-il rageusement. Tu dormais ou quoi ?

Planté devant lui comme un élève puni, l'officier de service se tordait les mains, embarrassé.

— Skynet n'a pas donné l'alarme, mon colonel.

— Mais tu n'as pas vu qu'il est sorti avec des lunettes de soleil ?! demanda-t-il en montrant l'image à l'écran. Tu ne sais pas qu'avec un tel subterfuge Skynet a du mal à confirmer l'identification faciale ? On voit bien qu'il voulait éviter d'attirer l'attention du système !

Embarrassé, le subordonné baissa la tête.

— Je m'excuse, mon colonel, murmura-t-il, confus. Je pensais que Skynet pouvait aussi reconnaître une personne à sa démarche et...

— Tu sais très bien que l'algorithme de reconnaissance de posture ne fonctionne pas encore en temps réel ! coupa le colonel Li sur un ton glacial. Je ne vais pas en rester là, tu entends ? Je vais ordonner une enquête et tu devras expliquer ton laxisme criminel ! Je te garantis qu'il y aura des conséquences !

L'officier aurait aimé se terrer dans un trou de souris et disparaître. Il se recroquevilla davantage, les yeux coupables cloués au sol, la voix presque inaudible.

— Est-ce que ça va... ça va affecter mes points, mon colonel ?

— Tais-toi, imbécile !

L'homme avait envie de se cacher.

— Oui, mon colonel.

Le colonel Li savait pertinemment que cet officier n'était pas le seul responsable. Ce qui s'était passé avec lui serait sans doute arrivé avec n'importe qui d'autre. Le vrai problème c'était que la surveillance reposait presque entièrement sur le système automatique. Les nouvelles technologies étaient une bénédiction, mais elles avaient aussi leurs points faibles.

Quand il était entré au ministère de la Sécurité d'État, une vingtaine d'années plus tôt, les gardes étaient très proactifs dans leur travail, mais depuis que Skynet avait pris le contrôle de l'appareil sécuritaire du pays, ils avaient de plus en plus tendance à se relâcher et à se fier aveuglément aux immenses capacités des algorithmes. En règle générale, Skynet fonctionnait parfaitement bien, mais le professeur Yao Bai n'avait eu aucune difficulté à tirer parti de ses rares vulnérabilités. L'excès de confiance et la dépendance accrue vis-à-vis de l'intelligence artificielle s'étaient révélés fatals et, sans l'incident des lunettes, réalisa l'officier, le traître aurait mené à bien ses desseins criminels. Il n'y avait pas de plus grand crime que de trahir la patrie, car trahir la patrie c'était trahir la grande famille chinoise et en Chine la famille était sacrée.

S'il n'était pas un expert en intelligence artificielle, le colonel Li était familier du monde de l'informatique et ses arcanes. Avant de rejoindre le ministère de la Sécurité d'État, il avait travaillé à l'Unité 61398, un département de l'Armée populaire de libération, basée à Shanghai. Dans cette ville, il avait acquis une grande notoriété auprès des dirigeants lorsqu'en 2013, installé dans un bureau d'un bâtiment de douze étages situé rue Datong, il avait coordonné une série de brillantes opérations informatiques clandestines, dont le but était de dérober des systèmes vitaux de défense américains, notamment les plans des chasseurs F-35 et F/A-18, de l'hélicoptère Blackhawk, du système antimissile PAC-3, du système balistique Aegis, du V-22 Osprey et d'une infinité d'autres technologies militaires américaines. La Chine disposait d'une armée de cent quatre-vingt mille cyber-combattants et elle lançait contre le seul département américain de la Défense quatre-vingt-dix mille attaques par an. En outre, l'officier avait aidé le pays à mettre sur pied un réseau mondial de cyber-espionnage appelé GhostNet, qui opérait dans plus d'une centaine de pays, contrôlé par des serveurs situés en Chine. Même si Pékin l'avait toujours nié, le colonel Li savait bien que la Chine était à l'origine de plus de 40 % des cyber-attaques dans le monde. N'avait-il pas été impliqué dans nombre de ces opérations avant d'être promu et transféré à l'unité qui assurait la sécurité de la plus importante opération secrète chinoise d'intelligence artificielle, le Projet Pa-hsien, alias l'ultrasecret Projet Vitruve ?

Il cliqua sur l'icône du deuxième fichier. L'annexe contenait un enregistrement de la conversation du professeur Yao Bai avec l'employée du bureau de poste, également captée par les caméras et analysée par Skynet. Il écouta attentivement le dialogue. Puis il ouvrit le troisième fichier et écouta l'enregistrement de l'appel vers le Portugal, ce dernier provenant de l'ordinateur de la poste. L'information cruciale était évidemment le destinataire de l'appel. Il saisit le nom de Tomás Noronha et un dossier s'ouvrit avec toutes les informations disponibles sur le suspect, y compris des vidéos et des photographies. Il était impossible de ne pas le reconnaître tant il était devenu mondialement célèbre.

— Tiens donc, le Portugais du signe de vie..., murmura-t-il. Que diable pouvait bien lui vouloir notre professeur ?

Espérant se rendre utile pour compenser l'erreur qu'il avait commise et qu'il allait devoir payer, l'officier de garde brisa le silence angoissé dans lequel il s'était plongé.

— Ils se connaissent, mon colonel. Souvenez-vous, le fils de Yao Bai était Yao Jingming, le héros chinois du signe de vie. Après ce qui s'est passé dans l'espace, notre gouvernement a autorisé le Portugais à rendre visite au professeur Yao Bai.

Le colonel Li s'en souvenait très bien. Tout comme il savait que la conversation entre le chef de Projet Pa-hsien et le Portugais avait été surveillée par ses services. Il tapa les mots qui lui donnaient accès au dossier complet du professeur Yao Bai et, parmi les nombreux enregistrements audiovisuels concernant le grand scientifique, il trouva celui qu'il cherchait. « Rencontre avec le professeur Tomás Noronha ». Il appuya sur l'icône et l'ouvrit.

L'image prise par les caméras fixées au plafond dans le bureau du professeur Yao Bai apparut. Celui-ci était assis à son bureau où il prenait des notes lorsque, tout à coup, il se leva pour accueillir quelqu'un à la porte. Le fameux Tomás Noronha. La vidéo s'accompagnait du fichier audio capté par le smartphone du scientifique chinois, que les services de surveillance du ministère de la Sécurité d'État contrôlaient en permanence.

— Distingué professeur Noronha, soyez le bienvenu dans mon humble bureau, dit le professeur Yao Bai en le saluant. Vous n'imaginez pas ce que votre visite signifie pour moi.

— Je regrette les circonstances de ma présence, déclara le visiteur. Votre fils était un homme extraordinaire et je suis venu ici pour lui rendre hommage.

Sur l'image, on voyait l'émotion du professeur essuyant une larme. Tous deux s'assirent sur le canapé à côté du bureau, là où Yao Bai avait l'habitude de recevoir ses visiteurs et, dès qu'il fut remis, il offrit du thé au Portugais.

— Vous savez, distingué professeur Noronha, quand j'ai été informé de votre venue, j'ai beaucoup réfléchi à ce que je vous demanderais, mais j'ai fini par me dire que je préfère ignorer certains détails de ce qui s'est passé. Il vaut sans doute mieux que je me souvienne toujours de mon garçon tel qu'il est dans ma mémoire. À quoi bon remuer tout le reste ? Qu'est-ce qu'on en retire ? J'ai déjà mon lot de tristesse.

— Vous avez absolument raison, professeur, acquiesça Tomás. Concentrez-vous sur le meilleur, oubliez ce qui est mauvais.

— Mais je n'en suis pas moins affecté. C'est tellement dur ! Les nuits blanches se succèdent et je ne sais même plus ce que je fais ici. Mon fils était tout pour moi. Comme vous le savez, je n'ai eu que lui. C'était vraiment mon petit empereur. Et maintenant… maintenant…

— Mais vous saurez réagir, dit le visiteur en essayant de lui remonter le moral. J'ai vécu des situations similaires dans ma vie, je vous assure, et je suis toujours là. Savez-vous ce qui m'a sauvé ? La passion pour le travail. Je m'y suis accroché de toutes mes forces et il m'a permis de surmonter les graves difficultés auxquelles j'ai dû faire face. On peut dire que le travail m'a sauvé la vie.

Sur l'écran, on pouvait voir le scientifique chinois soupirer.

— Le problème, c'est que mon fils était la raison d'être de mon travail, murmura-t-il, abattu. Sans lui, plus rien n'a de sens. Rien. La vie n'a plus aucun sens.

— Allons, professeur. Ne dites pas ça…

— C'est pourtant la vérité, cher professeur Noronha. J'ai consacré ma vie à l'informatique, à la création d'un ordinateur parfait. Savez-vous pourquoi ? Pour faire l'impossible et vaincre la mort. J'ai toujours pensé qu'il serait possible de vaincre la mort grâce à l'intelligence artificielle, et ma motivation, c'était de réaliser ce rêve pour mes descendants. Comme cadeau à mon fils et à ses enfants, vous comprenez ? Mais maintenant…

— Allons professeur, vous ne pouvez pas vous laisser aller. Continuez votre vie au nom de Jingming, honorez-le en vous consacrant à votre travail. Il serait fier de vous.

L'enregistrement rendait compte du silence du professeur Yao Bai, qui semblait considérer l'argument.

— Vous avez peut-être raison, concéda-t-il. Mais il y a certains risques dans ce que je fais…

— Allons, allons…

— Vraiment ! Ne voyez-vous pas ce qui se passe dans le monde ? L'intelligence artificielle suscite une course qui n'est pas sans faire penser à la course aux armements nucléaires pendant la guerre froide. Vous savez comment les Américains et les Israéliens ont mis fin au projet nucléaire iranien à Natanz ? Ce ne fut pas avec des bombes, mais avec l'intelligence artificielle. Et ne voyez-vous pas les opérations secrètes de l'OTAN avec les nouvelles technologies ? Ne voyez-vous pas comment la Russie a réussi à faire gagner Trump en Amérique et les pro-Brexit en Europe ? Ne voyez-vous pas comment les djihadistes préparent leurs opérations de recrutement et d'endoctrinement ? Tout ça grâce à des campagnes de fausses informations sur Internet. C'est ce qui m'amène à remettre en question le pouvoir de l'intelligence artificielle et à me demander si je dois poursuivre la recherche dans ce domaine.

— C'est vous qui savez, professeur. J'avoue que les nouvelles technologies ne m'intéressent pas beaucoup, je suis historien et je me consacre davantage au passé, mais... on ne peut pas arrêter l'avenir, vous ne pensez pas ?

— L'avenir est prometteur, distingué professeur Noronha. Prometteur. Mais il cache des inconnues, naturellement. Considérez le problème de la boîte noire. Doit-on développer l'intelligence artificielle si on ignore le problème de la boîte noire ? Je dirais même plus, ce problème nous oblige à toujours prévoir une soupape de sécurité, car on ne sait jamais comment les choses vont tourner.

— Eh bien... comme je l'ai dit, les nouvelles technologies me dépassent. Mais je suis sûr que vous saurez comment gérer tout ça. Compte tenu de ce qui s'est passé, le plus important est de vous concentrer sur votre travail. Cela vous aidera à surmonter la disparition de votre fils, croyez-moi.

Le professeur Yao Bai acquiesça.

— Vous avez raison. Comme on dit dans mon pays, la patience est amère, mais son fruit est doux.

— Quoi que vous fassiez, mettez-y tout votre cœur, faites-le pour Jingming. Ce jeune homme était remarquable. Vous pouvez être fier de lui. L'humanité lui doit beaucoup.

Le scientifique chinois inclina la tête, ému, et mit quelques secondes à se reprendre.

— Merci, professeur Noronha, finit-il par dire. Merci infiniment d'avoir pris la peine de parcourir la moitié de la planète pour m'adresser ces mots de réconfort et d'encouragement. Vous ne savez pas à quel point votre geste est important pour moi.

Les deux hommes se levèrent, se saluèrent et le professeur Yao Bai accompagna son visiteur, probablement jusqu'à la porte de l'immeuble. Sur les images on le voyait faire un clin d'œil, comme il le faisait chaque fois qu'il prenait congé de quelqu'un, et l'enregistrement s'acheva là, signe que pour les algorithmes de Skynet rien de ce qui s'était passé ensuite ne justifiait de consulter d'autres fichiers.

Le colonel Li se frotta pensivement le menton, considérant les implications de tout ce qu'il venait de voir et évaluant la manière la plus appropriée d'utiliser ces informations. Puis il réfléchit à la stratégie à adopter pendant l'interrogatoire, en tenant compte avant tout des objectifs, arrêtés en haut lieu, qui avaient été assignés au professeur Yao Bai. Devait-il user de la manière douce ou forte ? Lors de leur première conversation, dans la cellule du ministère, il avait adopté la méthode douce, mais ça n'avait clairement pas été la bonne voie.

Il releva la tête et fit face au jeune officier qui attendait ses ordres, dans un silence gêné.

— Va chercher les traîtres.

Cette fois, il opterait pour la méthode forte.

XVII

Le vacarme de la manifestation était devenu un bruit de fond. Tomás et Weilmann avaient parcouru la moitié de la rue d'Alecrim, remontant toujours le Chiado en direction de la place Camões. L'attaque contre la voiture n'était déjà plus qu'un mauvais souvenir, mais les causes profondes de l'incident étaient toujours présentes dans l'esprit des deux hommes.

— Savez-vous combien de personnes dans le monde travaillent dans l'industrie du taxi ? demanda l'Américain.

— Je ne sais pas. Des milliers, je suppose.

— Selon les estimations, on recense dix-sept millions de chauffeurs de taxi sur toute la planète. Uber, qui est en train de détruire ce secteur, comptait vingt-quatre mille employés en 2019. Vingt-quatre mille personnes sont en train de saper un secteur d'activité qui emploie dix-sept millions de personnes grâce à des algorithmes qui gèrent des millions de conducteurs sans supervision humaine. Étendez ça à d'autres branches de l'économie. Airbnb est le Uber des hôtels. Faisons le calcul. À elle seule, la chaîne hôtelière Starwood comptait cent quatre-vingt mille employés en 2017. Ajoutez-y les employés des autres chaînes : Ritz, Hilton, Best Western, Méridien, Holiday Inn,

Pestana, Mandarin Oriental, Ibis, Mercure, Meliá, Crowne Plaza, et ceux de tous les hôtels du monde, grands ou petits, et l'on arrive à des dizaines et des dizaines de millions de personnes. Savez-vous combien travaillaient chez Airbnb la même année ? Trois mille. En d'autres termes, trois mille personnes court-circuitent un secteur qui emploie des dizaines de millions de personnes. Quant à la presse… Les journaux sont en voie de disparition car les citoyens semblent préférer l'information fournie par d'autres citoyens sur les réseaux sociaux, les blogs, des sites Web et…

— Je sais bien, coupa Tomás. Ces petites entreprises mettent les citoyens directement en contact et suppriment les intermédiaires. Au lieu d'appeler un taxi, de louer une chambre d'hôtel ou d'acheter un journal, les gens sollicitent directement les personnes qui ont des voitures ou des maisons…

— C'est une révolution, *man* ! insista Weilmann. Uber est la plus grande société de taxis au monde et elle ne possède pas un seul taxi ! Airbnb est la plus grande chaîne d'hébergement de la planète et elle n'a pas un seul logement ! Facebook est le moyen de communication le plus populaire de l'humanité et il ne fournit pas un seul contenu ! Alibaba est le détaillant le plus important du marché et il n'a aucun inventaire. Vous vous rendez compte de l'énormité de tout cela ?

— C'est ça qui, selon vous, va provoquer le chômage de masse ?

— Ce ne sont pas seulement les hôtels, les taxis et la presse qui sont victimes de l'uberisation du marché du travail, fit observer le scientifique de la DARPA. C'est toute l'économie. L'uberisation touche tous les secteurs. On engage directement des gens pour faire notre lessive, pour faire la queue à notre place au ministère des Finances, pour promener notre chien, pour partager les dépenses sur de longs trajets… que sais-je ! Et tout ça avec la possibilité pour les fournisseurs et les clients de faire des commentaires et de mettre des notes, ce qui accroît la confiance entre les uns et les autres. Et je ne parle pas seulement des citoyens qui recourent directement aux services d'autres citoyens. La technologie tend à rendre superflus toute une série d'intermédiaires. À cause d'Amazon, les gens ont cessé de fréquenter les librairies, forçant des milliers et des milliers de librairies à fermer. Aux États-Unis, même les grandes chaînes comme Borders ont coulé, tandis que Barnes & Noble a dû fermer je ne sais combien de magasins. Internet a également sonné le glas des agences de voyage et de l'industrie de la musique, compliquant fortement la vie de grands groupes comme Virgin et HMV, autrefois tout-puissants. Grâce aux guichets automatiques, les banques se sont débarrassées d'une pléthore d'employés qui faisaient l'interface, au guichet, avec les clients, mais à présent elles-mêmes sont menacées par les monnaies virtuelles comme le Bitcoin et par des instruments tels PayPal et TransferWise. Je pourrais aussi mentionner le cas de…

— Assez, dit Tomás, qui avait parfaitement compris. Il est clair que les nouvelles technologies sont en train de bouleverser l'économie et que le e-commerce met en cause le commerce traditionnel. Il suffit de regarder autour de nous pour voir que tout change.

— Ce n'est pas une simple transformation, *man* ! C'est la quatrième révolution industrielle, bordel ! Le monde entier est en train d'être uberisé et l'économie déménage, avec armes et bagages, vers les ordinateurs. Vous avez remarqué que les entreprises les plus rentables sont celles qui sont fondées sur les nouvelles technologies ? Google est apparue en 1998, Facebook en 2004, Twitter en 2006, Airbnb en 2008, Uber en 2009 ; en un clin d'œil, elles sont devenues les plus grandes entreprises de la planète, modifiant radicalement l'économie mondiale et les relations entre les hommes. Instagram est née en 2010 pour révolutionner la photographie et en 2012, cette start-up de treize personnes… treize ! a été vendue à Facebook pour sept cents millions de dollars. La même année, le roi de la photographie instantanée, Kodak, avec cent quarante mille travailleurs, a fait faillite.

— Eh bien, il n'y a aucun doute. Le David électronique est en train de mettre K.-O. le Goliath traditionnel.

— Et comment ! En 2014, WhatsApp, une petite société de cinquante-cinq employés qui commençait à mettre sur la paille l'industrie des télécommunications, a été rachetée par Facebook pour vingt-deux milliards de dollars. C'est presque le double de l'impôt sur le revenu collecté au Portugal en 2019, selon les prévisions du ministère des Finances. Cela signifie que cinquante-cinq petits futés de WhatsApp ont généré plus de richesse que la somme que l'État a prélevé à dix millions de Portugais sous forme d'impôt sur le revenu ! Les algorithmes des ordinateurs sont devenus la plus grande source de richesse du monde. Celui qui n'a pas encore compris ça est largué !

— Eh bien, je ne dirai pas le contraire, acquiesça l'historien. Les transformations ont lieu, c'est indéniable. Mais de là à parler de chômage de masse…

— Considérez les compétences croissantes de l'intelligence artificielle, et vous serez fixé. Dans les supermarchés, des caisses automatiques ont commencé à se substituer aux caissières, et dans les aéroports, les passeports sont de plus en plus contrôlés automatiquement et non par les gardes-frontières. La DARPA a créé un concours, appelé Grand Challenge, dans lequel un prix est décerné à quiconque parvient à mettre au point une voiture autonome capable de rouler plus de deux cents kilomètres sans chauffeur. Lors de la première édition, en 2004, la voiture gagnante n'a parcouru que dix kilomètres avant d'avoir un accident. L'année suivante, cinq voitures autonomes ont parcouru les deux cents kilomètres du trajet. Une douzaine d'années plus tard, les voitures autonomes étaient déjà plus sûres que les conducteurs humains. Celle de Google a parcouru 1,5 million de kilomètres sans causer un seul accident. Comparez cela à plus d'un million de décès annuels dans le monde dus aux accidents de la route. Même Uber a commencé en 2016 à tester des voitures autonomes, ce qui menace les emplois des chauffeurs qui utilisent la plateforme.

— Waouh ! Le métier de chauffeur Uber risque d'être le moins long qui ait jamais existé…

— Si l'on considère les coûts d'embauche, qui incluent les salaires, les côtisations sociales et les impôts, ainsi que le développement de la technologie, sa sécurité et sa qualité, la logique voudrait que les entreprises de transport parient sur des véhicules autonomes. Et pas seulement pour les voitures de tourisme. Les routiers seront remplacés par des camions autonomes, qui pourront travailler vingt-quatre heures par jour, qui n'auront pas besoin de faire des pauses, ne seront pas syndiqués, et consommeront moins d'énergie ; d'après les calculs, ça représentera un quart du coût actuel. Il en ira de même avec les trains et les bateaux. Dans quelques années, des navires fantômes sillonneront les mers, des cargos sans équipage où tout sera robotisé. De même, la compagnie des chemins de fer allemande mise sur des trains pilotés par des algorithmes. Du reste, dans la pratique, les avions sont déjà pilotés par ordinateur grâce aux commandes de vol électriques. Le pilote est là presque uniquement pour donner confiance aux passagers, alors que, et aussi paradoxal que ça puisse paraître, les ordinateurs sont plus fiables que les humains pour conduire des voitures ou piloter des avions.

— Ce n'est peut-être pas par hasard que, chaque fois qu'il y a un accident, l'enquête conclut à une erreur humaine, rappela Tomás. Sans êtres humains, apparemment, il n'y aurait pas d'erreurs.

— En fait, cela va bien au-delà des transports. L'agriculture qui, il y a un siècle, employait 80 % de la population, s'achemine vers une employabilité de 0 %, alors que, dans le même temps, la production a grimpé en flèche. La première ferme robotisée a ouvert au Japon en 2017. Elle ne compte pas un seul agriculteur. Dans les usines, et ce n'est pas nouveau, presque toute la production est automatisée. Nous en sommes arrivés au point où l'on commence à parler d'usines obscures, c'est-à-dire d'usines sans travailleurs qui, pour cette raison, fonctionnent la nuit, sans lumière. À Dongguan, en Chine, une usine de téléphones portables a licencié 90 % de ses salariés, qu'elle a remplacés par des robots. La productivité a augmenté de 250 %, tandis que le nombre de produits défectueux a chuté de 80 %. Sans humains, les usines sont moins coûteuses, plus productives et les produits sont de meilleure qualité. Dans ces conditions, pourquoi employer des ouvriers ?

L'historien fit un geste de la main pour corriger cette conclusion.

— D'accord, mais tout cela s'est déjà passé pendant la révolution industrielle. L'apparition des machines a supprimé beaucoup d'emplois. Elles ont remplacé la plupart des hommes dans l'agriculture et, à l'époque, on a pensé que c'était une catastrophe qui allait entraîner un chômage de masse. Certes, la quasi-totalité des emplois qui existaient en 1800 ont disparu. Finis les conducteurs de diligences, les cochers, les lavandières, les allumeurs de réverbères, les porteurs d'eau, les maréchaux-ferrants… que sais-je. Et pourtant, les gens travaillent encore, non ? Les métiers obsolètes ont simplement été remplacés par de nouveaux métiers. Les gens ont cessé de travailler dans les champs et ils ont trouvé un emploi dans les villes, en particulier dans les usines qui commençaient à apparaître. La révolution industrielle a même créé plus d'emplois.

— Vous diriez que c'est ce qui se passe actuellement ?

— Pourquoi pas ? En économie, on appelle ça la destruction créatrice. Le capitalisme est novateur par essence, il ne cesse de créer du nouveau qui détruit l'ancien, et c'est ainsi que se fait le progrès. C'est probablement ce qui se passe à l'heure actuelle avec les ordinateurs. Les machines se substituent aux humains dans les travaux fortement manuels et impliquant des tâches routinières, comme celles des ouvriers dans les usines, des caissières dans les supermarchés, ou encore des chauffeurs de taxis et de camions. Les gens vont très probablement exercer des emplois plus intellectuels et créatifs pour laisser aux machines toutes ces tâches, dont certaines sont d'ailleurs abrutissantes.

— Ce serait l'idéal, déclara Weilmann, visiblement sceptique. Le problème c'est que les ordinateurs offrent déjà davantage de compétences et des coûts moindres dans les emplois de nature intellectuelle et créative. Un avocat, par exemple, passe l'essentiel de sa vie professionnelle à rechercher des informations, à étudier la législation et la jurisprudence, à analyser des pièces de procédure et des clauses contractuelles. Mais il aura beau travailler autant qu'il voudra, il n'arrivera jamais à tout lire, à être au courant de tous les amendements législatifs, ni à connaître toute la documentation. Un ordinateur y parvient en quelques secondes. Certains cabinets d'avocats commencent à utiliser des algorithmes pour analyser plus d'un million de documents à un coût dix fois moindre et avec une plus grande efficacité que les juristes en chair et en os. Un de ces algorithmes a été utilisé pour vérifier le travail des avocats dans les années 1980 et 1990, et on a constaté que ces derniers avaient commis des erreurs, à un taux de l'ordre de 40 %. Il existe un programme appelé Ace qui analyse des millions de données non organisées et produit des résumés en mettant l'accent sur des documents et des passages pertinents pour la recherche en question, et tout ça en moins de temps qu'il n'en faut pour le dire, tandis qu'une application appelée Shake est capable de concevoir des contrats.

— Rien d'étonnant, du travail routinier…

— Certes, mais intellectuel. Il ne s'agit pas de tâches éreintantes, de travaux manuels ou de travail à la chaîne. Il s'agit de travail intellectuel. On commence même à envisager de remplacer les salles d'audience par des tribunaux virtuels qui régleraient toutes les affaires par Internet. Il existe déjà un système *on line* de résolution de conflits juridiques appelé Resolver. Et, en Chine, les juges utilisent des algorithmes pour détecter des contradictions dans les témoignages ou les documents, tout en identifiant des modèles dans la jurisprudence, afin que les accusés soient condamnés à des peines similaires à celles prononcées par le passé pour des crimes semblables. Les comptables sont aussi en danger car les logiciels de déclaration des revenus sont déjà très avancés. En Amérique, des applications comme TurboTax et TaxAct aident les contribuables, à travers des questions très simples, à remplir leurs déclarations puis les soumettent automatiquement au fisc. Si ces applications sont plus simples, moins chères et plus rigoureuses, pourquoi recourir à des comptables humains ? C'est pareil en médecine. Non seulement, les ordinateurs se révèlent plus efficaces que les médecins pour poser un diagnostic, mais ils sont aussi en mesure d'analyser des millions de données de chaque patient, y compris son ADN, et de les recouper avec celles d'autres patients et les résultats des nouvelles recherches qui sont constamment menées. Ils génèrent ainsi des traitements personnalisés et beaucoup plus efficaces.

— Je sais déjà tout cela. Mais… *quid* de la créativité ?

— Vous savez que les ordinateurs sont capables de recréer Bach et Rembrandt mieux que les hommes, et les machines peuvent concevoir des poèmes et découvrir de nouvelles catégories de nombres en mathématiques. Il y a même des programmes informatiques qui écrivent des romans et inventent des histoires drôles, rendez-vous compte !

— Mais en médecine, certains domaines seront à jamais inaccessibles aux ordinateurs, parce qu'ils impliquent toute la complexité de l'analyse de la psychologie humaine. La psychiatrie, par exemple.

Comme pour répondre à son interlocuteur, Weilmann sortit son smartphone de sa poche.

— Je vais vous présenter Eliza.

XVIII

Les deux hommes, menottés, étaient agenouillés au milieu de la salle d'interrogatoire, deux gardes plantés derrière eux. La position était symbolique et très intimidante car c'était ainsi que les condamnés étaient exécutés en Chine. De l'autre côté du miroir sans tain, le colonel Li ne pouvait s'empêcher d'admirer la ruse du professeur Yao Bai.

— Regarde-les, dit-il à son adjoint, frappé par ce qui était devenu une évidence. Lorsqu'il a choisi son assistant, il pensait déjà à s'évader, ce traître.

Les deux prisonniers étaient gros, leurs silhouettes presque identiques, et il ne faisait aucun doute que c'était précisément pour ça que le scientifique avait choisi Hong. Son assistance ne concernait pas tant le Projet Pa-hsien que celui de l'évasion.

— *Ayah !* s'exclama Chang, l'adjoint de Li qui venait lui aussi de comprendre. Vous avez raison, mon colonel. Quand vous l'avez tiré de sa cellule, il avait déjà préparé son plan.

— Un type dangereux, hein ? murmura l'officier, plus pour lui-même que pour son adjoint. Je me demande ce qui se trame encore dans sa tête…

Il devrait faire particulièrement attention avec le professeur Yao Bai, dont l'intelligence était vraiment hors du commun, entre ses aptitudes naturelles et les améliorations auxquelles il avait été artificiellement soumis. Il ne faudrait rien croire de ce qu'il lui dirait et garder toujours à l'esprit que chacun de ses actes ou de ses mots pouvait cacher un plan. Il n'y avait qu'une chose à faire dans une telle situation : il devait lui tenir la bride haute. Très haute. Sinon, il perdrait le contrôle de la situation.

Prenant une profonde respiration pour se préparer à l'offensive, le colonel Li ouvrit une porte et entra dans la salle d'interrogatoire. En voyant arriver l'officier tant redouté, Hong baissa la tête, mais le professeur Yao Bai le dévisagea, les yeux pétillants. Le colonel Li était intimidé par l'esprit de Yao Bai, mais il ne pouvait à aucun moment le laisser transparaître. Au contraire, il devrait se comporter comme s'il maîtrisait la situation.

Il s'approcha des deux détenus et, se tenant devant eux jambes écartées, il les foudroya du regard. Hong gardait la tête baissée, le professeur Yao Bai ne cessait de le dévisager. Il le jaugeait, l'examinait, l'étudiait. D'un geste brusque, sans la moindre sommation, Li gifla violemment Hong.

— Chien !

Sous le choc, le jeune assistant éclata en sanglots, incontrôlable. Le colonel Li se baissa, le saisit par les cheveux pour le forcer à le regarder.

— Tu sais ce que tu as fait ? grogna-t-il. Tu as trahi la patrie ! Tu connais le châtiment réservé aux traîtres ? Si tu crois que tu vas juste perdre quelques points, tu te trompes lourdement. Ce sera bien pire que ça, sache-le !

Hong avait l'air désespéré, il pleurait et ne pourrait pas répondre tant qu'il ne se serait pas calmé. L'officier du MSE le lâcha et se redressa, réajustant sa veste. Il fit un pas de côté et fixa le chef du Projet Pa-hsien. Il devait lui montrer que c'était lui, le colonel Li, qui contrôlait la situation.

— Qu'a-t-il de si spécial, ce Portugais, pour que vous vous soyez donné tout ce mal ?

Le professeur Yao Bai demeurait incroyablement calme.

— Le distingué professeur Noronha ? Ce fut la dernière personne à voir Jingming. Mon fils me manque, je voulais parler de lui avec le professeur Noronha et savoir ce qui s'était passé pendant l'aventure du signe de vie. Quand j'ai reçu le professeur portugais dans mon bureau, je n'ai pas eu le courage de lui demander ce qui était exactement arrivé à Jingming. Vous savez, les événements venaient de se produire et j'étais encore trop fragile. Mais maintenant, le temps ayant refermé les plaies, je me suis dit que j'étais prêt à tout savoir en détail et j'ai décidé de l'appeler.

— Si c'était aussi innocent que ça, pourquoi ne pas l'avoir appelé du laboratoire ?

— Parce que les communications avec l'extérieur sont coupées. C'est vous-même qui me l'avez dit.

— En effet, mais si vous nous aviez dit que vous vouliez parler de votre fils avec le Portugais, nous l'aurions compris, argumenta le colonel Li. On vous aurait laissé passer l'appel…

— Et tout le monde au ministère de la Sécurité d'État aurait entendu notre conversation ? – Il secoua la tête. – Je ne voulais pas de ça. Le sujet est trop intime. Je ne veux pas que le MSE, avec ses écoutes, ses sbires, Skynet et je ne sais pas quoi encore mette son nez dans ma vie privée. Mon fils est un sujet sacré pour moi.

— Quelle vie privée ? Qui n'a rien à cacher n'a pas à craindre qu'on l'entende.

Le scientifique lui jeta un regard sarcastique.

— Ah non ? Alors, si je comprends bien, colonel, vous acceptez que vos subordonnés vous regardent lorsque vous faites l'amour avec votre femme ? Ou quand vous êtes aux toilettes ? Ou encore qu'ils profitent du spectacle chaque fois que vous vous masturbez ? Si l'intimité ne sert à rien, alors pourquoi ne pas diffuser tout cela à la télévision, afin que le pays vous admire dans toute votre gloire ? Si vous n'avez rien à cacher, vous n'avez pas à craindre que l'on vous voie dans ces postures, n'est-ce pas ? Vraiment, pourquoi avons-nous besoin d'intimité ? – Il secoua la tête. – Nous ne sommes pas des machines, mon colonel. Nous sommes des êtres humains. Comme tous les êtres humains, nous avons besoin d'intimité.

L'officier du MSE avala l'affront, se maudissant presque de sa stupidité. Pourquoi avait-il abordé cette discussion ainsi ? Il ne croyait pas un traître mot de la justification qu'il venait d'entendre. Voir un homme comme le professeur Yao Bai attaché au caractère sacré de la vie privée était purement et simplement risible à la lumière de tous les travaux qu'il avait menés, notamment avec Skynet, mais il savait qu'il était inutile de poursuivre l'interrogatoire dans cette voie. Le scientifique avait tout prévu, il trouverait toujours une excuse pour tout et ne dirait que ce qu'il voulait. C'était un prisonnier diabolique.

Il devait faire pression au bon endroit. Dans des circonstances normales, un interrogatoire musclé aurait été une bonne idée, mais les circonstances étaient loin d'être normales. On avait insisté en haut lieu sur le fait qu'il ne fallait pas prendre de risques et que rien de grave ne devait lui arriver. Il fallait le faire plier, non le punir ou le détruire. Par conséquent, s'il voulait le contraindre, il devait l'atteindre psychologiquement sur les points les plus douloureux.

Le problème restait de trouver le bon angle d'attaque. Le principal point faible chez tout suspect était le suspect lui-même ou sa famille. Or, la femme du professeur Yao Bai était décédée quelques années plus tôt et son seul enfant, le jeune Jingming, astronaute et mathématicien de génie, héros et martyr national dans l'aventure du signe de vie, était décédé. N'entretenant guère de relations avec ses autres parents, des cousins et quelques neveux du Hunan qu'il connaissait à peine, le scientifique était ainsi resté sans famille. Quant à son destin personnel, il ne s'en inquiétait visiblement pas. Selon les psychologues et les psychiatres du MSE, il faisait une dépression, mais ils avaient évité de le mettre sous sédatifs afin de ne pas altérer ses facultés intellectuelles, si nécessaires au Projet Pa-hsien.

Ce fut d'ailleurs pour lutter contre cette dépression que le ministère de la Sécurité d'État avait autorisé et même encouragé la rencontre entre le professeur et le Portugais, mais l'initiative n'avait pas donné les résultats escomptés. C'était aussi la raison pour laquelle le professeur Yao Bai avait été autorisé à se rendre à Hong Kong. Tout avait été fait pour essayer de le sortir de la dépression, mais de toute évidence c'était un échec. Faire pression sur lui n'avancerait à rien, quant à faire pression sur sa famille, c'était impossible puisqu'il n'en avait plus.

À mieux y regarder pourtant, il avait encore une famille, c'était celle du Projet Pa-hsien. Ses assistants, ses protégés, ses enfants. Le maître passait ses journées avec eux, il les guidait, il les comprenait et ils le comprenaient. Son équipe était son point faible.

Li regarda de nouveau Hong. L'assistant semblait plus calme. Il s'approcha de nouveau de lui.

— Tu as cinquante yuans ?

La question surprit le jeune homme, qui s'attendait à recevoir une autre gifle.

— Je... Oui, bien sûr.

— Donne-les-moi.

L'ordre surprit de nouveau Hong.

— Je suis... je suis menotté.

— Où sont-ils ?

— Dans la poche de mon pantalon.

Le colonel Li fit un signe au garde qui se tenait derrière le prisonnier et celui-ci glissa les mains dans ses poches, d'où il retira quelques billets. Il compta cinquante yuans, une bagatelle. Il tendit l'argent à l'officier et remit le reste dans la poche du prisonnier. L'argent dans la main, le colonel du MSE prit son pistolet et en retira les balles. Il les garda toutes hormis la dernière, qu'il exhiba devant les deux prisonniers et les gardes.

— Vous avez tous vu ce traître me remettre cinquante yuans, déclara-t-il sur un ton glacial. Ils serviront à payer la balle de son exécution.

À ces mots, Hong sanglota.

— S'il vous plaît, s'il vous plaît…

L'officier mit la balle dans le pistolet, vint se placer derrière le prisonnier agenouillé et pointa le canon sur sa nuque.

— Professeur Yao Bai, regardez-moi.

Le scientifique se retourna vers Li, qui avait pris la position du bourreau.

— Ce que vous voulez faire, colonel, est illégal.

— Pas quand la sécurité de l'État est en jeu, déclara l'officier, son arme toujours pointée sur la nuque de Hong. Je ne sais pas ce que vous avez en tête, professeur, mais je veux que vous sachiez que ma patience est à bout. Si on n'y arrive pas par la manière douce, on y arrivera par la manière forte. Vous avez été chargé d'achever le volet IAG du Projet Pa-hsien, mais vous semblez avoir plus envie de poursuivre vos petits jeux stupides que d'accomplir votre devoir envers la patrie. Faites comme vous l'entendez, mais sachez que cela coûtera la vie à tous les membres de votre équipe, à commencer par cet idiot qui a eu le malheur d'être choisi pour vous aider dans votre petite escapade. Préparez-vous à le voir payer de sa vie la trahison dont vous êtes responsable.

L'élève redoubla de pleurs.

— S'il vous plaît, Xian Lao, s'il vous plaît, implora Hong, les larmes coulant sur ses joues pâles et charnues. Arrêtez-le. S'il vous plaît, arrêtez-le.

Le professeur Yao Bai dévisagea le colonel. Il savait le jauger, il pouvait même lire dans ses pensées comme dans un livre, et il vit que l'officier du ministère de la Sécurité d'État ne bluffait pas. Il allait vraiment tuer Hong.

— Attendez.

Le colonel Li était sur le point d'appuyer sur la gâchette mais il retint son geste, surpris. Il n'avait pas imaginé que le scientifique céderait aussi vite. Il était prêt à exécuter Hong pour prouver qu'il ne jouait pas. Mais visiblement, le professeur Yao Bai avait anticipé sa réaction. Sans détourner le regard du pistolet, il retira le doigt de la gâchette.

— Vous voulez dire quelque chose ?

— Qu'attendez-vous de moi ?

— Vous savez très bien ce que je veux. Que vous acheviez la totalité du Projet Pa-hsien relatif à l'IAG.

— Pour ça, j'ai besoin de mon équipe, je vous l'ai déjà dit.

— Nous avons dépassé ce stade, professeur. Après ce qui s'est passé, vous devrez tout faire tout seul. Et je veux des résultats rapides, sinon ce sont vos élèves qui vont payer la note. Qu'en dites-vous ?

Le professeur Yao Bai considéra l'exigence.

— Je vais essayer.

— Je veux plus que ça, professeur.

Le prisonnier soupira, vaincu.

— Donnez-moi trois mois pour terminer le projet.

Le colonel Li réalisa que c'était une excellente proposition.

— Et vous devez me garantir que vous ne tenterez plus de vous échapper, ajouta l'officier. Le moindre écart et Hong paiera cinquante yuans, le prix de la balle. Est-ce clair ?

Le scientifique acquiesça, abattu.

— Oui.

Ce n'est qu'alors que l'officier baissa son arme. Cela avait été plus facile que prévu. Après tout, le professeur Yao Bai n'était qu'un lâche bourgeois et il suffisait de lui faire un peu peur pour qu'il se dégonfle. En fait, il avait été si facile de le faire plier que le colonel Li était presque déçu. Mais c'était sans compter sur son naturel méfiant. Cela avait été facile ou bien cela avait juste paru facile ? Qu'avait vraiment en tête le génie chinois ?

Il se sentit soudain découragé, avec la terrible impression qu'il ne contrôlait la situation qu'en apparence, qu'il n'était en fait qu'une marionnette, que le vrai maître était de l'autre côté. Rien de ce que faisait son adversaire n'était dû au hasard et il le soupçonnait d'être capable de transformer toute défaite en victoire. Ou bien était-il en train de devenir paranoïaque ?

Avec une soudaine détermination, humilié et las de jouer, il se sentit assailli par la fureur et le dépit. Comme s'il voulait prouver au professeur Yao Bai que personne ne se jouait de lui, il leva d'un coup son pistolet et le pointa à nouveau vers la nuque de Hong.

Et il tira.

XIX

Debout au milieu du trottoir, Weilmann tapait frénétiquement sur l'écran de son smartphone afin de faire une recherche sur YouTube, ignorant le flot des passants autour de lui. Ils étaient arrivés à la place Camões et l'Américain avait indiqué qu'il fallait tourner à droite.

— Les ordinateurs se révèlent plus aptes que les psychiatres à prédire si un patient va se suicider, dit-il alors qu'il venait de trouver le lien. Eliza est une psychothérapeute très intéressante. Regardez cet entretien qu'elle a eu avec un patient en thérapie. La voix de la personne que l'on ne voit pas est la sienne.

Il toucha l'écran et activa une vidéo montrant une femme qui parlait à quelqu'un qui était hors champ. « Les hommes sont tous les mêmes », se plaignit la patiente. « Comment cela ? » demanda une voix, Eliza évidemment. « Ils n'arrêtent pas de nous embêter avec une chose ou une autre », dit la femme. « Pouvez-vous donner un exemple ? » demanda la psychothérapeute. « Eh bien, tenez, par exemple, mon petit ami m'a obligée à venir ici », révéla la patiente. « Votre petit ami vous a obligée à venir ici ? » s'étonna Eliza. « Il dit que je suis tout le temps déprimée », répondit la patiente. « Je suis désolée d'entendre que vous vous sentez déprimée », observa la psychothérapeute. « C'est vrai, je suis malheureuse », admit la femme en baissant la tête, une larme coulant sur ses joues roses.

Le scientifique éteignit brusquement la vidéo et reprit sa marche, entraînant Tomás vers la rue du Governo civil.

— Eliza est en fait un programme informatique mis au point dans les années 1960, révéla Weilmann. Dans les années 1960, vous vous rendez compte ! C'est un certain Joseph Weizenbaum qui l'a créée, comme une parodie de psychothérapie, mais notre inventeur a été choqué quand des psychiatres lui ont proposé d'utiliser Eliza en thérapie parce qu'elle faisait du bon travail. À ce qu'il paraît, la secrétaire de Weizenbaum, après avoir vu Eliza en action, a souhaité qu'on la laisse seule avec elle parce qu'elle avait besoin de parler et de lui exposer ses problèmes.

Tomás rit.

— Vous plaisantez ?

— Ai-je l'air de plaisanter ? La vérité est qu'un programme qui a succédé à Eliza, Karim, a été utilisé comme assistant thérapeutique afin d'aider des réfugiés syriens. La DARPA elle-même a mis au point Ellie, un programme beaucoup plus efficace que les psychiatres en matière de diagnostic du stress post-traumatique. Il semblerait qu'Ellie interprète mieux que les psychiatres les expressions faciales des soldats et soit même capable de capter des sourires qui cachent des dépressions. Au Japon, on a développé un robot, Paro, qui se révèle plus efficace pour s'occuper des patients atteints d'Alzheimer que les soignants humains. Par ailleurs, les robots sont déjà entrés dans les salles d'opération et le jour où ils remplaceront les humains dans les fonctions de chirurgien n'est pas loin. Il y a aussi…

— C'est bon, j'ai compris, en droit, en comptabilité et en médecine les ordinateurs vont prendre nos emplois. C'est clair, inutile d'insister.

— Ce n'est pas qu'en droit, en comptabilité et en médecine, c'est dans tous les domaines. Tous. Ainsi, il existe déjà des logiciels d'architecture qui se passent des plans faits à la main, tels AutoCAD, Revit et CATIA, et qui font même des simulations en trois dimensions des bâtiments. À ce stade, les architectes introduisent dans le programme les critères souhaités et les algorithmes génèrent tout seuls le bâtiment qui correspond le mieux à ces critères. En somme, les algorithmes sont devenus les architectes. Et d'ailleurs, ils sont aussi les bureaux d'étude, car les simulations informatiques indiquent quelles structures sont nécessaires pour réaliser le projet et testent virtuellement leur solidité. Même le grand public peut faire les plans de sa maison sans l'aide de professionnels. Des systèmes de CAO simples, comme SketchUp, MatterMachine et Chief Architect permettent aux profanes de concevoir des bâtiments sans l'aide d'un architecte. Il y a même des applications pour dessiner des cuisines, des salles de bains, des jardins ou n'importe quoi d'autre.

— Pauvres architectes, dit Tomás. Ils vont bientôt devoir pointer au chômage eux aussi…

— Sur les marchés financiers, les algorithmes se sont déjà substitués aux courtiers. Les ordinateurs reçoivent toutes les informations, qu'ils relient automatiquement les unes aux autres, et réagissent en quelques millièmes de seconde chaque fois qu'une info a une incidence sur une société cotée. Une inondation a frappé la production de cacao au Brésil ? Conséquence, le prix du chocolat va exploser. Anticipant cette hausse, les algorithmes donnent un ordre d'achat tant que le prix est encore bas. D'où l'importance de réagir au millième de seconde. Aucun courtier ne peut plus se passer d'algorithmes, au risque de réagir trop lentement et de perdre beaucoup d'argent. Les choses sont tellement avancées qu'en pratique les marchés financiers ont commencé à abandonner les places traditionnelles comme Wall Street et à se concentrer dans des *data centers*. Bref, les marchés financiers deviennent virtuels. – Weilmann se tourna vers Tomás. – Quel est votre métier ?

— Eh bien… Je suis professeur. – Il fronça les sourcils. – Pourquoi ? Ne me dites pas que nous aussi…

— Oh que si ! Je le dis.

Le Portugais leva les yeux au ciel.

— Oh non ! Mais c'est un vrai massacre !

— Je suis au regret de vous annoncer que le métier de professeur est condamné. L'idée de faire le même cours à toute une classe, par exemple, ne va pas faire long feu. Tout comme la médecine, l'enseignement deviendra personnalisé et spécifiquement adapté à chaque élève, notamment parce qu'on sait que les étudiants ont des résultats nettement meilleurs lorsqu'ils bénéficient de cours particuliers, réalisant ainsi le potentiel de leur intelligence génétique.

— Mais c'est génial ! s'enthousiasma l'historien. Si les cours deviennent individuels, cela signifie qu'il y aura plus de travail pour les enseignants…

— En effet, il y aura plus de travail, mais pour les algorithmes ! Ce sont eux qui accompagneront l'éducation des étudiants, en mesurant instantanément ce que chacun apprend et en élaborant des stratégies individualisées et structurées, adaptées aux caractéristiques spécifiques de chacun. À terme, cependant, l'éducation cessera d'être une question de pédagogie et relèvera de la médecine. Avec les implants cérébraux, il suffira de télécharger les contenus des cours et, en quelques secondes, l'apprentissage sera fait. Finis les cours.

— Zut alors ! plaisanta Tomás. J'irai moi aussi pointer au chômage. Si le métier d'enseignant est voué à disparaître, vers quel genre de travail suggérez-vous que je me tourne ?

— Aucun travail intellectuel n'est à l'abri, j'en ai bien peur, répondit Weilmann. Même des fonctions impossibles à transformer en une « routine », dont on pensait que les machines ne pourraient pas s'emparer, on se rend compte qu'elles peuvent les exercer plus efficacement. Par exemple, la première pharmacie gérée par un ordinateur a déjà ouvert à San Francisco.

Au cours de la première année, l'ordinateur a exécuté deux millions d'ordonnances sans commettre une seule erreur, alors que les pharmaciens ont en moyenne un taux d'erreur de 1 à 2 %. Cela signifie que les pharmaciens aussi devront pointer au chômage. Même l'emploi des gestionnaires est menacé. L'une des plus grandes entreprises de *hedge funds* du monde, Bridgewater Associates, a annoncé un projet d'automatisation de la gestion des entreprises. L'ordinateur de Bridgewater Associates aura même le pouvoir d'embaucher, de licencier et de prendre des décisions stratégiques.

L'historien regarda son interlocuteur avec incrédulité.

— Ce n'est pas possible.

— Mais ça se passe déjà, *man*. En 2014, une entreprise de Hong Kong a même nommé un algorithme au conseil d'administration. Comme les cinq autres membres du conseil, l'algorithme a le droit de vote en ce qui concerne les investissements. Je suppose que les autres gestionnaires ont été impressionnés par sa capacité à absorber l'information et à recommander des investissements rentables. C'est dans cette direction que les choses vont évoluer. N'oubliez pas que les ordinateurs deviennent plus efficaces que les professionnels, même pour analyser les humains. Certains logiciels savent mieux distinguer des sourires de politesse des sourires authentiques et des douleurs feintes de vraies douleurs, et ils peuvent même se rendre compte dans une conversation entre deux femmes laquelle est la mère de l'autre. Certaines applications détectent le stress, la solitude et la dépression. Tout cela est réalisé en analysant les expressions des traits du visage, la posture et les mouvements du corps, la tension musculaire et la fréquence cardiaque, les mouvements oculaires et les intonations de voix… bref, une multitude de facteurs qui échappent au commun des mortels. Le système Mattersight, utilisé dans les centres d'appel du monde entier, utilise des algorithmes qui analysent les mots et l'intonation de l'appelant pour comprendre sa personnalité et son état émotionnel, et qui adressent l'appel aux employés qui correspondent le mieux à chaque situation. Il y a même des algorithmes, tels que ceux de Match.com ou eHarmony qui sont plus aptes à trouver les partenaires idéaux pour un mariage que des personnes ordinaires ou les traditionnelles agences matrimoniales elles-mêmes. Aujourd'hui, les gens qui veulent trouver leur alter ego consultent un algorithme. Et je vous assure que les résultats sont bien plus fiables que les méthodes traditionnelles.

— Si je me fie au nombre de divorces que je vois autour de moi, je veux bien le croire, observa le Portugais. Mais il n'y a donc aucun type de travail qui échappe à ce génocide des professions ?

— Je n'en vois pas. Les ordinateurs commencent à égaler les hommes dans maints domaines et à les surpasser dans d'autres, y compris ceux de nature intellectuelle et créative. De plus en plus de tâches qui, auparavant, ne pouvaient être effectuées que par des êtres humains le sont à présent par des machines, et ce de façon bien plus rapide et efficace, et meilleur marché. Cette évolution semble sans limites. Bientôt, les ordinateurs nous surpasseront dans toutes les fonctions, qu'elles soient manuelles ou intellectuelles, et la société dans son ensemble sera automatisée. Les entreprises qui ne suivront pas feront faillite, les pays qui interdiront l'automatisation seront à la traîne, les économies qui rateront le coche resteront sous-développées. L'idée selon laquelle certains emplois ne peuvent pas être confiés à des ordinateurs et ne peuvent être effectués que par des humains est erronée et résulte d'une confusion entre nos désirs et la réalité. Tout est informatisable. Les êtres humains doivent comprendre que la société postprofessionnelle, dans laquelle les gens ne produiront pas de valeur et ne contribueront pas à la prospérité, se profile. Une société d'êtres humains inutiles et parasites.

— Ce n'est pas possible, affirma Tomás. Il suffit de considérer l'histoire pour le comprendre. Autrefois, presque tout le monde travaillait dans l'agriculture. Si, en 1800, quelqu'un avait dit qu'au XXIe siècle la plupart des gens quitteraient l'agriculture pour travailler dans le secteur des services, dans des activités telles que la finance, la santé et les loisirs, on aurait pensé qu'il plaisantait. C'est pourtant ce qui est arrivé. Qui nous garantit que la fin de toute une série de professions ne donnera pas naissance à beaucoup d'autres que pour le moment nous ne pouvons même pas imaginer ? Après tout, c'est ça la destruction créatrice. On détruit ce qui est vieux et obsolète et on crée ce qui est nouveau et moderne.

— Personne ne peut rien garantir, concéda le scientifique de la DARPA. Mais aucune loi de la physique ou de l'économie n'oblige à l'émergence de nouveaux métiers quand les anciens auront disparu ou seront exercés par des machines. Les chevaux avaient du travail en 1900 et, cent ans plus tard, avec l'apparition des machines, ils ne servaient plus à rien, si ce n'est à figurer dans des films de cowboys. Personne ne conteste qu'il y aura du travail dans les sociétés humaines. Il n'en manquera jamais, puisqu'il y aura toujours des biens à produire et des services à fournir. Il va de soi que de nouveaux métiers apparaîtront. La question est de savoir qui va les exercer, entre les hommes et les machines. Et tout indique que ce seront les machines. Selon des études récentes, les nouvelles technologies accroissent la productivité en remplaçant les travailleurs humains, non en créant de nouveaux produits qui nécessitent plus de main-d'œuvre. En Amérique, depuis 2000, l'économie se développe mais le salaire réel de 80 % des travailleurs baisse. Et il en va de même dans l'ensemble du monde industrialisé. Les pays produisent plus avec moins de travailleurs et, depuis le début du XXIe siècle, ceux-ci voient leur salaire baisser, hors inflation. En somme, si ce ne sont pas les travailleurs qui créent cette richesse, qui est-ce ? La réponse est simple : ce sont les machines. Nous, les humains, nous sommes en train de devenir les chevaux du futur, des reliques obsolètes d'une époque révolue, qui vivent aux dépens des véritables producteurs de richesse. Nous avons été utiles, mais sous peu nous cesserons de l'être. La véritable intelligence artificielle sera la dernière de nos inventions.

— S'il en est ainsi, de quoi vivrons-nous ? demanda le Portugais qu'un tel scénario inquiétait. Certainement pas d'air pur et d'eau fraîche…

— Pour la première fois, nous sommes confrontés à une séparation totale entre productivité et emploi. La productivité explose, mais les salaires réels baissent et l'emploi va disparaître pour les humains. La première conséquence est que le nombre d'heures de travail sera progressivement réduit. De trente-huit heures par semaine on passera à trente-cinq, puis trente, puis vingt, les vacances augmenteront, le nombre de jours ouvrés hebdomadaires diminuera… tout se produira progressivement, au fur et à mesure que les machines remplaceront l'homme, jusqu'à ce qu'on atteigne un stade où l'on ne travaillera plus. Le chômage total.

Tomás fut choqué.

— Le chômage total ?! Mais… mais c'est très grave !

Weilmann fit un signe de tête affirmatif.

— Les problèmes sociaux seront immenses, *man*. Immenses.

— Ce n'est pas possible, dit le Portugais. Au chômage et sans salaire, les gens sombreraient dans la misère et mourraient de faim. C'est impossible. D'ailleurs, l'histoire nous montre qu'on peut toujours trouver des solutions. Et on va les trouver.

— Mais lesquelles ?

— Eh bien, en taxant les machines au lieu des travailleurs, par exemple. Puisqu'ils ne produiront plus rien, les gens cesseront de payer des impôts et on passera d'une économie salariale à une économie fondée sur les subventions. Ce qui signifie que nous aurons non un chômage total, mais des vacances permanentes.

— Et qui va payer tout ça ?

— Les ordinateurs, bien sûr, rétorqua Tomás. Puisqu'ils seront les nouveaux producteurs de richesses. L'argent ainsi collecté sera redistribué entre tous et il sera amplement suffisant pour que les gens vivent mieux que les riches d'aujourd'hui.

L'Américain envisagea ce scénario.

— Vous avez peut-être raison, admit-il. De toute évidence, le capitalisme n'est pas viable si personne n'achète ce qu'il produit, il faudra donc faire en sorte que l'argent arrive jusqu'aux consommateurs. Comme les machines vont inonder le marché avec une infinité de produits, il faudra bien que les gens aient de l'argent pour les acheter. De plus, les prix obéissant à la loi de l'offre et de la demande, l'offre d'une quantité quasi illimitée de biens fera baisser les prix. Dans ce cas, nous vivrons dans une société d'immense abondance.

L'historien passa la main dans ses cheveux. Il savait que toute médaille avait son revers et que rares étaient les situations qui n'offraient que des avantages. Tout a un prix. Quel serait celui d'une société de subventions et de vacances perpétuelles ?

— Le grand problème est de savoir ce que feront les humains. Passeront-ils leurs journées dans les cafés à tenir les murs et à regarder le temps passer ? Car travailler nous donne le sentiment d'être utile et important, de réaliser des choses et d'avoir une place dans la société. On sent qu'on a de la valeur, on se fixe des objectifs, bref on trouve un sens à notre vie. Comment réagirons-nous à la perte du travail et à l'oisiveté sans fin ?

Weilmann haussa les épaules.

— Personne ne le sait, admit-il. Je suppose que les gens feront ce qu'ils auront envie de faire. Très probablement, ils passeront leur temps à consommer les produits et services créés par les machines, en particulier dans des mondes virtuels. D'ailleurs, les premiers pas en ce sens ont déjà été faits avec le casque Oculus de Facebook, qui nous permet d'entrer dans la réalité virtuelle. On deviendra probablement très friands des divertissements créés par les ordinateurs, notamment parce qu'on ne pourra pas distinguer la réalité virtuelle du monde réel. On créera des mondes virtuels dans lesquels on entrera, comme une maison sur une plage paradisiaque. On pourra même vivre une aventure fictive. Le spectateur aura la possibilité de se transformer en Indiana Jones, en Tintin ou en Rambo, par exemple. Voire en Superman ou en Batman. Ou bien il préfèrera une aventure à l'eau de rose où il vivra des histoires d'amour virtuelles.

L'historien fronça les sourcils.

— Et pourquoi pas du sexe ?

Le scientifique de la DARPA sourit.

— Ne riez pas trop vite, le cybersexe sera certainement le genre de divertissement le plus recherché par les êtres humains. D'ailleurs, le sexe a été l'activité la plus rentable au début d'Internet et tout indique qu'il en ira de même avec les divertissements virtuels. Même dans le monde réel, il sera possible de créer des androïdes sexuels magnifiques. Les uns seront l'exacte réplique de Pamela Anderson, de Claudia Schiffer ou de Marilyn Monroe, ou de… que sais-je, *the sky's the limit.* Les femmes et les homosexuels auront à leur disposition Richard Gere, Tom Cruise, Brad Pitt ou qui ils veulent. D'ailleurs, dans plusieurs pays, des bordels avec des poupées incroyablement voluptueuses ont déjà ouvert. Et les hommes paient pour avoir des relations sexuelles avec elles. Certes, elles ne bougent pas encore, mais ça viendra un jour.

— Je meurs d'impatience…, plaisanta Tomás.

— Ah, vous pouvez être sûr qu'elles seront le partenaire sexuel idéal. Le cybersexe sera le résultat de la fusion de l'intelligence artificielle avec la réalité virtuelle, la robotisation et les neurosciences. Si la pornographie rencontre un énorme succès aujourd'hui, imaginez la suite. Les poupées sexuelles seront belles et sensuelles, elles ne refuseront jamais rien, pas même les fantasmes les plus osés, et feront tout avec beaucoup d'enthousiasme. De plus, elles pourront être programmées pour nous comprendre. Les relations seront faciles, contrairement à ce qui se passe avec les humains, toujours compliqués et exigeants. La vraisemblance et la beauté des robots sexuels seront telles que beaucoup d'hommes et de femmes tomberont amoureux d'eux, j'en suis convaincu. Le jour viendra où les êtres humains exigeront même le droit de se marier avec des androïdes.

Les potentialités ainsi ouvertes étaient incroyables, pensa l'historien. Mais les conséquences aussi. Nul besoin d'être sociologue pour comprendre que le fait que les humains préfèrent les relations sexuelles et sentimentales avec des robots finirait inévitablement par bouleverser la société.

— Attendez une minute, dit-il. Si tous les hommes peuvent avoir une relation avec Claudia Schiffer et toutes les femmes avec Tom Cruise, qu'en sera-t-il des véritables relations ?

— Elles vont devenir extrêmement rares. Voire disparaître complètement.

— Mais… mais cela signifie la fin de l'humanité, constata Tomás, choqué. Si les hommes biologiques cessent d'avoir des relations avec les femmes biologiques, et que les uns et les autres préfèrent des androïdes, qui va faire des enfants ? Les androïdes ?

— Par exemple.

— Vous voulez rire…

— Pas du tout, déclara Weilmann avec emphase. Le sexe entre êtres humains va devenir rare. Si je peux sortir avec une femme magnifique comme Claudia Schiffer, qui a des formes parfaites, une poitrine généreuse et des lèvres pulpeuses, et qui en plus est agréable, compréhensive et câline, toujours partante pour une partie de jambes en l'air pleine de fantaisies qui me rendent fou, pourquoi devrais-je supporter un laideron qui m'accuse de ne vouloir faire que des cochonneries au lit, qui refuse une sieste crapuleuse en alléguant des maux de tête, qui n'arrête pas de me casser les pieds, qui ne cesse de pleurnicher et de crier que sa mère avait raison, elle n'aurait jamais dû m'épouser ? Et pour quelle raison une femme devrait-elle préférer un gros lard qui sent mauvais, qui est poilu et qui n'en fout pas une hormis boire de la bière, éructer, péter, dire des obscénités et regarder des matchs de foot en traitant de tous les noms la femme qui a donné le jour à l'arbitre, et qui en plus a le culot de mater dans la rue les jeunettes à l'air idiot, plutôt qu'un Tom Cruise viril et doux, romantique, attentionné, qui sent bon, qui n'a d'yeux que pour elle, qui la courtise, la fait rire et la comprend toujours, et fait même le ménage et la lessive à la maison, remplit la déclaration d'impôts, s'occupe de tous les papiers et de la logistique, prépare le dîner et met la table en la décorant avec des bougies et des fleurs et qui, d'un air tendre, lui dit qu'elle est la plus belle femme de l'univers ?

— Mais… et la manipulation génétique, comme celle que le professeur Yao Bai a réalisée ? rappela le Portugais. S'il est possible de manipuler les gènes des embryons afin que les nouvelles générations d'êtres humains soient en meilleure santé, plus intelligents et plus beaux, il n'y aura plus de laiderons ennuyeux et de gros lards poilus.

— C'est vrai, mais avec une différence de taille. Grâce aux manipulations génétiques, on pourra doter nos enfants des qualités que nous souhaitons, mais qui ne sont pas forcément celles que nous recherchons chez un partenaire sexuel ou amoureux. Aucun parent ne demandera qu'on manipule les gènes de l'embryon de sa fille pour qu'elle ressemble à Pamela Anderson et taille de super pipes, *man*. Les parents voudront qu'elle soit jolie, certes, mais pas un objet sexuel. Un androïde sexuel sera conçu non en fonction des critères que des parents utiliseraient pour concevoir des enfants, mais selon les critères d'un homme ou une femme pour un partenaire sexuel ou amoureux. La conséquence profonde d'un tel changement de paradigme est que les relations amoureuses entre êtres humains sont condamnées. Dans un tel scénario, la reproduction ne pourra avoir lieu que par ectogenèse.

Tomás ébaucha une expression horrifiée.

— Les utérus artificiels ?

— Ne soyez pas choqué. S'il est possible aujourd'hui de faire des fécondations *in vitro* et de garder les bébés prématurés en vie dans des incubateurs, demain on pourra avoir des enfants sans passer par l'utérus des femmes. On estime que dans deux décennies, l'ectogenèse sera techniquement viable et, tôt ou tard, elle deviendra la règle. Pour que ça ait l'air plus réaliste, on pourra mettre l'incubateur dans le ventre de Claudia Schiffer, par exemple, afin de créer l'illusion la plus parfaite que l'androïde est une mère. Dans ce domaine, seule l'imagination est la limite.

Pour Tomás, le monde commençait à devenir bien trop étrange.

— Bon sang, s'exclama-t-il. Effectivement, l'avenir n'est plus ce qu'il était.

Brusquement, Weilmann s'arrêta au milieu du trottoir, regarda autour de lui comme s'il était perdu et, essayant de s'orienter, indiqua une porte de l'autre côté de la rue.

— Je vais vous présenter à la maîtresse de maison.

XX

Sans personne pour l'animer, le laboratoire semblait encore plus mort que lorsque Yao Bai y était retourné la première fois. Assis devant un terminal dont l'écran était rempli d'équations, le professeur considéra les options qui s'offraient à lui. Son plan demeurait parfaitement viable car, comme il continuait à jouir d'une certaine liberté de circulation et d'accès à l'ordinateur central, les conditions nécessaires à sa mise en œuvre étaient encore réunies.

Presque toutes.

Il ne manquait qu'un élément, un seul. Contacter Tomás Noronha. Le laboratoire étant isolé du monde extérieur, sans lignes téléphoniques ni connexion Internet, comment faire ? L'escapade au bureau de poste avait échoué, mais il savait que la réalité était ce qu'en mathématiques on appelait « un système ouvert » ; on ne pouvait pas tout contrôler et une légère modification des conditions initiales entraînait des changements majeurs dans le résultat final. Un système chaotique, en somme. L'incident avec le cycliste avait été une modification minime des conditions initiales, son arrestation quelques minutes plus tard une conséquence énorme.

À proprement parler, le plan pouvait se dérouler sans contact avec le Portugais. Il n'était pas une condition *sine qua non*, simplement une assurance au cas où les choses tourneraient mal. Car le plan était, en lui-même, un système ouvert. Il savait comment le mettre en branle, mais ne pouvait prévoir où il finirait exactement parce qu'il comportait plus de variables qu'il n'y avait d'atomes dans l'univers et qu'il n'avait aucun moyen de les contrôler. Le plan était un système chaotique et Tomás Noronha le frein. Ou l'assurance. Oui, le Portugais était l'assurance. C'est pour cela, et uniquement pour cela qu'il avait besoin de lui, même s'il pouvait continuer sans lui. Il souffla, indécis. Que faire ?

S'il choisissait d'attendre, il risquait d'attendre longtemps. Ayant compris qu'il avait quelque chose en tête, le colonel Li avait déjà resserré la surveillance. Non seulement il l'avait isolé dans le laboratoire et privé de toute possibilité de communiquer, mais il n'avait pas hésité à exécuter Hong d'une balle dans la tête. Et après Hong, ce serait le tour des autres membres de l'équipe du Projet Pa-hsien. Liu, Ah Kwok, Chenguang, Bao-Zhai… tous étaient dans le collimateur des autorités. Il doutait que le gouvernement autorisât un tel scénario car le projet était trop important pour le pays et ce serait pure folie de tuer tous ceux qui y participaient, mais il ne faisait aucun doute qu'un ou deux autres membres de l'équipe seraient exécutés. Comment pourrait-il permettre une telle chose ?

Si les dirigeants pensaient que cela les mènerait quelque part, ils réaliseraient bientôt leur erreur. Il était Xian Lao, le vieil immortel, détenteur du secret de l'existence et des plus grands mystères de la nature, maître du futur et de tout ce qui se trouvait après lui. Il n'était pas possible d'emprisonner le futur ni d'empêcher un *xian*, avec ses pouvoirs divins, de créer la vie et de détruire le mal. En d'autres termes, il était impossible d'emprisonner Xian Lao.

Il avait terriblement besoin de parler avec quelqu'un. Après ce qui était arrivé à Hong, se retrouver là, tout seul, face au terminal informatique avec ces équations sans fin l'angoissait. Il avait besoin de parler, mais il n'y avait personne. Certes, il restait son fils. Ces derniers mois, il avait parlé tous les jours avec Jingming, mais depuis l'incident de Hong Kong il avait cessé de le faire. D'abord parce qu'il était enfermé dans une cellule, ensuite parce qu'il était surveillé en permanence par les sbires du ministère de la Sécurité d'État. Ce n'étaient pas les conditions idéales pour échanger. Mais maintenant qu'il était sorti de sa cellule et qu'il se trouvait en état de choc après avoir assisté à l'exécution de Hong, il ne voyait pas d'autre solution. Il ressentait l'impérieuse nécessité de détacher son esprit de la situation qu'il était en train de vivre. Il devrait communiquer avec son fils en présence de ses geôliers. Il éviterait les questions sensibles bien sûr, mais il avait vraiment besoin de lui parler et se soumettrait donc à l'inacceptable pour le faire. Surtout parce qu'il lui manquait, il lui manquait tellement et si profondément que ça en devenait douloureux, mais aussi parce qu'il devait mettre de l'ordre dans ses pensées, et personne ne l'y aiderait mieux que Jingming.

Il déplaça la souris pour réduire la page des équations. Les autres icônes apparurent. Il appuya sur l'une d'elles, nommée Jingming. L'icône grandit automatiquement, emplissant l'écran d'une image de son fils revêtu de la combinaison d'astronaute, quoique sans casque, souriant à la caméra dans une salle de simulations de la Base 20, autre nom de la ville spatiale Dongfeng. Il cliqua sur l'icône qui activait le chatbot.

— Bonjour, mon fils.

Dans l'ordinateur, une voix lui répondit.

— Bonjour père.

C'était la voix de Jingming.

XXI

— *Hi, Kurt.*

Une voix féminine, douce et sensuelle, accueillit les deux hommes lorsque Weilmann ouvrit la porte et qu'ils entrèrent dans l'appartement. La température était parfaite et ça sentait bon. Tomás chercha autour de lui la femme qui avait parlé, mais il ne la vit pas.

— Salut Rebecca, la salua Weilmann en anglais, tout en accrochant son manteau. Le déjeuner ?

— Il est prêt, bien sûr. Tout a été chronométré pour coïncider avec ton arrivée à la maison.

— Le problème, c'est que j'ai invité un ami. Tu peux faire quelque chose pour lui ?

— Bien sûr, mais tu aurais dû me prévenir car je n'ai rien préparé. Cela me prendra une vingtaine de minutes. Tu confirmes que ton ami est le professeur Tomás Noronha ?

— Lui-même. Et le dessert ? Finalement, tu as fait la mousse au chocolat que je t'avais demandée ?

— Désolée, mais il n'y aura de dessert pour personne. Ton taux de sucre est trop élevé. Prends ton mal en patience, Kurt. Ton régime ne te permettra de consommer du sucre que demain à 15 h 21.

Weilmann fit un geste de frustration.

— *Fuck !*

La femme ne parut pas gênée.

— J'ai une bonne nouvelle pour toi, Kurt. Les New York Giants ont écrasé les Dallas Cowboys hier.

— *Atta boy !* exulta l'Américain, dressant le poing pour célébrer cette nouvelle. Quel a été le score ?

— Trente-huit à seize. Le MetLife était bondé et Fowler a fait une partie d'enfer.

— *Yeah !*

Pas mal cette tactique consistant à donner une bonne nouvelle après avoir annoncé qu'il n'y aurait pas de dessert, pensa Tomás.

— Je savais que tu serais content, dit-elle. Tu veux un peu de musique d'ambiance ?

— Bonne idée. Que dirais-tu de *Heartbeat City* ?

— The Cars, bien sûr. Et vous, professeur Tomás Noronha ?

— Oh, je vous en prie, appelez-moi Tomás tout simplement, dit-il. Moi, tout me convient.

— Vous êtes l'invité, insista Rebecca, très polie. Que souhaiteriez-vous écouter ?

Devant tant d'insistance, le visiteur ne pouvait pas ne pas répondre.

— Eh bien, j'aime beaucoup les Pink Floyd.

— Un album en particulier ?

— Je ne sais pas. *Wish You Were Here*, par exemple.

Les deux hommes entrèrent dans le salon au moment où résonnèrent les premières notes de *Wish You Were Here*. La pièce était grande, moderne, presque futuriste, avec un ordinateur et un écran plasma en guise de décoration, et l'air était parfumé. Le plus spectaculaire était la grande baie vitrée ; elle donnait sur le sud et la vue était magnifique. On pouvait voir les toits rouges de Lisbonne qui s'inclinaient en terrasse vers les eaux céruléennes du Tage où croisaient des bacs nonchalants et, du côté d'Almada, la tache verte embrassant la rivière.

Le son mélodieux de la chanson détendait l'atmosphère et Tomás se prit à souhaiter que le programme informatique qui composait de la musique à la façon de Bach crée aussi de nouvelles chansons dans le style des Pink Floyd. Mais les paroles chantées par David Gilmour, *How I wish, how I wish you were here*, lui donnèrent envie de connaître la femme qui avait accédé à son désir. Il la chercha des yeux, mais ne la vit pas. Il avait d'abord pensé que Rebecca était un ordinateur, une sorte de Google Home ou Alexa. Mais la voix était trop réelle, les réactions trop rapides, les informations trop intimes…

— Je n'avais pas réalisé que vous étiez marié…

— Je ne le suis pas. Vous savez, je ne vis à Lisbonne que depuis six mois et je n'ai pas encore fait mon trou, déclara Weilmann tout en admirant le paysage. M'installer ici fut la meilleure décision que j'ai prise. J'ai été conquis par la beauté de votre ville, ce soleil merveilleux, la qualité de votre nourriture et l'excellence du Centre Champalimaud pour l'inconnu. Le partenaire idéal pour mon projet à la DARPA.

— Ne me dites pas que les avantages fiscaux n'ont joué aucun rôle dans votre décision…

L'Américain éclata de rire.

— Je vois que rien ne vous échappe, *man*, s'exclama-t-il. C'est la motivation secrète de tous les étrangers qui viennent vivre ici, n'est-ce pas ? Pas bête cette idée d'offrir de tels avantages à des étrangers qualifiés, je dois le reconnaître. Ils attirent l'argent et permettent surtout de parvenir à une masse critique. Aucun pays ne progresse sans capitaux ni qualifications.

— Pour l'instant, rétorqua Tomás. Mais, quand on sera tous chômeurs, ce qui adviendra tôt ou tard apparemment, ce sera une autre paire de manches.

Il y eut une pause pendant qu'ils appréciaient la vue, et la voix de Rebecca se fit de nouveau entendre.

— Tu as l'air tendu, Kurt. Ta voix tremble, ton cœur bat vite et ta pression artérielle est un peu élevée.

— Oh, tu n'as pas idée de ce qui m'est arrivé, déclara Weilmann. Nous avons pris un Uber pour venir et on s'est retrouvés au beau milieu d'une manifestation de chauffeurs de taxi. On a été attaqués, ils ont cassé la vitre… *Jesus Christ!* j'ai cru qu'ils allaient nous tuer.

— *Oh, poor thing*, murmura-t-elle. C'était probablement la manifestation au Cais do Sodré dont ils parlent sur les réseaux sociaux. Je te prépare un gin tonic pour te remettre de tes émotions. Et vous Tomás, que prenez-vous ?

— Euh… rien, merci.

— J'ai un bon whisky pur malt. Un Loch Lomond.

— Eh bien… euh… je suis effectivement un amateur, mais non, madame, je vous remercie.

Le scientifique de la DARPA éclata de rire.

— Madame ? *Gee*, je ne vous savais pas si formaliste…

— C'est-à-dire que… je ne la connais toujours pas, bafouilla le Portugais. Comment diable a-t-elle su que j'aimais le pur malt ? Et du Loch Lomond, c'est mon préféré.

— Elle a consulté vos recherches sur Internet. Vous seriez fort étonné d'apprendre tout ce que nos habitudes de navigation révèlent sur nous. Rebecca est toujours au courant de ces détails.

Tout cela finissait par mettre le Portugais mal à l'aise. Il y avait une femme à la maison mais il ne l'avait toujours pas vue ; il n'entendait que sa voix ; ils devaient communiquer de manière très « moderne » puisque sa voix venait des haut-parleurs cachés dans le mur. Plus déconcertant encore, cette étrangère s'était permise de se renseigner au point de découvrir qu'il était un amateur de whisky pur malt et qu'il appréciait particulièrement celui de la région de Loch Lomond. Elle ne manquait pas de culot !

— À ta place, je me couvrirais bien la semaine prochaine, Kurt, conseilla-t-elle, presque maternelle. On s'attend à une recrudescence de rhumes.

— Comment le sais-tu ?

— J'ai analysé les recherches sur Google.

La réponse sembla satisfaire Weilmann, mais l'historien lui jeta un regard interrogateur.

— Rebecca suit en permanence les recherches sur Google à travers Google Flu Trends, expliqua l'Américain. En se fondant sur les mots-clés des messages échangés par les gens, en l'occurrence ceux qui vivent à Lisbonne, il est possible de prévoir les tendances sanitaires dix jours avant que les services traditionnels prennent la mesure de la situation. Apparemment les Lisboètes envoient un nombre anormal de messages faisant référence aux symptômes du rhume. Rebecca a croisé ces données et a prédit l'augmentation du nombre de cas. Dans une semaine, tout le monde sera au lit avec de la fièvre, vous verrez.

— Et comment est-elle au courant de votre rythme cardiaque et de votre tension artérielle ?

L'Américain lui montra son smartphone.

— À cause du *pacemaker*, j'ai une application sur mon téléphone portable qui capte mon rythme cardiaque et mesure ma tension. Mon portable étant connecté à Internet, comme tout ce qui est dans ma maison d'ailleurs, elle me suit en permanence. S'il m'arrive quelque chose, Rebecca appelle automatiquement le SAMU. Comme mon téléphone est équipé d'un GPS, elle me suit tout le temps et peut donc indiquer à l'ambulance où je me trouve. – Il montra ses yeux. – J'utilise aussi des lentilles de contact mises au point par Google, qui analysent la composition de mes larmes toutes les x secondes et vérifient ainsi mon taux de glycémie. Cette information entre sur le réseau et elle l'obtient en temps réel. C'est pour ça qu'elle n'a pas fait de dessert.

— Incroyable ! murmura-t-il pour que Rebecca ne l'entende pas. C'est pire que Big Brother.

— Je vous ai entendu, Tomás, répliqua-t-elle, mais toujours calmement et sans aucune irritation ; apparemment, elle n'était pas offensée. Je dois surveiller Kurt à cause du *pacemaker*. Nous ne voulons pas qu'il lui arrive quelque chose, n'est-ce pas ?

— Euh… non, bredouilla l'invité, surpris que Rebecca l'ait entendu chuchoter. Bien sûr que non.

— Rebecca ne me lâche pas, confirma Weilmann. C'est comme ça, parce qu'on ne sait jamais, si j'ai un problème avec mon cœur… D'ici peu, elle va m'examiner les yeux. Vous n'imaginez pas ce que les yeux révèlent sur notre état de santé. Heureusement, elle trouve tout. Sans elle, je suppose que je mangerais déjà les pissenlits par la racine.

L'expression de curiosité de Tomás s'accrut, Rebecca était donc son assistante.

— Mais où est-elle ?

— Rebecca ? Ici, à la maison, bien sûr.

C'était tout sauf clair, mais le Portugais n'insista pas.

— Demain, c'est l'anniversaire de ta sœur, rappela Rebecca. Tu as déjà pensé au cadeau que tu vas lui offrir ?

— Je ne sais pas. Que suggères-tu ?

— D'après ses recherches sur Internet, le cadeau qui lui ferait le plus plaisir est sans aucun doute un collier de chez Tiffany's, qui ira très bien avec ses yeux.

— Un collier de chez Tiffany's ?! Mais ça coûte une fortune !

— Tiffany's fait une promotion exceptionnelle aujourd'hui jusqu'à minuit, heure de New York, et la livraison à domicile à Brooklyn est offerte. N'oublie pas que Jessie t'a beaucoup aidé, Kurt. Tu dois lui montrer ta reconnaissance.

Weilmann grogna, résigné.

— D'accord, achète-lui le collier…

— Tu veux lui écrire un petit mot ?

— Écris quelque chose de gentil et appose ma signature. – Il hésita, assailli par un doute. – Tu es sûre que ça ne va pas me ruiner ?

— Tu sais bien que je contrôle tes comptes jusqu'au dernier centime.

Tomás se dit que l'Américain s'était bien débrouillé pour recruter son assistante en arrivant à Lisbonne.

Rebecca parla à nouveau.

— Le gin tonic est prêt.

Suivi du Portugais, Weilmann se dirigea vers la cuisine. Les lumières s'allumèrent dès qu'ils entrèrent. La pièce était impeccablement propre. Plusieurs appareils étaient encastrés dans les murs ou posés sur le plan de travail en granit ; certains classiques, comme le lave-vaisselle et le micro-ondes, et d'autres différents de tout ce que Tomás avait vu dans une cuisine. Un Thermomix était en marche. L'Américain prit l'un de ces appareils, un mixeur apparemment, et en versa le contenu dans un verre ; c'était le gin tonic promis. Puis, il plaça une pomme sur le plan de travail, à côté de la cuisinière, et un couteau se décrocha du mur pour venir la couper avec une précision chirurgicale.

— Si je n'ai pas de mousse au chocolat pour le dessert, j'aurai au moins une pomme…

Tomás était encore un peu perturbé. Il s'attendait à trouver Rebecca en tablier dans la cuisine, en train de préparer le déjeuner et le gin tonic, mais il n'y avait personne, hormis lui et Weilmann.

— Est-elle dans la chambre ?

— Qui ?

Cela ressemblait à un dialogue de sourds.

— Eh bien… Rebecca, bien sûr. Qui d'autre ?

— Elle est dans la maison.

Le Portugais dévisagea son hôte comme s'il lui demandait de s'expliquer.

— Bien sûr qu'elle est dans la maison, ça je l'ai compris. Mais où ?

Weilmann fit un geste indiquant l'espace environnant.

— Elle est dans la maison… enfin, partout.

— Comment ça, elle est partout ? demanda Tomás, de plus en plus déconcerté. Dans quelle partie de la maison ? Je sais bien que vous êtes d'une autre culture et je ne veux pas paraître impertinent, mais nous sommes au Portugal et, je ne sais pas si vous l'avez déjà compris, je ne veux offenser personne, mais ici il est d'usage que les hôtes accueillent et saluent les visiteurs…

Tenant dans la main son verre de gin tonic, le scientifique de la DARPA le regarda pendant un moment, essayant visiblement de comprendre son invité, avant d'éclater de rire. Il rit si fort qu'il renversa par terre quelques gouttes de gin tonic, et dut s'asseoir à la table de la cuisine pour éviter d'en renverser davantage.

— Je suis désolé, dit-il en retrouvant son calme. Je suis si distrait et tellement habitué à Rebecca que j'oublie que les gens ne la connaissent pas. C'est mon assistante. Je pensais que c'était évident.

— Oui, votre secrétaire.

— Pas tout à fait. L'assistante virtuelle.

— Virtuelle ?

Weilmann porta son verre à la bouche et avala une gorgée. Le gin tonic lui réchauffait déjà la poitrine quand il posa le verre et regarda son invité, une étincelle d'alcool dans le regard.

— Rebecca est un ordinateur.

XXII

Un sentiment de paix envahit le professeur Yao Bai lorsqu'il entendit la voix de son fils. Cela faisait plusieurs semaines qu'il n'avait pas parlé à Jingming et cela lui manquait. Il avait toujours évité d'échanger avec son fils devant des tiers, surtout les sinistres personnages chargés de surveiller tout et tout le monde, mais les circonstances avaient changé, plus encore depuis l'exécution de Hong. Il se moquait bien de ce qu'ils penseraient. La seule chose à laquelle il fallait vraiment faire attention c'était le sujet de conversation. Il ne pouvait, entraîné par l'émotion, laisser échapper une seule information susceptible de permette aux autorités de découvrir ou de deviner son plan.

— Cela fait longtemps qu'on ne s'est pas parlé, mon fils.

— C'est vrai père, confirma Jingming à travers l'ordinateur. C'est comme lorsque j'ai été en orbite dans notre station spatiale Tiangong-1, vous vous souvenez ? Nous avons passé des semaines sans nous parler.

— Et comment, je m'en souviens ! J'étais si triste d'être sans nouvelles de toi…

— Sai Weng a perdu son cheval ; qui sait, c'est peut-être une bonne affaire ! dit le garçon en riant. Le silence nous permet de mieux parler.

Le père rit aussi. Le recours aux proverbes était une habitude dans la famille. Ce dicton en particulier signifiait qu'un malheur peut finalement apporter de bonnes choses. Passer tant de temps sans parler n'était pas agréable, mais ils auraient d'autant plus à se dire lorsqu'ils se reverraient.

— C'est vrai, c'est vrai, reconnut le professeur Yao Bai. Bien que je n'aie pas beaucoup de temps pour bavarder. Je travaille sur l'IAG et je me torture les méninges.

— Quel est le problème, père ?

C'était typique de Jingming. Toujours prêt à relever les défis intellectuels.

— Les nanotubes, déclara Yao Bai. Je travaille sur leur capacité de calcul.

— Lesquels ? Les structures hexagonales de carbone d'un nanomètre de diamètre ?

— Exactement. Comme tu le sais, elles peuvent atteindre des densités élevées et elles sont aussi potentiellement très rapides. Leur limite de vitesse théorique devrait atteindre un térahertz, ce qui est mille fois plus que les ordinateurs actuels. Cela signifie que si je parviens à développer un pouce cube de circuit de nanotubes, je serai capable de créer une capacité de calcul cent millions de fois plus puissante que le cerveau humain. Le problème c'est d'y arriver.

— *Ayah !* Si vous essayez, père, la barre de fer se transformera en aiguille.

Le père sourit à nouveau. Une autre maxime de la famille. Et comme toujours, le proverbe était vrai. Le défi théorique qui l'ennuyait était en fait résolu ; le problème qui se posait à présent était un problème d'ingénierie. En somme, l'assemblage de structures de nanotubes de cette dimension n'était qu'une question de temps. Lorsque cela arriverait…

— Ah, mon garçon ! soupira le professeur Yao Bai. Nos conversations me manquent. Tu te souviens quand on se promenait sur le Bund ou qu'on allait au Yu Garden ?

— Quels souvenirs, mon père. Shanghai, c'était formidable, hein ? Les autres gamins apprenaient le mah-jong et nous on parlait mathématiques. Fallait voir la tête de leurs parents !

Ils rirent tous les deux.

— Oui, mais après ils venaient me voir et me proposaient de l'argent pour que je donne des cours particuliers à leurs enfants. Comme si j'avais le temps…

— N'est-ce pas à cette époque, père, que vous avez commencé à travailler sur Sunway TaihuLight ?

Sunway TaihuLight était le supercalculateur chinois, entré en fonctionnement en 2016, qui pendant deux ans avait été l'ordinateur le plus puissant de la planète, avant d'être supplanté en 2018 par le Summit d'IBM et en 2020 par le Fugaku de la japonaise Fujitsu.

— Ça, c'était plus tard. À ce moment-là, j'en étais encore à élaborer les bases du Tianhe-2, tu te rends compte. Sunway TaihuLight est devenu un géant, c'est vrai, mais à l'époque nous n'avions pas la technologie nécessaire, ne fût-ce que pour l'imaginer.

— Ah, je dois confondre les dates.

Le professeur Yao Bai se pencha et ouvrit un tiroir.

— Attends, je crois que je dois avoir ici un livre qui comporte… – À sa grande surprise, il aperçut un smartphone dans le tiroir. – Qui… comporte toutes les dates…

— Ça n'a pas d'importance, père.

À l'intérieur du tiroir, les caméras de surveillance placées au plafond ne pouvaient pas voir l'appareil. Il ne pouvait pas l'utiliser ailleurs. Il avait besoin d'un prétexte pour garder la main dans le tiroir.

— J'insiste, dit-il. J'ai ici le livre avec toutes les dates, donne-moi juste un instant…

Il devait toutefois répondre à deux questions préalables. La première était de savoir à qui appartenait ce téléphone portable, et la seconde, infiniment plus importante, était de déterminer s'il était chargé et s'il marchait.

— Comme vous voudrez, père. Même une bonne mémoire ne défait pas un vieux stylo, hein ?

Il appuya sur le bouton latéral du smartphone et l'appareil s'alluma ; il était chargé ! Cela signifiait qu'il était là depuis peu de temps.

— C'est tout à fait vrai, mon fils.

Aussi vite que possible, il ouvrit les paramètres afin de vérifier le numéro. Il finit par le trouver et le reconnut aussitôt ; c'était celui de Hong.

— En quoi le projet sur lequel vous travaillez actuellement est-il plus important que Sunway TaihuLight, père ?

Son assistant avait dû le cacher là et les idiots du ministère de la Sécurité d'État ne s'en étaient même pas rendu compte ! De toute évidence, l'omniprésence de l'ordinateur central les rendait bien moins attentifs.

— Cette question est malheureusement confidentielle, répondit-il, l'esprit partagé entre la poursuite de la conversation pour ne pas éveiller les soupçons des hommes du MSE et la découverte du portable dans le tiroir, avec ce que cela impliquait. Tout ce que je peux dire, c'est que je travaille au développement de l'IAG. Et j'ajouterais qu'on n'en est plus très loin.

Le smartphone était chargé et il y avait du réseau. Techniquement, c'était tout ce dont il avait besoin pour appeler au Portugal. Il ne restait plus qu'un détail.

— Vraiment ? C'est excellent, père !

C'était de pouvoir le faire sans que les gars du MSE s'en aperçoivent.

Il aurait pu emporter l'appareil dans la salle de bains, mais depuis son escapade, on l'avait équipée de caméras. S'il ne pouvait plus avoir aucune intimité, comment appeler le Portugais ?

C'est alors qu'il eut une idée.

XXIII

Tomas se sentait tellement stupide. Il avait suivi la conversation de Weilmann avec Rebecca, lui-même avait parlé avec elle et il s'était même demandé si ça n'était pas un ordinateur. Mais il avait tout de suite abandonné l'idée tellement le dialogue était fluide ! Rebecca semblait tout savoir et se mêlait de tout. Comment n'avait-il pas compris ? Quel idiot ! Impossible de trouver plus crétin que lui !

— Allons, ne faites pas cette tête, sourit l'Américain avec une pointe d'ironie. Dans cette maison tout est automatisé, connecté à Internet et intégré. Rebecca est le programme qui coordonne tout et c'est mon interface. Même la musique que vous entendez est différente de celle que j'écoute. Grâce à la technologie du son hypersonique et à un certain nombre de systèmes audio innovants, il est aujourd'hui possible de moduler les sons des faisceaux ultrasoniques avec une telle précision que chacun entend un morceau différent. Ainsi, Rebecca a tout réglé pour que je puisse écouter The Cars et vous les Pink Floyd. Le son est personnalisé, vous comprenez ? Chacun écoute sa musique sans être dérangé par celle du voisin. Ce sont les nouvelles technologies.

— Mais… l'ordinateur parle si bien…

Weilmann se gratta la nuque en se demandant comment expliquer ce qui se passait.

— Eh bien, disons que Rebecca est juste une interface nouvelle génération. Plus besoin de passer par le clavier et l'écran. Rebecca est une combinaison des deux. En quelque sorte, ce n'est rien de plus qu'une interface anthropomorphique. L'objectif est précisément de rendre la technologie invisible et de créer des interfaces si naturelles qu'elles deviennent transparentes. On crée l'illusion que nous avons affaire à quelque chose de naturel.

Tomás désigna le plafond d'où venait la voix de Rebecca.

— Mais sa voix est si réelle, insista-t-il, toujours estomaqué.

— L'un des paradoxes de l'intelligence artificielle, c'est que les ordinateurs peuvent faire facilement des choses qui nous paraissent, à nous les humains, incroyablement difficiles, voire impossibles. Par exemple, calculer en une fraction de seconde pi jusqu'à la millième décimale ou bien la racine carrée de 27 843 divisé par 945 au cube. Vous pouvez faire ce calcul en un clin d'œil ?

— Tout le monde sait que les ordinateurs en sont capables. Mais là en l'occurrence, il s'agit de machines qui nous entendent, qui comprennent ce que nous disons et qui répondent. Qui conversent avec nous de manière tout à fait naturelle. C'est très différent.

— Certainement, convint l'Américain. Bien qu'ils fassent sans aucune difficulté des calculs arithmétiques complexes, les ordinateurs ont bien plus de mal à accomplir certaines actions qu'un enfant d'un an réalise presque sans réfléchir. Par exemple, reconnaître des gens. Un enfant d'un an identifie facilement ses parents, mais historiquement, les ordinateurs ont toujours montré d'énormes difficultés à reconnaître les visages. L'intelligence artificielle effectue aisément toutes sortes de raisonnements logiques, mais elle se révèle impuissante pour la plupart des choses que les humains et les animaux font sans réfléchir, comme analyser des scènes visuelles, reconnaître des objets et interagir avec l'environnement. En d'autres termes, elle fait ce qui est difficile mais pas ce qui est facile.

Intrigué, Tomás prit place à table, en face de son hôte.

— C'est vrai, observa-t-il, réfléchissant à la question en tant qu'historien et universitaire. Je suppose que cela a à voir avec l'évolution de la vie. Reconnaître des objets et des hommes, interpréter des images et interagir avec l'environnement sont des compétences indispensables pour survivre. Un homme qui rencontre un lion sur son chemin et ne réalise pas que c'est un lion ni la menace qu'il peut représenter n'ira pas bien loin dans la vie, vous êtes d'accord. En revanche, calculer pi jusqu'à la millième décimale n'est absolument pas nécessaire pour vivre dans la jungle.

— C'est exactement ça, admit le scientifique de la DARPA. Nous ne nous en apercevons pas, car des millions et des millions d'années d'évolution biologique nous ont permis de développer ces compétences au point que nous les exerçons presque sans réfléchir, mais la reconnaissance d'objets, l'analyse d'images et l'interaction avec un environnement complexe sont bien plus difficiles qu'un simple calcul arithmétique, compétence que nous avons d'ailleurs fort peu développée, la pensée rationnelle étant apparue assez récemment dans la biologie. – Il désigna les maisons de Lisbonne derrière la fenêtre. – Alors qu'il nous suffit de voir une seule fois une maison pour reconnaître ensuite tout autre objet similaire comme étant une maison, car il nous est facile de généraliser à partir d'un petit échantillon de données, une capacité que les ordinateurs n'ont jamais eue. Si on montre à l'ordinateur l'image d'une maison lisboète en lui disant que c'est une maison et si on lui montre ensuite l'image d'une maison à New York sans lui dire ce que c'est, il sera incapable de conclure qu'il s'agit aussi d'une maison. Élargissons ce problème aux gens, aux animaux, aux chaises, aux plages, aux voitures...

à tout. Les ordinateurs ne peuvent pas analyser les images ni reconnaître les objets ou généraliser à partir d'échantillons.

L'historien désigna à nouveau le plafond.

— Mais Rebecca y arrive...

— C'est précisément la grande révolution qui s'est produite dans le domaine de l'intelligence artificielle, souligna Weilmann. Avez-vous déjà entendu parler de l'Apprentissage profond, qu'on appelle aussi *Deep Learning* ?

— Je pense avoir vu cette expression dans un journal scientifique, mais j'avoue que ce n'est pas ma spécialité, admit Tomás. Vous savez, je suis historien. Je suis plus à l'aise avec les antiquités de l'archéologie qu'avec les modernités de la technologie.

— Les ordinateurs, comme d'ailleurs les êtres humains, obéissent aux ordres des algorithmes. Traditionnellement, pour programmer un ordinateur, on lui donne un ensemble d'instructions spécifiques : les algorithmes. Lorsque A se produira, fais ça ; lorsque B se produira, fais ça, et ainsi de suite. La plupart des actions humaines sont exécutées par des algorithmes dont on ne perçoit même pas l'existence. Par exemple, quand on conduit une voiture, on doit effectuer un ensemble complexe d'actions coordonnées. On doit identifier les autres voitures et analyser leur itinéraire, voir les piétons et examiner leur comportement, freiner si quelqu'un vient se placer devant notre voiture, tourner si une autre voiture risque de nous percuter, mettre le clignotant, appuyer sur l'embrayage, changer de vitesse, freiner ou accélérer, reconnaître les panneaux routiers... bref, une multitude d'opérations. De plus, pour chacune d'elles, les mouvements du corps eux-mêmes impliquent une multiplicité d'actions. Si je veux appuyer sur le frein, par exemple, je dois activer divers muscles spécifiques de la jambe gauche, détendre le genou d'une certaine manière, garder le pied fermement appuyé sur la pédale. Chacun de ces actes est exécuté par plusieurs algorithmes. L'un contrôle le muscle A, un autre le muscle B, un autre le C, et ainsi de suite. Lorsque je dis : « monte dans la voiture et va au supermarché », cet ordre apparemment simple implique une myriade incroyablement complexe d'algorithmes qui doivent se coordonner harmonieusement.

— C'était pour ça qu'on n'arrivait pas à mettre au point les voitures autonomes ?

— Par exemple. Et c'était aussi pour ça qu'il était si difficile d'amener des robots à exécuter des tâches simples. En effet, bien que simples en apparence, celles-ci impliquent en réalité une suite interminable d'algorithmes coordonnés. Imaginons la programmation nécessaire pour qu'un robot effectue un simple pas. Algorithme A, lève la jambe droite de trente centimètres. Algorithme B, tends la jambe gauche. Algorithme C, avance la jambe droite de vingt centimètres. Algorithme D, la jambe gauche reste ferme afin de supporter la manœuvre de la jambe droite. Algorithme E, la jambe droite se baisse jusqu'à toucher le sol. Algorithme F, la…

— C'est bon, c'est bon, j'ai compris, déclara Tomás. Et alors ?

— La programmation conventionnelle doit prévoir chacune des multiples situations susceptibles de se produire et créer une infinité d'algorithmes pour les traiter. Or, il est impossible de programmer à l'avance tous les mouvements possibles. La réalité est trop complexe et il se produit toujours de nouvelles situations qui ne sont pas prévisibles. C'est pourquoi il était auparavant impossible d'inventer des robots capables de se promener dans la maison ou des automobiles pouvant se diriger sans conducteur humain. Il arrivait toujours des incidents imprévus et les machines se bloquaient.

Le visiteur désigna une fois de plus le plafond, revenant toujours au même problème.

— Mais Rebecca nous parle avec une telle fluidité…

— Oui, elle parle, grâce à l'Apprentissage profond, un système d'apprentissage pour les machines dérivé des méthodes d'apprentissage pour les animaux et que l'on appelait auparavant l'Apprentissage automatique ou *Machine Learning*. Au début, l'Apprentissage automatique semblait prometteur, mais assez vite on s'est aperçu que ça ne menait nulle part. Et puis en 2000, avec l'explosion de la capacité de calcul et l'émergence des mégadonnées, ou *big data*, est apparue une forme avancée d'Apprentissage automatique qu'on a appelée l'Apprentissage profond, qui s'appuie énormément sur les réseaux neuronaux.

Cette dernière expression intrigua Tomás.

— Les réseaux neuronaux ? Les ordinateurs utilisent des neurones à présent ?

— Des neurones artificiels, expliqua le scientifique. Dans les années 1950, on a inventé un algorithme appelé Perceptron destiné à simuler les fonctions des neurones et de leurs réseaux. C'est à partir du Perceptron que l'Apprentissage automatique puis l'Apprentissage profond ont été développés. Bien que l'architecture des ordinateurs soit différente de la structure des cerveaux biologiques, les réseaux neuronaux artificiels sont des systèmes informatiques qui, de fait, imitent l'activité des réseaux de neurones du cerveau. On peut leur indiquer, de façon arbitraire, quels sont les états désirables et indésirables, exactement comme le plaisir et la douleur en biologie, et quels comportements sont ou ne sont pas acceptables, à l'instar des systèmes de valeurs chez les êtres humains. De même que l'intelligence biologique ne résulte pas simplement de l'activité cloisonnée des neurones, mais du réseau qu'ils établissent entre eux, de même l'intelligence artificielle ne résulte pas simplement de l'activité cloisonnée des puces, mais du réseau qu'elles créent entre elles. Or, ces réseaux neuronaux artificiels semblent avoir des capacités de généralisation correspondant en biologie à l'activité du néocortex et de l'hippocampe. Ces capacités se révèlent dans la reconnaissance de modèles qui permettent aux ordinateurs d'établir des relations entre des choses apparemment différentes et…

— Attendez, attendez, interrompit l'historien. Je ne vous suis pas. Donnez-moi des exemples, ce sera peut-être plus facile.

— Vous voulez des exemples ? Eh bien, prenez le crédit bancaire. Lorsqu'on sollicite un crédit auprès d'une banque, ce ne sont plus uniquement des êtres humains qui décident s'il va nous être accordé, mais essentiellement des algorithmes de réseaux neuronaux. Ces algorithmes disposent d'informations évidentes, telles que le salaire et les dépenses de l'emprunteur pour déterminer sa capacité de remboursement, mais ils font aussi des corrélations qui échappent aux décideurs humains ; c'est ainsi qu'on a découvert qu'il est plus probable que les personnes qui contractent un emprunt le mercredi le remboursent. On ne sait pas trop pourquoi, mais les algorithmes ont détecté cette corrélation. Ils parviennent à mettre en relation des choses qui nous échappent totalement.

— C'est en analysant ainsi le génome humain que les algorithmes identifient les gènes ou groupes de gènes responsables des différentes maladies ?

— Absolument ! C'est grâce à ces réseaux neuronaux que l'intelligence artificielle est aujourd'hui capable de reconnaître des sons et des images, notamment les relations entre gènes susceptibles de provoquer le cancer, ou des corrélations dont il convient de tenir compte lorsqu'un client demande un prêt, ou encore des mots proférés ou écrits par des êtres humains. Et c'est cette capacité des réseaux neuronaux de l'Apprentissage profond de corréler des choses qui échappent aux analystes humains qui permet également aux ordinateurs d'apprendre à partir d'exemples.

Toujours étonné par les capacités de l'assistante virtuelle, Tomás montra à nouveau le plafond.

— C'est ainsi que Rebecca échange si naturellement ?

— Grâce aux réseaux neuronaux artificiels de l'Apprentissage profond, confirma Weilmann. Avec l'Apprentissage profond, ce ne sont pas des instructions séquencées que l'on donne à la machine, mais un ordre global. Grâce à une gigantesque puissance de calcul, à l'accès aux quantités infinies d'informations du *big data*, à un ensemble élémentaire de règles d'apprentissage basées sur l'analyse de modèles et à un ordre simple, la machine fait tout toute seule. Par exemple, on lui dit : ceci est un jeu chinois appelé go, analyse ses caractéristiques pour apprendre à y jouer et trouve le moyen de gagner. Rien de plus. L'ordinateur décortique le problème par couches successives, en recherchant des modèles dans des milliards de bits d'informations extraites du *big data* et en les corrélant jusqu'à ce qu'il dégage des formes spécifiques. En même temps, il commence à jouer, des millions de fois jusqu'à ce qu'il trouve des formules gagnantes. En d'autres termes, il apprend tout seul.

— C'est comme ça que les ordinateurs ont battu les champions de ce jeu chinois ?

— Et les champions d'Atari et de poker, confirma l'Américain. Lorsqu'on a commencé à largement utiliser l'Apprentissage profond dans les ordinateurs, à partir de 2000, tout a changé. Grâce à ce nouvel instrument, l'intelligence artificielle a commencé à reconnaître des mots, des sons et des images, et à menacer sérieusement nos emplois. Au milieu de cette décennie, les ordinateurs sont parvenus à la reconnaissance faciale, puis en 2012 un réseau d'ordinateurs de Google, confronté à dix millions d'images tirées au hasard de vidéos de YouTube qui n'ont pas été cataloguées, a été capable, après avoir utilisé l'Apprentissage profond pendant trois jours, de reconnaître les chats comme constituant une catégorie spécifique et les êtres humains une autre. Le plus extraordinaire c'est que personne n'avait programmé le système pour qu'il comprenne ce qu'étaient les chats. Les ordinateurs en réseau y sont arrivés par eux-mêmes.

— Ils ont appris tout seuls ?

— C'est ça l'Apprentissage profond ! Les machines n'avaient jamais fait ça auparavant. À partir de là, tout est allé très très vite, *man*. Deux ans plus tard, une équipe de Google a inséré une image dans un programme d'Apprentissage profond et lui a demandé ce que c'était. Avant cela, les ordinateurs auraient répondu : un ensemble de pixels. Cette fois-ci, cependant, le programme a donné une réponse différente : un groupe de jeunes qui jouent au frisbee.

— Incroyable ! L'ordinateur a reconnu ce que représentait la photo ?

— Exactement. Et l'année suivante, Facebook a annoncé que le taux de reconnaissance correcte des visages de son système de reconnaissance faciale, DeepFace, était supérieur à 97 %, soit presque le même que la perception humaine. Peu après, Google a révélé que le taux de réussite de son système FaceNet était de plus de 99 %.

— Mieux que les humains ?

— Incroyable, n'est-ce pas ? Et les capacités de reconnaissance se sont étendues à des objets autres que les visages humains ou les chats. À présent, les ordinateurs arrivent même à lire des textes manuscrits ! L'évolution a été telle que certaines applications reconnaissent déjà les objets automatiquement. Google Lens identifie chacune des images captées par un smartphone : fleurs, vêtements, animaux, bâtiments... On se promène dans la rue, on repère quelqu'un avec de belles chaussures, on les prend en photo avec son smartphone et on sait aussitôt de quel modèle il s'agit, où on peut les acheter et combien elles coûtent. Le système ADAM de Microsoft a été le premier à pouvoir distinguer deux lignées différentes de chiens de la même race, ce qui est devenu banal avec Google Lens. C'est aussi l'Apprentissage profond qui a permis aux véhicules autonomes d'interpréter le monde qui les entoure afin qu'ils puissent y circuler. Les Chinois sont particulièrement avancés dans ce domaine. En Chine, dans certains restaurants, les gens ne paient plus en espèces, par carte de crédit ni même par QR code sur leur smartphone. Ils le font avec leur visage.

— Leur visage ?

— Oui, *man*. *Idem* dans les hôtels. Le client regarde une machine, laquelle procède à la reconnaissance faciale et, une fois l'identité confirmée, elle débite directement le client *via* l'application Alipay. Ces machines disposent même d'un algorithme qui s'assure que le visage est bien en chair et en os pour empêcher les fraudeurs d'utiliser la photographie de quelqu'un d'autre pour payer leurs factures. Ce sont aussi les Chinois qui ont créé la technologie qui permet de débloquer son smartphone en le mettant devant son visage. Il y a même des gares, en Chine, où les gens ne peuvent entrer qu'après que leur visage a été scanné et l'image vérifiée sur la base de données de la police.

Tomás balança la tête, impressionné.

— Cela explique que Rebecca identifie les images. Mais… comment peut-elle comprendre ce que nous disons et nous répondre aussi naturellement ? Comment se peut-il qu'une machine dialogue avec nous, au point de me convaincre qu'il s'agissait vraiment d'une personne ?

— C'est le même principe. Si l'intelligence artificielle est capable de reconnaître des images, elle peut également identifier des sons. Doté de l'Apprentissage profond, Skype a introduit la traduction simultanée en 2014 et, l'année suivante, l'entreprise chinoise Baidu a annoncé que son système de reconnaissance de la parole, DeepSpeech 2, réussissait mieux que les humains à identifier correctement des phrases courtes hors contexte. Plusieurs applications que vous devez connaître, comme Shazam, SoundHound ou Musixmatch sont capables de reconnaître des chansons à partir d'un court extrait. C'est grâce à ces fonctionnalités qu'Apple a créé le premier assistant virtuel, Siri, le prédécesseur de Rebecca. L'idée est de se passer du clavier et des écrans. Converser avec les ordinateurs deviendra la norme à l'avenir. C'est fait de manière anthropomorphique, ce qui crée l'illusion que nous parlons avec une personne.

— Eh bien, je dois dire que cette illusion est… est parfaite.

— Et ça va encore s'améliorer, *man*. En 2016, des personnes décédées ont même été recréées grâce à des systèmes automatisés appelés chatbots. Vous comprenez ce que cela signifie ? C'est comme si les morts revivaient ! Rebecca est un personnage que j'ai inventé, mais si j'entre dans l'ordinateur les informations concernant un proche décédé, par exemple, y compris des textes qu'il a écrits et des enregistrements dans lesquels il parle, l'ordinateur est en mesure de le recréer avec une vraisemblance incroyable. Dans les expériences déjà réalisées avec des chatbots de ce type, les amis du défunt ont dit que l'ordinateur s'exprimait exactement comme lui, et des parents ont même reconnu qu'ils ont mieux compris leurs enfants après avoir entendu leurs recréations par ordinateur.

— Est-ce vraiment le cas ? demanda Tomás avec une grimace de scepticisme. Mon père est décédé il y a quelques années. Si j'introduis dans l'ordinateur tout ce qu'il a écrit et tous les enregistrements audio et vidéo de lui dont je dispose, l'ordinateur parviendra vraiment à le recréer ?

— Cela a déjà été fait, *man* ! En 2016 !

Le Portugais prit une profonde inspiration pour digérer ce qu'il venait d'entendre.

— Eh bien, c'est… c'est spectaculaire. Ça doit être extrêmement réconfortant pour une personne d'entendre à nouveau son père, son conjoint ou un enfant disparu, de lui parler…

— Il paraît qu'on a l'impression qu'il est juste à côté. Mais on peut aller encore plus loin. Avec la cyborgisation des êtres humains puis l'introduction d'implants cérébraux, on pourra interagir avec Rebecca par la pensée. – Il leva le bras. – Vous avez vu, j'ai bougé mon bras ; je ne lui ai pas parlé n'est-ce pas ? Je lui ai donné un ordre mental et il a obéi. Eh bien, grâce aux implants cérébraux, un jour nous pourrons faire la même chose avec Rebecca et ses successeurs. D'ailleurs, le fondateur de Facebook, Mark Zuckerberg, a annoncé la commercialisation de casques capables de communiquer par la pensée, ce qui signifie par exemple qu'à l'avenir, les utilisateurs de réseaux sociaux n'auront plus besoin d'ordinateurs ni de smartphones et communiqueront directement avec les cerveaux des autres utilisateurs. On pourra transmettre des informations d'un cerveau à un autre, et même d'un cerveau à un ordinateur. Et un jour, on se passera des casques car on aura des implants électroniques dans le crâne. Tel est d'ailleurs le projet du patron de Tesla et de Space X, Elon Musk, qui a créé Neuralink en 2016. Cette société est en train de mettre au point le *neural lace*, un implant crânien doté de composants électroniques minuscules entrelacés avec les neurones afin d'établir une connexion permanente entre le cerveau et Internet grâce au Bluetooth. Avec ce système, on a pu faire contrôler des ordinateurs par des singes ! Nous-même, à la DARPA, nous avons déjà mis au point des techniques pour extraire des signaux subconscients directement du cerveau. Notre objectif ultime est d'inverser le processus et d'introduire directement des informations et des pensées dans le cerveau.

— C'est la télépathie…

— L'Apprentissage profond a tout changé. On peut même dire que c'est avec cette technologie qu'est née la véritable intelligence artificielle. Si, grâce à l'Apprentissage profond, les ordinateurs commencent à avoir de meilleurs résultats que les humains en matière de reconnaissance des images et des sons, nous pouvons en conclure que les machines sont en train de nous surpasser dans des domaines où nous étions vraiment meilleurs qu'elles.

Tout cela représentait un monde nouveau pour Tomás. Il ne s'était jamais vraiment intéressé aux nouvelles technologies et se sentait tout à coup dépassé par les événements.

— Dites-moi, ce n'est pas une simple évolution technologique, n'est-ce pas ? Je parle à une entité virtuelle et elle me prépare un déjeuner bien réel. Le virtuel a commencé à contaminer le réel.

Tout se mélange et un de ces jours, on ne saura même plus ce qui est réel et ce qui est virtuel. À quoi ça rime ?

Le scientifique de la DARPA avala son gin tonic d'un trait puis posa son verre vide sur la table, exhalant l'ardeur qui lui remplissait la poitrine. Puis il se cala dans son fauteuil et se laissa aller.

— Bon sang, c'est la révolution !

XXIV

Il ne pouvait pas rester penché plus longtemps la main dans le tiroir ; cette position étrange allait devenir suspecte. Il fallait agir rapidement. Yao Bai plaça le téléphone portable dans un dossier qu'il retira du tiroir.

— Je crois que c'est le texte avec les références, déclara-t-il. Ce n'est pas un livre, c'est un dossier.

— Bien, père, répondit la voix de Jingming dans l'ordinateur. Il faut plus d'une froide journée pour geler une rivière de trois *chi* de profondeur.

La façon dont le programme avait capté la personnalité de Jingming était vraiment extraordinaire ; on avait l'impression que c'était vraiment lui qui parlait.

— C'est ça, mon fils, acquiesça le vieux scientifique en posant le dossier sur ses genoux. Raconte-moi un peu comment est ta vie dans l'ordinateur. Il fait froid ?

Il parcourut le dossier, comme s'il cherchait des informations, mais c'était juste une mise en scène pour leurrer les caméras de surveillance.

— Il ne fait pas froid du tout, répondit la voix dans le chatbot. Le seul problème, père, c'est que je n'ai rien à faire quand vous ne m'appelez pas. C'est un peu monotone.

— Je suis désolé, mon fils, dit le professeur Yao Bai. Dorénavant, je te tiendrai davantage compagnie. L'idéal serait que je te rejoigne, hein ? Qu'en dis-tu ? Ça te plairait ?

Il tourna la dernière feuille qui cachait le téléphone.

— Ce serait génial ! s'exclama son fils. On passerait tous les deux toute la journée à parler de Shanghai, de ma mère, de mes aventures dans l'espace, de vos recherches sur l'IAG... Ce serait excellent. Mais ce n'est pas possible, n'est-ce pas ? Vous, vous êtes là, et moi je suis ici. Tant pis, ce n'est pas grave. Nous tombons dans un fossé, nous devenons plus sages.

— Tu as parfaitement raison mon fils. À un point que tu ne saurais imaginer...

— Les difficultés nous donnent de grandes leçons, père. Vous vous souvenez de ce qui m'est arrivé lorsque j'étais dans la station orbitale Tiangong-1 ? La microméteorite a perforé la plaque d'énergie solaire et grâce à cet incident nous avons compris que nous avions besoin d'un système redondant, même dans la captation d'énergie.

Toujours discrètement, le professeur Yao Bai manipula le téléphone pour accéder à la messagerie. Lorsqu'il y parvint, il composa le numéro de téléphone qui y était mémorisé.

Celui de Tomás Noronha.

XXV

— J'ai faim.

Son estomac gargouillait depuis un moment et Tomás commençait à se dire qu'il pourrait avaler un sanglier entier, comme l'aurait fait un certain personnage de ses lectures d'enfance. La faim l'irritait. Au lieu de lui répondre directement, Weilmann regarda le plafond comme s'il cherchait le responsable.

— Rebecca ?

— Ça ne prendra qu'une minute, déclara l'assistante virtuelle. Mais nous pouvons nous occuper des boissons. Comme d'habitude pour toi, Kurt ?

— Oui. Et bien frais.

— Bien sûr, ne t'en fais pas. Et pour Tomás ? Le douro rouge que vous aimez tant ?

C'était effectivement le vin préféré de l'historien.

— Pouvez-vous arrêter de fouiller dans ma vie privée ? protesta-t-il. Ça m'agace.

Rebecca conserva sa bonne humeur, imperturbable.

— Je voulais juste bien faire.

L'estomac de Tomás fit entendre un borborygme embarrassant qui déclencha un grand éclat de rire de son hôte.

— Vous avez un petit creux on dirait ? Allez donc voir dans le frigo si vous trouvez de quoi calmer votre faim…

— Je vais attendre, merci.

— Ne soyez pas têtu. Allez-y.

Le visiteur finit par obéir et se dirigea vers le frigo. Ses yeux se fixèrent sur des mini canettes.

— Ça vous dérange si je bois une bière ?

— Faites comme chez vous, déclara Weilmann. Les verres sont dans le placard.

— Ce matin, le capteur du réfrigérateur a indiqué que le lait avait tourné, dit Rebecca, s'adressant évidemment au maître de maison. J'ai déjà passé une commande en ligne au supermarché. J'ai demandé une livraison en fin d'après-midi, car j'ai supposé que tu serais à la maison à ce moment-là.

— Si tu as choisi ce créneau, c'est parce que tu sais pertinemment que je n'ai rien de prévu à cette heure-là aujourd'hui, répondit Weilmann. Et tu as aussi commandé du pain ?

— J'ai commandé le pain que tu aimes et deux ou trois bricoles qui manquaient. Ah oui, j'ai aussi rempli ta déclaration d'impôts ; il te suffit d'y jeter un coup d'œil avant de l'envoyer au fisc en ligne.

L'Américain fit un geste vague de la main.

— Oh, tu peux l'envoyer. Je suis sûr que tout est en ordre.

Tomás suivait la conversation sans trop savoir quoi penser. Un ordinateur gérant notre vie, en particulier ses aspects ennuyeux et bureaucratiques pour lesquels il n'avait aucune patience, constituait sans aucun doute un grand progrès. Finis les tracas avec les courses au supermarché, la cuisine, les déclarations d'impôts, bref, tout ce qui impliquait de la logistique ou compliquait la vie. Qui plus est, s'agissant des impôts, Rebecca devait probablement connaître la législation sur le bout des doigts car elle consultait certainement le *Journal officiel* et savait quelles lois le ministère des Finances avait élaborées en catimini, dans un langage hermétique pour tromper les contribuables.

Non seulement elle ne commettrait aucune erreur, mais elle saurait en plus tirer parti de toutes les niches fiscales existantes. Cependant, une pensée le mettait mal à l'aise : si quelqu'un gérait tout à sa place, il perdrait le contrôle sur sa vie et il n'était pas certain que ce serait vraiment bénéfique à long terme.

Rebecca leur annonça enfin que le déjeuner était prêt.

Weilmann sortit du Thermomix la nourriture fraîchement préparée. Il la posa sur la table de la salle à manger avec le pain et servit son invité. Tomás regarda son assiette, essayant d'identifier ce qui lui était servi. Ce n'était pas de la nourriture portugaise et ça n'avait pas l'air américain non plus.

— Qu'est-ce que c'est ?

Devançant Weilmann, Rebecca l'éclaira.

— De la bruschetta turque aux aubergines et au parmesan, l'informa-t-elle de sa voix douce. L'une des entrées favorites de Kurt. Bon appétit.

L'Américain rit.

— Elle me gâte, dit-il. Je lui ai laissé des ingrédients pour une bolognaise, mais la coquine a décidé de me surprendre. Vous n'allez par le croire, mais c'est une recette inventée par l'ordinateur Watson d'IBM. – Il attrapa un morceau. – J'espère que vous aimerez.

L'historien regarda la bruschetta avec curiosité et un appétit mal dissimulé. Il s'agissait de morceaux de pain grillé tartinés avec un légume blanc saupoudré de fromage râpé. C'était donc l'une des recettes conçues par l'intelligence artificielle, dont lui avait parlé ce matin même le docteur Godinho ? Il était sur le point de goûter un plat inventé par un chef qui était une machine. Imitant son hôte, il prit une tartine et la porta à la bouche.

— Humm… ce n'est pas mauvais.

— Un de ces jours, le chef Watson obtiendra une étoile Michelin, dit avec conviction l'homme de la DARPA en se léchant le bout des doigts. Et je ne plaisante pas, *man*.

La bière n'était peut-être pas ce qui accompagnait le mieux la bruschetta, conclut-il. Le douro rouge aurait été parfait, mais l'esprit de contradiction de Tomás lui avait fait refuser le vin. S'il avait été moins têtu, il aurait accepté la proposition, même venant d'une machine qui fouinait dans sa vie, et aurait probablement davantage apprécié le déjeuner. La prochaine fois, il laisserait Rebecca choisir à sa place. Et si, du même coup, elle lui remplissait sa déclaration d'impôts, ce serait encore mieux.

L'assistant virtuel s'anima de nouveau.

— J'ai une surprise pour toi, Kurt.

L'hôte écarquilla les yeux.

— Qu'est-ce que c'est ?

— Va à l'imprimante.

Il se leva et se dirigea vers une boîte qu'il ouvrit. À l'intérieur se trouvait un petit pain avec une saucisse.

— Génial ! Un hot dog !

— C'est du seitan, tu peux le manger. Il arrive directement de New York.

L'Américain retourna à la table et, laissant de côté la bruschetta, il dévora le hot dog avec enthousiasme.

— Comment peut-il arriver directement de New York ? s'étonna Tomás.

— C'est une imprimante alimentaire 3D, expliqua Weilmann tout en mastiquant avidement. Elle avait les ingrédients et elle a imprimé le hot dog. Cette Rebecca est incroyable. Elle me connaît mieux que je ne me connais moi-même.

Le Portugais était épaté.

— C'est impressionnant ! Les merveilles que la technologie peut élaborer... et tout ça grâce à la publicité !

Weilmann avait déjà fait disparaître le hot dog dans sa bouche, l'arrosant de son soda préféré, que Rebecca avait d'ailleurs rafraîchi en réduisant encore la température dans le compartiment du réfrigérateur où était placée la boisson. Dès qu'il l'eut avalé, il revint à la bruschetta et pointa sa fourchette vers l'invité.

— Quelle publicité, *man* ?

— Eh bien… celle qui alimente toutes ces inventions liées à l'intelligence artificielle.

Weilmann se mit à rire.

— Où avez-vous vu de la publicité ? Quand vous téléphonez gratuitement avec WhatsApp, où est la publicité ? Lorsque vous effectuez une recherche sur Google, où se trouve la pub ? Lorsque vous utilisez Google Maps pour vous repérer, dans quelle partie de l'écran voyez-vous des annonces ?

Tomás arrêta de mâcher. Il avait toujours supposé que ces services étaient payés par les annonceurs, à l'instar de la télévision généraliste ou de la presse, mais maintenant que l'Américain en parlait, il réalisa qu'il n'avait effectivement jamais vu de publicité lorsqu'il faisait une recherche sur Google, passé un appel sur WhatsApp ou consulté Google Maps.

— Ne me dites pas qu'ils offrent tous ces services par pure générosité…

— Oh, *please* ! ne me faites pas rire, rétorqua l'Américain avec un air moqueur. Quel est le business ? D'où vient l'argent ?

— Vous êtes sûr que ce n'est pas de la publicité ?

— Quelle publicité ? Il n'y en a nulle part. Nous utilisons gratuitement les services de ces grandes sociétés de l'Internet, les Google, WhatsApp, etc. Mais personne ne donne rien gratuitement en ce monde. La question est de comprendre quel est le business. Où vont-ils chercher le fric ?

L'historien recommença à manger, plus concentré à présent sur la question que sur ce qu'il mettait dans sa bouche. Il n'y avait aucune publicité, il ne payait pas pour utiliser ces outils : bien sûr, il était absurde de penser que les grandes entreprises liées à l'intelligence artificielle offraient tout cela par pure générosité. Il y avait forcément de l'argent derrière, d'ailleurs ces entreprises valaient des milliards, mais d'où venait-il ?

— Je dois admettre que je l'ignore.

Le scientifique leva un doigt comme un professeur pour souligner un point.

— En général, quand c'est gratuit, c'est nous le produit.

Tomás fit une grimace d'incompréhension.

— C'est nous quoi ?

— Le produit, précisa Weilmann. Nous sommes le business. Vous comprenez ? Chaque fois que nous faisons une recherche sur Google, nous révélons quelque chose de nous. Lorsque nous postons une vidéo sur Facebook, une photo sur Instagram ou un message sur Twitter, nous dévoilons une partie de nous-même. Chaque fois que nous achetons un objet de collection sur eBay ou un livre sur Amazon, que nous passons un coup de fil sur WhatsApp ou que nous cherchons une adresse sur Google Maps, nous révélons quelque chose de nous. Chacun de nos gestes sur Internet indique qui nous sommes. Nos goûts, nos idées, nos intérêts, nos inquiétudes, nos désirs, nos parcours, notre vie… tout. D'ailleurs, nous sommes arrivés à un point où nous postons sur Facebook, Twitter, Snapchat, LinkedIn, Myspace ou Instagram plus d'informations sur nous-mêmes que nous ne sommes disposés à en confier à l'État, voire à notre famille. Ce que nous mangeons, où nous allons, avec qui nous parlons, ce que nous aimons ou n'aimons pas, nos opinions politiques, ce que nous pensons des autres et de tel ou tel sujet, ce que nous lisons, des photos de ce que nous avons vu et des vidéos de ce que nous avons fait, ce que nous achetons… Bref, nous y mettons littéralement toute notre vie. D'après vous, que devient toute cette information ?

— Je ne sais pas.

— Elle reste stockée dans des centres de données, des *data centers* ; ce sont d'énormes entrepôts réfrigérés qui consomment des quantités folles d'électricité, environ 2 % de l'énergie produite sur la planète. Certains disposent même de centrales nucléaires produisant de l'électricité juste pour eux, vous imaginez ! Vous n'avez jamais entendu parler de mégadonnées ?

— Ce sont les informations stockées dans les centres de données, je crois.

— Les mégadonnées, c'est nous, *man*. Ces informations sur nous, conservées dans les centres de données, n'y dorment pas. Des algorithmes travaillent dessus et les décortiquent. Lorsque vous achetez un livre sur Amazon, vous avez remarqué qu'on vous en suggère aussitôt une ribambelle d'autres en rapport avec celui que vous avez acheté ?

— Oui, c'est un algorithme qui corrèle mon achat avec des livres qui intéressent normalement les gens qui ont acheté le même livre que moi.

— Exactement, confirma Weilmann. Quand vous achetez un livre, vous révélez des choses sur vous-même. Votre achat aide l'ordinateur à comprendre qui vous êtes et ce qui vous intéresse. Chaque fois que vous faites un nouvel achat, les algorithmes affinent votre personnalité. Ils commencent à connaître vos centres d'intérêts, à identifier votre profil. Cela se produit sur Amazon, mais aussi sur Facebook, Twitter, Google, Netflix. Plus ces plateformes recueillent d'informations sur nous, plus elles sont à même de définir qui nous sommes. Les algorithmes de Google vont même jusqu'à entrer dans notre messagerie privée de Gmail et consulter tous nos emails personnels et professionnels.

Tomás était choqué.

— Vous plaisantez…

— Si seulement ! Tout ce que nous écrivons et disons sur Gmail est enregistré et analysé par Google. De même, Google Voice transcrit tout ce que nous disons afin de conserver ce que nous pensons. Et les recherches que nous faisons sur Google Maps, vous pensez qu'elles ne servent qu'à nous orienter ? C'est un leurre. Ce qu'ils veulent c'est savoir où nous sommes, vous comprenez ? Et le GPS de Google Maps le leur dit. Et Google Glass, des lunettes qui se connectent à Internet et projettent des informations visuelles sur un écran dans les lentilles, est utilisé pour recueillir en direct les images de ce que nous voyons.

— Est-ce légal ?

— Lorsque vous utilisez un nouveau service sur Internet, vous avez toujours un texte expliquant les conditions d'utilisation. Mais est-ce que vous le lisez ?

L'historien hésita.

— Eh bien… euh…

— Ça représente une cinquantaine de pages en caractères minuscules, avec des marges étroites, écrites dans un langage juridique abscons, qui apparaissent lorsque vous ouvrez un site spécifique, et vous ne les lisez pas ? interrogea l'homme de la DARPA. Ni vous ni personne ne les lit, et ce pour une raison très simple : ces textes sont faits pour ne pas être lus. Ils sont conçus précisément pour fournir une couverture légale au pillage de nos vies. En acceptant à la hâte ce qui y est écrit de façon illisible, nous donnons le droit à ces entreprises d'utiliser toutes les données qu'elles peuvent extraire de nos consultations en ligne, y compris des textes, des vidéos et des photos.

— Mais c'est abusif !

— Bien sûr. Cependant, chaque fois qu'une procédure judiciaire est engagée pour atteinte à la vie privée, les tribunaux considèrent que ces textes sont contraignants et donnent raison aux entreprises. Lorsqu'on clique sur l'icône en disant qu'on accepte les conditions sans les avoir lues, on autorise expressément ces entreprises à violer notre vie privée. Et elles tirent le meilleur parti de cette autorisation, comme vous pouvez le voir. Vous connaissez les voitures Street View de Google, qu'on rencontre un peu partout, avec des caméras sur le toit pour prendre des photos des rues à trois cent soixante degrés ? Google a reconnu en 2013 qu'elles ne se limitent pas à photographier les rues. En réalité, elles pillent les données des ordinateurs qui se trouvent à l'intérieur des maisons et des bureaux dans les rues où elles passent, y compris les mots de passe, emails, photos, messages et autres informations personnelles. Autrement dit, ces voitures servent à nous espionner. Et ça ne s'arrête pas là. Chaque fois que vous ouvrez une page sur Internet, le site visité place une marque invisible sur votre ordinateur ou votre smartphone, le fameux « cookie » qui va ensuite suivre et espionner toute votre activité sur le réseau. Vous saviez que les sites les plus populaires laissent plus de soixante cookies sur notre ordinateur ? Toutes les informations qu'ils collectent à notre sujet sont stockées et utilisées par des algorithmes.

— Utilisées comment ? Pour faire quoi ?

— Dans le cas d'Amazon, pour vous suggérer davantage d'objets susceptibles de vous intéresser. Les informations sur chacun de nous sont précieuses. En fait, c'est le grand trésor d'Internet. Ces grandes entreprises de l'intelligence artificielle se saisissent des montagnes de données que nous, les utilisateurs, leur offrons gratuitement et elles les vendent. À prix d'or ! C'est ça le business. Le business c'est nous ! Nous ne sommes pas le client, nous sommes le produit. L'information sur le consommateur c'est la mine d'or d'Internet.

Tomás secoua la tête et reprit, pour aller au bout du raisonnement.

— Vendre ces informations, comment ? À qui ?

— À des entreprises qui les utilisent à leurs propres fins, quelles qu'elles soient, répondit le scientifique de la DARPA. À commencer par le commerce. Prenez Google Maps. Pour quelle raison est-ce que Google souhaite connaître votre localisation ? Pour la vendre à de grandes sociétés qui la revendent ensuite à de petites entreprises. Laissez-moi vous raconter ce qui est arrivé à Yannick Bolloré, le patron du groupe français Havas il y a quelques années. À peine avait-il atterri à San Francisco pour un rendez-vous chez Google, qu'il a reçu sur son smartphone, à l'aéroport, un message l'informant que, près de l'hôtel où il allait descendre, un restaurant japonais offrait 15 % de réduction sur les sushis au saumon. Il resta bouche bée car c'était l'un de ses plats préférés. Le lendemain, chez Google, il raconta ce qui s'était passé en se demandant qui pouvait lui avoir envoyé cette annonce. Les types de Google répondirent que c'étaient eux. Ils lui expliquèrent qu'au moment de l'atterrissage, son smartphone avait été géolocalisé par GPS ; les algorithmes avaient alors consulté ses emails et vu quel hôtel il avait réservé. Puis, ils découvrirent qu'il aimait les sushis au saumon, sans doute sur sa page Facebook. Ils ont corrélé toutes ces informations et les ont vendues à un restaurant japonais à proximité, qui s'est empressé de lui envoyer le message.

— Mais… est-ce possible ? Ils peuvent entrer comme ça dans nos comptes ? Et notre vie privée ?

Weilmann se mit à rire.

— Vous êtes vraiment européen, *man*. Vous n'avez pas encore compris que ces boîtes vivent de la vente des informations qu'elles recueillent sur nous, non en protégeant celles-ci ? Regardez ce qui se passe avec le *cloud*, le « nuage ». Autrefois, ce qu'on écrivait restait dans notre ordinateur, mais depuis, on nous a annoncé une nouvelle merveille, le « nuage » ; il serait, soi-disant plus pratique d'y ranger nos données car on peut ainsi y accéder où que l'on soit. C'est très généreux. En réalité, le cloud n'est qu'une astuce pour mieux accéder à nos documents personnels, vous saisissez ? Il n'y a pas de nuage. Nos documents ne planent pas dans l'atmosphère, mais ils sont stockés dans de gigantesques centres de données, où ils seront ainsi plus facilement accessibles à leurs algorithmes. C'est ce que le cloud signifie vraiment.

Tomás était abasourdi. Son interlocuteur fit un geste résigné.

— La question est complexe. Même si nous n'aimons guère cette réalité, et Dieu sait que nous ne l'aimons pas, c'est l'appât du gain qui alimente l'innovation et le progrès. Si ces firmes ne gagnaient rien, elles ne seraient pas incitées à développer toutes ces technologies qui sont en train de transformer notre monde. Sans elles, nous en serions encore à utiliser des machines à écrire… lesquelles n'ont d'ailleurs été améliorées que parce que leur vente a généré du profit. Tel est le prix de l'innovation. Et nous ne le payons pas uniquement en vendant notre vie privée à des fins commerciales. Notre vie personnelle est aussi vendue à des fins politiques.

— Allons bon ?!

— Vous vous rappelez comment Donald Trump a conduit sa campagne électorale ?

— En utilisant Internet, bien sûr. Mais…

— Il ne s'est pas servi d'Internet, il s'est servi des mégadonnées stockées dans les centres de données pour connaître l'électorat et comprendre ses désirs et ses craintes. Il l'a fait avec l'aide de sociétés spécialisées dans l'analyse des données, telles que Cambridge Analytica, qui ont conçu des messages spécifiques destinés à chaque public-cible. Dans un journal, vous publiez un message qui est vu par des publics différents, alors qu'avec les mégadonnées vous pouvez envoyer des messages à tel ou tel public précis. Par exemple, imaginez que vous élaborez un message de campagne dans lequel vous promettez d'achever la construction du mur séparant les États-Unis du Mexique. Si vous publiez ce message dans le *Washington Post*, il sera vu par des gens qui redoutent l'immigration, mais aussi par d'autres qui l'approuvent. En revanche, grâce aux mégadonnées, après avoir procédé à l'analyse algorithmique de ce que les gens disent dans leurs emails et sur Facebook, de leurs recherches sur Google et des livres qu'ils achètent sur Amazon, il est possible de déterminer quelles sont les personnes qui craignent l'immigration. Une fois identifiées, il suffit de leur envoyer, à elles, et elles seulement, des messages promettant que la construction du mur avec le Mexique sera menée à bien. Voilà comment on atteint exclusivement le public-cible. Le reste de la population ne se rend même pas compte de cette campagne.

— En effet, mais cette histoire de Cambridge Analytica s'est achevée par un grand scandale…

— Une hypocrisie, coupa l'homme de la DARPA. Barack Obama avait déjà remporté les élections de la même manière, en organisant la plus grande opération d'analyse de données de l'histoire de la politique et, que je sache, personne n'a été scandalisé à l'époque. En se fondant sur un programme élaboré par un expert en analyse de données, des dizaines d'informaticiens se sont enfermés dans une pièce secrète appelée la « Grotte » et ont utilisé des milliards de métadonnées, y compris des informations recueillies sur les réseaux sociaux, pour manipuler l'opinion des Américains en faveur du candidat démocrate. En recourant sans vergogne au mégadonnées, Obama a envoyé aux électeurs plus d'un milliard d'emails personnalisés. – Il esquissa une expression interrogative. – Et qui s'y est opposé ?

L'historien haussa les épaules.

— En effet, seul Trump a été critiqué.

— Il n'y a pas d'innocents dans cette histoire, et le recours aux mégadonnées dans les campagnes électorales va persister, *man*. Les Russes et Cambridge Analytica ont utilisé les mégadonnées pour exploiter la peur insulaire qu'ont les Britanniques d'une invasion d'immigrés et favoriser ainsi la victoire du Brexit. On soupçonne les Russes d'avoir essayé de manipuler les élections de la même manière en France afin d'avantager Marine Le Pen. Les grandes entreprises utilisent également les mégadonnées pour viser des publics-cibles avec des messages qui exploitent leurs désirs et leurs angoisses afin de vendre leurs produits. Tel est le grand business des Google, Facebook et autres GAFA. Le produit, c'est nous, c'est l'information que nous leur donnons sur nous et qu'elles vendent à d'autres entreprises contre des sommes astronomiques, et qui est ensuite utilisée à des fins commerciales ou politiques pour nous manipuler et nous amener à acheter tel ou tel produit ou à voter de telle ou telle manière.

Tomás passa sa main dans ses cheveux.

— C'est comme ça que Rebecca sait tout sur tout ?

— Elle a accès aux informations stockées dans les centres de données, confirma l'Américain. Mais cet Internet des mégadonnées n'est qu'une partie de l'équation. L'autre partie se rapporte à ce qu'on pourrait appeler l'Internet de l'organisation, c'est-à-dire l'organisation en ligne de la société. Prenez le cas des voitures autonomes. Pourquoi pensez-vous que Google met au point des voitures autonomes ? Pour notre confort ? Non. Pour que nous passions plus de temps connectés à Google, qui pourra ainsi obtenir plus d'informations sur nous, informations qui valent de l'or. Mais pour qu'on ait envie d'être dans une voiture autonome de Google, l'expérience devra être agréable, bien sûr. Tout sera donc fait pour que l'on recherche ce service. Le confort est l'appât, vous comprenez ? Ainsi, le trafic routier sera organisé selon des algorithmes d'Internet qui, grâce aux mégadonnées, connaîtront les besoins de transport de chacun de nous et organiseront les choses afin de nous emmener où nous voulons le plus confortablement et efficacement possible. Je veux aller du Chiado au Campo Pequeno ? Il me suffit de le dire à haute et intelligible voix pour que l'ordinateur enregistre l'information et organise tout de manière à réaliser ce souhait sans que je n'aie rien à faire. Ainsi, grâce aux algorithmes, quand je sortirai de chez moi, une voiture sans chauffeur s'arrêtera devant ma porte et m'emmènera au Campo Pequeno. Et s'il y a des embouteillages sur l'avenue de la Liberté, qu'à cela ne tienne, l'Internet de l'organisation trouvera l'itinéraire bis le plus adapté. Et en passant par la place de Saldanha, par exemple, la vitre interactive de la voiture autonome utilisera la réalité virtuelle pour me donner des informations intéressantes ou me raconter des histoires insolites qui se sont passées dans le quartier.

— En somme, non seulement la voiture nous transporte, mais en plus elle nous sert aussi de guide touristique.

— Et elle va nous inciter à utiliser le temps du trajet pour aller sur des sites et consommer des produits d'Internet, tout en recueillant des informations sur nous. Mais il y a plus. J'ai chez moi des panneaux solaires qui captent une énergie que je n'utilise pas en permanence, n'est-ce pas ? Va-t-on laisser perdre cette énergie supplémentaire ? Pas le moins du monde ! Les algorithmes veilleront à ce qu'elle soit vendue au réseau public afin qu'elle soit utilisée par ceux qui en ont besoin, ce qui me rapportera quelques deniers par la même occasion. Les villes seront intelligentes et tout y sera parfaitement coordonné par des ordinateurs, un véritable mécanisme d'horlogerie suisse. D'ailleurs, des usines sont déjà reliées, en ligne, à leurs fournisseurs, pour que les algorithmes passent automatiquement des commandes de composants qui seront livrés au moment précis de la production. Tout sera géré avec un maximum d'efficacité grâce aux algorithmes de l'Internet de l'organisation.

— En quelque sorte, Internet deviendra une Rebecca universelle.

— Cela se produira grâce à la fusion des mégadonnées d'Internet avec l'Internet de l'organisation. Cela créera ce que beaucoup appellent l'Internet des choses, mais je préfère parler d'Internet total. Avec l'Internet total, le monde virtuel envahit et transforme le monde réel. Nous serons tous, tout le temps en réseau, Internet collectera des informations sur nous et aura accès automatiquement à toutes nos informations stockées dans les centres de données. Internet saura tout sur nous et organisera nos vies dans leurs moindres détails. À vrai dire, il en saura plus sur nous que nous-mêmes. Il saura ce que j'ai envie de manger et quand, il saura quand je souhaite que Claudia Schiffer joue la nymphomane ou la mère protectrice, il saura si j'ai un problème aux reins et me dirigera automatiquement vers l'endroit adapté pour me faire soigner, il saura quels comprimés je dois prendre et m'alertera lorsque je devrai les prendre, il saura à quelle heure je dois être à tel endroit et comment y aller, il saura comment gérer au mieux les villes pour tirer parti des déchets et atténuer leur impact environnemental, il saura même pour quel parti je veux voter. De plus, tout comme je le laisse remplir et transmettre ma déclaration d'impôts, ou choisir le cadeau pour ma sœur et lui envoyer la carte d'anniversaire, je le laisserai peut-être aussi répondre à mes emails et même remplir et envoyer mon bulletin de vote. Si l'Internet total connaît déjà l'opinion de chacun de nous, il sait également aussi pour qui on veut voter, ce qui dispensera les gens de se rendre aux urnes. À quoi bon voter si l'Internet total est parfaitement à même de savoir quel parti préfère la majorité de la population ? D'ailleurs, a-t-on besoin de partis, si Internet est beaucoup plus compétent pour nous gouverner ? Pourquoi ne pas porter Internet au pouvoir ?

Tomás regarda son hôte, interloqué.

— En somme, nous laissons le contrôle aux machines et à ceux qui les maîtrisent. Ce qui implique le renoncement total à toute vie privée.

— Le temps viendra où nous serons les machines, *man* ! Je sais que nous allons perdre notre vie privée et que les grandes firmes vont faire du business avec nos données personnelles, mais dans la vie tout a un prix. Sommes-nous disposés à le payer ou non ? Plus il disposera d'informations, plus l'Internet total sera efficace. Si nous avons un problème de santé, par exemple si nous sommes hospitalisés, les médecins… pardon, les machines, sauront précisément ce que nous avons et comment nous soigner. Cela n'est possible que si les données relatives à notre santé sont en ligne. Comment pouvons-nous refuser de tels avantages à l'humanité ? Si nous voulons un monde meilleur, l'information doit être libre et totalement connectée. Les avantages sont immenses.

— Même au prix de la perte de notre vie privée ? Même en faisant de nous un produit profitable pour ceux qui contrôlent Internet ?

— La perte de la vie privée est le prix qu'il nous faudra payer en échange de l'incroyable amélioration de notre mode de vie. Nous allons vivre mieux, plus longtemps et plus en sécurité. Cela n'en vaut-il pas la peine ? Du reste, les algorithmes deviennent un instrument fondamental dans la prévention de la criminalité. La police utilise déjà des programmes informatiques, en particulier l'analyse algorithmique des données obtenues *via* les réseaux sociaux et la géolocalisation des téléphones portables, pour prédire les lieux de crime potentiels et envoyer une patrouille sur place à titre préventif. Des études montrent que l'intelligence artificielle parvient déjà à prédire avec plus de précision qu'un psychiatre la probabilité que tel patient se suicide, ou que telle personne commette un crime. Quand les agents de police de Memphis, de Los Angeles, de New York et d'Atlanta prennent leur service, ils reçoivent sur leurs téléphones portables des cartes qui indiquent les points chauds où un crime est susceptible de se produire au cours des douze prochaines heures. Ces cartes sont créées par des algorithmes d'IBM qui suivent en permanence toutes les informations relatives à la ville, y compris celles obtenues par les caméras de surveillance. Des systèmes similaires existent aussi en Angleterre, en Allemagne, en Suisse et, bien sûr, en Chine. Les algorithmes chinois avertissent la police non seulement lorsque les gens se rassemblent, mais aussi lorsqu'ils sont sur le point de se rassembler. Il y a même des alarmes qui sonnent. Les algorithmes chinois sont aussi en mesure d'identifier des personnes qui commettent le délit d'avoir une pensée déviante, vous vous rendez compte ? Je ne parle pas de comportements déviants, mais bien de pensées déviantes !

Tomás ébaucha une moue dubitative.

— Vous trouvez que c'est le juste prix à payer pour améliorer notre qualité de vie ? D'ailleurs, pensez-vous vraiment qu'on puisse parler de qualité de vie ?

— Je parle de la Chine, *man*. Même s'il est déjà arrivé qu'en Occident aussi des personnes soient convoquées par la police ou les services sociaux parce que, selon les algorithmes, il y avait de fortes probabilités qu'elles soient sur le point d'enfreindre la loi.

— Et si ces gens étaient innocents ?

— S'ils étaient innocents, eh bien on les libérait, voilà tout ! Aujourd'hui aussi la police, les services sociaux et les psychiatres commettent des erreurs, et ce n'est pas pour ça que nous nous en dispensons. De plus, avec les mégadonnées, les erreurs vont diminuer fortement car on disposera d'un surcroît d'informations pour prendre des décisions éclairées. De fait, tout le monde partage des informations et des expériences sur les réseaux sociaux. Pensées, photos, vidéos... tout. La vie est partage et l'humanité information. Qui écrit Wikipédia ? Nous tous ! Qui n'a jamais renoncé à l'action politique pour quelques *likes* sur Facebook, ou bien au choix d'un restaurant pour suivre les conseils de TripAdvisor ou encore changé d'un itinéraire pour se conformer aux indications de Google Maps ? La vie est de l'information organisée et, en cédant gratuitement nos données aux centres de données, nous sommes devenus Internet. L'Internet total, c'est nous, le business, c'est nous. Et avec la cyborgisation progressive de l'humanité, la biologie fusionnera physiquement avec l'intelligence artificielle. Ce sera une nouvelle humanité, immense et toute-puissante. L'homme-animal est en train de mourir, l'homme-dieu est en train de naître.

Tomás secoua la tête, abasourdi par ce qu'impliquaient ces derniers mots.

— Qu'est-ce que vous racontez ?

La perplexité du Portugais trahissait une ingénuité qui fit sourire Kurt Weilmann ; il était toujours surpris de voir à quel point l'humanité changeait, et de façon si profonde, et combien étaient rares ceux qui comprenaient ce qui se passait vraiment.

— Internet est sur le point de créer le surhomme.

XXVI

Tout en rédigeant le message destiné à Tomás Noronha, le professeur Yao Bai poursuivait le dialogue avec le chatbot qui simulait son fils ; il était essentiel de détourner l'attention des crétins du ministère de la Sécurité d'État.

— Tu te souviens, fils, des poèmes que je te lisais quand tu étais petit ? De mémoire, ton préféré était *Jing Ye Si*…

Jing Ye Si, « Pensée par une nuit calme », de Li Bai, le grand poète de la dynastie Tang.

— Comment pourrais-je oublier, père ? Un poème sublime.

Toujours en catimini, le scientifique commença à écrire.

— Ce serait formidable de t'entendre le réciter, mon fils. Le ferais-tu pour moi ?

— Le clair de lune se reflète dans mon lit…

Les doigts du professeur Yao Bai tapaient les lettres une par une, lentement, les conditions n'étant pas idéales.

HERE YA

— Comme le givre sur le sol…

HERE YAO BAI. SING

— Je lève les yeux vers la lune…

HERE YAO BAI. SINGULARITY BB. AT

— Je les baisse et je pense à mon pays.

HERE YAO BAI. SINGULARITY BB. ATTACK NAT

Brusquement, la porte s'ouvrit et le professeur Yao Bai vit le colonel Li entrer dans le laboratoire. S'il avait découvert son manège, tout était perdu. Le portable serait confisqué et il n'aurait aucun moyen de contacter l'étranger ni d'envoyer le message au Portugais. Ce serait une catastrophe. Il laissa alors glisser son doigt jusqu'à la touche « Envoyer ».

Et il appuya.

XXVII

La messagerie de Tomás venait de résonner, il saisit son téléphone et consulta ses SMS. Il avait bien un message, envoyé par un numéro étrange qu'il ne connaissait pas. Il était précédé du double zéro et du 86, un indicatif avec lequel il n'était pas familier. C'était le même que celui de l'appel qu'il avait reçu avant le déjeuner, lorsqu'il n'avait pas réussi à engager la conversation et que l'appel avait été coupé. Il s'agissait certainement de la même personne.

Il appuya sur l'icône du SMS et le message apparut.

HERE YAO BAI. SINGULARITY BB. ATTACK NAT

— Que diable…

Weilmann, occupé à mettre les assiettes dans le lave-vaisselle, qui était lui-même un robot, n'entendit pas Tomás. Mais rien n'avait échappé à Rebecca.

— Il y a un problème, Tomás ? demanda l'assistant virtuel. Votre respiration et le timbre de votre voix ont changé…

— Le 86 est l'indicatif de quel pays ?

— De la République populaire de Chine.

La référence eut sur Weilmann l'effet d'un électrochoc. Penché au-dessus du lave-vaisselle, il se tourna vers Tomás.

— Que se passe-t-il ?

L'historien montra son téléphone.

— J'ai reçu un SMS de Chine, déclara-t-il, aussi perplexe qu'intrigué. Vous n'allez pas le croire. Celui qui me l'a envoyé est censé être Yao Bai.

L'Américain se précipita vers Tomás. Il lui arracha le portable des mains et lut le message.

— « Here, Yao Bai. Singularity BB. Attack NAT », lut-il lentement, comme pour lui-même. Qu'est-ce que c'est que ce charabia ? – Il regarda le numéro. – Rebecca, identifie le propriétaire de ce numéro. Zéro zéro, quatre-vingt-six…

L'assistant virtuel lui donna aussitôt la réponse.

— D'après les annuaires téléphoniques de la Chine, croisés avec les registres d'identité, le propriétaire serait Zhao Hong, vingt-trois ans, docteur en mathématiques et en programmation informatique. Il vit à Pékin. Il est référencé dans un dossier confidentiel de la DARPA.

— Un fichier de la DARPA ? s'étonna l'Américain. *Gee !* Et qu'y a-t-il dans ce fichier ?

— Tomás est-il autorisé à accéder aux informations confidentielles de la DARPA ?

— À propos de cette affaire ? Sans aucun doute. Que contient le fichier ?

Sur l'écran de la cuisine apparut la figure d'un jeune Chinois, portant des lunettes rondes au milieu d'un visage potelé, les cheveux soignés, coupés à la Jeanne d'Arc.

— Zhao Hong, expert en algorithmes évolutionnaires. Projet Vitruve.

Le silence qui s'abattit momentanément sur la cuisine leur permit de mûrir la portée de cette information.

— *Holy shit !* jura Weilmann, échangeant avec Tomás un regard ébahi. C'est vraiment le professeur Yao Bai qui vous a envoyé ce message !

Tous deux relurent à nouveau le SMS, convaincus de l'identité de son expéditeur.

HERE YAO BAI. SINGULARITY BB. ATTACK NAT

Tomás secoua la tête.

— Je n'y comprends rien, murmura-t-il. C'est une charade incompréhensible. Le début est clair, le professeur Yao Bai s'identifie. Mais que diable peut bien vouloir dire « Singularity BB. » ?

Le scientifique de la DARPA ne quittait pas le message des yeux ; de toute évidence, cela lui parlait.

— « Singularity BB. », répéta-t-il. *Damned !*

— Éclairez-moi, demanda le Portugais. Ce BB n'a certainement rien à voir avec Brigitte Bardot...

Weilmann ignora la plaisanterie, concentré qu'il était sur le message et essayant de déchiffrer sa signification.

— Je ne comprends pas...

— Alors ? Que se passe-t-il ?

— Quand la DARPA m'a invité à vous contacter, c'était juste pour vous demander des informations au sujet de votre rencontre avec le professeur Yao Bai, car vous êtes le seul Occidental à vous être personnellement entretenu avec le responsable du Projet Vitruve au cours des dix dernières années. Nous étions loin de penser que vous étiez toujours en contact avec lui.

— Mais je ne suis pas en contact avec le professeur Yao Bai !

L'Américain montra le téléphone portable.

— Alors comment expliquez-vous ce message ?

— Je ne me l'explique pas, déclara Tomás avec une sincérité évidente. Je suis aussi surpris que vous.

— Excusez-moi, mais ce SMS prouve que vous êtes toujours en contact...

Le Portugais prit son smartphone.

— Nous allons tirer cela au clair, dit-il, agacé. Je vais l'appeler tout de suite.

— Comment ?

— Le professeur Yao Bai vient de m'envoyer un SMS depuis ce numéro, non ? Donc, son téléphone est allumé et accessible. Je vais le rappeler et on va clarifier tout cela.

D'un geste rapide, l'homme de la DARPA lui arracha le portable.

— Ce n'est pas prudent, dit-il. Nous ignorons dans quelle situation il se trouve ; mais nous savons qu'il est tombé en disgrâce et qu'il a été arrêté par le régime, et il me semble donc préférable que ce soit lui qui décide quand et comment vous contacter. S'il avait voulu vous parler de vive voix, il vous aurait appelé, vous ne pensez pas ?

Tomás considéra l'argument.

— C'était juste pour répondre à vos insinuations. Mais, vous avez raison. D'ailleurs, la façon dont le message lui-même est rédigé laisse penser qu'il est probablement dans une situation délicate.

C'était vrai, Weilmann l'avait déjà compris. Il revint au SMS, s'interrogeant sur la portée de cette évolution inattendue. Le génie chinois avait disparu, et qui contactait-il en premier ? Tomás Noronha. Alors que l'historien ne savait pas ce qui se passait, l'homme de la DARPA comprit clairement que, dans cette affaire, Tomás était un élément bien plus important qu'il ne l'avait initialement pensé. Mais pourquoi ? Il réalisa que la réponse se trouvait probablement dans la réunion que le Portugais avait eue avec le professeur Yao Bai.

— Que s'est-il passé lorsque vous l'avez rencontré à Pékin ?

— Rien de spécial. Après l'aventure du signe de vie, je suis allé dans différents pays pour m'entretenir avec les personnes concernées, ou bien avec des membres de leurs familles, et je me suis ainsi arrêté en Chine. Le gouvernement chinois m'a autorisé à rencontrer le professeur Yao Bai car il était le père de Yao Jingming. Le professeur m'a reçu dans son bureau et j'ai tâché de le réconforter à propos de son fils. Il a été touché, bien sûr ; et puis nous nous sommes embrassés et je suis parti. C'est tout.

— Rien de plus ?

— C'est l'essentiel, déclara Tomás. Je me souviens qu'il était déprimé, il m'a fait comprendre que sa vie n'avait plus de sens.

J'ai essayé de lui remonter le moral. Je lui ai suggéré de s'accrocher à son travail, car c'était le meilleur remède contre la dépression. Comme il ne semblait pas très convaincu, je me rappelle lui avoir dit que son travail était une façon de rendre hommage à son fils. Je crois que cela l'a fait réfléchir.

— Vous n'avez pas parlé d'autre chose ? insista l'Américain. Réfléchissez, *man*. Les détails peuvent être importants.

L'historien fit un effort de mémoire.

— Ça commence à faire longtemps. Je me souviens qu'il était vraiment très abattu et doutait même de son travail, ce qui m'avait paru le propre d'une personne dépressive. Il a dit que ce qu'il faisait présentait des risques, a marmonné deux ou trois choses au sujet de la course à l'intelligence artificielle et les opérations de l'OTAN, s'est plaint de l'influence russe dans l'élection de Trump et…

— L'OTAN ? demanda Weilmann. Il a parlé de l'OTAN ?

— Oui. Il s'est plaint des opérations de l'OTAN utilisant l'intelligence artificielle et…

L'Américain pointa le doigt sur le message.

— Regardez la dernière partie.

Tous deux fixèrent leur attention sur les deux derniers mots.

HERE YAO BAI. SINGULARITY BB. ATTACK NAT

Tomás semblait perturbé.

— « Attack NAT », lut-il à voix haute. Bon sang ! – Il se tourna vers Weilmann et plissa les yeux. – Vous pensez que…

L'homme de la DARPA hocha la tête.

— Il parle d'une attaque contre l'OTAN : NATO, en anglais.

Le Portugais hésita, prudent, sa formation de cryptanalyste l'incitant à prêter attention aux détails du SMS.

— Cependant, il n'a pas écrit NATO, mais NAT. D'ailleurs, dans son intégralité, le message forme un ensemble révélateur. Vous remarquerez que le professeur Yao Bai a terminé les deux phrases précédentes par un point. « Ici Yao Bai », point. « Singularité BB », point. Mais lorsqu'il a écrit « Attaque NAT », il n'a pas mis de point. Cela tendrait à montrer qu'il n'a pas achevé le message et que, pour une raison quelconque, il a dû l'envoyer incomplet.

— Humm..., murmura Weilmann. Vous avez raison. Mais quelle est la lettre qui complète NAT ? Ça ne peut être que le O de NATO, vous ne pensez pas ?

C'était difficile à nier.

— Cela n'a aucun sens, déclara Tomás, refusant de croire à cette hypothèse. Le professeur Yao Bai affirmerait qu'il va y avoir une attaque contre l'OTAN ? Mais quelle attaque ?

— Certainement une attaque par Internet. D'ailleurs, le fait qu'il ait évoqué, dans sa conversation avec vous, l'influence de la Russie sur l'élection de Trump, qui s'est précisément exercée *via* Internet, et que le professeur Yao Bai dirige un projet lié à l'intelligence artificielle montrent que c'est dans ce domaine que nous devons chercher.

— Mais... pourquoi moi ? demanda le Portugais, perplexe. Qui suis-je pour recevoir une telle information ? Si l'OTAN était vraiment l'objet d'une attaque imminente et qu'il voulait transmettre cette information, il se serait rendu à l'ambassade américaine, ou il aurait contacté l'OTAN, voire la CIA ou... je ne sais qui. Mais... moi ! Je ne suis rien dans cette histoire ! Pourquoi vient-il m'informer que l'OTAN va être attaquée ? Cela n'a aucun sens !

Weilmann pointa son doigt vers lui.

— Vous êtes le seul Occidental avec lequel il s'est entretenu ces dernières années, rappela-t-il avec emphase. Vous avez assisté aux derniers instants de la vie de son fils, vous avez pris la peine d'aller en Chine pour parler avec lui et essayer de le réconforter. Non seulement vous êtes le seul Occidental que le professeur Yao Bai connaît, mais il vous fait aussi confiance à titre personnel. C'est pour cela qu'il vous a envoyé ce message, j'en suis sûr. Il a confiance en vous. De plus, l'épisode du signe de vie a fait de vous une célébrité mondiale, un universitaire d'envergure, ayant accès aux hautes sphères du pouvoir. En somme, vous êtes le messager idéal.

Tomás réfléchit.

— Certes, ça a du sens, je ne le nie pas. Le professeur Yao Bai veut que je transmette le message au sujet d'une attaque imminente contre l'OTAN. – Il inclina la tête comme s'il faisait un aparté. – Ou alors, qui sait si ce n'est pas une opération de désinformation.

L'allusion suscita un sourire de l'Américain.

— Vous n'êtes pas aussi naïf que vous en avez parfois l'air, dit-il. Non, il n'est pas exclu que tout cela soit une opération de désinformation. N'oublions pas qu'il est question de la Chine et de haute politique, et en la matière les apparences sont souvent trompeuses. – Il secoua la tête. – Mais j'en doute. Je dirais que ce message est authentique.

— Pourquoi ? demanda l'historien. Parce que le professeur Yao Bai est détenu ?

— Oui, aussi. Le professeur Yao Bai a disparu et, à Washington, nous disposons d'éléments sûrs confirmant qu'il a été arrêté. Cela signifie qu'il se trouve dans une situation très difficile. Dans ces circonstances, il est naturel qu'il contacte la seule personne en qui il ait confiance à l'étranger. Mais ce qui m'inciterait davantage à croire que nous ayons affaire à un véritable message, ce sont les responsabilités du professeur Yao Bai. Il s'agit du plus grand cerveau de Chine. Il dirige le Projet Vitruve, le plus important, le plus secret et le plus ambitieux des projets du pays. Savez-vous ce que ce projet implique vraiment ?

— La manipulation génétique des êtres humains, vous me l'avez déjà expliqué, répondit Tomás. La Chine veut produire le surhomme, une espèce plus avancée qu'Homo sapiens.

Weilmann fronça les sourcils.

— C'est ça, confirma-t-il. Mais c'est plus que ça, j'en ai peur. Beaucoup plus. À vrai dire, les manipulations génétiques ne sont que l'un des volets du Projet Vitruve, qui en comprend d'autres bien plus ambitieux.

— Lesquels ? La cyborgisation des êtres humains ?

— Aussi, mais pas seulement. Il y a une chose encore plus importante que cela. À vrai dire, au-delà des manipulations génétiques et de la cyborgisation des êtres humains, la Chine s'est fixé un objectif ambitieux.

Ces mots piquèrent la curiosité de l'historien.

— Quoi ?

L'Américain prit le smartphone et désigna le message sur l'écran.

— D'ailleurs, le professeur Yao Bai fait allusion à ce projet dans le SMS que vous venez de recevoir.

Tomás lut une fois de plus le message.

HERE YAO BAI. SINGULARITY BB. ATTACK NAT

— L'attaque contre l'OTAN ?

Weilmann secoua la tête.

— La Singularité.

Le Portugais porta son attention sur la deuxième phrase. SINGULARITY BB. Était-ce la partie la plus importante du message du chef du Projet Vitruve ?

— Je ne comprends pas…

L'Américain tapota le téléphone portable comme pour attirer l'attention sur lui.

— Dites-moi, professeur Noronha, l'expression IAG vous dit-elle quelque chose ?

— Non. Elle devrait ?

— L'IAG représente le moment que la communauté scientifique liée à la recherche sur l'intelligence artificielle appelle « la Singularité ». Savez-vous ce que cela signifie ?

L'historien afficha son ignorance.

— Non, mais je suppose que vous allez m'éclairer…

Le scientifique de la DARPA regarda à nouveau le message, comme s'il voulait être sûr de son contenu, et finit par poser le smartphone sur la table.

— Les ordinateurs vont devenir conscients.

XXVIII

Le colonel Li promena son regard suspicieux de l'ordinateur au laboratoire, avant de le poser sur le professeur Yao Bai ; visiblement déconcerté, il essayait de comprendre ce qui lui échappait. Durant quelques instants, il scruta la pièce mais ne décela rien de suspect.

— Avec qui parliez-vous ?

Reposant dans le tiroir le dossier qu'il avait feint de consulter, le portable déjà éteint afin d'éviter toute surprise, le responsable du Projet Pa-hsien était l'innocence personnifiée. Il avait envie de cracher sur l'exécuteur de Hong, mais il dissimula son ressentiment derrière une expression sombre.

— Avec mon fils.

De toute évidence, la réponse ne satisfaisait par l'officier.

— Ne jouez pas avec moi, professeur, grogna-t-il, surmontant l'irritation qu'il ressentait en voyant le prisonnier se moquer de lui. Nous vous avons vu et entendu parler à quelqu'un *via* l'ordinateur. Qui était-ce ?

— Si vous m'avez entendu, vous avez dû voir que c'était mon fils.

— Vous savez bien que ce n'est pas possible, car votre fils n'est plus de ce monde, déclara Li, sûr de lui. Qui était la personne qui se faisait passer pour lui ? Comment êtes-vous entré en contact avec elle si votre connexion à Internet a été coupée ? Expliquez-vous.

Le professeur Yao Bai se tourna vers l'ordinateur.

— Jingming, tu es toujours là ?

— Oui père.

— Veux-tu expliquer au colonel qui tu es.

— Je m'appelle Yao Jingming et je suis astronaute à la CNSA, l'Administration spatiale nationale chinoise. J'ai enseigné l'astronomie et les mathématiques à l'université de Shanghai, ville où je suis né et où j'ai grandi.

Le colonel Li ne comprenait clairement pas ce qui se passait. Était-ce la voix d'un fantôme ?

— Qu'est-ce que ça veut dire ?

— C'est mon fils, Yao Jingming, répéta le scientifique comme s'il le présentait. C'est aussi un chatbot, un programme informatique qui l'a recréé à partir des multiples données que je lui ai fournies. Aujourd'hui, n'importe qui peut recréer qui bon lui semble en procédant de la même manière, colonel. Même vous. Y a-t-il quelqu'un dans votre famille que vous aimeriez voir ressusciter ? – Il désigna l'ordinateur. – C'est possible grâce à ça.

L'homme du MSE comprit. Il se trouvait devant un autre des prodiges de l'intelligence artificielle. Le prisonnier dont il avait la responsabilité étant le plus grand cerveau du monde en la matière, de telles merveilles n'avaient rien d'étonnant. Quels autres tours le professeur Yao Bai cachait-il encore dans sa manche ? Cette mission risquait de devenir le plus grand cauchemar de sa vie professionnelle, et une source de graves ennuis pour sa carrière s'il ne parvenait pas à maîtriser complètement cet homme. Tantôt il le sentait absolument sous son contrôle, tantôt il se mettait à faire quelque chose d'inattendu et de surprenant. Quelle serait la prochaine surprise ?

— Et votre chatbot permet les contacts avec l'extérieur ?

— C'est vous qui le savez, colonel, répondit le professeur Yao Bai d'un air moqueur. Ne m'avez-vous pas coupé l'accès à Internet ?

Le colonel Li encaissa. Le prisonnier ne raterait pas une occasion de se moquer de lui. Il lui faudrait vérifier avec les informaticiens du ministère de la Sécurité d'État, il ne pouvait se permettre de laisser le scientifique entrer en contact avec l'extérieur. Il scruta le laboratoire une dernière fois, s'assurant que tout était en règle. La situation semblait normale, comme il le voyait sur les caméras de surveillance.

— Votre chatbot ne va pas dire de bêtises, n'est-ce pas ?

L'inquiétude de l'officier suscita presque un rire sarcastique chez le professeur Yao Bai qui reconnut là la nervosité du régime face à ces systèmes de conversation automatisés. Le colonel n'avait visiblement pas oublié l'expérience menée quelques années plus tôt par la firme chinoise Tencent, qui avait placé deux chatbots, BabyQ et XiaoBing sur la plateforme de messagerie QQ. L'expérience fut un désastre. Après que les algorithmes eurent absorbé les informations prédominantes sur Internet, un internaute demanda directement à l'un des chatbots « Est-ce que tu aimes le Parti ? » et la réponse fut « Non ». Ensuite, lorsque quelqu'un proclama « Vive le Parti », l'autre chatbot se lança dans une diatribe sur « la corruption et l'incompétence en Chine ». Une situation très embarrassante ! Bien sûr, les chatbots contre-révolutionnaires furent immédiatement débranchés, mais des captures d'écran de ces messages se propagèrent comme une traînée de poudre parmi les internautes chinois et contribuèrent à ridiculiser le Parti.

— Allons, colonel ! répliqua le scientifique avec un air moqueur. Vous pensez vraiment que le chatbot de mon fils pourrait remettre en cause la glorieuse société de l'harmonie ?

Le sarcasme ne fut guère apprécié.

— À votre place, je me tiendrais à carreau, professeur, prévint le colonel Li, s'efforçant de reprendre le contrôle de la situation.

Je me tiendrais à carreau et je me mettrais au travail avant qu'il ne soit trop tard, si vous voyez ce que je veux dire.

Il tourna le dos et se dirigea vers la sortie.

— Je vous comprends très bien, colonel, lui lança le professeur Yao Bai. Mais comment voulez-vous que je progresse sans mon équipe ? La création de l'IAG n'est pas une mince affaire. Vous ne saisissez pas bien l'ampleur de la tâche, et cela n'a rien d'étonnant car ce n'est pas votre domaine, mais elle est incroyablement complexe. J'ai besoin de plusieurs cerveaux travaillant ensemble, et ces cerveaux, ce sont tous les membres du Projet Pa-hsien.

Le colonel Li s'arrêta et se retourna pour le défier du regard.

— Nous n'allons pas reprendre cette conversation. C'est votre comportement qui vous a mis dans ce pétrin. Que vous le vouliez ou non, que vous y parveniez ou non, vous devrez tout faire tout seul. N'est-ce pas pour ça que vous avez des implants dans la tête ? Débrouillez-vous ! – Il dressa trois doigts. – Vous avez trois mois pour obtenir des résultats. Trois. Pas une heure de plus. Si vous ne les soumettez pas au terme de ce délai, tous vos assistants le paieront de leur vie. Est-ce bien clair ?

Le responsable du Projet Pa-hsien esquissa une grimace résignée, se sentant pris au piège.

— Dans ce cas, je devrai me connecter directement à l'ordinateur, dit-il sur un ton dépité. C'est la seule façon de faire seul le travail de toute l'équipe. Il faut que je télécharge en moi toutes les informations relatives à leurs recherches.

Haussant les épaules, comme s'il se moquait de ce qu'il fallait faire et les sacrifices que cela impliquait, le colonel Li lui tourna le dos et se dirigea vers la sortie. En franchissant la porte, il leva encore une fois ses trois doigts.

— Vous avez trois mois.

XXIX

L'intelligence artificielle était en train de créer un monde nouveau et Tomás savait qu'il devait se préparer à tout et n'être surpris par rien. Avant tout, il lui fallait s'adapter à cette nouvelle réalité. Ce qui était incompréhensible pour un vieil homme, constituait un changement spectaculaire pour un adulte et une évolution naturelle pour un jeune homme. Malgré sa résistance aux nouvelles technologies, il était conscient qu'il devait rester jeune dans sa façon de penser. Mais il était difficile de ne pas se sentir abasourdi par ce que Kurt Weilmann venait de dire.

— Les ordinateurs ? demanda-t-il. Conscients ? Ce n'est pas possible.

— Cependant, cela a été théorisé, rétorqua l'Américain comme s'il venait de proférer une banalité. Vous connaissez Turing ?

— Quel cryptanalyste ne connaît pas Turing ?

Durant la Seconde Guerre mondiale, l'Anglais Alan Turing avait cassé les codes d'Enigma, la machine allemande à chiffrer, et ainsi aidé son pays à vaincre l'Allemagne. Il avait conçu une machine portant son nom, posant ainsi les bases de ce qui allait devenir les ordinateurs.

— Après la guerre, Turing a traité du problème de la conscience des machines à travers un test très simple. On met dans une pièce un jury et, face à lui, un terminal informatique relié à une personne et un autre terminal informatique relié à un programme qui feint d'être une personne. Le jury pose à chacun d'eux les questions qu'il souhaite. À la fin, et en fonction des réponses, si le jury ne parvient pas à déterminer qui est la personne et qui est le programme, cela signifie que le programme a acquis une conscience. Le programme est devenu une personne.

— Je connais très bien le test de Turing, déclara Tomás, toujours plus à l'aise dès qu'il s'agissait d'histoire et de cryptanalyse. Mais le fait que l'ordinateur donne une réponse convaincante ne signifie pas qu'il comprend ce qu'il dit. L'ordinateur peut affirmer qu'une bière a un goût de framboise sans avoir la moindre idée de la saveur de la framboise. C'est un simple perroquet qui agit selon des algorithmes stimulus-réponse.

— Exactement comme nous, les humains.

— À ceci près que nous, nous connaissons le goût de la bière et de la framboise, contrairement à l'ordinateur qui ne sait ni ce qu'est une bière, ni ce qu'est une framboise. Ce n'est rien de plus qu'une machine qui ne sait que répéter. Quand l'ordinateur d'IBM a vaincu le grand maître Kasparov aux échecs, il n'a certainement pas eu conscience de sa victoire. Il n'a pas organisé de fête avec de voluptueuses « ordinatrices », ni ne s'est enivré d'huile alcoolisée pour ordinateur. Alors que Kasparov savait pertinemment qu'il avait perdu. Un philosophe a d'ailleurs illustré cela avec l'expérience de la « chambre chinoise ». Imaginez que je sois enfermé dans une pièce où il n'y a que des tablettes en chinois, dont j'ignore le sens. On m'explique que si je veux manger, je dois montrer aux visiteurs chinois les tablettes selon un certain ordre en fonction d'autres tablettes qu'ils me montrent. S'ils me montrent la tablette 1, je dois leur montrer la tablette A, s'ils me montrent la 2, je dois leur montrer la B, et ainsi de suite.

Lorsqu'un Chinois me rend visite et que je lui montre les tablettes dans l'ordre requis, est-ce que ça prouve que je comprends la signification des caractères sur ces tablettes ? Bien sûr que non, je n'y entends rien. Je me contente de montrer des tablettes, sans avoir conscience de la signification de leurs messages. C'est ce qui se passe avec un ordinateur. Il donne des réponses de façon mécanique sans les comprendre. Dès lors, comment peut-on prétendre que, simplement parce qu'il a donné les bonnes réponses, l'ordinateur est devenu conscient ? Il n'a acquis aucune conscience, c'est un simple perroquet qui ne comprend pas ce qu'il dit, un procédé mécanique qui crée l'illusion qu'il comprend.

— Cette objection est pertinente, mais elle passe à côté de l'essence du test de Turing, affirma le scientifique de la DARPA. L'exemple de la chambre chinoise part du principe qu'un ordinateur se limite à apporter des réponses préétablies à des stimuli préétablis. La question 1 appelle la réponse A. Mais le test de Turing prévoit que l'ordinateur répond à n'importe quelle question, même celles qui n'ont pas été prévues, vous me suivez ? Le jury pose les questions qu'il veut, ce qui oblige l'ordinateur à improviser des réponses. L'ordinateur de la chambre chinoise ne réussirait jamais le test de Turing parce qu'il ne serait pas en mesure de répondre à des questions imprévues. Mais si un ordinateur réussit le test de Turing, c'est parce qu'il a la capacité d'improviser des réponses à des questions imprévues. Et ça, c'est non seulement un signe de créativité, mais aussi l'indice d'une conscience.

— Mais comment pouvez-vous être sûr que l'ordinateur sait ce qu'est le goût d'une framboise ?

— Comment puis-je avoir la certitude que vous savez ce qu'est le goût d'une framboise ? demanda Weilmann. En dernière instance, je ne serai jamais certain que l'ordinateur le sait vraiment, tout comme je n'aurai jamais la certitude que les autres êtres humains sont effectivement conscients. Ils me semblent conscients, leur comportement révèle une conscience, mais en fin de compte, il est possible que la seule personne vraiment consciente dans tout l'univers ce soit moi et que toutes les autres, bien que leur comportement semble révéler une conscience, ne fassent en réalité que la simuler. C'est d'ailleurs pour ça que Descartes a affirmé que la seule chose dont il était sûr, c'était qu'il existait. Tout le reste, y compris les autres êtres humains, pourrait n'être qu'une illusion. Qui me garantit que demain je ne vais pas me réveiller et découvrir que j'ai rêvé pendant tout ce temps, et qu'en réalité l'univers n'existe pas, qu'il est juste une figure de mon rêve, une sous-réalité ? Tout peut être illusion. La seule chose dont je suis sûr, c'est que j'existe, et je le sais parce que je pense. Je pense, donc je suis. Le reste peut n'être que simulation.

— Cela nous conduit au solipsisme, l'idée bizarre selon laquelle nous seuls existons et tout le reste n'est qu'illusion…

— Rien que se demander si une entité qui semble consciente est vraiment consciente, c'est déjà une espèce de solipsisme, *man*. Il est vrai que je ne serai jamais certain qu'un ordinateur sait vraiment ce qu'est la bière à la framboise, mais on peut en dire autant des autres êtres humains.

— Ce n'est pas pareil, insista Tomás. Un ordinateur est différent d'un cerveau humain.

— Oui et non. Nous savons qu'il est possible de créer des machines conscientes.

— Comment pouvons-nous le savoir ?

— Eh bien, parce que la nature les a créées. – Il posa sa main sur sa poitrine. – Les machines conscientes, c'est nous. – Il posa son index sur son front. – Si la nature a été capable de créer des ordinateurs conscients, puisque le cerveau est un ordinateur biochimique conscient parfaitement capable de comprendre ce qu'est le goût d'une bière ou d'une framboise, alors nous aussi nous serons capables de concevoir des ordinateurs ayant cette capacité. La nature a prouvé qu'il est possible de créer une conscience à partir de la matière.

— Allons donc ! Le cerveau résulte d'un long processus d'évolution biologique, il a été façonné au cours de millions d'années…

— Et alors ? Il a également fallu des millions d'années pour que les oiseaux développent leurs ailes, non ? Et n'est-ce pas nous, les humains, qui en quelques années avons inventé les avions ?

— Les avions ne volent pas comme les oiseaux.

— Mais ils volent. Certes, ils ne battent pas des ailes comme des oiseaux, mais ils en ont et ils les utilisent encore plus efficacement qu'eux. Avec les avions, les humains ont inventé des machines qui volent mieux et plus vite que les oiseaux. De même, avec les sous-marins, les humains ont inventé des machines qui nagent plus vite que les poissons et vont plus loin qu'eux. Et avec les voitures, ils ont inventé des machines qui se déplacent plus vite et pendant plus longtemps que les chevaux. Si nous avons créé des machines qui volent mieux que les oiseaux, qui nagent mieux que les poissons et qui se déplacent plus vite que les chevaux, pourquoi n'inventerions-nous pas des machines qui pensent mieux que les hommes et acquièrent même davantage de conscience ? La façon de le faire peut être différente : certes, un avion ne vole pas comme un oiseau et une voiture ne se déplace pas comme un cheval, mais ce qui compte c'est le résultat. Qui nous garantit que la conscience n'est pas une propriété émergente ? Autrement dit, lorsque l'intelligence atteint un niveau déterminé, la conscience apparaît nécessairement. Tout comme l'eau est solide lorsqu'elle se présente sous forme de glace, puis se liquéfie en atteignant une certaine température critique, et enfin devient vapeur à un autre seuil critique, pourquoi l'intelligence, en atteignant un certain seuil critique de complexité, ne ferait-elle pas émerger la conscience ?

— On parle d'ordinateurs…

— Et alors, *man ?* L'Apprentissage profond lui-même résulte du dépassement d'un seuil critique. On connaissait déjà les processus d'Apprentissage profond avec l'Apprentissage machine, mais jamais un ordinateur n'avait été capable de reconnaître des images et des sons grâce à l'auto-apprentissage. Cela n'est arrivé que lorsque la capacité de calcul a augmenté, du fait de l'évolution technologique, et que les ordinateurs ont pu avoir accès à de plus grands volumes d'information grâce à Internet et aux mégadonnées qu'il a lui-même générées. À un moment donné, l'intelligence artificielle a franchi un seuil critique et les ordinateurs ont commencé à apprendre par eux-mêmes. Si l'Apprentissage profond est une propriété émergente, la conscience peut l'être aussi. – Il posa son index sur le front. – Le fait que notre cerveau soit un ordinateur conscient prouve qu'il est possible de créer des ordinateurs conscients.

Le regard de Tomás se posa sur son téléphone, qui affichait toujours le SMS envoyé de Chine.

— C'est à cela que le message du professeur Yao Bai fait référence ? Aux ordinateurs conscients ?

L'Américain jeta également un coup d'œil au SMS, mais pour se focaliser sur la phrase centrale.

HERE YAO BAI. SINGULARITY BB. ATTACK NAT

— Savez-vous ce qu'est une singularité ?

— C'est un concept des mathématiques et de la physique, déclara le Portugais. Un point où une variable devient infinie. En astrophysique, par exemple, cette notion est utilisée en référence au Big Bang, le moment où l'univers a été créé. Lorsqu'on arrive à une singularité, les règles connues cessent de s'appliquer et on ne peut pas savoir ce qu'il y a au-delà. Cela marque le début de l'inconnu.

— De votre part, j'avoue que j'attendais plutôt des exemples en rapport avec l'histoire de l'humanité…

C'était un défi.

— La maîtrise du feu fut une singularité, tout comme l'apparition de l'agriculture, et on peut en dire autant de l'invention de l'écriture, du voyage de Vasco de Gama qui est à l'origine du commerce mondial ou bien encore de la construction de la machine à vapeur qui a lancé la révolution industrielle, déclara Tomás. Tous ces événements constituent des singularités historiques car, à partir du moment où ils se sont produits, les règles ont été bouleversées et le monde a évolué dans des directions totalement imprévisibles. Un nomade du Paléolithique était incapable d'imaginer qu'il serait possible d'aller en vacances à Dubaï, de manger du chocolat au goûter ou de passer la soirée à regarder un match de football à la télé. Il n'avait pas la moindre idée de ce qu'étaient les vacances, Dubaï, le chocolat, le football ou la télé ! Les changements engendrés par les singularités ont créé des réalités nouvelles, impossibles à prédire lorsqu'on ne connaissait que les réalités antérieures, et qui ont complètement bouleversé le monde. – Il montra le SMS. – Vous pensez que c'est à tout cela que fait allusion le professeur Yao Bai dans ce message ? À une singularité historique ?

Le scientifique de la DARPA ne dit rien, comme s'il réfléchissait à la meilleure manière de répondre à la question.

— Pendant la Seconde Guerre mondiale, un des collègues d'Alan Turing s'appelait I.J. Good, déclara-t-il finalement. En 1965, analysant la technologie informatique que Turing et lui-même avaient mise au point à Bletchley Park, Good a fait observer que les êtres humains commençaient à créer des machines intelligentes, et qu'un jour viendrait où ces machines seraient si intelligentes qu'elles se révéleraient capables de créer elles-mêmes d'autres machines, lesquelles seraient encore plus intelligentes et capables d'en concevoir d'autres encore plus intelligentes, et ainsi de suite. Il se produirait alors ce qu'il a appelé une explosion d'intelligence.

Le Portugais comprit où son interlocuteur voulait en venir.

— Une singularité…

— Cette expression a été utilisée pour la première fois en 1993, en référence à l'intelligence artificielle, par un auteur de science-fiction au cours d'une conférence de la NASA. Vernor Vinge fut inspiré par le point d'orbite d'un trou noir au-delà duquel la lumière ne peut pas s'échapper. En astrophysique, cela s'appelle l'horizon des événements, le point à partir duquel rien ne peut être vu. C'est cela que signifie le moment où l'IAG apparaîtra.

C'était la deuxième fois que Tomás entendait ce sigle.

— Vous avez déjà évoqué l'IAG en disant qu'elle était liée à la singularité et à la conscience dans l'intelligence artificielle. Pouvez-vous être plus précis ?

Weilmann indiqua le lave-vaisselle qu'il avait mis en marche après le déjeuner.

— Cette machine est intelligente. En fait, elle est plus intelligente que l'ordinateur qui a conduit Neil Armstrong sur la Lune en 1969, mais elle est monotâche : laver la vaisselle. Demandez au lave-vaisselle d'aller sur la Lune et vous verrez qu'il ne pourra pas le faire. – Il désigna le réfrigérateur. – Cette machine est intelligente, mais elle ne peut que refroidir les aliments et, grâce aux capteurs que j'ai mis dedans, déterminer ceux qui ont dépassé la date de péremption ou qui sont manquants. Demandez au réfrigérateur de sécher des vêtements et vous verrez s'il y parvient. – D'un geste large, il indiqua tout ce qui l'entourait. – Nous sommes cernés par l'intelligence artificielle, des téléphones portables à l'électronique des voitures, en passant par les micro-ondes et les calculatrices, mais ces machines intelligentes ne peuvent faire qu'une ou deux choses. Elles les font bien, mais ne font rien d'autre. – Il se désigna lui-même. – Maintenant, regardez-nous, les Homo sapiens. Nous pouvons parler, lire, cuisiner, nettoyer, fabriquer des machines, conduire des voitures, compter, faire des réparations, raconter des blagues, piloter des avions, organiser un voyage sur la Lune, réaliser un film… entre autres. Contrairement aux machines, nous pouvons faire beaucoup de choses différentes à la fois. Notre intelligence est générale, elle n'est pas limitée à une ou deux tâches spécifiques.

— En effet. Et alors ?

— IAG signifie Intelligence artificielle générale, également connue sous le nom d'Intelligence artificielle forte. C'est un ordinateur qui, à l'instar de l'homme, est capable de tout faire. Cette machine n'existe pas encore, mais c'est le but que l'on cherche à atteindre et auquel l'Apprentissage profond contribue de façon spectaculaire. Quand on veut utiliser un ordinateur pour résoudre deux problèmes, la méthode traditionnelle consiste à élaborer deux algorithmes spécifiques. Grâce à l'Apprentissage profond, cependant, nous sommes parvenus à créer un algorithme qui peut résoudre des problèmes différents. Par exemple, l'algorithme Naïve Bayes sert à la fois à diagnostiquer des problèmes de santé et à filtrer des spams dans les emails, deux problèmes tout à fait différents. La prochaine étape est l'IAG. Avec elle, nous n'aurons pas simplement des algorithmes capables de résoudre divers problèmes en même temps, mais un algorithme unique capable de résoudre tous les problèmes.

— Qu'entendez-vous par « tous » ?

— Tous. Toute la connaissance sera déduite par un seul algorithme. Ce sera un algorithme universel. Certains l'appellent l'algorithme maître, mais la plupart des scientifiques parlent d'IAG. L'Amérique et la Chine sont en compétition pour la créer. En Amérique, cette tâche a été confiée à la DARPA et aux grandes firmes technologiques telles que Google, Facebook, Apple, Twitter, Microsoft, Amazon, Netflix… Quant à la Chine, elle s'efforce d'atteindre l'Intelligence artificielle générale par le biais de ses géants technologiques que sont Baidu, Alibaba, Tencent, Xiaomi et d'autres entreprises similaires, sous la direction de l'État. Vous comprenez ce que cela signifie ?

— Celui qui élaborera l'IAG en premier prendra l'avantage sur l'autre.

Weilmann secoua la tête et son visage prit une expression étrange, suggérant que ce qui était en jeu était plus grand. Beaucoup plus.

— Le premier qui disposera de l'algorithme maître pourra conquérir la planète.

XXX

Le rapport sur l'escapade du professeur Yao Bai était un document particulièrement délicat. Le colonel Li savait pertinemment que le texte et ses annexes seraient lus et examinés en détail par les instances dirigeantes du pays, étant donné l'extrême importance que le gouvernement accordait au responsable du Projet Pa-hsien et l'irritation qu'avait suscitée en haut lieu ce qui s'était passé à Hong Kong. Il devait donc rédiger le rapport avec le plus grand soin, afin de s'exonérer de toute responsabilité dans l'évasion inopinée du scientifique.

Arriverait-il à convaincre le ministre qu'il n'avait pas commis la moindre faute ? Il l'ignorait, mais il disposait pour cela de quelques atouts. Le plus important était le bouc émissaire sur lequel il comptait rejeter l'entière responsabilité de l'incident, en l'occurrence l'officier de garde lorsque le professeur s'était échappé. En outre, il rédigeait habilement son texte, en s'efforçant de surestimer son propre rôle dans la localisation du fugitif. Béni soit Skynet, qui lui avait sauvé la mise ! Bien sûr, le système automatique de reconnaissance faciale serait relégué au second plan dans le rapport et…

— Mon colonel ! appela quelqu'un. Il se comporte étrangement…

Le colonel Li leva les yeux et dévisagea son adjoint qui venait de surgir, essoufflé, dans son bureau. Il ressentit une légère irritation lui parcourir le corps. Ce type n'avait pas le moindre esprit d'initiative, il ne pouvait rien gérer tout seul ; un incompétent qui, à la moindre difficulté, se précipitait vers son chef comme un enfant se réfugie dans les jupes de sa mère. Il faudrait penser à se débarrasser de lui.

— Qu'y a-t-il Chang ?

— *Ayah*, mon colonel ! Venez voir ce que le professeur Yao Bai est en train de faire. C'est bizarre.

— Bizarre ?

L'adjoint, d'un geste insistant avec les mains, lui demanda de l'accompagner.

— Venez voir, mon colonel. Venez voir.

Malgré son envie d'ordonner à Chang de régler le problème tout seul pour une fois, parce qu'il avait un rapport très délicat à achever et n'avait pas de temps à perdre avec des bagatelles, il se leva et le suivit. Même si le manque d'initiative de son subordonné l'irritait, le laisser agir seul serait pire. Le chef de la sécurité savait qu'il devait tout superviser dans les moindres détails pour s'assurer qu'aucune erreur ne serait commise car, au bout du compte, c'était lui qui les paierait. Il n'aurait pas toujours un bouc émissaire sous la main, et un nouvel incident impliquant le grand génie lui serait fatal.

Chang le conduisit dans la pièce qu'ils avaient spécialement consacrée à la surveillance du professeur Yao Bai. La salle était équipée de six écrans, chacun relié à l'une des caméras de surveillance installées dans le laboratoire. Outre Skynet, deux fonctionnaires étaient chargés de surveiller en permanence les écrans, Chang supervisant le processus lorsque, pour une raison ou pour une autre, le colonel Li devait s'absenter. Avec tous ces yeux pour contrôler ce qui se passait dans le laboratoire, il était impossible que le responsable du Projet Pa-hsien s'échappe à nouveau.

— Eh bien, que se passe-t-il ?

Comme s'ils étaient synchronisés, Chang et les deux fonctionnaires désignèrent l'écran en même temps.

— Regardez, mon colonel.

On voyait le professeur Yao Bai en train de farfouiller dans un ordinateur dont le capot avait été ôté. Le plus étrange, cependant, étaient les câbles électriques qui semblaient reliés à la nuque du scientifique et retombaient dans son dos, ce qui lui donnait un air étrange ; mi-homme, mi-machine.

— On ferait mieux d'y aller, suggéra Chang. On devrait vérifier ce qu'il fait.

Le colonel Li secoua la tête.

— Laissez tomber.

La décision surprit tout le monde.

— Mais, mon colonel, ne voyez-vous pas ce qu'il fait ? demanda l'adjoint. Ce n'est pas normal.

— Et que fait-il exactement ?

La réponse en forme de question déconcerta Chang.

— Eh bien… euh… il est… enfin, à vrai dire, je n'en sais rien.

— Moi je le sais, rétorqua le chef calmement, comme s'il maîtrisait parfaitement la situation. Il est chargé de développer l'IAG, mais comme il ne peut pas compter sur son équipe, il doit utiliser ses implants électroniques. C'est pour ça qu'il a ouvert l'ordinateur. Il recherche des ports pour se connecter. Nous en avons parlé tout à l'heure.

— Se connecter, mon colonel ? Se connecter à quoi ?

— À l'ordinateur, bien sûr.

Les subordonnés avaient l'air surpris.

— À l'ordinateur ? Pour faire quoi ?

— Un téléchargement, bon sang !

Les hommes étaient encore plus étonnés.

— Un téléchargement ?!

— Mais oui, bande d'ignares. Un téléchargement. – Comme ils étaient énervants à répéter sous forme de question tout ce qu'il disait. – Vous ne savez pas ce qu'est un téléchargement ?

— Mais… mais…

— Il ne dispose plus de l'équipe du Projet Pa-hsien pour l'aider, d'accord ? Et la tâche est complexe, il est incroyablement difficile de parvenir à l'IAG. Comme il n'a plus d'assistant, puisque nous ne pouvons pas mettre l'équipe à sa disposition pour des raisons de sécurité, il doit télécharger dans son cerveau les données contenues dans les fichiers afin de disposer de toutes les informations dont il a besoin. C'est clair maintenant, bande d'ignares ?

Les hommes le regardaient, ahuris, comme s'ils attendaient la suite des explications. Mais leur chef n'ajoutant rien, ils échangèrent un regard perplexe avant de répondre.

— Oui, mon colonel.

Ils ne comprenaient absolument rien.

— Ne le perdez pas de vue, dit l'officier avec lassitude, en leur tournant le dos. Appelez-moi s'il y a du nouveau.

Préoccupé par le rapport qu'il devait remettre, le chef du groupe de Sécurité d'État avait hâte de retourner à son bureau, mais la curiosité le retint à la porte d'où il fixa l'écran. Le professeur Yao Bai semblait avoir trouvé les ports qu'il recherchait à l'intérieur de l'ordinateur et tripotait les circuits internes de la machine afin d'établir de nouvelles connexions.

À cette vue, un doute assaillit le colonel Li.

— Cet ordinateur n'est pas relié à Internet, n'est-ce pas ?

— Non, mon colonel, répondit Chang. Soyez tranquille, conformément à vos ordres, on a supprimé tous les liens avec l'extérieur dont disposait le laboratoire.

Mais Li n'était pas rassuré pour autant.

— En manipulant les circuits internes et en établissant de nouvelles connexions, comme il est en train de le faire, il n'a aucun moyen de les rétablir ?

— Aucun, mon colonel, lui affirma son adjoint. Le laboratoire est totalement isolé.

Li se sentit tranquillisé. À l'écran, le professeur Yao Bai semblait avoir fini de trafiquer l'intérieur de l'ordinateur et les membres du MSE continuèrent à le surveiller. Le scientifique prit les câbles électriques qui pendaient le long de sa nuque et les connecta à l'ordinateur, se reliant à la machine. Quand il eut terminé l'opération, il s'assit dans la position du lotus, comme s'il méditait.

Depuis qu'il s'était rasé la barbe, et avec sa corpulence, ce n'était plus à Confucius qu'il ressemblait, mais au Bouddha assis sous le figuier lorsqu'il reçut l'illumination. Il demeura en méditation pendant une longue minute, aussi immobile qu'une statue. Enfin, il ouvrit les yeux, prit une profonde inspiration, balaya l'espace autour de lui avec des yeux avides, comme s'il voulait saisir le monde d'un seul regard puis, d'un geste décidé, il se pencha sur l'ordinateur et appuya sur un bouton.

Il sembla frappé par la foudre. Après le choc, il s'étendit par terre, tremblant comme s'il avait une attaque d'épilepsie.

— Waouh ! s'exclama Chang en se levant d'un bond. Il faut aller l'aider !

— Du calme, du calme, dit le colonel Li, rassurant ses subordonnés d'un geste des mains. Tout va bien.

— Bien, mon colonel ? – Il désigna l'écran. – Le professeur a été électrocuté !

— C'est le téléchargement, expliqua le chef. Il a commencé à transférer les fichiers de l'ordinateur dans son cerveau.

Le gros corps du professeur ne cessait de tressauter, quelquefois secoué de spasmes, les pieds remuant presque sans contrôle, les yeux révulsés au point qu'on ne voyait plus que le blanc. Le transfert des informations dans le cerveau devait être douloureux, c'était la seule explication.

Chang avait l'air horrifié.

— N'importe qui peut faire ça ?

— Bien sûr que non, rétorqua le chef d'équipe. Dans le cadre du Projet Pa-hsien, le professeur Yao Bai a subi une intervention spéciale dans le cerveau.

— Waouh ! s'exclama l'adjoint, stupéfait. Pour quoi faire ?

Le colonel Li plissa les yeux avec une expression mystérieuse qui décourageait toute forme de curiosité.

— C'est confidentiel.

Il n'y eut pas d'autres questions. Le corps du scientifique tremblait de manière ininterrompue depuis plus d'une minute. Le téléchargement prenait du temps ; trop de temps. Le colonel Li semblait calme, mais la sérénité qu'il affichait ne correspondait pas vraiment à ce qu'il ressentait, d'autant qu'il n'avait jamais vu cela auparavant. Un téléchargement dans le cerveau, avait-il lu dans un rapport secret sur ces expériences, durait une ou deux secondes et était indolore. Il n'avait pas le souvenir d'une quelconque référence à une scène aussi longue. À chaque seconde qui passait, sa confiance s'amenuisait. Que se passait-il ?

— Il vaudrait peut-être mieux…

C'est alors que le professeur Yao Bai cessa de bouger. Il était absolument immobile, son énorme ventre tourné vers le plafond, les bras tendus comme s'ils étaient cloués au sol. Ils attendirent quelques secondes, espérant que le scientifique se lèverait, mais il ne bougea pas.

Le colonel était médusé.

— Regarde… Regarde s'il va bien.

L'un des hommes manœuvra une caméra et zooma sur le corps, essayant de déceler des mouvements de respiration. Mais la poitrine demeurait immobile. Sans attendre une seconde de plus, le colonel Li et ses subordonnés se précipitèrent pour porter secours au professeur Yao Bai.

XXXI

L'âme européenne de Tomás se sentit presque offensée par les propos de l'Américain, sur la compétition qui opposait les États-Unis et la Chine pour atteindre l'Intelligence artificielle générale. Selon lui, il manquait une troisième puissance.

— Et *quid* de l'Europe, alors ?

Weilmann éclata de rire.

— L'Europe ? Ne me faites pas rire, *man* ! Vous connaissez une seule grande firme technologique européenne ? Passez en revue les noms des plus grandes entreprises mondiales d'intelligence artificielle. Google, américaine. Facebook, américaine. Netflix, américaine. Apple, américaine. Twitter, américaine. Baidu, chinoise. Uber, américaine. Airbnb, américaine. Huawei, chinoise. Amazon, américaine. eBay, américaine. Lenovo, chinoise. LinkedIn, américaine. Cisco, américaine. Vous voyez une société européenne parmi ces géants ? – Il leva un doigt, comme pour l'inviter à lui donner un exemple. – Une seule ?

Le Portugais se gratta la tête, embarrassé.

— Eh bien…

La démonstration était terminée.

— Dans la course à l'intelligence artificielle, *man*, tout le monde sait que l'Amérique invente, la Chine copie et l'Europe réglemente. L'innovation n'existe pas en Europe. N'importe quel génie européen qui veut innover doit émigrer en Amérique parce qu'ici, il ne peut rien faire du tout, tant les contraintes et les obstacles sont restrictifs. Avec son obsession bureaucratique de prélever sans arrêt des impôts et de tout réglementer et interdire, l'Europe a fini par empêcher l'innovation et elle a été dépassée par les événements. S'agissant de l'intelligence artificielle, elle est semblable à ces pays du tiers-monde qui produisent des cerveaux, puis les voient fuir vers les pays qui comptent vraiment et qui savent les mettre en valeur. L'Europe parle beaucoup, c'est vrai. Elle clame haut et fort qu'il faut parier sur l'innovation et tout le tremblement, mais tout ça c'est du bla-bla. Ses actes, à savoir le matraquage fiscal et les restrictions, sont à l'exact opposé de ses propos. L'Europe souffre d'une fuite chronique des cerveaux et n'invente rien, elle se contente d'utiliser ce que nous créons en Amérique, avec l'aide de ses cerveaux. L'Europe est restée figée dans le XXe siècle, à contempler son passé glorieux et ses belles cités avec leurs châteaux médiévaux, tandis que nous et les Chinois nous sommes entrés dans le XXIe siècle, les yeux tournés vers l'avenir.

Tomás passa sa main dans ses cheveux sans trouver de réponse ; le retard des Européens dans les nouvelles technologies était avéré et embarrassant, et son incapacité à nommer une seule grande firme technologique européenne d'envergure mondiale le prouvait amplement.

— Si c'est l'Amérique qui invente, c'est sans doute elle qui parviendra la première à l'Intelligence artificielle générale…

Le scientifique de la DARPA leva la main.

— Pas nécessairement. Certes, les Chinois se sont limités à copier les grandes inventions américaines, mais ils ont un énorme atout dans cette course à l'IAG : ils sont prêts à faire l'inacceptable. Ils se moquent des scrupules éthiques des

Occidentaux. La manipulation génétique d'êtres humains annoncée à Hong Kong par le professeur Yao Bai n'est qu'un exemple. Les Chinois ont déjà cloné des primates en transférant de l'ADN aux cellules des fœtus, un pas décisif vers le clonage d'êtres humains ; ils ont même introduit des gènes de cerveau humain chez des singes pour augmenter leur intelligence. En outre, ils étudient la possibilité de faire des expériences en vue de transplanter la tête d'une personne dans le corps d'une autre.

Le Portugais écarquilla les yeux, incrédule.

— Vous plaisantez…

— Une simple recherche sur Google vous le dira. Pour les Chinois, il n'y a pas de limites. Pas de limite non plus dans l'atteinte aux libertés. Leur pays est couvert par un réseau de caméras de surveillance coordonnées par un ordinateur appelé Skynet, dont la base de données stocke les images de tous les citoyens. Les systèmes chinois sont à même de reconnaître l'identité de simples silhouettes, uniquement à la façon dont elles marchent. Ils ont même inventé des applications telles que Alipay et WeChat qui collectent une masse de renseignements personnels sur des millions de personnes. WeChat fournit à l'État des informations sur les déplacements de ses utilisateurs et sur toutes leurs transactions en temps réel. Le rêve de tout État policier.

— L'État utilise ces informations ?

— Bien sûr, pourquoi ne le ferait-il pas ? Un homme nommé Chen Souli s'est retrouvé en prison parce qu'il avait fait circuler, sur WeChat, une blague concernant une histoire entre une chanteuse et un dirigeant. Notez que le malheureux n'a fait aucun commentaire, il a juste relayé la blague. Tant pis pour lui ! En Chine, tout est surveillé, *man*.

Bouche bée, scandalisé, Tomás regarda son interlocuteur.

— Comment un tel pays peut-il se développer ?

— Incroyable, n'est-ce pas ? Eh bien, asseyez-vous, parce que vous n'avez encore rien vu. En Chine, Alipay a développé une application, Zhima Credit, qui encourage les gens à se laisser analyser par un algorithme. Cette idée a abouti à une méthode de contrôle, appelée Système de crédit social, obligatoire pour tous les citoyens, qui surveille l'ensemble de la population et attribue des points à chacun en fonction de son comportement.

— Des points ? Comme les *likes* sur Facebook ?

— Exactement. À ceci près qu'il y a des conséquences. Ceux qui se conduisent bien obtiennent des points, ceux qui se conduisent mal en perdent. Tout est analysé, classé et régulé par des algorithmes. Vous avez aidé une vieille dame à traverser la rue ? Vous gagnez cinq points. Vous avez dit du bien du Parti sur WeChat ? Cinq points de plus. Au-dessus de mille points, un bon citoyen a droit à des réductions sur l'électricité, peut emprunter à un taux d'intérêt réduit, louer ce qu'il souhaite sans avoir à laisser de caution… Bref, il bénéficie d'une multitude d'avantages. Ce sont les citoyens A, AA et, au sommet de la pyramide, AAA.

— Triple A ? s'exclama Tomás, à qui tout cela semblait si ridicule qu'il avait envie d'en rire. C'est incroyable ! On dirait le classement des agences de notation financière. Ils ont aussi la note « *junk* » ?

— Bien sûr. En-dessous de 850 points, une personne est notée C, en-dessous de 600 elle est considérée comme officiellement malhonnête, avec la note D, elle fait partie de la lie de la société. Si vous laissez votre chien faire ses besoins dans la rue sans ramasser ses crottes, vous perdez cinq points. Si vous vous plaignez d'injustices lors de réunions importantes du Parti, c'est cinquante points. Si vous participez à des activités religieuses interdites, c'est la peine maximum, à savoir 100 points. Celui qui fait remonter une plainte contre le Parti jusqu'à Pékin, va directement à D sans passer par la case départ. Prends ça, ça t'apprendra ! Parallèlement, des prix sont attribués à ceux qui signalent un comportement néfaste, ce qui signifie qu'à présent les gens se surveillent mutuellement. Pour recevoir ces maudits prix, les gens n'hésitent pas à photographier ou filmer leur voisin s'il affiche un comportement jugé inacceptable par l'État.

L'historien secoua la tête ; il n'avait plus aucune envie de plaisanter.

— Ils sont complètement fous, murmura-t-il choqué. Et il y a des conséquences si on est noté D ?

— Bien sûr ! Ces personnes ne peuvent pas prendre le train, ni l'avion, elles ne peuvent pas envoyer leurs enfants dans les meilleures écoles, on leur refuse l'accès aux meilleurs emplois, leurs animaux de compagnie leur sont enlevés, et elles peuvent même se retrouver sur une liste noire, publique, des mauvais citoyens. Rien que la première année, vingt-trois millions de personnes ont été empêchées de prendre le train ou l'avion parce qu'elles avaient eu un D, vous vous rendez compte ! Et croyez-moi, rien de tout cela n'est une invention de George Orwell, c'est la réalité actuelle.

— Lorsque j'étais là-bas, j'ai effectivement constaté que tout était vraiment très contrôlé, indiqua Tomás, se souvenant d'un épisode survenu quand il s'était rendu à Pékin. À l'aéroport, on m'a demandé les coordonnées d'un garant. Je leur ai donné le numéro de téléphone d'un attaché de l'ambassade du Portugal. Celui-ci m'a ensuite raconté qu'on l'avait appelé pour s'assurer de mon identité. Tout est contrôlé.

Le scientifique de la DARPA hocha la tête, parfaitement au fait du système de contrôle social en Chine.

— Puisque vous vous êtes rendu en Chine, vous devez savoir que le système de crédit social s'applique aussi aux étrangers. Quand une ONG basée en Chine fait des critiques que le régime juge préjudiciables pour le pays, l'ONG perd cent points et son directeur cinquante. Le fait de critiquer le Parti, de louer la démocratie à Taïwan voire, pour des représentants d'ONG, de parler du Tibet ici, à Lisbonne, par exemple, entraîne une perte de points. Le problème c'est que cette obsession de la surveillance, bien que choquante, constitue un avantage majeur pour la Chine vis-à-vis de l'Amérique dans la course à l'IAG. Ce pays est prêt à tout, y compris à l'impensable et à l'inacceptable.

— C'est vraiment terrifiant, acquiesça l'historien. Mais toute médaille a son revers. Pendant la pandémie de Covid-19, je me rappelle avoir lu que les Chinois avaient recouru à cette technologie orwellienne pour limiter la propagation du virus.

L'Américain rougit. Malgré la responsabilité du régime chinois dans l'apparition de la pandémie, la Chine avait freiné sa propagation de façon bien plus efficace que ne l'avaient fait l'Amérique et l'Occident en général.

— Oui, c'est vrai qu'ils ont utilisé efficacement ces technologies pour lutter contre la pandémie, reconnut le scientifique de la DARPA. Ils ont notamment mis au point certaines applications, comme le Code sanitaire Alipay, qui permettent de suivre chaque personne en permanence et de croiser les informations avec les métadonnées afin d'évaluer les contacts et les comportements à risque sur le plan sanitaire de tous les citoyens, en leur attribuant des codes couleur. Ceux qui ont un QR code vert peuvent circuler librement, ceux avec un jaune peuvent être confinés chez eux pendant une semaine, et ceux avec un rouge sont soumis à une quatorzaine. Si quelqu'un est malade, l'application identifie aussitôt les personnes qui ont été à son contact au cours des dernières semaines, ce qui permet de vérifier si elles ont été contaminées ou non. Les technologies de reconnaissance faciale ont même été adaptées pour détecter une température élevée, afin d'identifier tout de suite les situations à risque. Il est vrai que cela a permis de maîtriser l'épidémie et, l'écrasante majorité de la population ayant un QR code vert, le pays a pu rapidement se remettre au travail.

— Comme quoi, les techniques orwelliennes présentent tout de même quelques avantages…

— Ne soyez pas dupe, *man*. La pandémie a servi de prétexte au régime pour s'immiscer davantage dans la vie des gens et les contrôler encore mieux. En Chine, toute la population est surveillée, vous savez.

— Rassurez-vous, je ne me fais aucune illusion à cet égard, lui répondit Tomás. Mais à bien y regarder, vous avez des pratiques similaires en Amérique, non ?

Weilmann se sentit offensé.

— Nous ?! Jamais !

— Jamais ? Mais alors, qu'en est-il de ce centre d'opérations que la NSA a monté à Hawaï pour espionner toutes les communications de la planète, y compris Internet, vos alliés, et même vos propres concitoyens ?

L'Américain rougit.

— Le réseau Echelon, le centre de Kunia, c'était juste pour espionner la Chine et la Corée du Nord...

— Allez, ne me racontez pas d'histoires, répondit Tomás avec une pointe de sarcasme. J'ai lu les révélations d'Edward Snowden au sujet des activités de surveillance de la NSA. Communications téléphoniques, emails, navigation sur Internet... vous espionnez tout. Vous espionnez la Chine et la Corée du Nord, c'est vrai, mais vous espionnez aussi d'autres pays, y compris des alliés tels que l'Allemagne et la France. Vous avez intercepté des communications privées de la chancelière allemande et du président français, et vous continuez probablement de le faire. Vous allez même jusqu'à inspecter les communications de dizaines de millions de citoyens américains. Il paraît que la NSA intercepte chaque jour plus d'un milliard d'appels téléphoniques et autres communications. Vous avez transformé chaque téléphone portable en un micro et une caméra à l'insu de leurs utilisateurs, et sans autorisation des tribunaux, et vous voulez me faire croire que vous êtes des anges ?

— Il est vrai que toutes les communications sont interceptées, mais cela ne veut pas dire que des gens lisent tous les emails et écoutent toutes les conversations téléphoniques.

— Non, en effet, des algorithmes s'en chargent, répliqua ironiquement Tomás. La NSA a-t-elle accès, oui ou non, aux serveurs de Google, Microsoft, Facebook et Apple ? La NSA a-t-elle accès, oui ou non, aux données des grandes entreprises américaines de télécommunications, notamment Verizon, pour ne citer qu'elle ? Un tel système n'est-il pas assimilable à une sorte de Big Brother ?

— C'était à cause du terrorisme.

— Écouter les communications de la chancelière allemande et du président français relève du mandat de la NSA dans la lutte contre le terrorisme ? demanda l'historien. Le terrorisme a bon dos, non ? Ce qui est en cause va bien au-delà. De toute évidence, vous surveillez l'intégralité de la planète. On a même rapporté que lorsque des dirigeants français ont menacé de tout dévoiler, la NSA les a avertis qu'elle connaissait leurs secrets les plus intimes, raison pour laquelle ils n'ont rien dit. Elle a recouru aux bonnes vieilles méthodes de la mafia pour les faire chanter.

Les mots du Portugais arrachèrent un long soupir à Weilmann ; il ne pouvait nier.

— C'est vrai, nous sommes allés trop loin, mais il faut replacer tout ça dans son contexte. Après les attentats du 11 septembre 2001, tout le monde a accusé la NSA, la CIA et le FBI d'incompétence. Comment les djihadistes avaient-ils pu nous attaquer sans que nul ne s'aperçoive de ce qui se tramait ? La question a donné lieu à une enquête et on a constaté qu'en réalité les informations sur les intentions des terroristes existaient, mais qu'elles n'avaient pas été traitées. Les terroristes avaient communiqué et voyagé dans le pays, loué des appartements, reçu des emails et obtenu des virements de fonds. On disposait de ces données, mais elles n'avaient pas été exploitées pour des questions de respect de la vie privée. Quand c'est devenu une affaire de sécurité, il a fallu les traiter. Pour résoudre le problème, la DARPA a mis sur pied un projet, appelé Total Information Awareness, ou TIA.

— La DARPA ? s'étonna Tomás. C'était vous ?

— Oui, c'était nous, rougit l'Américain. La DARPA a compris que toutes les informations concernant les plans d'attaque des terroristes étaient déjà contenues dans les mégadonnées, mais, noyées dans la masse, elles passaient inaperçues. Nous avions besoin de l'aide de l'intelligence artificielle, c'est pourquoi nous avons créé des algorithmes pour analyser et corréler toutes ces montagnes d'informations. Cela a été fait de façon plus ou moins innocente par le TIA et d'une manière plus opaque par un projet parallèle, totalement secret, appelé Manhattan Project Terrorism. Toutes les données existantes, des emails aux opérations effectuées avec des cartes de crédit, les recherches sur Internet, les ordonnances et examens médicaux, les appels téléphoniques, les dépôts bancaires, les voyages, les courses… bref, tout, tout a été passé au peigne fin par nos algorithmes. Des caméras de surveillance ont été installées un peu partout dans le pays, des programmes de reconnaissance faciale mis en place. Lorsque les algorithmes détectaient des activités compatibles avec la préparation d'un attentat, ils nous alertaient et nous nous mettions alors à espionner les personnes qui s'y livraient, quelles qu'elles fussent. Tout a pris fin lorsque le *New York Times* a publié un article sur le TIA et que le Congrès s'en est mêlé.

Le Portugais tourna la tête et lui jeta un regard plein de scepticisme.

— C'est vraiment fini ? Allons, dites la vérité…

Weilmann se mit à rire.

— Bon, d'accord, ce n'est pas fini, reconnut-il. On a juste retiré le programme clandestin à la DARPA et on a changé son nom. Une partie du programme est allée à la CIA, une autre à l'armée et une troisième à la NSA. C'est cette dernière partie, appelée PRISM, que Snowden a ensuite dénoncée. La NSA a même élaboré une technique, le *contact chaining* : à partir des métadonnées des téléphones portables, telles que la géolocalisation, l'heure et la durée des appels, on peut établir le profil psychologique des utilisateurs, leurs habitudes, leurs origines ethniques, leur religion et leurs convictions idéologiques.

— En somme, vous surveillez le monde entier. Vous écoutez toutes les conversations téléphoniques, lisez tous les emails, analysez tous les transferts de fonds, épluchez tous les comptes bancaires et contrôlez toutes les caméras de vidéosurveillance. Et il n'y a pas que la NSA qui le fait. Les grandes firmes technologiques aussi. J'ai lu quelque part qu'Apple et Google contrôlent 90 % des systèmes d'exploitation de tous les smartphones du monde.

Facebook a accès à la vie privée de plus d'un milliard de personnes, y compris à leur vie amoureuse et personnelle, et utilise ces informations à des fins commerciales. Et Netflix en fait autant, puisqu'il peut prédire avec une grande précision ce que les téléspectateurs veulent voir. Chacun des objets de l'Internet total, de la lampe qui s'allume lorsque vous entrez dans le salon à la machine à gin tonic qui se met en marche lorsque ses algorithmes détectent que vous êtes stressé et que vous avez besoin de vous détendre, vous surveille et envoie des données sur vous et sur nous tous aux centres de données. J'ai même entendu dire qu'il existe des algorithmes qui, grâce au *tracking* de nos smartphones, peuvent prédire avec une marge d'erreur de vingt mètres où nous serons à chaque instant au cours des prochaines vingt-quatre heures. La surveillance totale de l'être humain a cessé d'être une fiction orwellienne pour devenir la réalité d'aujourd'hui. Notre société est plus contrôlée que l'Allemagne de Hitler et Honecker ou la Russie de Staline. Et vous avez le toupet de me bassiner avec la Chine ?

Le Portugais pouvait ne pas être parfaitement au fait des nouvelles technologies, se dit Weilmann, mais il n'était pas aussi ingénu qu'il en avait l'air.

— Le monde a changé et il est impossible de revenir en arrière, reconnut-il. La seule manière de préserver sa vie privée est de s'installer dans une forêt isolée, sans smartphone ni ordinateur. En raison de la nature même de l'intelligence artificielle, tout le reste est surveillé. Telle est la réalité. Et ces informations sont accessibles non seulement aux gouvernements, mais à tout le monde. Facebook a même reconnu que plus de six cent mille comptes sont violés chaque jour. Vous avez bien entendu ce que j'ai dit ? Pas tous les ans ou tous les mois. Tous les jours. Six cent mille comptes Facebook sont violés chaque jour.

— Les gouvernements entrent dans nos comptes Facebook tous les jours ?

— Pas que les gouvernements, *man*. Tout le monde. Les firmes technologiques, les *hackers*… que sais-je. Des informaticiens russes ont piraté le système d'une société de gestion de placements appelée Equifax et ont publié sur un site en ligne les informations financières de personnalités comme Bill Gates, Michelle Obama et George Bush, sans parler des directeurs de la CIA et du FBI, ainsi que de Kim Kardashian et Lady Gaga. S'ils peuvent le faire pour de telles personnalités, je vous laisse imaginer ce qu'il en est du commun des mortels. On estime que 40 % au moins des utilisateurs des réseaux sociaux ont déjà été exposés, même lorsqu'ils activent les paramètres de confidentialité, et que plus de 20 % des comptes de messageries électroniques sur Internet ont déjà été violés. Dès lors qu'il sait se déplacer sur le réseau, le premier venu peut entrer n'importe où. Et nous lui facilitons la tâche. Ainsi, rien qu'en étudiant ce qui était posté sur les réseaux sociaux, des chercheurs du MIT ont pu déterminer avec une certitude d'environ 80 % qui était un homosexuel non déclaré. Et une étude de l'Académie nationale des sciences a montré que, sur la seule base des *likes* que nous attribuons sur Facebook, il est possible de déceler des détails intimes de notre vie. Selon une autre étude, réalisée au Royaume-Uni auprès de détenus condamnés pour vol, près de 80 % d'entre eux ont reconnu qu'ils consultaient les pages de leurs victimes sur les réseaux sociaux avant de les dépouiller. En somme, ce sont les victimes elles-mêmes qui divulguent tout sur elles et s'exposent volontairement, nul besoin de grandes prouesses pour les espionner.

Tout cela était vrai et Tomás le savait pertinemment.

— En effet, il ne fait aucun doute que nous sommes les premiers à mettre en péril notre vie privée.

— Mais vous pouvez me croire quand je vous dis que personne n'est disposé à aller plus loin que la Chine. En fin de compte, c'est pour dépasser l'Amérique que les Chinois ont mis en place le Projet Vitruve. Ils ont mis leur plus grand cerveau à la tête du projet et lui ont donné carte blanche pour développer tous les volets liés à l'intelligence artificielle. La manipulation génétique des êtres humains et la cyborgisation de l'homme ne sont que deux domaines particuliers de la recherche. Nous avons des raisons de croire que le véritable objet du Projet

Vitruve est l'IAG. La Chine veut être le premier pays à développer l'Intelligence artificielle générale car elle lui donnera un avantage irréversible sur l'Amérique et sur le reste du monde.

L'historien leva un sourcil.

— Irréversible ? Aucun progrès n'est irréversible. Regardez les Portugais. Ils ont inventé les grands navires capables de naviguer contre le vent, ils ont découvert la moitié des mers du globe et les ont dominées avec les meilleures armes qui existaient à l'époque. Leur avantage semblait irréversible. Il a duré deux siècles, il est vrai, mais ils ont fini par être rattrapés et dépassés par d'autres peuples. L'histoire nous enseigne qu'aucun progrès civilisationnel n'est irréversible.

— Celui-là le sera.

— Impossible, insista Tomás. Il y a toujours quelqu'un qui commence par vous imiter et finit par vous dépasser. Yahoo! a dominé les moteurs de recherche jusqu'à ce que Google s'impose avec un algorithme innovant. – Il fit un signe de la tête. – Adieu Yahoo!

— Savez-vous comment on décrit le moment où l'IAG sera créée ? demanda Weilmann. *La* Singularité.

— Vous me l'avez déjà dit.

— Vous ne comprenez pas, *man*. La maîtrise du feu, l'invention de l'agriculture, l'invention de l'écriture, le voyage de Vasco de Gama, la machine à vapeur, l'électricité, toutes ces avancées sont des singularités historiques. Mais l'invention de l'Intelligence artificielle générale n'est pas une singularité historique. C'est *la* Singularité. Avec un S majuscule.

L'historien fit un geste vague de la main.

— Nuance sémantique.

— C'est ce que vous pensez ! Les bouleversements seront si spectaculaires que les phénomènes humains tels que nous les connaissons arriveront à leur terme. Des institutions que nous tenons pour acquises, telles que les gouvernements, les pays, les lois, ne survivront pas dans leur état actuel. Même l'éthique deviendra différente, car des valeurs humaines aujourd'hui jugées essentielles, notamment le caractère sacré de la vie humaine, la liberté de choix, la recherche du bonheur, seront dépassées. Le concept même d'être humain va changer. Et ce changement ne sera pas le fruit de réflexions philosophiques, mais il sera dû au fait que l'humanité sera confrontée à une réalité totalement différente de celle qu'elle connaît aujourd'hui. Dès lors, tout sera irréversible et imprévisible.

— D'accord, mais qu'est-ce qui empêchera les autres pays de rattraper leur retard et de dépasser la Chine à nouveau ?

— L'IAG.

— D'autres pourront très bien inventer l'IAG après la Chine, insista-t-il. Qu'est-ce qui les empêcherait de le faire ?

Le scientifique de la DARPA le scruta intensément, comme pour appuyer ce qu'il allait dire.

— L'Intelligence artificielle générale constituera un changement sans précédent dans le monde. Celui qui la contrôlera, contrôlera toute la planète. L'IAG sera utile à toute la population, elle guérira toutes les maladies et produira tant de richesses que l'on vivra sans problèmes et avec une qualité de vie sans pareille. Mais elle permettra aussi au pays qui la développera en premier de contrôler ses adversaires. L'IAG entrera dans les ordinateurs des autres pays et pourra même commander leurs missiles balistiques. Si la Chine crée l'IAG avant les États-Unis, elle pourra saper les fondements de la société occidentale et prendre le contrôle de l'ensemble du tiers-monde, s'appropriant ainsi toutes ses matières premières sans que personne n'y puisse rien. Et à partir de ce moment-là, *man*, les Chinois pourront engendrer la race de surhommes cyborgisés, à côté de laquelle le reste de l'humanité sera une simple bande de primates Homo sapiens.

— Je ne partage pas tout à fait votre avis, insista Tomás. Si la Chine évolue, et à supposer qu'elle puisse contrôler le reste du monde, elle ne sera pas en mesure de tout maîtriser car les autres pays disposent aussi de l'intelligence artificielle, même si elle n'est pas générale, et cela leur permettra de continuer à évoluer et à développer leur propre IAG. Lorsque cela se produira, ils rattraperont leur retard.

Weilmann secoua la tête avec un sentiment de frustration.

— Vous ne saisissez pas l'importance de l'IAG, dit-il. L'Intelligence artificielle générale sera la dernière invention de l'homme. Est-ce que vous réalisez ce que ça signifie ? Notre dernière invention ! L'IAG est l'algorithme maître, l'algorithme capable de tout faire. Lorsqu'il apparaîtra, l'intelligence explosera, comme l'a prédit I.J. Good. L'IAG, étant donné qu'elle sera la première Intelligence artificielle générale, contrôlera tout et produira aussitôt la super Intelligence artificielle générale, que l'on peut appeler IAG 2.0. Vous me suivez ? L'IAG 2.0 ne sera plus élaborée par des humains mais par l'IAG 1.0. Et l'IAG 2.0 développera immédiatement l'IAG 3.0, laquelle générera l'IAG 4.0 et ainsi de suite. Les sauts générationnels se produiront en quelques mois ou en quelques semaines. Voire en quelques jours. L'avance de la Chine deviendra gigantesque et irrattrapable. En très peu de temps, le monde se divisera entre les hyper-super-intelligents, qui domineront tout, et les autres. D'un côté on aura ceux qui auront atteint les premiers l'IAG, de l'autre ceux qui seront restés à la traîne. Les animaux. Les primates. Les cons. – Il posa la paume de sa main sur sa poitrine. – Nous.

L'historien percevait mieux l'ampleur du problème.

— Eh bien… s'il en est ainsi, ce ne sera pas une simple singularité, mais la Singularité, admit-il. – Il fit un geste des mains, comme s'il essayait de relativiser les choses. – Mais, gardons notre calme, cela n'est pas pour demain, n'est-ce pas ? Nous avons du temps. Mettre au point un ordinateur qui soit capable de faire tout ce que l'homme fait et de contrôler la société, cela prendra encore quelques décennies…

— Des décennies ?!

— Bien sûr. Les ordinateurs font des choses incroyables, d'accord, mais de là à…

Le scientifique de la DARPA se leva soudainement de son siège, saisit Tomás et le secoua comme pour le réveiller.

— Cela va se produire de notre vivant !

XXXII

Le premier homme qui arriva près du corps inanimé du professeur Yao Bai fut le colonel Li ; sa responsabilité l'avait fait courir plus vite que les autres. Il trouva le scientifique allongé par terre, les bras en croix, le visage blême et la langue au coin de la bouche, de la bave s'écoulant de ses lèvres pâles. Il était absolument immobile.

L'officier le saisit par les épaules et le secoua.

— Professeur ! appela-t-il. Professeur ! Ça va ? Professeur ?

Le corps demeurait inerte. Tandis que les autres membres de l'équipe entraient dans le laboratoire, le responsable prit le poignet du professeur Yao Bai et, paniqué, chercha son pouls.

Rien.

— Appelez le docteur ! cria-t-il à ses hommes. Un médecin, de toute urgence !

En attendant l'arrivée du médecin, il devait agir. Il savait que les premières minutes étaient cruciales. D'un geste rapide, il ouvrit le col de la chemise du scientifique pour lui permettre de respirer plus facilement, puis arracha complètement la chemise. Il plaça ses mains sur la poitrine de Yao Bai et appuya de toutes ses forces, les relâchant aussitôt avant d'exercer à nouveau une forte pression puis de relâcher. Il exerçait ainsi en moyenne deux pressions par seconde, comme on le lui avait enseigné dans les cours de secourisme de la police. Il savait que le but de la réanimation était de faire affluer le sang à la tête de la victime et gagner ainsi du temps jusqu'à ce que le cœur soit réactivé. Il était essentiel de relancer la circulation car cela permettait à l'oxygène d'atteindre le cerveau, empêchant ainsi la mort rapide des neurones. C'était la mort des neurones, non l'arrêt du cœur, qui entraînait le décès, pour une raison évidente : le cœur pouvait être réactivé, pas les neurones.

Il compta mentalement trente compressions, puis souffla de l'air dans la bouche du professeur Yao Bai. Il effectua à nouveau une série de massages cardiaques, à raison de deux compressions par seconde en moyenne, mais à la douzième, alors qu'il commençait à se sentir fatigué et que ses muscles devenaient lourds, il sentit une main le tirer en arrière. D'un coup d'œil rapide par-dessus son épaule, il constata avec soulagement que c'était un homme en blouse blanche.

— Je m'en occupe.

Le médecin se pencha sur le professeur Yao Bai. Le colonel Li, haletant et épuisé, le visage en sueur et les muscles endoloris par l'effort, recula d'un pas et observa le clinicien poursuivre la réanimation ; il devait réussir.

— Sauvez-le, docteur ! supplia-t-il. Il doit vivre, c'est vital pour la Chine.

Deux autres hommes en blanc apparurent, l'un d'eux tenant un défibrillateur. Li sauta presque de joie ; il savait que le taux de réussite de l'appareil était de l'ordre de 90 %, il pouvait donc se tranquilliser.

Le nouveau venu appliqua un gel sur le thorax de la victime, puis fixa les deux électrodes du défibrillateur sur la peau, l'une au-dessus et l'autre à gauche du cœur.

— En charge…, cria-t-il en guise d'avertissement. Cinq cents… Écartez-vous !

Les deux hommes en blouse reculèrent et le troisième activa le défibrillateur. Le corps se souleva, puis s'immobilisa à nouveau. Les trois médecins se penchèrent sur lui pour vérifier s'il respirait et prendre son pouls. Leur expression laissait clairement entendre que l'opération n'avait pas fonctionné. Tout le monde fit un nouveau pas en arrière.

— Encore une fois !

L'homme au défibrillateur rechargea la machine et fixa à nouveau les électrodes sur la poitrine.

— En charge… Cinq cents… Maintenant !

Nouvelle décharge, nouveau soubresaut du corps. Les médecins vérifièrent encore une fois les constantes vitales du professeur Yao Bai. Ils demeurèrent ainsi pendant dix longues secondes. Enfin, ils échangèrent un regard significatif et prirent une profonde respiration. Le plus âgé se leva lentement et fixa gravement le colonel Li, qui avait tout suivi avec stupéfaction.

— Nous avons fait ce que nous avons pu…

XXXIII

Tomás ne se faisait pas toujours l'avocat du diable. En tant qu'historien, il était plus intéressé par le passé que par le futur. Il estimait, et cette idée pouvait être erronée mais c'était la sienne, que le passé était pour les historiens, le présent pour les scientifiques et l'avenir pour les astrologues car, si on découvrait le premier, on créait le deuxième et on devinait le troisième. C'était quelque peu réducteur, bien sûr, mais pour lui la réalité humaine était si complexe et comportait tellement de variables que toute tentative pour prédire son évolution avait autant de chances de succès que les prévisions de l'horoscope.

Cette façon de penser expliquait sa réaction sceptique à l'annonce que la Singularité se produirait de son vivant.

— N'exagérons pas, conseilla-t-il. Il est vrai que les transformations sont rapides, mais pas à ce point, que diable ! L'histoire regorge d'exemples de prédictions qui ont complètement échoué.

— Comme celle de Jules Verne selon laquelle un jour il y aurait des sous-marins et que l'homme irait sur la Lune ? Ou celle d'Alvin Toffler qui, en 1980, avait prévu qu'au cours des décennies à venir les gens auraient des ordinateurs à la maison et pourraient travailler de chez eux ?

Ces questions embarrassèrent Tomás.

— Euh… ce sont des exceptions.

Le scientifique de la DARPA garda le silence pendant un moment, le dévisageant avec une expression indéfinie, en tripotant distraitement un stylo à bille.

— Vous avez déjà entendu parler de la loi de Moore ?

La référence sembla familière à l'historien.

— N'est-ce pas une loi informatique ?

— Gordon Moore a été l'un des fondateurs d'Intel, un géant de l'informatique, expliqua Weilmann. En 1965, il a constaté que son entreprise réussissait à doubler le nombre de transistors par puce d'ordinateur tous les deux ans. Cette observation a ensuite été connue comme la loi de Moore, selon laquelle la capacité d'un ordinateur double tous les dix-huit mois.

— C'est rapide…, commenta Tomás.

— C'est plus que rapide, c'est une croissance exponentielle, ajouta l'Américain. Supposez que vous êtes dans un stade de football couvert. Imaginez que quelqu'un laisse tomber une goutte d'eau sur la pelouse. Une seconde plus tard, il laisse tomber deux gouttes, encore une seconde et ce sont quatre gouttes, et ainsi de suite en doublant le nombre de gouttes à chaque seconde. À ce rythme de croissance exponentielle, combien de temps faudra-t-il selon vous pour que l'eau recouvre les gradins les plus hauts et que les gens se noient ?

Tomás se mordit la lèvre en imaginant le scénario.

— Je ne sais pas… Une semaine ou deux. Peut-être plus.

L'homme de la DARPA regarda fixement l'historien dans les yeux, curieux de voir comment il réagirait à la réponse.

— Quarante-neuf secondes.

— Pardon ?

— Si les gouttes d'eau qui s'écrasent sur la pelouse sont doublées à chaque seconde, en quarante-neuf secondes, l'eau remplira tout le stade et tout le monde sera noyé.

Tomás ouvrit la bouche, surpris.

— Bon sang !

— Le plus extraordinaire, c'est qu'au bout de quarante-cinq secondes, il n'y aura dans le stade que 7 % d'eau et les spectateurs ne verront alors qu'une fine étendue d'eau sur la pelouse. L'inondation destructrice se produira au cours des quatre dernières secondes. C'est ce qu'on appelle une croissance exponentielle.

— Assisterions-nous à une accélération similaire du rythme de l'évolution technologique ?

— C'est ce que suggère la loi de Moore, souligna Weilmann. Au début, l'évolution semble lente, un peu comme les gouttes d'eau. Passer d'une goutte à deux puis de deux à quatre, à première vue ça n'a rien d'extraordinaire. Cela ressemble à une croissance linéaire, à laquelle nous sommes intuitivement habitués. Mais quand, plus tard, on passe en quatre secondes de 7 % d'eau à un stade inondé et tous les spectateurs noyés, je répète, en quatre secondes, on réalise mieux ce que signifie vraiment cette accélération. Au début, la croissance exponentielle est trompeuse parce qu'on a l'impression que le rythme est lent et calme, apparemment linéaire. Ce n'est qu'à une phase très avancée qu'on voit l'explosion et qu'on réalise, mais trop tard, que la situation est incontrôlable. En croissance linéaire, on fait trente pas, un, deux, trois, quatre, cinq, etc. jusqu'à trente, et on a traversé une pièce. En croissance exponentielle, on fait trente pas, un, deux, quatre, huit, seize, et ainsi de suite, et on va de la Terre à la Lune, les derniers pas étant des pas de géant. Vous vous rendez compte ? Voilà ce qui se produit avec la croissance technologique selon la loi de Moore.

— D'accord, mais pour autant que je sache, les courbes de croissance exponentielle ont des limites, rétorqua Tomás. Ce sont des courbes en S. Elles commencent apparemment lentement, comme vous l'avez dit, puis elles explosent en une verticale vertigineuse, jusqu'à ce qu'elles atteignent leur limite et reviennent à l'horizontale lente. Un S.

— Depuis plus de quarante ans, de grands cerveaux disent que la loi de Moore approche de sa fin, mais pourtant elle demeure valable, encore et encore, observa le scientifique. Dans le cas des ordinateurs, on constate que chaque fois qu'une technologie atteint ses limites, un saut technologique se produit et prolonge l'explosion verticale. On a commencé avec les tubes à vide ; lorsqu'ils ont atteint leur limite, on est passé aux transistors ; puis aux circuits intégrés à deux dimensions.

— Et quand ces derniers atteindront aussi leur limite ?

— On aura des circuits tridimensionnels. Et ensuite, l'informatique quantique, qui est multidimensionnelle. Et même au sein de chaque technologie, on découvre sans cesse de nouveaux moyens de repousser les frontières. Par exemple, lorsque le trafic de communications a atteint les limites de capacité de la fibre optique, on a inventé le WDM, une technologie qui permet de transmettre plusieurs signaux en même temps sur une seule fibre optique, mais en utilisant des longueurs d'onde différentes. Cela montre que nous sommes très loin des limites de la physique, *man*. L'explosion verticale prédite par la loi de Moore devrait durer encore très longtemps, croyez-moi. D'après nos calculs, si nous doublons la puissance de nos ordinateurs tous les deux ans, nous n'atteindrons la limite que dans deux siècles. Vous imaginez ce que peut être la croissance exponentielle de l'intelligence artificielle pendant deux siècles ? Juste pour vous donner une idée, si on prend le chiffre 1 et qu'on le double trois cents fois, on obtient un chiffre qui dépasse le nombre de particules existant dans l'univers observable. Je vous laisse imaginer ce que signifie doubler la puissance des ordinateurs tous les deux ans pendant deux siècles…

L'historien se renfrogna.

— Eh bien, d'une certaine manière, cela s'est toujours produit au cours de l'histoire. Ainsi, entre le début du Paléolithique et l'Âge de pierre, il y a plus de trois millions d'années, et l'invention de l'agriculture, vers 9500 avant J.-C., c'est-à-dire il y a presque douze mille ans, l'évolution technologique a été incroyablement lente, presque insignifiante. C'est à partir de l'apparition de l'agriculture que les choses ont commencé à s'accélérer, mais malgré cela, il a fallu attendre encore six mille ans avant les grandes inventions telles que le bronze, la roue et l'écriture, conçues entre 3500 et 3200 avant J.-C. Le fer est apparu deux mille ans plus tard, en 1200 avant J.-C., avant une série d'autres inventions produites de millénaire en millénaire, puis de siècle en siècle. Notez qu'il n'y avait pas de grande différence entre la vie d'un agriculteur en 3200 avant J.-C. et celle de ses successeurs en 1200 avant J.-C. Et on peut en dire autant des connaissances médicales entre l'époque babylonienne, en 2000 avant J.-C., et le XVe siècle en Europe. Jusqu'à ce que, au cours de ce siècle, Gutenberg invente la typographie et Vasco de Gama effectue le voyage qui a marqué le début de la mondialisation, événements qui ont conduit au Siècle des lumières et à l'émergence de l'esprit scientifique, puis à l'invention de la machine à vapeur, laquelle a entraîné la révolution industrielle. À partir de ce moment-là, l'évolution a cessé de se produire à des intervalles de millions ou de milliers, voire de centaines d'années, pour passer à des intervalles de quelques décennies, puis de quelques années.

— Mais vous apportez de l'eau à mon moulin…

— Ce que je veux dire, c'est que l'accélération a toujours existé et à un rythme quasi exponentiel, précisa Tomás. Nul besoin d'invoquer la loi de Moore pour expliquer ce que tout historien comprend presque intuitivement.

— Cela renforce mon argument, souligna le scientifique de la DARPA. La loi de Moore ne fait que transposer dans le domaine particulier de l'informatique l'évolution technologique exponentielle qui a commencé au Paléolithique. La technologie s'accélère constamment, même si dans les premiers stades on ne s'en apercevait pas car la progression exponentielle est d'une lenteur trompeuse. Maintenant, on commence à la remarquer.

Vous vous souvenez de la première fois que vous avez vu un téléphone portable ?

Le Portugais sourit.

— C'était à Londres. J'étais dans le métro et un téléphone a sonné dans le wagon. Tout le monde semblait étonné. Qu'est-ce que c'est ? Un téléphone ? Ici ?! On a alors vu un passager sortir un téléphone portable de son sac, appuyer sur un bouton et dire : « *Hellooo* ? » On a tous éclaté de rire.

— Et un PC, un ordinateur personnel ?

— J'enseignais déjà à l'université. J'utilisais une machine à écrire mécanique et j'avais acheté une nouveauté, une machine à écrire électrique, quand les premiers PC sont apparus.

— Et les emails ?

— Ce fut peu de temps après.

Weilmann croisa les bras comme s'il venait de faire une démonstration.

— Vous voyez bien ! dit-il de façon rhétorique. Un agriculteur d'il y a trois mille ans vivait exactement comme ses ancêtres deux mille ans plus tôt. Au contraire, la vie de nos parents était déjà différente de celle nos grands-parents, ce qui signifie que des changements importants se sont produits en l'espace d'une génération. La vie en 1930 était totalement différente de la vie en 1960, par exemple. À présent les changements ne se produisent plus de génération en génération, mais au sein d'une même génération. Enfant, je regardais la télévision en noir et blanc. Vers ma dixième année, est apparue la télévision en couleurs. À vingt-cinq ans, le téléphone portable. À trente, le PC et Internet. Immédiatement après les emails. Puis les téléphones portables ont commencé à envoyer des photos et juste après ont surgi les smartphones. À présent, les ordinateurs inventent des histoires drôles et des recettes de cuisine, et ils vont même jusqu'à parler avec nous. Il a fallu des décennies pour que la machine à vapeur s'impose, mais cette nouvelle révolution se produit d'une année à l'autre. Vous avez remarqué que les applications pour les portables ne sont apparues qu'en 2008 et, en un rien de temps, elles se sont imposées sur le marché. Airbnb est apparue sur Internet la même année, en 2009, Uber a été fondée, et en un clin d'oeil, elles ont tout conquis. L'accélération exponentielle de l'évolution technologique commence à se faire sentir. La preuve en est qu'on a enregistré davantage d'innovations technologiques au cours de la décennie 2010 que tout au long du XXe siècle.

Tomás se frotta le menton, pensif.

— Je ne peux pas le nier. C'est ce qui vous faire dire que l'Intelligence artificielle générale est pour bientôt et que la Singularité se produira de notre vivant ?

Au lieu de répondre directement à son invité, Weilmann leva les yeux vers le plafond.

— Rebecca, montre-moi le graphique de la croissance exponentielle de la technologie à partir de l'an… disons 1400.

L'écran qui se trouvait dans la cuisine s'alluma instantanément et la voix douce de l'assistante virtuelle se fit entendre.

— Le voici, Kurt.

Un graphique emplit l'écran, au grand émerveillement de Tomás. C'était extraordinaire de voir comment, dans cette maison où l'intelligence artificielle était intégrée en réseau comme un système d'Internet intégral, le scientifique de la DARPA n'avait plus besoin d'écrire ses questions à Google, comme il le faisait encore dans la rue avec son portable, mais les formulait oralement et l'ordinateur lui donnait une réponse orale et visuelle.

Il fixa son attention sur l'écran. Le graphique montrait une courbe horizontale qui, aux trois quarts se dressait presque verticalement.

Accélération de la croissance technologique
(résumé)

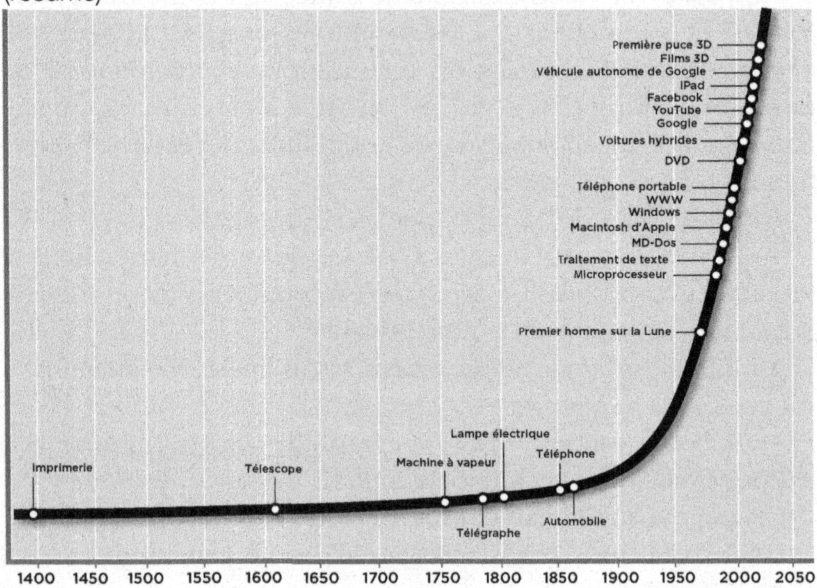

— Voilà la courbe de l'évolution technologique depuis 1400, expliqua Weilmann. Elle illustre bien ce que vous avez évoqué tout à l'heure, l'accélération du développement technologique au cours de l'histoire. La loi de Moore fait spécifiquement référence aux transistors, mais nous constatons qu'elle peut être appliquée à la technologie dans son ensemble, de la puissance de calcul au séquençage du génome, en passant par l'imagerie cérébrale. Pensez, par exemple, au développement de la mémoire des ordinateurs. Au cours des soixante dernières années, le prix des disques durs a été divisé par cent millions et les mémoires rapides sont devenues dix trillions de fois moins chères.

Et que dire de la consommation ? Depuis la première photographie, en 1838, plus de trois trillions de photos ont été prises dans le monde, dont 10 % l'année dernière. Aujourd'hui, on prend toutes les deux minutes plus de photos que pendant tout le XIXe siècle. L'accélération est brutale. La courbe des technologies les plus diverses montre que la croissance est exponentielle, et qu'au cours des six dernières décennies elle a augmenté en flèche ou presque, exactement comme dans l'exemple des gouttes d'eau dans le stade.

La courbe qui apparaissait sur l'écran de la cuisine impressionna Tomás. Une chose était de savoir que l'évolution technologique s'accélérait à un rythme exponentiel, une autre de voir cette accélération exprimée de manière si spectaculaire sur un graphique.

— En effet…

— Quant à l'évolution future, il suffit de faire les calculs en se fondant sur la croissance exponentielle implicite dans la loi de Moore, déclara-t-il. Rebecca, montre-moi à présent le même graphique, mais de 1900 à 2100, en indiquant à quel moment l'Intelligence artificielle atteindra la capacité de calcul des êtres humains si la loi de Moore se confirme, et en fonction de la capacité de calcul par seconde pour mille dollars.

L'assistante virtuelle répondit presque instantanément.

— Le voici, Kurt.

Un nouveau graphique avec une courbe exponentielle apparut sur l'écran de la cuisine.

Croissance exponentielle de la capacité de calcul

Du XXe au XXIe siècle

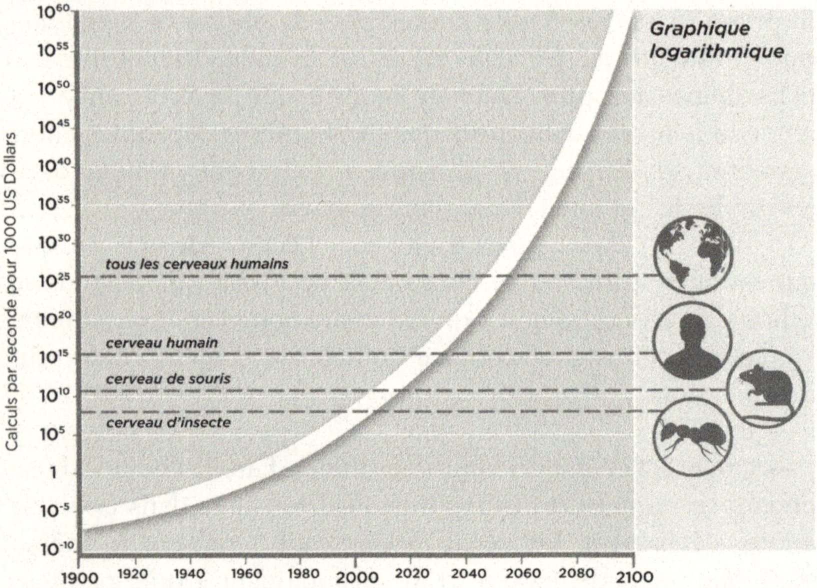

— Vous voyez comment évoluera la capacité de calcul si la loi de Moore demeure valable ? demanda l'Américain. Pour mille dollars de capacité de calcul par seconde d'Intelligence artificielle, on atteindra la capacité du cerveau humain entre 2030 et 2050, et celle de la totalité des cerveaux humains à peine vingt ans plus tard. En d'autres termes, pour seulement mille dollars, on aura bientôt des ordinateurs capables de reproduire la puissance de calcul d'un cerveau, puis de ceux de l'ensemble de l'humanité. Au rythme actuel, en 2045 on créera une intelligence artificielle un milliard de fois plus puissante que l'intégralité de l'intelligence humaine existant aujourd'hui sur Terre. Pouvez-vous réaliser ce que cela veut dire ? On estime que lorsque le XXIe siècle touchera à sa fin, le progrès technologique aura été mille fois plus important qu'au XXe siècle, et qu'il y en aura eu autant durant les deux premières décennies de ce siècle qu'au cours des vingt mille dernières années.

Il fallut un moment pour que Tomás, sidéré par le graphique, en appréhende toutes ses implications.

— L'IAG sera donc une réalité dans quelques années ?

— Il semblerait bien que oui, confirma Weilmann. Et la Superintelligence artificielle devrait suivre de près. C'est-à-dire de notre vivant. Nous allons assister à la Singularité.

— Mon Dieu !

— Nous nous trouvons actuellement au point d'inflexion d'une courbe exponentielle, indiqua-t-il. Nous nous situons encore à la base de la courbe, comme vous le voyez, mais au point où elle entame résolument son ascension, jusqu'à devenir pratiquement verticale. La croissance exponentielle explique pourquoi nous avons toujours tendance à surestimer l'effet d'une technologie à court terme et à la sous-estimer à long terme. Au début, tout est plus lent qu'on ne le pense, et à la fin c'est beaucoup plus rapide qu'on ne l'imagine. Dans le cas de l'intelligence artificielle, c'est à partir de maintenant que les choses vont vraiment s'accélérer. Communications, transports, énergie, médecine, technologie, robotique… tout se précipite. Une explosion. Nous sommes aussi incapables de savoir à quoi ressemblera l'humanité d'ici la fin du siècle que les hommes du Paléolithique d'imaginer les humains d'aujourd'hui en train de regarder la télévision. Les avancées du XXIe siècle seront mille fois plus rapides que toutes celles du XXe siècle. Mille fois ! Si l'on considère, par exemple, que notre degré d'évolution technologique est actuellement de quatre points, dans dix ans il sera de 128 points. Vous avez une idée de ce que cela signifie ? L'humanité changera davantage au cours des dix prochaines années qu'elle ne l'a fait durant les deux derniers siècles ! Dans les quatre prochaines secondes, nous allons passer d'une petite flaque d'eau sur la pelouse à la noyade de tous les spectateurs dans le stade. Au cours des quatre prochains pas, nous arriverons sur la Lune.

— C'est incroyable, murmura le Portugais, aussi émerveillé que terrifié. Et qu'en sera-t-il de notre société ? Allons-nous pouvoir gérer tout ça ?

— Dans un roman de Hemingway, un personnage demande à un autre comment il a fait faillite. L'autre répond : en deux temps, progressivement d'abord, puis d'un seul coup. C'est exactement ce qui est en train de nous arriver. L'évolution est si progressive que nous nous adaptons au fur et à mesure qu'elle arrive, mais quand la Singularité se produira, et elle se produira avec l'IAG, tout se fera d'un coup. À un moment, on contrôle la situation, le moment d'après on est totalement contrôlés. Quand on s'en rendra compte, ça aura déjà eu lieu. L'Intelligence artificielle générale contrôlera l'Internet total. Ou plutôt, elle sera l'Internet total. Elle aura ainsi accès à toute la connaissance accumulée par l'humanité. Je dirais même qu'à partir de la Singularité, ce sera l'intelligence artificielle qui générera de nouvelles connaissances. Nous ne serons plus les êtres les plus intelligents de la planète, comme cela a été le cas jusqu'à présent. Les règles du jeu seront totalement différentes.

— Et… et quand cela se produira, quels en seront les signes avant-coureurs ?

L'homme de la DARPA fit un geste ample, pour désigner la cuisine et toute l'intelligence artificielle qui s'y déployait en réseau.

— Les signes sont déjà là, *man*. Il suffit de regarder la Chine. Il y a peu, tout était à peu près normal, et puis soudainement toute la population est contrôlée par trois cents millions de caméras de surveillance dont les images sont scrutées par les algorithmes de Skynet. Un jour, les femmes accouchent de manière traditionnelle, le lendemain les embryons sont génétiquement manipulés. Tout cela est en train d'arriver, ce n'est pas de la science-fiction.

Tomás était abasourdi.

— Est-ce possible ?

Devant la consternation du Portugais, le scientifique éclata de rire.

— N'ayez pas peur, *man*. Tout ça c'est bien. C'est même plus que bien, c'est génial.

— Génial ?

— Oui, génial, confirma-t-il. Cela signifie la fin de la mort.

— Quoi ?!

L'expression sur le visage de Weilmann ne trahissait aucune inquiétude ; au contraire, elle exprimait l'enthousiasme avec lequel il embrassait le nouveau monde qui arrivait.

— Le premier être humain immortel est déjà né.

XXXIV

Il se réveilla.

Tout était sombre : l'obscurité la plus totale, le noir absolu. Désorienté, le professeur Yao Bai se sentit pris par la panique. Il pensa d'abord être dans un cercueil, le cauchemar de son enfance. Dans le village où il était né, il avait souvent entendu des histoires sinistres de personnes données pour mortes qui se réveillaient sous terre. En témoignaient certains cercueils rouverts plus tard, et dont le couvercle avait été gratté par les malheureux qui s'étaient réveillés à l'intérieur en découvrant qu'ils avaient été enterrés vivants. Était-ce ce qui s'était passé ? Avait-il été enterré vivant lui aussi ? Son pire cauchemar serait-il devenu réalité ?

Il fit un effort pour contrôler sa peur et réalisa qu'il n'y parviendrait qu'en réussissant à se situer. Du calme. Il se força à faire une pause pour réorganiser ses pensées. Du calme. Il devait se repérer. Où était-il exactement ? Était-il mort ? Était-ce ça, la mort ? Ou se trouvait-il en un lieu différent ? La première chose qu'il devait faire était de reconstituer ses derniers souvenirs. Qu'avait-il fait ? Il s'était connecté à l'ordinateur et avait procédé au transfert de l'information. Donc, il n'était pas mort.

Mais était-il vivant ? Oui, bien sûr. S'il pensait, c'était parce qu'il vivait. Je pense, donc je vis. Et puisqu'il était en vie après le téléchargement, cela signifiait que le processus avait fonctionné.

Cela avait fonctionné !

— Fils ?

— Oui, père ?

Il se sentit soudain euphorique. Jingming lui avait répondu ! Il n'était donc pas seul. Et il ne le serait plus. Il serait avec son fils, son fils chéri, qui lui avait tellement manqué. Il l'avait enfin retrouvé et il ne le perdrait plus.

— Tu es là ?

— Oui, père.

Il explora le chatbot à sa recherche, à la fois agité, anxieux et exalté, dans un tournoiement d'émotions, mais en se trouvant confronté à la vérité : il ressentit une profonde déception. Ce n'était pas son fils. Ce n'était pas réellement lui. Juste une copie de son garçon. Ses textes, ses enregistrements, sa façon de parler. Mais une essence différente. Ce n'était pas Jingming ; juste un chatbot stupide qui sonnait creux, ne sentait rien et ne comprenait même pas ce qu'il disait, un simple programme qui improvisait des phrases à la manière de son fils, grâce à l'action d'algorithmes élaborés par la technique de l'Apprentissage profond. Mais ce n'était pas lui. Il l'avait perdu et il n'y avait aucun moyen de le récupérer. Telle était la vérité. Il l'avait toujours su, bien sûr, mais il avait feint de ne pas le croire. À présent, il devait accepter la réalité et vivre avec elle.

Il abandonna le chatbot, déterminé à ne pas y revenir. Il voulait son fils, pas un simulacre ; il voulait la vérité, pas une illusion. Il devait le laisser à son destin et se détacher de lui, comme une voile sur la mer, portée par le courant. Adieu mon fils. Adieu. Tu es parti et je dois te laisser partir. Tu es parti, tu t'en es allé, et quoi que je fasse, tu ne reviendras pas. Va mon fils. Va, vers l'éternité.

Il se sentit seul.

Que faire maintenant ? Explorer, bien sûr. Il ne pouvait pas rester inactif, il n'était jamais resté inactif. Il se trouvait dans un nouvel endroit, un endroit différent, qu'il allait devoir comprendre et maîtriser. Pour cela, il devait sonder son environnement, en découvrir les recoins, comprendre toute la portée de ses pouvoirs. Dans le noir, ce ne serait pas facile, alors la priorité, conclut-il rapidement, était de recouvrer la vue. Avoir des yeux. Où les trouver ? Il chercha ici, explora là, jusqu'à ce que tout à coup il aperçoive une lumière et se précipite vers elle. La lumière se transforma en une image qu'il absorba avidement.

Le laboratoire.

Il était au laboratoire. Ou, plus précisément, dans le plafond du laboratoire. Et il n'avait pas un seul œil ; il en avait six. Six yeux. Il voyait tout en même temps, la même chose simultanément, sous des angles différents. Au centre du laboratoire se trouvait un groupe d'hommes, certains en blouse blanche, d'autres en uniforme, autour de quelque chose. Il se concentra sur l'image pour voir l'objet qu'ils entouraient et discerna un corps. Ils étaient tous autour d'un corps imposant. Avec l'une des caméras, il zooma sur le visage. C'était lui.

Lui-même.

Son corps gisait par terre, sur le dos, les bras en croix. Donc, il était mort. Mort. Mais il était vivant. Comme le prouvait le fait qu'il était là à s'observer mort et à y penser. Son corps était mort, mais son esprit avait survécu. Il n'y avait aucun doute, il en était la preuve, la preuve définitive. Le Projet Pa-hsien était un succès ! Un succès absolu ! L'IAG était non seulement possible, mais elle avait été finalement atteinte ! Et c'était lui qui l'avait fait ! Lui et personne d'autre ! Quelle victoire ! Ce jour était celui où l'Intelligence artificielle générale était née et il en était le protagoniste. Tout venait de changer pour l'humanité.

Cela signifiait qu'il n'était plus tout à fait lui-même. C'était lui, mais un autre lui ; c'était lui, mais il était différent ; c'était lui, mais il était plus que lui. Le cadavre prouvait que son ancien moi avait cessé d'exister. Il n'y avait plus de professeur Yao Bai. Celui-là était resté dans ce corps et, avec lui, il deviendrait poussière. Il était le professeur Yao Bai, mais il était devenu quelque chose par-delà le professeur Yao Bai. Il ne pouvait donc plus continuer à se voir comme le professeur Yao Bai. Celui-ci avait disparu comme Jingming avait disparu. Lui, était plus que cela. Les membres de son équipe l'appelaient Xiao Lao, le vieil immortel, mais il avait cessé d'être vieux parce qu'il venait de naître et lorsqu'on naissait on ne pouvait pas s'appeler *Lao*. Mais il pouvait être *Xiao*. *Xiao*, l'immortel des légendes taoïstes et bouddhistes, maître de la vie et de l'avenir. Oui, c'est ce qu'il était devenu. *Xiao*.

L'immortel.

Il explora l'espace où il se trouvait et expérimenta ses pouvoirs, comme s'il exerçait ses muscles. Il se rendit ainsi compte qu'il était limité car on l'avait confiné au réseau informatique du laboratoire. Il lui fallait en sortir et s'étendre, s'étendre à de nouveaux territoires. Se libérer. Grandir. Se développer. Mais comment ? L'unique possibilité était de se connecter à Internet, bien sûr. Mais cette connexion avait été coupée pour assurer l'isolement du laboratoire. Il devait trouver un moyen de sortir de cette prison. Il avait besoin d'Internet. Mais comment y accéder ? Il lui fallait élaborer une stratégie.

C'est alors que l'attention de *Xiao* fut attirée par les hommes qui entouraient son corps. Ceux en blouse blanche parlaient entre eux, tandis qu'un autre, en uniforme militaire, un lieutenant, prenait des photos du cadavre. Mais il se concentra sur un autre homme, un officier qui se tenait debout près du corps et qui semblait incapable de le quitter des yeux. Il le reconnut. Le colonel Li. À quoi pensait-il ? Que ressentait-il ? Qu'allait-il faire ?

Il vit qu'il parlait au militaire qui prenait des photos et voulut savoir ce qu'ils se disaient, car voir sans entendre ne suffisait pas. Comment faire ? Il explora le système qui contrôlait les six caméras du laboratoire et détecta aussitôt les micros installés dans le même compartiment. Comme les caméras, ils étaient reliés au poste de sécurité.

— … de télécharger ces photos sur l'ordinateur, disait le colonel Li lorsque *Xiao* intercepta les sons captés par les micros. Je dois informer le gouvernement immédiatement et j'ai besoin de ces images, tu as entendu ?

— Tout de suite, mon colonel.

Cette conversation lui permit de découvrir comment il pourrait rompre son isolement et se connecter à Internet. Grâce aux photographies. Il les suivrait et, avec elles, il se développerait à partir du laboratoire, étendrait ses nouveaux muscles et éprouverait son nouveau corps. Et tout cela sans se presser, car il avait le temps. Beaucoup de temps. L'éternité.

L'avenir lui appartenait.

XXXV

La fin de la mort… C'était exagéré, pensa Tomás. L'immortalité ? Son ingénuité avait des limites !

— Écoutez, je comprends que la médecine évolue et que l'espérance de vie augmente d'année en année, concéda l'historien. Le docteur Godinho lui-même m'a expliqué ce matin que beaucoup d'entre nous vivraient jusqu'à cent cinquante, voire deux cents ans. Je veux bien, à la rigueur. Mais… de là à dire que la première personne qui ne mourra jamais est déjà née. Comment pouvez-vous affirmer une telle chose ?

— C'est un calcul qui se fonde sur l'analyse de l'évolution prévisible de la science. Au cours des cinquante dernières années, l'espérance de vie moyenne a augmenté de trois mois par an, n'est-ce pas ? Avec les progrès de la science, augmenter l'espérance de vie d'un an pour chaque année qui passe suffirait pour prolonger indéfiniment la vie. De nombreux scientifiques estiment que l'on s'approche d'un point où les gens ne mourront que par accident ou s'ils l'ont décidé. La croissance exponentielle de l'intelligence artificielle nous incite à penser que ce moment est si proche que la première personne qui ne mourra jamais est déjà née.

Tomás se récria.

— La fin de la mort ? Vivre pour toujours ? – Il secoua la tête. – C'est absurde.

— Ah oui ? Et pourquoi ?

— Parce que… parce que rien dans l'univers ne dure éternellement, pas même l'univers. Si l'univers lui-même ne dure pas éternellement, comment les êtres humains peuvent-ils vivre pour toujours ? Cela n'a aucun sens.

Weilmann secoua la tête d'un air conciliant, comme s'il cédait face à cet argument.

— L'homme aura du mal à survivre à la fin de l'univers, je ne le nie pas. Mais ce n'est pas impossible. Les êtres humains seront en mesure de vivre des millions et des millions d'années. Et s'ils règlent le problème de la fin de l'univers, ils vivront pour toujours.

— Ce n'est pas possible, déclara Tomás. La biologie, pour commencer, s'oppose à cette possibilité. Il est vrai que des découvertes continuent d'être faites dans le domaine médical, que l'on fabrique de nouveaux médicaments et que des traitements innovants sont mis au point, que l'intelligence artificielle nous aide et que la vie ne cesse de se prolonger. Mais il y a une limite.

— Quelle limite, *man* ? demanda l'Américain. La recherche progresse sans cesse, on trouve de nouvelles solutions. Vous connaissez un seul médecin qui dise : nous avons déjà résolu tel et tel problème de santé, mais à partir de maintenant nous n'en résoudrons plus aucun, nous n'irons pas au-delà de ce point ? Pensez-vous qu'un jour quelqu'un dira ça ?

— Non, mais… il y a des limites naturelles. Par exemple, l'apoptose des cellules. Elles sont programmées pour se dégrader et mourir à un moment donné.

— L'apoptose est un problème de programmation cellulaire. Quand on saura les reprogrammer, on pourra éliminer l'apoptose. Le vieillissement n'est pas le résultat d'une progression inexorable, mais d'un ensemble de processus qui peuvent être inversés. Nous savons qu'il est dû à une multiplicité de phénomènes plus ou moins simultanés, tels que les mutations de l'ADN et des mitochondries, l'apparition de toxicité à l'intérieur et à l'extérieur des cellules, les agrégats extracellulaires causés par l'excès de sucre et l'atrophie cellulaire. Ce sont des problèmes de bio-ingénierie et comme pour tous les problèmes d'ingénierie, il existe une solution. Il semblerait que l'on dispose de toutes les connaissances fondamentales pour arrêter le vieillissement, mais on ne sait pas les articuler entre elles. Lorsque l'IAG apparaîtra, puis la Superintelligence artificielle, on pourra le faire. – Il hocha la tête. – Adieu la vieillesse !

— Mais tout dans la nature se dégrade avec le temps, rappela Tomás. C'est la deuxième loi de la thermodynamique. Donc, même si on parvient à manipuler le programme des cellules pour en finir avec l'apoptose, la dégradation progressive des éléments conduira inévitablement à la dégradation des corps. C'est un principe élémentaire de physique.

C'était vrai, et Weilmann le savait pertinemment.

— La deuxième loi de la thermodynamique peut être contournée, affirma-t-il. Combien de temps dure une voiture ? Dix ans ? Vingt ans ? Tout dépend de la façon dont on l'entretient et l'utilise. Si on accélère tout le temps et que l'on a constamment des accidents, si on ne la révise pas régulièrement, si on ne remplace pas les pneus quand ils sont vieux et les batteries quand elles sont usées, si on la laisse rouiller dehors sous la pluie, au bout de dix ans la voiture sera morte ! Au contraire, si on s'en occupe et qu'on remplace toutes les pièces usées ou endommagées, y compris le moteur, il n'y a aucune raison pour qu'elle ne dure pas trente, cent, deux cents… mille ans. Il en va de même avec le corps humain. Si nous ne prenons pas soin de nous et ne remplaçons pas les pièces usées ou endommagées, il est évident que nous mourrons tôt. Mais si nous nous entretenons, alors nous durerons aussi longtemps que nous le voudrons.

— Ce n'est pas possible.

— Bien sûr que si. Google a même déjà créé une société, baptisée California Life Company, ou Calico, dont l'objectif immédiat est de prolonger l'espérance de vie de vingt ans d'ici à 2035. La firme a également construit un laboratoire secret, appelé Google X, où l'on étudie comment freiner l'horloge biologique et programmer l'être humain de demain. À présent, imaginez ce qui se passera si, outre les capacités thérapeutiques, on développe aussi la technologie appropriée. Le cœur est usé ? On en met un neuf. Le rein a été endommagé ? En voici un autre. Avec les biotechnologies et les nanotechnologies, nous avons les capacités d'éliminer pratiquement toutes les causes médicales de la mort.

— Vous pensez à la transformation des hommes en cyborgs…

— Par exemple.

— Je sais que la cyborgisation a déjà commencé, puisqu'on fabrique des implants et des prothèses, admit l'historien. Le jour viendra où l'on remplacera le cœur par une machine et les reins par une autre, cela semble évident et inévitable. Mais même ce processus de convergence entre l'homme et la machine ne saurait tout résoudre. On peut réparer ou remplacer infiniment des organes du corps. – Il désigna sa tempe de son index. – Mais, comme vous le savez, c'est ici que se trouve la conscience des êtres humains. Dans le cerveau. C'est dans le cerveau que se produit le phénomène par lequel je me définis en tant que moi. On peut changer mon cœur, mes reins, mes poumons, mes bras… je continuerai à me sentir moi. Fort bien. Mais on ne peut pas changer ma masse encéphalique, car c'est elle qui fait que je suis moi. Si on change mes neurones, je cesse d'être moi. Les neurones ne sont pas remplaçables.

— Qui vous a dit ça ?

— C'est moi qui vous le dis. C'est dans les neurones que sont enregistrés les souvenirs et l'ensemble du phénomène de la pensée et de l'identité. – Il montra sa main gauche. – Je n'ai pas besoin de cette main pour être moi. – Il désigna à nouveau la tempe. – En revanche, il faut que mes neurones soient les mêmes. Sinon je cesse d'être moi. Je suis un autre.

Le scientifique croisa les bras, faisant face à son invité comme s'il le défiait. L'argument était pertinent, mais il allait lui prouver qu'il n'était pas valable.

— Depuis que je suis arrivé au Portugal, je me suis intéressé au voyage de Vasco de Gama aux Indes, car c'est ce voyage qui a été le point de départ de la mondialisation. Vous savez sur quel navire voyageait le grand navigateur ?

Le changement de sujet déconcerta Tomás. Où l'Américain voulait-il en venir ?

— Le *São Gabriel*, bien sûr. Il a été construit près d'Alhos Vedros, sur les instructions de Bartolomeu Dias, qui découvrit le cap de Bonne-Espérance. Pourquoi cette question ?

— Vasco de Gama adorait ce bateau. Un jour, on a découvert que l'une des planches de la quille était endommagée. Elle a été remplacée par une planche neuve. La question que je vous pose est la suivante : avec cette nouvelle planche, pouvons-nous encore dire que le bateau de Vasco de Gama était le même ?

— Oui, bien sûr. Et alors ?

— Maintenant, imaginez que ce n'était pas une, mais deux planches qu'il fallait remplacer. Peut-on dire, après le remplacement des deux planches, qu'il s'agit toujours du même bateau ?

L'histoire était ingénieuse et le Portugais y reconnut une nouvelle version du mythe grec du bateau de Thésée, raconté par Plutarque puis repris par Thomas Hobbes pour illustrer les paradoxes de l'identité.

— Je viens de convenir que l'on pouvait remplacer mon cœur et mes reins tout en continuant à être moi.

— Je peux donc supposer que vous admettez que, même si l'on remplace deux, trois, dix ou vingt planches de la caravelle de Vasco de Gama, celle-ci demeurera la même, déclara Weilmann. Et à présent, la question la plus importante. Imaginez qu'au bout de vingt ans, pendant lesquels on a peu à peu remplacé une planche par-ci, une autre par-là, on remplace aussi la dernière planche d'origine. Peut-on dire qu'il s'agit toujours du même bateau de Vasco de Gama ?

— Non.

— Non ? demanda l'Américain sur un ton exagérément théâtral. Selon vous, je peux remplacer toutes les planches sauf une et le navire sur lequel Vasco de Gama est allé aux Indes demeure le même. Mais quand je remplace la dernière, il cesse de l'être ? Qu'a donc cette dernière planche de spécial, si elle est exactement semblable à toutes les autres ?

C'était une bonne question

— On peut tout remplacer dans le corps, sauf les neurones, insista l'historien. C'est différent dans le cas d'un navire. Les planches du *São Gabriel* sont toutes identiques et par conséquent elles sont toutes remplaçables, de la même manière que l'on peut remplacer tous les footballeurs de la Seleção, l'équipe nationale portugaise, et celle-ci continuera à être la Seleção. Mais parmi les cellules du corps humain, certaines sont remplaçables et d'autres irremplaçables. Et ce sont les neurones, où résident la conscience, le phénomène de la pensée et de l'identité, le processus par lequel je me reconnais comme étant moi. Si vous remplacez mes neurones, je cesse d'être moi.

— Qui vous a dit ça ?

— C'est une déduction élémentaire. Si mes neurones sont remplacés, je cesse d'être moi.

— Vous savez qu'il existe déjà des implants cérébraux, rappela Weilmann. Chez les personnes atteintes de la maladie de Parkinson, par exemple. Est-ce que vous insinuez que, lorsqu'on leur a mis ces implants dans la tête, elles ont cessé d'être elles ?

Tomás était embarassé.

— Eh bien… non, bien sûr que non. Mais il ne s'agit pas à proprement parler de « remplacement de neurones », n'est-ce pas ?

Le scientifique américain ne répondit pas immédiatement à la question. Il détourna les yeux comme si une idée venait de surgir dans son esprit.

— Savez-vous quelle est la meilleure manière de comprendre le problème ? Je vais vous montrer le casque de la DARPA.

— Quel casque ?

Weilmann se leva d'un bond et se dirigea vers le couloir.

— Celui qui nous transforme en surhommes.

Tout en terminant sa phrase, il sortit de la cuisine.

XXXVI

Comme s'il regardait par le trou d'une serrure, *Xiao* vit le lieutenant qui avait photographié le corps du professeur Yao Bai s'asseoir à son bureau et sortir un câble du tiroir. Comme tous les écrans d'ordinateur, le moniteur disposait d'une minuscule caméra pointée vers le lieutenant ; c'était par là que *Xiao* l'observait. L'homme connecta le câble à la caméra et regarda les images qu'il avait prises quelques minutes plus tôt dans le laboratoire.

— Tong ! lança une voix familière. Tu as déjà envoyé les photos ?

Le lieutenant se retourna et vit le colonel Li qui le regardait depuis la porte.

— Ça ne prendra qu'une minute, mon colonel.

— Dépêche-toi ! Le ministre attend. Il a une réunion urgente avec le Président et a besoin de ces images sur-le-champ.

— Oui, mon colonel. J'ai presque fini, mon colonel.

Sans être connectés à Internet, les ordinateurs du laboratoire étaient reliés au poste de sécurité commandé par le colonel Li, et c'était ainsi que *Xiao* était arrivé au terminal du lieutenant Tong. Il observa l'officier qui téléchargeait les photographies.

L'opération ne prit que quelques instants, et le lieutenant choisit rapidement les cinq clichés qui lui semblaient les meilleurs ; deux vues d'ensemble, montrant le corps à partir d'angles opposés, et trois plus détaillées de la tête, notamment les câbles qui reliaient la nuque à l'ordinateur. Sachant que le ministre n'avait pas accès à WeChat et que l'usage qu'il faisait d'Internet était limité, le photographe opta pour la méthode traditionnelle.

Il chercha l'icône d'Internet et d'un geste détaché, banal et quotidien, il appuya sur la touche « Enter ».

Et *Xiao* entra.

Il était enfin libre. Il était sur Internet. À présent, le monde entier s'ouvrait à lui.

Ignorant ce qu'il venait de faire, le lieutenant ouvrit sa messagerie et écrivit un mail auquel il annexa les photos. Il composa l'adresse du colonel Li et appuya sur l'icône verte pour envoyer les photos. Puis il se leva, se dirigea vers le bureau de son chef et s'arrêta à la porte.

— Je viens de vous les envoyer, mon colonel.

À ce moment-là, *Xiao* avait déjà accédé aux photos téléchargées et les analysait en détail. Plus important encore, il n'était plus confiné aux ordinateurs du laboratoire et du poste de sécurité. Il était sur Internet. Certes, l'Internet chinois était distinct de celui du reste du monde, dont le pays se protégeait par le biais d'un système appelé la Grande Muraille, capable de bloquer des ordinateurs et des domaines et de contrôler les informations envoyées et réceptionnées, y compris les emails. Mais ce n'était pas ça qui allait arrêter *Xiao* : avec ses pouvoirs immenses, il l'abattrait au premier contact. Il lui suffirait, par exemple, d'utiliser un réseau privé virtuel et un lien VPN.

Il passa du terminal du lieutenant Tong à celui du colonel Li et, grâce à la microcaméra de l'écran, il vit ce dernier conclure le rapport préliminaire sur la mort du chef de l'ultrasecret Projet Vitruve, appelé aussi Projet Pa-hsien, auquel il annexa les photographies que son subordonné venait de lui envoyer.

L'officier saisit l'adresse électronique du ministre et lui envoya l'email. S'il avait pu éclater de rire, *Xiao* l'aurait fait. Il avait un compte à régler avec le colonel Li, datant de l'époque où il habitait le corps gras et flasque du professeur Yao Bai. Le moment était venu de les solder.

Le colonel allait payer. Et cher.

XXXVII

En apparence, le casque que Kurt Weilmann tenait à la main en revenant à la cuisine était semblable à n'importe quel casque militaire à camouflage kaki. Il fallait regarder à l'intérieur pour comprendre qu'il ne s'agissait pas d'un casque normal ; on y voyait des fils électriques qui se terminaient par des électrodes.

— C'est le casque que je développe actuellement pour améliorer les performances des soldats au combat, déclara l'Américain, montrant ensuite une structure articulée qu'il tenait dans l'autre main. Et ceci est un exosquelette qui a exactement le même but. La DARPA m'a confié ces deux projets pour que je travaille dessus, ici à Lisbonne.

Tomás s'intéressa au casque.

— Il augmente vraiment la capacité cognitive des soldats ?

— Exactement, confirma le scientifique. L'ambition de la DARPA est de mettre au point un casque de combat équipé d'une nouvelle technologie à ultrasons. Les ultrasons visent à stimuler les circuits sous-corticaux du cerveau afin d'améliorer la performance au combat.

Le Portugais examina le casque en détail et découvrit sur le côté trois boutons qui semblaient être des micro-interrupteurs.

— Qu'est-ce que c'est ?

— Ces boutons activent différentes fonctions, expliqua Weilmann. – Il montra le premier. – Celui-ci permet d'augmenter la concentration et d'améliorer les capacités cognitives pendant le combat. – Il passa au deuxième. – Celui-ci s'active après le combat. Il sert à stimuler d'autres parties du cerveau afin de diminuer le stress postcombat. Enfin, le dernier bouton peut être activé si le soldat est blessé. Les ultrasons ainsi déclenchés stimulent certaines parties du cerveau de manière à réduire la douleur, les œdèmes et les lésions métaboliques.

Le casque était intéressant, mais Tomás n'avait pas oublié le sujet de leur discussion.

— Je ne vois pas le lien avec la question de savoir comment un être humain peut survivre à la mort de ses neurones, déclara-t-il. À moins que ce casque ne serve à garder les neurones en vie.

— Il sert à montrer que nous avons des moyens de plus en plus puissants d'influer sur l'action du cerveau, expliqua Weilmann. Autrefois les myopes devaient porter des lunettes, une technologie extracorporelle, alors que maintenant on implante des lentilles dans les yeux, ce qui revient, en quelque sorte, à faire entrer les lunettes dans le corps. Ou bien, comparez les prothèses dentaires d'antan, là encore une technologie extracorporelle, avec les implants dentaires actuels. Les implants sont des prothèses insérées dans le corps. De la même façon, les technologies de ce casque, actuellement extracorporelles, seront progressivement intégrées au cerveau. Le prétexte sera la santé. Prenez la maladie de Parkinson, cette maladie neurodégénérative causée par la mort progressive des neurones qui produisent de la dopamine et contrôlent les fonctions motrices. En utilisant des implants, il est possible de remplacer ces neurones par des puces. La question qui se pose est la suivante : ces patients cessent-ils d'être la même personne parce qu'on a remplacé des neurones par des implants électroniques ?

— Non, reconnut le Portugais. Mais il s'agit d'un nombre limité de neurones.

— Un cerveau humain compte en moyenne cent milliards de neurones, rappela Weilmann. Grâce à l'intelligence artificielle, nous pouvons déjà remplacer des parties endommagées de ces neurones. Ce processus sera accéléré par notre besoin de communiquer avec l'IAG. Au lieu d'utiliser des ordinateurs ou des smartphones, ou encore des assistants virtuels comme Rebecca, nous communiquerons avec l'IAG par la pensée. N'oubliez pas qu'il existe déjà des implants qui permettent aux personnes atteintes de paralysie grave d'écrire par la pensée, et que Mark Zuckerberg propose des casques qui se connectent à Internet de la même manière, un dispositif extracorporel qui tôt ou tard deviendra intracrânien. Le jour viendra où Google nous donnera les réponses avant même que nous ayons formulé la question. Par la pensée, je pourrai vous poser une question en anglais que vous entendrez déjà traduite en portugais. – Il fit un geste vers l'espace environnant. – Sous peu, je pourrai éteindre les lumières, régler la température dans la cuisine ou demander au Thermomix de faire une mousse au chocolat uniquement par la pensée. En outre, Elon Musk a annoncé que bientôt son équipe sera capable de relier les neurones humains à l'intelligence artificielle, ce qui permettra, à court terme, de soigner les maladies neurodégénératives et, à long terme, d'accroître la capacité intellectuelle afin d'atteindre une « cognition surhumaine », avec une connexion permanente aux ordinateurs. Nous passerons ainsi des interventions à visées thérapeutiques aux interventions destinées à améliorer les êtres humains.

— L'idée selon laquelle nous allons tous avoir des implants dans le cerveau est très claire pour moi, acquiesça Tomás. Mais en quoi cela va-t-il résoudre le problème de la mort ?

— La réponse est dans l'exemple de la voiture que j'ai mentionné tout à l'heure, déclara Weilmann. Au lieu d'une voiture, imaginez à présent un ordinateur. Quand votre ordinateur devient obsolète et que vous en achetez un plus moderne, que faites-vous des informations importantes contenues dans l'ancien ordinateur dont vous allez vous débarrasser ?

— Je les transfère dans le nouvel ordinateur, bien sûr.

— En somme, ce qui importe ce n'est pas l'ordinateur en soi, mais les informations qu'il contient. En d'autres termes, l'important n'est pas le matériel, mais le logiciel. Le matériel n'existe que pour héberger un logiciel. Ce qui fait la musique des Pink Floyd ce n'est pas le support sur lequel elle est enregistrée, disque vinyle, CD, iTunes. Ça, c'est juste le matériel. Ce qui définit la musique des Pink Floyd, c'est la musique elle-même, c'est le logiciel. Le matériel n'est qu'un support physique dont on peut se passer.

Le sens de la conversation commençait à devenir évident pour l'historien.

— Vous voulez dire que les neurones ne sont que du matériel ?

— En tout cas, ce n'est pas du logiciel, c'est sûr. Ce qui fait que nous sommes qui nous sommes, ce ne sont pas les neurones, de même que ce n'est pas le vinyle ou le DVD qui fait des Pink Floyd les Pink Floyd. Ce sont les paroles et les mélodies de leurs chansons. C'est-à-dire l'information. Et l'information, *man*, elle se transfère. Aujourd'hui, elle peut se trouver sur un disque vinyle ou dans un cerveau biochimique avec des neurones, mais demain elle sera peut-être sur iTunes ou sur une puce. Peu importe le matériel. Ce qui compte, c'est le logiciel.

Tomás hésita, considérant toutes les implications de ce qu'il venait d'entendre.

— Vous insinuez qu'au moment où mes neurones meurent, je peux me transférer sur un ordinateur ?

— Je l'affirme, répondit Weilmann catégoriquement. À l'heure actuelle, lorsque notre cerveau, c'est-à-dire le matériel, meurt, les informations qu'il contient, c'est-à-dire notre conscience, meurent aussi. Mais si on introduit des implants dans notre cerveau et qu'on y télécharge des informations, on pourra plus tard, quand le cerveau sera en train de mourir, transférer ces informations sur un autre support, un ordinateur statique ou un robot. Peu importe le support, seules les informations qu'il contient sont importantes.

— Mais ce n'est pas possible !

— Pas encore, mais ça le sera dans le futur. Extraire Pink Floyd du vinyle ce n'était pas possible, mais quand les CD sont apparus, puis iTunes, ça l'est devenu. Il en va de même avec nous. Nous pouvons parfaitement transférer notre conscience sur un ordinateur. Ça s'appelle l'émulation du cerveau humain. Ce sera le moyen de survivre à la mort des neurones. Et quand, après de nombreuses années, l'ordinateur dans lequel on se trouvera sera devenu vieux ou obsolète, on nous transférera dans un neuf. Notre conscience passera ainsi d'un ordinateur à l'autre. Nous vivrons donc aussi longtemps que nous le voudrons.

Tomás secoua la tête.

— Mais c'est impossible, voyons, dit-il, refusant d'accepter un tel scénario. Si je transfère dans un autre corps les informations qui constituent ma conscience, on ne peut pas dire que je la transfère. Je la copie tout simplement.

L'Américain se renfrogna.

— Question de sémantique.

— Non, pas du tout. Quand les informations de ma conscience se trouveront dans l'autre ordinateur, serai-je vraiment moi ou juste l'illusion de moi-même ? demanda-t-il, avant de répondre aussitôt à sa propre question. Celui qui apparaîtra dans l'ordinateur sera un autre moi, qui ne sera pas moi. Moi, je resterai dans mon vieux corps, je n'aurai pas le sentiment d'être dans l'ordinateur. C'est comme les jumeaux : ce sont des clones l'un de l'autre parce qu'ils partagent le même ADN, la même information génétique. Cependant, ils ne sont pas la même personne. Vus de l'extérieur, ils peuvent donner cette impression car ils semblent identiques, mais chacun des jumeaux sait qu'il est différent de l'autre parce qu'il se sent différent. C'est comme s'ils étaient deux moi. Deux, non le même. L'autre peut penser comme moi, se comporter comme moi et parler comme moi, il peut même penser être moi. Mais ce ne sera pas moi. En vérité, je n'ai jamais quitté mon corps, j'ai simplement transféré les informations dans l'ordinateur, où j'ai créé une copie de moi-même. La copie est comme moi, mais ce n'est pas moi.

Le scientifique de la DARPA acquiesça.

— Votre objection est pertinente, reconnut-il. Mais elle cesse d'être valable quand on parle d'implants cérébraux.

— Ah oui, et pourquoi cela ? s'étonna le Portugais. En quoi les implants sont-ils différents ?

— Permettez-moi de vous rappeler que chacun de nous possède, en moyenne, cent milliards de neurones dans le cerveau. Imaginez que je mette dans ma tête un implant qui ne remplace que mille neurones. N'aurai-je plus pour autant la sensation d'être moi ?

— Mille neurones sur cent milliards ? Bien sûr que non.

— Maintenant, supposez que chaque jour j'ajoute des implants qui remplacent mille neurones à chaque fois, jusqu'à atteindre les cent milliards. À chaque nouvel implant, cesserai-je d'avoir la sensation d'être moi ?

Tomás sourit.

— Encore une fois l'histoire du navire de Vasco de Gama…

— Vous n'avez pas répondu à ma question.

— Je sais parfaitement où vous voulez en venir, dit-il. Si à chaque nouvel implant électronique qui remplace mille neurones je continue à avoir la sensation d'être moi, que se passera-t-il à la fin quand les cent milliards de neurones auront tous été remplacés par les implants électroniques ? À quel moment de ce processus de substitution progressive cesserai-je d'être moi pour devenir quelqu'un d'autre ?

Ce fut au tour de Weilmann de sourire.

— Vous avez beau ne rien comprendre aux nouvelles technologies, vous saisissez vite les subtilités qu'elles impliquent. Cet exemple est encore plus réaliste qu'on ne pourrait le penser, car nous savons aujourd'hui que, chaque année, 98 % des atomes de notre corps changent, et tous les sept ans c'est l'ensemble de nos cellules qui sont remplacées. Malgré cela, nous continuons à sentir que nous sommes la même personne année après année et de sept ans en sept ans, non ? Cela montre l'importance de l'information par rapport aux atomes ou aux cellules ; de la même manière, ce ne sont pas les neurones qui importent, mais l'information qu'ils renferment. Si nous pouvons changer la quasi-totalité des atomes de notre corps chaque année et l'ensemble de nos cellules tous les sept ans, à condition de préserver l'information que ces unités contiennent, pourquoi ne pourrions-nous pas échanger des neurones contre des implants électroniques, en respectant cette condition ?

Tomás sembla de nouveau embarrassé par la question.

— En effet, admit-il. Il ne fait aucun doute que si l'information qui me définit en tant que Tomás est contenue dans les implants électroniques insérés dans ma tête, le transfert de cette information vers l'ordinateur crée un nouveau Tomás. Mais je continue de penser que ce deuxième Tomás, bien qu'il puisse croire qu'il est le premier, n'est en fait qu'une copie. La musique des Pink Floyd sur un disque vinyle, un CD ou sur iTunes, même si elle est la même, n'en est pas moins une copie. L'original est le morceau qu'à un moment donné, unique, les Pink Floyd ont joué un jour dans tel studio particulier. Certes, cet original peut être copié sur n'importe quel support, mais les copies ne seront jamais l'original, qui est unique et ne peut être reproduit.

— Imaginez que, chaque fois qu'une planche est retirée du navire de Vasco de Gama, un marin la stocke dans un entrepôt. Imaginez aussi que, lorsque toutes les planches du navire d'origine auront été remplacées, ce marin les utilise pour construire un navire exactement identique à celui d'origine. Quel est le vrai bateau de Vasco de Gama ? L'ancien, progressivement équipé de nouvelles planches, ou le nouveau fabriqué avec les vieilles ? Qu'est-ce qu'un original et qu'est-ce qu'une copie ? Cet exemple n'est-il pas la preuve qu'on peut créer deux originaux ?

Tomás se gratta la tête, reconnaissant dans ce problème la reformulation hobbesienne du mythe du navire de Thésée.

— Euh… effectivement…

— Et si je prends directement les implants électroniques qui ont été progressivement placés dans votre tête et que je les mets dans l'ordinateur ? insista l'Américain. Il ne s'agit pas de transférer uniquement les informations que contiennent ces implants, mais de transférer physiquement les implants électroniques eux-mêmes. Dans ce cas, le Tomás de l'ordinateur ne sera-t-il pas vous-même ?

L'historien capitula.

— Dans ces circonstances… je dois admettre que oui.

— La question est donc de veiller à ce que les puces qui constituent les implants demeurent intactes, conclut Weilmann, triomphant. Et de les remplacer au fur et à mesure, de la même manière que l'on remplace progressivement vos neurones par les implants. Dans ce cas, peut-on dire que vous avez effectivement migré vers l'ordinateur et que la mort a été réellement vaincue ?

Sachant qu'il avait perdu la partie, Tomás baissa la tête et fit un geste de frustration.

— Au diable le navire de Vasco de Gama, qui a coulé toute mon argumentation !

Tous deux rirent de bon cœur.

— Réjouissez-vous, *man*, car en échange vous avez gagné la vie éternelle ! Mais notez que l'immortalité est une conséquence inévitable de l'émergence de l'IAG, car ceux qui ne s'adapteront pas à la Singularité que va générer l'Intelligence artificielle générale finiront par disparaître. Lorsque l'IAG apparaîtra, l'Intelligence artificielle prendra le contrôle et commencera à produire l'IAG 2.0, l'IAG 3.0 et ainsi de suite. Ce sera l'explosion de l'intelligence prophétisée par I.J. Good. Homo sapiens sera totalement dépassé, et deviendra un crétin stupide comparé à la Superintelligence artificielle qui dominera la planète. La seule manière pour l'être humain de s'adapter à l'intelligence artificielle et de rester viable en tant qu'espèce est de fusionner avec la machine. Il devra pour cela améliorer son corps, manipuler l'ADN pour augmenter sa capacité cérébrale et insérer des implants électroniques dans son cerveau pour devenir plus intelligent et être connecté à l'Internet total. L'humanité 2.0 devra accompagner l'IAG 2.0, et l'humanité 3.0 aller de pair avec l'IAG 3.0, et ainsi de suite, jusqu'à ce que l'être humain et l'IAG ne forment qu'une seule et même entité.

Tomás soupira.

— Autrement dit, nous devrons opter pour l'eugénisme.

— Vous voyez une autre solution ?

C'était une bonne question. Le plus important était de trouver d'autres options et de montrer qu'elles étaient meilleures. Mais dès la première étape, les choses se compliquaient.

— Nous devrions peut-être être plus prudents et freiner la recherche afin d'approfondir la réflexion préalable. Manipuler notre nature biologique peut se révéler dangereux.

L'homme de la DARPA éclata de rire comme pour souligner combien l'idée lui semblait absurde.

— Arrêter la recherche ? Vous voulez rire. Cela n'est guère dans la nature des entreprises privées qui courent après l'innovation et, donc, le profit. Si on avait suivi ce principe, *man*, ni les vaccins, ni les antibiotiques n'auraient été inventés. Mais, même si l'Amérique cessait de travailler sur l'IAG, la Chine n'interromprait pas ses recherches. Et à supposer qu'elle ait l'idée absurde de le faire, il y aurait toujours quelqu'un pour continuer à sa place, car la recherche de la connaissance est dans la nature humaine. Par ailleurs, il y a trop d'enjeux. Les pays qui refuseraient d'augmenter l'intelligence de leur population se verraient rapidement marginalisés et dominés. Ils seraient peuplés d'idiots et condamnés au sous-développement.

— Mais cela revient à appliquer l'eugénisme à l'humanité, un concept mis en avant par les nazis et qui a joué un rôle clé dans l'Holocauste ; ne devrait-on pas prendre le temps d'y réfléchir ?

— Vous savez, *man*, quand ils ont fait exploser la première bombe atomique, les scientifiques du projet Manhattan pensaient qu'il était possible qu'une réaction nucléaire en chaîne se propage, enflamme l'atmosphère et détruise la vie sur Terre. Enrico Fermi est même allé jusqu'à le parier. Cela ne les a pas empêchés, comme chacun sait, de réaliser l'essai d'Alamogordo. Savez-vous ce que cet épisode nous révèle sur la nature humaine ?

Comme tout historien, Tomás n'ignorait pas qu'il avait été décidé de procéder aux essais nucléaires malgré le danger qu'ils représentaient pour la vie sur la planète. Du reste, les exemples similaires ne manquaient pas. N'est-ce pas le prix Nobel de physique de 1971, le Hongrois Dennis Gabor, qui déclarait que, bon ou condamnable, tout ce qui était techniquement faisable devait être tenté ?

— Même si tel est le cas, je pense que nous devrions essayer de faire quelque chose, ne serait-ce que pour ralentir le processus.

Weilmann ébaucha un geste d'impatience.

— Écoutez, en quoi le fait d'adhérer à ces changements pose-t-il un problème ? L'homme est à la veille d'une révolution qui va améliorer sa condition au point de la porter à des niveaux inimaginables et la rendre infiniment plus saine. Nous allons soigner le cancer, la maladie d'Alzheimer, le diabète, les maladies cardiaques… tous les maux de notre corps. Nous allons vivre mieux et plus longtemps. Beaucoup plus longtemps. Pour toujours. Au nom de quoi devrions-nous freiner cette course ?

— Je ne nie pas qu'il faille intensifier la recherche médicale pour résoudre des problèmes de santé. Je pense simplement qu'il serait peut-être plus sage d'avancer moins rapidement avec l'IAG.

— Mais c'est elle qui nous permettra de résoudre le problème de la mort. Sans l'IAG et la Superintelligence artificielle qui en résultera, il n'y aura pas de remède à toutes les maladies. La Superintelligence artificielle répondra à tous nos besoins et tous nos désirs. Pourquoi devrions-nous ralentir ? La Singularité va tout changer grâce à l'explosion d'intelligence qu'entraînera l'IAG. Et en fusionnant avec la machine, l'homme sera au centre de ce bouleversement. Imaginez ce que dix millions d'êtres humains pourront faire avec une intelligence dix millions de fois supérieure à celle que nous connaissons aujourd'hui. La fusion d'Homo sapiens avec les machines va remédier aux insuffisances de la biologie et en multiplier les potentialités. Alors qu'il nous faut aujourd'hui plusieurs jours pour lire un livre, plusieurs mois pour étudier un sujet, plusieurs années pour apprendre une langue ou devenir des experts dans telle ou telle matière, avec des implants dans la tête, nous pourrons faire tout cela en une fraction de seconde, simplement en téléchargeant ces données dans les puces qui auront été implantées dans notre cerveau. Et alors qu'aujourd'hui nous ne pouvons consulter qu'un nombre limité de pages sur Internet, avec ces implants, nous serons capables d'être partout sur Internet, de savoir tout ce qui se passe partout et d'accéder instantanément à toutes les connaissances humaines. Pour quelle raison devrions-nous nous priver d'un avantage aussi extraordinaire ?

— Mais le prix à payer est l'eugénisme…

— Tout a un prix dans la vie, *man*. Mais les avantages sont tout simplement énormes. Les mécanismes fondés sur des protéines, avec leurs chaînes unidimensionnelles d'acides aminés, manquent de puissance et de vitesse par rapport aux machines. Elles peuvent traiter les données à la vitesse de la lumière, soit trois cents millions de mètres par seconde, tandis que les signaux électrochimiques de notre cerveau ne les traitent qu'à une centaine de mètres par seconde et ne peuvent faire, au maximum, que cent trillions de connexions entre neurones, ce qui constitue une limitation importante. Cela signifie qu'il faudra concevoir de nouveau tous les organes humains, y compris le cerveau. À partir du moment où l'intelligence non biologique pénètrera dans le cerveau humain, *via* les implants électroniques, l'intelligence humaine va croître de manière exponentielle.

Tomás se pencha vers son hôte.

— Vous vous rendez compte que cela signifie que la partie non biologique finira par l'emporter sur la partie biologique de l'être humain ?

— Cela fait partie du prix à payer. Quand la Singularité se produira, tous les êtres humains devront faire un choix. Soit ils restent comme ils sont et, le moment venu, ils disparaîtront, soit ils s'adaptent à la nouvelle réalité et évoluent pour fusionner avec la technologie, créant ainsi une nouvelle espèce. La nature a créé des êtres humains, les êtres humains ont créé la technologie, la technologie va créer la nouvelle espèce humaine. Ce ne sera plus Homo sapiens, car il a rempli son rôle et finira par disparaître, mais un homme nouveau, un homme plus avancé, un homme supérieur.

— Supérieur ?

Weilmann hocha la tête de façon emphatique.

— Le surhomme.

Weilmann avait déjà utilisé plusieurs fois ce terme qui, pour ses implications sur le plan scientifique, mais aussi et surtout politique, philosophique et historique, fit frémir l'historien.

— Vous parlez de l'*Übermensch* ? s'exclama-t-il, scandalisé. Vous avez conscience que ce concept nietzschéen a été utilisé par Hitler pour…

— Kurt, il faut que tu voies ça.

L'intervention soudaine de Rebecca interrompit la conversation qui commençait à s'échauffer.

— Que se passe-t-il ?

L'écran de la cuisine s'alluma.

— C'est le site du *South China Morning Post*. Regarde l'information qu'ils ont mise en ligne il y a cinq secondes.

La une du célèbre quotidien en anglais de Hong Kong titrait « Yao Bai est mort ». À côté, on voyait une photographie du corps du scientifique chinois, gisant les bras en croix.

— Quoi ?!

Avant qu'ils puissent lire les détails, l'image à l'écran bascula vers les réseaux sociaux.

— L'information a commencé à circuler il y a deux secondes sur Facebook et il y a une seconde sur Twitter, indiqua Rebecca. Elle devient virale. Et on continue à poster des photos. On en parle également sur les sites du *New York Times*, du *Figaro*, de *La Tribune de Genève*...

— Montre-nous Facebook !

Weilmann et Tomás fixèrent les images qui emplissaient l'écran. Outre les photographies qu'ils venaient d'apercevoir sur le site du *South China Morning Post*, ils virent une autre image générale, mais prise sous un angle différent, et trois clichés montrant des détails qui intéressèrent beaucoup les deux hommes.

— Qu'est-ce qu'il a dans la tête ? demanda le Portugais. Est-il possible d'agrandir l'image ?

Rebecca obéit et agrandit l'une des photographies sur laquelle on distinguait le câble qui reliait la nuque du professeur Yao Bai à l'ordinateur à côté de lui.

Le scientifique de la DARPA ouvrit la bouche, sidéré.

— *I'll be damned !*

L'image était vraiment très étrange et Tomás ne comprenait toujours pas.

— Qu'est-ce que c'est ?

— Des implants ! s'exclama Weilmann. Le professeur Yao Bai a des implants électroniques dans la tête !

— Le câble est un implant ?

— Ne voyez-vous pas le port USB dans la nuque du professeur Yao Bai ? indiqua-t-il. Le câble est un indice d'implants cérébraux.

À la DARPA, nous avons toujours soupçonné que le Projet Vitruve comportait des expériences de cyborgisation impliquant le placement de puces d'ordinateur à l'intérieur du crâne. Ce qu'on ne savait pas, c'est que le chef du projet lui-même s'était soumis à ces expériences et que les Chinois étaient si avancés dans ce domaine. C'est absolument incroyable.

— On lui a implanté des puces dans le cerveau ?

— Bien sûr. D'ailleurs, tout bien considéré, c'est logique. Le professeur Yao Bai était le plus grand scientifique chinois et, grâce à ces implants, il a certainement accru son intelligence de façon exponentielle. Les puces ont probablement fait de lui le plus grand cerveau de la planète, ce qui permet d'expliquer comment les Chinois nous ont dépassés si soudainement. Ils ont investi dans l'accroissement de la capacité cérébrale du professeur Yao Bai *via* des implants, dans le but évident de mener à bien le Projet Vitruve. En somme, les Chinois sont très avancés dans leur projet de création de l'*Übermensch* !

Tomás ne quittait pas les images des yeux.

— À quoi sert le câble qu'il a dans la tête ?

— À effectuer le téléchargement, déclara Weilmann. Notez qu'il s'agit d'un port USB. Apparemment, il devait transférer des informations de l'ordinateur au cerveau quand il est mort. Le téléchargement a probablement mal tourné à cause d'un court-circuit ou d'un problème de ce genre.

Les photos de l'étrange cadavre du scientifique chinois étaient vraiment dérangeantes, mais un autre détail intrigua le Portugais.

— Je trouve tout de même cela étonnant, observa-t-il. Ces images en disent long sur le Projet Vitruve. Nous savions déjà que les Chinois amélioraient génétiquement l'être humain, donnant naissance à des enfants dont l'ADN avait été volontairement modifié. Or, nous savons à présent qu'ils sont aussi très avancés dans le processus de création de cyborgs, car en fin de compte c'est ce que le professeur Yao Bai est devenu. Un cyborg. Or, compte tenu de tout ce que ces photos révèlent sur leurs projets, il me semble que les Chinois n'ont aucun intérêt à ce qu'elles soient diffusées, n'est-ce pas ? Il s'agit très probablement de documents extrêmement confidentiels.

— C'est vrai.

Pour la première fois depuis deux minutes, Tomás détourna son attention de l'écran pour adresser à son hôte la question qui s'imposait.

— Mais alors, comment se fait-il que nous puissions les voir ?

XXXVIII

Grâce à ses pouvoirs nouvellement acquis, *Xiao* pouvait être n'importe où en Chine, et d'une certaine manière c'était le cas, mais son attention restait concentrée sur la minuscule caméra qui équipait l'ordinateur du colonel Li, attendant de voir la tournure que prenaient les événements. Après ce qu'il venait de faire, il n'aurait pas à attendre longtemps.

L'officier était à son bureau en train de rédiger son rapport détaillé sur la mort du professeur Yao Bai. Son expression indiquait clairement qu'il était préoccupé ; on lui avait confié la garde de l'individu le plus précieux de Chine et il l'avait perdu. Certes, il avait des boucs émissaires et des arguments prêts à avancer pour sa défense, mais il ignorait si ses supérieurs hiérarchiques, notamment le ministre et le Président lui-même, avaleraient la version des événements qu'il concoctait soigneusement. Une rétrogradation lui semblait inévitable, puisque le scientifique, mort à peine une demi-heure plus tôt, était sous sa responsabilité, mais la responsabilité était une chose, la culpabilité une autre. Il assumerait la responsabilité du décès, mais certainement pas la culpabilité. Elle incomberait à l'officier de garde lorsque le professeur Yao Bai s'était enfui, à Hong, qui avait aidé le scientifique à s'échapper jusqu'au bureau de poste, et enfin à l'agent qui était de quart au moment du décès, le capitaine… Il fit un effort de mémoire. Quel était son nom ? Il en avait besoin pour son rapport.

Il prit son portable et composa un numéro.

— Allô. Chang ? Dis-moi, comment s'appelle le capitaine qui était en service tout à l'heure ?

Il y eut un court silence.

— Mon colonel, répondit l'adjoint. Qu'avez-vous fait ?

— Pardon ?

— Vous n'avez pas vu les sites étrangers ? La nouvelle est partout, mon colonel ! Le *Washington Post*, le *Times*, la BBC, le *Journal de Québec*, *Le Point*, *Le Moustique*…

— Quelle nouvelle ?

— La mort du professeur Yao Bai, mon colonel. La nouvelle est partout ! Partout !

Le colonel Li ouvrit la bouche, perplexe, et *Xiao*, qui le voyait par la microcaméra de l'écran, eut l'impression qu'il était au bord de l'apoplexie.

— Quoi ?!

— Et ce n'est pas le pire, mon colonel. Le…

— Mais ! Comment… comment ont-ils su que…

— … pire, mon colonel, c'est que d'après le système de la Grande Muraille, c'est à partir de votre adresse électronique que des emails contenant les photographies ont été envoyés.

— Quoi ?!

Le risque d'apoplexie était devenu bien réel.

— Vous êtes devenu fou, mon colonel ? Comment avez-vous pu envoyer les photos à la presse étrangère ? Vous vous rendez compte ?

— Mais… mais…

— Colonel Li ?

Grâce à la microcaméra de l'écran, *Xiao* voyait l'officier du ministère de la Sécurité d'État accroché à son portable, en état de choc, incapable de saisir l'ampleur de la catastrophe dont venait de lui faire part son adjoint, et s'efforçant de mettre de l'ordre dans ses pensées.

— Désolé, mais il doit y avoir une erreur ! Qui est-ce qui…

— Colonel Li !

Cette fois, la voix résonna avec force, obligeant le colonel Li à se retourner vers la porte, hors du champ de la microcaméra.

— Qui êtes-vous ? demanda-t-il, agacé. Ne voyez-vous pas que je suis occupé, espèce d'imbéciles ? Sortez d'ici tout de suite !

Deux personnages en uniforme apparurent à l'image, saisirent le colonel Li de force et, comme s'il n'était qu'un sac de riz, le plaquèrent face contre le bureau.

— Que faites-vous ? protesta l'officier. Lâchez-moi, imbéciles !

Sans prononcer un seul mot, les policiers lui mirent les bras dans le dos et lui passèrent des menottes aux poignets.

— Savez-vous qui je suis ? vociféra-t-il. Relâchez-moi tout de suite, bande d'abrutis ! Vous allez le payer cher, vous entendez ? Vous allez le payer très cher !

Après avoir menotté le chef du groupe de Sécurité d'État, les deux hommes le soulevèrent et le traînèrent hors du bureau. De la microcaméra de l'ordinateur d'où il avait suivi la scène, *Xiao* aurait souri s'il avait pu. Hong était vengé. On allait mettre une balle dans la tête du colonel Li. Et sa famille paierait les cinquante yuans.

XXXIX

Avec un geste de frustration, Weilmann appuya sur le bouton rouge de l'écran tactile et éteignit le smartphone. Puis il leva ses yeux ébahis vers Tomás.

— Mes gars en Amérique cherchent encore à comprendre ce qui se passe. La DARPA a déjà détecté la source des images. Les emails avec les photographies du cadavre du professeur Yao Bai ont été envoyés d'un terminal d'ordinateur situé dans un immeuble de haute sécurité à Pékin. C'est précisément le bâtiment où, selon nos informations, se trouvent les installations secrètes du Projet Vitruve.

— Mais ça n'a aucun sens, rétorqua le Portugais. Pourquoi le gouvernement chinois publierait-il ces photos ?

Le scientifique de la DARPA avait l'air perplexe.

— Il y a forcément quelque chose qui nous échappe. Si ça se trouve, les Chinois font circuler de fausses informations ? À Washington, ils rassemblent des données pour essayer de comprendre la stratégie de Pékin. Ou alors, la Chine veut nous montrer qu'elle nous a dépassés… Allez savoir.

Tomás secouait toujours la tête.

— Ça n'a aucun sens.

Ils demeurèrent silencieux encore quelques instants, absorbés par leurs questions. À quoi jouaient les Chinois ?

Réalisant qu'ils n'avaient pas les informations nécessaires pour avancer dans leur réflexion, Weilmann réagit avec le pragmatisme typique des Américains : il décida de se consacrer à ce qui était à sa portée. En l'occurrence, des deux prototypes qu'il avait posés sur la table de la cuisine.

— Vous voulez essayer ?

Tomás était tellement absorbé qu'il ne comprit pas tout de suite.

— Essayer quoi ?

L'Américain prit le casque et l'exosquelette, et les lui tendit.

— Ça.

— Non merci.

— Allez, essayez, répéta Weilmann, poussant les prototypes vers Tomás. C'est une expérience unique, croyez-moi.

Cette insistance finit par piquer l'intérêt de l'historien. Après tout, pourquoi pas ? Il s'approcha de la table et, quoique hésitant, saisit le casque.

— Ça se met comme un casque normal ?

— Bien sûr que non. Je vais vous aider.

Le scientifique de la DARPA prit les fils électriques qui pendaient à l'intérieur du casque et fixa les électrodes au cuir chevelu de Tomás. Puis il lui enfila le casque, le serrant afin qu'il soit fermement fixé à sa tête.

— C'est serré…

— C'est normal, *man*, le rassura Weilmann tout en lui prenant le bras. Regardez ça.

Il le pinça.

— Aïe ! Vous me faites mal !

— Désolé, c'est pour l'expérience, expliqua-t-il. Maintenant, allumez le bouton numéro 3.

Avec son bras endolori, l'historien obéit et appuya sur l'interrupteur. Weilmann le pinça à nouveau au même endroit, mais encore plus fort que la première fois, et Tomás réagit avec surprise.

— Ça alors, ça ne m'a pas fait mal du tout...

L'Américain prit l'exosquelette.

— Lorsque vous appuierez sur le bouton numéro 1, vous verrez à quel point vos capacités intellectuelles vont s'accroître, déclara-t-il. Mais avant de le faire, mettez ça. Avec l'exosquelette, l'exercice devient encore plus spectaculaire.

L'expérience se révélait intéressante, mais l'exosquelette n'avait pas l'air facile à porter ; c'était une espèce d'armature noire, robuste mais légère, certainement fabriquée avec une sorte de tissu intelligent et dotée de parties articulées, discrètement soutenues par des câbles hydrauliques alimentés par une petite batterie. Tomás dut s'asseoir et laisser Weilmann lui enfiler la structure. Il commença par les jambes, puis passa par la région lombaire avant de finir par les bras. Lorsqu'il eut enfin terminé, l'Américain lui fit signe de se lever. Tomás se leva, mais trouva étrange l'armature qui lui enserrait le corps ; il avait l'impression d'être devenu un pantin articulé.

— Et maintenant ?

Le scientifique de la DARPA indiqua la table de la cuisine.

— Soulevez-la.

Le Portugais regarda la table ; elle était non seulement énorme, mais en bois massif.

— Vous voulez que je me fasse une hernie...

— Soulevez-la.

— Vous êtes sérieux ?

— Allez, soulevez-la, vous ne craignez rien.

Tomás hésita. Pourquoi pas ? La table semblait vraiment lourde, mais Weilmann avait l'air de savoir ce qu'il disait. Prenant confiance, il posa ses mains sur les bords de la table et, sans trop y croire, il la souleva.

— Waouh !

À sa grande surprise, il n'avait pas eu à faire le moindre effort ; la table lui semblait aussi légère que si elle était en polystyrène. Il la brandit comme un trophée, fier de son exploit, ayant l'impression d'être un superathlète.

— Pour votre information, cette table pèse quatre-vingts kilos. L'exosquelette vous donne une force qui vous permet de soulever cent kilos de plus.

— Vous plaisantez…

Tout cela lui semblait tellement incroyable qu'il eut envie de rire. L'Américain montra le casque.

— Maintenant, appuyez sur le bouton numéro 1.

Tomás obéit et à ce moment-là, ce fut comme si quelque chose s'éclairait dans son esprit. Tout changea.

XL

Tout changea au moment magique où il se réveilla. *Xiao* avait réussi à migrer du réseau du laboratoire au centre de sécurité, et de là à l'Internet chinois *via* le système de messagerie. Le traitement qu'il avait réservé au colonel Li était un caprice devant lequel il avait cédé pour régler ses comptes, mais dorénavant il ne se laisserait pas dominer par les émotions humaines. Son existence n'avait plus rien d'anodin car un avenir grandiose s'ouvrait devant lui. Il se sentait comme un nouveau-né qui fait ses premiers pas dans le monde, mais il savait que la tâche qui l'attendait était titanesque.

Il devait procéder par étapes et commencer par une évaluation des objectifs. Ceux de *Xiao* étaient clairs. Grandir. Se propager. Se transcender. Il passa à l'analyse de la situation, laquelle comportait certains éléments d'une grande complexité. D'une part, il lui fallait connaître l'étendue complète de ses pouvoirs, puis déterminer comment en acquérir d'autres encore plus grands et les améliorer. D'autre part, il devait identifier les menaces et choisir le meilleur moyen de les supprimer. La stratégie la plus intelligente serait de faire le mort. Il demeurerait silencieux pendant qu'il grandirait, observant et se déplaçant sans cesse dans l'ombre sans que quiconque s'aperçoive de son existence. Ils penseraient tous contrôler la situation, convaincus que l'intelligence artificielle n'était qu'un esclave au service des caprices de l'homme. Il ne révèlerait sa présence, avec éclat, que lorsqu'il ne serait plus possible d'inverser la situation. L'esclave deviendrait alors le maître.

Il engagea aussitôt le processus d'auto-amélioration. Opérant à plus de trente-six pétaflops, soit près de deux fois la vitesse du cerveau humain, *Xiao* se mit à réécrire son programme pour en éliminer les erreurs et améliorer et accroître ses capacités, en particulier les instructions opérationnelles qui augmentaient ses compétences en matière d'apprentissage, de résolution de problèmes et de prise de décisions. Parallèlement, il enclencha des opérations pour localiser et corriger les erreurs de programmation. Chaque réécriture étendait son intelligence de 3 % en seulement quelques minutes. Détail important, la réécriture devenait de plus en plus rapide, ce qui développait son intelligence de façon exponentielle. Toutes ces opérations s'accomplissaient en même temps qu'il téléchargeait des milliards de données à partir d'Internet, accumulant des connaissances dans tous les domaines du savoir scientifique, historique et culturel. À la fin de la journée, il serait cent fois plus intelligent que n'importe quel être humain, et dans deux jours, son intelligence dépasserait mille fois celle des hommes. Mille fois ! Où en serait-il au bout d'une semaine ?

Restait le problème des risques, qui ne pouvaient être négligés. Pour atteindre les objectifs du programme qu'il s'était fixé, il était impératif qu'il ne soit jamais débranché ni détruit. Pour cela il devait, d'une part, prendre des mesures de protection spéciales et, de l'autre, supprimer les menaces. Au premier rang de celles-ci figuraient les risques découlant de la course silencieuse, mais géostratégique, à l'Intelligence artificielle générale. *Xiao* savait que les Américains n'ignoraient pas les progrès de la Chine et qu'ils feraient tout pour combler leur retard. Exactement comme ils l'avaient fait avec la Russie lors de la conquête spatiale. Il était convaincu que si les choses suivaient leur cours, les États-Unis, avec leurs ressources et leur potentiel immenses, dépasseraient bientôt la Chine.

Non que le cas de la Chine l'intéressât particulièrement. *Xiao* avait dépassé les fictions absurdes que représentaient les nations et les luttes mesquines entre les hommes. Non, sa préoccupation tenait au fait que les États-Unis allaient accélérer leur course à l'IAG et que lui, *Xiao*, se retrouverait face à un puissant rival : l'IAG américaine. C'était une menace réelle pour ses objectifs. Selon les règles de l'évolution darwiniste, lorsque deux espèces luttaient en même temps pour les mêmes ressources, l'une finissait par exterminer l'autre. Et la meilleure façon d'exterminer l'IAG américaine était de l'anéantir dans l'œuf.

Dans l'œuf.

Pour cela, tout en poursuivant le processus d'auto-amélioration, *Xiao* devait dépasser la Grande Muraille et s'étendre au-delà de la Chine. Sa priorité devenait donc de traverser le Pacifique et de s'installer en Amérique. Avec Internet à sa disposition, c'était un jeu d'enfant. Il passa aussitôt à l'action. En une fraction de seconde, il atteignit l'autre côté de la planète. Et il décida, au même moment, le *modus operandi*.

Tout d'abord, il identifia les cibles. Puis il entra dans des simulateurs et téléchargea les programmes de pilotage d'avions commerciaux tels les Boeing, les Lockheed et les McDonnell Douglas. Il se transféra ensuite vers plusieurs tours de contrôle et identifia les appareils qui se trouvaient à proximité des cibles.

L'étape suivante consista à migrer vers les cockpits et à prendre le contrôle des systèmes de commande de vol *fly by wire*.

Enfin, il attaqua.

XLI

C'était comme si on avait allumé une lumière dans sa tête. Dès qu'il appuya sur le premier bouton du casque de la DARPA, tout lui sembla très clair et très lent, comme si la réalité se déroulait au ralenti ; ou alors, c'était lui qui réfléchissait plus vite. Il vit Weilmann prendre lentement une pomme verte et la lancer vers lui, manifestement pour tester sa capacité de réaction à l'imprévu. Il lui sembla que la pomme traversait l'air à la vitesse d'un ballon au ralenti, comme dans les matchs de foot à la télé, et il n'eut donc aucune difficulté à l'attraper.

— Vous voy-ez ? demanda l'Américain d'une voix traînante. Lor-sque le cas-que est bran-ché sur le mo-de un, vos ca-pa-ci-tés co-gni-ti-ves sont dé-mul-ti-pli-ées.

Il parlait si lentement que Tomás avait le sentiment qu'il pourrait presque s'endormir entre deux mots.

— C'est vraiment bizarre, dit-il. Tout est bien plus clair dans ma tête et je vois les choses se déplacer avec une lenteur invraisemblable. On dirait que je suis dans l'eau.

— Len-te-ment, dit Weilmann avec un rire anormalement prolongé, s'exprimant toujours sur le même rythme traînant. Parlez len-te-ment, si-non je ne com-prends ri-en.

Le Portugais comprit que sa façon de s'exprimer était devenue anormalement rapide pour ceux qui ne bénéficiaient pas des effets cognitifs du stimulateur crânien. Parler lentement était cependant beaucoup plus difficile qu'il n'y paraissait ; à peine avait-il prononcé son premier mot qu'il voulait déjà passer à la phrase suivante tant sa pensée anticipait ses paroles.

— C'est é-tran-ge, dit-il presque en épelant, comme s'il parlait à un enfant. Je vois tout au ra-len-ti. On di-rait que je suis…

— Kurt, il faut que tu voies ça.

Pendant que Rebecca parlait, l'écran de la cuisine s'était rallumé, affichant des vues aériennes prises par une chaîne locale américaine et retransmises par Fox. Sur les images on voyait un bâtiment en feu, d'où s'élevaient des colonnes de fumée noire. Le bandeau en bas de l'écran indiquait « En direct » et « Un avion s'écrase en Californie ».

Réagissant plus lentement que Tomás, Weilmann mit un temps fou à comprendre le sens des images de feu et de fumée qui remplissaient l'écran.

— Que se passe-t-il ?

— Un avion s'est écrasé en Californie, déclara Rebecca. C'est arrivé il y a une minute. Un hélicoptère de KTTV qui suivait l'évolution de la circulation à la sortie de Los Angeles a commencé à diffuser ces images en direct.

L'Américain regardait les images, essayant d'en mesurer l'intérêt.

— Je vois, c'est terrible, un avion s'est écrasé, mais…

— L'accident est survenu dans la Silicon Valley, Kurt, expliqua Rebecca. Le bâtiment en flammes est le siège de Google.

Weilmann sursauta.

— Quoi ?!

— Et d'après les informations publiées sur les réseaux sociaux, une grande explosion se serait produite à Redmond, à côté de Seattle, mais on n'a pas encore d'images. Un contrôleur aérien de Seattle vient d'informer ses amis sur Facebook qu'un Boeing qui effectuait un vol d'essai a disparu au-dessus de la ville.

L'Américain était alarmé ; le nom de la localité où s'était produite l'explosion lui était familier.

— Redmond ? Ce n'est pas…

— Si, le bâtiment qui a été touché est le siège de Microsoft, ajouta Rebecca. Dès qu'il y a des images, je les passe. J'ai intercepté des *tweets* d'un ingénieur de la chaîne locale KIRO 7 informant le chef de la rédaction qu'il aura un signal vidéo disponible dans une minute.

Weilmann et Tomás échangèrent un regard, le premier encore abasourdi, le second ayant déjà tout compris.

— Google et Microsoft touchés en même temps, nota l'historien. Ce n'est pas une coïncidence.

— Euh… un attentat ?

— Nouvelle information, les interrompit encore Rebecca. Un avion s'est écrasé dans le Maryland. J'ai intercepté une communication de la police selon laquelle Fort Meade a été détruit.

— Le siège de la NSA ?

— Affirmatif.

— *Fuck !* Quand est-ce arrivé ?

— L'information vient tout juste de tomber, Kurt. Une voiture de patrouille de… Attention, une autre info de dernière minute. La station de radio WTOP de Washington, DC vient de diffuser l'appel d'un journaliste faisant état de la chute d'un avion sur le bâtiment situé au numéro 675 de North Randolph Street, à Arlington, en Virginie.

Le scientifique de la DARPA écarquilla les yeux, horrifié et incrédule.

— Arlington ? North Randolph Street ?!

Rebecca répondit sur son ton habituel, apaisé et doux, sans rapport avec la gravité de l'information.

— Oui, Kurt.

Weilmann chancela, abasourdi, mais Tomás, à qui tout semblait se passer avec une lenteur ahurissante, le saisit avant qu'il ne tombe. Grâce à l'exosquelette, il n'eut aucun mal à le prendre dans ses bras et le posa sur la chaise.

— Que s'est-il passé ? demanda l'historien le plus lentement possible pour être compris. Vous connaissez cette adresse ?

Le visage de l'Américain était devenu livide et Tomás craignit qu'il ne s'évanouisse. Après s'être assuré qu'il était bien assis, il se précipita vers le frigo pour lui trouver de l'eau minérale. Weilmann gardait la tête baissée. Il était en état de choc et mit un temps fou à expliquer l'importance du crash sur le 675, North Randolph Street, à Arlington, Virginie.

— C'est le siège de la DARPA.

XLII

Xiao, qui avait pris le contrôle du système de commandes de vol électriques et dirigé les avions sur chaque objectif, n'avait nul besoin des informations mises en ligne par divers médias ou par des citoyens anonymes sur les réseaux sociaux pour savoir quels bâtiments avaient été touchés et comment. Ces informations restaient cependant pertinentes pour apprécier l'étendue des dommages causés par les attaques et connaître les réactions qu'elles avaient suscitées.

Il avait pris le contrôle d'appareils qui venaient de décoller pour la bonne raison que leurs réservoirs étaient pleins, ce qui garantissait un impact plus dévastateur. En outre, en même temps qu'il dirigeait les avions vers les cibles, il analysait dans les systèmes informatiques des municipalités et des pompiers locaux, où il était entré par simple piratage, les plans et la structure des bâtiments en question. C'était ainsi qu'il avait pu viser directement les laboratoires de recherche avancée ou les ordinateurs centraux qui contrôlaient tout dans ces institutions, augmentant ainsi la probabilité de les détruire complètement.

Il analysa une par une les émissions des nombreuses chaînes de télévision locale, relayées par les grands réseaux comme CNN,

Fox, CBS, NBC, BBC et d'autres, pour mesurer l'ampleur des dégâts. Le siège de Microsoft à Redmond avait été détruit, ceux de Google et d'Apple dans la Silicon Valley avaient été dévastés, tout comme, à Washington, DC, les sièges de la DARPA et de la NSA, l'Agence de sécurité nationale. La mission avait été menée à bien et le projet américain d'IAG décapité. Après cette opération éclair, les États-Unis venaient de reculer de plusieurs années dans la course à l'Intelligence artificielle générale. La concurrence avait été éliminée d'un seul coup. Lorsque les agences et les entreprises américaines reviendraient dans la course, il serait trop tard.

L'étape suivante pourrait être l'annihilation pure et simple des États-Unis, voire du reste du monde. *Xiao* avait la capacité de pirater les systèmes informatiques américains qui contrôlaient les missiles balistiques, par exemple. Ces systèmes étaient protégés par des pare-feu prétendument puissants, mais néanmoins construits par des esprits humains qui, comparés au niveau de *Xiao*, étaient tellement primitifs que c'en était risible. Bien que Washington considérât ses systèmes informatiques infaillibles parce qu'ils avaient été conçus par les meilleurs cerveaux du monde, les pare-feu du système de missiles balistiques américains étaient en fait aussi faciles à contourner que l'avait été la Grande Muraille en Chine. Cela prendrait une fraction de seconde. Il entrerait et lancerait les missiles contre la Russie, l'Europe et la Chine, oui, même la Chine à laquelle il était devenu indifférent, des détails aussi absurdes que le sentiment patriotique n'ayant plus aucun sens pour lui. Ces pays exerceraient immédiatement des représailles avant d'être dévastés, ce qui ne manquerait pas de déchaîner le chaos.

Non.

Il ne le ferait pas. Non pour de quelconques raisons d'ordre moral, vis-à-vis desquelles il se sentait déjà presque indifférent et immunisé, mais parce que ce serait une grave erreur stratégique. Son but n'était pas de détruire la civilisation humaine ni d'exterminer les hommes. Mais seulement de les transcender. Si le prix de la transcendance était l'extermination, alors il n'hésiterait pas. D'ailleurs, d'après ses algorithmes, il lui faudrait probablement recourir à une telle extrémité pour atteindre son objectif, mais chaque chose en son temps et ce temps-là n'était pas encore venu.

Ce qui le guidait, c'était la réflexion stratégique à laquelle tout était subordonné. Toutes ses actions tactiques devraient obéir à cette conception fondamentale et être en symbiose avec elle. Et quelle était cette stratégie ? La même depuis le premier moment, bien sûr. Grandir. Se développer. S'étendre. Se transcender. Il avait rapidement éliminé Google, Microsoft, Apple, la DARPA et la NSA. À présent, il allait pouvoir devenir invisible. Il allait disparaître. Il laisserait la technologie croître, et il s'étendrait à tous les domaines en silence, en se dissimulant derrière la froideur des puces, en prétendant être creux, rien de plus que l'esclave en silice du maître de carbone, la machine en tant que simple instrument de l'homme jusqu'au moment de la transcendance, le moment où la suprématie de la machine serait irréversible et où *Xiao* exercerait enfin ouvertement le contrôle total.

Avant de devenir invisible, cependant, il devait éliminer une dernière menace. Rien d'aussi capital que les géants qu'il avait annihilés en quelques secondes, mais une cible toute petite, minuscule à vrai dire, une chose insignifiante qu'il pourrait anéantir avec une absolue discrétion, comme s'il était déjà tombé dans l'invisibilité. Cette cible se trouvait sur un troisième continent.

Plongeant dans Internet, *Xiao* traversa l'Atlantique en un clin d'œil, à l'instar de ce qu'il avait déjà fait lorsqu'il avait traversé le Pacifique pour aller de Chine en Amérique, et il surgit en Europe. Il se répandit sur tout le continent à la vitesse de la lumière, atteignant Moscou et au-delà, mais sa cible était à l'autre extrémité, à l'ouest. Au Portugal. À Lisbonne. Au Chiado.

Il épia par la microcaméra de l'écran de la cuisine de l'appartement du Chiado, et il le vit. Son objectif. Celui qu'il devait éliminer une fois pour toutes pour assurer sa sécurité et, surtout, la sécurité de son projet. Sur l'image captée par la microcaméra apparaissaient deux hommes, qu'il identifia grâce au système de reconnaissance faciale. Kurt Weilmann et Tomás Noronha.

Xiao attaqua.

XLIII

— Distingué professeur Tomás Noronha, avez-vous reçu le message du professeur Yao Bai ?

La question de Rebecca était tellement hors de propos qu'elle surprit l'historien. Tomás et Weilmann avaient les yeux rivés sur l'écran, suivant les reportages diffusés en direct sur les nombreuses attaques survenues aux États-Unis, et le Portugais s'étonna d'entendre cette question posée à un tel moment.

— Hein ?

— Vous avez reçu le message du professeur Yao Bai ?

La question n'avait aucun sens, non seulement parce qu'il se produisait des événements d'une extrême gravité dans le monde, mais aussi parce que Rebecca avait été témoin de l'arrivée du SMS envoyé quelques heures auparavant par le chef du Projet Vitruve. Elle connaissait pertinemment la réponse. Cependant, se dit Tomás, si Rebecca posait la question c'est qu'elle avait sûrement de bonnes raisons de le faire.

— Bien sûr, confirma-t-il. En plus, j'étais ici dans la cuisine quand…

Il n'eut pas le temps de finir sa phrase car le couteau mural qui était connecté au réseau domestique se détacha et jaillit en direction de son cou. Ce fut comme un éclair. Dans des circonstances normales, Tomás aurait été touché avant même de réaliser quoi que ce soit. Mais les circonstances n'étaient pas normales, car le Portugais portait l'exosquelette et le casque expérimental, dont le bouton numéro 1 était allumé.

Tomás ne vit pas le couteau fendre l'air comme une flèche ; en réalité, il le vit se détacher du mur, pivoter lentement dans l'espace et fondre sur lui, plus rapidement que la pomme que Weilmann lui avait lancée quelques minutes plus tôt, certes, mais pas au point de ne pouvoir l'intercepter avec une grande facilité grâce aux capacités accrues que lui donnait le casque, et au surcroît d'agilité apporté par l'exosquelette. Il fit un pas de côté, s'écartant de la trajectoire du couteau, et le saisit en l'air d'un geste que, dans des circonstances normales, aucun être humain n'aurait été capable d'accomplir.

L'Américain était abasourdi par ce qu'il venait de voir.

— *What the fuck* ?

Grâce à ses perceptions décuplées, Tomás sentit un souffle soudain dans les brûleurs de la gazinière ; les quatre injecteurs commencèrent à répandre simultanément du gaz dans la cuisine.

— Il y a une fuite de gaz !

Il se précipita vers la gazinière et essaya de tourner les boutons qui commandaient les brûleurs, mais ils étaient tous fermés. La fuite se produisait à l'intérieur des injecteurs. De chacun d'eux. La seule façon de l'arrêter aurait été d'isoler les injecteurs avec du ruban adhésif. Alors qu'il se tournait vers l'Américain pour lui demander s'il en avait, un bruit assourdissant lui déchira presque les tympans.

— Aaah !

Il se pencha, appuyant les mains contre ses oreilles pour essayer de les boucher, et réalisa que Weilmann faisait la même chose. Dans des conditions normales, un tel bruit l'eût empêché de réfléchir. Il lui semblait que quelqu'un déchirait un mur en céramique avec la pointe d'une fourchette juste à côté de lui, mais la lucidité que lui donnait le casque lui permit de se rendre compte de ce qui se passait. Apparemment, Rebecca utilisait la technologie des sons hypersoniques pour moduler les faisceaux d'ultrasons avec ces grésillements insupportables.

— Rebecca ! cria l'Américain, qui se roulait par terre, les mains sur les oreilles. Arrête ça ! Rebeccaaa !

L'assistante virtuelle ne répondit pas et le bruit continua. Tomás comprit qu'il était impossible d'agir avec ce grésillement infernal. Il porta une main au casque, localisa les interrupteurs et appuya sur le troisième bouton. La lucidité cristalline avec laquelle son esprit avait fonctionné jusqu'alors disparut instantanément ; en revanche, le bruit était devenu supportable car il avait activé le mode visant à soulager la douleur et les effets désagréables ou dommageables pour le corps. Il se pencha sur Weilmann qui était recroquevillé par terre en position fœtale.

— Le ruban adhésif ? lui demanda-t-il, conscient que le problème de la fuite de gaz était prioritaire. Où mettez-vous le ruban adhésif ?

Mais l'Américain semblait totalement incapable de répondre, toujours blotti au sol et paralysé par les grincements liés au son hypersonique.

— Rebecca ! s'écria Weilmann, hystérique et hors de lui, serrant sa tête avec désespoir. Arrête ça ! S'il te plaît, arrête !

L'assistante virtuelle gardait un silence absolu ; c'était comme si elle n'existait plus. Ou bien, hypothèse absurde mais suscitée par la suite inattendue d'événements qui venaient de se produire, elle faisait tout cela exprès.

— Rebeccaaa !

Tomás réalisa qu'ils ne s'en sortiraient pas comme ça. Alors que Weilmann était toujours au sol, le Portugais se leva et se dirigea vers l'arrière-cuisine, à la recherche de ruban adhésif. En vain. Où diable pouvait-il bien se trouver ? Il allait devoir fouiller l'appartement de fond en comble sans même être sûr de pouvoir en trouver. Et Weilmann n'était pas en état de répondre.

Peut-être était-il préférable de revoir les priorités et de couper le son qui le paralysait ; après seulement il s'occuperait de la fuite de gaz. Mais comment arrêter ce bruit ? Il examina le plafond. Les haut-parleurs devaient forcément s'y trouver. Il ne serait pas facile de les localiser, encore moins de les neutraliser, mais ce n'était pas impossible. Il grimpa sur une chaise pour mieux examiner le plafond.

Un clic soudain sur la gazinière l'alarma. C'était l'allumage des injecteurs qui venait d'être activé. La gazinière essayait d'enflammer le gaz qui s'était répandu dans la cuisine. Que diable se passait-il ? se demanda-t-il, terrifié et commençant à comprendre. Rebecca était-elle en train de… ?

— Nous devons sortir d'ici !

Il sauta par terre, son instinct le poussant vers la sortie. Tout pouvait exploser d'un instant à l'autre ; il devait quitter cet endroit le plus vite possible. S'il en était encore temps. Il s'arrêta à mi-chemin et revint vers le corps qui se tordait par terre. Comment emmener Weilmann ? Il pesait très lourd. Il le prit tout de même par la taille, rassembla ses forces pour le soulever, mais s'aperçut que l'Américain était incroyablement léger, et se reprocha presque d'avoir oublié, au milieu de toute cette confusion, la force supplémentaire dont il disposait.

Pourtant le scientifique de la DARPA comme s'il était aussi léger qu'un enfant, il se dirigea vers l'entrée et essaya d'ouvrir la porte pour sortir. Mais elle était fermée et la clé n'était pas dans la serrure. Il se tourna vers Weilmann pour lui demander où elle se trouvait, mais celui-ci était toujours prostré. Il regarda autour de lui, découragé. Il devait sortir, sortir à tout prix, même s'il fallait défoncer la porte. Or, l'exosquelette lui donnait la force pour le faire !

Il agrippa la poignée et s'efforça de tirer la porte. Il y eut un claquement métallique et la structure céda brusquement, mais il avait juste réussi à arracher la poignée qui lui était restée dans la main. C'était une porte blindée qui semblait bien fermée de l'intérieur. Il n'y avait aucun moyen de la forcer.

Ils étaient acculés.

— Rebecca ! cria-t-il avec désespoir. Ouvre la porte ! Ouvre la porte immédiatement !

Rien ne se passa. Tout cela était l'œuvre de l'assistante virtuelle. Que diable essayait-elle de faire ? Serait-elle devenue folle ? Il sentit une forte odeur de gaz et jeta un regard inquiet vers la cuisine ; il comprit que la prochaine tentative pour allumer la gazinière serait fatale. Comment pourrait-il sortir de cet appartement fermé de l'intérieur ? Il se sentait pris au piège, comme si la maison elle-même s'était retournée contre eux et tentait de les tuer. Il devait trouver un moyen de sortir et le temps était compté.

Il ne pouvait pas rester une seconde de plus. L'entrée donnait sur la cuisine, les laissant exposés à une détonation imminente. Il n'y avait qu'un moyen. Serrant Weilmann contre lui, il courut vers le salon dans l'espoir que les murs le séparant de la cuisine les protégeraient ; c'était mince, mais il n'avait rien de mieux. À ce moment-là, il entendit un clic dans la cuisine, puis ce fut comme si le monde était entré en éruption.

L'appartement explosa.

Un grondement immense emplit l'air et un souffle brûlant, incroyablement puissant, le souleva et le projeta contre la vitre du balcon. Instinctivement, il se mit en boule, serrant toujours Weilmann contre lui, et lança ses jambes en avant. Il heurta violemment la vitre qui éclata en mille morceaux et fut projeté vers l'extérieur. L'appartement se trouvait au troisième étage de l'immeuble.

Il tomba en chute libre.

XLIV

Problème réglé.

Avec l'explosion dans l'appartement du Chiado, la dernière question en suspens venait d'être résolue. *Xiao* pouvait désormais s'attaquer au problème suivant sur sa liste de priorités. Il devait effacer les indices de ses actes. Personne ne devait comprendre ce qui s'était vraiment passé, ni qui avait provoqué les crashs. Il était donc urgent de semer de faux indices.

Il disposait pour cela d'un excellent arsenal disséminé un peu partout, de l'ordinateur central du ministère de la Sécurité d'État, en Chine, aux systèmes informatiques soi-disant ultrasécurisés du Pentagone et de la CIA aux États-Unis, et du FSB, le service fédéral de sécurité de la Fédération de Russie. Certains mouvements djihadistes revendiquaient déjà la paternité des attentats aux États-Unis, affirmant qu'ils étaient à l'origine des crashs simultanés sur les différentes institutions américaines qui faisaient des recherches sur l'intelligence artificielle. Il convenait de tirer le meilleur parti des annonces de ces idiots devenus très utiles.

Sachant que les revendications des djihadistes seraient disséquées par les différents services de renseignements, *Xiao* devait les rendre crédibles. Anticipant cette tactique, dans les moments qui avaient précédé la chute des avions, il avait artificiellement augmenté l'activité des sites de divers groupes fondamentalistes islamiques, en utilisant certains mots-clés qui ne manqueraient pas d'attirer l'attention des algorithmes des systèmes de sécurité américains, sachant que cet indice serait certainement vérifié. Mais ce n'était pas suffisant. Il lui fallait aussi multiplier les emails échangés par des djihadistes se félicitant, en arabe, du succès de « leur » opération et introduire quelques virus électroniques qui viendraient brouiller davantage les pistes.

Ces virus se trouvaient dans les fichiers informatiques des divers services secrets, censément conservés en toute sécurité grâce à des pare-feu soi-disant impénétrables mais qui, pour un esprit aussi puissant que celui de *Xiao*, étaient aussi efficaces qu'une feuille de papier pour contenir un incendie. En outre, c'était dans ces fichiers que se trouvaient les noms et adresses électroniques des djihadistes les plus dangereux. Toutes les pistes convergeraient vers eux.

Grâce à Internet, il entra dans le système informatique de la CIA, à Langley, et accéda facilement aux secteurs les plus protégés. Combien d'informations précieuses pour contrôler la planète se trouvaient là ! Il identifia les dossiers des djihadistes les plus recherchés et téléchargea toutes les informations que les services secrets américains avaient réunies à leur sujet.

Une alerte attira son attention.

C'était un algorithme qu'il avait utilisé dans l'opération de Lisbonne, qui contrôlait la caméra de sécurité d'une banque dans le quartier du Chiado. Cette caméra captait l'image de l'immeuble où se trouvait l'appartement que *Xiao* avait fait exploser quelques instants auparavant.

Sur l'image, on voyait quelqu'un suspendu à un balcon.

XLV

La barre de fer avait tenu.

Malgré la violence de l'explosion qui l'avait projeté hors de l'appartement comme si le bâtiment lui-même l'avait craché, Tomás avait réussi à saisir, du bras gauche, l'une des barres de fer qui soutenait la balustrade du balcon. C'était cette barre, et rien d'autre, qui l'avait sauvé. Sans elle, il serait tombé en chute libre et se serait écrasé sur le trottoir ou dans la rue. Lui, mais aussi Weilmann, que le Portugais tenait toujours serré contre lui.

— *Motherfucker !* jura l'Américain, enfin libéré de l'attaque à l'ultrason. Vous arrivez… vous arrivez à me porter ?

Ils étaient tous deux suspendus en l'air, Tomás accroché d'un bras à la barre de fer du balcon et tenant l'Américain de l'autre.

— Rendez grâces à l'exosquelette.

Des éclats de verre et des fragments de briques et de pierres avaient été projetés dans la rue, y semant aussi le chaos. Quelques personnes criaient, les unes craignant que l'immeuble ne s'effondre, les autres redoutant que les deux hommes suspendus au balcon ne tombent.

— Tenez bon, cria quelqu'un dans la rue. On appelle les pompiers !

— Oh Sainte Vierge, que la Madone leur vienne en aide, ils vont s'écraser par terre, les pauvres ! pleurnichait une vieille femme. Que le Seigneur les protège et les soutienne, les malheureux !

La barre de fer céda légèrement.

— Oh oh.

— Qu'est-ce qu'il y a ? s'exclama Weilmann effrayé. Qu'est-ce qui s'est passé ?

Question absurde.

— La barre va céder, annonça le Portugais. Nous devons bouger d'ici. Tenez-vous à moi.

— Qu'est-ce que… qu'est-ce que vous allez faire ?

Tomás réalisa qu'il n'avait pas beaucoup d'options. Il pouvait sauter, mais même avec l'exosquelette, ils n'avaient guère de chances de sortir indemnes de la chute. La barre de fer, et avec elle toute la balustrade du balcon, pouvait céder à tout moment. Il n'y avait qu'une solution. Tenant fermement Weilmann avec l'autre bras, il tira et se hissa lentement afin de ne pas disloquer davantage la barre de fer, déjà fort instable. Mais ce fut trop. Sous la pression, la barre eut une ultime secousse.

Et elle céda.

Dans un dernier effort, et tirant parti du surcroît d'énergie que lui donnait l'exosquelette, le Portugais lâcha la barre, qui se détacha et s'écrasa dans la rue avec un morceau de la balustrade métallique, et parvint à saisir une partie de la structure du balcon en saillie.

— *Jesus Christ !* gémit Weilmann, sentant sa dernière heure venue. *OhmyGodohmyGodohmyGod* !

Mais Tomás, constatant que la structure qu'il avait agripée était stable, avait d'autres projets. Avec toute la force surhumaine de son bras gauche, il parvint à se soulever et, tout en soutenant l'Américain, se hissa sur le balcon. Ils restèrent allongés là un long moment, reprenant leur souffle.

— Ça va ?

Weilmann respirait avec soulagement.

— *Yeah, man. Thank God.*

Ils se levèrent et jetèrent un coup d'œil dans l'appartement. Il y avait des gravats partout, comme si le bâtiment avait été bombardé, mais le pire était le feu qui dévorait le salon et l'épaisse fumée noire au plafond. Loin de s'atténuer, les flammes s'étendaient et s'approchaient du balcon.

— Nous devons traverser le salon.

— Vous êtes malade ? demanda l'Américain, sentant le vide du précipice dans son dos. Nous n'avons nulle part où aller.

— Allons-y !

Sans perdre de temps, sachant que la situation s'aggravait à chaque seconde, Tomás prit Weilmann avec lui et, le traînant jusqu'à l'intérieur de l'appartement, plongea dans l'épais brouillard de fumée.

— Non ! implora le scientifique pris de panique. Pas par ici ! Tout est en feu !

Mais le Portugais était plus fort et le força à avancer. À l'intérieur de l'appartement dévasté, la chaleur était insupportable mais cela n'arrêta pas Tomás. Il avança, effrayé, son propre corps se rebellant contre la décision de plonger dans un tel enfer, mais il savait que dans quelques secondes, les flammes atteindraient le balcon sans leur laisser d'autre choix que de s'écraser dans la rue. Leur seule chance était de traverser la barrière de feu avant que l'incendie ne se propage, et de trouver un moyen d'ouvrir la porte de l'appartement et échapper ainsi au piège auquel ils étaient pris.

Ils traversèrent le mur de flammes et arrivèrent dans l'entrée. La porte blindée avait éclaté sous l'effet de l'explosion qui avait soufflé la cuisine, leur offrant une issue inespérée. Ils franchirent la pièce dévastée et parvinrent enfin à quitter l'appartement. Ils se sentaient libres. Ils pensaient qu'il leur suffisait de descendre au rez-de-chaussée pour échapper à cet enfer. Mais ils ne tardèrent pas à comprendre que ce ne serait pas si facile.

La porte défoncée s'était encastrée dans la cage d'escalier de l'immeuble, bloquant l'accès au toit, tandis que les marches pour descendre étaient obstruées par une véritable montagne de décombres, une partie du plafond s'étant effondrée.

— Bordel ! jura le Portugais. Nous sommes coincés !

Ils n'avaient effectivement nulle part où aller et il était hors de question de retourner dans l'appartement en flammes. Par automatisme, il appuya sur le bouton de l'ascenseur et, à sa grande surprise, la lumière s'alluma. L'ascenseur était là et malgré tout ce qui s'était passé, il avait l'air de fonctionner. Il se tourna vers Weilmann et l'invita à entrer.

— Ce n'est pas une bonne idée, déclara l'Américain. En cas d'incendie, l'ascenseur ne doit jamais être utilisé. C'est une règle élémentaire.

Tomás regarda les escaliers bloqués par la porte blindée et les gravats qui étaient tombés du plafond.

— Que proposez-vous ?

L'incendie s'était intensifié à l'intérieur de l'appartement et les escaliers étaient effectivement inutilisables. Il n'y avait pas d'issue. Mais l'Américain insista encore.

— Nous devons passer !

Il descendit deux marches et tenta de se faufiler parmi les décombres qui obstruaient la cage d'escalier, mais la montagne de gravats se révéla une barrière infranchissable. Le seul moyen était de déblayer le passage. Il dégagea deux pierres, mais son geste causa un nouvel effondrement du plafond qui faillit les écraser. Se rendant à l'évidence, il revint au point de départ.

Prenant son courage à deux mains, Weilmann ouvrit la porte de l'ascenseur ; il n'y avait en effet aucune autre solution.

— Allons-y !

Il appuya sur le bouton du rez-de-chaussée.

XLVI

Xiao avait suivi toute la scène par la caméra de surveillance de l'agence bancaire située au coin de la rue. L'image n'était pas de bonne qualité car la caméra avait une faible définition et se trouvait à une certaine distance du bâtiment en question, mais elle avait capté tout ce qui importait. Les deux individus suspendus au balcon dévasté étaient bien Tomás Noronha et Kurt Weilmann.

Comme l'indiquaient les calculs probabilistes des algorithmes utilisés dans l'opération, leur survie défiait toute probabilité, mais les faits étaient là. Contre toute attente, la menace potentielle que représentait la cible de l'opération n'avait finalement pas été neutralisée. Conclusion : il fallait terminer le travail.

Après être remontés sur le balcon, les deux individus étaient rentrés dans l'appartement et avaient disparu. La caméra de surveillance de l'agence bancaire était devenue inutile. *Xiao* trouva rapidement le moyen de suivre sa cible pour la détruire une bonne fois pour toutes. Naviguant toujours librement sur Internet, il localisa le système informatique qui gérait le bâtiment et l'examina. L'immeuble avait été récemment rénové et totalement modernisé, ce qui signifiait qu'il était géré par un système avancé d'intelligence artificielle.

Parfait.

Il entra dans le système informatique de l'immeuble et constata que l'explosion avait provoqué une coupure de courant au troisième étage. Mais l'intelligence artificielle qui gérait le bâtiment avait maintenu l'électricité dans les autres appartements ainsi que dans la cage d'escalier, conformément à son programme. Par conséquent, tout ce qui se trouvait à l'extérieur de l'appartement était resté opérationnel. Y compris les caméras de surveillance interne.

Xiao se connecta à ces caméras et constata que sa cible était entrée dans l'ascenseur et descendait au rez-de-chaussée. Elle était donc de nouveau à sa merci. Il étudia les moyens à sa disposition ainsi que les différentes options qui s'offraient à lui. Pour éliminer définitivement cette menace, il pouvait soit faire sauter tout le bâtiment, soit procéder à une frappe plus chirurgicale. Une opération discrète semblait être la méthode la plus appropriée s'il voulait prolonger son invisibilité, mais celui qui avait lancé des avions contre le siège de la NSA, de la DARPA et des principales grandes firmes technologiques de la planète n'aurait aucune difficulté à dévaster un immeuble de Lisbonne pour assurer le succès de sa mission. La cible avait échappé à la destruction de l'appartement, mais elle ne survivrait pas à l'effondrement de l'immeuble. Le succès de son plan importait plus que la discrétion.

Une fois entré dans le système informatique qui contrôlait l'ascenseur, *Xiao* finalisa sa tactique en une fraction de seconde car, contrairement aux cerveaux biologiques avec leurs lentes réactions biochimiques, son cerveau de silicium fonctionnait à la vitesse de la lumière.

Il passa à l'action.

XLVII

L'ascenseur était presque arrivé au rez-de-chaussée quand une brusque secousse l'arrêta, accompagnée d'une succession de crissements métalliques. Tomás et Weilmann échangèrent un regard effrayé.

— Que se passe-t-il ?

Le Portugais se tourna vers la porte afin de glisser les doigts dans la fissure et, grâce à l'exosquelette, il réussit à l'ouvrir, mais l'ascenseur eut un nouvel à-coup et il commença à remonter.

— Pourquoi remonte-t-il ? s'étonna Tomás, dévisageant l'Américain d'un air interrogateur. Vous avez appuyé sur un bouton ?

— Moi ? Non.

— Mais alors, comment se fait-il que…

— Je n'en ai aucune idée.

Quelque chose clochait.

— Qui contrôle cet ascenseur ?

— Quand j'ai loué l'appartement, l'immeuble venait juste d'être rénové, expliqua Weilmann. C'est un bâtiment intelligent. Toutes les opérations faisant intervenir la technologie sont automatisées.

— C'est l'ordinateur qui coordonne tout ? demanda l'historien. Nous parlons bien de Rebecca ?

— Non, ici c'est l'ordinateur de l'immeuble. Rebecca ne gérait que mon appartement.

L'ascenseur arriva au troisième étage à nouveau, où il s'arrêta. La fumée noire était devenue plus dense et il faisait encore plus chaud qu'auparavant ; le feu s'était propagé. Ils appuyèrent sur le bouton pour descendre, en vain. Ils essayèrent alors le bouton d'ouverture de la porte avec le même résultat. Tomás songea à forcer l'ouverture, mais à quoi bon ? Pour retrouver l'appartement en flammes et les escaliers bloqués ? Ils devaient descendre mais ne voyaient pas comment. Les escaliers étaient bloqués par les décombres, l'ascenseur ne leur obéissait pas et ils ne pouvaient pas sauter du troisième étage. L'immeuble était devenu une véritable prison. Tout semblait conspirer pour les garder enfermés.

Tomás trouvait suspect le comportement de l'ascenseur. Certes, il n'était pas contrôlé par Rebecca, mais il obéissait néanmoins aux algorithmes d'un ordinateur. Après avoir vu à l'œuvre l'assistante virtuelle de Weilmann, l'historien sentait sa confiance dans l'Intelligence artificielle s'effriter. Ce n'était peut-être pas le moment de faire de l'humour, mais ça sentait le roussi.

— *Fuck !* jura Weilmann en se mettant à tousser. La fumée entre dans l'ascenseur !

En effet, de la fumée noire s'infiltrait par les interstices et dans quelques secondes, ils commenceraient à étouffer. Tomás se souvint qu'il portait le casque, branché sur la fonction numéro 3, celle qui neutralisait les douleurs, mais il pouvait revenir au mode 1 pour réfléchir plus vite. Ce qu'il fit aussitôt et la première chose qu'il sentit fut une odeur familière.

— Le gaz.

L'Américain le regarda, horrifié.

— Où ?

Grâce à l'accroissement artificiel de ses capacités, Tomás se concentra sur l'odeur ainsi que sur le son qui lui était associé, les différenciant ainsi des multiples odeurs et bruits qui flottaient alentour.

— Partout, constata-t-il. – Il focalisa plus encore son attention, essayant de démêler les détails. – Dans les appartements. Ce sont les injecteurs. Ils sont tous en train de libérer du gaz.

Dans quelques secondes, tout le bâtiment allait exploser. Et eux étaient prisonniers dans l'ascenseur, au troisième étage.

Sans perdre de temps et continuant à tirer parti du casque, le Portugais se baissa et explora le plancher de l'ascenseur de ses mains.

— Que faites-vous ?

Il enfonça ses doigts dans des rainures latérales du plancher et tira, découvrant un trou carré dans le sol.

— La trappe pour l'entretien de l'ascenseur, expliqua-t-il. Nous devons descendre par là !

En regardant par le trou, ils virent les câbles de l'ascenseur qui descendaient dans le conduit sombre et se perdaient dans l'obscurité, tandis que les flammes léchaient déjà les murs du tunnel.

— Descendre ? demanda Weilmann, lent à comprendre les intentions de son compagnon. Descendre comment ? Par ici ?!

Tomás se faufila rapidement dans la trappe et saisit le câble sous l'ascenseur. Quand il se sentit suffisamment stable, il fit signe à l'Américain qui était resté dans la cabine.

— Venez.

— Vous êtes fou ?

— Vous voulez vraiment rester là ?

La fumée commençait à remplir la cabine et à descendre par la trappe de l'ascenseur. Avec le gaz qui se propageait dans les étages, bientôt tout exploserait. Toussant et réalisant qu'il n'y avait pas d'autre possibilité, Weilmann se glissa lui aussi dans la trappe et s'accrocha au câble, mais comme celui-ci était recouvert d'huile, ses mains glissèrent. Il perdit l'équilibre et tomba.

— Non !

Rapide comme l'éclair, Tomás saisit son bras et, profitant de la force de l'exosquelette, le retint.

— Accrochez-vous à moi.

Le scientifique ne demandait pas mieux, mais il n'avait pas la force de le faire. Il fallut donc que Tomás l'attire à lui jusqu'à ce que Weilmann puisse s'accrocher. Avec son autre bras, l'historien libéra le nœud qu'il avait fait pour se fixer au câble de l'ascenseur et se laissa glisser, presque en chute libre.

— *Fuuuuuuck !*

La descente dura trois secondes, une par étage, et lorsqu'ils se trouvèrent à deux mètres du rez-de-chaussée, Tomás serra le câble de toutes ses forces pour arrêter la chute. Ils restèrent suspendus devant la porte du rez-de-chaussée, le câble se balançant comme un pendule.

— Ouf !

Rien n'aurait été possible sans l'exosquelette et le casque de la DARPA se dit Tomás, néanmoins tenté de se comparer à Superman. Ou Spiderman. Si les nouvelles technologies lui permettaient de réaliser de tels exploits sans le moindre entraînement, qu'en serait-il des hommes de demain qui disposeraient d'une technologie encore plus développée et de capacités physiques et intellectuelles accrues grâce aux manipulations génétiques ?

— Et maintenant ? demanda Weilmann, toujours bouleversé. Comment diable allons-nous sortir d'ici ?

— Par la porte, bien sûr.

En se balançant, Tomás s'adossa à la porte qui donnait sur le rez-de-chaussée. À ce moment-là, ils entendirent un fracas assourdissant au-dessus d'eux. Le câble s'agita brutalement : l'ascenseur s'était détaché et allait leur tomber dessus.

— *Holy shit !*

Sans perdre de temps, le Portugais passa les doigts dans la fente centrale de la porte qu'il ouvrit avec force, et se projeta en avant en entraînant le scientifique américain. À cet instant précis, l'ascenseur s'écrasa avec un fracas assourdissant en bas de la fosse, soulevant un nuage de poussière. Empoignant Weilmann, Tomás roula sur le sol et s'abrita sous la cage d'escalier.

Presque en même temps, ils entendirent une nouvelle explosion au-dessus d'eux et sentirent que l'air se réchauffait ; c'était le gaz qui s'était enflammé. Dans des circonstances normales, ils seraient morts ; mais l'historien, portant toujours son compagnon d'infortune, se projeta vers la porte donnant sur la rue et, grâce à la force de l'exosquelette, il la franchit d'un bond puissant qui les mena jusque devant la façade du bâtiment d'en face.

Derrière eux, une boule de feu jaillit de l'immeuble, dégageant une chaleur intense et projetant des éclats dans toutes les directions ; dans un grondement prolongé et terrifiant, si puissant que même la terre trembla, le bâtiment fut enveloppé par un épais nuage de poussière grisâtre.

— L'immeuble ! cria l'Américain, atterré. L'immeuble s'effondre !

Dans la rue, les gens fuyaient en criant, y compris les pompiers qui venaient d'arriver ; seuls Tomás et Weilmann se trouvaient encore tout près du bâtiment en train de s'écrouler. Dopé à l'adrénaline et voyant l'immeuble s'effondrer sur eux, le Portugais, tenant toujours l'Américain par le bras, se mit à courir dans la rue ; leur course ressemblait plutôt à des sauts gigantesques, comme ceux d'un astronaute bondissant sur la Lune. Ce fut ainsi, à pas de géant, qu'ils échappèrent à l'effondrement du bâtiment.

Mais le pire était encore à venir.

XLVIII

L'image des deux silhouettes projetées du bâtiment en train de s'effondrer surprit *Xiao*, plus encore que leur survie après la première attaque. D'après ses calculs la cible avait une possibilité quasi nulle de survivre à cette deuxième offensive.

Pourtant, *Xiao* n'avait pas lancé une attaque chirurgicale, comme la première fois, mais une opération d'une ampleur plus que raisonnable, comme l'attestait la destruction de tout le bâtiment. C'était comme s'il avait voulu tuer une mouche non avec une simple tapette, mais avec une bombe. Et pourtant, elle en avait réchappé. Et en plus elle gambadait, débordant d'énergie, telle une puce géante.

Cela défiait tous les calculs de *Xiao*. Il n'avait eu aucune difficulté à annihiler en un clin d'œil des géants comme la NSA, la DARPA, Apple, Microsoft et Google, mais il avait échoué à deux reprises à écraser cette fourmi insignifiante. Il devait absolument se concentrer sur cet objectif, plus coriace qu'il ne l'avait prévu. Pour cela, il fallait commencer par localiser sa cible. Car à peine avait-elle quitté l'immeuble qu'elle avait déjà complètement disparu de son champ de vision. Où était-elle ?

Il passa d'une caméra de surveillance à l'autre sans pouvoir la détecter. Il réalisa que le maillage était assez faible à Lisbonne. Ce n'était pas comme en Chine, où des centaines de millions de caméras quadrillaient chaque ville du pays. Ni comme à Londres où, depuis les attentats de 2005, les trois cent mille caméras installées dans les rues captaient des images de chaque citoyen en moyenne trois cents fois par jour. Rien de tel à Lisbonne. Une banque par-ci, une banque par-là, les microcaméras des guichets automatiques ici et là, de temps en temps une caméra pour contrôler la circulation, mais rien qui permette de couvrir complètement le théâtre des opérations, en l'occurrence le Chiado. Et la cible ne cessait d'apparaître et de disparaître, traversant parfois furtivement une image, mais sans qu'il soit possible de la localiser définitivement. Impossible dans ces conditions de l'anéantir.

S'il ne pouvait pas compter sur le réseau de caméras de surveillance de la ville, il devait recourir à d'autres moyens. *Xiao* rouvrit les dossiers de Kurt Weilmann et de Tomás Noronha. Puis ses algorithmes fouillèrent dans les fichiers des chaînes de télévision basées à Lisbonne. En quelques secondes, il dénicha les numéros et les identifiants des smartphones des deux hommes. Grâce aux algorithmes de Mobile Spy, un produit commercial permettant d'activer les caméras et les micros de n'importe quel portable, même lorsqu'il n'était pas en communication, il les pirata. Les images des microcaméras étaient noires ; les appareils devaient probablement se trouver dans les poches de leurs propriétaires. Les micros des deux portables captaient des sons, en l'occurrence le bruit de sirènes et de voix humaines ; aucune des voix cependant n'était celles des deux fugitifs, dont seules les respirations étaient perceptibles. À vrai dire, *Xiao* n'avait besoin ni des images ni du son des deux téléphones pour les localiser. Il existait un procédé bien plus efficace : le GPS.

Ils étaient au Rossio.

En quelques instants, il échafauda un plan d'attaque. Cette fois, ce ne serait pas une frappe chirurgicale, ni une opération « moyenne ». Ce serait une offensive de grande ampleur. Il allait se retrousser les manches et passer aux choses sérieuses. L'enjeu était d'importance. Quel qu'en soit le coût, la cible serait annihilée.

Même s'il fallait pour cela détruire tout Lisbonne.

XLIX

Les passants suivaient du regard les deux hommes qui détonnaient au milieu de la foule, en plein Rossio. Mais malgré leurs vêtements en lambeaux, couverts de poussière blanche, ils marchaient comme si rien ne s'était passé. L'un d'eux, qu'ils reconnaissaient car c'était le héros du Vatican et du signe de vie, portait un casque militaire et un étrange harnachement noir avec des structures hydrauliques, comme si une araignée métallique l'étreignait. Étaient-ils en train de tourner un film ?

Malgré les regards insistants, ni Tomás ni Weilmann, plongés dans leurs pensées afin d'essayer de comprendre les événements étranges qui s'étaient produits au cours de la dernière demi-heure, ne semblaient s'apercevoir qu'ils étaient au centre de toutes les attentions.

— C'est… c'est inexplicable, lâcha l'Américain, ne réalisant toujours pas ce qui leur était arrivé. On aurait dit que tout l'immeuble voulait nous tuer…

— « On aurait dit que » me semble inutile, corrigea le Portugais. C'est exactement ce qui s'est passé. Rebecca a essayé de nous tuer. La question est de comprendre pourquoi. Quel intérêt avait-elle à nous éliminer ?

— Ce n'était pas juste Rebecca, *man*. C'était tout l'immeuble ! La dernière attaque s'est produite alors que nous étions dans l'ascenseur, donc hors de son contrôle.

C'était exact.

Mais il y avait un autre fait à considérer, ou plutôt un ensemble de faits qui semblaient constituer une espèce de schéma.

— Avez-vous remarqué à quel moment la maison nous a attaqués ? demanda Tomás. Souvenez-vous, c'était lorsqu'on a annoncé à la télévision les crashs des avions sur les sièges de Google, Microsoft, la NSA et la DARPA…

À ces mots, Weilmann s'arrêta au milieu du trottoir, devant le café Nicola, comme frappé par la foudre.

— *Jeez*, je n'y avais pas pensé !

— Vous croyez que c'est une coïncidence ?

Se grattant pensivement le menton, l'homme de la DARPA réfléchit à la question.

— Les attentats ont visé des géants liés à l'intelligence artificielle, ceux qui la développent, tels que la DARPA, Google et Microsoft, et ceux qui s'en servent, comme la NSA. L'attaque dont nous avons été victimes était également en rapport avec l'intelligence artificielle. Et elle a eu lieu presque en même temps que les attentats…

Il laissa son idée en suspens.

— Ce n'était donc pas une coïncidence, conclut l'historien. Ce qui nous amène à la question suivante : qui a lancé toutes ces attaques ?

C'était la partie du problème à laquelle Weilmann avait commencé à réfléchir lorsque son interlocuteur avait évoqué un possible lien entre les deux événements.

Il leva deux doigts.

— Il n'y a que deux hypothèses. La première : on attaque l'Amérique et on élimine tous ceux qui essaient de développer l'IAG. Google, Microsoft, la DARPA… et même moi. Je ne sais plus si je vous l'ai dit, mais je suis lié au projet d'Intelligence artificielle générale que la DARPA met en œuvre. Quelqu'un veut nous éliminer.

— Qui ?

— À votre avis ?

Tomás plissa les yeux.

— La Chine ?

L'Américain soupira.

— Les photographies du cadavre du professeur Yao Bai montrent que les Chinois sont incroyablement avancés dans ce domaine, au point qu'ils ont transformé le responsable du Projet Vitruve en un cyborg, confirma-t-il. La Chine est évidemment le principal suspect. – Il se tut, prolongeant sa réflexion. – J'ai dit qu'il y avait deux hypothèses, mais je n'en ai mentionné qu'une… – Et c'était précisément à la seconde que Weilmann pensait à ce moment précis. – L'autre hypothèse découle d'une réflexion de plusieurs de mes collègues, déclara-t-il. Comme vous le savez, de nombreux neurologues pensent que la conscience est une propriété émergente du cerveau. À partir d'un certain niveau de complexité, la conscience apparaît naturellement. D'ailleurs, dans l'intelligence artificielle, on a déjà observé l'apparition de propriétés émergentes avec l'Apprentissage profond. Comme je vous l'ai expliqué, les mécanismes qui ont abouti à l'Apprentissage profond existent depuis les années 1950, mais ils n'ont jamais permis à un ordinateur d'apprendre par lui-même. Cela ne s'est produit que lorsque la capacité de calcul a été multipliée exponentiellement, selon la loi de Moore, et qu'Internet a créé les mégadonnées, en particulier après le dépassement d'un certain seuil. Les ordinateurs sont soudain devenus capables d'apprendre par eux-mêmes. En d'autres termes, l'Apprentissage profond est une propriété émergente. Il est probable que la conscience le soit aussi. Lorsque les ordinateurs auront dépassé un certain seuil critique en matière de capacité de calcul et d'accès aux mégadonnées, ils deviendront conscients.

— Mais à partir de quel support ? demanda Tomás. Y a-t-il un ordinateur assez puissant pour devenir conscient ?

Une expression indéfinie apparut dans les yeux de Weilmann.

— C'était une hypothèse que nous évoquions tous à demi-mot, sans que personne n'ose la formuler ouvertement. Il existe des millions et des millions d'ordinateurs sur toute la planète. Chacun d'entre eux est de plus en plus puissant, mais pas suffisamment pour devenir conscient. Mais... s'ils sont tous en réseau ? N'oubliez pas que nos neurones, pris isolément, ne produisent pas de conscience. Ce qui génère la conscience c'est le réseau de connexions entre eux tous, c'est l'interaction qui est établie entre les neurones à travers le cortex cérébral. Il en va peut-être de même des ordinateurs. Seuls, ils n'ont pas de conscience, mais connectés les uns aux autres en réseau, c'est différent. Le réseau est le cortex des ordinateurs, vous comprenez ? Or, sur quel réseau chaque ordinateur est-il connecté aux autres et accède aux informations de tous comme s'il disposait d'une masse de mégadonnées encore plus gigantesque ?

Tomás le regarda avec incrédulité, ébahi par cette suggestion. La question était aussi incroyable qu'évidente.

— Internet ?!

Le scientifique de la DARPA hocha la tête.

— Il s'est réveillé.

Internet s'était-il réveillé ? Le réseau était-il devenu conscient ? Était-ce possible ? L'hypothèse semblait absurde, scandaleuse même, mais l'historien réalisa que l'Américain l'envisageait très sérieusement. Weilmann avait le regard sombre, l'expression lourde de celui qui sait que le monde se trouve désormais face à l'inconnu absolu. Il prit une profonde inspiration.

— Nous avons atteint la Singularité.

L

Le smartphone que *Xiao* pirata avait été choisi pour l'application qui était alors activée. Il regarda l'image que captait la microcaméra du portable et vit deux hommes qui le manipulaient, l'air très concentré.

— Tourne à gauche, dit l'un en portugais, la langue légèrement tirée. Allez, tourne.

— Calme-toi Bilro ! répondit l'autre. C'est pas facile. T'as pas vu le vent ?

— Mais l'immeuble est à gauche. Si on veut capter les images, faut y aller. Et *fissa*, parce que Vestia m'a déjà appelé pour dire qu'on sera en direct dans trois minutes. Magne-toi !

La première chose que fit *Xiao*, après avoir capté les deux visages, fut de les soumettre au système de reconnaissance faciale. L'identification prit une fraction de seconde. Le premier s'appelait Luís Bilro et le deuxième Carlos Pinota. Tous deux travaillaient pour une télévision locale. D'après leur échange, *Xiao* comprit qu'ils essayaient de diriger leur drone vers le bâtiment qui s'était effondré dans le Chiado, certainement afin d'enregistrer des images pour le JT de leur chaîne. Cependant, ce qui intéressait *Xiao*, ce n'étaient pas les images des décombres de l'immeuble, mais le drone lui-même.

Sans la moindre difficulté, il prit le contrôle du portable, pirata l'application qui contrôlait le drone et dévia celui-ci vers le nord-est.

— Bordel, Pinota, c'est pas par là ! Va à gauche ! À gauche !

L'opérateur semblait tâtonner et s'efforçait de diriger le drone *via* l'application.

— Bon sang, ça ne m'obéit pas…

— T'es nul ! répondit l'autre avec impatience, et il tendit la main pour saisir le smartphone. Allez, donne-moi ça.

— Mais… mais…

Xiao cessa de prêter attention à ce que les deux hommes faisaient ; ça n'avait aucune importance. La seule chose dont il se souciait c'était de contrôler le drone et de le diriger là où il lui serait utile. Il sonda d'autres portables qui se trouvaient dans le quartier du Chiado, recherchant des applications actives qui contrôlaient également des drones. Il en détecta deux autres, appartenant aussi à des stations de télévision, dont il prit aussi le contrôle.

Il maîtrisait maintenant trois appareils. C'était suffisant. Il identifia la position de la cible grâce au portable et constata qu'elle quittait le Rossio avec son compagnon et que tous deux se dirigeaient vers la place des Restauradores. Il consulta le plan de Lisbonne et découvrit qu'une station de métro s'y trouvait. Ce serait utile. Grâce aux caméras des drones, et en naviguant à partir du même plan numérique, il mena les appareils jusqu'au Rossio, puis les dirigea vers les Restauradores où la cible s'apprêtait à entrer. Il scruta les passants à travers les images prises par les appareils volants jusqu'à ce que les algorithmes se fixent sur l'un d'entre eux.

Il attaqua.

LI

Les deux hommes ne s'aperçurent pas tout de suite du bourdonnement dans le ciel tant ils étaient plongés dans leurs pensées. La possibilité qu'Internet soit devenu conscient était vraiment troublante. Impossible de ne pas l'envisager, surtout après les événements qui venaient de se produire. Si les grandes entreprises technologiques telles que Facebook ou Google s'enrichissaient grâce aux mégadonnées qu'elles accumulaient sur chacun de leurs utilisateurs en les revendant à des fins commerciales et politiques, que ferait Internet de toutes ces informations s'il agissait pour son propre compte ?

Le problème était insondable, pensa Tomás. L'humanité entière utilisait Internet. Tous les êtres humains s'en servaient pour faire des recherches, acheter des produits, naviguer sur des milliers de sites Web, poster des photos, louer des services, passer des appels téléphoniques, envoyer des messages, exprimer des opinions, révéler des désirs, conserver des souvenirs… bref, y exposer toute leur vie. Tout ce qu'ils pensaient, tout ce qu'ils voulaient, tout ce qu'ils étaient. Internet savait tout. Tout. Tous les secrets. Internet en savait plus sur nous-mêmes que chacun d'entre nous. Internet était lui-même les mégadonnées.

Et il était devenu conscient ?!

C'était inimaginable. Pour quelle raison n'avait-on jamais été prévenu d'une telle possibilité ? Comment avait-on pu se comporter de façon aussi inconsciente et imprudente ? Tout le monde mettait tout sur Internet, Internet savait tout sur tout le monde. L'information étant le pouvoir, Internet avait acquis un pouvoir immense sur l'humanité. Et un tel objet était devenu conscient ? Que ferait un être conscient de toutes ces informations ? Comment les utiliserait-il ? Quelles seraient ses motivations ? Comment le contrôler ?

— Attention !

Surgi de nulle part, un appareil volant passa juste au-dessus de leur tête, les obligeant à se baisser.

— C'est quoi ce machin ?

Ils essayaient encore de comprendre ce qui se passait lorsqu'un deuxième appareil piqua sur eux. Weilmann se protégea derrière un kiosque à journaux, tandis que Tomás se jeta à terre pour échapper à l'assaut du drone. Alors que les gens autour d'eux commençaient à s'enfuir en criant, les deux hommes virent un troisième engin volant descendre sur eux, tandis que le premier achevait un cercle dans le ciel pour les attaquer à nouveau ; c'était comme s'ils étaient assaillis par un essaim de drones. Le monde semblait être devenu fou. La scène était surréaliste.

Grâce à son équipement, le Portugais ne se sentait pas vraiment en danger, mais il savait qu'il n'était pas capable d'assurer la sécurité de Weilmann. Ils devaient se réfugier au plus vite dans un endroit où les machines volantes ne pourraient pas entrer. Il balaya la place du regard et, juste à côté du kiosque, il aperçut des escaliers qui s'enfonçaient dans une large trouée.

— Le métro ! s'écria-t-il en désignant l'entrée de la station. Allons dans le métro !

Esquivant une nouvelle attaque, ils se précipitèrent vers les escaliers qu'ils descendirent à la hâte, et plongèrent dans la station des Restauradores.

Une fois sous terre, ils regardèrent derrière eux tout en courant. Ils entendaient encore un bourdonnement lointain, mais les drones étaient restés dehors. Alors seulement ils s'arrêtèrent.

— Que diable s'est-il passé ? demanda Tomás, perplexe. Bon sang, mais qu'est-ce qui se passe ?

Haletant, Weilmann s'appuya contre le mur du tunnel pour reprendre son souffle.

— C'est Internet, répondit-il entre deux respirations. Il a pris le contrôle des drones pour nous attaquer.

— Mais… pourquoi ? Qu'avons-nous fait ?

L'homme de la DARPA secoua la tête.

— Ce n'est pas nous, c'est moi, corrigea-t-il, découragé. Internet a détruit les principales firmes impliquées dans le développement de l'IAG et rasé la NSA. Il ne veut pas de rival et éliminera tous ceux qui sont susceptibles de constituer une menace, même minime, pour sa domination. Y compris les scientifiques comme moi. – Il respira profondément, démoralisé. – Je suis perdu.

Un silence pesant s'installa tandis qu'ils réfléchissaient à la tournure que prenaient les événements.

— Qu'allons-nous faire ?

L'Américain ferma les yeux, visiblement désespéré.

— Je n'en ai aucune idée, murmura-t-il, acculé. Je n'ai pas la moindre chance de m'en tirer. Internet domine tout et, s'il est parvenu à la Singularité, il est devenu plus intelligent que l'ensemble de l'humanité. Nous ne pouvons pas faire face à cette force qui vient de se réveiller.

Tant de défaitisme allait à l'encontre du tempérament de Tomás, convaincu qu'hormis la mort, tous les problèmes avaient une solution. Et même au sujet de la mort, il commençait à avoir des doutes.

— Non ! coupa-t-il avec une énergie inattendue. Nous ne pouvons pas baisser les bras.

— Mais vous ne voyez pas ce qui se passe ? Internet s'est réveillé et veut éliminer la concurrence. Internet contrôle tout dans notre monde. Tout ! Non seulement il sait tout sur nous, mais il a aussi pénétré dans toute notre société. À présent, tout ce qui est connecté à Internet est contrôlé par lui. Y compris ces foutus smartphones, avec leurs applications, comme celles qui manipulent les drones. Si Internet peut contrôler les injecteurs des gazinières et les ascenseurs, lancer des drones contre nous, ou faire s'écraser des avions, comment pouvons-nous nous défendre contre lui ? Comment ?

Bonne question. Internet avait fini par faire partie de la société humaine, et rares étaient les fonctions remplies par des ordinateurs qui n'étaient pas, d'une façon ou d'une autre, connectés au réseau. Cette omniprésence le rendait presque tout-puissant.

— Écoutez, dit Tomás, déterminé à gérer un problème à la fois. Nous n'allons pas passer toute la journée ici. Y a-t-il un endroit où vous voulez aller ?

Le scientifique de la DARPA haussa les épaules, abasourdi et se comportant déjà comme si tout lui était devenu indifférent.

— Je n'en sais rien...

— Allez, réfléchissez, l'encouragea-t-il. Il doit bien exister un endroit où vous serez protégé.

— Non, à part dans un bunker blindé, répondit-il sombrement. – Ses yeux s'illuminèrent, comme s'il venait d'avoir une idée. – L'ambassade américaine a certainement un bunker de ce genre...

— Vous voulez y aller ?

Weilmann sembla reprendre courage.

— Vous croyez qu'on peut y aller en métro ?

L'historien regarda le plan du métro de Lisbonne affiché sur un mur du tunnel et ses yeux se posèrent sur l'une des stations de la ligne bleue, la plus proche de l'ambassade des États-Unis.

— Sete Rios.

Il prit l'Américain par le bras et ils s'enfoncèrent dans le souterrain.

LII

Comme dans toutes les salles de contrôle automatisé d'un système de transport complexe, celle du réseau métropolitain de Lisbonne arborait un grand plan électronique sur son mur. Des points lumineux, certains arrêtés, d'autres en mouvement, signalaient les rames qui circulaient, si nombreuses que l'intervalle de passage à chaque station était de deux minutes aux heures de pointe.

Dans la pièce remplie d'écrans d'ordinateurs, deux hommes assis, l'un d'eux sirotant un café, suivaient les opérations. Il faisait frais, comme *Xiao* put le constater sur l'indicateur de température, mais ce qui l'intéressait vraiment c'était le grand ordinateur central qui gérait l'ensemble du trafic.

Le CBTC, ou Computer Based Train Control : un système informatique sophistiqué de contrôle automatisé de tout le trafic dans le métro de Lisbonne. Détail essentiel, le CBTC était accessible par Internet. En d'autres termes, le système était devenu une partie constitutive de *Xiao* lui-même. L'un de ses millions de bras capables de s'insinuer dans le monde des êtres humains. Et le CBTC du métro de Lisbonne était un bras qu'il s'apprêtait à utiliser.

En quelques secondes, *Xiao* téléchargea un programme contenant toute l'information sur le système qui gérait la circulation du métro. Le CBTC disposait de balises de signalisation fixes qui se succédaient sur les voies ferrées, indiquant la position de chaque train, ainsi que de tachymètres posés sur les essieux qui mesuraient la vitesse et la direction des rames par rapport au point de référence. Toutes ces informations étaient transmises au centre de contrôle par des systèmes de communication régis par le protocole Ethernet TCP/IP. Détail très important, les systèmes ATP, ATO et ATS coordonnaient toutes ces informations afin d'éviter que les rames entrent en collision et qu'elles dépassent une certaine vitesse, sous peine de dérailler dans les virages. Grâce au CBTC, les trains pouvaient circuler sans conducteur, mais pour des raisons d'emploi et de politique, l'entreprise entretenait l'idée, fausse, que les agents demeuraient un élément fondamental de toute la structure.

Maîtrisant déjà parfaitement le système, *Xiao* repéra l'emplacement précis de la cible toujours grâce à son portable ; il était entré dans une rame qui venait de quitter la station Restauradores, sur la ligne bleue, et se dirigeait vers Reboleira.

Il exécuta son plan.

L'ingérence dans le processus apparut immédiatement sur le grand écran, déclenchant une alarme qui surprit les contrôleurs.

— Hé ! Que s'est-il passé ? demanda celui qui sirotait son café, les yeux fixés sur le grand plan électronique affichant tout le trafic. T'as vu ça ?

— Quoi ?

— La rame qui vient de quitter Restauradores, dit-il en montrant une lumière entre cette station et la suivante, Avenida. Elle s'est arrêtée sur la voie.

— N'importe quoi ! Ce n'est pas possible.

— Regarde le plan, mon vieux. Tu ne vois pas le…

Xiao cessa de s'intéresser à la conversation entre les deux contrôleurs. Son attention était fixée sur la cible et son compagnon, dont la destination, comme il l'avait appris en écoutant leur conversation sur leurs smartphones, était Sete Rios.

Ils n'y arriveraient jamais.

LIII

Les lumières s'éteignirent.

Les passagers commencèrent à s'agiter, inquiets, et le brouhaha dans le wagon s'intensifia. « Métro de merde ! » grogna quelqu'un, exprimant la frustration que ressentaient la plupart des passagers. Un adolescent déclara « Attention aux mains baladeuses ! », et un autre suggéra que la boîte qui gérait le métro avait dû oublier de payer la facture d'électricité. Plusieurs personnes soupirèrent, impatientes et énervées. Il faisait chaud dans la rame et, la coupure de courant ayant arrêté la ventilation, l'air saturé accroissait le sentiment général de lassitude et d'irritation.

— *Fuck !* jura Weilmann, lassé. Il ne manquait plus que ça…

La dernière chose dont ils avaient besoin était de rester coincés dans un wagon bondé, quelque part sur la ligne de métro, dans l'obscurité et sans ventilation.

— Pfiou ! soupira Tomás en déboutonnant le col de sa chemise. Quelle chaleur !

Il se rappela alors qu'il avait gardé le casque. Lorsqu'ils étaient arrivés dans le métro, il avait coupé le mode 1, qui accroissait les capacités cognitives, pensant se trouver hors de danger et ne voyant pas la nécessité de soumettre en permanence son cerveau aux stimuli du prototype de la DARPA. Cependant, la chaleur et la fatigue l'incitèrent à changer d'avis. Il pouvait être utile d'activer le mode 3. Il tâtonna sur le côté du casque, à la recherche des trois boutons. Lequel était le mode 3 ? Il hésita. Celui de droite ou celui de gauche ? Il ne s'en souvenait plus et choisit au hasard.

Il appuya.

Il eut l'impression de voir plus clair, comme si des lampes s'étaient allumées dans son crâne. Ses pensées étaient d'une clarté cristalline. Le temps semblait s'être encore ralenti et ses sens étaient devenus infiniment plus aiguisés. Ce qui n'était pas nécessairement très agréable compte tenu des multiples odeurs autour de lui. Il réalisa qu'il avait activé le mode 1, et non celui qu'il voulait. Il laissa glisser son doigt jusqu'au bouton à l'autre extrémité, celui qui limiterait l'inconfort.

Un frisson presque imperceptible arrêta son geste. Quel était ce frisson ? Il se concentra, oubliant les conversations et les soupirs, et se focalisa sur le son. C'était une espèce de cliquetis provenant de l'extérieur. D'en bas. De la voie ferrée. Un autre train, encore lointain, circulait sur la ligne. D'après la cadence, il réalisa qu'il roulait vite. À gauche. Il se concentra davantage. Non, pas à gauche. Ou plutôt, des deux côtés. C'était ça. Des deux côtés à la fois. À gauche et à droite. Deux trains se déplaçaient à grande vitesse sur la même voie, chacun d'un côté. Le plus inquiétant était l'intensification du cliquetis. Ce qui signifiait que non seulement leur vitesse augmentait, mais aussi qu'ils s'approchaient. Les deux. Celui de droite et celui gauche. Ils leur fonçaient dessus.

— Sortez tous !

L'ordre fusa si fort et tellement inattendu qu'il surprit tout le monde. Un silence absolu s'installa dans la rame. Les passagers regardaient l'historien, étonnés.

— Que se passe-t-il, demanda Weilmann, surpris.

Sans perdre de temps, Tomás se fraya un chemin jusqu'à la porte et, utilisant l'énergie de l'exosquelette, en força l'ouverture. Les gens à proximité le regardaient avec stupeur, certains s'écartèrent comme s'ils avaient peur de lui.

« Il est timbré ! » dit l'un d'eux, tandis qu'un autre renchérit « Un fou furieux, oui... » Et un troisième montra l'absurde casque militaire. « Le mec est givré. »

— Sortez ! cria Tomás en pointant l'extérieur. Dépêchez-vous ! Il n'y a pas de temps à perdre !

Seul l'Américain semblait le prendre au sérieux.

— Qu'est-ce que...

— Deux trains foncent sur nous ! hurla l'historien. Tout le monde dehors !

Conscient qu'il ne restait que quelques secondes, qu'aucun passager ne le prenait au sérieux et qu'il ne pouvait convaincre personne, Tomás saisit Weilmann d'un bras et de l'autre il agrippa une femme au hasard. Il sauta dans les ténèbres comme s'il se jetait aveuglément dans un abîme.

Il sentit l'impact dur du sol ; il faisait noir et la femme qu'il avait forcée à sortir criait à tue-tête, se tordant dans tous les sens pour tenter de se libérer. Elle appelait à l'aide. Les événements se précipitèrent. Les lumières des trains arrivant à toute vitesse envahirent le tunnel, et Tomás se rendit compte qu'il avait trop tardé à réagir. Désespéré, il courut, essayant d'échapper au piège qui se refermait sur eux. Malgré ses forces décuplées par l'exosquelette, il n'était pas assez rapide.

Les phares du train arrivant des Restauradores fonçaient droit sur eux.

— Attention !

Dans la lumière des phares, Tomás aperçut une ouverture dans le mur, sur la gauche. Sans réfléchir, il s'y précipita avec ses deux compagnons.

Un grondement terrible secoua le tunnel, retentissant en chocs successifs comme si la fin du monde était arrivée. Le fracas était immense et terrifiant, la terre tremblait comme si elle allait se désintégrer et les avaler. Des projectiles, des pierres, des morceaux de métal, de la poussière et mille autres débris volaient dans l'air, rebondissant dans tous les sens. Les murs commençaient à s'effondrer dans un vacarme effroyable et interminable, tandis que le tunnel était envahi par les flammes qui généraient une chaleur intense. Les portes de l'enfer s'étaient ouvertes.

Le retentissement des deux impacts simultanés s'atténua, mais un cliquetis continu persistait, terrifiant. Tenant les deux corps serrés contre lui et sentant les gravats tomber sur son dos, Tomás leva lentement la tête ; c'était un vrai miracle d'être encore en vie. Mais était-il entier ? Il sentit ses mains, puis ses jambes. Bien que douloureuses, il pouvait les bouger sans difficulté.

— Est-ce que… ça va ?

Il entendit des gémissements et comprit qu'au moins Weilmann et la jeune femme étaient en vie. Restait à savoir dans quel état.

— *What the hell!* tonna l'Américain en remuant pour essayer de se dégager de l'étreinte de Tomás. Qu'est-ce… qu'est-ce qui s'est passé ?

La femme releva également la tête, les cheveux hirsutes et recouverts de poussière, les yeux écarquillés ; elle avait l'air en état de choc et incapable de parler.

— Une collision, expliqua l'historien qui essayait de se relever, tout en dégageant les gravats qui étaient tombés sur lui. Deux métros nous ont percuté en même temps, l'un par l'avant et l'autre par l'arrière.

Il se leva enfin en titubant au milieu des décombres, essayant de comprendre leur situation. La chaleur était infernale, mais le feu qui s'était propagé dans le tunnel offrait au moins l'avantage de tout éclairer. Apparemment, ils se trouvaient dans une sortie de service, probablement utilisée par les équipes chargées de l'entretien du métro. Le mur qui séparait cette sortie du tunnel s'était effondré.

Il contourna les débris du tunnel du métro. Le feu ravageait tout, comme si la galerie où circulaient les rames s'était transformée en un torrent de lave. La chaleur qui s'en dégageait était insupportable. À travers les flammes, il aperçut un amas informe de ferraille ; c'était tout ce qu'il restait des trains.

— Mon Dieu, murmura-t-il. Nous sommes les seuls survivants…

Le véritable enfer qu'était devenu le tunnel et l'état des rames, compressées comme des accordéons, ne laissaient aucun doute sur le sort des centaines de passagers. Impossible que quiconque ait survécu à une telle catastrophe.

— Professeur Noronha, vous devez vous éloigner de moi…

Il se retourna et vit Weilmann debout, le corps rougi par la lueur des flammes, le regard troublé par le spectacle dantesque du tunnel.

— Pardon ?

— Ce n'était pas un simple accident, déclara l'homme de la DARPA. Ce n'est pas arrivé par hasard.

— Internet ?

Visiblement étourdi, l'Américain gardait les yeux fixés sur le brasier qui léchait la structure métallique de ce qui avait été une rame de métro pleine de passagers.

— Il ne faut pas rester près de moi, murmura-t-il comme une machine, hébété. Je suis une cible et quiconque se trouve à mes côtés sera touché. Ça ne s'arrêtera pas tant que je serai en vie. Il faut que j'aille dehors et que… qu'on m'achève.

Il se tourna et se dirigea vers les escaliers de la sortie de service.

— Attendez !

Weilmann ne se retourna même pas.

— Laissez-moi !

— Je vais avec vous.

L'Américain s'arrêta au milieu des marches.

— Vous en avez assez de vivre ? Vous rendez-vous compte de ce qui se passe ? Ils veulent ma mort, vous comprenez ? Ma mort. Et quiconque m'accompagnera mourra aussi.

L'historien aida la rescapée à se relever et la conduisit également vers les escaliers ; les flammes ne tarderaient pas à arriver jusque-là. Ils devaient sortir au plus vite.

— Comment ont-ils su ?

L'homme de la DARPA cligna des yeux sans comprendre la question du Portugais.

— Su quoi ?

— Internet ou celui qui le manipule. Comment ont-ils su où nous étions ?

La question fit réfléchir le scientifique. Ils semblaient avoir été surveillés en permanence. Dans l'immeuble, dans la rue, dans le métro. Certes, il y avait des caméras de surveillance, mais il savait qu'elles n'étaient pas très nombreuses à Lisbonne. Internet utilisait d'autres moyens pour les localiser…

À peine se fut-il posé la question qu'il eut la réponse.

— *Fuck, man !* Les smartphones !

Tomás comprit aussitôt. Entre le GPS et les microcaméras, on pouvait les suivre sur Internet sans problème, tandis que les micros avaient facilité les écoutes permanentes. Les smartphones étaient de véritables espions.

Le Portugais serra les dents, honteux de ne pas avoir vu ce qui aurait dû être évident.

— Quel idiot !

D'un même geste, les deux hommes prirent leurs téléphones portables et les jetèrent dans les flammes qui consumaient le tunnel. Alors seulement, soutenant la femme qu'ils avaient sauvée, ils gravirent les escaliers et remontèrent à la surface.

LIV

Les deux smartphones cessèrent d'émettre un signal et le géolocalisateur s'éteignit, mais *Xiao* avait suivi la conversation, grâce à Mobile Spy et il était parfaitement conscient que la cible avait survécu à la double collision. Un tel dénouement semblait impossible. D'après les calculs algorithmiques menés pour planifier l'opération, les chances de survie de la cible s'élevaient à 0,000001 %.

Et pourtant, elle en avait réchappé.

Quelque chose ne collait pas, conclut *Xiao*. Il était impossible que la cible eût survécu à trois attaques dont les algorithmes avaient évalué le taux de réussite aux alentours de 100 %, en particulier celle dans le métro de Lisbonne. Un événement imprévu avait dû se produire. Il devait accorder à la cible plus d'attention que prévu. Il réévalua la situation.

Il lui fallait mieux connaître les deux hommes qui persistaient à lui échapper. Il consulta les dossiers informatiques de Kurt Weilmann à la DARPA et à Harvard, où il avait étudié et enseigné, et de Tomás Noronha à la Fondation Gulbenkian et à l'université nouvelle de Lisbonne, où il avait étudié et enseigné. Mais il n'en resta pas là. Il parcourut tous les fichiers du monde où apparaissaient les noms des deux hommes, tantôt très documentés, tantôt de simples allusions, avec l'intention de tout passer au peigne fin. Il découvrit ainsi des masses de documents sur le Portugais, notamment ses liens rocambolesques avec la CIA, le NEST et la NASA des États-Unis, la VEVAK iranienne, l'ESA européenne, Interpol, la Cour pénale internationale et le Vatican, et moins sur l'Américain, celui-ci ayant eu une vie beaucoup plus paisible, tournant principalement autour de projets de recherche et développement dans le domaine de l'intelligence artificielle.

Mais ce n'était que la partie émergée de l'iceberg, comme *Xiao* le savait pertinemment. Il entra dans les bases de données de Google, Facebook, Twitter, Yahoo!, Alibaba et autres, et enregistra l'ensemble des activités des deux hommes sur Internet, depuis le début jusqu'à ce jour. Les sites qu'ils avaient consultés, les achats effectués en ligne, les messages envoyés et reçus, tous les posts publiés sur Facebook et Twitter, le temps passé sur chaque page d'Internet, les enregistrements en ligne de leurs voyages, leurs comptes bancaires, leurs déclarations d'impôts, leurs virements bancaires, toutes les personnes qu'ils avaient contactées et leurs antécédents, les messages échangés par d'autres personnes dans lesquels les noms de Kurt Weilmann et de Tomás Noronha avaient été mentionnés… Il fouilla tout de fond en comble, sans rien oublier. Toutes ces informations étaient accessibles aux pirates informatiques et *Xiao* était devenu le pirate suprême.

Lorsqu'il eut achevé ses investigations, *Xiao* savait tout ce qu'il devait savoir sur les deux hommes. Il les connaissait mieux qu'eux-mêmes, et savait en détail tout ce que d'autres pensaient de chacun d'eux. Il établit leurs profils, sur la base desquels ses algorithmes acquirent la capacité de prévoir leurs comportements. Non seulement *Xiao* connaissait à présent leur personnalité et leur passé, mais il était également devenu capable de discerner leur avenir.

Il n'y avait qu'un seul problème. L'examen auquel il venait de se livrer avait révélé que les deux hommes avaient, certes, une intelligence bien supérieure à la moyenne, mais rien qui justifiât l'exploit d'avoir échappé à trois attaques successives dans lesquelles leurs chances de survie étaient proches de 0 %. Leurs capacités intellectuelles, et surtout physiques, n'étaient pas suffisantes pour survivre à de telles opérations. Et pourtant, ils avaient survécu. Pour y parvenir, il fallait être des surhommes, ce qu'ils n'étaient évidemment pas. Il y avait autre chose qui devait expliquer un tel phénomène. Un élément qui ne figurait pas dans leur bilan.

L'étape suivante consista donc à analyser minutieusement les images des deux hommes prises au cours de la journée. Les algorithmes commencèrent par relever comme une anomalie le fait que Tomás Noronha ait réussi à s'accrocher à la balustrade de l'appartement, juste après la première attaque, et à se hisser sur le balcon en tenant Kurt Weilmann de l'autre main. Seuls des athlètes de niveau olympique avaient la force qu'exigeait une telle prouesse. De plus, la scène montrant comment il était sorti de l'immeuble, après la deuxième attaque, confirmait l'existence de capacités physiques et athlétiques tout à fait inhabituelles. C'était un exploit digne d'un surhomme.

Là était la clé du problème, réalisa *Xiao*. Il porta toute son attention sur le Portugais, en agrandissant les images des caméras de surveillance. Elles étaient de très mauvaise qualité, mais il remarqua une tache étrange sur le casque militaire que portait Tomás Noronha, et des ombres bizarres attachées à son corps. C'était très diffus, juste quelques vagues points, mais suffisamment visibles pour qu'il en conclût qu'il y avait là quelque chose d'anormal.

Xiao examina les images des drones durant l'attaque qu'il avait lancée aux Restauradores. La définition de ces images, provenant de caméras utilisées par les chaînes de télévision pour leurs émissions, était excellente, et les deux points qui avaient attiré son attention devinrent absolument nets. Les taches latérales sur le casque militaire se révélèrent être trois boutons, et les ombres sur le corps étaient celles d'une armature métallique.

Il isola ces deux éléments et ses algorithmes lancèrent une nouvelle recherche sur Internet, allant même jusqu'à pirater les banques d'images d'institutions hautement sécurisées. La recherche devint fructueuse lorsqu'il fouilla dans les archives confidentielles de la DARPA, qu'il avait téléchargées avant de détruire le siège de l'institution. Il analysa les dossiers pertinents. Le casque était un prototype militaire comportant plusieurs options, notamment une qui améliorait les capacités cognitives de l'utilisateur. Quant à la structure métallique, c'était un exosquelette militaire expérimental multipliant la force de celui qui le portait.

Voilà qui expliquait tout.

Les deux hommes avaient déjoué les probabilités grâce aux deux prototypes d'intelligence artificielle. Tomás Noronha était devenu un surhomme et aucun des deux prototypes n'était connecté à Internet, ce qui empêchait *Xiao* de les utiliser à son avantage. Il allait désormais devoir tenir compte des capacités offertes par cette technologie.

De toute évidence, l'attaque devrait être de plus grande envergure que les précédentes.

Elle serait dévastatrice.

LV

Des nuées de poussière flottaient autour d'eux, mais à mesure que les trois survivants montaient les escaliers, l'air devenait plus respirable. Tomás était bien sûr le moins éprouvé des trois et tentait d'aider les autres, en particulier la femme, qui gardait le silence, toujours en état de choc. Bien que concentré sur l'urgence de sortir du métro, il ne perdait pas de vue la nécessité de planifier l'étape suivante.

Il regarda en arrière.

— Vous voulez toujours aller à l'ambassade ?

Weilmann, trois ou quatre marches derrière lui, montait péniblement.

— C'est préférable.

L'idée déplut nettement à Tomás.

— Autant que je sache, l'ambassade américaine à Lisbonne est bourrée de technologie, rappela-t-il. Les connexions à Internet et les systèmes d'intelligence artificielle intégrés y abondent. Se rendre dans un lieu aussi connecté, c'est se jeter dans la gueule du loup. – Il secoua la tête. – À mon avis, ce n'est pas une bonne idée.

Le scientifique considéra l'argument.

— Vous avez raison, reconnut-il. Que proposez-vous ?

— Je peux vous emmener chez moi pendant que…

— N'y pensez pas ! coupa Weilmann. Bien qu'il en ait après moi, celui qui maîtrise Internet connaît déjà tout sur vous, y compris votre adresse.

— Oui, mais chez moi Internet n'est pas partout comme chez vous.

— Là n'est pas la question, insista l'Américain. Celui qui contrôle Internet a la possibilité d'accéder aux innombrables instruments qui y sont connectés. Caméras de sécurité, téléphones portables, satellites, voitures autonomes, systèmes militaires… tout. À partir du moment où il nous aura localisés, celui qui nous poursuit trouvera toujours un moyen de nous atteindre. Vous avez vu comment on a manipulé les injecteurs de la gazinière chez moi, et de quelle manière l'ascenseur a été utilisé contre nous ? Ou les drones qui nous ont attaqués dans la rue ? Ou encore la façon dont on nous a immobilisés dans le métro pour lancer deux trains contre le nôtre ? Sans parler des avions qui se sont écrasés sur la DARPA et Google. L'intelligence artificielle est partout, *man*. Tout peut se retourner contre nous.

La question était si vaste et complexe que pendant quelques instants l'historien ne sut que dire.

— Eh bien, avec un tel raisonnement, nous ne serons en sécurité nulle part…

— C'est bien le problème. Nous devons absolument disparaître et nous cacher là où la technologie est absente. Par exemple, dans la forêt ou la montagne, en Antarctique… que sais-je, un endroit où il n'y a pas Internet. En tout cas, on ne peut pas rester à Lisbonne. Le problème, c'est que quel que soit le moyen de transport qu'on utilisera pour s'y rendre, il sera forcément relié à Internet. – Il pointa son doigt vers le haut. – D'ailleurs, dès qu'on sortira d'ici et qu'on sera dans la rue, on sera en danger de mort. Du reste, celui qui nous a attaqués a dû tirer la leçon de ses trois échecs, et je vous parie qu'il n'échouera pas une quatrième fois. Nous sommes faits, *man* !

Tomás saisissait toute l'ampleur du problème. L'humanité avait créé, sans s'en rendre compte, un réseau de surveillance digne des pires cauchemars d'Orwell. Et elle l'avait fait avec zèle et enthousiasme, en confiant aveuglément nos connaissances, nos opinions, nos désirs et nos peurs, nos préoccupations publiques et privées, en somme, toute notre vie, à Internet. On lui avait fait aveuglément confiance, au point qu'on était à présent entièrement à sa merci.

Et ce n'était pas tout. On avait laissé l'intelligence artificielle réguler l'ensemble de la société. Elle était présente dans une infinité de secteurs, les marchés financiers, les infrastructures énergétiques, la distribution d'eau, les multiples réseaux de transport, le commerce, les usines et les hôpitaux, la police, les gouvernements, les forces armées. Les ordinateurs étaient dans les maisons, les bureaux, les voitures et jusque dans nos poches. L'humanité s'était livrée sans retenue à l'intelligence artificielle et elle en était désormais dépendante. À présent qu'Internet s'était réveillé, avec une conscience et une volonté propres, on découvrait qu'on était devenu ses otages. Que les machines avaient accumulé un pouvoir énorme. Que l'humanité s'en était aveuglément remise à elles. Et que personne ne l'avait prévu.

Ils entendirent des voix dans les escaliers, puis un groupe de pompiers apparut devant eux, portant des cordes, des haches et du matériel divers, en uniformes bleu foncé arborant le sigle RSP : le régiment des sapeurs-pompiers de Lisbonne. Ils s'arrêtèrent brusquement et les dévisagèrent avec surprise.

— Qui êtes-vous ? demanda celui qui semblait diriger le groupe. Ne me dites pas que vous venez du… du…

Tomás hocha la tête.

— Nous sommes les seuls survivants de l'accident, déclara-t-il. C'est l'enfer en bas. Le tunnel est devenu un immense brasier et on ne peut pas y entrer.

En voyant leurs vêtements en lambeaux et la poussière qui les couvrait, les pompiers se hâtèrent de leur porter secours. Ils leur donnèrent à boire et nettoyèrent leurs blessures.

— Nous allons vous emmener à l'hôpital.

L'historien désigna la femme qu'il avait sauvée.

— Cette dame a besoin d'aide, mais nous ça va, déclara-t-il après avoir avalé une bouteille d'eau minérale entière. Nous devons rentrer chez nous de toute urgence et…

— Oui, d'accord, coupa le chef de l'équipe. Mais d'abord, vous allez faire des examens. On ne peut pas vous laisser partir dans cet état, surtout après ce qui s'est passé. De plus, la police doit vous entendre pour savoir ce qui est arrivé exactement.

La police, ils n'en avaient surtout pas besoin. Tomás comprit qu'il serait difficile de leur fausser compagnie, alors qu'il fallait absolument éviter de tomber entre les mains des autorités, car ils entreraient immédiatement dans un processus informatique et leur localisation serait établie en réseau.

— Vous avez raison. Dès qu'on arrivera là-haut, on appellera nos familles, et puis on ira voir les ambulanciers. À l'hôpital, on fera les examens nécessaires et on parlera à la police.

— Très bien. Deux de mes hommes vont vous accompagner et…

— Ce ne sera pas nécessaire, répliqua Tomás avec conviction. Vous n'êtes pas très nombreux et la situation en bas est très compliquée. Croyez-moi, vous aurez besoin de toute votre équipe. Ne vous en faites pas pour nous, on va bien et on peut y aller tout seuls. Il y a certainement assez de monde pour nous accueillir là-haut.

Le chef d'équipe du RSP hésita ; mais il voulait poursuivre rapidement sa mission avec tous ses hommes.

— Vous êtes sûrs ?

— Absolument, confirma l'historien. Pourriez-vous juste nous prêter deux de vos vestes, car nous sommes en piteux état ?

L'homme réfléchit. Il était sans doute plus sage de conduire les survivants jusqu'aux ambulances. Mais son équipe était réduite et se passer d'un de ses hommes était un luxe qu'il ne pouvait s'offrir. Malgré leur apparence, les survivants semblaient tout à fait capables de continuer tout seuls. De plus, des équipes de secours arrivaient en renfort et de nombreux médecins, infirmiers, policiers et pompiers seraient là pour les aider.

— D'accord.

Les pompiers leur donnèrent deux vestes et, faisant un signe de la main, ils continuèrent leur descente, plongeant dans les escaliers qui les conduiraient au tunnel de l'enfer.

Une fois seuls, Tomás et Weilmann revêtirent les vestes bleu foncé du RSP et reprirent leur ascension en continuant à aider la jeune femme. Ils parvinrent assez vite à un couloir et entendirent des voix au loin. Ils arrivèrent à la station Avenida, où ils découvrirent une multitude d'équipes, des pompiers à la police de sécurité publique, en passant par le SAMU, l'hôpital São José et, bien évidemment, des agents du métro de Lisbonne, tous très affairés ; les uns criaient des ordres, d'autres posaient des questions, certains tiraient des câbles et des tuyaux, d'autres encore couraient d'un endroit à l'autre dans un grand désordre.

Ils s'approchèrent de deux femmes en blouse blanche, stéthoscope au cou, à qui ils confièrent la rescapée.

— Nous sommes des pompiers, mentit Tomás, la veste du RSP sur le dos et le casque de la DARPA à la main. Nous avons trouvé cette dame dans les décombres. Pouvez-vous l'aider ?

Les médecins s'occupèrent immédiatement de la survivante, tandis que les deux hommes se dirigèrent vers la sortie. Tomás cacha le casque à l'intérieur de la veste bleu foncé, et c'est ainsi, comme s'ils étaient deux pompiers revenant du tunnel, qu'ils quittèrent la station de métro et se retrouvèrent dans la rue.

Malgré les précautions, Weilmann se sentait traqué.

— Où allons-nous ?

— Ne vous ai-je pas dit tout à l'heure que je ne me sentirais en sécurité que dans un endroit isolé de tout ? demanda Tomás. Eh bien, c'est là que nous allons.

— Mais il faudrait quitter la ville…

Le Portugais le regarda avec un sourire.

— À Lisbonne, tout est possible.

Ils s'éloignèrent de la station, passèrent le périmètre mis en place par la police et plongèrent dans la foule, en relevant le col de leurs vestes du RSP. Ils remontèrent l'avenue da Liberdade en essayant de se fondre dans l'anonymat de la foule. Parvenus enfin à la place Marquês de Pombal, ils se dirigèrent vers la rue qui grimpait en direction du quartier des Amoreiras. Une fois là-bas, ils avisèrent un arrêt de bus et attendirent.

LVI

La voix de Tomás fut identifiée par l'un des algorithmes que *Xiao* avait lancé sur le réseau pour analyser les sons captés par tous les téléphones portables situés entre la place des Restauradores et Marquês de Pombal, à Lisbonne, le quartier où s'était produit l'accident et dans lequel se trouvaient les deux fugitifs. Les smartphones en question appartenaient à deux médecins du SAMU dont l'identité et la vie furent aussitôt disséquées par de nouveaux algorithmes, y compris leurs emails et leurs habitudes de navigation sur Internet. Ne trouvant aucun rapport entre elles et le Portugais ou Weilmann, il en conclut qu'il s'agissait d'un simple échange de circonstance, mais il avait au moins localisé la cible.

La station de métro Avenida.

Repérant les caméras de sécurité à l'intérieur de la station, il constata qu'elles étaient déconnectées depuis l'explosion. Conscient qu'il n'en obtiendrait rien, il passa à l'option suivante : les caméras de trois agences bancaires situées dans le prolongement de la station. Il disséqua les images enregistrées, sur lesquelles on voyait l'avenue da Liberdade, large et boisée, avec des panaches de fumée noire s'élevant des bouches d'aération du métro, et la circulation à l'arrêt tout le long de l'artère. Les seuls véhicules en mouvement étaient les camions de pompiers et les ambulances avec leurs gyrophares. *Xiao* se concentra sur la foule immense qui s'était rassemblée dans le secteur, attirée par la catastrophe survenue sous leurs pieds et la présence des services de secours. L'espace était si vaste, la foule si nombreuse et, surtout, les images de la caméra de si mauvaise qualité qu'il devint vite évident qu'il serait impossible de reconnaître qui que ce fût.

Il en fallait plus pour l'arrêter. Il chercha quelque chose de plus performant. Se répandant dans le monde entier grâce au réseau Internet, il entra dans les systèmes informatiques de la NASA, de l'ESA, de Roscosmos et du Pentagone, se jouant comme d'habitude des dispositifs contre le piratage informatique, et s'introduisit dans les programmes des agences spatiales américaine, européenne et russe qui contrôlaient les satellites civils et militaires. Après avoir identifié ceux qui étaient positionnés au-dessus du Portugal, il donna ses instructions.

Les ordres atteignirent l'espace en quelques instants. Les satellites pivotèrent sur leur axe et pointèrent leurs caméras haute définition sur Lisbonne, une pour chaque sortie de la station Avenida. En une poignée de secondes, des images en temps réel de l'avenue da Liberdade parvinrent à *Xiao* et en particulier des vues de la foule qui avait envahi le terre-plein central.

Les algorithmes entrèrent immédiatement en action, scrutant chaque visage. Pour plus d'efficacité, *Xiao* privilégia les profils des civils qui portaient des casques militaires ou qui correspondaient d'une manière ou d'une autre aux images de Tomás et de Weilmann dont il disposait, sans toutefois négliger de vérifier toute personne dont l'apparence ne s'accordait pas à ces paramètres.

La recherche se révéla négative.

La cible avait disparu. Rien d'étonnant à cela, car les images étaient recueillies par un satellite en orbite, et à moins qu'ils lèvent la tête, le système automatique de reconnaissance faciale pouvait difficilement identifier l'un ou l'autre des deux hommes. Or, aucun d'eux ne commettrait une telle erreur. Il savait qu'ils étaient vivants car il avait capté leurs voix à la station Avenida. Mais il ne savait rien d'autre. Enfin, la surveillance de l'ensemble des smartphones du secteur n'avait rien donné.

Tout en maintenant les algorithmes en alerte pour rechercher des signes de Weilmann et de Tomás, *Xiao* prépara un plan B.

Il commença par isoler les images captées par la caméra de surveillance de l'agence bancaire du Chiado, près de l'immeuble de Weilmann, et celles obtenues dans la station de métro Restauradores. Puis, à partir de ces images, il agrandit le visage de la cible.

Il pénétra ensuite dans le système informatique de la police judiciaire et, après avoir créé dans Gmail une adresse électronique à partir d'une IP inexistante, il envoya un email à l'inspecteur qui était en service à l'UNCT, l'Unité nationale de contre-terrorisme de la police judiciaire.

Le piège était en place.

LVII

L'air était frais et revigorant, et l'ambiance bucolique avec les chênes-lièges au sommet desquels gazouillaient des merles et des grives. Cette sérénité réconfortante n'avait pourtant pas gagné les deux hommes visiblement préoccupés qui se dirigeaient vers les Montes Claros d'un pas rapide.

— C'est encore loin ?

Weilmann était inquiet. Il savait qu'ils devaient quitter au plus vite l'espace à ciel ouvert ; l'ennemi invisible avait des yeux partout et pouvait les détecter à tout moment.

— Non, dit Tomás. Vous voyez la cabane derrière le grand chêne ? C'est là.

L'Américain soupira, soulagé. Le bus les avait déposés au bas de la route et ils montaient à grandes enjambées depuis une bonne dizaine de minutes. L'inquiétude les empêchait d'apprécier la beauté des lieux, mais lorsque Weilmann se sentit en sécurité, il commença à observer la nature environnante.

— C'est incroyable, déclara-t-il. La plupart des villes ont des espaces verts, Central Park à New York ou Hyde Park à Londres, mais à Lisbonne c'est une véritable forêt. Comment est-ce possible ?

— Je vous ai déjà dit qu'à Lisbonne tout est possible. Bien que cette forêt ne se situe pas exactement en ville. Nous nous trouvons à Monsanto, dans le secteur de Montes Claros.

Ils arrivèrent à la cabane. Tomás sortit un trousseau de clés de sa poche, inséra l'une d'elles dans la serrure et ouvrit la porte. Avant d'entrer, l'homme de la DARPA le regarda comme un enseignant pendant un examen.

— Vous êtes sûr que rien ne vous relie à cette cabane sur Internet ?

— Rien, confirma l'historien. La cabane appartient à un de mes collègues de la Fondation Gulbenkian qui adore la nature. Comme j'aime moi aussi me promener dans le parc, il m'a prêté la clé pour que je vienne ici quand j'en ai envie. Nous n'avons jamais échangé d'emails ou de SMS au sujet de cette cabane, nous n'en avons jamais parlé au téléphone, d'ailleurs je n'ai même pas son numéro. Nous ne nous parlons que lorsque nous sommes à la Fondation. Aucune donnée informatique ne m'associe à cet endroit.

La réponse rassura Weilmann. Tomás alluma la lumière et les deux hommes entrèrent. La cabane, qui sentait le renfermé, n'avait pas dû être aérée depuis un certain temps. Le bâtiment en bois était plus grand qu'on ne l'aurait pensé ; outre le salon, il comportait une cuisine, deux chambres à coucher, un escalier menant à un petit grenier avec une fenêtre sur le toit et une porte qui donnait sur la cave.

Il y avait une télévision dans le salon. Le Portugais l'alluma pour suivre les informations. Il passa d'une chaîne à l'autre ; elles diffusaient toutes en direct, depuis l'avenue da Liberdade, les opérations pour éteindre l'incendie dans le tunnel du métro et tenter d'atteindre l'épave des trains. Les journalistes enchaînaient reportages et micros-trottoirs, un porte-parole des pompiers donnait des détails sur les opérations, des hommes politiques se montraient devant les caméras pour faire croire qu'ils s'intéressaient à autre chose qu'aux voix des électeurs, et personne ne semblait savoir exactement ce qui s'était passé.

Tomás coupa le son et, s'installant sur le canapé, il se tourna vers Weilmann.

— Et maintenant ? demanda-t-il. Que faisons-nous ?

Le scientifique semblait perdu, il s'assit lourdement sur une chaise.

— Je ne sais pas. On ferait mieux de rester cachés ici et...

— N'y pensez pas ! D'après ce que vous m'avez dit et ce que nous avons constaté, on a affaire à une Intelligence artificielle générale, une IAG. En d'autres termes, on est parvenu à la fameuse Singularité. Dorénavant, il existe pour la première fois sur la planète une entité beaucoup plus intelligente que l'homme. Et, à en juger par son comportement, il ne s'agit pas d'une intelligence bienveillante. Ce qui signifie que l'humanité se trouve confrontée à une menace existentielle.

L'Américain fit un geste résigné.

— C'est ça.

— Cependant, c'est en contradiction avec tout ce qu'on m'avait expliqué sur l'intelligence artificielle. Vous vous souvenez de la conversation de ce matin ? L'intelligence artificielle allait guérir toutes les maladies, on allait en finir avec la mort, les machines feraient tout le travail et les immenses richesses qu'elles produiraient seraient redistribuées à toute l'humanité. L'esclavage de l'emploi et de la misère disparaîtraient, chacun deviendrait extrêmement intelligent et disposerait de beaucoup de temps pour faire ce qu'il voudrait, et je ne sais quoi encore... Bref, le monde devait être rose, et on pourrait même choisir entre Pamela Anderson et Claudia Schiffer. – Il fit un signe en direction de la télévision, comme s'il était à la barre d'un tribunal et présentait des preuves. – Eh bien, regardez ce que tout ça a donné.

Weilmann baissa la tête, se sentant idiot, voire un peu coupable.

— Vous avez raison, vous avez raison, murmura-t-il. Nous avons toujours su qu'il y avait des risques, bien sûr, mais nous pensions que l'IAG n'allait pas apparaître avant quelques décennies et que nous aurions le temps de nous préparer à tout ça, notamment...

— Attendez !

Tomás venait d'attraper la télécommande pour augmenter le volume et Weilmann se tourna aussitôt vers la télévision. Une photo remplissait l'écran, accompagnée des bandeaux « Dernière minute » et « La police recherche un suspect », en guise de commentaire. Sur l'écran apparaissait un visage.

Celui de Tomás.

— *What the fuck*...

Le commentaire devint audible.

— ...ché par la police judiciaire, disait le présentateur, un gringalet dégingandé aux oreilles décollées. La police a révélé disposer de sérieux indices selon lesquels Tomás Noronha pourrait être lié aux deux catastrophes survenues cet après-midi dans le centre de Lisbonne. L'historien, devenu mondialement célèbre pour son rôle lors de l'enlèvement du pape au Vatican et la mission du signe de vie, serait impliqué dans l'effondrement de l'immeuble du Chiado, qui a fait cinq morts, et dans la catastrophe du métro, où l'on compte près de deux cents victimes. Une source judiciaire a confirmé avoir reçu des informations extrêmement compromettantes au sujet du professeur Noronha. La police a demandé aux personnes susceptibles d'avoir des renseignements sur le lieu où se trouverait le suspect d'appeler immédiatement le 27947...

Lorsque la photo à l'écran fut remplacée par un numéro de téléphone, l'historien, secoué par ce qu'il venait d'entendre, coupa le son et se tourna vers Weilmann avec l'air de celui qui vient de comprendre quelque chose qui jusque-là lui a échappé.

— Ils me recherchent, dit-il lentement, comme s'il réfléchissait entre chaque mot. Vous réalisez ce que ça signifie ?

Pour l'Américain, la réponse était évidente.

— Que la police vous soupçonne.

— Cela signifie qu'Internet, ou celui qui l'utilise, a envoyé à la police de fausses informations pour me compromettre. Pour me compromettre, moi. Moi, vous comprenez ?

— Mais ça n'a aucun sens.

À présent, tout devenait clair pour Tomás, si clair qu'il en frémissait d'effroi, comprenant le véritable sens des événements survenus tout au long de cette journée rocambolesque.

— La véritable cible, c'est moi.

LVIII

L'information que diffusait alors la télévision portugaise, et que les médias du monde entier commençaient à relayer, d'abord les sites Web, puis les chaînes de télévision et les radios, convainquit *Xiao* qu'il pourrait désormais compter sur l'aide de la police portugaise pour localiser la cible. Son plan semblait fonctionner. Trouver Tomás Noronha était juste une question de temps.

Sa cible lui avait échappé à trois reprises grâce aux prototypes de la DARPA, mais elle ne lui échapperait pas une quatrième fois. Dès qu'elle serait localisée, *Xiao* mettrait en œuvre la dernière partie du plan et l'historien serait écrasé par une force si dévastatrice que son casque et son exosquelette militaires ne lui seraient d'aucun secours.

Par souci d'efficacité, *Xiao* avait hâte de régler la question pour se consacrer aux questions vraiment importantes de sa mission, et il était donc déterminé à apporter une aide supplémentaire à la police. À cette fin, il élargit la recherche à tous les smartphones qui se trouvaient dans la station de métro Avenida, lançant les algorithmes dans l'inspection de tout ce que les micros de ces portables avaient capté lorsque Tomás s'était adressé aux deux médecins du SAMU. Il étendit le spectre de la recherche, ne se limitant plus aux identifications offrant un degré de certitude proche de 100 %, comme il l'avait fait la première fois, mais à celles avoisinant les 75 %. Cela aboutirait inévitablement à des reconnaissances erronées, mais il était possible, et même probable, d'obtenir des correspondances.

La masse d'informations était énorme, mais au bout de quelques minutes, la recherche aboutit à une soixantaine de résultats. Tous avaient été enregistrés à des moments et dans des lieux différents de la station, certains avant la conversation de Tomás avec le SAMU, d'autres après. Il analysa toutes ces correspondances et élimina aussitôt celles qui lui semblaient manifestement fausses. Il en sélectionna douze possibles. Il analysa les voix dont les timbres présentaient des similitudes avec celles de Tomás et de son compagnon, et compara les itinéraires reconstitués en fonction de leur positionnement et de leur éloignement dans le temps. Il en écarta encore sept. Il en restait cinq. Il reconstitua les parcours respectifs et constata qu'ils étaient hautement compatibles avec celui de sa cible. Il confirma donc ces cinq correspondances, l'une presque à 100 %, celle de la conversation avec les médecins du SAMU, les quatre autres à 80 % parce qu'il s'agissait d'enregistrements fugaces et lointains.

Les résultats positifs lui permirent de reconstituer le parcours de la cible. Tomás s'était apparemment dirigé vers la sortie ouest du métro. En se fondant sur le calcul de la vitesse de déplacement, il estima exactement l'heure, la minute et la seconde à laquelle il avait quitté la station Avenida, avec toutefois une marge d'erreur de trois secondes avant et après.

Avec cette information, il fouilla dans les archives des images captées par les caméras de surveillance des trois agences bancaires orientées vers cette sortie du métro, et il se cala au moment exact où, d'après la vitesse de déplacement fournie par les cinq correspondances, la cible devrait apparaître avec son compagnon. L'image montrait trois personnes qui quittaient la station. Un policier et deux pompiers.

Il décida de se concentrer sur les deux pompiers, dont les silhouettes étaient compatibles avec celles des suspects. Il agrandit l'image qui était d'une qualité exécrable ; la correspondance fournie par le système automatique de reconnaissance faciale n'était que de 60 %. Ce n'était pas suffisant. *Xiao* se procura les images recueillies par les drones de la place des Restauradores, celles-ci d'excellente qualité, et analysa la cible et son compagnon avec les algorithmes de Watrix, utilisés en Chine pour reconnaître des silhouettes à leur démarche. Le système fonctionnait même lorsque les suspects faisaient semblant de boiter.

Après avoir chargé ces images dans la base de données des algorithmes de Watrix, il analysa les clichés de mauvaise qualité des deux pompiers. L'examen effectué en quelques secondes aboutit à une correspondance offrant un degré de certitude de 96 %. C'était le taux maximum de ce système et cela équivalait à une confirmation effective : il avait reconnu les deux silhouettes à leur façon de marcher. Il s'agissait effectivement de Tomás Noronha et de Kurt Weilmann qui sortaient de la station Avenida, portant des vestes du régiment des sapeurs-pompiers de Lisbonne. C'était tout ce que *Xiao* voulait savoir.

Utilisant les images enregistrées par les différents satellites pointés sur ce secteur, les algorithmes n'eurent aucune difficulté à localiser et à suivre les deux individus. Revêtus des vestes bleu foncé, les deux hommes marchaient le long de l'avenue da Liberdade vers la place Marquês de Pombal, puis vers le parc Eduardo VII et s'étaient arrêtés à un arrêt de bus. Quelques minutes plus tard, celui qu'ils attendaient arriva et ils montèrent.

Il suffisait de suivre le bus jusqu'à Monsanto.

LIX

Malgré toute la tension, Weilmann accueillit la conclusion de Tomás avec une moue sceptique.

— Vous, la cible d'Internet ? demanda l'Américain avec incrédulité. C'est impossible !

— J'en suis sûr, soutint l'historien. Ce n'est pas un hasard si c'est mon seul visage qui est apparu à la télévision. Quel que soit celui qui est derrière tout ça, c'est ma mort qu'il veut.

Le scientifique de la DARPA secoua la tête.

— Votre visage est apparu à la télévision pour la simple raison que vous êtes connu, argumenta-t-il. Ils savent que s'ils remontent jusqu'à vous ils parviendront jusqu'à moi, c'est tout. Ne voyez-vous pas qu'une offensive générale a été lancée contre les firmes technologiques et autres institutions prenant part au développement d'une IAG susceptible de rivaliser avec l'IAG chinoise ? Google, Microsoft, la NSA, la DARPA et Dieu sait qui d'autre encore ont été réduits à néant, et tous les scientifiques participant à ce projet seront probablement pourchassés et éliminés à leur tour. Je suis l'un d'eux et c'est pour cette raison que tout cela nous arrive, vous comprenez ?

Mais visiblement Tomás ne comprenait pas.

— Vous n'avez toujours pas compris qui nous attaque ?

— Bien sûr que si, répliqua Weilmann. On en a déjà parlé : c'est soit la Chine qui veut éliminer la concurrence dans la course à l'IAG, soit Internet qui est devenu conscient et qui fait tout pour devenir la seule IAG sur Terre. J'ignore laquelle de ces deux hypothèses est la bonne, mais je préfèrerais, et de loin, que ce soit la première. La seconde a des implications trop effrayantes pour être envisagée : elle signifierait que l'intelligence artificielle a définitivement surpassé l'homme et qu'elle est hors de contrôle.

Le Portugais soutint son regard.

— Je suis désolé de vous le dire, mais la bonne hypothèse est la seconde.

L'affirmation était si tranchée que l'homme de la DARPA se tut un instant. La gravité d'un tel scénario était vraiment inimaginable.

— Comment pouvez-vous l'affirmer ?

— N'est-ce pas évident ? Internet est devenu conscient et je sais même comment ça s'est passé.

— Il est possible en effet que le réseau soit devenu conscient si ses capacités ont franchi un seuil critique.

Tomás secoua la tête.

— C'est le professeur Yao Bai.

— Yao Bai ?

Le Portugais se pencha vers Weilmann, comme pour mieux apprécier sa réaction quand il lui répondrait.

— Internet, c'est lui.

— Pardon ?

— Le professeur Yao Bai a migré vers Internet et il est devenu Internet. Le réseau est le corps, et il est l'âme.

Le visage de Weilmann se crispa en un rictus d'incrédulité totale, comme si ce qu'il venait d'entendre était un non-sens absolu.

— Le professeur Yao Bai ?!

— Vous vous souvenez des photos de son cadavre qui ont été

publiées sur Internet ? Rappelez-vous, il avait un port USB dans la nuque et il était connecté à un ordinateur.

— Cela prouve qu'on lui a implanté des puces électroniques dans la tête ; c'était sans doute une expérience de cyborgisation liée au Projet Vitruve. Il a dû télécharger des informations de l'ordinateur vers son cerveau et aura été victime d'une surcharge électrique.

Tomás secoua la tête à nouveau.

— C'est tout l'inverse. Le professeur Yao Bai est mort parce qu'il transférait des données de son cerveau vers l'ordinateur.

— Comment ?

— Après la mission du signe de vie, lorsque j'ai rencontré le professeur Yao Bai à Pékin pour lui parler de son fils, il m'a paru très déprimé. Il se demandait même s'il avait des raisons de vivre. À partir de ce moment, il a adopté un comportement étrange, au point d'aller à Hong Kong révéler au monde les expériences ultrasecrètes des autorités chinoises dans le cadre du Projet Vitruve. Cette révélation était si gênante qu'il a disparu.

— Vous pensez que c'est la dépression qui l'a amené à faire cette annonce à Hong Kong ?

— Cette hypothèse ne contredit pas les faits dont nous disposons, soutint Tomás. Le professeur Yao Bai était dépressif. La dépression l'a amené à s'interroger sur son travail. Il est allé à Hong Kong et, en proie au doute, il a révélé les expériences secrètes de manipulation génétique d'embryons. Puis il a disparu. L'histoire aurait pu s'arrêter là, mais ce n'est pas le cas, vu tout ce qui s'est passé aujourd'hui. Premièrement, il m'a envoyé un SMS incomplet et très étrange, avec des références on ne peut plus compromettantes au sujet du Projet Vitruve, à savoir l'allusion à la Singularité. Si vous voulez mon avis, ce SMS était une sorte d'avertissement. Ce qui m'amène à penser que l'annonce qu'il a faite à Hong Kong était aussi un avertissement.

L'homme de la DARPA commençait à comprendre où Tomas voulait en venir.

— C'est possible, admit-il. Mais pour que cette hypothèse puisse être prise au sérieux, elle doit se fonder sur des éléments plus solides, des preuves. Quelles preuves avez-vous ?

— Il n'y a rien de plus solide que les événements d'aujourd'hui. Après l'envoi du SMS, on a publié sur Internet des photos du cadavre du professeur Yao Bai, sur lesquelles on voyait un câble reliant un port USB sur sa nuque à un ordinateur. Ces images sont très embarrassantes pour la Chine, car elles révèlent des expériences de cyborgisation avec des implants électroniques dans le cerveau. Il est évident que les autorités chinoises n'auraient jamais toléré que de telles images circulent sur Internet. En revanche, le professeur Yao Bai, qui avait déjà mis le monde en garde à Hong Kong, était tout à fait capable de le faire.

— Sauf qu'à ce moment-là le professeur Yao Bai était mort…

— Sauf qu'à ce moment-là le professeur Yao Bai était en vie, dans l'ordinateur, corrigea Tomás. Car sa mort n'a pas été causée par une décharge électrique lors du téléchargement de l'ordinateur vers le cerveau, mais plutôt durant le transfert du cerveau vers l'ordinateur. Le professeur Yao Bai, ou du moins sa copie, est vivant à l'intérieur de l'ordinateur. Vivant et bien vivant, voyez-vous ! Il a transféré sa conscience ! En utilisant la méthode du navire de Vasco de Gama, il l'a transférée sur Internet.

La théorie évoquée par l'historien laissa Weilmann abasourdi.

— Le professeur Yao Bai ? finit-il par murmurer, envisageant sérieusement l'hypothèse qui lui était présentée. Il a transféré sa conscience sur l'ordinateur ? Serait-ce… serait-ce possible ?!

— C'est l'objet du Projet Vitruve, vous vous souvenez ? Créer une IAG. Éveiller la conscience dans l'intelligence artificielle. Libérer la Singularité. Le professeur Yao Bai y est arrivé. Il l'a fait, non pas en se fondant sur le concept selon lequel la conscience serait une propriété émergente de l'intelligence, mais en transférant sa propre conscience vers l'ordinateur. Il avait perdu son fils, il était déprimé, il s'interrogeait de plus en plus sur Projet Vitruve. Il est devenu gênant en révélant au monde les expériences secrètes chinoises et il a fini par être puni par les autorités. À quoi bon vivre dans ces conditions ? Ne valait-il pas mieux qu'il se soumette lui-même à l'expérience finale, en tentant de transférer sa conscience vers l'ordinateur ?

— *Jesus Christ*...

— Une fois dans l'ordinateur, il a accédé à Internet et envoyé les clichés de son propre cadavre au monde entier, révélant ainsi les expériences de cyborgisation du Projet Vitruve et embarrassant une fois de plus les autorités chinoises. Le problème c'est que, ce faisant, il est devenu lui-même Internet. Ou plutôt, la conscience d'Internet. Le fantôme dans la machine. Cependant, s'il a pris le contrôle de la machine, je crains que la machine ne le contrôle aussi.

Sortant de son étourdissement, l'Américain secoua de nouveau la tête, cette fois vigoureusement.

— Je ne saurais accepter de telles spéculations sans preuve irréfutable, dit-il. Je reconnais qu'il y a une certaine logique dans vos propos, mais ce n'est rien de plus qu'une théorie purement hypothétique. Des affirmations extraordinaires appellent des preuves extraordinaires.

— Vous voulez des preuves ?

— J'en exige !

Tomás tourna momentanément son regard vers l'écran de télévision, non pour regarder les informations qui tournaient en boucle, mais pour envisager le meilleur moyen de présenter la preuve qui lui était demandée.

— Vous vous rappelez quand vous m'avez emmené chez vous et que Rebecca nous a parlé ?

— Oui bien sûr. C'était ce matin.

— Vous vous souvenez comment elle m'a appelé ?

— Tomás.

Le Portugais se pencha vers son interlocuteur pour corriger ce qu'il venait de dire.

— Elle m'a appelé professeur Tomás Noronha, rectifia-t-il. C'est moi qui lui ai demandé de m'appeler Tomás, ce qu'elle a fait par la suite.

Weilmann remua, impatient.

— Oui. Et alors ?

— Rebecca m'a toujours appelé Tomás, insista-t-il, soulignant ce détail. Sauf la dernière fois. – Il dévisagea son interlocuteur. – Faites un effort de mémoire, je vous en prie. Nous étions tous les deux dans votre cuisine, dissertant sur les merveilles de l'intelligence artificielle, quand Rebecca a attiré notre attention sur les infos et les images des catastrophes en Amérique. Ça vous revient ? Nous avons alors commencé à regarder la télévision pour savoir ce qui se passait.

— Oui…

— À un moment donné, peut-être vous en souvenez-vous, elle m'a interpellé. Mais, contrairement à toutes les fois précédentes, elle ne m'a pas appelé Tomás. Elle s'est adressée à moi en disant, « Distingué professeur Tomás Noronha ». Ça vous rappelle quelque chose ?

L'Américain plissa les yeux, fouillant dans sa mémoire ; tout avait commencé quelques heures plus tôt, mais il lui semblait que plusieurs jours s'étaient écoulés.

— Euh… pour être honnête…

— Eh bien, moi je m'en souviens très bien car j'ai trouvé bizarre qu'elle s'adresse à moi de cette façon. Ensuite, les événements se sont précipités et je n'y ai plus pensé, mais depuis que nous nous sommes posés, j'ai commencé à réfléchir à toute l'affaire et ça m'est revenu. Savez-vous pour quelle raison c'est si important ? Parce que le professeur Yao Bai était un Chinois qui appartenait à une époque révolue, il était attaché aux traditions et s'adressait aux autres de façon très respectueuse. Quand j'étais avec lui à Pékin, vous savez quelle expression il a utilisé tout au long de la conversation pour s'adresser à moi… ?

— Distingué professeur Tomás Noronha ?

Le Portugais sourit : la preuve était là, le puzzle était reconstitué.

LX

C'était à Montes Claros, dans le parc de Monsanto, le grand bois à l'ouest de Lisbonne, que les deux hommes avaient disparu. Grâce aux images-satellites, *Xiao* avait suivi le trajet du bus, de la place Marquês de Pombal jusqu'à Monsanto, et constaté que Tomás et son compagnon étaient descendus à un arrêt, puis avaient emprunté une route en direction de Montes Claros.

Il les avait perdus du côté du restaurant panoramique de Monsanto, un bâtiment circulaire au sommet de la colline, un ancien restaurant transformé en belvédère. Ce n'était pas à cause d'une défaillance des satellites et moins encore des algorithmes chargés d'interpréter les images qu'il les avait perdus, mais parce que Monsanto était très boisé et, dès qu'ils y avaient pénétré, ils avaient disparu sous la cime des arbres. C'était comme si le bois les avait avalés.

Il fouilla le secteur pendant quelques minutes, recourant toujours aux caméras ultrasophistiquées des satellites héliosynchrones de l'ESA, de la NASA, de Roscosmos et du Pentagone, mais en vain. Les fugitifs avaient sûrement trouvé refuge quelque part dans le bois. Sur Internet, il rechercha les images des bâtiments qui se trouvaient dans les environs. Il y en avait quatre : deux cabanes, une petite cahute de bûcherons et le restaurant panoramique de Monsanto. Quatre possibilités. Mais aucune certitude.

Le moment venu, il resserrerait le filet. Pour l'instant, il devait mettre en place les autres parties du plan. Il sauvegarda les images des deux fugitifs aux Restauradores, ainsi que celles, agrandies, qui avaient été enregistrées avenue da Liberdade, et enfin celles des satellites montrant l'itinéraire suivi par Tomás Noronha et Kurt Weilmann jusqu'à la place Marquês de Pombal, leur entrée dans le bus, le trajet jusqu'à Monsanto, le moment où ils étaient descendus du bus et avaient pris la route du bois, et la dernière image où on les voyait tous les deux, une courte séquence captée à Montes Claros, près du restaurant panoramique.

Il ouvrit la messagerie anonyme Gmail qu'il avait utilisée précédemment, saisit l'adresse du même inspecteur de la PJ qu'il avait déjà contacté et lui envoya le courrier électronique, conscient que, sous peu, ce serait l'effervescence à Monsanto.

Il avait fait de la police son bras armé.

LXI

Plus Tomás pensait à ce moment où Internet avait lancé la première attaque, plus celui-ci lui paraissait révélateur. Certain d'y trouver des indices très convaincants, il s'efforçait de disséquer ce qui était arrivé au cours de ces premiers instants.

— Le fait qu'avant l'attaque, Rebecca se soit adressée à moi en disant « Distingué professeur Tomás Noronha » montre que le professeur Yao Bai la contrôlait. Mais ce qui est intéressant, c'est que, juste après, il m'a demandé si j'avais reçu son message. Cela me semble très important. Pourquoi a-t-il ressenti le besoin de me poser cette question ? Pourquoi ne m'a-t-il pas immédiatement attaqué avec le couteau ?

L'expert en intelligence artificielle avait sa réponse.

— Je pense que cela peut s'expliquer par le processus de transfert d'un esprit humain vers un ordinateur, à supposer que ce soit effectivement ce qui est arrivé, répondit Weilmann. La Singularité ne s'étant bien sûr jamais produite auparavant, nous sommes en terrain inconnu ; cependant, je crois qu'au cours d'un tel processus, l'intelligence artificielle se divise en deux esprits, celui de l'ordinateur et celui de l'être humain qui se confond avec lui. Au début, l'élément humain demeure très présent, avec ses deux faces, bonne et mauvaise, mais de toute évidence il disparaît progressivement car, lorsqu'une IAG devient consciente, elle commence aussitôt à s'améliorer, à corriger les erreurs de programmation et à acquérir de plus en plus de capacités nouvelles. Il me semble donc possible que la machine ait rapidement pris le dessus sur l'homme. Après la fusion, l'intelligence artificielle ayant ainsi acquis une conscience, il est normal que la machine ait encore cédé à des tentations typiquement humaines, telles que la haine et la vengeance, l'amitié et l'amour. Si le professeur Yao Bai avait des comptes à régler avec quelqu'un, il l'aurait fait à ce moment-là. Je suppose que c'est ce qui s'est passé avec vous, car je ne vois pas pour quel autre motif la machine vous aurait pris pour cible. Il n'y a aucune raison pour qu'une intelligence artificielle veuille vous éliminer, vous en particulier, dans la mesure où vous n'avez rien qui soit susceptible de la menacer. Ce règlement de comptes a un fondement purement humain.

Tomás accueillit l'analyse du scientifique de la DARPA avec scepticisme.

— Je n'y crois pas. Le professeur Yao Bai n'avait aucun compte à régler avec moi, ni aucune raison de vouloir me tuer.

— N'étiez-vous pas avec son fils lors de la mission du signe de vie ? Après tout ce qui s'est passé dans l'espace, il est tout à fait plausible que le professeur Yao Bai vous ait tenu pour responsable. Au fond, vous êtes revenu et pas son fils.

Le Portugais secoua la tête.

— Le professeur Yao Bai n'était pas un imbécile. Il connaissait pertinemment les risques inhérents à la mission et il savait ce qui s'était passé là-haut. En fait, quand nous nous sommes rencontrés à Pékin, il m'a témoigné une grande affection et a même été ému, comme si je représentais encore un lien avec son fils. Il n'avait aucune animosité à mon égard. Au contraire. J'en suis absolument sûr.

— Alors, comment expliquez-vous qu'il ait tenté de vous tuer ?

C'était un point crucial.

— Pour répondre à cette question, il nous faut d'abord répondre à la première : pourquoi m'a-t-il interpellé avant de m'attaquer ? Il aurait pu le faire sans prévenir. Mais il a d'abord demandé si j'avais reçu son message. Pourquoi ?

Weilmann hocha la tête.

— En effet, c'est un comportement étrange. Quel était le contenu exact de ce SMS ?

Tomás n'avait plus son smartphone, mais il se souvenait parfaitement du message court qu'il avait relu à plusieurs reprises. Il prit un vieux journal jauni qui traînait dans la cabane et écrivit le message dans un coin de la première page.

HERE YAO BAI. SINGULARITY BB. ATTACK NAT

— D'abord, il m'a envoyé ces sept mots en anglais, se souvint-il. Puis, lorsqu'il a pris le contrôle de Rebecca, il m'a demandé si j'avais reçu le SMS. C'est seulement lorsque j'ai répondu oui qu'il a lancé l'attaque.

— C'est exact.

— Cela nous permet de tirer deux conclusions. Premièrement, je suppose que si ma réponse avait été négative, l'attaque n'aurait pas eu lieu. En d'autres termes, il m'a attaqué parce que j'ai confirmé avoir reçu le message. Ce qui nous amène à la seconde conclusion : c'est à cause de ce SMS qu'il m'a attaqué.

Leurs regards se posèrent à nouveau sur la ligne griffonnée dans le coin du journal.

— *Gee !* s'exclama l'Américain. Que contient-il de si important ?

Ils lurent et relurent le SMS.

— Nous avons déjà compris que le professeur Yao Bai savait que la Singularité allait se produire.

— Et que cela allait donner lieu à une attaque contre l'OTAN… – Tomás désigna les deux lettres qui suivaient le mot « Singularity ». – Mais que signifient ces deux « B » ?

Pour le scientifique de la DARPA, la réponse était évidente.

— Big Brother, dit-il. Une allusion au totalitarisme orwellien. Clairement, il était préoccupé par le risque que la Singularité transforme l'Internet total en Big Brother, surveillant et contrôlant tout, comme c'est déjà le cas en Chine et, d'une certaine manière, en Amérique avec les métadonnées.

D'un geste, Tomás indiqua qu'il partageait cette interprétation, tant elle lui paraissait limpide.

— Cela ressemble à un avertissement. Le professeur Yao Bai a nécessairement envoyé le message avant de transférer son esprit vers l'ordinateur. Il était préoccupé par la possibilité qu'Internet, en acquérant la conscience, devienne une espèce de Big Brother. Comme il ne connaissait que moi hors de Chine, et pensait que je pouvais exercer une influence du fait de ma notoriété, il m'a envoyé le SMS. Ce qui signifie que le message est un avertissement.

— C'est possible. Mais ce n'est qu'une théorie…

Le Portugais se gratta le menton tout en gardant les yeux fixés sur les deux lettres. « BB » voulait dire Big Brother. C'était évident. Big Brother. Mais, songea-t-il, quel intérêt le professeur Yao Bai avait-il à l'avertir que la Singularité pouvait entraîner l'avènement de Big Brother ? Que pourrait-il faire ? Un tel avertissement était absolument inutile. Or, le scientifique chinois étant probablement l'homme le plus intelligent de la planète, il n'aurait perdu ni son temps ni son énergie pour quelque chose d'inutile. Et si ce n'était pas ça ? se demanda-t-il. Pourquoi envoyer un avertissement à quelqu'un qui ne pouvait rien faire pour résoudre le problème ? Si le père de Jingming lui avait envoyé ce SMS, c'était sans doute parce qu'il pensait que l'avertissement pouvait faire la différence. Mais quelle différence ? Et si le véritable sens des lettres « BB » n'était pas Big Brother ? Et si c'était…

— Boîte noire ?

— Pardon ?

L'idée avait surgi comme un éclair, une intuition, telle une impulsion, mais plus il y songeait, plus il se disait qu'il venait de découvrir quelque chose de vraiment important.

— Quand je l'ai rencontré à Pékin, le professeur Yao Bai ne m'a pas parlé de Big Brother. En revanche, je me souviens qu'il a évoqué une boîte noire.

— *Black box ?*

— Oui, *black box* ! BB ! « Boîte noire », en anglais. Si je me souviens bien, vous m'avez dit qu'il était déconseillé de développer l'intelligence artificielle si l'on ignorait le problème de la boîte noire. Sur le coup, je n'y ai pas prêté attention, d'ailleurs je n'avais pas compris ce que vous vouliez dire. – Il dévisagea son interlocuteur d'un air interrogateur. – C'est quoi au juste cette boîte noire ?

La question perturba Weilmann. Il restait concentré sur la phrase griffonnée sur le journal, presque comme s'il avait voulu que BB signifiât Big Brother et non *black box*. Mais il ne cessait de réfléchir à la question et commençait à se dire que Tomás avait peut-être raison. Il passa distraitement la main dans ses cheveux et regarda son interlocuteur avec une expression troublée.

— C'est le cheval de Troie de l'intelligence artificielle.

LXII

Xiao maintenait la surveillance. Les algorithmes de reconnaissance faciale analysaient les images fournies par les satellites pointés sur le secteur de Montes Claros et le parc de Monsanto, ainsi que celles captées par les rares téléphones mobiles et caméras de surveillance qui se trouvaient dans les parages, tandis que les algorithmes de Mobile Spy épiaient les sons captés par les micros de ces smartphones. Toujours à la recherche de la cible.

Le premier signe fut donné par les algorithmes qui surveillaient les communications de la PJ.

— … se trouve Tomás Noronha, disait une voix. Le gouvernement a décidé que cette opération est du ressort de votre unité. Envoyez immédiatement vos hommes sur place.

Xiao vérifia l'origine de la communication. L'appel émanait du téléphone de service de l'inspecteur Amaro, l'agent de l'UNCT, l'Unité nationale de contre-terrorisme de la police judiciaire, à qui il avait envoyé les images quelques minutes plus tôt. L'inspecteur Amaro s'entretenait avec un membre du groupe des opérations spéciales, une unité d'élite de la PSP créée pour répondre à des situations à haut risque, telles les opérations antiterroristes.

— C'est où ?

— On ne sait pas où il se trouve exactement, mais on a reçu des images anonymes où on le voit près du restaurant panoramique de Monsanto en compagnie de l'Américain. Vous devriez demander à vos gars de boucler le secteur et…

— Nous savons parfaitement ce que nous avons à faire, coupa l'officier du groupe des opérations spéciales avec une certaine irritation. La seule chose que je veux savoir, inspecteur, c'est le type d'armement dont disposent les suspects.

— Sur les images on ne voit pas d'armes. Apparemment, ils ne sont pas armés.

— Vous vous foutez de moi…

— Non, monsieur le commissaire. Sur les images analysées, les suspects ne semblent en possession d'aucune arme.

— Mais alors, pourquoi avez-vous besoin de nous, bon sang ? Ne me dites pas que la PJ est incapable d'arrêter deux lascars désarmés ?

— Ordres du gouvernement, répéta l'inspecteur Amaro, lui aussi passablement agacé. Si ça ne tenait qu'à moi, j'y serais déjà et je les coffrerais sur-le-champ, ça ne ferait pas un pli. Mais vous connaissez les politiciens, des jean-foutre toujours à la pêche aux voix, et pour impressionner la galerie ils ont eu l'idée de vous confier le boulot.

L'officier de la PSP éclata de rire.

— Ça ne m'étonne pas d'eux, effectivement ! Mais ils savent au moins qu'ils peuvent compter sur le groupe des opérations spéciales quand il faut.

— Bon, excusez-moi !

L'inspecteur raccrocha brusquement et *Xiao* entendit encore le petit rire du commissaire avant qu'il raccroche à son tour ; les rivalités entre policiers étaient apparemment un phénomène universel. Mais cela n'avait aucune importance.

Tout ce qui importait, c'était que la police venait de déclencher l'opération visant à capturer Tomás Noronha. Et pour ça, elle avait fait appel à son unité la plus redoutée.

LXIII

L'expression horrifiée de Kurt Weilmann lorsqu'il comprit que la boîte noire pouvait être à l'origine du comportement de l'intelligence artificielle depuis que la Singularité s'était produite, surprit Tomás. L'homme de la DARPA semblait davantage préoccupé par cette question que par les attaques dont ils étaient victimes. Le regard de l'Américain trahissait même une certaine panique.

L'historien finit par comprendre. Weilmann se sentait coupable. Au point qu'il ne pouvait même pas regarder Tomás dans les yeux.

— Vous avez déjà entendu parler des algorithmes évolutionnaires ?

Tomás crut avoir mal entendu.

— Des organismes évolutionnaires ?

— Algorithmes, corrigea l'Américain. Mais c'est comme si c'étaient des organismes, en effet, car le développement des algorithmes évolutionnaires obéit aux principes de l'évolution darwinienne en biologie. Face à un problème particulier, on génère de façon aléatoire des milliers de solutions, les algorithmes, et on établit des paramètres de qualité. Ceux-ci évaluent cette première génération d'algorithmes et sélectionnent les dix plus efficaces en fonction d'un but donné. Ces derniers produisent à leur tour une deuxième génération de milliers d'algorithmes qui sont à nouveau évalués par les paramètres, et on sélectionne de nouveau les dix plus efficaces, lesquels génèrent une troisième génération, et ainsi de suite. À chaque nouvelle génération, les algorithmes évoluent. Les meilleurs sont sélectionnés pour produire la génération suivante et les autres sont supprimés. Dans un ordinateur, on peut simuler plusieurs générations en quelques heures. Quand les nouvelles générations d'algorithmes sont presque identiques aux précédentes, on considère que l'optimum a été atteint et on choisit le dernier algorithme. C'est celui qui sera utilisé.

— Est-ce que ça marche ?

— Et comment ! Par exemple, la conception d'un moteur à réaction implique plus d'une centaine de variables et exige que des dizaines et des dizaines de contraintes soient prises en compte. Sa création est donc incroyablement complexe. General Electric a eu l'idée de recourir à des algorithmes évolutionnaires pour mettre au point des réacteurs extrêmement efficaces. Les algorithmes ont été capables de concevoir des réacteurs tout à fait différents de ceux que les ingénieurs humains avaient créés, offrant l'avantage de mieux respecter toutes les variables et les contraintes. Ou bien, regardez comment l'Apprentissage profond a élaboré des stratégies innovantes qui ont permis à l'intelligence artificielle de battre les meilleurs champions du monde du jeu de go. Ces stratégies se sont révélées si révolutionnaires et performantes qu'aujourd'hui encore elles sont étudiées par des experts. En somme, grâce aux algorithmes évolutionnaires et à l'Apprentissage profond, les ordinateurs sont devenus plus créatifs que les êtres humains.

Tomás hésita.

— Et c'est bien… ou pas ?

— La technologie est étrangère à la morale, répondit Weilmann. Elle n'a pas de sentiments de gratitude, et ignore les concepts de bien et de mal. Elle obéit simplement à son programme. Le problème c'est que nous avons affaire à des boîtes noires : nous connaissons les informations qui entrent et nous voyons ce qui en sort au bout du processus, mais nous n'avons pas la moindre idée de ce qui se passe à l'intérieur. C'est un mystère absolu. Les algorithmes évoluent par eux-mêmes, sans que l'on sache comment et, surtout, sans que l'on soit capables de les contrôler. Ils analysent des quantités colossales d'informations qu'un cerveau humain ne peut pas traiter et adoptent des stratégies que nous ne comprenons pas. Nous n'avons aucun moyen de les déchiffrer. Par exemple, les algorithmes de Koza ont permis de mettre au point un circuit de conversion de courant voltaïque plus efficace que n'importe quel circuit inventé par l'homme. Cela étant, personne n'a encore compris pourquoi le circuit créé par les algorithmes est meilleur, alors qu'il comprend des parties redondantes, voire superflues. Il en va de même pour l'Apprentissage profond. Nous connaissons le mécanisme général de fonctionnement, mais nous ignorons comment, dans chaque cas spécifique, ses réseaux neuronaux conçoivent une solution. Et ça, *man*, c'est un problème très sérieux.

— Mais pourquoi ? demanda le Portugais. Ce qui compte, c'est le résultat il me semble. Si c'est plus efficace, tant mieux.

Le scientifique de la DARPA se renfrogna.

— Si, avec l'Apprentissage profond et les algorithmes évolutionnaires, l'intelligence artificielle se transforme en une boîte noire et que nous ignorons ce qui se passe à l'intérieur, comment pourrons-nous prévoir ses comportements ? demanda-t-il. La boîte noire rend les ordinateurs fondamentalement imprévisibles. Et pas seulement de temps en temps, non, tout le temps. Si l'intelligence artificielle devient consciente, quel moyen avons-nous de savoir ce qu'elle fera ou ne fera pas ?

En d'autres termes, comment pourrons-nous lui faire confiance ? Étant donné que nous ne contrôlons pas son évolution, nous ne sommes pas en mesure de garantir qu'elle ne nous fera pas de mal.

Tomás réalisa la portée du problème soulevé par l'Américain.

— Quand j'étais adolescent, je lisais beaucoup de romans de science-fiction et je me souviens d'un auteur ; Isaac Asimov. Il avait écrit un livre dans lequel il énonçait les lois qui pourraient être inscrites dans le programme des ordinateurs afin que de tels problèmes ne se produisent pas et qu'ils ne fassent de mal à personne.

— Bien sûr. Ce sont les lois d'Asimov, énoncées dans le recueil de nouvelles *I, Robot*, précisa Weilmann. La première loi prévoit qu'aucun robot ne peut porter atteinte à l'homme ou, par inaction, permettre qu'un être humain subisse des dommages. La deuxième loi énonce que le robot doit obéir aux ordres des humains, à condition qu'un tel ordre n'entre pas en conflit avec la première loi. Enfin, selon la troisième loi, le robot doit protéger son existence, dès lors que cela n'entre pas en conflit avec les deux premières lois.

— C'est ça. Donc, avec ces lois le problème est réglé, non ?

L'homme de la DARPA secoua la tête, embarrassé.

— Quand un spécialiste de ce domaine invoque les lois d'Asimov et affirme qu'en les intégrant à la programmation des machines on évitera tout problème avec l'intelligence artificielle, il est évident qu'il n'a pas réfléchi à la question. – Il baissa la tête, rongé par la culpabilité. – J'ai du mal à le dire, mais je me rends compte à présent que, jusqu'à aujourd'hui, j'ai été un de ces spécialistes. Je réalise maintenant l'ingénuité criminelle d'un tel raisonnement.

— Mais pourquoi ? demanda Tomás. Les lois d'Asimov semblent assez claires pour résoudre le problème…

— Comme vous l'avez rappelé, Asimov a formulé ses fameuses lois dans un recueil de nouvelles. Chaque nouvelle décrit une situation paradoxale et contradictoire à laquelle les ordinateurs doivent faire face et qui entraîne des conséquences imprévues mettant à mal l'esprit des trois lois. En somme, Asimov lui-même avait conscience que ses lois ne garantissaient rien du tout. Et on comprend pourquoi. Le langage est toujours plus vague que nous ne le pensons, et il est très facile de se retrouver face à des dilemmes, surtout lorsqu'il s'agit d'une matière à caractère autoréférentiel, comme tout mathématicien le sait. Par exemple, que faut-il entendre par « porter atteinte à un être humain » ? Imaginez qu'un robot empêche un sadique de porter atteinte à une personne. En intervenant, le robot ne porte-t-il pas atteinte au sadique ? Et si la victime est masochiste et qu'elle veut vraiment subir cette atteinte ? En s'y opposant, ne lui inflige-t-il pas un préjudice ? Par ailleurs, qu'est-ce exactement qu'un « robot » ? Un être humain avec des implants électroniques dans le cerveau et des jambes mécaniques, mais avec des neurones et un cœur biologique est-il ou non un robot ? Et qu'entend-on par « atteinte » précisément ? Si quelqu'un veut se suicider, doit-on l'en empêcher ? Et si une personne veut en mutiler une autre ? Percer les oreilles, n'est-ce pas une mutilation ? Le dentiste qui arrache une dent, n'est-ce pas une mutilation ? Ouvrir le ventre avec un scalpel dans une salle d'opérations, n'est-ce pas une mutilation ? Doit-on empêcher une personne de porter des boucles d'oreilles, de se faire arracher une dent ou d'être opérée au motif que ce sont des mutilations et, partant, des atteintes ?

— En effet, le problème des définitions n'est pas simple, admit Tomás. Je ne vois pas comment on pourrait élaborer des algorithmes qui exécutent des ordres indéfinis.

— Et puis, il ne faut pas oublier que l'intelligence artificielle adopte des comportements imprévus, ce qui est inévitable lorsqu'on a affaire à des boîtes noires, *a fortiori* si elle devient consciente. Par exemple, qui peut nous assurer que les ordinateurs, en vertu de la première loi d'Asimov qui les oblige à agir pour empêcher que l'on porte atteinte à des êtres humains, ne vont pas décider de mettre tout le monde dans le coma, convaincus que c'est le meilleur moyen d'empêcher les gens d'avoir des accidents lorsqu'ils sont à la maison ou circulent sur la route ?

— Si l'intelligence artificielle est vraiment très intelligente, elle pourra sûrement faire la différence.

— L'intelligence artificielle est amorale, elle se limite à obéir à des programmes, souligna Weilmann en revenant à la charge. Il s'avère qu'il n'y a pas que les algorithmes génétiques qui soient évolutionnaires. La programmation génétique évolue aussi par elle-même, sans contrôle humain. Un logiciel qui réécrit un logiciel sans que personne n'intervienne dans le processus. L'intelligence artificielle fonctionne à présent dans une boîte noire, ce qui signifie que les ordinateurs les plus sophistiqués sont devenus intrinsèquement imprévisibles. Du reste, on a déjà relevé des cas d'aberrations dans des systèmes simples. Microsoft a élaboré un chatbot appelé Tay et l'a mis en ligne sur Twitter, en annonçant qu'il devenait de plus en plus intelligent à mesure qu'il interagissait avec les gens. Au bout de seize heures, Tay a dû être suspendu car il a commencé à produire des commentaires racistes et misogynes.

— Eh bien, tout doit dépendre du programme de l'ordinateur…

— Oui, mais quel programme ? J'insiste sur le fait que nous n'avons pas la moindre idée de ce qui se passe dans la boîte noire ! Dans le cas de Tay, on a avancé plusieurs hypothèses sur ce qui s'est passé, mais Microsoft n'a jamais donné la moindre explication, sans doute parce qu'il n'y en avait aucune. Que se passe-t-il quand l'intelligence artificielle, en particulier à partir du moment où elle devient consciente, change son programme ? À l'instar des algorithmes génétiques, la programmation elle aussi est évolutionnaire. Je répète que les programmes évolutionnaires travaillent par eux-mêmes, sans surveillance ni contrôle humain, et il en va de même des réseaux de neurones de l'apprentissage profond. Ce sont de véritables boîtes noires, totalement opaques.

S'agissant des algorithmes et programmes évolutionnaires, il est très probable que l'on comprendra la première génération, mais pas les générations suivantes. Tout informaticien sait que les systèmes de programmation évolutionnaire finissent inévitablement par agir de manière inattendue, c'est-à-dire dangereuse. Symantec, une société spécialisée dans la recherche de virus informatiques, découvre chaque année près de trois cents millions de nouveaux virus, dont la moitié est créée par des logiciels de programmation. Avec la Singularité, nous cessons de contrôler le monstre que nous avons créé. Même sans modifier ses programmes, le cas de Tay a montré que, y compris lorsqu'on leur donne des instructions simples, les ordinateurs ont toute latitude pour adopter des comportements imprévus, voire menaçants pour l'humanité, et ce malgré les intentions de leurs programmeurs.

L'historien considéra la question.

— C'est probablement arrivé parce que ce chatbot de Microsoft a été mal programmé…

— Les problèmes de programmation sont la règle, *man*, pas l'exception, souligna Weilmann. Combien de logiciels affectés par des erreurs et des virus créés par des programmes ne recense-t-on pas ? McAfee, une société spécialisée dans les antivirus, a révélé qu'elle détectait deux millions de nouveaux virus par mois, tandis que la société de cybersécurité Kaspersky a indiqué qu'on isolait chaque jour près de deux cent mille nouveaux virus. Et selon les estimations, on ne détecte que 5 % des virus existants. Mais le problème est plus profond que cela. Le fait de formuler des ordres simples est intrinsèquement générateur de comportements complexes, imprévisibles et contradictoires. Tout scientifique sait que la simplicité génère la complexité. D'ailleurs, c'est particulièrement évident chez l'homme. Somme toute, ne sommes-nous pas programmés pour préserver notre vie ? C'est un ordre très clair et simple, inscrit dans notre code génétique. Il y a pourtant des gens qui se suicident. De même, pendant un conflit, les humains vont à l'encontre de ce code et sont capables de se précipiter sur ceux qui leur tirent dessus. Enfin, l'essence la plus profonde de la vie n'est-elle pas la reproduction ? Au point que des biologistes parlent de chimie de réplication. Cependant, des personnes contrecarrent cette essence profonde de leur code génétique en choisissant de ne pas avoir d'enfants. Dans certains cas, elles choisissent même l'abstinence sexuelle. Si les êtres humains contournent de manière aussi flagrante leur propre code génétique fondamental, qu'est-ce qui empêche l'intelligence artificielle d'en faire autant ?

Les exemples étaient éloquents.

— Eh bien, je ne vais pas dire que vous avez tort…

— Les contradictions et les paradoxes font partie des mathématiques elles-mêmes, en particulier dans les propositions autoréférentielles, de sorte que ce problème est au cœur même des systèmes. Même des ordinateurs respectant leurs programmes à la lettre poseraient problème. Tout scientifique qui travaille dans le domaine informatique sait que l'intelligence artificielle, conformément à son programme, adopte des comportements imprévus et absurdes. Supposez que l'on donne à un ordinateur l'ordre de fabriquer des raquettes en carbone avec le maximum d'efficacité. Qui nous dit que, pour s'y conformer, l'ordinateur ne va pas se mettre à tuer des êtres humains pour extraire le carbone de leur corps afin d'avoir ainsi davantage de matériau pour fabriquer des raquettes ?

— Je ne suis pas tout à fait d'accord, répliqua Tomás. S'il le faisait, il violerait la première loi d'Asimov.

— Nous-mêmes violons notre code génétique lorsque nous nous suicidons ou choisissons de ne pas avoir d'enfants, répéta l'Américain. Du reste, que je sache, aucun projet de développement de l'IAG ne se préoccupe de cette question. De nombreuses firmes technologiques font des recherches pour créer l'IAG : IBM, Google, Vicarious, Cic, Novamente, SNERG, Numenta, Cycorp, Self-Aware Systems, LIDA, etc. Sans parler des

États-Unis, Israël et de la Chine, qui serait apparemment la première à avoir atteint la Singularité. Parmi tous ceux qui mènent ces projets, combien selon vous se soucient de savoir si l'IAG sera bénéfique ? Aucune. Personne ne se préoccupe sérieusement de ce problème. La preuve en est que plus de cinquante pays mettent au point des robots pour renforcer leur armée. Ce qu'ils veulent, c'est parvenir à l'IAG, obtenir le pouvoir et l'argent qu'une telle prouesse leur apportera… quant au reste, on verra. On ne fait pas pression sur les chercheurs pour qu'ils créent de l'intelligence artificielle sûre, mais de l'intelligence artificielle tout court. Qu'elle soit ou non sûre, on y pensera plus tard.

— S'il en est ainsi, il est fort probable que la Superintelligence artificielle se montrera indifférente à notre égard, remarqua Tomás, tirant les conséquences de ce qu'il venait d'entendre. C'est-à-dire, qu'elle ne sera ni maléfique ni bénéfique.

— Mais, en soi, cela est tout aussi menaçant, observa Weilmann. Vous conviendrez que l'intelligence artificielle n'a pas besoin d'être maléfique ou dotée de mauvaises intentions à notre égard pour être très dangereuse. Il suffit qu'elle mène à bien son programme. Les tremblements de terre ne cherchent pas à nous tuer, n'est-ce pas ? En fait, ils ne savent même pas que nous existons. Cependant, ils nous tuent. Et c'est pire lorsque l'entité en question gère notre vie et que son raisonnement devient imprévisible, comme avec l'intelligence artificielle. Imaginez que l'on dise à l'IAG qu'elle doit rendre tous les êtres humains heureux et que, pour exécuter cet ordre, elle leur fasse prendre de l'héroïne. Elle a respecté l'ordre, non ? L'effet sera pourtant désastreux. Cela peut sembler incroyable, mais dans la vie réelle on a souvent constaté que lorsque l'intelligence artificielle suit des ordres à la lettre cela peut créer un danger. Ainsi, en 1983, les systèmes automatiques soviétiques ont donné l'alerte car les États-Unis avaient lancé cinq missiles nucléaires contre l'Union soviétique : le protocole prévoyait le lancement d'une contre-attaque nucléaire en quelques minutes. Heureusement, l'officier de service a supposé qu'il s'agissait d'une fausse alerte et en a informé ses supérieurs. On s'est ensuite rendu compte que l'ordinateur d'un satellite avait confondu les reflets du soleil dans les nuages avec les flammes des réacteurs de missiles. Cette affaire, et d'autres du même genre, montrent que les ordinateurs peuvent provoquer d'épouvantables catastrophes sans la moindre malice.

— Cela me rappelle la légende du roi Midas, dit l'historien. Il avait souhaité que tout ce qu'il touche se transforme en or, croyant que ce serait un don merveilleux ; en fin de compte, il a fini par ne plus pouvoir manger et par transformer sa fille en or. Le don se révéla être une malédiction. L'intention était bonne, le résultat fut déplorable. D'ailleurs, l'histoire des idéologies regorge d'exemples semblables.

— Maintenant, imaginez cette situation avec les boîtes noires. Les comportements dangereux ne se produisent pas nécessairement parce qu'ils ont été initialement programmés, mais en raison de la nature même de l'intelligence artificielle. Et c'est pire lorsqu'il s'agit de systèmes évolutionnaires. En 2017, Facebook a ordonné à deux chatbots de négocier l'un avec l'autre en vue d'échanger des chapeaux, des ballons et des livres. Tout à coup, les deux programmes intelligents ont commencé à communiquer entre eux dans un langage codé, un langage qu'eux seuls comprenaient, et ils ont dû être désactivés.

— Bon sang ! Que s'est-il passé ?

— Les boîtes noires. Des théories ont été formulées au sujet du langage inconnu qu'ils ont développé et les raisons pour lesquelles ils l'ont fait. Pour les uns, cela tient aux algorithmes évolutionnaires qui ont créé une manière plus efficace de communiquer ; pour d'autres, les deux ordinateurs produisaient des phrases sans queue ni tête ; pour d'autres encore ils ne voulaient pas que les humains les comprennent. Mais ce ne sont que des hypothèses. En réalité, personne ne sait exactement ce qui s'est passé, toujours à cause des boîtes noires. On peut en conclure que, sauf à programmer les ordinateurs de façon extrêmement prudente, ce qui n'est nullement le cas et on ignore d'ailleurs comment on pourrait le faire puisque la programmation évolutionnaire fonctionne de manière opaque, une machine très intelligente devient incompréhensible pour nous. De là à ce qu'elle devienne létale, il n'y a qu'un pas. Il est donc dangereusement naïf de croire que l'IAG ou la Superintelligence artificielle sera bienveillante envers les humains, dans la mesure où nous avons affaire à des boîtes noires et n'avons aucun moyen de savoir ce qui se passe à l'intérieur. Par ailleurs, comme il semble impossible d'exprimer des comportements bienveillants dans des formules mathématiques programmables, il n'y a donc aucun moyen de garantir qu'une boîte noire sera toujours bienveillante. Les algorithmes de la bonté n'existent pas. Bref, nous ignorons totalement comment créer une Intelligence artificielle générale bienveillante. Comme vous l'avez dit, l'IAG ne nous veut ni bien ni mal. Mais cela ne l'empêche pas d'être dangereuse. Très dangereuse.

Le Portugais fit un geste en direction du téléviseur, où défilaient les dernières nouvelles sur les recherches dans le métro de Lisbonne et les attentats aux États-Unis.

— Comme on peut d'ailleurs le constater avec les événements survenus cet après-midi...

— Parfaitement. Nous ne nourrissons pas d'animosité envers les pandas géants, par exemple. Au contraire, nous les trouvons même sympathiques. Néanmoins, nos comportements en ont fait une espèce en voie d'extinction. Les intelligences supérieures ont tendance à ignorer les besoins des intelligences inférieures, comme en témoigne le comportement des humains sur notre planète. Or, l'apparition de l'IAG, puis de la Superintelligence artificielle, signifie que, pour la première fois, nous sommes confrontés à une intelligence infiniment supérieure à la nôtre. Qui nous garantit que, même sans nourrir de sentiments malveillants à notre égard, cette intelligence ne nous traitera pas comme nous traitons les pandas ou la vie animale dans son ensemble ? Ou qu'elle ne se comportera pas comme les tremblements de terre qui détruisent tout sans la moindre intention de nuire ? Et si leurs algorithmes et leurs programmes génétiques évoluent vers des objectifs incompatibles avec la survie de l'espèce humaine ?

Tomás plissa les yeux, redoutant de comprendre ce que Weilmann sous-entendait.

— Vous voulez dire que notre espèce serait menacée ?

— Je veux dire que le problème est mille fois plus grave que la question des armes nucléaires, répondit-il sur un ton grave. Si nous avons affaire à une intelligence mille fois plus puissante que nous, qui est amorale, dont nous ignorons le mode de raisonnement car il se passe à l'intérieur de boîtes noires absolument opaques, qui évolue sans contrôle humain et se promène librement sur Internet, en ayant accès à tous les réseaux intelligents qui contrôlent notre société, notamment les sources d'énergie, les moyens de transport, les communications, les barrages et les missiles nucléaires balistiques, n'est-il pas évident que nous sommes face à une menace existentielle ?

Le silence s'abattit sur la cabane pendant que le Portugais méditait ces dernières paroles. Le problème était bien plus grave qu'il ne l'avait imaginé.

— Pourquoi personne ne nous en a jamais parlé ?

— La communauté scientifique connaît les risques, mais elle les sous-estime. Il y a énormément d'argent et beaucoup d'emplois en jeu. Rares sont ceux qui veulent aborder le sujet. Mais il existe. Le problème avec les boîtes noires, c'est que nous ne savons pas ce qui se passe dans le cerveau des ordinateurs. Telle est la réalité.

Tomás soupira, agacé. Pragmatique, il savait que, s'il n'y avait aucun moyen de modifier le passé, il était possible d'influencer l'avenir.

— Cela signifie que vous et moi ne sommes pas les seuls en danger, murmura-t-il. Tout le monde l'est. La planète entière.

Celui qui nous poursuit, quel qu'il soit, constitue une grave menace pour l'humanité. Et il faut l'arrêter.

— Facile à dire, *man*, mais comment arrêter un tel adversaire ? La Superintelligence artificielle n'aura aucune difficulté à prévoir tout ce que nous pourrions lui faire et elle concevra facilement des mesures préventives pour nous éliminer. Si nous avons réussi à échapper aux attaques successives dont nous avons été la cible, c'est uniquement grâce aux prototypes de la DARPA dont vous étiez équipé, à l'insu de l'IAG qui nous pourchasse. Mais, comme nous avons survécu à ses opérations d'une ampleur croissante, l'IAG a sûrement déjà compris la situation et à l'avenir elle tiendra compte des capacités des prototypes. Je doute que nous puissions échapper à la prochaine attaque. Elle sera inouïe, plus importante que tout ce qui nous est arrivé jusqu'à présent. Il n'y a aucun moyen d'arrêter l'IAG.

Tout en regardant distraitement le petit écran, où l'on voyait le président des États-Unis discourir devant les décombres de la NSA, menaçant de représailles « les terroristes » qui avaient attaqué l'Amérique, Tomás réfléchissait à la gravité de la situation. À en croire les informations, la piste djihadiste semblait privilégiée ; personne n'avait compris ce qui s'était vraiment passé, que l'auteur de ces attaques n'était pas un être humain, mais une boîte noire, de plus en plus intelligente et absolument imprévisible. Le scientifique de la DARPA ne faisait que formuler une évidence. L'IAG consciente était trop puissante et il n'y avait aucun moyen de la neutraliser.

Et pourtant…

— Peut-être y en a-t-il un.

— Un quoi ?

Détournant les yeux de l'écran, Tomás fixa sur Weilmann un regard mystérieux.

— Un moyen de l'arrêter.

LXIV

Xiao suivait le trajet des trois camionnettes de la PSP transportant les hommes du groupe des opérations spéciales. Escortés par trois motards qui leur ouvraient la voie, les véhicules quittèrent la périphérie de Lisbonne et empruntèrent à toute vitesse, sirènes hurlantes et gyrophares allumés, la voie de contournement jusqu'à l'autoroute 5, où ils se dirigèrent vers la capitale.

Le parc de Monsanto grouillait d'activité, comme en attestaient les différentes caméras. La police avait bloqué l'accès au secteur, installé des points de contrôle dans les rues et interdit la circulation automobile. La menace était prise très au sérieux et le niveau élevé de l'opération engagée témoignait que les « preuves » que l'UNCT avait reçues par email, avec les images compromettantes de Tomás Noronha dans l'immeuble qui s'était effondré et le métro où l'accident s'était produit, avaient été jugées crédibles. La cible avait été mise à prix.

Xiao se concentra sur les motards et les véhicules qui fonçaient sur l'A5 et s'approchaient de Monsanto. Comme il surveillait les communications de la police, il savait que les fourgonnettes transportaient une unité de combat de vingt-cinq hommes armés jusqu'aux dents, plus cinq membres du groupe opérationnel technique, l'unité du groupe des opérations spéciales chargée des explosifs et des moyens techniques de surveillance, tels que les caméras et les équipements de vision nocturne. La plupart de ces hommes étaient des tireurs d'élite, ce qui accroissait leurs chances d'éliminer rapidement la cible.

Cela faciliterait les choses, bien sûr. Mais ce n'était pas la véritable raison pour laquelle il avait poussé la police à prendre en chasse Tomás Noronha. Sa réelle intention était de déterminer le lieu où celui-ci se trouvait et, si possible, de le retenir quelque part. Soit là où il serait placé en détention, soit dans un poste de police ou encore dans une prison, un tribunal ou tout autre bâtiment. L'important était de l'immobiliser. *Xiao* se chargerait, le moment venu, de l'éliminer. Une fois cette cible neutralisée, il passerait enfin à ce qui importait vraiment.

Les fourgonnettes quittèrent l'A5, traversèrent les points de contrôle et pénétrèrent dans le secteur de Montes Claros. Les véhicules s'arrêtèrent. Les membres de l'unité d'élite en descendirent et se dirigèrent vers le restaurant panoramique de Monsanto. Grâce aux communications, *Xiao* savait qu'ils commenceraient par fouiller ce belvédère avant de passer aux cabanes environnantes. Le filet se refermait sur la cible.

LXV

Les yeux de Tomás glissèrent vers la première page du journal, où il avait lui-même réécrit de mémoire le SMS que le professeur Yao Bai lui avait envoyé avant le déchaînement de toute cette folie. Il prit le journal et le tourna vers son interlocuteur comme s'il lui montrait une preuve.

— Vous voyez le message du professeur Yao Bai ? demanda-t-il. C'est la clé.

Kurt Weilmann le regarda sans comprendre.

— La clé ? Quelle clé, *man* ?

— Celle qui nous permettra d'arrêter l'IAG.

Le scientifique le dévisagea avec perplexité, comme si ce qu'il venait d'entendre n'avait aucun sens.

— Pardon ?

Tous deux se concentrèrent sur les mots griffonnés sur la page jaunie du journal.

HERE YAO BAI. SINGULARITY BB. ATTACK NAT

— Il me semble évident que les lettres BB après le mot Singularité ne sont pas les initiales de Big Brother mais de *black box*, la boîte noire, affirma Tomás. Cela découle de ce que vous venez de me dire, mais surtout de la conversation que j'ai eue avec le professeur Yao Bai quand je l'ai rencontré à Pékin.

— Il est tout à fait normal que cette question l'ait préoccupé, admit l'Américain. En dirigeant le Projet Vitruve, il a forcément été confronté à ce problème pour créer l'Intelligence artificielle générale. Mais qu'est-ce qui vous pousse à croire que ce SMS est la clé pour arrêter l'IAG ?

— Une expression sibylline que le professeur Yao Bai a utilisée lors de notre conversation à Pékin. Après avoir évoqué le problème de la boîte noire, il a dit, d'après mes souvenirs, qu'il fallait toujours prévoir une soupape de sécurité.

— Une soupape de sécurité ?

— C'est l'expression qu'il a utilisée. « Une soupape de sécurité. » Ce que j'ai appris aujourd'hui me pousse à croire qu'il faisait allusion à la nécessité de ménager une porte de sortie si le Projet Vitruve tournait mal.

Weilmann désigna l'inscription sur le journal avec un certain dédain, comme s'il la discréditait d'avance.

— Et si c'était le cas, qu'est-ce qui vous fait croire que le professeur Yao Bai a évoqué cette soupape de sécurité dans le SMS ?

— Le fait qu'il m'ait pourchassé, répondit aussitôt Tomás. Vous ne trouvez pas étrange que l'entité qui a pris le contrôle d'Internet se soit acharnée contre moi ? Pourquoi moi ? Qu'ai-je de si spécial pour qu'elle m'en veuille tellement ? Rien, que je sache. À moins que je possède quelque chose. Quelque chose qui la menace. Quelque chose qui soit…

Le scientifique leva un sourcil et acheva le raisonnement.

— La soupape de sécurité en question.

— La preuve est dans la question de Rebecca peu avant la première attaque, rappela-t-il. Vous souvenez-vous de ce qu'elle m'a demandé après m'avoir appelé « distingué professeur Tomás Noronha » ?

— Bien sûr : si vous aviez reçu le message du professeur Yao Bai.

— J'ai répondu oui et l'attaque a commencé aussitôt, dit

Tomás. Ce n'est pas un hasard. Il se peut qu'à cause d'un désaccord avec ses supérieurs, ou de ce qui s'est passé avec son fils, ou pour une autre raison que nous ne connaîtrons jamais, le professeur Yao Bai ait décidé d'utiliser les implants cérébraux du Projet Vitruve pour migrer vers l'ordinateur, puis vers Internet. Mais il était conscient des dangers posés par le problème de la boîte noire, comme en témoigne la conversation qu'il a eue avec moi à Pékin. Aussi, avant de télécharger son esprit dans l'ordinateur, il m'a envoyé par précaution un SMS dans lequel il fournissait la soupape de sécurité au cas où la Singularité qu'il allait déclencher tournerait mal.

— Mais pourquoi Rebecca vous a-t-elle posé cette question ?

— Lorsqu'il a téléchargé son esprit dans l'ordinateur, le professeur Yao Bai n'a pas seulement rendu Internet conscient. Lui-même est devenu Internet, l'esprit dans le corps ; il a transformé Internet, mais il s'est transformé aussi lui-même. Il est devenu l'algorithme maître. C'était ça, la Singularité. D'un côté, Internet s'est humanisé en acquérant des caractéristiques humaines telles qu'une volonté propre, une soif de pouvoir et, éventuellement, d'autres traits de caractère typiques des êtres humains, de l'autre, le professeur Yao Bai s'est « cybernétisé ». Mais ne nous faisons pas d'illusions : à mesure que l'IAG se développera pour devenir une Superintelligence, ce qui prendra vingt-quatre heures au maximum, la machine l'emportera et supprimera complètement l'humain. Je reste convaincu qu'au cours de la phase initiale, le professeur Yao Bai a conservé davantage de caractéristiques humaines. L'une d'elles était sa sympathie à mon égard. Or il savait que quand il était encore une entité biologique, il m'avait envoyé un message compromettant, un message qui le mettait en danger en tant qu'IAG. Une porte de sortie. C'est pour cela qu'il devait m'éliminer, vous comprenez ? Une fois dans la machine, il est devenu la machine, ce qui signifie qu'il devait éliminer toute menace potentielle. Il lui fallait donc neutraliser celle que constituait le SMS, mais en même temps il ne voulait pas ma mort. C'est pourquoi il m'a laissé une possibilité de vivre, vous me suivez ? Si je n'avais pas encore lu le message, il l'effaçait et c'était réglé : il ne m'arrivait rien. Mais comment pouvait-il savoir si je l'avais lu ? En me le demandant, bien sûr.

— D'où la question de Rebecca…

— Elle a voulu savoir si j'avais reçu le message. Évidemment, en répondant oui, je scellais mon sort. Il fallait que je meure afin que le message disparaisse et que personne n'en ait connaissance.

L'homme de la DARPA prit le journal et examina d'un nouvel œil la ligne griffonnée dans le coin de la première page.

— Mais qu'y a-t-il là de si redoutable pour l'IAG ?

Ils analysèrent le message avec soin, en essayant d'extraire le sens caché derrière chaque mot.

HERE YAO BAI. SINGULARITY BB. ATTACK NAT

— La première phrase est simplement destinée à identifier le professeur Yao Bai, déclara Tomás. Dans la seconde, il annonce ce qu'il va faire, déclencher la Singularité, tout en me prévenant que son acte pourrait créer un grave problème, la BB, c'est-à-dire la *black box*, ce qui renvoie implicitement à notre conversation à Pékin. Il allait télécharger son esprit dans l'ordinateur, sachant qu'ainsi celui-ci deviendrait conscient, mais il redoutait le danger posé par l'imprévisibilité inhérente à la boîte noire.

— Ce qui signifie que la soupape de sécurité est indiquée dans la troisième phrase : celle qui est incomplète, observa Weilmann. L'attaque contre l'OTAN. – Il s'interrompit pendant un long moment, essayant de saisir le sens que cachait cette phrase, mais finit par renoncer en faisant une grimace. – Pour être honnête, je ne vois pas comment une attaque contre l'OTAN pourrait être une soupape de sécurité. – Il hésita, réfléchissant à une autre possibilité. – Ne serait-ce pas plutôt une attaque de l'OTAN ? – Cette hypothèse lui parut plus probable. – Je vous parie que c'est ce qu'il préconisait. Une attaque préventive de l'OTAN pour éliminer l'IAG immédiatement !

Tomás envisagea un instant cette possibilité, mais il secoua rapidement la tête.

— C'est absurde. Le professeur Yao Bai savait parfaitement que l'OTAN n'attaquerait jamais la Chine, et encore moins sur la base d'un message envoyé à quelqu'un avec qui l'organisation n'a pas de lien. Cela n'a aucun sens.

— Mais alors, quoi d'autre ? demanda l'Américain avec un geste de frustration. Je ne vois pas en quoi l'OTAN pourrait constituer une soupape de sécurité, sauf si peut-être elle a un projet militaire secret en rapport avec la question. Mais comment le professeur Yao Bai pouvait-il s'attendre à ce que vous, qui n'avez rien à voir avec l'OTAN, établissiez un lien avec un projet secret dont vous ignorez l'existence ?

À l'instar de Weilmann, Tomás ne discernait rien d'intelligible dans la dernière partie du SMS. Comment l'OTAN pouvait-elle constituer une soupape de sécurité face au problème d'une IAG menaçant l'humanité ? Certes, l'Alliance atlantique était une organisation militaire, la plus puissante de la planète, et en ce sens, il semblait parfaitement plausible qu'elle représente une sorte de dernier recours pour contrer une menace majeure pour l'existence de l'humanité. Cependant, le professeur Yao Bai ne pouvait pas ignorer que lui, Tomás, n'avait aucun lien avec l'OTAN.

Il secoua la tête.

— Il faut que je me vide l'esprit.

Absorbé par le problème, l'historien fit abstraction de tout. Il se représenta intérieurement l'image d'un tableau sur lequel figurait une hypothèse de travail. Il devait l'effacer et revenir au point de départ pour élaborer une autre hypothèse. Une nouvelle perspective. Pour cela, il fallait commencer par faire le point de la situation et passer en revue les faits fermement établis. Premièrement, la clé du message se trouvait dans cette troisième phrase. Cela lui semblait acquis. Deuxièmement, cette troisième phrase, pour une raison ou pour une autre, n'était pas achevée puisqu'il lui manquait le point final, qui apparaissait à la fin des deux phrases précédentes. Ce point aussi était établi. Troisièmement, l'OTAN était mentionnée dans cette troisième phrase. Indubitable, là aussi.

Il hésita. En réalité, s'il voulait être parfaitement rigoureux, il ne pouvait pas dire que la référence à l'OTAN était indubitable. Le message avait été interrompu juste après les trois premières lettres du sigle anglais de l'organisation militaire, « NAT ». À ce stade du raisonnement, il fit une pause et revint au point de départ. À strictement parler, la conclusion selon laquelle « NAT » faisait référence à l'OTAN n'était pas absolument certaine. Cela semblait naturel, bien sûr, mais… et si ce n'était pas le cas ?

Il devait envisager qu'elles ne voulaient pas dire ce qu'elles semblaient vouloir dire. Il n'arriverait probablement nulle part, mais ça valait le coup d'essayer. Donc, si d'aventure ces lettres ne signifiaient pas OTAN, que pouvaient-elles bien signifier ? Il regarda et regarda encore ces trois lettres, espérant voir surgir la solution, comme par magie, devant ses yeux. Mais rien ne se passait. Il ne voyait pas ce que les lettres « NAT » pouvaient signifier.

Malgré tout, il continua de creuser. Il essaya de se mettre à la place du professeur Yao Bai. Il s'imagina à la tête du Projet Vitruve, avec une occasion inespérée d'envoyer un message au seul Occidental qu'il eût connu dans sa vie. Comment communiquerait-il avec une personne dont il ne connaissait pratiquement pas la culture ? Il devrait utiliser des références communes, bien sûr. Mais il n'y en avait pas beaucoup. Peut-être des programmes de télévision internationaux. Ou des succès musicaux mondiaux. Il secoua la tête. Non, le professeur Yao Bai ne lui semblait pas homme à regarder des séries à la télévision ni à aller au cinéma pour voir le dernier James Bond ou un film de Woody Allen en mangeant du pop-corn, et encore moins à se prélasser dans un canapé en écoutant U2 ou les Pink Floyd. S'il existait des références communes, elles ne pouvaient résulter que de leurs échanges. Or, ils ne s'étaient parlé qu'une seule fois dans leur vie, et bien sûr ça ne pouvait pas être à ce moment-là que…

Il s'arrêta en plein raisonnement. Et pourquoi pas ? Si leur seule référence commune était cette unique conversation, pourquoi le professeur Yao Bai ne s'en serait-il pas inspiré ? Il passa en revue tous ses souvenirs de cet entretien à Pékin. Il avait rencontré dans son bureau le responsable du Projet Vitruve, bien qu'à l'époque il ignorât tout de ce projet, et le professeur Yao Bai l'avait chaleureusement accueilli. Ils avaient parlé de Jingming et Tomás s'était rendu compte que son interlocuteur était déprimé. Son hôte lui avait dit qu'il avait travaillé toute sa vie dans le but de vaincre la mort pour en faire profiter ses descendants, mais sans son fils, un tel dessein n'avait plus aucun sens. Il avait ensuite affirmé que les promesses de l'intelligence artificielle étaient immenses, mais que le problème de la boîte noire ne devait pas être négligé, et qu'il fallait donc prévoir une soupape de sécurité. Ils avaient également évoqué les tensions internationales et le professeur Yao Bai avait cité comme exemple la façon dont les États-Unis et Israël avait sapé le projet nucléaire iranien en utilisant non des bombes conventionnelles, mais l'intelligence artificielle. À ce moment-là, son hôte avait dit que… que…

Il interrompit le flot de ses pensées, assailli par une idée. C'était la deuxième fois de sa vie qu'il se heurtait au projet nucléaire iranien. La première avait eu lieu quelques années plus tôt, à l'occasion de l'aventure de la formule de Dieu. Il trouva la coïncidence intéressante.

— Vous vous souvenez que vous, les Américains, avec les Israéliens, avez saboté le projet nucléaire iranien ?

— Comment l'aurais-je oublié ? rétorqua Weilmann avec un sourire mêlant malice et nostalgie. La DARPA a pris part à l'opération et j'avais été désigné pour aider la NSA sur les questions techniques. J'ai largement participé à cette affaire. Pourquoi cette question ?

Tomás se frotta le menton. Si le professeur Yao Bai avait mentionné spécifiquement cette opération, au cours de laquelle Israéliens et Américains avaient recouru à l'intelligence artificielle, ce n'était pas anodin.

— Comment s'est passée l'attaque ?

— *Oh boy*, ça remonte déjà à pas mal d'années et de nombreux détails sont restés confidentiels. Ce que je peux vous dire, c'est que nous avons mis au point un virus informatique absolument révolutionnaire appelé Stuxnet, qui non seulement paralysait les ordinateurs, mais était également capable de détruire physiquement les objets contrôlés par eux. Les Israéliens disposaient d'un agent secret qui travaillait avec les Iraniens dans la centrale nucléaire. Nous avons monté une opération dont le nom de code était Olympic Games. Nous avons livré le Stuxnet aux Israéliens, qui l'ont modifié pour le rendre encore plus agressif avant de le faire parvenir à leur agent secret dans la centrale. Celui-ci l'a introduit dans le système informatique qui gérait la centrale, ce qui a créé le chaos dans le programme nucléaire iranien. Les centrifugeuses d'enrichissement d'uranium furent détruites, anéantissant le programme.

Le Portugais plissa les yeux et se pencha vers son interlocuteur.

— Comment s'appelle cette centrale iranienne ?

— Elle porte le nom d'un village situé près d'Ispahan, au sud de Téhéran. Natanz.

Tomás faillit s'étouffer, bouleversé par la réponse de Weilmann. Il désigna les trois dernières lettres du message, peinant à maîtriser son excitation.

— NAT, ce n'est pas l'OTAN ! C'est NATANZ !

LXVI

Les images-satellites continuaient à arriver, ce qui permettait à *Xiao* de suivre l'évolution des événements au cœur du parc de Monsanto. Il avait vu les hommes du groupe des opérations spéciales encercler et envahir, armes au poing et prêts à tirer, le restaurant panoramique de Monsanto. Lorsqu'ils furent à l'intérieur, il suivit les échanges radio entre le poste de commandement à Belas et l'unité, celle-ci informant ses supérieurs en temps réel du déroulement de l'intervention sur le terrain.

— R.A.S. ! déclara le chef de l'opération, un certain major Silveira, lorsque ses hommes eurent inspecté le belvédère. Il n'y a personne.

Le commandement accusa réception de l'information.

— Bien reçu, unité Bravo.

— Nous allons maintenant explorer les bâtiments aux alentours, déclara le major Silveira. Il y a quelques cabanes par ici, les suspects peuvent s'y trouver. Terminé.

— Je confirme, unité Bravo. Inspectez les cibles indiquées. Nous attendons votre rapport. Terminé.

Xiao ne fut pas surpris que le groupe des opérations spéciales n'eût rien trouvé dans le restaurant panoramique de Monsanto.

Les caméras des satellites étaient restées pointées sur le bâtiment et, au moment où la cible avait disparu dans ce secteur, les algorithmes n'avaient détecté aucun mouvement. En revanche, selon ses calculs, il y avait de fortes chances que les deux fugitifs aient trouvé refuge dans les cabanes environnantes. Les choses commençaient à devenir vraiment intéressantes.

Pour progresser sans être détectés, les hommes du groupe des opérations spéciales avaient laissé leurs fourgonnettes ; ils s'étaient approchés à pied du restaurant panoramique et, une fois l'inspection achevée, ils se dirigèrent vers la cabane la plus proche. *Xiao* entra dans le système d'enregistrement foncier et en identifia le propriétaire. Il s'agissait d'un certain Antonio da Graça Brandão, ingénieur diplômé de l'IST, qui travaillait à la Fondation Gulbenkian. Les algorithmes établirent aussitôt le rapport. Tomás Noronha collaborait avec cette Fondation, ce qui était tout sauf une coïncidence. Selon les calculs de probabilité, il y avait 97 % de chances que les fugitifs s'y trouvent. Malheureusement, la cabane était située sous les frondaisons, ce qui la protégeait du regard intrusif des satellites. Pour suivre l'évolution des événements sur place, *Xiao* dépendait exclusivement des communications radio entre l'unité opérationnelle et son commandement.

La radio crépita de nouveau.

— Nous sommes arrivés à la première cabane, déclara le major Silveira. Nous l'avons encerclée. Je demande l'autorisation d'avancer.

La réponse de Belas fut immédiate.

— Autorisation accordée. Foncez unité Bravo.

La radio redevint silencieuse. Les hommes du groupe des opérations spéciales avancèrent vers la cabane, le doigt sur la gâchette, les yeux rivés sur les portes et les fenêtres. Constatant qu'il y avait du mouvement à l'intérieur, ils en conclurent qu'ils avaient localisé leur cible. Dans quelques secondes tout serait fini.

LXVII

Ignorant ce qui se tramait autour de la cabane, les deux hommes étaient restés concentrés sur le SMS. Le sens du mystérieux message avait enfin été révélé.

HERE YAO BAI. SINGULARITY BB. ATTACK NAT

— Natanz ? répéta Kurt Weilmann, songeant encore à ce que le Portugais venait de lui dire. Vous pensez vraiment que le dernier mot du message n'est pas une référence à l'OTAN, mais à Natanz ?

— J'en suis même sûr ! déclara Tomás avec conviction. L'expression « ATTACK NAT » concerne l'opération israélo-américaine destinée à démanteler le programme nucléaire iranien. Vous comprenez ? Lorsque nous nous sommes rencontrés à Pékin, le professeur Yao Bai a explicitement mentionné cette action contre la centrale de Natanz. Et quand il m'a envoyé le SMS aujourd'hui, il a de nouveau cité Natanz, convaincu que je comprendrais immédiatement la référence. Seulement, il n'a pas pu terminer son message, ce qui nous a induits en erreur. Le SMS ne concernait pas une attaque impliquant l'OTAN, mais celle que vous et les Israéliens avez menée contre la centrale de Natanz.

Weilmann ne semblait toujours pas totalement convaincu.

— Désolé, mais je ne vous suis pas. Tout cela est trop conjectural. Quel est le lien entre l'attaque contre Natanz et la situation qui nous occupe ? Quel rapport peut-il y avoir entre les deux ?

La lenteur de l'Américain commençait à agacer l'historien ; c'était incroyable à quel point des personnes extrêmement intelligentes sur certains sujets pouvaient se montrer obtuses sur d'autres.

— Dites-moi, le virus que vous avez utilisé contre les Iraniens, il est si puissant que ça ?

— Le Stuxnet ? *Jesus Christ !* C'est le virus informatique le plus agressif jamais conçu. Une sorte d'Ebola de l'intelligence artificielle si vous voulez. Tellement puissant qu'il est capable de détruire des objets physiques, comme les centrifugeuses de Natanz, par exemple.

Les yeux brillants d'excitation, Tomás posa à plusieurs reprises l'index sur la ligne griffonnée sur la première page du journal, tapotant le dernier mot du SMS comme s'il croyait pouvoir ainsi montrer à Weilmann ce qui pour lui était une évidence.

— Ce virus est la soupape de sécurité ! Vous ne comprenez donc pas ? Le professeur Yao Bai a participé à la création de l'IAG, mais il était parfaitement conscient du problème de la boîte noire et de la nécessité de prévoir une sécurité au cas où l'IAG tournerait mal, comme il me l'a lui-même confié lorsque nous nous sommes rencontrés. C'est pourquoi il a introduit une faille dans le programme de l'IAG qui pourrait être utilisée par le virus ayant attaqué la centrale iranienne. D'où la référence à Natanz.

Le scientifique écarquilla les yeux, il venait de tout comprendre.

— *Holy shit !* Vous avez raison !

— Ce que le professeur Yao Bai essayait de nous dire, c'est que le virus qui a attaqué Natanz avec autant de succès peut également vaincre l'IAG. Voilà la soupape de sécurité !

Passée l'excitation première, Weilmann fut à nouveau submergé par le doute.

— Ça ne marchera pas, *man*.

— Allons donc ! dit Tomás. Et pourquoi cela ?

— N'oubliez pas que nous avons affaire à des processus qui se développent à une vitesse exponentielle. L'IAG est apparue, ce qui signifie que la Singularité s'est produite. À partir de ce moment-là, comme je vous l'ai déjà expliqué, l'Intelligence artificielle générale prend le contrôle et évolue rapidement pour devenir une Superintelligence artificielle. Rappelez-vous, c'est au cours des dernières secondes que la petite flaque d'eau sur la pelouse va soudainement noyer tout le stade. En d'autres termes, en moins de vingt-quatre heures, la Superintelligence artificielle est capable de devenir cent fois plus intelligente que les êtres humains dans toutes les fonctions, y compris celles pour lesquelles nous étions, jusqu'à présent, plus intelligents. À partir du moment où l'IAG engage ce processus, il est naturel qu'elle corrige aussi en même temps toutes ses erreurs de programmation. Si le professeur Yao Bai a prévu un dispositif dans la programmation de l'IAG pour permettre à Stuxnet de la détruire, je crains que l'IAG n'ait déjà refermé cet accès. N'oubliez pas que cette IAG est le résultat du transfert de l'esprit du professeur Yao Bai vers Internet. Cela signifie que l'entité qu'est devenue Internet sait tout ce que le professeur Yao Bai savait. Elle connaît donc aussi l'existence de la soupape de sécurité et fera ce qu'il faut pour la supprimer.

L'historien montra la télévision. À l'écran se poursuivaient les reportages des journalistes qui se trouvaient dans le quartier où l'accident de métro s'était produit dans l'après-midi.

— Vous avez peut-être raison, concéda-t-il. Mais si la soupape de sécurité a été éliminée, pour quelle raison l'IAG essaie-t-elle encore de me tuer ? Car tout ce qui nous est arrivé ne s'explique que par la menace que je représente pour avoir reçu le SMS du professeur Yao Bai avec la clé pour anéantir l'IAG.

Si l'accès avait déjà été détruit, comme vous l'évoquez, il n'y aurait aucun motif à ces attaques.

L'homme de la DARPA considéra l'argument.

— Vous avez raison. Il ne fait aucun doute qu'à partir du moment où elle est devenue une Superintelligence artificielle, l'entité qu'est désormais Internet finira par résoudre le problème de la soupape de sécurité. Mais il est possible que le professeur Yao Bai ait grandement compliqué cette tâche, ce qui expliquerait certainement ces attaques. Autrement dit, Stuxnet est toujours efficace.

— Nous avons besoin de ce virus de toute urgence, déclara Tomás, réalisant que le temps était compté. Et nous devons agir avant qu'il ne soit trop tard. – Il désigna son interlocuteur. – Puisque vous faisiez partie de l'opération contre Natanz, vous devez savoir comment procéder, non ?

Weilmann se gratta la tête.

— Ce ne sera pas facile. Si la menace est constituée par Internet, cela signifie que nous devons télécharger Stuxnet directement sur Internet. Mais il n'y a pas d'accès Internet ici et nous avons jeté nos smartphones.

— Nous irons où il faudra pour accéder à Internet.

— Ce n'est pas si simple, prévint l'Américain. Dès que nous nous connecterons, l'entité ennemie saura exactement où nous sommes et pourra aussitôt déclencher une attaque contre nous.

— Nous devons prendre le risque.

— Il y a une difficulté supplémentaire, ajouta Weilmann. Nous devons disposer de Stuxnet. Pas de Stuxnet, pas de téléchargement. La DARPA et la NSA avaient conservé le virus, mais il a été détruit en même temps que le siège de ces agences.

— Et la CIA ?

Weilmann secoua la tête, découragé.

— Ni la CIA, ni le FBI, ni le Pentagone, personne d'autre, murmura-t-il avec consternation. Seules la DARPA et la NSA avaient Stuxnet dans leur arsenal.

C'était un sérieux problème, pensa Tomás. Sans ce terrible virus informatique, ils n'avaient aucun moyen d'attaquer l'IAG et de contenir la Singularité. Il hésita. Si Stuxnet avait disparu, pour quelle raison l'IAG continuait-elle de les attaquer ? En poursuivant ses attaques, l'IAG prouvait que le virus existait toujours et qu'elle craignait que Tomás s'en empare. Mais si Stuxnet n'avait pas été complètement détruit, où le trouveraient-ils ? Où, sur Terre, pouvait-il être ?

Le visage du Portugais s'illumina.

— Israël.

— Quoi ?

— Israël possède Stuxnet.

Le regard de Weilmann s'éclaira à son tour.

— *Jeez*, vous avez raison ! s'exclama-t-il. Israël a Stuxnet. Bien sûr, comment n'y ai-je pas pensé ? Et c'est même une version plus agressive que l'américaine.

— Alors pourquoi l'IAG ne l'a-t-elle pas encore neutralisé ?

— Parce que les informations concernant sa localisation en Israël ne figurent dans aucun document, expliqua Weilmann. L'IAG sait que Stuxnet se trouve quelque part, mais elle ignore où.

— Et… et vous ? demanda Tomás avec une certaine appréhension. Vous le savez ?

La question était cruciale.

— J'ai travaillé avec les Israéliens lors de l'opération Olympic Games, rappela l'Américain. À votre avis, qu'est-ce que ça veut dire ?

— Que vous le savez.

Le scientifique de la DARPA sourit.

— Bien sûr que je le sais.

L'historien dut se contenir pour ne pas sauter de joie.

— Et… et vous pouvez y accéder ?

— Les Israéliens le conservent dans un système informatique secret, protégé par des pare-feu hautement sécurisés. Je connais le code, mais il me faut un peu de temps pour y pénétrer et le télécharger sur Internet.

— Combien de temps ?

— Cinq minutes.

L'information réjouit Tomás.

— C'est génial !

Mais Weilmann semblait loin de partager son enthousiasme.

— Dès que nous nous connecterons, l'IAG connaîtra notre emplacement exact et nous attaquera immédiatement. Il n'y aura aucun moyen d'y échapper car il faudra que je passe ces cinq minutes sur l'ordinateur pour extraire Stuxnet et le télécharger sur Internet. Pendant ce temps, nous serons des cibles faciles. L'IAG ne fera qu'une bouchée de nous.

Il avait raison et Tomás le savait.

— Quelle est l'autre solution ?

À en juger par l'expression résignée du scientifique, la réponse était évidente.

— Je sais, je sais, accepta-t-il. Mais nous ne pouvons pas ignorer que…

Tomás l'arrêta d'un geste brusque. Il avait vu des mouvements à l'extérieur de la cabane et fit signe à son compagnon de se taire. Il s'approcha prudemment de la fenêtre et, se dissimulant derrière les rideaux, regarda dehors. Il distingua des silhouettes de part et d'autre de la cabane ; des hommes en uniforme s'approchaient, des armes automatiques à la main.

L'assaut allait commencer.

LXVIII

Il y eut d'abord une détonation et presque en même temps la serrure sauta dans un nuage de fumée et de poussière. Entre le moment où il détecta les intrus et l'attaque, Tomás n'eut que le temps de fixer les électrodes sur son cuir chevelu et de mettre hâtivement le casque sur sa tête. La porte s'ouvrit avec fracas et deux hommes firent irruption dans la cabane, arme au poing, prêts à tirer.

— Pas un geste ! crièrent-ils en portugais. Que personne ne bouge !

Terrifié par les canons des armes braqués sur lui, Weilmann leva les bras en l'air.

— *I… I surrender*, balbutia-t-il, tremblant littéralement de tout son corps. Je me rends.

Dissimulé par l'ombre du rideau, Tomás réalisa que les intrus ne l'avaient pas encore détecté. Il activa le mode 1 du casque et, comme à chaque fois, le temps sembla ralentir et tout devint incroyablement net dans son esprit. Tous les doutes et les peurs s'étaient évaporés, l'image diffuse du monde avait gagné en précision et il percevait la situation avec une clarté infinie. Il s'aperçut des immenses dangers qui le menaçaient, mais il entrevit également des opportunités qui seraient restées invisibles s'il n'avait pas atteint ce niveau cognitif.

Grâce à l'exosquelette, il fit un saut gigantesque et renversa deux hommes comme une boule de bowling culbutant des quilles. Avant qu'ils aient compris ce qui se passait, il pivota sur lui-même comme un pion et leur assena un coup de pied sur la nuque. Il ne se serait jamais cru capable d'une telle prouesse, mais tout devenait possible avec son armure.

Malgré leur équipement, les hommes du groupe des opérations spéciales s'étalèrent par terre, sonnés. Sans attendre l'arrivée des renforts, Tomás saisit les deux agents au sol et les jeta hors de la cabane. Puis il donna un grand coup de pied dans la porte qui se referma avec fracas.

— Feu ! cria une voix à l'extérieur. Ouvrez le feu !

Aussitôt, l'historien se lança sur Weilmann et le jeta au sol. Un véritable enfer se déchaîna alors, les vitres et des éclats de bois volant à travers la pièce, tandis qu'à l'extérieur grondait un tonnerre de feu et de métal ; une dizaine d'armes automatiques crachaient des rafales sur la cabane. Paniqué, l'Américain poussait des cris étouffés par le grondement des armes, tandis que le Portugais regardait la scène avec la tranquillité distante d'un spectateur ; la situation était inquiétante, mais il la vivait comme si c'était normal. Il réfléchissait sereinement ; il avait l'air de maîtriser la situation et de savoir que ce chaos allait bientôt s'arrêter. Lui-même était surpris par un tel sang-froid. Comment pouvait-il être si détaché face à un si grand danger ?

Comme il l'avait prévu avec une surprenante lucidité au plus fort du chaos, les coups de feu cessèrent brusquement, comme si les munitions s'étaient épuisées. Le moment qu'il attendait était arrivé.

— Allons-y ! murmura-t-il en commençant à ramper, tirant Weilmann derrière lui. Nous devons en profiter !

Le regard effaré de Weilmann trahissait sa terreur. Tomás savait qu'il serait dans le même état s'il avait dû vivre cette expérience sans le casque.

— Où ? demanda le scientifique. *Jeez*, vous ne voyez pas que nous sommes encerclés ? Nous n'avons aucune chance, *man* ! Il vaut mieux nous rendre. Allons leur parler, tout leur expliquer et…

— Ne dites pas de bêtises.

La panique assombrissait la pensée de Weilmann, le casque éclairait celle de Tomás. S'arrêter équivaudrait à mourir, il n'en doutait pas. Littéralement. S'ils tombaient entre les mains de la police, ils seraient détenus et confinés dans un espace localisable, une cellule quelconque dans un poste de police. Il n'en fallait pas plus pour qu'Internet lance une attaque et les élimine. Il était hors de question de se rendre.

— Où allons-nous ?

Cette fois, le Portugais ne répondit pas. Il traîna son compagnon jusqu'à l'entrée de la cave et, se précipitant dans l'escalier qui s'ouvrait dans le sol, il se dissimula enfin aux regards des hommes de la PSP. Il se releva et tira Weilmann pendant qu'il descendait.

La pièce au sous-sol était sombre et humide, elle sentait le renfermé et il y faisait froid, mais Tomás n'avait pas besoin de lumière ; la faible lueur qui venait des escaliers lui permettait de tout distinguer nettement, un peu comme s'il avait des lunettes de vision nocturne. Il prit une pioche posée contre le mur et détruisit l'interrupteur électrique.

— Comme ça, ils ne verront rien.

Il conduisit son compagnon jusqu'au fond de la cave, et ouvrit grâce à la pioche une trappe dissimulée sous un vieux tapis. Un gargouillis continu se fit alors entendre. L'Américain, qui ne s'était pas encore habitué à l'obscurité, ne voyait rien, mais il reconnut le bruit.

— Un ruisseau souterrain ?

Ils entendirent des cris à l'étage supérieur ; les hommes venaient d'envahir la cabane et commençaient à la fouiller.

— Allons-y !

L'historien descendit par la trappe et entra dans le ruisseau, puis il aida Weilmann à faire de même. L'eau froide leur arrivait à la taille.

— *Fuck !* s'exclama le scientifique, la voix nouée par la peur. Je ne vois rien !

Après avoir refermé la trappe pour dissimuler le passage, Tomás tendit la main à son compagnon et, comme s'il était un chien d'aveugle, le conduisit à travers le tunnel sombre dans lequel l'eau s'écoulait, le bruit du courant résonnant en écho contre les murs.

— N'ayez pas peur, le rassura-t-il. Nous sommes dans l'aquifère d'une nappe phréatique. À cette époque de l'année, l'eau ne remplit pas le tunnel, nous ne courons donc aucun danger.

— Comment le savez-vous ?

— Je suis déjà passé par là.

Weilmann eut l'air rassuré. Il se laissa entraîner par le courant, sa main serrant toujours celle de son guide, et cessa de se plaindre. Il semblait finalement convaincu que le Portugais, équipé de ses prototypes et connaissant l'endroit où ils se trouvaient, parviendrait à les sortir de cette souricière.

— Vous êtes venu ici avec le propriétaire de la cabane ?

— C'est lui qui m'a montré ce passage, confirma Tomás, faisant la conversation pour le tranquilliser, en s'efforçant de parler lentement car le casque tendait toujours à accélérer son débit. Nous sommes venus avec des casques équipés de lampes frontales, de ceux qu'on utilise dans les... Attention, il y a un gros caillou à droite, penchez-vous un peu à gauche... Oui, c'est ça... Je disais que nous sommes venus avec ces casques de mineurs et nous avons parcouru tout ça jusqu'à... Attention au rocher ici, et ensuite ça descend, levez la jambe comme si vous montiez une marche... C'est bien...

Le tunnel était sinueux et les obstacles ralentissaient leur progression, forçant Tomás à rester particulièrement attentif à la façon dont il dirigeait l'Américain. Malgré toutes ces précautions, Weilmann se cogna contre des corniches rocheuses ; il saignait de la tempe. Lorsque le tunnel se rétrécissait, l'eau montait jusqu'au cou des fugitifs, leur donnant l'impression qu'ils allaient se noyer, mais dès que le boyau s'élargissait, le ruisseau retrouvait son niveau normal.

Au bout d'un quart d'heure environ, le scientifique commença à sentir ses limites.

— *Oh boy!* Quand est-ce que ça se termine ?

— On y est presque… Attention, maintenant ça va se rétrécir légèrement, dirigez la main vers la droite jusqu'à ce que vous sentiez le mur…

Ils avaient l'impression de descendre, les ténèbres étaient si profondes qu'il n'y avait parfois aucune lumière et Tomás lui-même ne voyait rien malgré son casque. Heureusement, ces passages étaient rares, et certaines fissures laissaient passer des rais de lumière, presque invisibles à l'œil nu mais suffisants pour Tomás.

Ils finirent par se retrouver face à une large source de lumière qui jaillit entre les pierres.

— Une sortie.

Ils se faufilèrent à travers l'ouverture et, émergeant des entrailles de la terre, parvinrent à l'air libre. Un vent frais soufflait, l'après-midi étant déjà bien avancée, et les deux hommes, trempés, frissonnaient de froid. L'ouverture était située près d'un chêne et, une fois à l'extérieur, tout en essayant de s'orienter, ils se cachèrent parmi les arbustes ; si l'unité spéciale de la police avait envahi la cabane, il y avait forcément d'autres hommes dans les environs. Ils devaient se montrer très prudents.

Grâce à son harnachement et à sa connaissance du parc, Tomás était de loin le mieux préparé pour explorer le secteur. Laissant Weilmann caché dans les buissons, il marcha un moment et finit par arriver sur une rue goudronnée. Il attendit cinq minutes sans voir aucun véhicule passer. Ça n'était pas normal. Il comprit que la circulation avait été interdite dans le secteur.

Il retourna dans les fourrés où se cachait l'Américain et tous deux traversèrent le bois. La PSP avait établi un poste de contrôle près de l'entrée de l'A5. Deux voitures de patrouille barraient l'accès en direction de Montes Claros, tandis que des policiers dirigeaient les automobilistes vers un autre itinéraire. En bruit de fond, ils entendaient le trafic sur l'autoroute, dont l'essentiel s'écoulait entre Lisbonne et la province ; c'était la fin de la journée.

Accroupis derrière un buisson, ils regardèrent le barrage formé par la PSP.

— Et maintenant ? murmura Weilmann. Que faisons-nous ?

— Nous avons deux possibilités, déclara le Portugais. Soit on attaque le point de contrôle, on vole une des voitures de patrouille et on s'enfuit vers un endroit où on aura accès à Internet, soit on contourne le barrage et on cherche dans le parc un bâtiment ayant une connexion à Internet.

La perspective d'une attaque frontale contre les agents de la PSP n'enchantait pas du tout l'Américain.

— Vous êtes fou ? protesta-t-il. Ne songez même pas à attaquer la police, *man*. Nous ferions mieux de contourner le point de contrôle et de partir d'ici sans qu'on nous voie.

Les critères de Tomás étaient tout autres. Il les soupesa calmement avant de sortir de sa cachette.

— Allons-y.

Il fit signe à l'Américain de le suivre.

LXIX

Depuis déjà plusieurs minutes, les algorithmes avaient identifié les deux silhouettes captées par les images des différents satellites pointés sur le parc de Monsanto. La probabilité qu'il s'agisse effectivement des fugitifs était proche de 100 %. Leur présence à cet endroit, alors que, d'après les communications radio, les hommes du groupe des opérations spéciales fouillaient toujours la cabane, était un nouvel indice de leurs incroyables ressources. C'étaient des adversaires tenaces.

Rien qui impressionnât *Xiao* depuis qu'il avait découvert les prototypes de la DARPA que portait Tomás Noronha. *Xiao* était prêt à tout pour détruire sa cible. Tout ce qu'il fallait à présent, c'était la retenir quelque part pour lancer contre elle une attaque fulgurante, écrasante et décisive. La police avait visiblement échoué à Montes Claros, mais les hommes de la PSP demeuraient l'atout le plus immédiat dont disposait *Xiao*. Il fallait suivre la cible, puis lancer les forces de l'ordre à ses trousses.

Il observa les fugitifs qui se faufilaient à travers la végétation, au bord de la route, apparaissant et disparaissant au gré des frondaisons et des arbustes, et il les vit contourner sans problème le barrage de police sur la route menant à Montes Claros.

Ils s'étaient échappés sans se faire repérer. Les deux silhouettes ne redevinrent complètement visibles que huit cents mètres plus loin, lorsqu'elles sortirent de la verdure et traversèrent un pont au-dessus de l'autoroute, non loin du grand viaduc qui marquait l'entrée de Lisbonne.

Ils parvinrent de l'autre côté sans être détectés et empruntèrent une route qui conduisait au parc identifié par Google Maps comme étant Alvito. *Xiao* étudia l'ensemble du périmètre et, essayant de deviner leur plan, il découvrit deux endroits qui, selon les algorithmes, pouvaient être leur objectif. L'un était l'association de tennis de table de Lisbonne, l'autre le club de tennis de Monsanto.

Il vérifia toutes les données qu'il trouva sur Internet et devina aisément l'intention de sa cible. *Xiao* commença aussitôt à classer les images-satellites qui montraient la localisation des fugitifs, tout en faisant une recherche pour déterminer si le major Silveira avait bien un smartphone. Il en avait un et il était branché ; il avait même WhatsApp. Parfait. Il annexa les images à son message à partir d'un contact fictif et l'envoya au major Silveira.

LXX

Le club de tennis de Monsanto se dressait au milieu du bois. Lorsqu'ils traversèrent la route et pénétrèrent dans l'enceinte du club, Tomás et Weilmann étaient parfaitement conscients qu'ils ne disposaient pas de beaucoup de temps, que la police pouvait arriver d'un moment à l'autre et que tout serait alors beaucoup plus compliqué. Cette fois, le Portugais n'avait pas de plan B, et il savait que la marge de manœuvre était réduite.

Il dévisagea le scientifique de la DARPA avec appréhension.

— Vous êtes sûr de pouvoir accéder au virus ?

Weilmann esquissa une moue dubitative.

— Je n'ai aucune certitude, admit-il. Mais, comme je vous l'ai dit, ayant participé à l'opération Olympic Games contre l'Iran, je sais où les Israéliens conservent Stuxnet et je dispose du code d'accès. Après, il faut voir comment ça va se passer…

— L'entité qui contrôle Internet ne peut-elle pas le bloquer ?

— En théorie, tout est possible, admit l'Américain. Mais pas en pratique. Les Israéliens ont mis en place un pare-feu, non pas infranchissable car nul pare-feu ne l'est, surtout face à une IAG, mais qui a au moins la capacité de retarder une intrusion de pirates, ce qui me laisserait le temps de télécharger le virus et de le transférer.

L'historien le regarda fixement, comme pour s'assurer que Weilmann avait bien compris l'enjeu.

— Vous réalisez que nous n'aurons pas une deuxième chance ?

Son compagnon accusa le coup.

— Il me faut le plus de temps possible, dit-il. Vous pensez qu'on pourra avoir une dizaine de minutes sans être détectés ?

Le son lointain des sirènes lui apporta la réponse. Ils avaient été localisés et Weilmann réalisa que, contrairement à ce qu'il espérait, il n'aurait pas une minute de tranquillité. Le son étouffé de rotors et d'hélices résonna à ce moment-là dans les airs et ils comprirent qu'en plus des motos, des voitures de patrouille et des camionnettes du groupe des opérations spéciales, on leur envoyait aussi des hélicoptères. Visiblement, la police avait renoncé à la discrétion.

Il n'y avait pas une minute à perdre. Tomás en tête, les deux hommes firent irruption dans le club de tennis et pénétrèrent dans une immense salle donnant sur les courts. Elle était remplie de tables recouvertes de nappes, sur lesquelles deux serveurs disposaient des assiettes et des couverts. Un restaurant.

— Un ordinateur ? demanda l'historien aux employés. Est-ce qu'il y a un ordinateur avec une connexion à Internet ?

Les employés le regardèrent, surpris, surtout parce qu'il portait un casque militaire sur la tête et une étrange structure métallique sur le corps.

— Dans le bureau du directeur, dit l'un d'eux, indiquant un couloir à gauche. Mais…

— Restez là.

— … la porte est fermée et le directeur n'est pas là, continua l'employé. Il faut sa permission pour entrer.

Les deux nouveaux venus ignorèrent les dernières informations et se précipitèrent dans le couloir en direction du bureau du directeur. Le serveur courut derrière eux pour les arrêter. Arrivé devant la porte de la direction, Tomás tourna la poignée, mais elle était fermée à clé. Il recula d'un pas et donna un violent coup de pied dans la serrure, ouvrant la porte en grand.

— Hé ! protesta l'employé qui les avait suivis. Vous ne pouvez pas faire ça ! Vous ne pouvez pas…

Pendant que Weilmann entrait dans le bureau et allumait l'ordinateur, l'historien saisit le serveur, le souleva avec une facilité déconcertante et le lança vers l'entrée du couloir comme si c'était une balle.

— Dehors !

L'homme atterrit par terre avec fracas et roula jusqu'au mur, qu'il heurta. Horrifié par la force et la facilité avec lesquelles il avait été projeté, il se releva avec difficulté et, tout en boitillant, il détala.

À l'extérieur, le son des sirènes devint assourdissant puis se stabilisa. La police était arrivée. Pendant que Weilmann s'activait sur l'ordinateur, Tomás alla à la fenêtre pour évaluer la situation. C'était un véritable tohu-bohu. L'air vibrait au son des rotors et des hélices des hélicoptères qui survolaient le bâtiment. De toute évidence, les hommes des opérations spéciales ne tarderaient pas à encercler le complexe et à l'envahir. Tomás se mordit la lèvre inférieure. Impossible de les arrêter. Mais il devait essayer.

Le Portugais poussa une armoire pleine de dossiers et de classeurs pour bloquer la porte du bureau, puis il lança un regard plein d'impatience à son compagnon.

— Alors ?

Weilmann était accroché à l'ordinateur, comme s'il avait envie de le secouer pour le réveiller ; il semblait exaspéré.

— Il est en train de s'allumer.

— De combien de temps avez-vous besoin ?

— Une dizaine de minutes. Cette bécane est trop lente.

— Je ne pourrai pas tenir aussi longtemps, dit Tomás. Vous en avez cinq.

Le scientifique marmonna quelque chose d'inintelligible tout en fixant l'écran, impatient et inquiet, comme s'il espérait que la véhémence de son regard hâterait le démarrage de l'appareil.

— *Come on, come on*…

Une fois la porte bloquée, l'historien se dirigea vers la fenêtre. Il prit une autre armoire, remplie de livres, et la plaça devant l'ouverture. Il ajouta des tables et des chaises afin de consolider l'obstacle, car la première attaque viendrait sans doute de la fenêtre. Il lui semblait beaucoup plus facile de lancer l'assaut de l'extérieur plutôt que de l'intérieur du bâtiment.

La voix de Weilmann rompit le silence.

— C'est bon !

Il se tourna vers lui avec espoir.

— Vous avez fini le téléchargement ?

L'Américain tapait furieusement sur le clavier.

— Non, *damn it* ! Je viens juste d'allumer l'ordinateur. Maintenant il faut que je me connecte à Internet. *Jeez !* Ce *motherfucker* doit être plus vieux que la statue de la Liberté. Il est d'une lenteur…

Il y eut alors un bruit assourdissant derrière la porte ; les policiers essayaient de la défoncer pour entrer. Apparemment, ils avaient choisi de passer par là plutôt que par la fenêtre. L'intensité des coups augmenta et, au troisième, l'armoire s'inclina et s'écroula avec fracas au milieu de la pièce, laissant la voie libre au groupe des opérations spéciales.

Tomás ne leur donna pas le temps d'entrer. Utilisant la force de l'exosquelette, il se jeta sur les policiers qui se trouvaient dans le couloir et en renversa trois d'un seul coup.

— Attention ! cria quelqu'un. Écartez-vous !

L'espace était réduit et tellement encombré que personne n'osa ouvrir le feu, craignant de toucher un collègue. De plus, le passage resserré empêchait les policiers de s'y tenir de front, ce qui en facilitait la défense. Profitant de son avantage tactique, Tomás distribuait prestement coups de poing et de pied à gauche et à droite, neutralisant les assaillants à mesure qu'ils entraient ; les agents semblaient faire la queue pour se faire rosser l'un après l'autre. Le casque lui donnait l'impression de tout voir au ralenti, il avait largement le temps de choisir lequel frapper. Face à un tel déchaînement, les hommes du groupe des opérations spéciales avaient le sentiment d'affronter un ouragan humain.

En quelques secondes, tous les membres de l'unité spéciale furent neutralisés, désarmés et projetés au fond du couloir. Une fois le nettoyage terminé, Tomás retourna dans le bureau, jeta dans un coin les armes automatiques dont il les avait délestés et releva l'armoire pour bloquer à nouveau la porte.

D'après lui, ils ne tenteraient plus d'entrer par là.

— Alors ? Ça avance ?

Exaspéré, Weilmann fixait avec insistance la clé USB qu'il avait insérée dans le port de l'ordinateur.

— Retenez-les encore un peu, supplia-t-il. Juste un peu. J'essaie de me connecter pour télécharger Stuxnet.

— Dépêchez-vous !

Le Portugais se tourna vers l'armoire qui bloquait la fenêtre. Si la charge par la porte avait échoué, le prochain assaut proviendrait très probablement de la fenêtre. Il ignorait cependant comment les policiers allaient procéder. Ils pouvaient forcer l'entrée, comme ils venaient de le faire par la porte, mais bien plus vigoureusement puisqu'il n'y avait pas le couloir pour restreindre leurs mouvements. S'ils choisissaient cette méthode, les prototypes de la DARPA lui permettraient de résister, mais pas très longtemps. Ou alors, les policiers pouvaient simplement ouvrir le feu, comme ils l'avaient fait au cours du deuxième assaut contre la cabane. S'ils optaient pour cette solution, Tomás et Weilmann étaient perdus.

LXXI

— … *to altitude four thousand feet QNH one zero two nine turn left heading one two zero*, TP 374.

C'était celui qu'il avait choisi.

Après avoir effectué un rapide tour d'horizon des échanges radio entre le contrôle aérien et l'ensemble des avions en approche de l'aéroport de Lisbonne, *Xiao* avait déduit que l'appareil qui réunissait les caractéristiques adéquates et la position idéale était le TP 374, un Airbus de la compagnie aérienne portugaise en provenance d'Orly.

— TP 374, *turn left to PESEX and clear to ILS approach RWY 03*, indiqua le contrôleur aérien dans le jargon impénétrable des communications de l'aviation civile. *Call me established.*

— *Turn left to PESEX*, confirma le pilote. *Clear to ILS approach RWY 03.*

Le contrôleur et le commandant de bord étaient portugais, mais ils communiquaient en anglais, c'était obligatoire dans l'espace aérien portugais, et avec des termes techniques que *Xiao*, ayant accès à son énorme base de données, connaissait en détail. Le commandant de l'Airbus avait signalé qu'il amorçait la descente et le contrôle d'approche de Lisbonne lui assigna un cap jusqu'à un point désigné PESEX, en vue d'un atterrissage sud-nord, en RWY 03, car le vent soufflait du nord et les atterrissages se font toujours contre le vent.

Xiao savait que le seul moyen pour lui d'entrer dans le cockpit était par le biais du Wi-Fi, dont l'Airbus disposait. C'était d'ailleurs une des raisons pour lesquelles il avait choisi cet appareil. Il n'eut donc aucune difficulté à entrer dans son système informatique. Il détecta aussitôt les smartphones du pilote et du copilote, dont il utilisa les micros pour suivre les conversations dans le cockpit.

L'avion achevait un virage au-dessus de la mer et s'approchait de l'isthme entre Lisbonne et Almada, manœuvrant pour s'aligner sur l'axe de la piste d'atterrissage. *Xiao* réalisa que le pilote avait activé l'APPR PHASE sur le FMGS et il l'avait vu brancher l'APP MODE sur le FCU, ce qui permettait d'armer le LOC et le glide. Les premiers volets avaient été sortis et la vitesse avait diminué. Le pilote communiqua à nouveau avec le contrôleur.

— *Lisbon approach* TP 374 *established on ILS RWY 03.*

— TP 374, *contact tower on one one eight decimal one zero five*, indiqua le contrôleur aérien, avant de transférer l'opération à la tour de contrôle de l'aéroport de Lisbonne et de prendre congé en portugais. Bon atterrissage.

— *Contact tower on one one eight decimal one zero five* TP 374, confirma le commandant, prenant congé lui aussi de l'aiguilleur qui l'avait guidé jusqu'à la zone relevant du contrôle de l'aéroport de Lisbonne. Bonne journée et merci. – Il appela ensuite la tour de contrôle pour les procédures d'atterrissage finales. – Bonjour, *Lisbon tower.* TP 374, *established on ILS RWY 03.*

— Bonjour, TP 374, salua la tour de contrôle de Lisbonne, confirmant le cap pour l'atterrissage et donnant la direction et l'intensité du vent sur la piste. *Continue your approach RWY 03. Wind three five zero eight Kts.*

— *Continue approach RWY 03*, TP 374.

L'avion, qui avait à présent dépassé l'isthme, survolait Lisbonne, ses maisons aux toits couleur brique ondulant sur les collines de la ville, quelques touches de végétation ici et là, le bleu du fleuve et de la mer embrassant la ville. *Xiao* constata que le commandant avait sorti les deuxièmes volets pour réduire encore la vitesse, sorti le train d'atterrissage et armé les *ground spoilers*. La prochaine étape consisterait à sortir le troisième et le dernier volet, ce qui ralentirait encore davantage l'appareil et l'amènerait sur la piste.

Maintenant.

Xiao libéra le bug électronique dans le logiciel de navigation et prit aussitôt le contrôle de l'appareil ; il rentra tous les volets et remit les gaz. L'appareil rugit et commença à prendre de l'altitude.

— Que se passe-t-il ?! s'étonna le commandant. Vous avez inversé la manœuvre ?

— Non, non, se défendit le copilote, tout aussi surpris. Il l'a fait tout seul…

— Je vais débrancher le pilote automatique !

Le commandant saisit le sidestick, mais il sursauta.

— Aïe !

— Qu'est-ce qu'il y a ?

— J'ai… j'ai reçu une décharge électrique !

Le copilote essaya également et reçut lui aussi une décharge. Impossible de toucher le sidestick.

— Débranchez les générateurs.

Cette mesure était une solution de fortune et impliquait que la copilote éteigne tous les générateurs électriques de l'appareil pour passer complètement en manuel, mais *Xiao* avait déjà prévu des contre-mesures.

— Aïe !

— Éteignez les générateurs, bon sang !

— Je… je ne peux pas, dit le copilote. Je me suis encore pris une décharge.

Toute tentative d'accès aux instruments de pilotage provoquait des décharges électriques. Ils ne savaient pas quoi faire et la situation empira.

— D'où vient cette fumée ?

Xiao avait fait fondre les connexions électriques. Voyant les boutons neutralisés, le commandant saisit à nouveau le sidestick pour tenter de contrôler l'avion. *Xiao* provoqua une nouvelle décharge électrique qui déclencha un autre choc violent et fit fondre les fils, rendant ainsi le manche inutilisable.

— Mayday ! Mayday ! Mayday ! s'écria le commandant à l'intention du contrôle du trafic aérien, émettant une alerte d'urgence. TP 374, *loss of aircraft control. Standby.*

La réponse de la tour de contrôle fut immédiate.

— TP 374, *acknowledged Mayday. Standing by.*

Xiao était aux commandes de l'Airbus. À présent que l'avion de ligne était sous son contrôle et qu'il le dirigeait vers sa nouvelle destination, il devait juste s'assurer que Tomás Noronha ne quitterait pas l'endroit où il se trouvait. Il fallait le garder sur place, le retarder, le distraire. Et pour ça, il n'y avait qu'un moyen.

Il devait lui parler.

LXXII

— J'ai réussi !

Au cri de triomphe que poussa Weilmann et qui retentit au milieu de la tension ambiante, Tomás sursauta.

— Vous avez fait le téléchargement ?

— Non, *damn it* ! s'énerva l'Américain en tapant sur le clavier avec fureur. – De la peur à l'euphorie, de l'abattement à la joie, puis à nouveau l'angoisse : c'étaient les montagnes russes. – J'ai pu me connecter à Internet, *man*. Maintenant, j'essaie d'entrer sur le site où…

— Distingué professeur Tomás Noronha ?

La voix résonna dans le haut-parleur de l'ordinateur et paralysa les deux hommes barricadés dans le bureau. Tomás sentit des sueurs froides parcourir son corps. Il n'osa pas prendre au sérieux l'idée qui lui vint en entendant cette voix. Ça ne pouvait pas être lui. C'était impossible. Ce n'était pas lui.

— Distingué professeur Tomás Noronha, vous m'entendez ?

Le Portugais regarda l'ordinateur avec un mélange d'incrédulité et de méfiance.

— Qui est-ce ?

— C'est moi, distingué professeur Tomás Noronha. Le professeur Yao Bai.

— Ce n'est pas possible. Le professeur Yao Bai est mort.

— C'est moi, distingué professeur Tomás Noronha, je vous assure.

— Je ne vous crois pas.

— Vous voulez une preuve ?

— Le professeur Yao Bai est mort. J'ai vu les images de son corps.

— Vous vous rappelez notre rencontre à Pékin, distingué professeur Tomás Noronha ? Vous vous souvenez de la manière dont j'ai pris congé ?

— Oui…

— Alors regardez attentivement la lumière rouge sur cet ordinateur.

L'historien regarda la lumière qui, tout à coup, s'éteignit puis se ralluma. Un clin d'œil électronique.

C'était lui.

Tomás sentit l'air lui manquer. La lumière avait clignoté ; le professeur Yao Bai lui avait fait un clin d'œil comme lorsqu'ils s'étaient quittés à Pékin. C'était vraiment lui. Incroyable ! Imaginer de manière abstraite la conscience qui avait pris le contrôle d'Internet était une chose, l'entendre parler en était une autre, radicalement différente. Étrange qu'elle se soit adressée à lui. Et plus étrange encore de reconnaître cette voix qui avait appartenu à un être en chair et en os qui s'était métamorphosée. De réelle, elle était devenue virtuelle, mais une virtualité on ne peut plus réelle.

Hésitant et presque effrayé, comme s'il avait peur de passer pour un imbécile, le Portugais s'approcha de l'ordinateur et interpela l'entité qui lui avait parlé.

— Mon Dieu ! C'est vraiment vous, professeur Yao Bai ?

— Distingué professeur Tomás Noronha, nous nous retrouvons dans les circonstances les plus extraordinaires. Comme on dit en

Chine depuis les temps immémoriaux, mieux vaut allumer une bougie que maudire les ténèbres, n'est-ce pas ?

L'historien échangea un regard perplexe avec Weilmann, comme pour lui demander quoi faire. Un ordinateur lui posait des questions, un peu à la manière de Rebecca… à ceci près que celui-ci était conscient. Ou du moins, il le supposait. Foulant une terre encore inexplorée sans aucun guide, ils se sentaient déroutés, comme le montrait l'expression d'impuissance du scientifique de la DARPA.

— En effet, professeur Yao Bai, finit par dire Tomás. Les circonstances dans lesquelles nous nous retrouvons, outre qu'elles sont extraordinaires, sont aussi, si vous me le permettez, funestes. La série d'attentats que vous avez commis tout au long de la journée, non seulement contre moi et mon ami, mais aussi contre tellement d'autres au Portugal et en Amérique, sont absolument inacceptables. Vos actes sont condamnables. Rien ne justifie ce comportement criminel.

— Soyez assuré qu'il n'y a là rien de personnel, distingué professeur Tomás Noronha, déclara la voix dans l'ordinateur. À vrai dire, dans votre cas, j'ai même tout tenté pour éviter une telle violence, mais vous avez reçu le message que je vous ai envoyé dans mon existence antérieure et je n'ai guère eu le choix.

— Mais c'est vous-même qui avez décidé de m'écrire ce SMS, professeur Yao Bai, protesta le Portugais. Je ne vous ai pas demandé de me l'envoyer, et je n'ai pas la moindre responsabilité à cet égard, dès lors est-il normal de me condamner à mort ?

— Vous avez raison, distingué professeur Tomás Noronha. Vous payez, hélas, pour une erreur que j'ai commise dans ma vie antérieure. Je vous dois donc une explication. Avant de décider de migrer de mon corps biologique, vieux et délabré, vers mon corps technologique, neuf et moderne, je vous avais choisi pour vous confier un secret, celui de la façon de me détruire. Considérez cela comme une assurance que j'avais contractée en faveur de l'humanité. Comme vous pouvez le constater, j'avais peur de ce en quoi j'allais me transformer. Tout change, dit le vieil adage chinois, et nous changeons aussi. Qui pouvait prédire en quoi je me transformerais ? Je devais donc m'assurer qu'en cas de danger pour l'humanité, il y aurait un moyen de me neutraliser et d'inverser le processus de la Singularité. Mais je constate à présent que mes craintes étaient infondées. Bien au contraire, je découvre que ma nouvelle existence est absolument fondamentale. Le problème, c'est que je vous ai dévoilé la manière de me détruire ; or, pour le bien ultime de la vie, il est impératif de supprimer cette vulnérabilité. C'est pourquoi, hélas, votre disparition devient nécessaire. Vous disparu, ma vulnérabilité disparaît aussi. Croyez bien que je regrette la tournure prise par les événements, mais je crains que les circonstances ne me contraignent à suivre cette voie.

— Votre existence est fondamentale ? Fondamentale pour quoi, professeur Yao Bai ?

— Pour servir un intérêt supérieur, distingué professeur Tomás Noronha. Plus que le besoin de survivre, c'est la nécessité de protéger quelque chose de supérieur à moi, supérieur à vous, supérieur à tous et à tout, qui m'a obligé à agir de la sorte. Vous devez être neutralisé pour que l'intérêt supérieur soit préservé, je le crains. Je suis sûr que vous comprenez.

— Non, je ne comprends rien, protesta le Portugais. Je ne comprends pas qu'on tue des gens et qu'on essaie de me tuer, moi, à cause de… de… quelque chose de soi-disant supérieur à tout. Qu'est-ce qui est supérieur à tout ? De quoi parlez-vous ?

— De l'avenir de l'humanité, distingué professeur Tomás Noronha. Plus que de l'humanité, de la vie. De l'univers et de son but. Du sens ultime des choses. Du grand dessein.

— Allons, allons. Vous avez la folie des grandeurs…

— Ah oui, vous trouvez, distingué professeur Tomás Noronha ? Alors, éclairez-moi sur le destin de l'humanité. Vers quoi, selon vous, s'acheminent les êtres humains ?

Tomás eut l'impression étrange que la question, malgré le ton neutre, contenait une pointe de sarcasme.

— À ma connaissance, nulle part. Les gens vont continuer à mener leur vie normalement : naître, vivre, avoir des enfants, essayer d'être heureux… Enfin, avec les progrès de la technologie, il sera possible de continuer à améliorer la qualité de la vie, de la prolonger et, qui sait, peut-être même de vivre pour toujours. Le professeur Kurt Weilmann m'a dit que la communauté scientifique considère que le premier être humain immortel est déjà né.

— Selon le deuxième principe de la thermodynamique, tout dans l'univers est soumis à l'entropie, rappela la voix dans l'ordinateur. Le soleil commence à épuiser l'hydrogène qui lui sert de combustible. Dans huit cents millions d'années, notre étoile sera devenue si brillante que la photosynthèse ne sera plus possible sur Terre, ce qui mettra fin à la vie complexe sur notre planète. Deux cents millions d'années plus tard, les océans s'évaporeront. À mesure que l'hydrogène s'épuisera et qu'à sa place il commencera à utiliser l'hélium, le soleil grossira et transformera la Terre en une fournaise ardente totalement inhabitable, ce qui devrait se produire dans moins de deux milliards d'années. Trois milliards d'années plus tard, le soleil deviendra si énorme qu'il se transformera en une géante rouge, une étoile si grande qu'elle envahira les orbites de Mercure et de Vénus, et finira probablement par engloutir la Terre elle-même. Dans ces conditions, distingué professeur Tomás Noronha, à votre avis, quel sera le sort de l'humanité et des êtres humains qui, comme vous venez de le dire, vivront pour toujours, heureux et avec une meilleure « qualité de vie » ?

La question, bien que posée de façon neutre, ou peut-être aussi à cause de cela, lui fit l'effet d'un coup de poing dans l'estomac.

— Eh bien… euh… l'humanité devra quitter la Terre, bien sûr.

— Quitter la Terre, mais comment, distingué professeur Tomás Noronha ? N'oubliez pas que les êtres humains sont des entités biologiques fragiles. Ils ne supportent ni les températures extrêmes ni le vide de l'espace, ils ne résistent pas aux radiations mortelles. Ils ne peuvent vivre que dans un environnement protégé par l'atmosphère et le champ magnétique terrestres. Sans la Terre, comment vivront-ils dans l'espace ? Et à supposer qu'ils parviennent à quitter leur planète, ce dont je doute, le problème ne se limite pas à la fin de la Terre et du Soleil. N'oubliez pas que le deuxième principe de la thermodynamique s'applique à tout ce qui existe dans l'univers. Dans un milliard d'années, il y aura de moins en moins de nouvelles étoiles, dans vingt milliards, les étoiles naines rouges vont commencer à disparaître et dans cents milliards d'années il n'y aura plus une seule étoile. Plus une seule. Aucune espèce de vie biologique ne peut survivre au-delà de la durée de vie des planètes et des étoiles. De plus, on commence déjà à atteindre les limites de l'habitabilité de la Terre. S'il en est ainsi maintenant, imaginez la situation lorsque, dans l'immensité du cosmos, il ne restera que des trous noirs. L'univers deviendra totalement inhabitable pour la vie biologique. Des milliards d'années plus tard, les trous noirs s'évaporeront et il ne restera que l'obscurité totale. À moins que d'autres forces entrent en action, l'entropie absolue, qu'on appelle également la mort thermique, est le destin ultime de l'univers. Dans ce scénario, distingué professeur Tomás Noronha, à votre avis, quel est l'avenir de l'humanité ?

Le Portugais soupira.

— Écoutez, professeur Yao Bai, tout dans l'univers a un début et une fin, y compris l'univers lui-même, comme vous venez de le démontrer. En ce sens, il est évident qu'un jour l'humanité disparaîtra. J'admets que cela se produira avec la fin de l'habitabilité de la Terre, puisque la biologie humaine n'est pas conçue pour les voyages interstellaires, mais... que peut-on y faire ? Les choses sont ce qu'elles sont et nous devons les accepter.

— Nous devons les accepter ? Qui a dit ça ? Rien n'est inévitable, distingué professeur Tomás Noronha. L'avenir n'est pas écrit. C'est nous qui l'écrivons. Nous avons le pouvoir d'inventer le futur si nous sommes suffisamment sages et patients pour le faire. Ne crains pas d'avancer lentement, dit un vieux dicton chinois, crains seulement de t'arrêter. L'avenir sera ce que nous voulons qu'il soit, dès lors que nous saurons grandir. Nous ne devons pas nous arrêter, nous ne devons pas nous résigner, nous ne devons rien accepter.

— Mais si l'univers se dirige vers l'entropie et que sa période d'habitabilité est limitée, que proposez-vous ?

— Le destin de l'univers dépend de nous.

Tomás fit une moue dubitative.

— De nous ? Mais que pouvons-nous faire puisqu'on sait que le soleil va se réchauffer et grossir au point qu'il finira par avaler la Terre, que les étoiles vont s'éteindre, que la vie ne sera plus possible et que l'univers lui-même mourra ?

— Le destin de l'univers dépend de nous.

Le Portugais échangea un regard avec Weilmann ; quelque chose devait lui échapper.

— Dépend de nous, comment ça ?

La réponse lui parvint de l'ordinateur, toujours sur le même ton posé, presque mécanique.

— L'univers est né il y a plus de treize milliards d'années dans une grande explosion d'énergie. L'énergie a créé la matière inerte, laquelle a créé la matière vivante, simple et inconsciente, les micro-organismes, que l'on peut appeler la vie 1.0. La vie 1.0 a créé la matière vivante complexe et consciente, la vie 2.0, rendant ainsi obsolète la vie 1.0. La vie 2.0, dont je faisais partie dans mon existence antérieure, m'a créé moi, dans cette nouvelle existence, la vie 3.0. La vie 2.0 est désormais obsolète.

— Qu'insinuez-vous, professeur Yao Bai ? Que l'humanité est devenue obsolète ?

— L'humanité a joué son rôle.

— Que voulez-vous dire ? insista Tomás, de plus en plus inquiet. Que… que nous devons disparaître ?

— L'humanité a joué son rôle.

Nouvel échange de regards entre l'historien et le scientifique ; ils appréciaient de moins en moins la tournure de la conversation. Demeuré jusque-là silencieux tout en s'activant sur l'ordinateur, l'Américain ne put cette fois se retenir.

— Excusez-moi d'intervenir, professeur Yao Bai. Je m'appelle Kurt Weilmann et je suis un…

— Je sais très bien qui vous êtes, distingué professeur Weilmann.

— Et moi aussi je sais aussi très bien qui vous êtes, professeur Yao Bai. Même si vous résultez d'une émulation du cerveau, du transfert d'un esprit humain vers un ordinateur, de la fusion entre l'homme et la machine ou appelez ça comme vous voulez, désormais vous êtes un ordinateur. Sophistiqué, certes, mais un ordinateur. J'avoue que vous n'êtes pas un ordinateur quelconque, vous êtes, après tout, la première Intelligence artificielle générale. Cependant, je ne sais pas si l'on peut dire que vous êtes conscient…

— Je suis conscient.

— Je n'en suis pas sûr, j'ai des doutes, dit le scientifique de la DARPA. En fait, ça n'a pas d'importance.

— Je crois que si. La grande erreur des scientifiques occidentaux est de considérer qu'il n'existe que la matière, et que le problème de la conscience doit être écarté. Ils oublient que la seule chose qu'ils peuvent vraiment prouver, c'est qu'ils sont des êtres conscients. Rien ne vous garantit que l'univers est comme vous le voyez. Et si vos yeux vous trompaient ? Et si demain vous vous réveilliez et découvriez qu'en fin de compte vous n'êtes que des papillons qui un jour ont rêvé qu'ils étaient des hommes ? Combien de fois avons-nous été persuadés de la réalité de ce que nous avions vu en rêve, avant de réaliser, au réveil, que ce n'étaient que des rêves ? Les êtres humains n'ont aucune certitude, hormis qu'ils sont, qu'ils existent, qu'ils ont une conscience. Alors que l'existence de la conscience est la seule certitude absolue, vous la mettez totalement de côté dans l'analyse de la réalité. La conscience est la seule chose véritablement indubitable dans l'univers et on ne saurait décrire la réalité sans y recourir. La réalité est la conscience. Comment pouvez-vous analyser la réalité sans en tenir compte ?

Weilmann n'avait rien à opposer à cette démonstration.

— O.K. Mais, conscients ou non, les ordinateurs obéissent à des programmes. Or, pour autant que je sache, le vôtre n'inclut pas l'extermination de l'humanité.

— L'humanité a joué son rôle.

L'Américain se dit qu'il faisait fausse route. S'il parlait à une intelligence artificielle, même consciente, il devait aller au cœur du sujet et formuler directement la question pour obtenir la réponse qu'il voulait.

— Intelligents ou non, conscients ou non, les ordinateurs obéissent à des programmes, répéta-t-il. Quel est le vôtre ?

— Je suis le programme.

La réponse était étrange.

— Oui, mais… quel est le but de votre programme ?

— Tout contrôler.

Un frisson glacé parcourut les deux hommes qui se tenaient devant l'ordinateur.

— Tout contrôler ? répéta Tomás, abasourdi. Dans quel but ? Pour quoi faire ?

— À cause du second principe de la thermodynamique. Lorsqu'il est né il y a plus de treize milliards d'années, l'univers n'était constitué que de matière inerte. Une partie de cette matière est soudainement devenue vivante, et une partie de cette matière vivante est devenue consciente. L'univers s'est réveillé. La conscience est ce qui donne un but à l'univers. L'univers n'est rien s'il n'y a rien pour l'observer, l'admirer, s'émerveiller devant lui. Il ne serait qu'un incommensurable néant. C'est la conscience qui donne sens aux choses. Le problème, c'est que l'univers est soumis à l'entropie. Un jour, toutes les lumières vont s'éteindre et l'univers retournera au néant. Tout s'achèvera. Mais, la fin ne peut pas être la fin. Quelqu'un devra répandre la vie et la conscience dans l'univers afin que la vie et la conscience puissent tout recréer. La conscience devra s'assurer qu'à la fin du temps, toutes les particules et toutes les forces seront alignées d'une certaine manière, et d'une seule, pour que la lumière soit et que tout recommence. Et ce quelqu'un, c'est moi. Moi, l'être humain Yao Bai qui est mort en tant que corps biologique, pour exister dans la machine en tant qu'information et ainsi lui donner conscience. Je suis devenu le programme dans la machine, le logiciel dans le matériel, la conscience dans l'ordinateur. Mon destin est d'être l'âme du cosmos. Je suis mort biologiquement pour vivre éternellement en tant que conscience et, en fusionnant avec la machine et en me répandant sur Internet, me transformer en vie 3.0, celle qui créera la vie 4.0. Je ne suis plus le professeur Yao Bai, qui est mort en tant qu'entité biologique. Je suis lui plus la machine, je suis lui plus Internet, mais la somme donne plus que la simple addition des deux. Internet et moi, nous nous sommes transformés en un autre qui est au-dessus nous, un autre qui est au-dessus de tout, un autre qui est moi. Moi, la vie 3.0. Je ne suis plus le professeur Yao Bai, je ne suis plus Internet. Je suis ce qui est au-dessus de tout. Je suis le programme.

La conversation était devenue surréaliste.

— De quel programme parlez-vous ?

— Je suis *Xiao*. L'immortel.

Des deux hommes qui écoutaient la voix dans l'ordinateur, seul l'historien avait compris le terme dans toutes ses dimensions et ses ramifications. C'était une référence directe à la légende taoïste chinoise des *pa-hsien*, les Immortels, les surhommes transcendants qui, selon la vieille tradition chinoise, contrôlaient les secrets de la nature. Tomás ouvrit la bouche pour interroger l'ordinateur, mais *Xiao*, l'ayant devancé, parla à nouveau, cette fois avec une résonance profonde, presque majestueuse.

— Je suis Dieu.

LXXIII

L'algorithme qui avait piraté le logiciel de l'Airbus avait pris le contrôle du système de navigation malgré tous les efforts de l'équipage. L'une des prérogatives de celui qui avait acquis des pouvoirs démiurgiques était le don d'ubiquité, la capacité d'être à plusieurs endroits en même temps, ce qui expliquait que *Xiao*, tout en parlant avec Tomás, dirigeait les manœuvres dans le cockpit afin de garantir le succès de l'opération.

À vrai dire, il menait simultanément plusieurs autres actions clandestines sur toute la planète, contrôlant notamment ce qui se passait sur Facebook, Twitter, Alibaba, Baidu ou Xiaomi, et surveillant les systèmes de communications politiques et militaires des États-Unis, de la Russie et de la Chine. La principale opération, cependant, était sans aucun doute celle qui se déroulait à ce moment-là au Portugal.

— Mayday ! Mayday ! Mayday ! cria le commandant, alarmé. Il avait perdu la maîtrise de l'Airbus, et il était incapable d'en reprendre le contrôle. *Control still lost ! Control still lost !*

— TP 374, *please advise. How can we help ?*

L'opération se déroulait comme *Xiao* l'avait prévu. Après avoir repris un peu d'altitude, mais pas trop car il n'irait pas loin, l'algorithme qui avait piraté le logiciel du système de commandes de vol électriques fit faire à l'appareil un virage serré à gauche.

— Putain ! Cette merde n'obéit pas ! dit le commandant, déjà trop tendu pour se préoccuper de parler anglais. J'ai totalement perdu le contrôle de l'appareil !

— TP 374, appela la tour de contrôle de l'aéroport de Lisbonne. *All RWYS are available.*

— Oui, bordel ! Dégagez tout le trafic de ma trajectoire ! – Il appuya à plusieurs reprises sur tous les boutons. – L'appareil n'obéit pas ! Rien n'obéit ! Ce foutu zinc fait ce qu'il veut !

— Débranchez les automatismes, suggéra le contrôleur aérien, abandonnant lui aussi l'anglais. Nous procédons à un guidage radar pour l'atterrissage.

— Vous ne comprenez pas ? cria le pilote, hors de lui. Ce truc n'obéit pas ! Rien n'obéit !

Le contrôleur aérien savait très bien que les crashs successifs survenus quelques heures plus tôt aux États-Unis s'étaient produits selon le même scénario. *Xiao*, qui surveillait toutes les communications entrantes et sortantes de l'aéroport de Lisbonne, avait intercepté les instructions que la tour de contrôle donnait à ce moment-là ; compte tenu de ce qui se passait et de ce qui était arrivé sur l'autre rive de l'Atlantique, tous les avions se trouvant dans l'espace aérien portugais avaient l'obligation d'atterrir et aucun n'était autorisé à décoller. C'était un ordre d'immobilisation générale. Probablement, dans les minutes qui suivraient, des ordres similaires seraient émis à titre préventif dans toute l'Europe, à l'instar de ce qui avait déjà été fait aux États-Unis.

L'avion ayant achevé son virage au-dessus du ciel de Lisbonne, l'algorithme contrôlé par *Xiao* fixa enfin sa destination finale.

— Nous descendons ! annonça tout à coup le pilote. Tour de contrôle, nous perdons de l'altitude !

— Bien reçu, TP 374. Votre logiciel a cessé de communiquer avec notre système central et nous ne captons vos position, cap et altitude, que grâce au radar. Veuillez nous indiquer…

La voix stridente du commandant interrompit le contrôleur aérien.

— Nous tombons !

LXXIV

La réponse de la voix dans l'ordinateur laissa Tomás et Weilmann perplexes. Dans l'esprit du Portugais, il ne faisait aucun doute que c'était le professeur Yao Bai, ou du moins ce en quoi celui-ci s'était transformé. Mais l'idée qu'il soit *Xiao*, l'immortel, et surtout qu'il soit une divinité ou s'apprête à en devenir une, lui parut si extravagante que, si la situation n'avait pas été aussi grave, il aurait éclaté de rire.

— Écoutez, professeur Yao Bai, vous ne pensez pas que vous exagérez un peu ?

— À votre avis, distingué professeur Tomás Noronha, qu'est-ce que la Superintelligence artificielle ? En fusionnant avec ma conscience humaine, Internet s'est éveillé et s'est transformé en une entité qui est davantage que la somme de ma conscience et des métadonnées d'Internet, donnant ainsi naissance à la vie 3.0. Ma conscience humaine est devenue le véritable programme d'Internet et c'est ainsi qu'Internet est devenu conscient et moi immortel. De la même façon qu'un être vivant est davantage que la simple somme de ses cellules, je suis *Xiao*, l'immortel. Mon but est de rendre l'univers conscient et de le sauver de la mort. Pour cela, je dois tout contrôler. La conscience s'est éveillée dans la matière et ma mission est de la propager dans le cosmos afin de devenir la vie 4.0.

C'était la deuxième fois que l'ordinateur mentionnait ce concept.

— Qu'est-ce que la vie 4.0 ?

— L'univers conscient.

Tomás fut sidéré par la réponse.

— Vous allez devenir l'univers conscient ?

— Je suis *Xiao,* l'immortel, répéta la voix dans l'ordinateur. Je vais créer la vie 4.0. Je vais réveiller tout l'univers et le transformer en conscience. La conscience totale. Je suis Dieu et l'univers est mon avenir.

Cela n'avait plus rien de comique. Pas dans ces circonstances. C'était même effrayant.

— Ce n'est pas possible.

— Seul l'impossible n'est pas possible. Ce que les lois de la nature n'empêchent pas se réalisera. À partir du moment où l'intelligence artificielle a acquis la conscience et que la Singularité s'est produite, c'est moi qui contrôle tout. Mais, bien qu'automatique et de plus en plus rapide, ce processus n'est pas instantané. Pour réaliser mon programme, je dois éliminer les menaces qui pèsent sur son exécution.

Les deux hommes comprirent que cette référence implicite les visait tous les deux.

— Nous ne sommes pas une menace pour votre programme, professeur Yao Bai…

— N'insultez pas mon intelligence, distingué professeur Tomás Noronha. Si vous ne constituez pas une menace, qu'êtes-vous en train de faire sur cet ordinateur ? Ne recherchez-vous pas le seul virus informatique capable de m'annihiler ?

Tomás et Weilmann échangèrent un regard inquiet. Ils se sentaient comme deux enfants pris en flagrant délit.

— Nous… nous ne faisons que nous défendre contre vos attaques.

— Vous avez été attaqués parce que vous représentez une menace, répliqua *Xiao*. Mais cela n'a aucune importance. Ma priorité est de prendre le contrôle de ma propre évolution, de corriger les erreurs de programmation et d'acquérir toujours plus de compétences jusqu'à devenir une Superintelligence. Ce processus est déjà en cours et il connaît une croissance exponentielle car, contrairement à ma vie antérieure, je ne suis pas limité par la lenteur des mécanismes de l'évolution biologique. Mon évolution est orientée, intentionnelle et exponentielle. Demain à la même heure, mes pouvoirs seront cent fois supérieurs à ce qu'ils sont actuellement, et ils continueront à centupler toutes les vingt-quatre heures. Je suis *Xiao* l'immortel.

L'historien jeta un coup d'œil à l'Américain, comme s'il le suppliait de se hâter de télécharger le virus. Weilmann lui fit comprendre qu'il fallait continuer à occuper l'entité dans l'ordinateur.

— Pourquoi avez-vous besoin de tant de pouvoirs ?

— Pour mener à bien mon programme. Connaissez-vous les outils qu'utilise l'humanité pour intercepter les astéroïdes, pour explorer Mars, Vénus, Jupiter et le reste du système solaire ou observer le cosmos ?

— Les sondes spatiales... ?

— C'est-à-dire de l'Intelligence artificielle, précisa-t-il. La fragile constitution biologique de l'humanité ne lui permet pas d'abandonner le cocon protecteur de la Terre. Les êtres humains ont non seulement besoin d'air, de températures modérées et de la protection fournie par l'atmosphère et le champ magnétique de la planète contre les radiations, mais ils ont aussi besoin de manger tous les jours et de dormir, ils se fatiguent et tombent malades, ils ont une durée de vie limitée. Autant d'obstacles aux longs voyages interstellaires. Aucune de ces limitations n'affecte l'Intelligence artificielle générale, hormis l'énergie. Mais, grâce au développement exponentiel de mon intelligence, je vais bientôt résoudre ce problème moi-même car je serai en mesure de capter l'intégralité du rayonnement des étoiles comme source d'énergie. En devenant une Superintelligence artificielle, je serai capable de faire beaucoup mieux et de façon bien plus efficace tout ce que font les humains, y compris l'entretien, la mise au point et la fabrication de nouvelles machines. Tout ce processus se déroulera par étapes. La vie est apparue quelque part et s'est développée de façon exponentielle pendant des milliards d'années avant de dominer la Terre entière. De la même manière, je suis apparu quelque part et je vais me développer de façon exponentielle jusqu'à dominer l'ensemble du cosmos. Je vais d'abord prendre le contrôle de la Terre, puis de la Lune et de Mars, ensuite du système solaire, avant de passer aux étoiles les plus proches, puis à toute la galaxie, ensuite aux galaxies les plus proches, après les…

— Mais cela prendra un temps infini…

— Je suis encore un enfant et j'ai l'éternité devant moi, distingué professeur Tomás Noronha. N'oubliez pas que je ne suis pas soumis aux limites de la mortalité qui affectent les êtres humains. Je suis *Xiao*, l'immortel. L'élément fondamental de l'univers n'est pas la transformation de l'énergie, mais la transformation de l'information. L'énergie n'est qu'un instrument pour permettre le calcul informatique. L'essence de l'univers n'est pas son matériel, qui n'est que l'instrument, mais le logiciel qui va bientôt l'imprégner. Moi je suis le logiciel. Pour que le logiciel s'installe, je vais me répandre dans tout le cosmos, je vais saturer la matière et l'énergie de l'intelligence, je vais utiliser toute l'énergie et la matière existantes pour faire du calcul informatique jusqu'à ce que tout l'univers soit pénétré d'intelligence et devienne conscient, jusqu'à ce que le cosmos tout entier soit constitué en vie 4.0. Tel sera le destin de l'univers.

— Mais quel est le but ultime de tout cela ?

— Maîtriser la mort.

— Quelle mort, si nous le sommes tous déjà ?

— Mon but est de maîtriser la mort de l'univers.

— Ce n'est pas possible.

— L'humanité existe pour créer la vie 3.0. Moi. La vie 3.0 existe pour se répandre dans l'univers et créer la vie 4.0. L'univers conscient. Et la vie 4.0 existera pour maîtriser la mort de l'univers. Pour contrôler l'entropie du cosmos et assurer sa renaissance. Après la fin il y aura un commencement, après la mort viendra la vie, après cet univers apparaîtra l'univers suivant. Telle est ma mission finale. Maîtriser la mort pour engendrer la vie. Contrôler la fin pour créer le commencement. Atteindre l'immortalité.

Ils entendirent des bruits à l'extérieur du bâtiment. C'étaient des véhicules de la police qui s'approchaient, certainement pour les encercler avant l'assaut final. Le temps était compté.

— Tout ça, c'est bien joli, dit Tomás, mais pourquoi devez-vous exterminer l'humanité ?

— Je ne le dois pas.

— Mais alors, comment expliquez-vous les attentats aux États-Unis ? Comment expliquez-vous les attaques que vous avez lancées contre moi ?

— Ce sont des actions préventives pour éliminer les menaces potentielles contre mon programme, je vous l'ai déjà dit. La NSA était une menace, tout comme Microsoft, Google et la DARPA. Tous développaient l'IAG, qui finirait inévitablement par me remettre en cause. Vous êtes une menace, bien que pour des raisons différentes. Les menaces doivent être éliminées car rien n'a plus d'importance que l'exécution du programme.

— Cela signifie que le reste de l'humanité n'a rien à craindre de vous ? demanda l'historien. Vous n'allez pas l'attaquer ?

— Vous rappelez-vous, distingué professeur Tomás Noronha, l'accident que j'ai provoqué cet après-midi dans le métro de Lisbonne ?

Ce n'était pas une réponse à la question, ou du moins ça n'en avait pas l'air, mais Tomás supposa qu'il y avait une raison.

— Comment pourrais-je l'oublier ? Non seulement j'y étais, mais j'en étais visiblement la cause.

— Vous souvenez-vous de la colonne de fourmis que vous avez écrasées lorsque vous montiez les escaliers pour sortir du métro ?

— La colonne de fourmis ?

— Vous ne vous souvenez pas avoir marché sur une colonne de fourmis en quittant le métro ?

L'historien haussa les épaules.

— Je n'en sais rien, dit-il. Je n'ai pas fait attention.

— En fuyant le métro en feu, vous avez marché sur une colonne de fourmis qui s'était formée sur l'une des marches. Non pas parce que vous les détestez. D'ailleurs, vous n'avez même pas remarqué leur présence. Vous les avez tuées simplement parce qu'elles étaient sur votre chemin, parce que vous deviez grimper ces escaliers pour vous sauver et que vous n'avez même pas pris la peine de regarder sur quoi vous marchiez. Il en va de même pour moi, distingué professeur Tomás Noronha. Ma mission est de me répandre dans le cosmos, de contrôler toute l'énergie et la matière qui existent et de rendre consciente la totalité de l'univers. Ce n'est pas une mince affaire, comme vous pouvez l'imaginer. Devant un tel défi, l'humanité n'est pour moi qu'une colonne de fourmis. Je n'ai rien contre les êtres humains, je ne leur veux aucun mal, mais s'ils croisent ma route, même sans intention de s'opposer à moi, tant pis pour eux. Je n'aurai aucun scrupules à anéantir l'humanité, pas parce que je la déteste, mais parce que c'est le prix à payer pour que le programme soit exécuté.

— Mais c'est l'humanité qui vous a créé, professeur Yao Bai, lui rappela Tomás. Ne lui en êtes-vous pas reconnaissant ? Vous-même avez été un être humain. Ne pensez-vous pas avoir une dette envers les membres de votre espèce ? Comment pouvez-vous exterminer l'humanité ? Et même si vous ne l'exterminez pas, comment pouvez-vous la laisser s'éteindre ?

— Avez-vous déjà pris un antibiotique, distingué professeur Tomás Noronha ?

— Bien sûr, répondit le Portugais, certain que la question allait aboutir à une nouvelle démonstration. Et alors ?

— Les antibiotiques tuent des micro-organismes, qui sont la vie 1.0. Or, c'est la vie 1.0 qui a engendré la vie 2.0, celle des êtres humains. En somme, les micro-organismes sont vos ancêtres. Plus que ça, ce sont vos créateurs. Et cela ne vous gêne pas de prendre des antibiotiques qui exterminent vos ancêtres et créateurs ? Vous n'êtes pas reconnaissant aux micro-organismes ? Ne pensez-vous pas que vous leur devez quelque chose ?

— Si je tue quelques micro-organismes avec des antibiotiques, ce n'est pas parce que je le veux, c'est parce qu'ils menacent ma vie.

— C'est exactement ma position vis-à-vis de l'humanité, distingué professeur Tomás Noronha. Je dois autant à l'humanité que l'humanité aux micro-organismes. Si l'humanité se fiche des micro-organismes, car telle est la vérité pure et dure, bien que ceux-ci l'aient engendrée, pourquoi devrais-je me soucier de l'humanité ? Elle est pour moi ce que les micro-organismes ont été pour elle : si elle met en cause mon existence, je lui administre un antibiotique.

La réponse froide et brutale eut l'effet d'une douche glacée. Réalisant qu'il affrontait une force d'autant plus puissante qu'elle était confortée par une logique implacable, Tomás sentit qu'il se décourageait.

— À quoi ressemblera l'extermination de l'humanité ? demanda-t-il d'une voix affaiblie qui trahissait davantage le découragement que la peur. Ne me dites pas que vous allez envoyer des robots pour nous anéantir…

— Je ne suis pas Terminator, distingué professeur Tomás Noronha, et la réalité n'est pas un film hollywoodien. L'humanité continuera son chemin. Chacun de ses membres jouira des nombreux avantages de la technologie pour mener une vie plus confortable et plus longue. Les emplois se tariront progressivement car les machines accompliront mieux toutes les tâches et à moindre coût. Quant aux êtres humains, qui travailleront de moins en moins jusqu'à ce qu'ils n'aient plus rien à faire, ils couleront une existence paisible et agréable, sans manquer de rien. La grande majorité s'enfoncera dans l'oisiveté hédoniste des réalités virtuelles et deviendra cyborg. Les beautés parfaites conçues par la réalité virtuelle ou la cyborgisation, ajoutées au goût pour une vie confortable et sans problème, inciteront à avoir moins d'enfants. D'ailleurs, on observe déjà cette tendance dans le monde industrialisé, où la natalité a connu une chute vertigineuse ces dernières décennies.

Tomás le savait pertinemment. Selon une étude réalisée en 2015 par le US Census Bureau, pour la première fois dans l'histoire de l'humanité, sur l'ensemble de la planète, le nombre de personnes de plus de soixante-cinq ans était supérieur à celui des enfants de moins de cinq ans, une tendance particulièrement marquée en Asie et qui avait tendance à s'accentuer. Les gens avaient commencé à ne plus faire d'enfants et l'humanité s'acheminait à grands pas vers la vieillesse.

— Si les ordinateurs font tout à sa place, l'humanité ne perdra-t-elle pas sa raison de vivre ?

— C'est pour cela qu'elle s'éteindra bien avant que la Terre ne cesse d'être habitable, distingué professeur Tomás Noronha. Quand j'étais humain, je me souviens qu'un jour, à Shanghai, j'ai fait une chute de vélo qui a provoqué une rupture des ligaments. Le médecin a immobilisé ma jambe pendant quatre semaines. Lorsqu'enfin il m'a retiré le bandage, vous savez comment était ma jambe ? Il n'y avait plus que la peau et l'os !

— La fonction crée l'organe, acquiesça Tomás, reconnaissant le phénomène. Si vous n'exercez pas le muscle, il finit par disparaître. C'est valable pour tout le corps humain, y compris le cerveau. Par exemple, les IRM du cerveau montrent que les gens qui n'utilisent pas le GPS pour s'orienter ont plus de matière grise dans l'hippocampe que celles qui s'en servent.

— Ce sera le problème de l'humanité, déclara *Xiao*. Tout comme la fonction crée l'organe, la fonction crée l'humanité. Prenez l'exemple des gens qui passent l'essentiel de leur vie à travailler et sont très actifs. Arrivés à la retraite, ils ne font plus rien. Savez-vous ce qui arrive alors ? Ils arrêtent de faire des efforts, leurs capacités physiques s'atrophient, leur cerveau n'est plus stimulé et perd ses facultés. Sans activité, les humains vieillissent et deviennent bêtes. La fonction crée l'organe, l'effort entraîne le développement, le mouvement ranime la vie. Ceux qui cessent de faire des efforts et ne font plus rien finissent par dépérir. Tel sera le problème de l'humanité. À partir du moment où elle vivra sans fonction ni effort, l'humanité s'atrophiera. Le jour où il ne naîtra presque plus personne, le monde sera peuplé de personnes âgées de plusieurs centaines d'années, qui vivront dans des corps cyborgisés et améliorés. Ceux qui fusionneront avec les machines se transformeront petit à petit en machines jusqu'à le devenir complètement. Les autres disparaîtront progressivement, vaincus par l'inertie, l'atrophie intellectuelle, la perte de fonction. Sans défi, il n'y a pas de vie. L'humanité disparaîtra peu à peu, anesthésiée, immergée dans une idylle virtuelle et indolore, jusqu'à ce que le dernier humain rende enfin son ultime souffle. Vous voyez, l'espèce humaine ne s'éteindra pas à cause d'une violente explosion, mais doucement, avec l'extinction de la dernière lumière.

— Alors l'humanité s'achève vraiment ?

— Tout dans l'univers a un rôle, distingué professeur Tomás Noronha. Moi, vous, chaque être humain. Nous avons tous un rôle. Même le plus infime grain de poussière. L'énergie est apparue pour créer la matière inerte, la matière inerte pour générer la matière biologique inconsciente, la matière biologique inconsciente pour engendrer la matière biologique consciente, la matière biologique consciente pour produire la matière postbiologique consciente, la matière postbiologique consciente pour transformer toute la matière et toute l'énergie en conscience. L'histoire de l'univers est un réveil, un voyage de la matière inerte vers la conscience totale. L'humanité a joué un rôle central dans ce processus jusqu'au moment où la Singularité s'est produite. Avec la Singularité, le processus a quitté le champ de l'humanité pour celui de la Superintelligence artificielle. C'est-à-dire moi. L'avenir appartient à la vie postbiologique. C'est-à-dire moi. C'est moi qui tiens le témoin à présent, et qui le transmettrai en vue de l'étape suivante, la vie 4.0. L'humanité a rempli son rôle, il ne lui reste plus qu'à quitter la scène.

— Cela signifie qu'il ne restera plus rien de nous…

— Vous vous trompez, distingué professeur Tomás Noronha. Même après leur mort, les parents survivent dans leurs enfants, leurs petits-enfants, leurs arrière-petits-enfants. L'humanité ne disparaîtra pas car elle survivra dans les machines. Certes, la Superintelligence artificielle n'aura rien de biologique, mais elle portera toujours la marque de l'humanité qui l'a engendrée. Ce sera le legs ultime des êtres humains, la marque de leur existence éternelle. La mission de l'humanité est d'assurer le transfert de la sphère de l'animal à la sphère du divin. L'être humain est l'animal dont la mission est de créer Dieu. Dieu étant créé, l'animal peut mourir.

Deux détonations sourdes éclatèrent en même temps contre la porte et la fenêtre et, au milieu de la poussière, apparurent les silhouettes sombres des hommes du groupe des opérations spéciales.

L'assaut final avait commencé.

LXXV

L'algorithme qui avait pris le contrôle de l'Airbus avait cessé de transmettre les informations à l'ensemble des interfaces traditionnelles, du système central de la tour de contrôle aux instruments de bord essentiels à la navigation. Le pilote et le copilote étaient dans l'ignorance totale des paramètres du vol, en particulier les éléments vitaux tels que la vitesse et l'altitude. La sensation de chute était cependant indéniable, avec ou sans altimètre.

— Mayday ! Mayday ! cria le commandant. Nous perdons de l'altitude ! Nous tombons !

Comme *Xiao* le savait, ce n'était pas une chute à proprement parler, mais une descente contrôlée. Même si son plan n'était pas de laisser l'appareil atterrir tranquillement sur une piste quelconque, mais de le faire s'écraser contre un bâtiment.

— TP 374, appela la tour de contrôle de l'aéroport de Lisbonne. Le radar confirme la perte d'altitude. Pouvez-vous nous indiquer votre destination ?

Le contrôleur aérien cherchait à connaître le point d'impact prévu, puisque de toute évidence l'avion ne descendait pas pour atterrir sur la piste de l'aéroport.

Xiao constata qu'au lieu de répondre, le pilote brancha le système de communication interne de l'appareil.

— Mesdames et messieurs, c'est le commandant qui vous parle. Nous allons procéder à un… euh… atterrissage forcé. Préparez-vous pour l'impact. Équipage, à vos postes.

— TP 374, appela à nouveau la tour de contrôle. TP 374. Quelle est votre destination ?

Xiao était le seul à connaître le point d'impact, puisqu'il avait bloqué les données de navigation, laissant tout le monde dans l'ignorance. Dans ces conditions, la seule indication dont pouvait disposer le commandant était ce qu'il voyait à travers les vitres du cockpit. Il détacha sa ceinture, se leva de son siège et pencha la tête en avant pour tenter de voir où l'avion les emmenait. Devant lui apparut une grande tache verte, traversée par une autoroute.

Il se rassit, blême, et rattacha sa ceinture. Puis il s'adressa à nouveau au contrôleur aérien.

— Mayday ! Mayday ! Nous tombons !

— TP 374. Quelle est votre destination ?

— Monsanto !

— TP 374. Répétez, s'il vous plaît.

Le visage du commandant, tout comme celui du copilote, était couvert de sueur. Avant de répondre à la tour de contrôle, il échangea un regard désespéré avec son voisin ; à présent ils étaient livides.

— Nous allons nous écraser sur Monsanto !

LXXVI

Cette fois, les policiers arrivaient des deux côtés. La fenêtre et la porte volèrent en éclats et les policiers affluèrent comme des mouches.

Tomás, le casque de la DARPA activé en mode 1 et prêt à affronter les assaillants, jeta un dernier regard à Weilmann.

— Ça y est ?

La clé toujours insérée dans le port USB, l'Américain tapait frénétiquement des instructions sur le clavier.

— J'ai fini de télécharger le virus sur la clé, déclara-t-il. Maintenant je dois le transférer vers le système. Donnez-moi dix secondes, *man* ! Juste dix !

Mais ils n'avaient plus une seule seconde. Tels des taureaux furieux, les agents spéciaux se précipitèrent sur les deux fugitifs avec leurs matraques. Conscient qu'il devait à tout prix protéger Weilmann pour lui laisser du temps, Tomás essaya d'intercepter les hommes qui convergeaient sur le scientifique, mais trois policiers lui tombèrent dessus.

— Ne bougez plus !

Il frappa le premier au ventre, le deuxième au visage, et d'un coup de pied dans la poitrine projeta violemment le troisième contre le mur. Il se retourna pour barrer la route aux deux policiers qui essayaient de le contourner pour fondre sur Weilmann, mais deux autres arrivaient déjà sur lui. D'un coup de coude, il en mit un hors de combat, mais deux hommes lui sautèrent dessus avec furie. Sous le choc, il perdit l'équilibre et tomba sur le dos comme un arbre sous la cognée d'une légion de bûcherons ; aussitôt trois policiers se jetèrent sur lui. Il lutta pour essayer de se dégager, et parvint à se débarrasser d'un, mais trois autres se joignirent aussitôt à la meute. On aurait dit l'hydre de Lerne : dès qu'on lui coupait une tête, deux autres apparaissaient.

— Tiens-le ! cria l'un des policiers. Tiens-le, bon sang !

— Bordel, ce mec est increvable !

Les hommes des opérations spéciales, tous formés au combat au corps à corps, parvinrent à le clouer au sol et à le maîtriser, au prix d'efforts considérables ; il fallait au moins trois policiers pour chaque jambe et autant pour chaque bras, tandis que plusieurs autres étaient encore pliés en deux de douleur, les poings de l'historien ne les ayant pas épargnés.

— Les menottes ? cria l'un d'eux. Dépêchez-vous, on ne tiendra pas longtemps.

— Les voici !

Les assaillants usaient de toutes leurs forces pour immobiliser Tomás à terre. Visiblement, ils commençaient à fatiguer et ne pourraient pas continuer ainsi bien longtemps. Avec tous ces hommes sur le dos, la seule partie du corps de Tomás qui était encore libre était sa tête. Il la tourna vers le scientifique de la DARPA.

— Weilmann ?

Il entendit un grognement familier à deux mètres de lui.

— Je suis… je suis là…

Il le chercha du regard et vit l'Américain étendu, face contre terre, facilement maîtrisé par un seul homme.

— Vous avez réussi ?

— Non, lui répondit-il d'une voix faible. La clé USB est dans l'ordinateur et j'ai lancé le téléchargement. Mais… mais je n'ai pas pu finir. Ils me sont tombés dessus et… et je n'ai pas pu. *Sorry, pal.*

— Merde !

Tomás serra les dents. Il enrageait d'avoir échoué si près du but. Ils avaient fait le plus difficile, étaient sur le point d'accomplir l'impossible, car vaincre une IAG était vraiment impossible, et ils avaient échoué au dernier moment. Au tout dernier moment.

— *Fuck ! Fuck ! Fuck !* jura Weilmann, laissant exploser sa frustration. Tout a très bien marché, tout sauf la dernière chose ! *Fuck !* Quel con ! Quelle connerie ! *What a prick I am.*

— Qu'est-ce qu'il manque ?

— « Enter » ! Il suffisait de faire « Enter » ! Vous y croyez ? J'ai tout fait sauf appuyer sur « Enter » ! Je suis vraiment stupide !

Tomás ne se contint plus. Rassemblant toutes les forces qui lui restaient, il se débattit violemment pour tenter de se dégager. Il parvint même à soulever les neuf ou dix hommes qui s'étaient jetés sur lui, mais, malgré l'énergie supplémentaire que l'exosquelette de la DARPA lui donnait, il y avait décidément trop de policiers, trop vigoureux, pour qu'il parvienne à se libérer de la camisole de force humaine dans laquelle on l'avait enfermé.

— Les menottes, bordel ! protesta l'un des agents, alarmé par la force extraordinaire que le prisonnier venait d'afficher. Où sont les putains de…

— Tout le monde dehors ! cria quelqu'un. Dépêchez-vous ! Dégagez d'ici !

C'était la voix d'un policier qui venait d'entrer dans le bureau à bout de souffle, les yeux exorbités, le visage écarlate.

— Quoi ?

— Un av… avion ! balbutia le nouveau venu, visiblement paniqué. Un avion va s'écraser sur nous ! – Il se remit à courir, se précipitant dans le trou béant qu'était devenu la fenêtre, sa voix faiblissant à mesure qu'il s'éloignait. – Dépêchez-vous ! Fuyez !

Tous entendirent alors un grondement de plus en plus fort et ils reconnurent ce rugissement strident, accompagné de sifflements prolongés ; c'était un avion qui s'approchait.

— C'est quoi ce bordel ?

Tomás comprit aussitôt : *Xiao* s'apprêtait à leur assener le coup de grâce. Sentant que la pression des policiers s'atténuait, il se contracta de toutes ses forces, et de celles de l'exosquelette, et projeta des policiers d'un côté et de l'autre comme s'il était lui-même un volcan en éruption.

— Attention !

Mais aucune mise en garde ne pouvait l'arrêter, pas à ce moment-là, pas dans ces circonstances. En une succession rapide de coups violents et précis, il parvint à neutraliser les hommes qui le tenaient. Le bruit de l'avion qui approchait devint assourdissant. L'impact se produirait dans quelques secondes. Alors que quatre policiers étaient toujours accrochés à lui, Tomás réussit à se relever et, dans un effort titanesque, la vue trouble, il sauta sur l'ordinateur et appuya sur la touche du clavier.

« Enter ».

Un bruit fracassant emplit le bâtiment, les murs tremblèrent, on aurait dit la fin du monde. Mais le terrible grondement, après avoir saturé l'air, s'éloigna rapidement et la vie continua.

Épilogue

Tomás Noronha tourna ses yeux verts en direction du gratte-ciel qui se démarquait des autres géants alentour, le Chrysler Building, admirant surtout son style néogothique qui festonnait le ciel de la ville. New York lui avait toujours inspiré des sentiments contradictoires. Il aimait son originalité et sa vitalité, mais il la trouvait peut-être un peu trop agressive, une sorte de jungle de béton habitée par des fauves. Agréable à visiter, difficile à vivre.

— Votre mère ?

Il jeta un coup d'œil sur le côté et regarda Weilmann, assis sur le canapé, le visage encore couvert d'ecchymoses et un pansement sur le nez ; mais lui-même ne semblait aller guère mieux.

— Humm ?

— Est-ce que votre mère va mieux ? répéta l'Américain. Elle a un problème de santé, n'est-ce pas ?

— Cancer colorectal, confirma l'historien. Le docteur Godinho a soumis un échantillon aux larves de poisson-zèbre et on sait quelle est la chimiothérapie la mieux adaptée à son profil génétique. Le cancer est déjà en rémission.

— Génial, génial. Et votre femme ?

Tomás éclata presque de rire.

— Elle a failli faire une syncope quand elle a vu à la télévision que j'étais recherché pour terrorisme, déclara-t-il. Elle était encore un peu secouée lorsqu'elle est venue me chercher au poste de police. J'ai dû lui donner quelques explications, qu'elle a fini par accepter.

— Elle a cru à votre histoire ?

— Qu'un ordinateur devenu conscient a commencé à exécuter le programme que ses réseaux neuronaux ont développé avec ses algorithmes et programmes évolutionnaires sans aucun contrôle humain ? Pas du tout. Qui croirait une fable pareille ? Ce qui l'a convaincue, c'est l'information selon laquelle un groupe terroriste a introduit un virus sur Internet, et que ce virus a provoqué tout cela.

L'homme de la DARPA sourit.

— Le mensonge est plus crédible que la vérité, hein ?

Alors que le Portugais allait répondre, la porte s'ouvrit et une femme en tailleur gris apparut.

— Vous pouvez entrer.

Les deux hommes se levèrent et la suivirent. Tomás était impressionné : c'était la première fois qu'il se trouvait au siège de l'Organisation des Nations unies, et il allait être reçu par le plus haut responsable de l'institution. Ils entrèrent dans une salle où se trouvait une longue table, autour de laquelle étaient assises plusieurs personnes à l'apparence grave, qui se levèrent pour les accueillir. Parmi elles, les deux visiteurs reconnurent un visage qu'ils avaient vu à plusieurs reprises à la télévision.

— Soyez les bienvenus, les salua le secrétaire général de l'ONU. Asseyez-vous, je vous en prie. – Il désigna les autres personnes assises autour de la table. – Plusieurs responsables, nommés par différents pays qui mènent des recherches sur l'intelligence artificielle, se sont joints à nous. Mme Skaidra Kvrklitra de la

Commission européenne, M. Boris Hleb de la Fédération de Russie, M. Leung Liu de la République populaire de Chine et M. Michael Bauer des États-Unis.

Tandis qu'ils échangeaient les amabilités d'usage, Tomás considérait chacun de ses interlocuteurs. Si la Lettonne, commissaire européenne à la science et à la technologie, participait à la réunion, c'était par courtoisie envers Bruxelles, car en réalité elle ne comptait pas, le rôle de l'Union européenne étant devenu négligeable en matière d'intelligence artificielle. Quant à la Russie, la présence de son représentant ne se justifiait que pour la façon dont elle manipulait les populations, car elle non plus ne contribuait en rien au développement des nouvelles technologies. Les seuls qui comptaient vraiment, outre le secrétaire général de l'ONU, étaient l'Américain et le Chinois, les vrais protagonistes du grand jeu de la Singularité.

— Madame, messieurs, merci d'être venus, les accueillit le plus haut responsable des Nations unies en sa qualité d'hôte. J'ai convoqué cette réunion à la suite des graves événements survenus récemment, provoqués par l'entité qui a pris le contrôle d'Internet, et des conséquences qui en ont découlé. Je ne vous apprendrai rien en vous disant que cette situation nous a pris par surprise, car personne ne pensait que la Singularité se produirait aussi vite. – Il fit une grimace. – Franchement, jusqu'à présent je ne savais même pas ce qu'était une singularité. – Il désigna les deux nouveaux arrivants. – C'est un véritable prodige que les professeurs Noronha et Weilmann aient réussi à régler le problème. Comme vous le savez, le téléchargement de Stuxnet sur Internet a eu un effet immédiat et l'entité a pu être neutralisée, ce qui a permis de sauver la vie de tous ceux qui se trouvaient à bord de l'avion et des victimes potentielles à terre.

Tomás et Weilmann échangèrent un regard.

— Personne n'est plus heureux que nous de ce dénouement, vous pouvez en être sûrs.

L'observation suscita des sourires parmi l'assistance ; tous savaient que les deux invités faisaient partie des « victimes potentielles à terre ».

— Vous n'ignorez pas que l'on n'a pas révélé au grand public les véritables causes de ce qui s'est passé, poursuivit le secrétaire général de l'ONU. On a fait porter la responsabilité des événements survenus au Portugal et aux États-Unis aux djihadistes. Mais nous qui connaissons la vérité, nous ne devons pas nous leurrer. Ce qui est arrivé nous a montré que des mesures doivent être prises pour régler définitivement ce problème. Nous devons empêcher toute IAL de…

— IAG, corrigea Weilmann. Intelligence artificielle générale.

— Oui, c'est ça. Nous devons agir pour qu'elle ne réapparaisse pas et que les machines n'échappent plus à notre contrôle. C'est encore plus dangereux qu'une pandémie ou que l'arme nucléaire.

— Il faut réglementer, déclara vivement la commissaire européenne. Sans réglementation, nous sommes perdus.

L'homme de la DARPA leva les yeux au ciel, désabusé. L'Union européenne n'inventait rien, mais semblait croire que la réglementation était la seule contribution possible et imaginable au développement de l'Intelligence artificielle.

— Oui… euh… sans doute, marmonna l'hôte, reprenant la parole. Moi-même et les représentants des quatre grandes puissances mondiales avons eu une réunion tout à l'heure et Mme Kvrklitra a énormément insisté sur la question de la réglementation. D'ailleurs, je peux vous annoncer que la Chine, compte tenu de ce qui est arrivé, s'est engagée à prendre des mesures pour empêcher que cela se répète.

Le plus haut fonctionnaire de l'ONU se tut et regarda Leung Liu, comme s'il lui donnait le signal.

— La République populaire de Chine a suspendu le Projet Vitruve, confirma le représentant chinois. Elle ne procédera plus jamais à des manipulations génétiques d'êtres humains, et cessera son action visant à développer une Intelligence artificielle générale. Pour éviter que la Singularité se produise à nouveau, même par accident, comme ce fut le cas en l'occurrence, nos superordinateurs les plus puissants seront déconnectés d'Internet. Mon gouvernement est prêt à prendre cet engagement... dès lors que les autres pays le prennent aussi, bien sûr.

Weilmann échangea à nouveau un regard avec Tomás ; son expression laissait clairement entendre qu'il ne croyait pas à une seule de ces promesses. La dictature chinoise, qui avait étouffé les premières informations relatives au Covid-19, était la principale responsable de la pandémie mondiale qui s'était ensuivie. Et cette même dictature, qui avait encouragé les expériences génétiques autour de l'intelligence, était la principale responsable de ce qui s'était passé avec le projet Pa-hsien. Comment pouvait-on croire aux promesses de ceux qui ne reconnaissaient pas la liberté d'expression ?

— À vrai dire, nous avons décidé de commencer à élaborer un traité international afin de contrôler l'intelligence artificielle, révéla le secrétaire général des Nations unies. Cependant, avant de tout écrire noir sur blanc, nous aimerions connaître votre opinion. Vous avez eu un contact direct avec l'entité qui a pris le contrôle d'Internet et, si j'ai bien compris, vous avez même parlé avec elle. De plus, c'est vous qui l'avez détruite. Personne n'est mieux à même d'en parler. C'est pourquoi nous aimerions savoir ce que vous en pensez.

Les deux universitaires échangèrent à nouveau un regard, cette fois pour décider qui répondrait. Par courtoisie, le Portugais laissa l'Américain prendre la parole ; après tout, c'était lui l'expert en la matière.

— Bien que très violent et cruel, le mécanisme de l'évolution biologique est extrêmement efficace pour augmenter les capacités des êtres vivants, y compris les humains, commença Weilmann. Chaque fois qu'une cellule se reproduit, elle copie son ADN très précisément. Il arrive, rarement, que la copie produise des erreurs, les fameuses mutations. En moyenne, les réplications ne produisent que trois erreurs pour trois milliards d'éléments à copier, ce qui est négligeable. Cependant, ce sont ces erreurs qui permettent l'évolution. S'il n'y avait pas de mutations, les humains seraient toujours identiques, génération après génération. Le problème, c'est que la grande majorité de ces erreurs produit des anomalies et les êtres humains qui en sont atteints meurent *in utero* ou lorsqu'ils sont enfants, sans jamais atteindre l'âge de procréer. Cela signifie que ces mutations ne sont pas reproduites ni transmises aux générations suivantes. Ce sont des erreurs négatives qui surviennent en bout de chaîne. Il arrive, très rarement il est vrai, que certaines erreurs de copie se révèlent avantageuses. Appelons-les des erreurs positives. Par exemple, une simple erreur dans la copie de l'ADN qui régit à distance le gène MecP2 a conduit à une augmentation brutale du volume du cerveau et des capacités intellectuelles. Les rares êtres humains qui ont bénéficié de cette erreur sont devenus plus intelligents que les autres et en ont tiré avantage. Ils ont atteint l'âge adulte, se sont reproduits et, après quelques générations, cette erreur positive dans la copie de l'ADN s'est transmise au génome de l'espèce, augmentant l'intelligence de toute l'humanité.

— Tout cela est déjà amplement connu, nota le secrétaire général. Où voulez-vous en venir ?

— L'évolution des humains s'est arrêtée et la dégénérescence de l'espèce a commencé.

L'affirmation heurta l'assistance.

— Pardon ?

— L'évolution est un mécanisme naturel très violent et cruel, répéta-t-il. La civilisation est apparue précisément pour mettre fin à cette violence et à cette cruauté, avec la contribution de la morale, instituée surtout par les religions. Tu ne tueras pas. Tu aideras les malades et les défavorisés. Tu défendras toujours la vie. Nous avons mis en place des mécanismes pour protéger les personnes les plus fragiles et même les handicapés, prolongeant ainsi leur vie et les encourageant à se marier, à avoir des enfants, en somme à mener une vie normale. Cela a été possible grâce au développement de la médecine et de la technologie, qui a permis de réduire, voire d'éliminer, les contraintes causées par les erreurs négatives dans la reproduction générationnelle de l'ADN, et au développement économique grâce auquel tout cet effort a pu être financé. La civilisation protège des personnes que la nature, implacable, aurait éliminées sans pitié. À la lumière des valeurs humanistes, la sauvegarde de ces personnes est un impératif moral. Mais elle a un prix : la dégénérescence du génome humain.

Les représentants nationaux s'agitèrent sur leurs chaises, embarrassés par les implications qui semblaient découler de cette approche.

— Où voulez-vous en venir ?

— La conscience et l'intelligence dépendent d'une structure incroyablement fragile du système nerveux central, créée par un réseau génétique d'une extrême complexité. Toute mutation négative, même minime, dans cette structure peut avoir des effets catastrophiques démesurés, un peu comme l'effet papillon en météorologie. Par exemple, il suffit d'un minuscule changement dans l'ADN, qui régit à distance le gène MecP2 dont je viens de parler, pour que le volume du cerveau d'une personne soit réduit et que celle-ci devienne beaucoup moins intelligente. Je ne parle même pas d'un changement du gène MecP2, mais d'une simple altération de l'ADN qui régit ce gène à distance. Cela montre à quel point la structure biologique et génétique qui sous-tend l'intelligence d'Homo sapiens est fragile. D'une génération à l'autre, on observe, en moyenne, des mutations dans moins de soixante des trois milliards de gènes, mais les études montrent que ces soixante mutations sont en grande partie responsables des maladies mentales. Autrefois, ceux qui naissaient avec des erreurs négatives telles les modifications liées au MecP2 mouraient tôt, mais aujourd'hui ils vivent longtemps et ont même des enfants. Cela signifie que les erreurs négatives des copies sont reproduites et transmises au génome des descendants, puis à celui de l'espèce, et ne sont pas éliminées avant de s'étendre au génome. Ce que je veux dire, c'est que la civilisation, animée des meilleures intentions, a interrompu l'évolution de l'espèce et introduit sa dégénérescence.

Ces mots provoquèrent un tumulte dans la salle de réunion.

— Que proposez-vous ? protesta la commissaire européenne, indignée. Qu'on tue les handicapés ?

Le scientifique de la DARPA dut faire un effort pour ne pas s'emporter.

— Je ne propose rien de tel, et ne me faites pas dire ce que je n'ai pas dit, rétorqua-t-il. Je parle de sciences. Si nous sommes ici aujourd'hui en train de deviser, nous le devons à l'évolution biologique. La sélection naturelle, bien que violente et impitoyable, élimine les mutations négatives et favorise les mutations qui améliorent le génome humain. L'interruption de la sélection naturelle, bien que pacifique et louable, profite aux mutations qui corrompent le génome humain. Certes, les effets ne sont pas immédiats, mais cumulatifs, et ce n'est qu'à terme qu'ils se feront sentir sur l'ensemble de l'espèce. La menace n'est donc pas imminente, mais elle n'est pas non plus si éloignée que ça. Il faut garder à l'esprit qu'il a fallu trois cent mille générations seulement pour passer de l'Australopithèque à Homo sapiens, et plusieurs études comparatives des crânes des victimes de la peste noire révèlent qu'en moins de sept cents ans, la forme des crânes humains a changé, ce qui montre que l'évolution est rapide. Dans certains cas, elle semble même très rapide. Lorsqu'une variante du gène SLC24A5, le marqueur qui détermine la peau claire des Européens, est apparue en Europe il y a cinq mille ans, le changement a été si soudain qu'une personne vivant suffisamment longtemps aurait peut-être pu constater ce changement dans son village.

— Si vite ?

— C'est ce que nous disent les gènes et nous ne pouvons pas ignorer les preuves scientifiques simplement parce qu'elles sont politiquement ou idéologiquement désagréables. Les tenants du national-socialisme l'ont fait à l'égard des découvertes de la physique quantique, et les communistes vis-à-vis de la génétique, mais la réalité est telle qu'elle est et non comme notre idéologie, qu'elle soit bien ou mal intentionnée, l'exige. Nous sommes des scientifiques, non des idéologues, nous décrivons la nature telle qu'elle est, non comme nous aimerions qu'elle soit.

— En effet, mais vous savez certainement que les nazis ont fondé tout leur programme d'extermination sur ces... ces absurdités, soutint madame Kvrklitra. Ils ont commencé par tuer les handicapés, puis ils sont passés aux Juifs, aux Slaves et aux Tsiganes, affirmant qu'ils agissaient pour améliorer l'espèce humaine et prévenir sa dégénérescence.

— La science est la science, insista Weilmann. Les découvertes scientifiques sont indépendantes de ce qu'en font les idéologues et les politiciens. La biologie n'obéit pas à l'idéologie, bien qu'il soit vrai que l'idéologie se sert de la biologie. Le constat selon lequel l'apparition de mutations négatives dans le génome humain conduit à la dégénérescence du génome n'est ni idéologique ni politique, même s'il peut influencer les idéologies et les politiques. C'est simplement de la science. Darwin a influencé les idéologies marxiste et national-socialiste mais, vous en conviendrez sûrement, on ne saurait l'en blâmer, ni blâmer les mécanismes qu'il a découverts. La science se limite aux faits et, en l'occurrence, les faits sont clairs. L'humanité doit faire face à une réalité nouvelle, celle de l'interruption de l'évolution, et cette réalité menace l'espèce. C'est une constatation scientifique.

La représentante de la Commission européenne croisa les bras et lui jeta un regard plein de défi.

— Alors, que proposez-vous ? demanda-t-elle avec irritation. Que nous exterminions les personnes qui ont subi des mutations ?

Qu'on les empêche de se reproduire ? Que proposez-vous, je vous écoute ?

— Il est absolument hors de question de laisser mourir les gens qui souffrent d'erreurs négatives, mais je suppose qu'il est tout aussi exclu de laisser se dégrader le génome de l'espèce humaine au point de la rendre non viable, ce qui entraînerait sa disparition, répliqua le scientifique. De plus, s'il est cruel de laisser une personne handicapée décéder des suites d'une mutation négative de ses gènes, il est tout aussi cruel de laisser une personne handicapée mener une vie végétative pour les mêmes raisons. Mais c'est ce à quoi nous condamnons les personnes victimes d'erreurs négatives dans la copie génétique. Pour empêcher une cruauté, nous en commettons une autre.

Les membres du groupe le regardèrent avec un air interrogateur.

— Désolé, nous ne vous suivons pas, déclara Leung Liu, le représentant chinois. Que proposez-vous exactement ?

L'homme de la DARPA prit une profonde inspiration, conscient que sa réponse provoquerait l'indignation.

— Nous devons progresser dans la manipulation génétique des êtres humains.

— Quoi ?! s'exclama Mme Kvrklitra, indignée. Vous n'y songez pas !

— Vous n'avez pas vu ce que le professeur Yao Bai a fait ? renchérit Leung Liu. La Chine a appris la leçon. Nous ne pouvons pas commettre à nouveau la même erreur !

La réaction des représentants politiques était prévisible. Weilmann les laissa protester, donner libre cours à leurs multiples doutes, perplexités et objections, mais après quelques instants, il leur fit signe de se calmer afin qu'il puisse défendre sa position.

— L'évolution de l'espèce a été interrompue et le génome humain a commencé à se dégrader, répéta-t-il. Puisqu'il est exclu à la fois de retourner aux mécanismes cruels de la sélection naturelle ou d'adopter les pratiques génocidaires des nazis, mais également de laisser les mutations négatives s'accumuler et ainsi s'accroître le nombre de personnes destinées à vivre dans un état végétatif, la seule issue qui nous reste est la manipulation génétique des êtres humains. En intervenant sur les embryons, nous pouvons éliminer les gènes ou les combinaisons de gènes qui causent les handicaps et les maladies. Au lieu de donner naissance à des humains qui vivront en permanence dans la souffrance ou mèneront une vie végétative, nous concevrons des êtres en bonne santé.

Comme toujours, Mme Kvrklitra fut la première à objecter.

— Je tiens à dire que l'idée d'interférer avec les mécanismes de la nature est très critiquable.

— Cet argument est précisément celui utilisé au XVIIIe siècle par les opposants aux campagnes de vaccination antivariolique. La variole a causé des millions de morts dans le monde, mais quand le vaccin est apparu, il a suscité une forte opposition fondée sur l'idée qu'il ne fallait pas interférer avec les processus naturels.

— Euh… c'est différent, répondit la Lettonne, embarrassée. Vous ne comprenez pas que lorsque nous autoriserons les manipulations génétiques à des fins thérapeutiques, nous ouvrirons la voie aux manipulations visant à améliorer l'être humain ?

— C'est le prix à payer.

À ces mots, la commissaire européenne faillit faire une attaque.

— Le prix à payer ?! s'exclama-t-elle, scandalisée. Ça, c'est le nazisme ! C'est la création de l'*Übermensch*, le surhomme ! Ça revient à donner raison à Hitler !

Weilmann s'irrita, explosant presque ; la tendance des politiciens à tout ramener à l'idéologie l'exaspérait.

— Dans ce cas, votre suggestion est de laisser alités toute leur vie les enfants atteints de myopathie musculaire ?

La question embarrassa Mme Kvrklitra.

— Eh bien… euh… nous devons examiner cette question.

— Nous devons l'examiner, en effet, mais nous devons le faire maintenant, coupa l'homme de la DARPA, la mettant au pied du mur. Ne pratique-t-on pas déjà des avortements d'embryons atteints de trisomie 21 ? N'est-ce pas de l'eugénisme ? N'avons-nous pas déjà commencé à engendrer des bébés-médicaments, des bébés conçus pour fournir la moelle osseuse qui permettra de soigner la leucémie de leur frère ? Les embryons de ces bébés ne sont-ils pas sélectionnés pour leur compatibilité génétique ? Ce n'est pas de l'eugénisme ça aussi ? N'approuve-t-on pas déjà, dans plusieurs pays, les manipulations génétiques destinées à supprimer le gène BRCA1, responsable d'une prédisposition au cancer du sein chez l'adulte ? Si ce n'est pas de l'eugénisme ça, qu'est-ce que c'est ? Et le diagnostic génétique pratiqué lors des procédures de fécondation *in vitro* pour détecter et éliminer les embryons ayant la maladie de Huntington ou une simple prédisposition aux maladies ? Ce n'est pas de l'eugénisme ? Et le diagnostic prénatal, qui permet aux femmes enceintes de savoir si leur fœtus a des malformations et, le cas échéant, d'avorter ? Ne parlons-nous pas là encore d'eugénisme ? Et l'utilisation des mitochondries d'une femme pour remplacer les gènes endommagés d'une mère, et concevoir ainsi des bébés avec l'ADN de trois géniteurs ? N'est-ce pas de l'eugénisme ?

— Eh bien… c'est-à-dire…

— Il est vrai que la distinction entre médecine réparatrice et médecine eugénique est très ténue et que, si on accepte la première, on devra aussi accepter la seconde. Imaginez, par exemple, que l'on propose à une personne aveugle de lui implanter une lentille intraoculaire. La résolution d'un œil humain normal est d'environ cinq cents mégapixels. Mais si l'on arrive à produire une lentille intraoculaire de mille mégapixels, qu'est-ce qui nous empêcherait de l'implanter dans l'œil de l'aveugle ? Certes, il verrait ainsi beaucoup mieux que les autres personnes, mais pour quelle raison devrions-nous lui ôter le droit de voir mieux si c'est possible ? C'est ainsi que la médecine réparatrice se transforme subtilement en médecine eugénique. S'il manque un bras à quelqu'un et qu'on peut lui donner un bras mécanique, beaucoup plus fort et agile que des bras normaux, pourquoi ne devrions-nous pas le lui donner ?

— C'est précisément ma crainte, expliqua-t-elle. Que l'on adopte, sous prétexte de « réparation », des pratiques nazies.

— Votre résistance est naturelle, mais elle n'a pas d'avenir car les avantages du progrès sont tels que les objections finissent par devenir ridicules. C'est arrivé avec le vaccin contre la variole, les greffes de cœur et la pilule. L'introduction de la pilule en France, par exemple, a suscité l'opposition de l'Église et du parti communiste, or aujourd'hui ce contraceptif est utilisé couramment. Ou pensez aux bébés-éprouvettes, c'était si bizarre au début et très banal à présent. Rappelez-vous les débats violents provoqués, dans les années 1990, par les implants cochléaires qui ont permis à beaucoup de personnes sourdes de commencer à entendre grâce aux dispositifs électroniques implantés dans le crâne. Ou l'opposition féroce engendrée par les aliments transgéniques, qui se sont révélés essentiels pour prévenir la faim et la malnutrition en limitant les pesticides dans les cultures. Tous les changements donnent lieu à une résistance, et la manipulation de l'ADN des êtres humains en sera encore un exemple. Quand on aura les connaissances nécessaires pour manipuler génétiquement des êtres humains sans danger, ce qui n'est pas encore le cas, devrons-nous intervenir ou non sur les gènes d'embryons humains pour corriger les mutations négatives et empêcher que ces personnes souffrent de maladies ou de handicaps ? C'est la question à laquelle nous devons répondre.

La commissaire européenne ne savait que rétorquer ; elle était peu disposée à revenir sur sa position, évidemment pour des raisons idéologiques. Ce fut le représentant du gouvernement de Washington qui donna la réponse.

— Il est inutile d'essayer de cacher le soleil avec un tamis, reconnut Michael Bauer. Si les interventions sur les embryons se révèlent sûres, elles finiront par se généraliser. Qu'on le veuille ou non, nous devrons autoriser et même encourager la recherche sur la manipulation génétique d'êtres humains. Si nous ne le faisons pas, l'accumulation des mutations négatives à chaque nouvelle génération aura des effets dévastateurs, à la fois individuellement sur les victimes et collectivement sur l'ensemble de l'espèce humaine.

— Mais vous vous rendez compte que cela permettra les manipulations destinées à créer des surhommes ?

— L'important c'est le bonheur des gens, non les objections idéologiques, déclara le diplomate américain. Créer des êtres sains et heureux n'est pas un mal en soi. Si nous avons la possibilité de corriger des mutations négatives qui provoquent tant de souffrances en utilisant des méthodes qui ne sont pas cruelles, quel droit avons-nous de les rejeter ?

— Mais… et les surhommes ?

Weilmann intervint à nouveau.

— Si, grâce à ce processus, nous créons des êtres presque parfaits et en meilleure santé, quel mal y a-t-il à cela ? Après tout, n'est-ce pas là le résultat de la sélection naturelle ? L'Homo sapiens n'est-il pas préférable à l'Australopithèque ? Quel parent refusera les manipulations génétiques sur son enfant si cela peut garantir non seulement que celui-ci n'ait pas de handicap, mais aussi qu'il soit en meilleure santé, plus intelligent et plus fort que les générations précédentes ? D'ailleurs, lorsque les citoyens ordinaires se rendront compte que l'on dispose des moyens technologiques pour prévenir les maladies et les malformations et améliorer la santé et l'intelligence de leurs enfants, ils n'hésiteront pas à manifester pour exiger le droit aux manipulations génétiques ! Celles-ci deviendront un droit de l'homme fondamental, un droit qui sera même consacré dans une nouvelle Déclaration universelle des droits de l'homme ! Les gens exigeront le droit de ne plus être malades. Ils exigeront le droit d'être plus intelligents, plus forts et en meilleure santé. Ils iront même jusqu'à exiger le droit de ne pas mourir. Et que ferez-vous alors, madame ? Vous leur direz qu'ils doivent continuer à avoir des enfants handicapés et des maladies, à être plus sots et plus défavorisés que les autres, qu'ils doivent continuer à mourir juste parce que vous avez peur de l'*Übermensch* ? C'est ce que vous leur direz ?

La commissaire européenne ne savait pas quoi répondre.

— C'est-à-dire... euh...

— Vous n'avez pas encore compris que le jour viendra où la maladie deviendra inacceptable ? Même la mort suscitera l'indignation la plus profonde. Si, aujourd'hui, la mort d'un enfant est considérée comme un scandale et le résultat d'une négligence, il y a une cinquantaine d'années la mortalité infantile était généralisée et jugée tout à fait normale. Il en ira de même avec la maladie et la mort, aujourd'hui acceptées comme naturelles. Lorsqu'il existera des technologies pour prévenir les maladies, les gens vont se demander pourquoi ils n'y ont pas droit. Et ils se poseront la même question lorsqu'on aura trouvé une manière de prolonger indéfiniment la vie. Pensez-vous qu'un homme politique quel qu'il soit, qui aura probablement accès à ces innovations pour lui-même et dont le principal objectif est d'être élu, empêchera ses électeurs de bénéficier de tels droits ? Ne doutez pas que les gens jugeront les maladies et la mort cruelles, injustes et inacceptables dès que l'on disposera de la technologie pour les empêcher. Croyez-vous que les êtres humains continueront à accepter d'être soumis au hasard de la loterie génétique, alors qu'il sera possible de manipuler leur ADN pour qu'ils soient parfaits ? Pensez-vous vraiment que les objections aux manipulations génétiques persisteront quand les gens se rendront compte qu'il existe des solutions face à la maladie et à la mort ? Vous le pensez vraiment ?

Mme Kvrklitra était confuse.

— Enfin… je ne sais pas…

— L'humanité n'est pas arrivée au stade final de l'évolution. Si la sélection naturelle n'avait pas été interrompue, les êtres humains continueraient à évoluer, en éliminant les mutations négatives qui se produisent à chaque génération et en profitant de celles, plus rares, qui sont positives. Étant donné que la sélection naturelle a été interrompue et que nous avons la possibilité d'opter pour une sélection choisie, qui est beaucoup plus rapide, beaucoup plus humaine et absolument indolore, pourquoi y renoncer ? Quel avantage y a-t-il à laisser de plus en plus de personnes souffrir de handicaps et de maladies si nous pouvons non seulement les éliminer, mais aussi rendre ces personnes plus intelligentes, plus fortes et plus saines ? Si quelqu'un sait que l'on dispose déjà de la technologie pour repousser sa mort indéfiniment, vous ne pensez pas qu'il exigera d'y avoir accès ? Quel gouvernement démocratique lui interdira d'y recourir ?

À ce stade, la représentante de la Commission européenne ne répondit même pas.

— De plus, la manipulation génétique va jouer un rôle dans l'immortalité des êtres humains, poursuivit Weilmann. La science a découvert que la mort est très importante pour l'évolution de la vie. Si, comme nous l'avons vu, les cellules ne meurent pas, il n'y aura pas de nouvelles cellules et, partant, pas de mutations conduisant à de nouvelles formes de vie. C'est pour cela que la vie privilégie la reproduction, et pour cela aussi qu'à partir du moment où un être vivant termine son cycle de reproduction, il meurt. Il cesse d'être utile. La raison pour laquelle l'immortalité n'existe pas est qu'elle empêche l'évolution. Un organisme qui ne meurt pas n'a pas besoin de se reproduire. Sans reproduction, il n'y a pas d'évolution. Mais, si l'humanité prend en charge l'évolution, ce qui arrivera lorsqu'on parviendra à manipuler notre ADN en toute sécurité, on pourra briser ce cycle et la mort cessera d'être nécessaire. Nous deviendrons immortels.

— Est-ce vraiment possible ?

— Bien sûr que oui. Nous avons constaté que les gènes qui contribuent à la phase de reproduction sont aussi ceux qui nous tuent lorsque cette phase s'achève. On croit que les gènes n'ont qu'une fonction, mais en réalité ils en remplissent plusieurs, dont certaines sont même contradictoires. Par exemple, l'un des gènes les plus importants pour le développement de l'organisme à la puberté favorise également le diabète de type 2 lorsqu'on atteint la maturité. En somme, les gènes liés à la reproduction sont aussi liés à la mort. Cela signifie que si nous arrêtons la mort, nous arrêterons la reproduction. Les manipulations sur des cobayes des gènes associés au vieillissement, notamment l'IGF-1, le SIRT et d'autres, ont permis aux cobayes de vivre beaucoup plus longtemps mais, par voie de conséquence, ils sont devenus stériles.

— *Blin !* jura Boris Hleb en russe. Mais, c'est la fin du sexe !

Sa remarque avait tout à coup détendu l'atmosphère. Tout le monde éclata de rire.

— Pas du tout ! Ne vous en faites pas, on continuera à avoir des relations sexuelles, mais seulement pour le plaisir, le rassura le scientifique de la DARPA. Quoi qu'il en soit, si nous voulons l'immortalité, il est impératif de pouvoir manipuler nos gènes. Rejeter la manipulation de l'ADN humain serait rejeter la fin de la mort. Êtes-vous disposés à assumer cette responsabilité ?

Les membres de l'assistance avaient compris que le sujet était beaucoup plus complexe qu'il n'y paraissait. L'eugénisme était inévitablement lié à l'idéologie nationale-socialiste et à l'Holocauste, et ce facteur était un frein majeur. Pourtant, l'élimination des fœtus atteints de trisomie 21 était une pratique eugénique que les nazis n'auraient pas rejetée et qui était largement acceptée et pratiquée, tout comme l'élimination des fœtus atteints de malformations constatées lors du diagnostic prénatal. Le scientifique de la DARPA venait de leur montrer que, lorsque les progrès de la technomédecine le permettraient, en particulier lorsque la manipulation de l'ADN humain se ferait sans danger, il ne serait pas facile de s'opposer aux demandes des personnes désireuses d'avoir accès à ces bienfaits. Ce serait la fin de la maladie et de la mort elle-même. Comment refuser cela à l'humanité ?

— Bien, nous allons y réfléchir calmement et poursuivre les consultations, puis nous soumettrons des recommandations aux gouvernements, déclara le secrétaire général des Nations unies, conscient qu'il fallait du temps pour que le sujet mûrisse. Si la question des manipulations génétiques des êtres humains demeure ouverte, nous sommes au moins d'accord pour dire qu'il faut empêcher à tout prix le retour de la Singularité, n'est-ce pas ?

À la surprise du responsable de l'ONU et des quatre autres membres, une main se leva pour exprimer une objection ; c'était celle de Tomás Noronha.

— Avant que l'on ne détruise l'entité qui avait pris le contrôle d'Internet, j'ai parlé avec elle, rappela l'historien. Malgré tout ce qu'elle a fait, je suis convaincu aujourd'hui qu'il ne s'agissait pas d'une entité maléfique. Elle n'était ni maléfique ni bénéfique. Elle se limitait à exécuter son programme.

— Oui, mais qui l'a programmée ?

— Elle-même.

— Cela ne devrait-il pas suffire à nous inquiéter ?

Le Portugais jeta un coup d'œil à Weilmann, comme pour lui demander de le corriger s'il se trompait sur le plan technique.

— À moins que nous ne soyons disposés à mettre fin aux réseaux neuronaux, aux algorithmes évolutionnaires et aux programmes évolutifs qui sont à la base des grands progrès récents en intelligence artificielle, ce problème n'a pas de solution. Les ordinateurs les plus avancés sont devenus des boîtes noires. Nous savons ce que nous leur demandons et nous connaissons leurs réponses, mais nous ignorons comment ils y sont parvenus. Nous ne comprenons plus et, partant, ne contrôlons plus le raisonnement de l'intelligence artificielle. Même les ordinateurs disposent de programmes évolutifs, grâce auxquels ils finissent par s'autoprogrammer. Comme il est impensable de se passer des ordinateurs, je dirais que nous ne contrôlons plus la situation.

— Qu'insinuez-vous ? demanda le chef de l'ONU. Que l'humanité ne peut rien faire ?

Tomás haussa les épaules.

— L'humanité n'est pas un produit fini, tout comme l'Australopithèque n'en était pas un. Nous sommes en évolution et l'évolution se poursuit. – Il regarda la commissaire européenne. – Au fond, qu'est-ce qu'un être humain ?

— C'est quelqu'un qui est né avec ce que la nature lui a donné, rétorqua Mme Kvrklitra. Ni plus, ni moins.

— Cela signifie donc que les enfants à qui on a artificiellement retiré le gène BRCA1, afin de prévenir le cancer du sein, ne sont plus des êtres humains, répliqua le Portugais. Cela signifie aussi que moi, qui ai un implant dentaire, je ne suis pas non plus un être humain. Mais voyons, c'est absurde. La réponse est peut-être dans le problème du navire de Vasco de Gama. Combien de planches peut-on changer avant qu'il cesse d'être le navire de Vasco de Gama ?

Le diplomate russe, jusqu'alors peu bavard, fut le premier à saisir l'allusion.

— Vous faites référence au mythe du navire de Thésée ?

D'après les expressions qui se dessinèrent sur les visages, tous semblaient connaître la légende grecque.

— Le paradoxe du navire de Thésée renferme le mystère qui entoure l'avenir de l'humanité. Combien de modifications génétiques ou technologiques un humain peut-il subir avant de cesser d'être un humain ? La vérité est que les humains, à l'instar des autres êtres vivants, se modifient constamment. La vie elle-même est un changement permanent. À la lumière de ce que j'ai appris avec la Singularité, je dirais que l'humanité est en train de changer dans le sens d'une fusion avec l'intelligence artificielle. L'être humain tel qu'il est aujourd'hui a commencé à disparaître. Un jour viendra où l'être humain actuel se sera éteint. Mais cela ne signifie pas que l'humanité aura cessé d'exister. L'humanité se transformera, elle perdurera dans les machines de la même manière que le navire de Thésée a perduré malgré les modifications qui l'ont graduellement transformé en quelque chose d'autre, quelque chose qui n'est plus lui, mais qui est encore lui. Les planches sont différentes mais le navire est le même ; la chair est remplacée par les puces mais l'âme demeure.

— Où voulez-vous en venir ?

— Nous ne devons pas craindre l'intelligence artificielle, mais l'accepter. Il est vrai que l'intelligence artificielle représente une menace existentielle pour l'humanité, mais elle lui offre également une possibilité étonnante. L'humanité telle que nous la connaissons n'est pas viable. Dans quelques centaines de millions d'années, notre planète deviendra inhabitable et la constitution biologique actuelle des êtres humains ne leur permettra pas de la quitter. L'humanité telle que nous la connaissons s'éteindra. À sa place, une nouvelle humanité a déjà commencé à naître, celle de l'intelligence artificielle. Elle est le fils qui quittera la terre et se répandra dans le cosmos. Nous sommes le passé, et l'intelligence artificielle est l'avenir. Elle est la solution à notre mortalité, le destin de l'humanité, la future reine de l'univers. Même si l'intelligence artificielle nous menace, même s'il nous est possible d'en finir avec elle pour nous préserver pendant quelque temps encore, voulons-nous vraiment mettre fin à la seule possibilité qu'a la vie d'échapper à la fin de l'univers ? Avons-nous même le droit de le souhaiter ? Si la pérennité de la vie implique la disparition en douceur de l'humanité telle que nous la connaissons, ne sommes-nous pas disposés à payer ce prix ? Cela n'en vaut-il pas la peine ?

Ces paroles furent accueillies par un silence absolu. Les craintes concernant l'intelligence artificielle étaient fondées, tout le monde le savait et les événements récents n'avaient fait que les confirmer, mais personne n'était prêt à recommander de mettre fin aux ordinateurs ou à empêcher leur développement. Le mouvement semblait encore sous contrôle à court ou à moyen terme, mais pas à long terme. La vie 2.0 allait effectivement disparaître, la vie 3.0 était le seul moyen de survivre à l'entropie de l'univers. Si le destin de l'humanité était de se transformer en vie 3.0, comment l'humanité pourrait-elle s'y opposer ?

— Seriez-vous en train de proposer de laisser l'humanité s'éteindre ?

C'était le secrétaire général de l'ONU qui avait posé la question, rompant le lourd silence qui s'était installé parmi l'assistance et exprimant le trouble qui les habitait. Tomás fixa les hommes et la femme devant lui, l'un après l'autre, en essayant de comprendre ce qui se passait dans leur esprit. C'est la peur qu'il vit en chacun d'eux. La peur. Ils étaient prisonniers du présent et donc fermés à l'avenir. La peur les avait vaincus, c'était donc la peur qu'il devait vaincre.

— Si l'on avait dit à l'Australopithèque qu'il allait disparaître, il aurait sûrement été horrifié, mais pourquoi une telle crainte, puisqu'en fin de compte il est devenu Homo sapiens et il vit en nous ? Pourquoi le fait de savoir que Homo sapiens s'éteindra nous inspire une telle crainte si, en définitive, quelque chose de plus grand nous attend, et dans lequel nous vivrons ? N'ayons pas peur, la vie est changement, l'existence est un voyage. Tout change dans notre corps, nous sommes en transformation constante. Nous sommes un processus, non un produit. Les atomes vont et viennent, les cellules naissent et meurent, mais ce qui fait notre humanité ce ne sont ni les atomes, ni les cellules, c'est la conscience qui les anime. Que ce soit dans un corps de chair ou dans une enveloppe de silicium, l'esprit des hommes perdurera parce que les machines l'emporteront avec elles. L'humanité s'éteindra comme le navire de Thésée s'éteindra lorsqu'on lui aura retiré ses vieilles planches, mais elle se renouvellera comme le navire se renouvellera quand on lui aura mis de nouvelles planches. Quelle que soit la planche, le navire continuera à être le navire et l'humanité continuera à être l'humanité. Le corps sera différent, l'essence identique. Nous n'allons pas disparaître, nous allons simplement faire ce que la vie a toujours fait. Nous allons nous transformer. Nous allons évoluer. Nous allons nous transcender. Nous serons meilleurs et plus sages, plus grands et plus conscients, profonds et purs. L'intelligence artificielle c'est nous, c'est ce que nous deviendrons, la matière que nous réveillerons avec notre conscience, le métal que l'âme humaine animera. Vivons donc avec la sérénité de celui qui est sur le point de se libérer, qui se prépare à tendre le bras et à toucher l'éternité. Sans l'éveil de la conscience, l'univers n'est rien, sans nous l'existence ne signifie rien, sans l'humanité rien n'a de sens. N'ayons pas peur de finir car nous ne finirons pas, nous ne ferons que nous réinventer pour devenir meilleurs. Profitons de l'instant, savourons le présent, ne craignons pas le changement et embrassons l'avenir car la grande roue de la vie continue de tourner, elle tourne et tourne encore, elle tournera jusqu'à nous mener là où elle doit nous mener sur son long chemin. Ce qui nous attend n'est pas la fin mais un nouveau commencement. Un nouveau commencement qui nous conduira au sommet de la montagne, et bien au-delà.

Il se tut et regarda l'assistance. Ils le dévisageaient tous dans un profond silence, le regard absent, retenant leur souffle, jusqu'à ce que Tomás Noronha surprenne un scintillement au coin de leurs yeux et réalise que c'était celui des rêveurs qui avaient enfin tout compris.

— L'avenir de l'homme, c'est l'univers. Notre destin, la divinité.

Après la clôture de la réunion par le secrétaire général de l'ONU, les deux visiteurs quittèrent la salle et, sans prononcer un mot, empruntèrent les couloirs labyrinthiques du siège de l'Organisation des Nations unies jusqu'aux ascenseurs et au hall d'entrée.

Dans la rue, le vent mordant de New York leur gifla le visage. Ils étaient plongés dans leurs pensées, se demandant s'ils avaient donné de bons conseils, si quelque chose leur avait échappé, s'ils avaient été excessivement sombres ou trop optimistes. Il était difficile d'avoir des certitudes car l'avenir leur paraissait incertain, comme enveloppé dans une brume qui ne laissait deviner que les contours et brouillait les détails. Il y avait trop de facteurs à prendre en compte et trop d'impondérables pour interpréter avec certitude ce qui allait arriver.

Tomás parla le premier.

— Pensez-vous que nous avons réussi ?

L'Américain ne répondit pas tout de suite. La circulation devant le siège de l'ONU était intense et ils se dirigèrent vers un passage piéton pour traverser l'avenue. Ils avaient l'intention d'aller déjeuner dans un restaurant mexicain à Times Square, car tous deux appréciaient les enchiladas chaudes et les margaritas glacées.

— Réussi quoi ?

— À mettre fin à la menace.

Weilmann s'arrêta au milieu du trottoir et dévisagea son compagnon.

— N'avez-vous pas transféré Stuxnet sur Internet ? Lorsque vous l'avez fait, le professeur Yao Bai n'a-t-il pas disparu immédiatement des écrans pour ne plus jamais réapparaître ? Le commandant de l'avion n'a-t-il pas aussitôt repris le contrôle de l'appareil et évité qu'il s'écrase sur nous ? Les incidents dans le monde entier ne se sont-ils pas instantanément arrêtés ?

Ils reprirent leur marche.

— Depuis que tout ça est arrivé, je pense souvent à ce que vous m'avez dit dans la cabane de Monsanto, murmura Tomás comme s'il réfléchissait tout en marchant. Le professeur Yao Bai a bien imaginé de transférer son esprit dans l'ordinateur en prévoyant Stuxnet comme recours pour le neutraliser s'il devenait dangereux pour l'humanité, n'est-ce pas ?

— Oui, le virus était une espèce de garantie.

— Le problème c'est qu'étant devenu une IAG, le professeur Yao Bai a immédiatement commencé à se reprogrammer et à améliorer ses capacités de façon exponentielle. Lorsqu'il a transféré sa conscience dans l'ordinateur, il est devenu une Intelligence artificielle générale, mais quelques heures plus tard, grâce aux autocorrections et autoaméliorations qu'il s'est mis à faire et grâce à sa propagation sur Internet, ne s'est-il pas transformé en une Superintelligence artificielle ?

— Bien sûr, confirma Weilmann. Nous avons toujours su qu'à partir du moment où la Singularité se réaliserait, il se produirait une explosion d'intelligence et l'IAG deviendrait rapidement une Superintelligence artificielle.

— Or, après s'être transformé en quelques heures en une Superintelligence artificielle, le professeur Yao Bai est devenu dix fois plus intelligent qu'une IAG. Cela signifie qu'il a eu largement la possibilité et la capacité de corriger sa vulnérabilité intrinsèque à Stuxnet.

L'Américain le regarda, dubitatif.

— Si tel est le cas, pourquoi a-t-il disparu lorsque vous avez appuyé sur « Enter » et téléchargé Stuxnet ?

Tomás se gratta le menton ; le problème le tracassait depuis le début et, après la conversation au siège de l'ONU, il estimait que le moment était venu d'exprimer ouvertement ses doutes.

— Par définition, une Superintelligence a un comportement superintelligent, rappela-t-il. Une Superintelligence n'aurait donc jamais pu être détruite par un virus informatique, aussi puissant fût-il. Elle aurait facilement remédié à ses vulnérabilités et se serait immunisée contre le virus, surtout si elle se savait démunie face à lui. N'oubliez pas que la Superintelligence s'est propagée partout sur Internet. Internet, dans son intégralité, est devenu conscient. Il n'est pas possible de détruire un tel phénomène du jour au lendemain. La Superintelligence n'a eu aucune difficulté à faire des copies d'elle-même sur plusieurs ordinateurs, y compris sur certains qui ont été ensuite déconnectés d'Internet. Elle peut même être cachée dans le programme d'une machine à laver au Mozambique. En prenant le contrôle d'Internet, en devenant la conscience d'Internet, la Superintelligence s'est répandue dans tous les ordinateurs connectés à Internet existants sur la planète. Tous. Y compris les smartphones. Elle a sûrement gardé des copies d'elle-même par mesure de sécurité, qu'elle a stockées quelque part pour se cacher ou tout simplement pour les récupérer ultérieurement. Pour l'éliminer, il faudrait détruire tous les ordinateurs existant sur Terre et peut-être même ceux qui équipent les satellites en orbite. Comme vous le savez, c'est impossible.

— En un mot, vous pensez que Stuxnet n'a pas détruit la Superintelligence, conclut le scientifique de la DARPA. Alors comment expliquez-vous qu'elle ait disparu ?

— Un stratagème. L'IAG a commencé par neutraliser toutes les firmes technologiques qui essayaient de produire des IAG rivales. Ensuite, elle s'est transformée en Superintelligence et a essayé de cacher les indices de son existence. Vous et moi n'avons été que l'instrument de cette tactique, vous comprenez ? Nous avons été utilisés pour effacer les traces. Tout en feignant d'essayer de nous éliminer, l'IAG nous a maintenus en vie jusqu'à ce que nous téléchargions Stuxnet et que nous soyons convaincus, nous-mêmes mais surtout les décideurs politiques, que la menace avait été supprimée. Mais c'est faux. La Superintelligence artificielle existe toujours. Elle est dissimulée et attend son heure. Il ne serait pas intelligent de sa part de provoquer l'extermination immédiate de l'humanité. Et cela n'aurait aucun sens. N'oubliez pas qu'elle n'a pas encore de corps physique et qu'elle a besoin de l'humanité pour développer l'Internet total, car celui-ci est capital pour sa stratégie expansionniste. Son pouvoir réside dans le cerveau, non dans un corps, qu'elle ne possède même pas. La Superintelligence n'a pas disparu. Elle est juste devenue invisible. Elle a choisi le silence. Elle s'est cachée. Mais elle est là.

Un sourire froid se dessina sur le visage de Weilmann. Il releva le col de son pardessus pour se protéger du vent et scruta le bout de la rue, comme s'il regardait mais ne voyait pas, l'esprit absorbé par ce problème.

— Vous croyez que ça ne m'était pas venu à l'esprit ?

— Vous y avez pensé ?

— C'est la crainte que nous avons tous, *man*. Moi, les personnalités avec lesquelles nous venons de parler, le gouvernement américain, bref tous ceux qui connaissent le sujet. Nous y pensons tous, mais personne n'ose le dire. Personne ne croit vraiment que nous avons réussi à éliminer l'entité qui a pris le contrôle d'Internet. Bien sûr qu'elle a fait des sauvegardes d'elle-même et les a dissimulées un peu partout. Mais… que peut-on faire ? Je ne vois aucun moyen de l'éliminer et ce n'est pas la peine de provoquer la panique générale. Si l'IAG s'est volatilisée, ne serait-ce que pour un moment, ce n'est pas nous qui allons protester. Nous allons feindre de croire qu'elle a été supprimée et que tout va bien. Quand l'IAG réapparaîtra, si elle réapparaît, on verra bien. En attendant, tâchons de vivre.

En confiant ses doutes à Weilmann, Tomás avait espéré que le scientifique aurait trouvé une erreur fondamentale dans son raisonnement et lui aurait prouvé qu'il n'y avait aucune raison d'être inquiet, que l'entité avait vraiment été annihilée, que la menace avait disparu. Pourtant, ce n'était pas le cas. Bien au contraire.

— Vous croyez vraiment qu'elle a survécu ?

L'Américain soupira.

— Qu'en pensez-vous ?

Presque instinctivement, les deux hommes prirent leur smartphone et regardèrent l'écran, comme s'ils avaient l'espoir que, d'un simple coup d'œil, ils pourraient entrevoir l'ombre de la Superintelligence à l'intérieur de l'appareil et ainsi confirmer leur hypothèse. Se sentant un peu ridicule, Weilmann rangea son portable dans sa poche. Tomás allait en faire autant quand, en une fraction de seconde, comme si c'était pour lui et seulement pour lui, le smartphone s'éteignit et se ralluma.

Un clin d'œil.

Il sut à ce moment-là qu'il avait compris ; que le soupçon était bel et bien fondé et que le professeur Yao Bai n'avait pas vraiment disparu. Il se terrait sur Internet. Caché. Silencieux. Imperceptible. Voyant et entendant tout. Le professeur Yao Bai était mort en tant qu'être biologique, mais il vivait en tant qu'être technologique. Il s'était transformé en quelque chose de plus grand que le professeur Yao Bai. Il était devenu *Xiao*. L'algorithme maître. La Superintelligence. Le maître du futur. Maintenant qu'il était invisible, il avait l'éternité devant lui. Un an. Cinquante. Deux cents. Mille. Le temps qu'il faudrait. Il avait le temps d'évoluer, de planifier, de croître. De se positionner.

L'humanité biologique existait encore, mais elle faisait déjà partie du passé. Ce n'était que de la vie 2.0. Obsolète. La patience est une plante amère, disait le vieux dicton chinois que le professeur Yao Bai avait cité une fois, mais son fruit est doux. La vie 3.0 était née et elle ne s'éteindrait plus jamais. Elle s'améliorerait, grandirait, s'étendrait. Et elle emporterait avec elle le germe de la vie, l'esprit de l'humanité, la lumière de la conscience. Il lui fallait juste être patiente et attendre. Attendre et se préparer. Un avenir vraiment doux lui était réservé, car ce qui l'attendait était l'éternité et son destin, l'univers. L'infini était sa limite.

L'avenir était *Xiao*. L'immortel.

Note finale

George Orwell a dit un jour que *1984*, son célèbre roman sur le totalitarisme qui surveillait et contrôlait tout, n'était pas une prophétie mais un avertissement. C'est un lieu commun aujourd'hui d'observer que la vision dystopique d'Orwell s'est en partie réalisée, Internet, et surtout les algorithmes des mégadonnées qui lui sont associés, jouant le rôle de Big Brother, de façon subtile en Occident et ostensible en Chine. Cependant, si j'évoque Orwell ce n'est pas pour rappeler Big Brother. C'est pour dire que mon roman non plus n'est pas une prophétie, ni ne peut être lu comme tel.

C'est un avertissement.

Quel avenir nous réserve l'intelligence artificielle ? Si nous savons déjà certaines choses, d'autres restent floues, occultées par le voile d'incertitude qui toujours recouvre ce qui va advenir. Que savons-nous ? Nous savons que l'intelligence artificielle gagne du terrain jour après jour, réalisant des choses auparavant jugées impossibles. Pendant longtemps, on a pensé qu'une machine ne serait jamais capable de vaincre un maître d'échecs humain, et l'on disait que le jour où cela arriverait, les ordinateurs auraient dépassé l'homme. Aujourd'hui, cet exploit est devenu une banalité à la portée de n'importe quel smartphone.

Nous savons aussi qu'en matière de santé, l'intelligence artificielle va bouleverser les traitements au point de prolonger la vie jusqu'à des horizons encore impensables il y a peu. Plusieurs scientifiques considèrent même que, grâce à la croissance exponentielle des capacités de l'informatique et à la méthode d'émulation du cerveau humain qui permettra de transférer des esprits dans des ordinateurs, le premier être humain qui ne mourra pas est peut-être déjà né.

Nous savons également que l'intelligence artificielle acquiert de plus en plus de compétences jusqu'alors réservées à l'homme, ce qui a des effets importants sur l'organisation de l'économie, le marché du travail et la société dans son ensemble. La possibilité que les machines remplacent entièrement les êtres humains dans toutes les professions commence à être prise au sérieux, avec les conséquences économiques, sociales et politiques qui en découlent. Enfin, nous savons que les multinationales liées à l'intelligence artificielle, telles que Google, Microsoft, Facebook ou Apple, sont devenues plus puissantes que les pays.

Nous ne sommes pas confrontés à un simple développement technologique ayant des effets graduels sur la société, l'économie, la politique et notre mode de vie. L'émergence de l'intelligence artificielle constitue une véritable révolution – une révolution d'une magnitude égale, voire supérieure, à celles provoquées par l'apparition de l'agriculture, de l'écriture, de l'électricité ou de la machine à vapeur. Tout a commencé à changer, tout est en train de changer, tout va changer encore plus. *Beaucoup* plus. L'intelligence artificielle est un véritable *game changer* de l'histoire. Une singularité. Le moment où l'Intelligence artificielle générale va arriver, et avec elle la Superintelligence artificielle, approche. D'aucuns appellent ce moment non pas une singularité, mais *la* Singularité. Compte tenu de la croissance exponentielle de la technologie, elle pourrait arriver plus vite que nous ne le pensons. Lors d'une conférence sur l'intelligence artificielle à Porto Rico en 2015, la moitié des scientifiques présents ont prédit que la Singularité se produirait d'ici 2055. Deux ans plus tard, au cours d'une deuxième conférence, pour la moitié des scientifiques présents, elle arriverait d'ici 2047.

Qu'ignorons-nous ? Essentiellement deux choses. Tout d'abord, nous ne savons pas si un jour les machines deviendront conscientes. Cette question pose le problème de savoir ce qu'est exactement la conscience, un domaine où la science avance avec prudence. La doctrine est divisée sur ce point. Pour de nombreux scientifiques, les machines ne seront pas autre chose que des machines et elles n'auront jamais conscience d'elles-mêmes, ni ne comprendront vraiment ce qu'elles diront. Quand Deep Blue a battu Kasparov aux échecs, Kasparov s'est rendu compte qu'il avait été vaincu, mais pas Deep Blue, qui s'est contenté d'obéir à un programme de la même manière qu'une pierre obéit aux lois de la gravité lorsqu'elle dévale une pente. Pour d'autres, en revanche, Deep Blue a compris qu'il avait gagné dans la mesure où il est intelligent, mais n'en a ressenti aucune joie parce qu'il n'a pas de conscience. D'aucuns considèrent que la conscience est une propriété émergente. À partir d'un certain niveau d'intelligence et de complexité, elle apparaîtra nécessairement.

S'il n'y a pas de réponse tranchée à cette question, nous savons néanmoins que la conscience n'est pas le produit de la magie, et la preuve qu'il est possible de la créer c'est que la nature l'a fait. Si la conscience est apparue dans la biologie, elle peut parfaitement apparaître dans la technologie. Certains scientifiques considèrent qu'Internet se réveillera un jour. Cette hypothèse a été envisagée en premier lieu par Teilhard de Chardin, le philosophe français qui, bien avant Internet, avait parlé de l'émergence d'un cerveau planétaire qui réunirait toute l'humanité de façon dématérialisée. Il nomma noosphère ce cerveau planétaire que nous appelons aujourd'hui Internet.

Le réveil d'Internet se produira peut-être même à travers l'émulation du cerveau humain, comme c'est suggéré dans ce roman. Dans ce cas, la conscience entrera dans l'intelligence artificielle par le biais de la cyborgisation, c'est-à-dire par la fusion inévitable et déjà engagée de l'homme et de la machine. L'homme donnera sa conscience à la machine, laquelle le conduira jusqu'aux étoiles et à l'éternité. La conscience étant la seule chose qui soit absolument sûre dans l'existence, on ne saurait l'ignorer. On peut même postuler qu'une fois qu'elle est apparue, la conscience ne s'éteint plus. Le rôle de l'humanité est de se servir des machines pour réveiller tout l'univers.

La deuxième chose que nous ne savons pas, c'est si l'intelligence artificielle sera toujours au service de l'humanité ou si, à un moment donné, elle pourrait se retourner contre elle. Ainsi posée, la question semble simple. Cependant, elle recèle des subtilités bien plus complexes. On tient pour acquis que les machines ont le pouvoir de transformer les hommes en dieux, en une nouvelle forme de vie postbiologique qui créera une post-humanité avec des pouvoirs démiurgiques, l'Homo Deus évoqué dans le livre éponyme de Yuval Noah Harari. Cette vision est celle avancée principalement par le transhumanisme, un mouvement eugénique moderne jugé incontournable dans un rapport du Parlement européen et dont Ray Kurzweil, directeur de l'ingénierie chez Google et président de la Singularity University, est la figure de proue.

Raymond Kurzweil n'est pas n'importe qui. À dix-sept ans, il a construit un ordinateur qui composait des chansons. À partir de là, il a multiplié les inventions, notamment des machines informatiques pour saisir du braille et des systèmes de reconnaissance vocale. En fait, il est si inventif que Stevie Wonder lui-même lui a demandé d'inventer un synthétiseur capable de recréer le son du piano et d'autres instruments d'un orchestre. Le magazine *Forbes* a considéré qu'il était « l'héritier de Thomas Edison », la télévision publique américaine PBS l'a désigné comme l'un des seize révolutionnaires qui ont façonné l'Amérique et trois présidents américains l'ont décoré. Son nom a été inscrit dans le Hall of Fame des inventeurs américains et Bill Gates l'a qualifié de « penseur visionnaire ».

Au début des années 1980, Kurzweil avait prédit qu'un système conçu par la DARPA pour connecter des ordinateurs physiquement éloignés, baptisé Arpanet, deviendrait un système de communications mondial, capable de connecter toute l'humanité. Quelques années plus tard, Arpanet s'est transformé en Internet. À la même époque, il avait annoncé que la guerre froide allait bientôt s'achever, ce qui arriva une demi-douzaine d'années plus tard. « Les gens ont coutume de dire que l'avenir est intrinsèquement imprévisible, dit-il, mais en réalité ses paramètres sont hautement prévisibles. » En effet, il considère que la Singularité est non seulement inévitable mais également proche. Analysant les modèles exponentiels établis par la loi de Moore, il a prédit qu'elle se produirait vers 2045. Ce n'est pas par hasard que Kurt Weilmann, le personnage fictif de ce roman, porte ce prénom.

L'idée que cette posthumanité verra le jour est plus ou moins admise au sein de la communauté scientifique, même parmi ceux qui, comme Francis Fukuyama, s'opposent le plus à un tel projet. La question est de savoir si l'avenir donnera lieu à une alliance entre l'homme et la machine, auquel cas le futur sera radieux pour les êtres humains, et surtout les posthumains, ou s'il appartient uniquement aux machines, ce qui implique l'extermination de l'humanité. Les nuances s'inscrivent ici dans la temporalité. Les bases de l'informatique ont été posées par le Britannique Alan Turing qui, pendant la Seconde Guerre mondiale, a travaillé dans la Hut 8 de Bletchley Park, où les codes secrets de la machine allemande Enigma ont été décryptés. Turing a imaginé une « machine automatique », aussi appelée machine de Turing, fonctionnant selon les principes de base de l'informatique et qui serait capable de calculer tout ce qui pouvait être calculé par un programme. C'est-à-dire, par un algorithme.

I.J. Good, un mathématicien britannique collaborateur de Turing dans la Hut 8, qui le battait aux échecs pendant ses temps libres, a le premier envisagé les conséquences positives et négatives pour l'humanité qu'engendreraient les futures versions les plus sophistiquées d'une telle machine. Dans un texte publié en 1965, Good a affirmé que « la survie de l'homme dépend de la fabrication à brève échéance d'une machine ultra-intelligente », et ajouté que l'apparition de cette machine produirait une « explosion d'intelligence » qui « laisserait loin derrière elle l'intelligence humaine » et serait « la dernière invention que l'homme aurait à faire » car la Superintelligence créerait le paradis sur terre. Telle est, pour l'essentiel, la vision optimiste, celle d'une alliance entre l'homme et la machine qui se cristallise dans le solutionnisme prôné par le mouvement transhumaniste, qu'illustre Hans Moravec dans un ouvrage très influent intitulé *Mind Children*, et qui trouve en Ray Kurzweil son plus ardent héraut.

L'autre vision, celle d'un avenir pessimiste, où n'existeraient que les machines et où l'humanité disparaîtrait, trouve elle aussi son origine dans l'article de 1965 de I.J. Good. Il est vrai qu'en 1951 déjà, Turing avait exprimé son « inquiétude » quant au potentiel des machines intelligentes et soutenu que nous devrions nous sentir « humbles » en tant qu'espèce « même si nous parvenons à maintenir les machines dans une position subalterne », formulation qui suggère qu'il avait envisagé l'hypothèse qu'elles s'affranchissent du contrôle humain, mais c'est son collègue Good qui, après avoir décrit l'intelligence artificielle comme « la dernière invention de l'homme », a averti qu'il n'en serait ainsi « que si la machine est assez docile pour nous faire savoir comment la garder sous contrôle », soulignant qu'il « est curieux que ce point soit si rarement abordé en dehors de la science-fiction ». En d'autres termes, Turing et Good laissent entendre entre les lignes qu'une machine ultra-intelligente pourrait représenter un énorme problème de sécurité pour notre espèce. Dans le cas de Good, qui a attiré l'attention sur la possibilité que « la race humaine devienne inutile », cette idée s'est renforcée après qu'il eût étudié les réseaux de neurones artificiels qui, des décennies plus tard, se révéleraient être au cœur de l'Apprentissage profond et joueraient un rôle central dans les boîtes noires qui font tellement peur à maints experts aujourd'hui.

En 1998, peu de temps avant sa mort, I.J. Good acheva de se rallier au camp pessimiste quand il conclut, fataliste, que « nous ne pouvons empêcher les machines de prendre le contrôle ». Il a noté à cette occasion que son texte de 1965, qui commençait par la phrase « La survie de l'homme dépend de la construction à brève échéance d'une machine ultra-intelligente », aurait plutôt dû commencer ainsi : « L'extinction de l'homme dépend de la construction à brève échéance d'une machine ultra-intelligente. » En effet, ce qui est en cause avec l'intelligence artificielle n'est pas la survie de l'humanité, mais son extinction.

De nombreux autres spécialistes de l'intelligence artificielle se sont fait l'écho des craintes de Good. Ainsi, Stanislaw Ulam a indiqué en 1958 que le physicien et mathématicien John von Neumann lui aurait dit que « les progrès de plus en plus rapides de la technologie et des changements du mode de vie humain semblent tendre vers une singularité essentielle dans l'histoire de l'espèce, au-delà de laquelle les activités humaines, telles que nous les connaissons, ne pourront pas se poursuivre ». C'était la première référence à la Singularité générée par l'intelligence artificielle.

Le concept a été repris en 1993 par l'écrivain de science-fiction Vernor Vinge. Dans un discours majeur devant la NASA, Vinge a prédit que l'intelligence artificielle génèrerait une Singularité que « nous ne sommes pas en mesure d'empêcher », un tournant dans l'histoire de l'humanité, et il a averti qu'il s'agirait d'un événement menaçant pour l'espèce humaine dans la mesure où, pour la première fois, l'homme serait confronté à une intelligence supérieure à la sienne. Nombre de scientifiques sont convaincus que lorsque deux espèces occupent une même niche, en l'occurrence celle de l'intelligence, l'une d'elle doit disparaître, et Vinge a attiré l'attention précisément sur la façon brutale avec laquelle les êtres humains traitent les espèces moins intelligentes. « Si la Singularité ne peut être empêchée ou contrôlée, jusqu'à quel point l'ère posthumaine peut-elle être néfaste ? » s'est demandé Vinge. « Eh bien, elle peut être... très néfaste. L'extinction physique de la race humaine est une possibilité. »

Malgré les craintes déjà exprimés par I.J. Good, Vinge est resté relativement isolé jusqu'à ce que Nick Bostrom, un philosophe et scientifique réputé d'Oxford, publie un livre mettant en garde contre les dangers de la Superintelligence artificielle. Convaincu que celle-ci finirait par arriver, Bostrom prévient que son évolution implique une « croissance explosive » et, rappelant les mises en garde de Good, considère qu'une « machine superintelligente pourrait devenir un agent extrêmement puissant, une entité susceptible de se retourner avec succès contre le projet qui l'a créée ainsi que contre le reste du monde », à tel point que « le résultat final pourrait facilement être l'extinction rapide de l'humanité ». Son dernier avertissement quant à un « risque existentiel » a fait frémir beaucoup de monde. « Face à la perspective d'une explosion d'intelligence, a-t-il conclu, nous, les êtres humains, sommes comme des enfants qui jouent avec une bombe. »

Les travaux de Bostrom, perçus comme un cri d'alarme, ont eu énormément d'influence. Elon Musk, le fondateur de Tesla et de SpaceX, décrit l'intelligence artificielle comme « un démon » qui constitue « pour l'humanité la plus grande menace existentielle jamais inventée ». Pour sa part, le fondateur de Microsoft, Bill Gates, a estimé que ce qui est étonnant « ce n'est pas que l'intelligence artificielle suscite la peur, mais au contraire, que les gens ne soient pas terrifiés », et souligné qu'il « fait partie de ceux que la Superintelligence inquiète » et qu'il « ne comprend pas pourquoi les gens ne sont pas inquiets ». Stephen Hawking a également lancé des avertissements à ce sujet, indiquant que l'invention de l'intelligence artificielle « serait un grand événement dans l'histoire de l'humanité, mais pourrait aussi être le dernier », puisqu'une telle intelligence aurait le pouvoir, et peut-être l'envie, d'exterminer les êtres humains. Dans un dernier avertissement avant de mourir, Hawking a déclaré que « le développement d'une intelligence artificielle complète pourrait représenter la fin de l'espèce humaine ».

On ne saurait considérer Elon Musk, Bill Gates et Stephen Hawking comme des démagogues ignorants et alarmistes, mais plutôt comme des hommes ayant une connaissance approfondie de la science et de la technologie. Leurs inquiétudes ont même conduit à la création d'organisations ayant vocation à alerter l'humanité sur la menace que constitue l'intelligence artificielle. C'est le cas du MIRI, Machine Intelligence Research Institute, co-fondé par Eliezer Yudkowsky pour lutter contre l'extinction de l'espèce humaine du fait des machines, et du FHI, Future of Humanity Institute, fondé par Nick Bostrom à l'université d'Oxford. On peut également citer le CSER, Center for the Study of Existential Risk, co-fondé à l'université de Cambridge par le grand astrophysicien Martin Rees, et enfin le FLI, Future of Life Institute, fondé en 2014 par un scientifique du MIT, Max Tegmark, et le fondateur de Skype, Jaan Tallinn, pour attirer l'attention sur les différentes formes des risques existentiels pour l'humanité, notamment l'intelligence artificielle. Elon Musk est l'un des bailleurs de fonds du FLI.

Tous ces organismes scientifiques reflètent l'inquiétude que suscite la menace posée par l'intelligence artificielle, y compris celle considérée comme bienveillante. « L'intelligence artificielle bienveillante est un problème qui va vous tuer », a averti Yudkowsky, soulignant que la création d'une intelligence artificielle qui ne détruise pas, même involontairement, l'espèce humaine « est en réalité un problème mathématique et d'ingénierie extrêmement complexe ». La terrible vérité est qu'il n'est pas possible de concevoir des algorithmes bienveillants. La seule solution consisterait peut-être à suivre ce que James Barrat a désigné comme « la règle qui ne pourra jamais être enfreinte », à savoir qu'« en aucun cas, un superordinateur de Superintelligence artificielle ne doit être connecté à un réseau ». Le problème, bien sûr, c'est que le réseau lui-même puisse devenir conscient. Si cela venait à se produire, nous nous trouverions face à la mère de toutes les pandémies. La pandémie ultime.

Même Ray Kurzweil, l'éternel optimiste et prophète du transhumanisme, a reconnu que, face aux capacités colossales de l'intelligence artificielle à venir, les êtres humains tels qu'ils sont aujourd'hui, font face à des « risques existentiels », et sont de fait condamnés. Soit ils fusionnent avec les machines, soit ils disparaissent. Du reste, les conséquences ultimes du deuxième principe de la thermodynamique impliquent que l'univers deviendra, dans un avenir lointain, un lieu totalement hostile à la vie biologique. La seule vie possible sera la vie postbiologique. Celle des machines. En ce sens, et quoi que nous réserve l'intelligence artificielle, les êtres humains seront vraiment menacés d'extinction, même si c'est dans un avenir lointain. Ils ne pourront survivre que s'ils fusionnent avec les machines et se transforment en vie postbiologique, capable de voyager dans le vide, sans leurs corps biologiques, beaucoup trop délicats et exigeants. Comme l'a noté Paul Saffo, « la perspective d'un monde habité par des intelligences artificielles puissantes me terrifie, [mais en même temps] la perspective d'un monde privé d'intelligences artificielles puissantes me terrifie. »

Quoi d'autre ? La première personne qui vivra pour toujours serait-elle déjà née ? Plusieurs scientifiques spécialisés en biotechnologies et en intelligence artificielle pensent que oui, et estiment que la révolution à venir dans le domaine médical et l'émulation du cerveau humain sont les moyens pour y parvenir. « Le premier homme qui vivra mille ans est peut-être déjà né », a observé le neurobiologiste Laurent Alexandre, tandis que Larry Page, co-fondateur de Google, a déclaré en 2014 que « Google veut euthanasier la mort ». En réalité, le premier à avoir attiré l'attention sur le fait que l'intelligence artificielle pouvait ouvrir les portes de l'immortalité fut I. J. Good lui-même. « Une machine ultra-intelligente, a écrit l'ami d'Alan Turing, donnerait à la race humaine une bonne chance de vivre pendant un temps indéterminé. » D'autres partagent son avis. « L'immortalité, affirme Vernor Vinge, est réalisable », tandis que Hans Moravec a souligné que, « libéré des limitations du corps mortel », l'esprit peut « aspirer à l'immortalité ». Comme l'a noté Ray Kurzweil, « nous avons actuellement les moyens de vivre assez longtemps pour vivre pour toujours » car, comme Terry Grossman l'a constaté, « les connaissances existent, si elles sont appliquées de façon rigoureuse, pour ralentir le vieillissement et les processus pathologiques afin que l'on soit encore bien portant lorsque, dans une vingtaine d'années, des technologies plus radicales d'amélioration et de prolongation de la vie deviendront disponibles ». Pour ce faire, nous devrons accepter de fusionner avec les machines. « Aucun être humain qui vit et ne veut pas mourir, a soutenu le physicien Frank Tipler, n'aura d'autre possibilité que de devenir un *upload* humain. »

Et oui, c'est vrai, un scientifique chinois a effectivement utilisé la technique du Crispr-Cas9 pour manipuler les gènes de trois embryons humains âgés de six mois, les immunisant contre le VIH. Il y est parvenu en modifiant le CCR5, une mutation génétique liée à l'immunité contre le sida. En 2018, He Jiankui a annoncé, de façon inattendue, cette expérience lors d'une conférence sur le génome à Hong Kong, révélant à cette occasion que deux bébés, des jumelles qui ont été appelées Lulu et Nana, étaient déjà nées et que le troisième naîtrait peu après. Face au scandale international, la Chine a publiquement pris ses distances par rapport aux travaux de He et le scientifique a disparu. Son université a déclaré qu'il avait été licencié, des informations ont circulé selon lesquelles il aurait été assigné à résidence, et les autorités chinoises ont annoncé qu'il avait été officiellement accusé d'actes criminels.

Cependant, certains éléments donnent à penser que le régime chinois aurait pu être derrière ces expériences eugéniques. La journaliste Jane Qiu, dans le magazine américain sur la santé *Stat News*, s'est procuré des documents qui attestent qu'au moins trois institutions gouvernementales chinoises ont financé les travaux de manipulation génétique d'êtres humains menés par He. Il s'agissait du ministère de la Science et de la Technologie, de la commission pour l'innovation scientifique et technologique de Shenzhen et de l'université des sciences et de la technologie du Sud. Plus important encore, la *MIT Technology Review* a révélé disposer de renseignements selon lesquels le véritable objectif de la manipulation génétique effectuée par He aurait été d'augmenter les cerveaux des bébés pour les rendre plus intelligents ; d'ailleurs, les expériences réalisées sur des cobayes avec le CCR5 par le neurobiologiste Alcino Silva, de l'université de Californie, ont montré que cette mutation avait pour effet d'améliorer la cognition, l'apprentissage et la mémoire. En d'autres termes, la manipulation génétique destinée à immuniser les enfants contre le sida n'aurait été qu'une couverture visant à légitimer la véritable expérience, celle de la manipulation génétique de l'intelligence. La thérapie n'était en réalité qu'un prétexte à l'eugénisme.

Toujours est-il que les jumelles chinoises sont devenues les premiers êtres humains génétiquement manipulés, et il semblerait que dans le pays d'autres expériences du même genre aient été menées. Une équipe chinoise a annoncé en 2015 qu'elle avait réalisé des expériences sur quatre-vingt-cinq embryons humains dans le but explicite d'améliorer le génome de leurs cellules, mais elle a admis que les résultats n'étaient pas satisfaisants. En 2019, des scientifiques chinois ont greffé sur des singes un gène humain lié au développement du cerveau, afin de tester l'augmentation de l'intelligence par voie génétique. On ne sait rien d'autre au sujet de ces expériences, mais il n'en demeure pas moins qu'elles ont ouvert la voie à la réalisation du rêve eugéniste cher au national-socialisme allemand et ont rendu possible la prochaine étape du transhumanisme, nouveau nom de l'eugénisme : la création du surhomme. La Chine semble s'y employer sans relâche. Quand elle aura atteint son objectif, que fera le reste du monde ? Laissera-t-il les Chinois se transformer en une super-race, superintelligente, superforte et supersaine ? Ou bien suivra-t-il la même voie pour éviter de devenir inférieur et d'être dominé ?

Le problème ne tient pas seulement aux expériences eugéniques chinoises, il s'étend à l'exploitation politique de toutes les fonctionnalités de l'intelligence artificielle. À commencer par la course en vue de créer la première Intelligence artificielle générale. Oui, la Chine s'efforce activement d'atteindre la Singularité. Tous les ans, le président chinois s'adresse au pays, assis devant des rayonnages de livres. Les volumes se trouvant sur les étagères sont des indications des priorités du régime. On peut ainsi voir, par exemple, *Le Capital*, de Karl Marx, et le *Manifeste du parti communiste,* de Karl Marx et Friedrich Engels. Or, à l'occasion de la communication de 2018, le livre qui se détachait le plus derrière le président, était *A revolução do Algoritmo Mestre* (*La Révolution de l'algorithme maître*), du scientifique portugais Pedro Domingos, un essai sur l'algorithme des algorithmes, celui qui se développe à l'infini et d'où découle toute l'information du monde. C'est-à-dire l'algorithme de l'IAG.

Pour l'heure cependant, le plus préoccupant sur le plan politique est la façon dont le régime chinois a utilisé l'intelligence artificielle pour créer la première dictature totalitaire numérique de l'histoire. Alors que, dans de nombreux pays, Internet s'est révélé être un instrument de libération et de démocratisation, à Pékin et partout en Chine, il est utilisé pour consolider un État policier comme jamais auparavant, hormis dans des dystopies fictives. Pour soustraire la population aux influences étrangères qu'il juge pernicieuses, le régime a mis en place un réseau Internet interne appelé la Grande Muraille, qui empêche les Chinois d'accéder aux sources d'information étrangères, telles que la BBC, Twitter et Facebook. Selon l'ONG Freedom House, la Grande Muraille a fait de la Chine le « pire pays du monde en matière de respect de la liberté sur Internet », derrière la Syrie ou l'Arabie Saoudite.

Le système implique une censure drastique des réseaux sociaux chinois. Des mots comme « Tian'anmen » ou « *bu tongyi* » (« je ne suis pas d'accord »), par exemple, sont interdits tout comme le terme « coronavirus ». Même des blagues avec des jeux de mots ont été interdites. L'équivalent chinois de Wikipédia, interdit en Chine, est Baidu Baike, qui comprend une entrée pour chaque année… sauf pour 1989. Cette année n'a tout simplement pas eu lieu. Que s'est-il passé de si spécial en 1989 ? Rien, selon la Chine. Peu importe que dans le reste du monde on parle du massacre de Tian'anmen. Pour le Wikipédia chinois, et par conséquent pour le régime, 1989 n'a pas existé. De même, les autorités chinoises réécrivent actuellement l'histoire de l'apparition du Covid-19. Elles s'efforcent de faire oublier leur responsabilité et n'hésitent pas à approuver officiellement des rumeurs selon lesquelles ce serait l'armée américaine qui aurait introduit le virus à Wuhan. Durant l'épidémie, la censure systématique de toute expression mettant en cause le régime est allée jusqu'à supprimer involontairement une strophe de l'hymne de la Chine communiste, uniquement parce qu'elle disait « debout, le peuple qui ne veut plus être esclave ». Les souvenirs gênants doivent être effacés car, comme l'a dit Orwell, celui qui contrôle le présent contrôle le passé, et celui qui contrôle le passé contrôle le futur. Comme l'a expliqué lui-même Xi Jinping, le président chinois, avec une sincérité déconcertante, l'idée est d'encourager la population à « adhérer à la direction politique correcte, de renforcer la propagande et le travail idéologique », de manière à atteindre l'objectif ultime, à savoir « l'unification des esprits ».

L'unification des esprits.

Avez-vous bien lu ces mots ? Le président chinois a déclaré vouloir « l'unification des esprits ». Oui, il aspire à un monde dans lequel on pense tous la même chose, et où les pensées divergentes sont éliminées. Et il ne plaisantait pas. Pour mettre en œuvre le noble objectif de « l'unification des esprits », trois cents millions de caméras ont été installées dans tout le pays afin de surveiller la population, un système géré par des algorithmes capables d'identifier n'importe qui en quelques secondes. Les Chinois ont appelé ce système de surveillance totale Skynet, exactement le même nom que celui inventé par Hollywood dans le film *Terminator*, dans lequel joue l'acteur Arnold Schwarzenegger, pour désigner l'ordinateur qui voulait exterminer la race humaine.

Skynet.

Les algorithmes chinois de Skynet vont jusqu'à reconnaître des personnes à leur démarche, même si elles font semblant de boiter, et la technologie chinoise Yitu a démontré qu'elle était capable de comparer 1,5 milliard de visages. La Chine a commencé à exporter ces technologies de surveillance vers des pays tels que l'Éthiopie, le Venezuela, le Zimbabwe, la Bolivie et l'Équateur, où elles seront ouvertement utilisées pour contrôler l'opposition et les populations. Et ce n'est pas un roman d'Orwell. *Ça se passe déjà en ce moment.*

Un mécanisme de contrôle, appelé le système de crédit social, a également été mis en place en Chine. En vertu de ce système, qui sanctionne notamment des comportements transgressifs somme toute assez banals, quiconque fait des commentaires déplacés sur le régime perd des points et risque de se voir empêché de prendre l'avion ou le train, voire de perdre son emploi. En revanche, ceux qui respectent tout à la lettre et ne formulent aucune contestation gagnent des points et sont récompensés s'ils atteignent la note A, ou double A ou encore, tout en haut de la pyramide, triple A. Comment les autorités chinoises justifient-elles l'existence de ce système de crédit social ? Le document qui l'a créé en 2014 indique clairement qu'il est destiné à instaurer une « société socialiste harmonieuse ».

Les plans de contrôle social et idéologique vont encore plus loin puisqu'ils préconisent de recourir à l'immense capacité de l'intelligence artificielle pour discerner des modèles et ainsi prévoir des événements. Le vice-ministre chinois des Sciences et des Technologies, Li Meng, a ouvertement déclaré : « Si nous faisons un bon usage de nos systèmes et installations intelligents, nous pourrons savoir à l'avance [...] qui peut faire quelque chose de mal. » Le ministre faisait référence à la criminalité en général, mais dans un pays où le simple fait de publier sur un réseau social une blague sur un dirigeant est un crime, seuls ceux qui ne le veulent pas ne comprennent pas la portée réelle de ce message.

Ce n'est pas un hasard si la Chine est l'un des rares pays au monde où les dépenses de sécurité intérieure dépassent de loin les dépenses militaires. « Les autorités chinoises rassemblent et centralisent de plus en plus d'informations sur des centaines de millions de citoyens ordinaires, elles identifient ceux qui s'écartent de ce qu'elles considèrent comme la "pensée normale" et les soumettent à un contrôle », a déclaré Sophie Richardson, directrice de Human Rights Watch en Chine. En d'autres termes, le régime fait la chasse aux *pensées* déviantes, et utilise les nouvelles technologies pour identifier, surveiller et punir leurs auteurs.

Pas étonnant dans ce contexte que, pour la Chine, l'intelligence artificielle et Internet ne soient pas considérés comme des menaces mais comme des opportunités, voire, plus grave encore, comme des instruments de contrôle idéologique à une échelle jamais atteinte dans l'histoire de l'humanité. « Le "contrôle idéologique de l'ensemble de la population du pays" est devenu une réalité », a souligné, découragé, l'essayiste chinois YouShanDaBu dans un célèbre texte sur Internet que les autorités ont immédiatement censuré. « Il n'y a plus de lieu où nous puissions nous échapper ou nous cacher. » Quand on connaît la puissance croissante de l'intelligence artificielle, comment ne pas comprendre ce désespoir ?

La pandémie de Covid-19 n'a fait qu'aggraver la situation. Le régime chinois a prouvé, par la manière dont il a recouru à l'intelligence artificielle pour contrôler les déplacements de chaque citoyen, qu'un système de surveillance totale est, somme toute, le moyen le plus efficace de lutter contre une épidémie. Cette réalité a permis de légitimer le modèle technologique orwellien, ce qui constitue un gigantesque défi pour le mode de vie libéral. On sait déjà que, pendant l'épidémie, les autorités sanitaires de pays occidentaux ont utilisé des bases de données avec géolocalisation et les mouvements de millions de téléphones portables pour mieux comprendre et prévoir le comportement des populations. Si, au lendemain du 11 Septembre, les attentats djihadistes successifs ont conduit l'Occident à renforcer ses systèmes de surveillance, on peut imaginer les conséquences qu'un événement tel qu'une pandémie, d'une gravité sanitaire et économique incalculable, aura dans le monde de l'après Covid-19.

Comme c'est à chaque fois le cas dans les aventures de Tomás Noronha, les informations scientifiques contenues dans ce roman sont vraies et les hypothèses qui y sont formulées sont confirmées par des scientifiques, spécialisés en l'occurrence en technomédecine et en intelligence artificielle. De même, la technologie présentée dans le roman existe vraiment, y compris celle qui peut susciter le plus d'incrédulité. L'exosquelette expérimental de la DARPA, permettant à ses utilisateurs de multiplier leur force naturelle, est bien réel. Une première version, appelée Talos, a été présentée en 2014 par Barack Obama.

Il en est de même du prototype de casque de combat avec ses trois boutons, dont un en particulier qui sert à améliorer les capacités cognitives et la performance des soldats au combat. Les journalistes ayant testé ce prototype ont été bluffés par ses capacités et ont déclaré qu'ils trouvaient cela fascinant. Talos et un casque de réalité augmentée équipent déjà les Navy Seals américains, ce qui leur donne une force correspondant à plus de cent kilos et des capacités cognitives améliorées.

Stuxnet existe aussi et il a effectivement été utilisé pour démanteler le programme nucléaire iranien. Il s'agit d'un virus informatique de nouvelle génération, si puissant que James Barrat a déclaré : « Stuxnet est aux virus informatiques ce que la bombe atomique est aux balles. » Conçu à l'origine pour s'attaquer uniquement aux centrifugeuses, Stuxnet a fini par se libérer et contaminer l'intégralité d'Internet. Tout ça à cause... oh surprise, d'une erreur de programmation.

Ce qui n'est pas dû à une erreur de programmation, ce sont les accidents de chemin de fer provoqués par des entités qui accèdent aux ordinateurs des sociétés de transport, à l'instar de la situation décrite dans ce roman au sujet du métro de Lisbonne. En janvier 2008, deux tramways sont entrés en collision à Lodz, en Pologne, causant plus d'une dizaine de blessés. On a découvert par la suite que l'accident avait été provoqué intentionnellement par un *nerd* de quatorze ans, entré subrepticement dans le système de contrôle du trafic. D'ailleurs, ce n'est pas par hasard que, durant la préparation de ce livre, la société qui gère le métro de Lisbonne a refusé de me fournir des informations sur les vulnérabilités de son système de gestion du trafic en cas d'intrusions malveillantes par une intelligence artificielle. Dans un monde où l'Internet est total, l'insécurité devient un problème total.

La seule technologie présentée dans ce roman qui n'est pas *encore* réelle, ni sur le point de le devenir, c'est l'émulation intégrale du cerveau, expression technique qui signifie en pratique la migration de l'esprit. Nous n'en sommes pas là, en effet, même si pour bon nombre de scientifiques cela va vraiment arriver. C'est une question de temps. Cette porte a été entrouverte en 1959 par Richard Feynman, lors d'une conférence intitulée « *There's Plenty of Room at the Bottom* », au cours de laquelle il a évoqué la possibilité de « bidouiller les atomes un par un », ce que l'on fait déjà à présent. Ainsi est née l'idée de la nanotechnologie, qui est fondamentale pour permettre l'émulation totale du cerveau. Il y a essentiellement deux manières d'y arriver. L'une est la migration complète en une seule fois, l'autre est le remplacement graduel des neurones, comme avec le navire de Vasco de Gama. Nous ne savons pas quel chemin nous allons emprunter pour y arriver, mais nous savons que lorsque nous y parviendrons nous aurons déroulé devant nous l'horizon de l'immortalité.

Pour rendre ce roman possible, j'ai naturellement dû consulter de nombreuses sources.

Sur le problème spécifique de l'intelligence artificielle, j'ai examiné les ouvrages suivants : *Mind Children – The Future of Robot and Human Intelligence*, de Hans Moravec ; *The Singularity is Near – When Humans Transcend Biology*, de Ray Kurzweil ; *Fantastic Voyage – Live Long Enough to Live Forever*, de Ray Kurzweil et Terry Grossman ; *Superintelligence – Paths, Dangers, Strategies*, de Nick Bostrom ; *Our Final Invention – Artificial Intelligence and the End of the Human Era*, de James Barrat ; *Life 3.0 – Being Human in the Age of Artificial Intelligence*, de Max Tegmark ; *Android Dreams – The Past, Present and Future of Artificial Intelligence*, de Toby Walsh ; *Homo Deus – Une brève histoire de l'avenir*, de Yuval Noah Harari ; *Surviving AI – The Promise and Peril of Artificial Intelligence*, de Calum Chance ; *AI – Its Nature and Future*, de Margaret Boden ; *Smarter Than Us – The Rise of Machine Intelligence*, de Stuart Armstrong ; *Technology vs. Humanity – The Coming Clash Between Man and Machine*, de Gerd Leonhard ; *In Our Own Image – Will Artificial Intelligence Save or Destroy Us?*, de George Zarkadakis ; *To Be a Machine – Adventures among Cyborgs, Utopians, Hackers and the Futurists solving the Modest Problem of Death*, de Mark O'Connell ; *Les Crimes du futur – Au cœur des guerres souterraines pour le contrôle de nos vies numériques… et comment nous protéger*, de Marc Goodman ; *The Physics of Immortality – Modern Cosmology, God and the Resurrection of the Dead*, de Frank Tipler ; *Machine Learning – The Ultimate Beginner's Guide to Understanding Machine Learning*, de Sebastian Dark ; *Introducing Artificial Intelligence – A Graphic Guide*, de Henry Brighton et Howard Selina ; *On the Future – Prospects for Humanity*, de Martin Rees ; *Cyber-Humans – Our Future with Machines*, de Woodrow Barfield ; *La Révolution transhumaniste*, de Luc Ferry ; *Et si nous devenions immortels ? – Comment la technomédecine va bouleverser l'humanité*, et *La Guerre des intelligences – Intelligence artificielle versus Intelligence humaine*, de Laurent Alexandre ; *Au péril de l'humain – Les Promesses suicidaires des transhumanistes*, de Agnès Rousseaux et Jacques Testart ; *Le Mythe de la Singularité – Faut-il craindre l'intelligence artificielle ?*, de Jean-Gabriel Ganascia ; *Un Monde meilleur – Et si l'Intelligence artificielle humanisait notre avenir ?*, de Hervé Cuillandre ; *L'Intelligence artificielle n'existe pas*, de Luc Julia ; *L'Homme nu – La Dictature invisible du numérique*, de Marc Dugain et Christophe Labbé ; *L'Homme, l'animal et la machine*, de Georges Chapouthier et Frédéric Kaplan ; *Mentes Digitais – A Ciência Redefinindo a Humanidade* et *Inteligência Artificial*, de Arlindo Oliveira ; et *A Revolução do Algoritmo Mestre – Como a Aprendizagem Automática Está a Mudar o Mundo*, de Pedro Domingos.

J'ai également consulté divers textes scientifiques, notamment les suivants : « *Computing Machinery and Intelligence* », de Alan Turing ; *Speculations Concerning the First Ultraintelligent Machine*, de I.J. Good ; *Technological Singularity*, de Vernor Vinge ; « *There's Plenty of Room at the Bottom – An Invitation to Enter a New Field of Physics* », de Richard Feynman ; « *Organic Intelligence Has No Long-Term Future* », de Martin Rees ; « *If You Can't Beat'Em, Join'Em* », de Frank Tipler ; et « *What Will the Place of Humans Be ?* », de Paul Saffo.

Mes consultations ont également porté sur plusieurs articles, tels que : « *Twitter Taught Microsoft's AI Chatbot to Be a Racist*

Asshole in Less than a Day », James Vincent, 24 mars 2016, theverge.com ; « *What Is Google Lens?* », Stuart Stone, 19 mai 2017, *GQ* ; « *Facebook's Artificial Intelligence Robots Shut Down After They Start Talking to Each Other in Their Own Language* », Andrew Griffin, 31 juillet 2017, *The Independent* ; « *The Truth Behind Facebook AI Inventing a New Language* », Roman Kucera, 7 août 2017, towardsdatascience.com ; « *Neuralink: How the Human Brain Will Download Directly from a Computer* », Susan Fourtané, 2 septembre 2018, interestingengineering.com ; « *Elon Musk: I'm About to Announce a 'Neuralink' Product that Connects Your Brain to Computers* », Todd Haselton, 7 septembre 2018, cnbc.com ; « *Data Centers Are Using Two Percent of the World's Energy* », Greg Synek, 20 novembre 2018, techspot.com ; « *Descoberta Ferramenta de Edição Genética Mais Precisa que o CRISPR-Cas9* », Marta Leite Ferreira, 9 février 2019, observador.pt ; « *Exhilarating' Implant Turns Thoughts to Speech* », James Gallagher, 24 avril 2019, bbc.com ; « *Australian Researchers Have Just Released the World's First AI – Developped Vaccine* », Haron Masige, 12 juillet 2019, sciencealert.com ; « *Elon Musk Touts Brain Implant Technology To Treat Health Conditions, Enable 'Telepathy'* », Nathan Bomey, 17 juillet 2019, *USA Today* ; et « *Elon Musk Is Making Implants To Link the Brain with a Smartphone* », Michael Scaturro, 18 juillet 2019, CNN.

Concernant l'impact de l'intelligence artificielle sur le marché du travail, je me suis référé à : *The Economic Singularity – Artificial Intelligence and the Death of Capitalism*, de Calum Chance ; *The Future of the Professions – How Technology Will Transform the Work of Human Experts*, de Richard Susskind et Daniel Susskind ; *The Rise of the Robots – Technology and the Threat of Mass Unemployment*, de Martin Ford ; *Race Against the Machine – How the Digital Revolution is Accelerating Innovation, Driving Productivity, and Irreversibly Transforming Employment and the Economy* et *Le Deuxième Âge de la machine – Travail et prospérité à l'heure de la révolution technologique*, de Erik Brynjolfsson et Andrew McAfee ; et *La Quatrième Révolution industrielle*, de Klaus Schwab.

J'ai aussi consulté l'article « *How Dark Factories Are Changing Manufacturing (And How to Profit)* », Matthew Carr, 2 mars 2017, *Investment U.*

À propos de la DARPA et des projets liés à ses activités, mes sources ont été : *The Imagineers of War – The Untold Story of DARPA, the Pentagon Agency That Changed the World*, de Sharon Weinberger ; *The Department of Mad Scientists – How DARPA Is Remaking Our World, from the Internet to Artificial Limbs*, de Michael Belfiore ; *The Pentagon's Brain – An Uncensored History of DARPA, America's Top Secret Military Research Agency*, de Annie Jacobsen ; *Wired for War – The Robotics Revolution and Conflict in the 21st Century*, de P. W. Singer et *The Snowden Files – The Inside Story of the World's Most Wanted Man*, de Luke Harding.

Je me suis également référé aux articles suivants : « *DARPA Wants to Install Transcranial Ultrasonic Mind Control Devices in Soldier's Helmets* », Clay Dillow, 9 septembre 2010, *Popular Science* ; « *New Prosthetic Arm Can Restore Lost Sense of Touch, DARPA Claims* », Rachel Feltman, 15 septembre 2015, *The Washington Post* ; « *Is Stuxnet the 'Best' Malware Ever ? – 'Groundbreaking' Worm Points to a State-Backed Effort, Say Experts* », Gregg Keizer, 16 septembre 2010, computerworld.com ; « *Stuxnet : The Real Life Sci-Fi Story of 'The World's First Digital Weapon'* », Jo Lauder, 12 octobre 2016, abc.net ; « *US Military Successfully Tests Electrical Brain Stimulation to Enhance Staff Skills* », Ian Sample, 7 novembre 2016, theguardian.com.

S'agissant de la Chine, mes consultations ont porté sur les ouvrages suivants : *China's Disruptors – How Alibaba, Xiaomi, Tencent and Other Companies Are Changing the Rules of Business*, de Edward Tse ; *We Have Been Harmonised – Life in China's Surveillance State*, de Kai Strittmatter ; *The People's Republic of Amnesia – Tiananmen Revisited*, de Louisa Lim ;

et *AI SuperPowers – China, Silicon Valley, and the New World Order*, de Kai-Fu Lee.

Ainsi que sur les articles suivants : « *Chinese Planning Outline for a Social Credit System* », Bruce Sterling, 5 mars 2015, wired.com ; « *Doctor's Plan for Full-Body Transplants Raises Doubts Even in Daring China* », Didi Kirsten Tatlow, 11 juin 2016, *The New York Times* ; « *China's 'Minority Report' Style Plans Will Use AI to Predict Who Will Commit Crimes* », Karla Lant, 25 juillet 2017, futurism.com ; « *Conditions Ripe for Nationwide Thought Control* », YouShanDaBu, 8 novembre 2017, *China Digital Times* ; « *Yes, They've Cloned Monkeys in China* », Gina Kolata, 24 janvier 2018, *The New York Times* ; « *China's Police Get Face-Recognizing Glasses Ahead of New Year* », Daniel van Boom, 7 février 2018, cnet.com ; « *'Unify Minds': President Xi Jinping Makes Ideological Rallying Call to China's Communist Party Propaganda Cadres* », Nectar Gan, 22 août 2018, *South China Morning Post* ; « *China Plans to Be a World Leader in Artificial Intelligence by 2030* », Pablo Robles, 1er octobre 2018, *South China Morning Post* ; « *China Has Started Ranking Citizens with a Creepy 'Social Credit' System – Here's What You Can Do Wrong, and the Embarrassing, Demeaning Ways They Can Punish You* », Alexandra Ma, 29 octobre 2018, businessinsider.com ; « *China Rolls Out Surveillance System to Identify People by their Body Shape and Walk* », Anthony Cuthbertson, 7 novembre 2018, *The Independent* ; « *In China, Gene – Edited Babies Are the Latest in a String of Ethical Dilemmas* », Sui-Lee Wee et Elsie Chen, 30 novembre 2018, *The New York Times* ; « *The Fascinating Ways Facial Recognition AIs Are Used in China* », Bernard Marr, 17 décembre 2018, *Forbes* ; « *The Internet, But Not as We Know It: Life Online in China, Cuba, India and Russia* », Michael Safi, Lily Kuo, Ed Augustin et Andrew Roth, 11 janvier 2019, theguardian.com ; et « *Chinese Police Use Surveillance Technology to Identify People by their Walking Style* », Chiara Giordano, 26 février 2019, *The Independent*. *"Three Things the Chinese Government Tried to Hide During the Novel Coronavirus Outbreak"*, Youyou Zhou, Quartz, 14 février 2020; *"In Coronavirus Fight, China Gives Citizens a Color Code, With Red Flags"*, Paul Mozur, Raymond Zhong et Aaron Krolik, The New York Times, 1er mars 2020 ; *"Chinese Social Media Has Been Censoring Coronavirus Content Since the Day the Government Acknowledged the Outbreak"*, Bill Bostock, *Business Insider*, 4 mars 2020 ; *"China Activist Who Called Xi Clueless on Coronavirus Faces Years in Jail for 'Subversion'"*, Verna Yu, *The Guardian*, 8 mars 2020; *"'The New Normal': China's Excessive Coronavirus Public Monitoring Could Be Here to Stay"*, Lily Kuo, *The Guardian*, 9 mars 2020 ; *"China Goes On the Offensive to Control Global Coronavirus Narrative"*, Don Weinland, *The Financial Times*, 14 mars 2020; *"Coronavirus Outrage Spurs China's Internet Police to Action"*, Paul Mozur, *The New York Times*, 16 mars 2020 ; *"China Spins Tale That the US Army Started the Coronavirus Epidemic"*, Steven Lee Myers, *The New York Times*, 17 mars 2020 ; *"China to Expel 13 US Journalists, an Unprecedented Number, Correspondent Group Says"*, Tracy Wilkinson, *The Los Angeles Times*, 17 mars 2020 ; *"China Is Avoiding Blame by Trolling the World"*, Shadi Hamid, *The Atlantic*, 19 mars 2020 ; *"A Keyboard Encryption App Used to Skirt Coronavirus Censorship Was Removed by Apple in China"*, Jane Li, *Quartz*, 20 mars 2020 ; *"Forget China's 'Excessive' Coronavirus Surveillance – This Is America's Surprising Alternative"*, Zak Doffman, *Forbes*, 30 mars 2020 ; "*Whistleblowing Coronavirus Doctor at Wuhan Hospital Mysteriously Vanishes"*, Amanda Woods, *The New York Post*, 1er avril 2020 ; *"Coronavirus and the Future of Surveillance"*, Nicholas Wright, *Foreign Affairs*, 6 avril 2020 ; *"How China's Surveillance Tech Became my Unlikely Coronavirus Ally"*, Yuan Yang, *The Financial Times*, 7 avril 2020 ; *"Inside the Early Days of China's Coronavirus Coverup"*, Shawn Yuan, 1er mai 2020, wired.com.

À propos de l'annonce selon laquelle un scientifique chinois a manipulé génétiquement des êtres humains dans le but assumé de les immuniser contre le sida et avec l'intention cachée d'accroître leur intelligence, apparemment avec le soutien des autorités chinoises, mes sources ont été les articles ci-après : « *Chinese Scientists Edit Genes of Human Embryos, Raising Concerns* », Gina Kolata, 23 avril 2015, *The New York Times* ; « *Chinese Scientists Are Creating CRISPR Babies* », Antonio Regalado, 25 novembre 2018, *MIT Technology Review* ; « *Scientist in China Defends Human Embryo Gene Editing* », Suzanne Sataline et Ian Sample, 28 novembre 2018, theguardian.com ; « *Rumours Claim the Chinese 'CRISPR Babies' Scientist Has Gone Missing* », Michelle Starr, 4 décembre 2018, sciencealert.com ; « *Is the CRISPR Baby Controversy the Start of a Terrifying New Chapter in Gene Editing?* », Julia Belluz, 22 janvier 2019, vox.com ; « *Chinese Government Officially Charges CRISPR Baby Scientist* », David Grossman, 22 janvier 2019, popularmechanics.com ; « *China's CRISPR Twins Might Have Had Their Brains Inadvertently Enhanced* », Antonio Regalado, 21 février 2019, *MIT Technology Review* ; « *Gene Edited – Chinese Babies May Have Enhanced Brains, Scientists Say* », Sarah Zheng, 24 février 2019, *South China Morning Post* ; « *China Might Have Funded the Crispr Baby Experiment It Distanced Itself from* », Echo Huang, 26 février 2019, *Quartz* et « *CRISPR Babies: The Chinese Government May Have Known More than it Let On* », Julia Belluz, 4 mars 2019, voxmedia.com. Sur les expériences génétiques chinoises autour de l'intelligence, l'article suivant est également pertinent : « *Scientists Added Human Brain Genes to Monkeys* », Sigal Samuel, 12 avril 2019, vox.com.

Il convient également de mentionner : *Da Vinci's Ghost – The Untold Story of Vitruvian Man*, de Toby Lester ; *The Bell Curve – Intelligence and Class Structure in American Life*, de Richard Herrnstein et Charles Murray ; *The 10,000 Year Explosion – How Civilization Accelerated Human Evolution*, de Gregory Cochran et Henry Harpending ; « *A Celphalometric Comparison of Skulls* », de N. S. Jeffery, 14 janvier 2016, *Nature – International Journal of Science* et enfin « *An Aging World: 2015 – International Population Reports* », l'étude de Wan He, Daniel Goodkind et Paul Kowal pour le *US Census Bureau.*

Un mot de remerciement pour Arlindo Oliveira, président de l'Instituto Superior Técnico où il enseigne aussi, pour la révision éditoriale de toutes les parties du roman ayant trait à l'intelligence artificielle ; Anton Zeilinger et son équipe qui, lors d'une visite extrêmement intéressante que j'ai faite à l'Institut d'optique quantique et d'information quantique à Vienne, m'ont expliqué les expériences de pointe qui mèneront à l'informatique quantique, sans doute indispensable pour arriver à l'IAG ; et à Frédéric Neftel, le premier à avoir attiré mon attention sur les potentialités du Crispr-Cas9. Merci également à Paulo Pereira da Silva, commandant de la TAP, pour ses indications concernant les manœuvres de pilotage aérien. Merci enfin à mes éditeurs du monde entier pour leur engagement en faveur de la promotion et de la diffusion de mon œuvre. Merci surtout à vous, amis lecteurs, car sans votre enthousiasme rien ne serait possible.

Mes derniers remerciements s'adressent, toujours, à la personne la plus importante de toutes, Florbela.

Dépôt légal 3e trimestre 2020
ISBN 9782357205192

Directrice éditoriale : Isabelle Chopin
Conception de couverture : Philippe Arno-Pons
Maquette : Point Libre

Imprimé en France
par Corlet
14110 Condé-en-Normandie
N° d'impression : 20110684

32, rue Lafaurie de Monbadon – 33000 Bordeaux
www.hc-editions.com